娜娜

（法）左 拉 著

孙芳菲 译

百花洲文艺出版社

图书在版编目（CIP）数据

娜娜／（法）左拉著；孙芳菲译. —南昌：百花
洲文艺出版社，2014.5
ISBN 978－7－5500－0913－4

Ⅰ.①娜… Ⅱ.①左… ②孙… Ⅲ.①长篇小说－
法国－近代 Ⅳ.①I565.44

中国版本图书馆 CIP 数据核字（2014）第 068112 号

NANA
娜娜
（法）左拉 著 孙芳菲 译

出 版 人 姚雪雪
总 策 划 杨建峰
责任编辑 刘 云
美术编辑 松 雪
制 作 王 进
出版发行 百花洲文艺出版社
社 址 南昌市红谷滩世贸路 898 号
邮 编 330038
经 销 全国新华书店
印 刷 大厂回族自治县正兴印务有限公司
开 本 787mm×1092mm 1/16 印张 28
版 次 2014 年 7 月第 1 版第 1 次印刷
字 数 376 千字
书 号 ISBN 978－7－5500－0913－4
定 价 39.00 元

赣版权登字 05－2014－79
版权所有，侵权必究

邮购联系 0791－86895108
网 址 http://www.bhzwy.com
图书若有印装错误，影响阅读，可向承印厂联系调换。

前　言

左拉（1804—1902），法国作家，幼年时因父亲去世，家庭生活贫困。曾作过小职员。和后来成为印象派大师的塞尚是中学时代的朋友。一八六二年在父亲的朋友的帮助下，进入法国著名的阿歇特书局。起初只是普通搬运工，因天资聪颖，被老板器重，出任广告部主任。从此有机会与当时的许多大文豪结识。一八六四年发表处女作《给妮侬的故事》。次年又出版了第一部长篇小说《克洛德的忏悔》。左拉崇拜巴尔扎克，也想写一部自己的《人间喜剧》。一八六八年开始起的二十五年里，左拉构思并创作声名卓著的《卢贡－马卡尔家族》。全书共二十部，总字数达六百万字，内容涉及社会生活的方方面面。主要包括：《小酒店》、《萌芽》、《娜娜》、《卢贡家族的命运》、《人面兽心》等。其中《小酒店》是他的成名作；《萌芽》是他的代表作。整部书气势恢宏，可称得上是继《人间喜剧》之后难得一见的文学巨厦。

左拉的作品自然主义韵味较浓，对客观存在的事物，进行科学的分析，如实地予以描写。他要求作家应广泛采集资料，尊重现实。在写作时，左拉充分利用有关心理分析的细枝末节，他尤其擅长描写群众场面，能将声势浩大的或是混乱不堪的群众集会交代得清清楚楚、栩栩如生。

然而左拉的自然主义过多地重视人的动物本能、人的兽性，他只是将人当成一个孤立的人、生理的人来看待，忽视了人所处的社会对人的影响和制约，所以不能准确地反映阶级的烙印对人的思想和行为的影响。

《娜娜》是《卢贡－马卡尔家族》中的第九卷。它是一部揭露性很强的小说。主人公娜娜出身于贫困之家，她被一家低档剧院的老板相中，将其捧上了舞台。虽然她没有表演天才，更没有娇好的身材和迷人的形体，可是因为她大胆、暴露的色情表演迎合了观众的变态心理而一举成名。她周旋于一个又一个男人之间，将身边男人的财产挥霍得一干二净后，再弃之而去。斯泰内因她而破产；乔治迷恋着她，为她自杀；菲利普为讨得娜娜的欢心不惜盗用公款；供给她豪华奢侈生活的米法伯爵最终也落得个财产耗尽，妻子与人私奔。一连串的事让娜娜迫切地想换换环境，于是她远走他乡。可是当她得知自己的儿子得了天花之后，立刻赶回了巴黎，不曾想自己也因感染天花而命丧饭店，情景极其凄惨。

娜娜是一个复仇女神，她的发家和堕落是对当时法国上流社会的揭露和控诉。小说描写的不只是娜娜这个妓女的短暂的一生，而是对法兰西第二帝国贵族统治者道德败坏的深刻揭露，是对第二帝国腐朽糜烂生活的痛斥。小说最后以战争的狂热结尾，暗示着第二帝国最终将在普法战争中灭亡。

二〇一四年三月

目　　录

第一章

已经到了夜里九点了，游艺剧院的前厅中仍旧是空无一人。在二楼楼厅和楼下正厅前排座位上，有一些提前来的观众坐在那儿，他们在多枝吊灯不太亮的灯光笼罩下，隐藏在石榴红丝绒面子的椅子里。舞台幕布如同一块挺大的红渍，隐藏在一片暗影之中；台上毫无声响，台前一行行的脚灯全黑着，乐队的乐谱架子乱七八糟地摆着。仅有四楼楼座很高的地方有一片嘈杂的声音，偶尔还传出呼喊声和笑声；那里，挨着镀金窗框的大圆窗，坐着不少观众，脑袋上都扣着便宜的女帽或者工人帽①。四楼楼座挨着剧院的圆拱顶，天花板上画着光身子的女人和在天上翩翩起舞的小孩，在煤气灯的映射下，天空呈现出绿色。偶尔有一个看样子十分繁忙的女引座员出现，手中捏着票，给她前边的一位先生和一位夫人指路，让他们入座。他们坐好了，这位先生套着礼服，这位夫人长得很苗条，坐得很直，眼睛缓缓地往周围打量。

楼下正厅前排座位上来了两个岁数不大的人。他们站在那儿东张西望。

"我没说错吧，埃克托尔？"岁数大一些的那个高声说，这个人留着黑色的小胡子，"我们提前得太早了。等我吸完了雪茄再来也不迟呀。"

一个女引座员恰巧路过。

"啊！福什里先生，"她热情地说，"过三十分钟才会有演出呢。"

---

① 法国剧院楼下有包厢、前座、后座和舞台两边的边包厢；二楼是楼厅，也有包厢和边包厢；三楼、四楼是楼座；有时楼厅有两层，两层以上才是楼座。座位越高，票价越低，观众大半为工人、店员和小职员。

"怎么他们在广告上说是九点开始呢？"埃克托尔小声说着，瘦长的面孔上露出生气的表情，"今天上午，在这个戏里演出的克莱莉丝还向我保证，说什么八点钟开始呢。"

他们静了一阵儿，接着仰起脑袋，用眼睛打量着黑影中的包厢。不过包厢贴着绿纸，什么也看不清楚。楼下包厢整个都笼罩在黑影里。楼厅包厢内，仅有一个浑身肥肉的女人，将半个身子倚在栏杆的丝绒上。舞台两旁，在高大的柱子中间，有两行侧包厢，里边没有人，包厢外边有带流苏的帘子。黄白两种颜色的大厅，被浅绿色的装饰映衬着，在水晶大吊灯的弄小了的灯火映射下，若有若无的好像落满了灰土似的。

"你为露西弄到了侧包厢的票吗？"埃克托尔问。

"弄到了，"另一个年轻人说，"挺难弄到……啊！毫无疑问，露西是肯定迟到的！"

他强迫自己不打呵欠，静了一阵儿，又开口说：

"你运气不错，你过去一直没有见过首次公演……这部《金发爱神》是今年的一件重要的事，半年以来，大家都在谈论它。啊！亲爱的，那是神奇的音乐！性感的表演！……博尔德纳夫十分精明，他将这出戏放到万国博览会期间才推出。"

埃克托尔谦卑地听着，他问了一个问题。

"还有娜娜呢？那个扮演爱神的新星，你熟悉她吗？"

"嗨，又提她！"福什里抬起两只手臂叫道，"自打今天上午开始，就有人用娜娜来问我。我碰到二十几个人，一个个全都提到娜娜！我如何清楚呢？莫非我和全巴黎的浪荡女人都熟悉吗？……娜娜是博尔德纳夫刚挖掘出来的。毋庸置疑，绝对是个臭名远扬的家伙！"

他渐渐安静下来。不过大厅里没有人，分枝吊灯光线很弱，如同教堂一样庄严，在庄严中又夹杂着悄悄的说话声和进出的关门声，这所有的一切都让他觉得难受。

"不，不行，"他猛地说，"在这里守着，连头发都要守白了。我想到外边……我们在下边可能会遇到博尔德纳夫，他会将所有的事情说给我们听的。"

下边是很高的进口前厅，地上铺着大理石，这里有一个检票口。看戏的人开始往里走了。由打开的三个栅栏门看过去，能够望到人来人往的大马路，在四月天气晴好的晚上，车流不断，灯光亮如白昼。车轮的吱呀声来到剧院前，就一下子消失了，车门打开又合上，三五成群的观众来到剧院，在检票口站住，接着来到前厅里边，踏上左右分为两行的楼梯；女人们不急不忙地在上楼梯时晃着腰肢。仅有的几个拿破仑统治时期的饰物，将这个前厅装饰得如同是纸糊的列柱廊；很大的黄色海报粘在空空的灰白墙壁上，在煤气灯的强光衬托下，看来极其引人注目，上面赫然写着娜娜的名字。有不少男人路过那儿，好像让海报用力拉住一样，停下来打量；另一些男人待在那儿说话，挡住了剧场入口。距订票处很近，有一个面孔很大的胖男人，胡子弄得光溜溜的，在那儿高声回复一些人的询问，这些人坚持要订票。

"博尔德纳夫就在那儿。"福什里从楼梯上下来时说。

此刻那位经理已经发现他了。

"嗨，您做事实在不守信用啊！"经理大老远地向他喊道，"您允诺我写的宣传文章，到头来是如此……今天上午我查看《费加罗报》，什么也没发现。"

"您别着急呀，"福什里说，"我一定要在这之前见见您的娜娜，接下来才可以评论她……而且，我没有向您承诺过任何事情。"

随后，为了不再争吵下去，他就把表弟埃克托尔·德·拉·法卢瓦兹引见给经理，这个表弟是由外省到巴黎学习的。经理仅用眼睛飞快地打量了一下，就将这个年轻人看得清清楚楚。不过拉·法卢瓦兹倒怀着不平静的心情认真端详着经理。博尔德纳夫就是他呀，这是一个调教女人的高手，对付女人如同狱警对付重犯似的；这个家伙的心中总会弄出不少广告新点子，讲话喜欢大喊大叫、爱喷唾沫、拍大腿，还是个没脸没皮、性情粗野的家伙！拉·法卢瓦兹觉得自己在这种环境中理当讲一句客套话。

"您的剧院……"他嗓音尖利地说。

3

博尔德纳夫是一个说话直来直去的人，十分随意地用一句难听的话拦住了埃克托尔：

"称呼它为我的妓院。"

因此福什里赞同地笑了，但拉·法卢瓦兹的后边的赞扬塞在嗓子中，说不出口，心里感到经理的话十分难听，不过外表倒尽量显出赞同的模样……此刻经理急忙走过去和一个戏剧批评家打招呼，这个批评家主持的专栏在社会上的作用极为明显。等到经理再到他身边时，拉·法卢瓦兹已经完全平静下来了。他担心自己露出极为吃惊的样子，会叫别人视为没见过大场面的人。

"别人告诉我，"他想方设法开口说些什么，此刻他又说道，"娜娜的嗓子很不错。"

"她！"经理无奈地动动肩膀说，"她一开口就找不着调！"

拉·法卢瓦兹急忙加上一句：

"还听说她是个极为出色的演员。"

"她！……浑身多余的肉！她在台上手足无措。"

拉·法卢瓦兹窘得脸色有些红，搞不清楚是怎么回事。他吞吞吐吐地说：

"我一定要看看今天晚上的第一场公演。我很早就了解您的剧院……"

"称呼它为我的妓院。"博尔德纳夫再次拦住他的话，那种无情的倔犟仿佛一个信心百倍的人似的。

此刻福什里默默地望着进来的那些女人。他看到他的表弟十分惊讶，不清楚该如何是好，就马上过来打圆场。

"你就依了他，根据他教你的称呼称他的剧院吧，如此才会让他愉快……但您，我亲爱的经理，不要再和我们说笑了，假如您的娜娜又不会唱歌，又不会表演，那您这部戏就会极为令人失望，不会出现其他的后果。同时这也是我十分害怕的事。"

"极为令人失望！极为令人失望！"经理有些恼火地高叫道，"莫非一个女人一定要明白表演和唱歌吗？啊！我的朋友，你真是蠢透了……娜娜有其他的本领，千真万确！这些本领在她身上极为突出，假设我不对，我就是一个蠢货……咱们走着瞧吧，咱们走着瞧吧，如果她登台亮相的话，肯定会使所有的观众目瞪口呆的。”

他抬起两只肥硕的手，因为情绪高涨，两只手都在抖动；讲完之后，他仿佛轻松了很多，压低了嗓门小声地嘀咕着：

“是的，她的前途不可限量，啊！天晓得！千真万确，她的前途不可限量……她是极为出色的浪荡女人，啊，极为出色的浪荡女人！”

抵不过福什里的一再询问，他同意将所有的细节告诉他们；他说话用词极为难听，埃克托尔·德·拉·法卢瓦兹听着觉得十分刺耳。他讲他发现了娜娜，就有一个强烈的愿望：把她推向舞台。正好此刻他还没找到饰演爱神的演员。根据他的风格，他难以很长时间把精力放在某一个女人身上，他乐于叫人们马上有机会看到她。这个身材魁梧的姑娘进了他的剧团之后，引出了极大的麻烦，把剧团弄得乌烟瘴气，让他绞尽了脑汁。他以前的明星是罗丝·米尼翁，是一个有头脑的伶俐的人，又是一个很有人缘的歌星，她觉得娜娜来后有了一个强大的对手，内心十分生气，总是用辞职来逼迫他。同时还由于海报上名次先后，天呀，折腾得不亦乐乎！结果，他打算将两个人的名字用相同的字号写在海报上。他无论如何也难以忍受他人来威胁他。如果他的小骚货们——他是如此叫他团里的女演员的——中的什么人，无论是西蒙娜还是克莱莉丝，行为略微有些越轨，他立刻会向她的臀部踢上一脚。如果不如此，一点也不能生存下去。这些烂货，他在用她们赚钱，他清楚她们值多少！

“看！”他讲完又岔开话题，“米尼翁和斯泰内到了。他们始终在一块儿。你们清楚斯泰内已经对罗丝觉得腻了，于是她的丈夫如影随形地陪着斯泰内，担心他跑掉。”

剧院房上的一行煤气灯，朝着人行道投下一大片充足的光线。两棵很绿的小树在灯光笼罩下显得十分醒目；一根柱子也显得十分清晰，老远就能发现柱子上海报的词语，清晰得如同白天似的。灯光之外，大马路上夜色渐渐浓了，仅星星点点地有一些灯光，马路上的人川流不息。不少人没有立刻入场，他们站在外边聊天，等抽完烟后再进来。在灯光的映射下，他们的面孔上罩了一层灰白色，他们的身影很短，在柏油路上留下剪影。米尼翁是个身材高大的壮汉，长着一个市场上卖艺大力士似的方形头颅。他在人群中走过来，手臂上拉着银行家斯泰内；这个斯泰内身材不高，可已经有些肥胖了，胖乎乎的脸，由下巴到两腮长着一圈花白的胡子。

"如何！"博尔德纳夫朝银行家说，"您昨天在我的办公室中碰到的就是她。"

"噢，是她呀！"银行家叫道，"我一点也没注意看。"

米尼翁半睁着双目在边上听着，他急躁地玩弄着手指上一只大钻石戒指。他清楚他们谈论的是娜娜。接着他发现博尔德纳夫把他的新明星的外貌说了一通儿，让斯泰内的双眼燃起了情火，他就开口了。

"别再讲了，亲爱的经理，一个不要脸的荡妇！人们会将她轰出去的……斯泰内，我的朋友，您明白我的夫人在她的化妆室内等着您呢。"

他打算将斯泰内拖走，但斯泰内不愿离开博尔德纳夫。在他们前边，人们列成一条队伍，堵在检票口，传来一阵阵吵闹声，在吵闹声中常常传出"娜娜"这两个洪亮清晰的字。那些逗留在海报前的男人们，高声说着这两个字；其他一些经过海报的人们，也用不太相信的语气把这两个字说一次；还有女人们，急着弄明白娜娜的背景，面孔上挂着笑容，也都带着惊奇的样子随着说这两个字。谁也不知道娜娜。娜娜是由地下钻出来的吗？因此谣言就在人们之间散布了，随意的说笑也在人们耳畔小声唧咕着。这两个字听来熟悉，说来押韵。如果说出这两个字，人们就十分舒畅，心情也会相应爽朗起来。一种好奇的风潮在人们之间蔓延，这种好奇是巴黎所特有的，其蔓延的速度和热病差不多。每个人都打算瞧瞧娜娜。一位夫人衣服的边饰被人挤丢了，一位先生的帽子也不见了。

"啊！你们的问题过多了！"博尔德纳夫高声说道，有二十来个男人围着他询问。"你们立刻就能看到她……我得离开了，他们在叫我呢。"

他因为已经掀起人们的关注之情而心中高兴不已，一转眼就没影了。米尼翁无奈地动动肩膀，告诉斯泰内，说他的夫人罗丝正等着他，想叫他欣赏她在头一回中穿的衣服。

"看！露西，在那儿，恰好在下马车。"拉·法卢瓦兹对福什里叫道。

真是露西·斯图华，一个长相难看的个子不高的女人，岁数在四十上下，脖子很长，脸很瘦，嘴唇却很厚，但热情洋溢，好动可爱，所以还拥有不小的吸引力。她领着卡罗利娜·埃凯和她的妈妈。卡罗利娜十分漂亮，面无表情；她的妈妈极为庄重，动作慢吞吞的。

"你和我们一道走吧，我在包厢中为你弄了一个座位。"露西朝福什里说道。

"啊，不！这可不好！莫非你想让我无法欣赏吗？"福什里说，"我买了前座票，我愿意到那里坐着。"

露西生气了。莫非他不想在其他人面前和她待在一块吗？然后，她很快不生气了，谈论别的事情：

"你怎么不提前跟我说你了解娜娜？"

"娜娜！我一直没有看到过她。"

"真的吗？别人向我保证，说你和她上过床呢。"

不过站在他们附近的米尼翁，伸出一个手指放在嘴上，让他们别说话。露西问他怎么回事，他点着一个路过的年轻人，小声地说：

"他就是娜娜的情人。"

每个人都向那个人看过去。他的神情平易近人。福什里认出来，他是达盖内，在女人身上挥霍了三十万法郎，目前仅可以在交易所中干点小投机生意，赚点钱，常常为女人们买买花篮，或者请她们用晚餐。露西认为他的双眼十分漂亮。

"啊，布朗施到了！"她大喊道，"就是她跟我说你和娜娜上过床的。"

布朗施·德·西弗里是一个黄头发的胖乎乎的姑娘，美丽的面孔肉嘟嘟的，和她一块来的是一个苗条的先生，服装得体，看来十分有品位。

"他就是格扎维埃·德·旺德夫尔伯爵。"福什里小声朝拉·法卢瓦兹说。

伯爵和福什里握握手，一边的布朗施和露西激烈地辩论起来。她们的裙子挡住了其他人的道路，一条是蓝色的，一条是红色的，两边点缀有花边；娜娜这两个字，频繁地出自她们的口中，她们的争论声音很高，使得附近的人全注意地听她们的争论。德·旺德夫尔伯爵拉着布朗施进场了。但到了此时，因为等待的时间越长，欲望就越难以遏制，娜娜这两个字就如同回音一般，在前厅的每个角落都鸣响着，而且声音渐渐大了起来。为什么还不开始演出呢？不少人摸出了手表；来晚了的人不及车子停好就跳出马车；一帮帮观众全离开人行道，来到剧院里，煤气灯下此刻出现了一大片空地；经过的人走过这片灯火辉煌的空地，总要探出脖子，往剧院中打量。一个流里流气的孩子打着口哨路过，逗留在剧院门前的一张海报近旁，用低沉的嗓子叫了一句："嗨！娜娜！"然后就晃着屁股，拖着两只烂鞋走了。他的动作引来一阵阵笑声，打扮入时的先生们会模仿着他的神情大叫："娜娜！嗨！娜娜！"人们推搡着入场，检票口有了纠纷，吵闹声渐渐大了起来，由于每个地方都在喊着娜娜，想见见娜娜，这是人们一下子产生不理智的念头和剧烈的野性大发的后果。

在这些喧哗声中猛地传来了开始演出的铃声。一阵叫喊声一直散播到大马路上："打铃了，打铃了。"接着人群相互拥挤，所有的人都打算提前入场，检票口多了一些检票的人。米尼翁表情十分急切，最后拖走了还没有去欣赏罗丝戏服的斯泰内。头一遍铃声传出，拉·法卢瓦兹马上拽着福什里，在众人之间挤出一条路，担心听不到开始的序曲。人们急切的表情让露西·斯图华十分生气。这些都是不明白礼仪的粗鲁人，竟敢对女人们毫不客气！她和卡罗利娜·埃凯以及她的妈妈走在最后。眼下前厅中的人已经走光了，大门外边，大马路上还有不停顿的马车声。

"这场面仿佛他们的戏全都引人入胜一般！"露西一面往楼上走一面说着。

　　剧场之中，福什里和拉·法卢瓦兹立在他们的椅子前，东张西望。水晶多枝大吊灯的火苗弄得很大，朝周围投射出黄色和玫瑰色的光线，再由拱顶反射到池座，显现出一大片光芒。石榴红丝绒垫子的座位在灯光笼罩之中熠熠生辉，四壁光芒四射，浅绿色的饰物在棚顶极为强烈的颜色烘托下，使夺目的黄色光线柔和了很多。舞台前面一行脚灯的灯芯已经抻长，一大片极为充足的灯光，映得幕布如同燃烧了一般；火红的幕布又厚又重，有一种梦幻中的王宫似的奢华，和舞台上的劣质框架形成强烈的反差；框架上有不少裂痕，显现出隐在包金中的灰泥。剧院中的温度已经高了起来。奏乐的人们朝着乐谱架子调试乐器的音调，这里传出了笛子低低的声音，那里又发出了法国号暗哑的调子，随后又传来了小提琴优美的音色，这些音响全在渐渐吵闹起来的人声上边流动。剧院中的每个人都在聊天，人们拥来搡去，忙着寻自己的座位；外边过道上的人很多，绵绵不断的人流艰难地从洞开着的所有门口挤进来。人们彼此寒暄着，衣服彼此摩擦着；在一行往前走着的女人裙子和帽子夹缝内，掺和着黑色的绅士们的燕尾服或者长礼服。一行行的椅子逐渐全坐上了人；这里晃动着一个女人的淡色衣服，那里一个女人低垂漂亮的侧脸，发髻上宝石放着冷光。在一个包厢中，一个女人探出一个光秃秃的肩膀，白得如同缎子似的。其他的女人们无所事事地坐着，没精打采地挥动着手里的扇子，观看着潮水般的人们；岁数不大的男人们逗留在正厅前座中，马甲的扣子都敞着，扣眼儿中插着一枝栀子花，用戴着手套的手握着望远镜扫视着。

　　此刻，福什里两兄弟正忙着寻找熟人。米尼翁和斯泰内一块儿坐在一个楼下包厢内，手腕放在栏杆的天鹅绒上。布朗施·德·西弗里看样子如同一个人就包下了楼下的一个侧包厢似的。拉·法卢瓦兹尤其留神达盖内，他坐在正厅前的一张椅子上，就在他们的前两排。达盖内附近坐着一个非常年轻的小伙子，仅有十七岁的样子，看上去如同一个从学校中溜出来的学生，瞪着两只天使似的漂亮的大眼睛。福什里看着这个年轻人稍稍笑了笑。拉·法卢瓦兹猛地问：

"二楼楼厅中的那位夫人是什么人？边上有一个蓝衣服姑娘伴随着的那位。"

他说的是一个一身肥肉的女人，身上胸部勒得圆滚滚的，头发原先是黄色，后来成了白色，目前又弄成黄色；胖乎乎的面孔，抹了脂粉，头前如同小孩一般留了一些短短的刘海儿，衬得面孔仿佛浮肿一般。

"她叫嘉嘉。"福什里毫不在意地说道。

然后他发现这两个字仿佛让他的表弟觉得十分意外，又加上几句说：

"你不知道嘉嘉吗？……她是路易·菲利普时代初期名声大噪的女人。但眼下，她无论到什么地方都必须领着她的女儿了。"

拉·法卢瓦兹对她的女儿毫无兴趣，嘉嘉的神态倒让他十分向往，他的双眼紧紧注视着她，入了神。他认为她魅力十足，不过他不想公开自己的想法。

此刻，乐队指挥开始挥动指挥棒，乐手们就开始演奏序曲。人们仍然接着入场，嘈杂声渐渐大了起来。他们是一伙特意来观赏第一次公演的老观众，始终是这么一些人，他们中有不少已经很熟悉，一看到对方就微笑着凑到一块。此刻，一部分老观众彼此寒暄着，他们不急不忙，十分随和，头上的帽子也不拿下来。巴黎的名流全到了，文学家、金融家和寻找刺激的人们，以及不少新闻记者，一些作家和交易所的投机商，浪荡女人的数量远远超过了正经女人。他们是极其奇特地凑在一起的人们，其中有不同特长的人，这些人全沾上了不同的坏毛病，面孔上都显示出相同的倦怠和亢奋的样子。福什里为了答复他表弟的提问，就将一些特地留给报馆和俱乐部的包厢一一介绍给他，而且还向他提到了戏剧评论家的名字，他们之中有一个瘦子面无表情，长着两片毫不留情的薄嘴唇；他着重向他介绍一个胖子，这人面孔上显现出纯真和蔼的表情，散漫地靠在他旁边一个女人的肩上，用饱含父爱的眼神情意绵绵地望着他的女伴——一个天真的小姑娘。

不过他讲到一半就打住了，由于他发现拉·法卢瓦兹在和对面包厢的人说话。他感到十分意外。

"怎么回事？"他问，"你和米法·德·伯维尔伯爵熟悉吗？"

"啊！认识很长时间了，"埃克托尔回答，"他家有一块地产和我们家的挨着。我总到他们家去……和他待在一起的是他的夫人和他的岳父德·舒阿尔侯爵。"

他表哥的意外让他觉得十分得意，因为虚荣心，他就说出了不少详细情况：侯爵身为咨议员，伯爵不久前被提升为皇后的侍从长官。福什里拿着望远镜，向伯爵夫人看过去，她是一个白皮肤棕色头发的女人，生得丰腴圆润，两只黑眼睛格外漂亮。

"幕间休息的时候你给我引见引见，"福什里说，"我很久前就碰到过伯爵，不过我想在他们家每周二招待客人的时候前去做客。"

由最上面几层楼座上传来几声很大的嘘声让人不要再讲话。序曲已经上演了，人们仍然在不停地入场。晚来的人让一排人起立为他们让路，包厢门的开关声不停响起，走廊中有谁在扯着大嗓门高喊着。聊天的声音一直不停，如同夕阳西下时许多讨厌的麻雀在叫个没完。真是乱哄哄的，哪儿都是头和手臂，一部分人坐下去，还打算坐得自在一些；另一部分人倔犟地立着，打算最后朝周围打量一番。"坐下！坐下！"的叫声由光线微弱的正厅后边冲了出来。剧场中每个人的心里都觉得一阵阵微微的抖动：他们就快看到大名鼎鼎的娜娜了，巴黎由于娜娜已经忙了七天了。

谈话的声音渐渐小了，没有了，不时还有一些模模糊糊的谈话声。在小声交谈慢慢小下来，低低的感叹声渐渐停住的时候，乐队突然奏出一些明快的小音符，下面是一支华尔兹舞曲，曲子的旋律极其下流，里面夹杂着暧昧的笑声。人们被触动了，开始微笑起来。此刻坐在后座头几排由剧院请来营造气氛的人，已使劲儿地拍起手来。戏开始了。

"啊！"一直说个不休的拉·法卢瓦兹猛地说，"有一个男人在露

11

西的包厢中。"

他注视着二楼右边的侧包厢，里边前头坐着露西和卡罗利娜，后头能看到卡罗利娜妈妈的肃穆的面孔，还有一个身材很高的年轻人的侧脸，这人生着满头漂亮的金发，穿着得体，完美无缺。

"你看，"拉·法卢瓦兹接着说，"有一个男人在露西的包厢中。"

福什里这才打定主意用望远镜向侧包厢中观看，不过他立刻又回过头去。

"啊！那人叫拉博德特，"他小声唧咕了一下，口气毫不在意，如同这个人出现在包厢中对什么人而言都是极为正常的事，没什么大不了的。

他们身后有人叫道："别出声！"他们被迫停止了交谈。目前，大厅中静止了似的，由乐队到楼座，许许多多的头探得直直的，紧盯着舞台。这部《金发爱神》的第一幕的场面是在奥林匹斯山；这山是硬纸板做的，两旁有一些云彩，右侧是主神朱庇特的位子。开始出现在舞台上的是虹神和司酒童，他们在一伙天上随从的协助下，给各路神仙聚会摆放座位，他们共同唱了一段大合唱。仅有剧院花钱请来的那群人在使劲儿高喊；人们现在还弄不清楚，接着等候着。随后拉·法卢瓦兹也替克莱莉丝拍手叫好，克莱莉丝就是博尔德纳夫的一个"骚货"，她的角色是虹神，穿着浅蓝色衣服，腰中裹着一块宽大的七色彩带。

"你清楚吗？她是除掉衬衫才裹上这块彩带的，"他向福什里说道，声音高得每个人都可以听清楚。"今天上午我们共同试的……不然的话在手臂下边的后背上都能看到衬衫。"

此刻剧场中发生一阵轻轻的骚乱。原来是罗丝·米尼翁饰演的月神出现在台上。她十分黑瘦，既没有这个角色要求的身材，也没有漂亮的长相，如同一个令人怜惜的巴黎流浪儿，她难看得极有味道，好像是想戏弄一番她所饰演的月神一般。她登台时所唱的音乐和词语真是太差劲了，她在歌中抱怨战神，由于战神打算丢掉她去巴结爱神。她表演时又放不开又害羞，扭怩中充满了放荡的挑逗，让剧院中的人们全兴奋起来。她的丈夫和斯泰内一起坐在那里春风满面地笑着，等到人们最喜欢的男演员普律利埃尔饰演的将军刚出场，全场都欢声雷动；这是由于他饰演的战神是常常在狂欢节上露面的战神，脑袋上有着很多羽毛，身旁挂着一把差不多和肩膀一样高的长剑。他难以再忍受月神了，月神对他呼来唤去得过分了，他想抛弃她。因此月神赌咒说要盯着他，对他实施报复。他们的二重唱用一曲十分幽默的蒂罗尔山歌调①收场，普律利埃尔唱歌时情绪高涨，也显得不伦不类，他的声音仿佛一只发火的公猫的叫声。他是一个运气很好的年轻的男主角，怀着一种滑稽的自视甚高的神情，他的双眼滚动着，好像自己的确是出众的人，引得包厢中的女人们不由得发出刺耳的笑声。

　　然后，观众们平静下来了；他们感到下边几幕戏有些沉重。一直等到老演员博斯克饰演的愚蠢主神朱庇特和他的天后朱诺由于厨娘报的账目而引发了一场家庭纠纷，人们才兴高采烈了一阵儿。不过接连不断的天神登台亮相，差不多又将这气氛都搞坏了，这些天神有海神、冥神、智慧女神，等等。人们逐渐有些心烦意乱了，一片恼人的小声交谈声慢慢大了起来，人们对演出失去了耐心，开始在剧院中四处打量。露西和拉博德特笑着；德·旺德夫尔伯爵由布朗施的胖乎乎的身后探出了脖子；福里什拿眼睛的余光悄悄留意米法夫妇：伯爵的神情极其庄重，好像没有弄明白剧情；伯爵夫人似笑非笑，呆呆地出神，仿佛在想着什么。一转眼，在静默的环境下，那伙花钱请来制造气氛的人一起拍手叫好，齐刷刷的，如同一队士兵放排枪似的。因此人们都扭头往台上看。这下应当是娜娜了吧？这个娜娜实在让人等得难受。

　　司酒童和虹神领上来一支普通人的代表，他们全是有头有脸的有钱人，全是妻子与人通奸的男人，他们来跟主神投诉爱神，讲什么爱神过分激发了他们妻子的情欲。他们的大合唱音色悲哀而纯朴，歌声

---

　　① 蒂罗尔：奥地利西部的一个地名，蒂罗尔山歌调为三拍，唱起来有一种与众不同的音调，发声要从胸腔共鸣转到头腔共鸣。

之间还偶尔掺和着无限懊丧的宁静，人们听了感到挺有意思。因此剧场中就散播着一句话："他们是绿帽子大合唱，他们是绿帽子大合唱"；这句话理当接着散播，于是人们就高叫"再来一个"。所有合唱者的长相都十分奇特，人们认为他们的长相恰巧符合这个名字，特别是一个胖子，肉嘟嘟的面孔，如同月亮似的。此刻，火神极为生气地闯了上来，他想搜寻他的妻子，他的妻子已失踪了整整三天了。合唱再次开始，这一回他们是跟作为王八神祇的火神请求。火神是由方堂饰演的，他是一个小丑演员，具有充分的无耻和特点鲜明的才能，他能异想天开地假装瘸子晃动腰肢的样子①，穿成农村铁匠的模样，顶着红彤彤的假头发，赤着胳膊，上面刺着图案：数不清的红心让箭刺了个通透。一个女人不由自主地大叫道："噢！他真难看啊！"每一个女人都笑着拍起手。

随后的一出戏仿佛没有尽头似的。主神朱庇特常常不停地召集各路神仙开会，将妻子与人通奸的男人们的控告拿出来探讨。可娜娜迟迟不肯亮相！莫非他们打算把娜娜放到结束时才亮相吗？长时间的期待终于让人们忍不住了。悄悄的说话声又响起来了。

"看样子很糟糕，"米尼翁显得很高兴地向斯泰内说道，"人们绝对不会饶过她的，您等着看热闹吧！"

此刻，舞台下面的云朵消失了，爱神亮相了。以十八岁的年龄而言，娜娜的身材非常魁梧结实，她穿着一件女神的白色贴身衣服，金黄的头发随意地搭在肩头，她旁若无人地来到台前，朝人们微微一笑。接着她开始演唱主题歌：

　　夕阳西下，爱神在游荡……

她刚开始唱第二句，剧院中每个人都目瞪口呆。莫非这是逗乐子吗？是博尔德纳夫匠心独具的设想吗？人们过去一直没有听过如此差劲儿的演出，而且唱得十分单调。她的经理说得没错，她的演唱根本

---

① 按照罗马神话，火神为瘸子。

找不着调。而且她甚至在台上应该如何行动都不明白，她使劲儿往前探着双手，全身都摆个不停，人们感到既不合适，又很难看。后排和楼上便宜座位上早就传来了哄闹声，还有人在打着口哨，此刻，前排中间传出了少年发育阶段变声的那种嗓音，毫无戏谑地大喊了一声：

"实在漂亮极了！"

所有的人全回头打量。原来是那个招人喜欢的年轻人，中学的逃课学生，他的一双漂亮的眼睛紧盯着台上，黄头发遮住的面孔因为注视娜娜而烧得通红。他发现大家全扭脸望着他，禁不住热血往脸上涌，替自己下意识的高声谈论而不好意思。达盖内坐在他身边，笑眯眯地打量他。人们也都笑出声来，好像放下了武器似的，不再打算打口哨了；还有那些戴白手套的岁数不大的先生们，让娜娜的身体吸引住了，也疯狂地拍起手来：

"没错！棒极了！太棒了！"

此刻，娜娜发现人们都笑了起来，她也一起笑了。高兴的情绪猛增。这个美丽的姑娘，她也有与众不同之处。她笑的时候，下颌就显出一个令人疼爱的甜甜的小酒窝儿；她自由自在，十分放松地站在那里，立刻就可以和人们打成一片；她眨眨双眼，好像自己在讲，她没有什么不凡的本领，她的本领毫无价值，不过这没什么，她有很多其他的东西。她朝乐队指挥摇摇手，仿佛在说："继续，亲爱的朋友！"她就接着唱下面的歌：

到了午夜，爱神由此路过……

她的歌声还是一样不流畅，不过眼下，她恰到好处地触动了人们，让人们常常感到一阵轻轻的颤抖。娜娜还是笑容满面，让她的红色的小嘴放出光芒，淡蓝色的大眼睛熠熠生辉。她唱到一些相对精彩的词句时，一种痴迷的感觉让她的鼻子往上翘，两片粉红色的鼻翼一动一动的，此刻两颊就仿佛火焰一般通红。她接着扭动着身子，这是由于她能做的仅此而已。目前人们再也不觉得丑陋了，男人们反倒握着望远镜凝神远望了。她这一段唱到最后的时候，差不多一点也唱不出来了，她心中清楚她坚持不到结束了。因此她十分从容地晃了一下腰肢，使臀部在极薄的内衣下露出浑圆的外形，又伸直身子，让胸部挺出来，接着将两只手臂往前探去。掌声一下子由所有的地方传了出来。她立刻回过身子，往台内走去，将后背显露在人们面前，身后散着红棕色的头发，仿佛野兽的毛发一般；掌声更大了。

这一幕的尾声，场面相对萧条。火神要揍爱神一耳光。各路神仙召开了会议，会议决定让各路神仙到凡间进行考察，接着答复妻子与人通奸的男人们。此刻，月神背地里听到爱神和战神在调情，就发誓要在考察人世的过程中随时监视他们。其中有一场戏，由一个十二岁的女童饰演小爱神，她用一只手指抠着鼻眼，对不管何种询问都用夹着哭腔的声音回答："对，妈妈……不对，妈妈……"主神朱庇特生气了，他摆出不容分辩的架势，将小爱神锁到一间暗无天日的房子中，强迫她将"爱"这个动词的变化默诵二十次。最后还相对而言引人注目一些，那是一个大合唱，演员和乐队都表现得极为出色。落幕后，那些花钱请来的人使劲儿拍着手，打算引出一次谢幕，不过所有的人都起立了，早就往出口走了。

大家拥在一行行的椅子之间，彼此踩踏，彼此推搡，人们彼此谈论着。他们完全一致地说着：

"太差劲儿了。"

一个戏剧评论家称这个戏的内容一定要大幅度删减。不过剧本本身并没什么出众之处，大家评说的重点是娜娜。福什里同拉·法卢瓦兹是头一拨出来的几个人，他们在正厅前排的过道上碰到了斯泰内和米尼翁。这个过道又低又窄，如同煤矿的巷道似的，仅有几只煤气灯，在那里真让人喘不过气来。他们在前厅右侧楼梯旁站了一阵儿，楼梯栏杆的转角处能够让他们宽松地站着。最上面的几层便宜座位的人们此刻正往下走，沉闷的皮鞋声不停地传过来；接着是许多黑礼服如同河水似的流过；一个女侍全力保护着一张椅子，不叫大家推挤，因为她将人们存放的外套全摆在上边。

"我见过她！"斯泰内一看到福什里就高叫道，"我肯定在哪儿碰到过她……我想是在俱乐部中，她那时喝得不省人事，叫别人搀着。"

"我嘛，我也想不起来了，"新闻记者说道，"我和您相同，肯定在哪儿碰到过她。"

接着他放低了声音，笑着补充说：

"可能是在老太太特里贡家中吧。"

"真是的！是在这种无耻之处，"米尼翁说，他好像非常不高兴，"不知从什么地方找一个浪荡女人让人们拍手叫好，这简直让人难受。用不了多长时间舞台上就见不到什么好女人了……我迟早得让罗丝不再上台亮相。"

福什里不由得微笑起来。楼梯上的沉闷的皮鞋下楼声还在继续，一个扣着鸭舌帽的小个子男人拉长了嗓门说：

"啊，啦，啦！她全身圆乎乎的！值得观看。"

过道里有两个小伙子，头发烫得非常弯曲，脖子上套着向下翻的硬领①，穿着非常讲究，在那里吵着。其中一个一迭声地说："恶心！恶心！"但没有讲出原因；还有一个仅仅用"棒极了！棒极了！"来应对，好像也不愿说出原因。

拉·法卢瓦兹认为娜娜挺好，他鼓起勇气加了一句：假如娜娜可以想办法练一练她的嗓子，那就更棒了。斯泰内原来已经不再留意他们的交谈，眼下听到这句话，好像一下子醒了似的。无论如何，仍需看看后边的戏，可能在后边会弄错了呢。人们的脸上虽然显示出关注，不过他们的心绝对没有确确实实地到了被迷住的程度。米尼翁保证说这部戏到不了结束就会被赶下台去。最后福什里和拉·法卢瓦兹同他们告别，来到楼上的休息室。米尼翁拉住斯泰内的手臂，放在他的肩头，靠近他的耳畔说：

"亲爱的朋友，您去瞧瞧我妻子在第二场中的衣服吧……极其无耻的衣服！"

楼上的休息室中，点着三个水晶大吊灯。表兄弟俩站在门口不知

---

① 硬领：这种硬领仅将两只领角翻出来，成为相对的两个三角形。

17

如何是好；通过那个敞开的玻璃门看过去，能够发现由过道的一头到另一头，人数众多，形成了进出的两行主流，连续不断地蠕动着。结果，他们终于走了进去。屋内有五六伙人在比比划划地夸夸其谈；还有不少人列着队一个接着一个地走着，他们以脚后跟为轴转动着，结结实实地踩在打蜡的地板上。左右两侧，在仿碧玉的大理石柱子中间，有几个女人，坐在红丝绒垫子的长凳上，看着进进出出的人们。她们一脸倦容，好像酷热让她们没有了活力；她们背对着高大的镜子，在镜子中能够发现她们的发髻。房间的最里头，酒吧间的货柜前，有一个肥胖的在喝着果汁男人。

福什里为了呼吸些新鲜空气，来到了阳台上。拉·法卢瓦兹在认真端详镜框里女演员的肖像，镜框和镜子相互间隔地悬挂在柱子之间，后来他也终于陪着福什里上了阳台。剧院门前的那一行煤气灯已经不再明亮了。阳台上又暗又冷，给他们一种空荡荡的感觉。实际上右侧的门洞外，有一个年轻人，自己孤身隐藏在夜幕中，他的胳膊肘靠在石栏杆上，在吸着香烟，烟头一亮一亮的。福什里看出那人是达盖内，就前去和他打招呼。

"亲爱的，您在此做什么?"福什里问，"您为何藏在这个旮旯里，原先您在第一次公演的晚上，是始终坐在您的前排椅子上的。"

"我想吸烟，您已经瞧到了。"达盖内说道。

福什里想出他的洋相，别有用心地问他：

"那么，您对这个新明星有何评价呢? ……在休息室中，人们对她的评价可不太高啊。"

"哼!"达盖内小声说，"他们全是她不愿靠近的男人!"

他对娜娜的本领，就用这句话来概括了。拉·法卢瓦兹弯着身子朝下面的马路望去。对面，一家旅馆和一家俱乐部的每个窗子都射出一片光线；在街边的人行路上，有很多人在喝东西，围坐在马德里咖啡店门前的一张张桌子旁。

尽管夜已经很深了，人们还是十分拥挤，走起路来非常困难，还有人由儒弗鲁瓦巷子中陆陆续续地出来，马路上车水马龙，行人需要等五分钟才可以走到马路对面。

"如此众多的人！真繁华！"拉·法卢瓦兹不停地说，巴黎依然让他感到新鲜。

铃声响了一阵儿，休息室中的人走光了。大家在过道中快步走着。已经开幕了，还有一伙伙的人往里走，使得提前入座的人非常生气。所有的人都坐到自己的座位上，情绪高涨，再次聚精会神。

拉·法卢瓦兹的头一眼看过去，是瞧嘉嘉；不过他出了神，因为他发现嘉嘉身边坐着的，是那个魁梧的黄头发男人，不久前他还待在露西的包厢中。

"那个人是谁？"他问。

福什里没发现那个人。

"啊，他叫拉博德特。"最后他发现了，就说了他的名字，神情还是漫不经心的。

第二场的舞台设计超乎大家的想象。那是在城关一个叫做"黑球"的小酒馆的舞池中，恰好是狂欢节最高潮的时候；挂着假面具的人们手拉手一面唱歌一面绕圈子跳舞①，并且踩着点。猛地掺杂这种俗气的场面，是出乎人们想象的，他们看得津津有味，喊着再来一回。虹神自称极为了解人间，乐于给各路神仙引路，没想到她领错了路，将各路神仙带到这儿来了，各路神仙就在此开始他们的考察。为了保守秘密，他们全挂上了假面具并乔装打扮。主神朱庇特扮为古法兰克王达戈贝尔，短裤倒穿着，脑袋上扣一顶马口铁的大王冠。太阳神装作隆朱莫地方的驿站马车夫，智慧女神装作诺曼底地方的佣人。人们以一阵哄笑来迎接战神的出场，这是由于战神一身瑞士海军上将的奇异制服。不过海神亮相时笑声就更大了，海神穿着工作服，脑袋上扣着一顶高高隆起的鸭舌帽，弯弯曲曲的鬈发粘在两边太阳穴上，脚上穿着拖鞋，他用含混的声音说：

---

① 这是一种民间歌舞，领头人带头唱歌，手拉着手绕圈子跳舞的人等唱到叠句时接着唱；站在领头人右侧的人能走到圈中挑一个舞伴亲一回，随后站到左侧，一直轮完所有的人。

"怎么！一个人如果是英俊的男人，就理当叫别人喜欢！"

观众中传来几句"噢！""噢！"声，女人们将扇子朝脸上微微挡高了少许。露西在侧包厢中笑声很大，卡罗利娜·埃凯被迫拿扇子微微碰了碰她，让她小点声。

由此刻开始，这部戏有起色了，取得圆满成功的前景已经露出了一些迹象。如此让各路神仙融入到狂欢节中，将奥林匹斯山拉入沼泽中，讽刺宗教、讽刺尽善尽美的仙境的行为，对大家而言，好像是一种非常难得的享受。这种对神圣的东西蔑视的疯狂，已经融入不少特意观赏第一次公演的文人墨客思想中；史诗的神话被踩在足底，古代的人物形象已面目全非。主神朱庇特被改为一个纯朴、公平、十分强大的人，但战神却改为了精神失常的人。各路神仙的统治集团被改为了可笑的乌合之众，军队仅仅是逗乐的对象。一瞬间，朱庇特喜欢上了一个小巧的洗衣女工，与她跳起激动人心的康康舞；洗衣女工是由西蒙娜饰演的，她将一只脚踢到朱庇特的鼻子上，向他喊道："我的肥老爷！"声音十分奇特，使得观众中传出不顾一切的大笑。他们跳舞的时候，太阳神让智慧女神干了不少杯用色拉盘装着的果汁混合酒；海神却稳稳坐在七八个女人之中，她们在让他吃蛋糕。人们牢牢抓住那些别有所指的词句，在上面加入一点淫秽的意思。不少平平常常的词句，如果观众中传出大叫声，就加入了别的意思。大家很长时间没有体验到比这还下流的无耻场面了，浑身上下觉得极其痛快。

这部戏就这样在混乱中演下去。火神此刻装扮为一个英俊的年轻人，浑身衣服都是黄色的，手套也是黄色的，眼窝中夹着一片单眼镜，还在追求爱神。爱神装扮为卖鱼的女商贩，脑袋上系着头巾，挺着胸，上面缀满了十分俗气的金饰品。又白又胖的娜娜饰演臀部和嘴巴都大的角色极其恰当，她立刻赢得所有人的心。人们因此将罗丝·米尼翁抛到脑后了，她饰演一个令人疼惜的小孩，扣着一顶柳枝做的软垫帽，套着细洋纱短裙，正在那里用优美的音色述说着月神的不满。娜娜，这个肉乎乎的姑娘，打着大腿，仿佛母鸡一般咯咯叫着，往四处放射出生命的芬芳，洋溢着女人的无穷魅力，人们被她迷住了。由第二场开始，不管她摆出何种姿势，全都是合乎情理的：她能够在舞台上动作下流，她能够完全唱不准调，她能够想不起台词，这都无所谓，只要她回过身来微微一笑，就能够激起热烈的叫好声。她只要将她最得意的晃动腰肢动作来一回，观众马上情绪高涨，这种高涨的情绪由下自上飘上去，一直飘到天花板才停住。所以当她在小酒馆舞场外边领唱领跳时，这个场面就获得了巨大的成功。她在戏里仿佛在自己的家里似的，一只手放在腰间，毫不在乎，差不多将爱神挪到了路边的阴沟中。同时音乐也好像是专门替她的粗俗口音而有意伴奏的，那是一种芦笛的声音，与圣·克卢市场上卖艺人的音乐极其相似，再加上单簧管的喷嚏声和短笛欢快的跳跃。

有两支歌在观众强烈的要求下不得不再唱了一次。开场时演奏的那支华尔兹舞曲，就是那支旋律下流的华尔兹，目前再次演奏了一次，将各路神仙打发走。装扮为乡下女人的天后，当场捉住朱庇特和那个洗衣女工，揍了他一个耳光。月神偶然碰到爱神和战神在商量见面的地点，她急忙把见面的地点和时间向火神说了，火神高叫道："我有我的办法。"之后的情节仿佛有些含混。这回到人间考察是用一个二拍快舞收场的。跳完这支舞曲，朱庇特上气不接下气，大汗淋漓，王冠也丢了，他宣告称，人间的女人们每个都惹人喜欢，所有的错误都归咎于男人。

幕布拉下来了，传出一片喝彩声，还有一些声音高过这片喝彩声在急切地叫着：

"所有演员出场！所有演员出场！"

接着幕布再次拉起，演员们一个牵着一个地出场了。中间的是娜娜和罗丝·米尼翁，她们紧挨着，朝观众屈膝施礼。人们拍手叫好，花钱请来捧场的人们大叫。不久，渐渐地，剧场中走了一半人。

拉·法卢瓦兹说："我打算向米法伯爵夫人问个好。"

"是呀，随手也给我引见引见，"福什里说，"随后我们一块去楼下。"

不过想来到二楼包厢实在困难。楼上的过道中人满为患。想在人群中往前挪动一下，一定要斜着身子，以胳膊肘挤开一条路，躲着别人往前走。那个浑身肥肉的戏剧评论家，把背倚在一个吐着煤气火的铜灯下，正在那里谈论这部戏，身边站着一伙专心听讲的人。在附近路过的人们，小声彼此转告这个评论家是谁。过道中所有的人都讲，他不久前在演出的全过程中一直合不拢嘴，不过目前他显得极其庄重，评说这部戏的特点是道德方面。离得远一些，站着那个薄嘴唇的评论家，他却是显得十分温和，不过温和之中有一种发了霉的味道，仿佛牛奶坏了似的。

福什里的双眼打量着所有包厢，透过包厢门的孔朝里张望。德·旺德夫尔伯爵挡住他，问他想找什么人；清楚他们想到米法夫妇那儿问候之后，伯爵告诉他们到七号包厢，他本人由那儿出来不久。接着他贴近新闻记者的耳边说：

"我说，亲爱的伙计，这个娜娜，绝对是我们某个夜里在普罗旺斯角碰到的那个……"

"是的！您说得没错，"福什里叫出声来，"很久前我就讲我碰到过她！"

拉·法卢瓦兹向米法·德·伯维尔伯爵引见了他的表哥，伯爵的表情非常冷淡，但是伯爵夫人听见福什里这三个字时，就抬起脑袋来，说了句十分恰当的话来夸奖这个专栏作家在《费加罗报》上发表的文章。她的身体还是倚在丝绒栏杆上，仅仅风度翩翩地耸耸肩膀，将身体转过来一些。他们聊了一阵儿，内容是万国博览会。

"博览会肯定十分精彩，"伯爵说，他的四四方方的面孔带着官方人士的庄重，"我今天去了一趟练兵场……给我的感觉是十分精彩。"

"听人们讲无法准时开始，"拉·法卢瓦兹鼓起勇气插了一句，"听说准备工作还没有就绪……"

伯爵毋庸置疑的口气拦了他的话。

"全部都会就绪的……这是国王的意思。"

福什里神采飞扬地说起他某一天去那里收集一篇文章的素材，那时正在修建水族馆，他几乎被关在水族馆中，伯爵夫人稍稍笑了一下。她偶尔朝楼下的剧场观看一下，举起她的一只手臂，白手套一直到臂弯处，另一只手随意地摇着扇子。差不多没人了的大厅，好像迷迷糊糊要睡了似的；正厅前排有一些人看着报纸，女人们十分随意地招呼着来问候的客人，好像在自己家中似的。在水晶大吊灯之下，仅听到一阵身份高贵的人的小声说话声，吊灯的光线照在休息时观众来回走动带起的灰尘，使光线暗了不少。所有出口都有男人在聚集着，打量那些没有走动的女人；他们老老实实地待在门口，探着脖子，敞着衬衫。

"下周，我们恭候着您。"伯爵夫人向拉·法卢瓦兹说。

她同时还请了福什里，福什里弯腰致意。谁也没有谈论那部戏，也没有谈论娜娜的名字。伯爵的模样非常肃穆，使人很难接近，让人觉得他好像在出席立法会议。为了说明他们到戏院来的原因，他仅仅漫不经心地说是他的岳父爱看戏。包厢的门肯定总是打开着，因为不久前给他俩让座而到外边去的德·舒阿尔侯爵，眼下返回来了，他高大魁梧但又软弱的身体伸得直直的；他的面孔，由宽边帽子下面看过去，是松弛而白皙的；他的迷离的目光，在注视着路过的女人。

刚受到伯爵夫人的邀请后，福什里就起身离开了，他认为评论那部戏是不恰当的。拉·法卢瓦兹最后才从包厢中出来。他不久前看到在德·旺德夫尔伯爵的侧包厢中，毫不拘谨地坐着黄头发的拉博德特，他恰巧与布朗施·德·西弗里热烈地说着什么。

"难道，"他刚追上他的表哥就问，"莫非拉博德特和每个女人都熟吗？……他目前又同布朗施坐到一起了。"

"没错，他都熟，"福什里从容地说，"亲爱的，你如此感到意外，莫非是个外星人吗？"

过道里不那么挤了。福什里正准备下楼，露西·斯图华喊住了他。她在过道最里边的她的边包厢的门前。她说，包厢实在太热了；于是她和卡罗利娜·埃凯及卡罗利娜的妈妈一块逗留在过道的一头，口中吃着糖杏仁。一个女引座员热烈地和她们说着什么。露西和福什里嚷了起来：他实在可以啊，到楼上去问候其他的女人，可不愿意到她们这来看看！然后，她随口讲出她想谈论的内容：

"你清楚吗？亲爱的，我认为娜娜非常好呢。"

她打算让他陪着她欣赏完最后一幕戏，不过他没有同意，仅允诺散场后在门口等她们。接着他就同拉·法卢瓦兹去楼下的剧院门口吸烟。许多人由剧院阶梯上下来，塞住了人行道，在街道上慢慢小了下去的吵嚷声中，呼吸着夜晚的新鲜空气。

此刻，米尼翁将斯泰内拖到了游艺咖啡馆。米尼翁亲身经历了娜娜声名大噪，就换了态度，热情洋溢地评论着娜娜，同时用眼睛的余光瞟着斯泰内。他对斯泰内是非常了解的，过去他两次协助斯泰内追求其他的女人来蒙骗自己的太太罗丝，等斯泰内的冲动平息之后，又将他拉到罗丝身旁，那时斯泰内既懊丧又忠贞不渝。咖啡馆中，人很挤，全用力围在大理石桌子旁；一部分人站着慌慌张张喝光饮料就离开。墙上巨大的镜子，无休无止地映着这济济一堂的场面，将这间窄小的厅堂，及其中的三个吊灯、仿皮漆布面子的凳子、铺着红地毯的旋转楼梯，扩大到极其广阔的地步。斯泰内来到头一间房子中的一张桌子边上，这个房子邻近大街，门已经拆掉了，根据季节而言，如此做可能提前过早了些。斯泰内发现福什里和拉·法卢瓦兹路过，就喊他俩过来。

"到这儿来，和我们共同干一杯啤酒。"

不过斯泰内始终有一个念头：他打算让人给娜娜送一束鲜花。他最后喊来咖啡馆的一个服务生，他十分亲切地称这个服务生为奥古斯特。米尼翁在附近听着，双目闪闪发光地望着他，他发现后心中有些紧张，结结巴巴地说道：

"弄两束鲜花，然后放到女服务生那儿；让她给两个女主角分别献上一束，必须在最恰当的机会送到，明白吗？"

在房子的另一个角落，一个顶多十八岁的姑娘，背倚着镜框，身前放着一个空酒杯，凝在那儿，仿佛经过长久但没有结局的期盼，已经失去了活力。她长着一头浅灰色的生来就有的鬈发，极其漂亮，看来仿佛是个处女，两只天鹅绒一样柔和的眼睛，纯朴而温顺。她裹着一件掉了色的绿绸袍子，扣着一个圆帽，因为经常挨揍，帽子已经破烂了。夜里的冷气让她面无血色。

"噢！原来是萨丹。"福什里发现那姑娘之后小声说。

拉·法卢瓦兹问他究竟有什么事。哦！她是大街上的一个妓女，没什么。不过她是如此无耻，大家老是爱和她聊天。因此福什里就加大了嗓门：

"萨丹，你在那里有何贵干?"

"我没他娘的什么意思。"萨丹还是那副样子，毫不在乎地说。

四个男人都愉快地笑了笑。

米尼翁朝人们说用不着急着入座，第三场戏的布景会用二十分钟。但是表兄二人干了啤酒之后就打算入座了，因为他们感到凉飕飕的。留下了米尼翁和斯泰内，因此米尼翁就把胳膊肘放在桌子上，注视着斯泰内的脸说：

"那么，就说好了，我们前往她家，我给您引见……您清楚，这件事仅有你我清楚，无需叫我的太太清楚。"

福什里和拉·法卢瓦兹回到他们的座位之后，发现在第二排包厢中坐着一个衣着得体的漂亮女人。她身边坐着一个表情庄重的男人，拉·法卢瓦兹知道他，他是内政部的办公室主任，拉·法卢瓦兹在米法家碰到过。福什里说，他断定这个女人是罗贝尔夫人，她是一个品行不错的女人，什么时候都仅有一个情人，没有另外的，同时她的情人始终是一个让人尊敬的男人。

他们被迫转过身子，因为达盖内在朝他们微笑致意。现在娜娜已经声名大噪，达盖内也就可以堂而皇之了，他刚刚在过道中已经体会到了这巨大的成功。坐在他身边的那个岁数尚小的逃课的中学生，一直待在他的椅子上，这是由于他对娜娜的仰慕已经让他浑身发软。他心目中的女性就理当是如此模样的，这样才配叫做女人。他的面孔红得厉害，下意识地反反复复地戴上和脱下手套。接着，他发现身边的人在评说娜娜，他竟然鼓起勇气问：

"抱歉，先生，戏中的爱神，您知道她的情况吗?"

"是的，知道得不多。"达盖内感到意外和茫然，因此吞吞吐吐地回答。

"那么您清楚她家在哪儿了？"

这话说得如此直白，问的又偏偏是他，他实在想揍他一巴掌。

"不清楚。"他生气地说。

说完他就转了过去。那个黄头发的年轻人明白自己太无礼了，脸显得更红了，有些不知所措。

开演的三遍铃声响了，大家挤入场中，女服务生在人流中急着递衣服，手中拿着很多皮大衣和短外衣。花钱请来制造气氛的人瞧到这场戏的布景就拍手叫好。这场戏的布景是埃特纳火山的某个山洞，这山洞位于一个银矿中，山洞两边像刚制成的银币似的熠熠生辉；山洞的里边，火神的炼铁炉仿佛西下的月亮似的闪着亮光。月神在第二幕戏时就和火神约定了，让火神佯作到外边旅行，给爱神同战神的相会腾出地方。等到舞台上仅留下月神时，爱神就上台了。一股强烈的颤抖在每个人身上流动。原来娜娜什么都没穿。她毫不在乎，光着身子在舞台上亮着相，对自己身体的无穷魅力，她有着极强的自信。她的身上有一层轻纱；她的肉乎乎的肩膀，高耸的胸部，仿佛喷头似的挺起的结实的粉红色乳头，性感地晃动着的硕大的屁股，圆滚滚的大腿，白得如同泡沫似的全部身子，在那块烟雾般的纱下面，都可以想象得到、看得到。她是不久前由海中出生的爱神，除了头发之外，没有其他的东西来挡住身子。娜娜抬起两只胳膊时，在舞台灯光的映射下，能够十分清晰地发现她腋窝金黄色的腋毛。台下悄无声息。所有的人都安静下来。男人们的面孔都极其庄重，肌肉十分紧张，呼吸加剧，口中干渴，一点唾沫也没有，此刻仿佛吹过一股温和的风，风中隐含着一种沉默的威慑。一转眼，在这个小姑娘的身子上，显现出一个发育完全的女人，这个女人身上具有女性的风情，把肉欲的未知的大门敞开了。娜娜一直笑容满面，但是她的微笑极其残忍，好像想把男人吃掉似的。

"我的上帝！"福什里仅仅向拉·法卢瓦兹说了这么一句。

此刻，战神带着翎毛，来到相约的地点，看到自己来到了两个女神之间。随后的一幕戏普律利埃尔表演得十分出色：一方面他接受月神对他的恭维，月神在将他出卖给火神之前，还打算进行最后一次尝试，把他拉回来；另一方面他极力享受爱神的殷勤，爱神由于情敌在身边，越发兴奋异常。普律利埃尔沉浸在这些卿卿我我之中，显露出受到百般宠爱而其乐无穷的神情。随后是一段三部大合唱完成了这幕戏。此刻一个女服务生来到露西·斯图华的包厢中，朝台上掷出两大束白丁香花，人们拍起手来。娜娜和罗丝·米尼翁朝观众施礼致意，普律利埃尔拾起那两束花。观众中有一些人回过头向着斯泰内和米尼翁所在的包厢微笑。斯泰内的面孔红得厉害，下巴的肌肉轻轻抖着，好像嗓子中塞着什么东西一样。

以后的剧情彻底抓住了每个人的思想。月神十分生气地离开了。爱神坐到一张苔藓长凳上，立刻让战神坐到她身边。过去谁也没胆子表演如此无耻的调情场面。娜娜用手臂抱住普律利埃尔的脖子，将他拽过来；此刻，饰演火神的方堂，在山洞的里边亮相了，恼火的神情极为荒唐逗趣，他是一个当面抓住太太在偷情的男人，他将被扣绿帽子的丈夫的样子极大地夸张了。他的手中抓着那个十分有名的铁丝网。他将网挥舞了一会儿，就如同渔夫想撒网时的那副模样；接着，他使了个巧妙的计谋，将爱神和战神抓获了，他们困在网中，难以动弹，还摆出一对美满恋人的架势。

评说声慢慢大了起来，仿佛缓缓提高的呻吟声，有一部分人拍起手来，剧院中全部望远镜都指向了爱神。渐渐地，人们被娜娜操纵了，眼下，所有人都被娜娜吸引住了。由娜娜身上露出一种春情，就与由骚动的禽兽身上显现出来的相同，一直在不停地散布着，直到覆盖了整个剧院。到了此刻，她的最不经意的动作都能点燃情欲之火，她仅需抖一下小指头，就可以让男人们想入非非。男人们弯着腰，全身在抖，好像有无形的琴弦在身体里拨动；他们脖子后的软毛，好像让不知哪个女人的口中吐出来的热乎乎而游移不定的气息弄得轻轻抖动。福什里发现他身前的那个逃课的学生，已经让欲念折磨得站了起来，从座位上走了。他觉得十分新鲜，又看看德·旺德夫尔伯爵，伯爵的面孔毫无血色，使劲闭着嘴；瞅瞅胖乎乎的斯泰内，他的样子仿佛中了风一般，一点也没有活着的样子；还有拉博德特，他仿佛一个买卖马的商人，用意外的眼神在望远镜中观看着一匹完美无缺的母马；达盖内的双耳红得厉害，兴奋得手足无措。福什里下意识地扭头往后张望，米法夫妇包厢中的场面让他感到意外：伯爵夫人白皙而庄重，伯爵在她身后伸直身子，张着大嘴，面孔上到处是红色的斑点；他的身边，位于黑暗中的德·舒阿尔侯爵，眼睛本来是迷离的，目前则成了猫眼，放着金色的亮光。所有的人都止住了呼吸，每个人都感到满脸大汗，头发湿乎乎的。人们在剧院中已经待了三个小时，吐出来的气息夹着人身上的味道，让空气慢慢热了起来，在煤气灯高强度的光线下，空中的灰尘渐渐多了起来，集中到大吊灯下。全大厅都哆嗦起来，它又困倦又情绪高涨，渐渐地开始昏头昏脑了，充斥着半夜在睡房深处模模糊糊的睡意。但娜娜，面对着痴迷的观众，面对着满满的而且因为演出马上就收场而困倦不堪和情绪高涨的一千五百名观众，她接连用她那大理石一样白皙的身躯获得了成功，她那猛烈的春情，能够粉碎这些人而安然无恙。

戏马上就要结束了。火神得意地召唤全部的天神出来，一个挨一个地从两个奸夫淫妇身边走过，天神们先后发出"哎哟！""啊！"等意外或者嘲讽的叫声。朱庇特说："我的孩子，我认为您让我们来欣赏这个，确实过于下流了。"接着，事情一转眼就有利于爱神了。先前那个绿帽子合唱队再次由虹神领到台上，他们恳求朱庇特不要接受他们的控告了，因为自打女人们留在家中后，男人们实在难以忍受了，他们宁肯戴绿帽子，日子却还舒服一点。这就是这部戏的中心思想。因此，众人将爱神恢复了自由。火神被确认为夫妻分居。战神和月神再次和解。朱庇特为了维护家庭安定，把那个洗衣女工打发到一个星座之中。结果，人们将被关起来的小爱神放了出来，小爱神被关押时并没有背诵动词"爱"的变位，相反在叠纸鸡。最后的高潮是绿帽子合唱队拜倒在爱神身前，朝她唱一支致谢的赞歌，爱神立在那儿，唇边保持着微笑，她那包含着巨大魅力的躯体看来非常高大。这部戏就在巨大的胜利中结束了。

人们很久前就起立了，朝门口走去。有人大叫着编剧的名字，在猛烈的欢呼声中，演员总共谢了两次幕。高呼"娜娜！娜娜！"的声音，潮水一样散播到每个地方。接着，不等剧院中的人全部退出，大厅就黑了下来；排灯灭了，大吊灯的光线也弱了，长长的灰布帘子，由包厢上掉了下来，挡住了楼厅的镀金饰物。不久前还十分酷热、十分嘈杂的剧院，一转眼进入了昏睡之中，并且产生了一种变质的和灰尘的味道。米法伯爵夫人逗留在她的包厢门前，等着大家过去；她伸直身子，穿着皮大衣，注视着夜幕。

过道中，人们的催促使几个女服务生忙得不亦乐乎，她们就快晕倒了，冲着一摊倒下来的衣服手足无措。福什里和拉·法卢瓦兹连忙跑到前面，想欣赏一番人们往外走的场面。顺着前厅，男人们列成很长的一队。此刻由双排楼梯上，缓缓走下来两行连贯的队伍，这两行队伍又拥挤又排列有序。斯泰内由米尼翁拉着，跟着头一拨人出了戏院。德·旺德夫尔伯爵用手臂挽着布朗施·德·西弗里离开了。嘉嘉和她的女儿猛然间仿佛不清楚该怎么办了似的，拉博德特赶紧过来替她们叫了一部车子，等她们坐好后，还十分殷勤地为她们拉好门。谁也没发现达盖内出来。那个逃课学生，脸颊红得厉害，打定主意到演员出入的那个门去守候，因此他朝全景胡同走去，但却看到铁栅栏门没有开；萨丹在人行道旁站着，走过来用裙子挑逗他，不过他在万念俱灰的情况下，野蛮地回绝了她，转眼挤进人流中消失了，他的眼睛里还含着情欲的泪水和无助的神情。不少观众抽着雪茄，一面走一面唱着：

　　黄昏时刻，爱神在游荡……

萨丹再次来到游艺咖啡馆附近，馆中的服务生奥古斯特请她吃客人没吃完的糖。最后，终于有一个大腹便便的男人，挂着满面性饥渴走出来，将她领走，一齐走入慢慢昏睡下来的大街的黑影里。

此刻，观众还在接着往外走。拉·法卢瓦兹寻找着克莱莉丝。福什里允诺要等露西·斯图华和卡罗利娜·埃凯跟她的妈妈。她们出来了，逗留在前厅的一个旮旯，在纵声大笑；米法全家挂着不可接近的表情走过她们的身边。正巧此刻博尔德纳夫从一扇小门里出来，他让福什里给他的戏写一篇评述文章，得到了福什里的同意。他大汗淋漓，满脸红光四溢，好像成功让他痴迷了。

"您这部戏能不停地演二百场，"拉·法卢瓦兹朝他恭维道，"全巴黎都会来您的戏院抢着买票的。"

但是博尔德纳夫听了却十分生气，一下子抬起下颌，冲着前厅中满满当当的人们，让拉·法卢瓦兹打量一下那些吵闹的男人，他们全都口干舌燥，眼睛充血，占有娜娜的情欲让他们全身发抖，接着博尔德纳夫无礼地喊道：

"称它为我的妓院，倔犟的年轻人！"

第二章

次日上午十点，娜娜依旧没醒。她住在位于奥斯曼大街一座宏伟的新房子的三层楼上，房主将房子分别租给单身女人，她们成了新房子的首批房客。一个莫斯科的有钱商人，来巴黎住一个冬天，将娜娜安排到那儿，并为她支付了半年的房钱。她的房子对她而言是过大了，里面的摆设一直没有置办妥当。屋内的东西豪华得令人目眩，几张金漆的蜗形脚桌子和椅子，和一些由旧货店中弄来的桃花心木圆桌，以及一些仿造佛罗伦萨青铜艺术品的锌制枝形大烛台，十分别扭地堆在一块。这些情景都不难让人看出她是一个很久前就被头一个正经男人甩掉的姑娘，接着又遇到了一些无耻的姘头；也能够猜测得到她刚开始非常不容易，初次下海①就失败了，她碰上了重重困难，借钱被人回绝，并受到被人赶出住房的威逼。

娜娜俯身睡着，一双光溜溜的手臂用力搂着一个枕头，将睡得发白的面孔，藏在枕头中。睡房和洗漱间是唯有的两个屋子，家具是由不远的一个地毯店提供的。一束光线由一个窗帘下射了进来，射到了红木家具、布帘和灰底大蓝花锦缎的椅子上。在这洋溢着睡意、空气湿润的睡房中，娜娜猛地睁开了眼睛，好像因为觉得身边没人而十分意外一般。她打量了一下她身边的另一只枕头，那个枕头罩着镂空花边的枕套，中间陷了下去，是一个人的头压扁的，还稍稍有些热气。因此她抬手搜寻，找到床头的电铃，摁响了电铃。

"他离开了吗?"她问赶来的贴身女佣。

"对的，夫人，保尔先生离开了，离现在不到十分钟……发现夫人十分困倦，他不愿意打扰您。不过他让我转告您，他明天会来。"

贴身女佣佐爱一面说，一面拉起百叶窗。一大片日光照了进来。佐爱长着深棕色头发，脑袋上绑着不少小头带，脸很长，口鼻的模样和狗相似，面无血色，而且有长条疤痕，塌鼻子，厚嘴唇，一对黑眼珠始终灵活地转个没完。

"明天，明天，"迷迷糊糊的娜娜又唧咕着，"明天是轮到他了吗?"

"对，夫人，保尔先生始终是周三到。"

"哎，不行，我记起来了!"娜娜大叫道，立起身子，"事情有了改动。今天清晨我就打算跟他讲……他周三来一定会遇到那个黑家伙，那我们就不好办了!"

"您也不早点吩咐我一下，我难以清楚，"佐爱唧咕着说，"今后您假设想换日子，最好先吩咐我一下，叫我心中有个准备……如此一来，那个老铁公鸡也不是周二来了吧?"

她们二人背地里郑重其事地用"老铁公鸡"和"黑家伙"两个

---

① 下海：旧时称女人初次当妓女为"下海"。

外号来叫两个给钱的客人，其中一个是来自圣·德尼郊区的一个生意人，生性吝啬；另一个是瓦拉几亚人①，自称为伯爵，他给钱的时间一直在变，而且来路不明。达盖内让娜娜将他的约会时间放在那个老铁公鸡之后，这是由于那个生意人次日清晨八点钟肯定会返回他自己的家中，这样达盖内就可以在佐爱的厨房中守候，等老铁公鸡刚离开立刻钻进他的热被窝，一直躺到十点，接着再去干自己的工作。娜娜和他都觉得这样做十分合适。

"行了！"娜娜说，"今天下午我给他邮封信，假如他没有看到信，明天你挡住他，不要叫他进门。"

此刻，佐爱在屋内轻盈地来回走着。她说起昨天演出的圆满成功。夫人非常具有演出才能，歌唱得很精彩！啊，夫人目前能够彻底不用担心了！

娜娜把胳膊支在枕头上，没有说话，仅仅点头示意。她的衣服掉了下来，头发散乱，松软地搭在肩头。

"讲得有道理，"娜娜思索起来，口中小声地说，"但是如何等得及呀？我今天就有许多的困难……唉，今天清晨门卫又到这儿来了吗？"

于是她们郑重其事地讨论起来。她们差了房主三期房钱，房主已经扬言要没收财产了。另外，还有许多各种各样的债权人，一个赶出租马车的，一个洗衣女工，一个男裁缝，一个卖煤的，还有其他的，他们天天都到，到了就逗留在前厅的长凳子上。那个卖煤的特别吓人，他刚踏上楼梯就扯着嗓子喊。不过娜娜觉得最不幸的，是她的小路易；这是她十六岁时生的一个男孩，她把他放在朗布依埃旁边的一个村子中，托付给一个奶妈。这个奶妈向她索取三百法郎，才答应把小路易交还给她。自从她上一回探望了儿子之后，她的母爱就十分强烈，她做了一个打算，想交给奶妈三百法郎，把儿子带回来，寄养在她的姑妈勒拉夫人家中，她的姑妈住在巴蒂尼奥勒，离得不远，她可

---

① 瓦拉几亚：旧为公国，现属罗马尼亚。

以随时去探望他。这个想法一直藏在她心中，她由于这个想法无法实现而觉得失魂落魄。

此刻，佐爱建议她说，夫人理当将眼下的困难和老铁公鸡好好谈一谈。

"唉！我很久前就将所有的事跟他说了，"娜娜叫道，"他告诉我，他有很多债务。他送我的钱，一个月无法多过一千法郎……那个黑家伙呢，此刻正巧一无所有，我猜他是输光了……还有那个不幸的咪咪，他本人还赶着和别人借钱呢；股票一不景气，他就一无所有，甚至连给我送花都买不起了。"

她指的是达盖内。她一睁开眼睛，恍惚中，把最隐私的事全部跟佐爱说了。佐爱对这些知心话也习以为常了，始终是伴着顺从的同情来认真听。既然夫人乐意和她说自己的秘密，她也就鼓起勇气将自己的念头吐露出来。这是由于她十分喜欢夫人，她故意从布朗施夫人那儿走开，就是想到这儿来，谁清楚布朗施夫人曾费过多少心思打算把她弄回去！她想当女佣的话，有很多人抢着用，因为她名声不错！不过她宁肯待在夫人这儿，就算日子不好过也没什么，因为她对夫人的前途信心十足。最后，她将她的建议一一说出。一个人在岁数不大时，常常会干些荒唐事。这一回，必须瞪大双眼别错过机会，因为男人们仅考虑享受。啊！事情不久就会有所改观！夫人仅需开口讲讲，就可以让那伙债权人温顺地一动不动，而且夫人能够得到所需的钱。

"你说得很有道理，美中不足的是无法弄到三百法郎，"娜娜来回重复着这句话，并将手指伸入她的头发中，"我想弄到三百法郎，今天就要，立刻就要……怎么一个可以给我三百法郎的人都没有，实在太无能了！"

她在考虑着，她让勒拉夫人今天上午到这儿来，想让勒拉夫人去朗布依埃领回小路易；目前她的想法落空了，让她感到昨天的成功也黯然失色了。在全部这些朝她使劲儿欢呼的男人中，竟然没有一个能给她十五个金路易①的人！话又说回来了，也不能就这样白白收取别人的钱。我的上帝呀！她是太可怜了！她思索了很长时间，始终惦记着她的儿子，她的儿子长着一双湛蓝的眼睛，仿佛小天使似的，他会稚气十足地说："妈！"声音非常有趣，实在让人开心至极！

恰在此刻，传来了门铃声，声音断断续续而又紧密。佐爱看了一下又返回来，仿佛说知心话似的小声地说：

"来了一个女的。"

这个女的，佐爱过去碰到了不少回了，仅仅是她还假作头一回看到，而且假作不清楚她与一些急着用钱的女人之间有何关系。

"她向我通报了姓名……是特里贡夫人。"

"特里贡夫人！"娜娜叫道，"上帝呀！瞧我，却没想到她……让她进来。"

佐爱领进来一个老女人，身材魁梧，鬓角垂着发卷，动作如同一个伯爵夫人去探望她的官司代理人。随后，佐爱出去了，她静悄悄地离开了，动作仿佛蛇似的，那样子，恰巧与男客到来时她由屋内离开完全相同。但是，实际上她在与不在没什么两样。因为特里贡夫人一直站着。她和娜娜仅仅说了几句话。

"今天，我为您介绍一个客人……您同意吗？"

"同意……他出什么价？"

"二十个金路易。"

"什么时候？"

"三点……这样，咱们就说好了？"

"说好了。"

随后特里贡夫人立刻说起了天气，目前天气干燥，到外边转转很有好处。她仍准备看四五个人。她把一个小本子打开瞧瞧，就离开了。娜娜在只有一个人时，好像觉得十分轻松。一股轻轻的冷气掠过她的肩头，她再次溜入热乎乎的被窝，动作散漫，仿佛一只对冷气十

① 金路易：法国货币单位，一个金路易等于二十个法郎。

分敏感的懒猫。渐渐地，她的两只眼睛合上了，她一想到次日就能给儿子好好地打扮一下，脸上禁不住显出了笑容。此刻，困倦又涌了上来，她昨晚做了整整一晚上疯狂的梦，梦中一片接连不断的欢呼声，仿佛低缓的音乐伴奏，此刻再次笼罩着她，缓解她的困倦。

到了十一点，佐爱领勒拉夫人来到屋内的时候，娜娜仍没醒。不过她觉察到声音就睁开了眼睛，而且立刻叫了出来：

"噢，你来啦……你今天就赶往朗布依埃。"

"我到这儿就是为了这件事，"姑妈说，"十二点二十分有一班火车。我还能赶上这班火车。"

"不行，我等一阵儿才能拿到钱，"娜娜说着，挺直胸膛，伸个懒腰，"你留下用午饭，饭后我们再讨论一下如何处理。"

佐爱递过来一件睡衣，小声说：

"夫人，理发师到了。"

不过娜娜不愿到洗漱间去，她自己喊道：

"到这儿来，弗朗西斯。"

一个打扮得干净利索的男人走了进来，施了一礼。正巧此刻娜娜光着两条大腿由床上下来。她一点也不着急，递过手，叫佐爱将睡衣的袖子套上。但弗朗西斯，则是非常不在乎，漫不经心地站在那里等着，也不背过脸去回避。接着，等到她坐好，让他理了一下头之后，他才张嘴说话。

"夫人可能还没读报吧……在《费加罗报》上有一篇内容挺不错的文章呢。"

他将报纸带来了。勒拉夫人戴上眼镜，立在窗前，把那篇文章高声读了出来。她伸直她那如同警察一样的身材，每说出一个夸大的形容词时，鼻子就向上一纵。这篇文章是福什里欣赏完戏离开戏院写的，整篇文章共有两栏，口气非常热烈，娜娜作为艺术家，让他纵情地嘲笑了一番；作为女人，反倒进行了猛烈的夸奖。

"太棒了！"弗朗西斯不停地说。

娜娜听出作者讽刺她的意思时，一点也不在乎。这个福什里，为人却很有意思；她以后肯定会谢谢他的好意。勒拉夫人又读了一遍这篇文章，读完之后，她猛地声称每个男人的腿肚子都有魔鬼；这句刻薄的暗示到底指的是什么，仅有她自己明白，她感到很得意，再也不愿接着说明了。弗朗西斯将娜娜的头发拢起来，绑好。接着行了一个礼，口中说：

"我接着留意晚报发表什么文章……和平日相同，我依然五点半到，行吗？"

他离开把大门合上的时候，娜娜隔着客厅冲他嚷道：

"替我买一瓶头油和一磅糖杏仁，要布瓦西埃店中的。"

屋内仅有两个女人了，此刻她们才记起来她们相见到现在还没拥抱呢，于是她们彼此在脸上使劲儿地亲了几下。那篇文章让她们情绪高涨。娜娜一直到目前为止仍然迷迷糊糊的，此刻又再次融入巨大成功的喜悦中。实在太好了！罗丝·米尼翁今天上午读了报，这些天够她痛苦的了！娜娜的姑妈始终不喜欢到剧场，听她说，兴奋的情绪会破坏她的肠胃；娜娜因此就将昨天的一切跟她说了，一边说，一边痴迷在自己的讲述中，好像全巴黎都让欢呼声震倒了似的。聊着聊着，她猛地止住了话头，笑得前仰后合，说：当年她还是个不太懂事的姑娘，在金滴路扭着屁股瞎闹的时候，有什么人能想到现在？勒拉夫人晃着脑袋。不，不，什么人也不会想到会到现在的地步。随后姑妈就开口了，她面孔的表情十分庄重，称娜娜为"女儿"。自从娜娜的母亲到天堂与娜娜的父亲和奶奶相逢后，莫非她还算不上娜娜的第二位妈妈吗？娜娜也非常感动，差点淌下眼泪。不过勒拉夫人反复讲，过去的已经过去了。啊！那是不堪回首的往事，这些事情用不着天天挂在嘴边。她很长时间没有来看她的侄女了，因为家中人怪罪她，说她和娜娜在一块儿，会将自己和小姑娘一块毁了。上帝呀！这有什么道理呢！她并不探究娜娜生活中的隐私，她知道娜娜始终在老老实实地生活着。而目前呢，只要发现娜娜处境有所改善，对孩子又有如此亲热的感情，她也就知足了。她认为在这个社会上，规规矩矩和辛勤劳动仍然最值得敬佩。

"这孩子的父亲是什么人?"她猛地换了话题问了个问题,眼睛中流露着机警而好奇的神色。

娜娜被这个突如其来的问题愣住了,她思考了好一会儿。

"一个有身份的人。"她说。

"看!"姑妈说,"别人还说你是与一个泥水匠生的,这个泥水匠还总是揍你呢……好吧,你有机会将所有情况跟我说说;你清楚我是不会乱讲的!……嗯,我会抚养孩子,我会将他视为亲生的孩子来抚养的。"

她过去是卖花的,目前不干了,用自己攒的钱过日子,一年有六百法郎的养老钱,那是一点点积累起来的。娜娜承诺为她租一个不大的漂亮房子,一个月还交给她一百法郎。一听到一百法郎,姑妈更高兴了,她朝侄女高声说道:既然他们全掌握在侄女的手中,就应当用力勒住他们的嗓子;她讲的"他们",是说男人。因此她们重新搂抱和亲热。不过十分高兴的娜娜,又提起了孩子,一下子记起了一件心事,好像重新又给她的脸上罩上了阴云。

"你说烦人不烦人,我三点钟还要到外边走一趟!"她念叨着,"真是个苦差事!"

正巧在此刻,佐爱过来说饭已准备妥了。几个人来到饭厅,看到一个上了岁数的女人已坐在桌子边上了。她戴着帽子,套着一件深色的衣服,已经看不出是什么颜色了,似乎近于棕褐色和浅绿黄色之间。娜娜发现了她,好像没感到意外,仅仅问她怎么不去睡房。

"我发现有人在说话,"老女人说,"我考虑您肯定在会客。"

老女人叫马卢瓦,长得很不错,气质高贵。她的责任是做娜娜的陪客,没事时跟她在一块,出门时当娜娜的女伴。开始勒拉夫人的出现好像让她有些不舒服。接下来,她明白那是娜娜的姑妈时,就以柔和的眼神注视着她,朝她稍稍笑了一下。此刻,娜娜说她饿得够呛,马上冲向小红萝卜,不等面包就吃了起来。勒拉夫人一下子注意起举止来,她不愿吃萝卜,说什么萝卜能生痰。接着,佐爱端来排骨,娜娜仅仅是一点点地吃肉,但使劲地吸着骨髓。她偶尔用余光去打量她朋友的帽子。

"这就是我赠给您的那个新帽子吗?"她终于开口了。

"对,我将它修了修。"马卢瓦夫人小声说,口中塞满了食物。

这个帽子的外形非常奇特,前边的帽檐特别宽大,上面有一根羽毛。马卢瓦夫人有一个嗜好,只要是新帽子她都要修一修;仅有她本人明白她需要那种样式;一转眼她就可以将一个鸭舌帽变为一个最新潮的帽子。娜娜赠她这个帽子,正是想使自己和她外出时不让别人笑话,现在发现她弄成这种样式,她几乎发怒了。她高叫道:

"您怎么也不能再戴它了!"

"不,多谢,"老女人庄重地说,"它不妨碍什么,我戴着它吃得同样舒服。"

排骨端上来之后,是一道菜花,还有一些剩下来的凉鸡。但是娜娜对所有的菜都不太满意,迟疑地闻闻,接着动都不动一下。她用了点果酱,就吃完了午饭。

饭后点心耽搁了很久。佐爱没撤掉餐具就拿来了咖啡。几个人毫不在乎地挪开菜盘。人们的谈话一直围绕着昨天夜里反响强烈的情景。娜娜卷了一支烟,一面晃着身子一面抽着烟,向后一躺,倒在椅子上。发现佐爱仍待在饭厅中,倚着食柜,双手空着没干活,人们就让她说说自己的经历。佐爱说,她是贝西一个引产婆的女儿,引产婆的生意非常糟糕。开始,她去一个牙医家中干活,接着又到一个保险掮客家中,不过这两个地方都不理想。随后她含着一种自豪,说出了她作为贴身女佣所服侍过的不少夫人的名字。佐爱在说起这些夫人时,自视为是她们命运的主宰者。值得肯定的是,假如不是她,这些夫人之中就有人会出尽洋相。举个例子吧,有一回布朗施夫人正在和奥克塔夫偷情,她丈夫回家了;佐爱该怎么办呢?她就在路过客厅时,佯作昏迷在地,那个丈夫就赶紧跑过来,冲进厨房给她倒了一杯水,于是奥克塔夫就借机跑了。

"啊!她可真不错,实在看不出来!"娜娜听得兴致勃勃,禁不住产生了一种敬重和折服的心情,因此听完之后如此说。

"以我为例吧，我也历尽了艰辛……"勒拉夫人讲道。

她向马卢瓦夫人身边靠了靠，将自己的秘密倾吐出来。她们都将方糖泡在白兰地酒中吸食。不过马卢瓦夫人仅仅听其他人的心里话，对她本身却闭口不谈。别人说她凭着一笔年金来生活，年金的出处非常神秘；她的住处，始终没人去过。

猛然间，娜娜火冒三丈。

"姑妈，不要摆弄那些刀子……你明白，那会让我不舒服的。"

原来勒拉夫人在不经意间将两把刀子在桌上弄成了十字架形。尽管娜娜不说自己迷信，假设盐弄翻了，她毫不在意，碰上周五也没什么；不过刀子就不相同了，这是由于刀子始终都很灵验。肯定没错，她一定会碰到不高兴的事。她长出了一口气，接着，带着特别烦闷的样子说：

"已经到两点了……我必须到外边去一趟。真烦人！"

两个老女人对视了一下。三个女人共同点点头，什么也没说。是的，生活中并不是所有事情都十分令人满意。娜娜再次倒在椅子上，又吸上一支烟，而那两个女人就谨慎地闭上嘴巴，她们是非常识相的。

"在等您的时间内，我们可以打一阵牌。"马卢瓦夫人静了一会儿之后说，"这位夫人会玩牌吗？"

是的，勒拉夫人会玩牌，并且玩得很不错。佐爱已经离开了，这里没她什么事了；仅需桌子的一个角，就可以玩了。因此她们将桌布向上一翻，挡住那些餐具。正在马卢瓦夫人自己到食柜的一个抽屉中取牌的时候，娜娜说，在她们打牌之前，马卢瓦夫人假如可以帮她写一封信，她就特别感谢。她自己最不愿意写信，并且她对写的字也拿不准，不过她的老朋友倒可以写感情充沛的信件。她来到睡房拿了一张高级信纸。在一张桌子上随便放着一个仅值三个苏的墨水瓶，以及一支生满了锈的羽毛笔。这封信是送给达盖内的。马卢瓦夫人主动用她一手秀丽的斜体书法来写："我亲爱的朋友"，然后通知他明天不要到这儿，因为"如此做不可以"；但是，"不管在什么地方，什么时候，她的心总是和他在一块儿。"

"而且我要在最后写上'一千个吻'。"她小声说。

勒拉夫人对她所写的全部内容均点头以示同意。她的双眼炯炯有神，她爱加入别人的谈情说爱之中。于是她也打算把她的话写进信中，她佯作情深意长的神情，好像窃窃私语一般加了一句：

"一千个吻，印在你漂亮的双眼上。"

"太棒了，'一千个吻，印在你漂亮的双眼上'！"娜娜重复了一次，两个老女人面露得意之色。

娜娜摁铃让佐爱过来，让她把信托付给某个人送过去。正巧佐爱在和剧院的服务生聊天，那服务生为娜娜带来一张赠票，因为他清晨没想到送来。娜娜把这个人叫了进来，她让他回剧院时，顺便将信捎给达盖内。随后，她问了他几个问题。啊！博尔德纳夫非常高兴；人们已将八天的票都抢购一空；夫人猜测不出，自打今天清晨，无数人来询问她的住处啊。服务生离开后，娜娜说她最多出去三十分钟，假设有人来探望，佐爱可以应付着。她正讲着，大门的电铃响了。来了一个要钱的人，是那个赶出租马车的；他自己已在会客室的软垫长凳上坐下了。这家伙能待在那儿等到天黑，不用管他。

"唉，振作起来吧！"娜娜自言自语道。她还不愿出门儿，打着呵欠，伸着懒腰。"我该动身了。"

但是她还待在那里。她注视着她的姑妈打牌，姑妈不久前声称抓了四张"A"一百分。娜娜一只手支着下巴，精力全部集中到牌上去了。等她听到三点的钟声响起，禁不住跳了起来。

"该死！"她张嘴无礼地骂道。

此刻，忙着算自己有多少"A"和"十"的马卢瓦夫人，用她那柔和的语气建议道：

"亲爱的，您最好还是立刻赶去应付一下。"

"马上走吧。"勒拉夫人一面洗牌一面说，"假设你在四点之前拿着钱回来，我就赶四点半的火车。"

"哦，那是不能耽误的。"娜娜小声地说道。

佐爱仅用了十分钟就帮助她穿戴整齐。她对自己的打扮毫不在意。她刚想动身，门铃又响了。这回是那个卖煤的。不错呀！他能和出租马车的主人待在一起了；这种人，有人陪着就不会觉得没趣。但是，她担心碰到他们会纠缠不清，就穿过厨房从佣人走的楼梯偷偷走了。她总是从这个楼梯走，费劲儿的仅仅是要把裙子提起来而已。

"只要一个人是个善良的妈妈，所有的事情都能宽恕。"马卢瓦夫人在只剩下她和勒拉夫人时，用讲道理般的口吻说。

"我有八十分，四个'国王'。"勒拉夫人说，她玩牌着了魔。

于是两个人全身心地投入到绵绵不绝的牌局中。

桌子上的餐具还放在那儿。屋内午饭的气味和香烟的烟雾搅在一块，笼罩着一股难闻的蒸气。两个女人又开始吸食泡在白兰地酒中的方糖。她们一面打牌，一面吃糖，二十分钟过去了，此刻，传来了第三次铃声，佐爱跑了过来，如同老朋友一样，对她们拉拉扯扯。

"我说，又有人来了……你们一定要离开这儿。假设来人多的话，那就要挤满每个屋子……你们离开吧，快！快！"

马卢瓦夫人打算玩完这一局牌，但是佐爱的表情仿佛立刻要跳到纸牌上来，她不得不决定拿着牌离开，勒拉夫人则拿着那瓶白兰地酒、酒杯和方糖。她们迅速来到厨房，在一张桌子的一端放下东西，位置恰巧在几块摆在那儿晾干的台布，以及一个装着刷碗水的大盆中间。

"我们不久前说了三百四十分……眼下该你出牌了。"

"我出'红心'。"

佐爱再次进来时，看到她们又全身心地投入到牌局之中。静了一阵儿。勒拉太太整理牌时，马卢瓦夫人问道：

"什么人呀？"

"啊！没什么。"佐爱心不在焉地说，"一个小孩……我实在想让他离开，但是他生得很漂亮，嘴边光溜溜的，眼睛湛蓝，长得如同一个小姑娘，稍后来叫他等着了……他抱着一大把花，无论如何也不愿意放下……实在该揍他一顿，一个流鼻涕的小孩，还应该读中学呢！"

勒拉夫人过去取了一个长颈大肚子玻璃瓶，将瓶中的凉水倒入白兰地中；那些方糖让她口干舌燥。佐爱口中念叨着，说什么她也要喝一些，因为她口中苦得仿佛胆汁似的。

"那么，您将他安排到？……"马卢瓦夫人再次问道。

"哼！安排到最里边的那个屋子中，就是什么摆设都没有的那个……里面仅放着夫人的一只箱子和一张桌子。我总是将粗俗的家伙放到那里。"

因此她在倒了水的白兰地中使劲儿放糖，此刻，又传来了电铃声，让她吃了一惊。混蛋！莫非他们就不想叫她稳稳当当地饮些东西吗？假如目前已经开始陆续来人探访，那可太糟糕了！但是，她仍然快速出去开门了。她回来时，发现马卢瓦夫人询问的目光，她就说：

"没有人，只是送来一个花篮。"

三个人彼此点头庆贺，一道饮起酒来。当佐爱终于弄好桌子上的餐具，正准备将盆子全送到水池中的时候，又传来了两声铃声，一次比一次急。不过这些铃声都没什么大不了的。佐爱一直把结果说给厨房中的两个女人，她说了两回她的那句藐视的话：

"没有人，只是送来一个花篮。"

两个老女人在打牌的间隙，听着佐爱讲债主们在会客室中瞧到花篮送到时的那副模样，就欢笑起来。夫人到家时，会看到连梳妆台上也放满了花篮。遗憾的是这些花如此昂贵都无法让受花者得到一分钱。一句话，这些买花的钱都白花了。

"我呀，"马卢瓦夫人说，"如果把巴黎的男人一天天给女人买花的钱给我的话，就非常知足了。"

"那是，您没什么奢望，"勒拉夫人念叨着，"可仅仅够买针线的……亲爱的，我拿着四个'皇后'，六十分。"

还有十分钟就到四点了。佐爱十分意外，不知道夫人怎么会在外面待了这么久。一般情况下，夫人假设被迫在下午外出的话，她一直是想办法早早应付一下就回家，特别快。但是马卢瓦夫人说，一个人无法始终按自己的想法，喜欢如何就如何。勒拉夫人也讲，是的，在人生的旅途中一直会碰见不顺利的事儿的。最佳的选择就是守候；假设她的侄女到现在还没回家，那肯定是遇到了特殊情况，是吗？而且，我们也不无聊，厨房中挺好的。此刻，她已经出完了"红心"，勒拉夫人只好出了一张"方块"。

又传来了门铃声。佐爱进来时，激动得红光满面。

"亲爱的，那个浑身是肉的斯泰内到了！"她还没到屋就放小了声音说，"我把他安排在小客厅了。"

勒拉夫人并不熟悉这些人，因此马卢瓦夫人将斯泰内的简况向她介绍了一番。莫非他想甩掉罗丝·米尼翁了吗？佐爱点点头，她听到了不少传说。不过，此刻她又要出去开门了。

"真见鬼！"她进来时嘀咕着，"黑家伙到了！我使劲儿告诉他夫人不在，但是无济于事，他冲到睡房就坐下了……我们原先打算他夜里才到的。"

四点一刻，娜娜仍不见影子。她遇到了什么事了？她可实在迷糊。又收到了两只花篮。佐爱觉得疲累，就看看还有没有剩下一点咖啡。不错，这两个老女人的确十分高兴地将咖啡喝得一点不剩，这样能够为她们打起精神。她们在椅子中蜷缩着，因为始终不停地重复着一个动作出牌，都倦得迷迷糊糊了。已经是四点三十分了。毋庸置疑，夫人肯定是发生了什么事了。她们开始悄悄谈论起来。

猛地，马卢瓦夫人情不自禁，扯着嗓子叫道：

"我拿了五百分！……是稳赢的好牌！"

"不要说话！"佐爱恼火地说，"您让那几个人听到了不像话！"

因此几个人都一声不响，两个老女人在悄悄地谈论，在这安静中，供佣人走的那个楼梯传来了一阵紧张的脚步声。是娜娜回来了。她还未走进门，人们已经听到了她急促的呼吸声。她进屋时，满脸红光，动作野蛮。她的裙子的带子肯定是拉坏了，裙子拖在地上；裙子的边饰不久前泡在一汪脏水中，那是由二楼淌下的，二楼的女佣人实在是太懒了。

"你总算回家了！谢天谢地！"勒拉夫人说，她绷着嘴唇，仍在因为马卢瓦夫人拿了五百分而懊丧。"你让我等得好苦，你自己认为非常骄傲吧！"

"说实在的，夫人真有些糊涂！"佐爱补充了一句。

"别说了！叫我清静一会儿行不行？"娜娜喊道。

"嘘！夫人，有人来探望您。"佐爱说。

因此娜娜放小了音量，喘着，断断续续地说：

"你们认为我在享乐吗？真是没个头儿。你们最好自己去瞧瞧……我都快气疯了，我真想揍他一顿……回来时还叫不到马车。还好路不算远。我也想不了那么多了，使劲儿地跑了回来。"

"你弄到钱了吗？"姑妈问。

"嗨！这话说得！"娜娜回答。

她在离炉子最近的一个椅子上坐下，跑了这么远，腿都要折了；她不等气息平静下来，就在胸衣中摸出一个信封，里边放着四百法郎。三个女人拢在她身边，紧紧地注视着那个信封，信封捏在她戴着手套的小手中，厚实的纸张已经脏兮兮、皱巴巴的了。眼下已经晚了，勒拉夫人只好明天再前往朗布依埃了。娜娜把事情的来龙去脉原原本本地说了一遍。

"夫人，屋里还有客人。"佐爱再次提醒道。

但是娜娜又生起气来。客人能再待一阵儿。过几分钟，她处理好事情后，马上会见他们。她的姑妈伸手想取钱。

"噢！不，不能都带走，"她说，"给奶妈三百法郎，给你五十法郎路费和零花钱，总计三百五十法郎……我要用五十法郎。"

最难办的是破开一百法郎一张的钱。家中连十个法郎都凑不起来。她们都没有理睬马卢瓦夫人，她身上始终仅有十个苏用来乘公共马车，而且马卢瓦夫人漫不经心地听着她们说着，没有参加。最后，佐爱离开厨房，说去瞧瞧她的箱子中是否有零钱，她回厨房时拿着一百法郎，全是一百个苏的零钱。她们在桌子的一端数好钱。勒拉夫人允诺明天将小路易领回来，马上就离开了。

"您说来了探望的客人吗？"娜娜问，一直待在椅子上歇着。

44

“对，夫人，来了三个人。”

于是她首先说那个斯泰内，娜娜努努嘴。这个家伙，莫非他觉得昨晚朝她送上一束花，她就能叫他来打扰她吗？

“而且，”她说，“我厌烦了。我不想看什么人了。进去告诉他我还没回来。”

“夫人想一想再定吧，您可不能不见斯泰内先生。”佐爱还站在那儿，用庄重的口吻悄悄地说，发现她的女主人又想干一件傻事，心中十分生气。

随后她说起那个瓦拉儿亚人——黑家伙，他待在睡房中，肯定会感到时间太久了。没想到如此一说更引得娜娜怒火冲天，更加坚持不见客人了。不管是什么人，她都不见！自找的！不久前怎么让她陪一个纠缠不清、贪得无厌的男人呀！

“全部撵走！我想和马卢瓦夫人打一阵儿纸牌。我就是打牌也不见他们。”

传来的铃声中止了她的话。实在差劲儿。又来了一个烦人的家伙！她不让佐爱去外边开门。佐爱自作主张地离开了厨房。她进来时，递给娜娜两张名片，用不容抗拒的语气说：

“我已经跟他们说了您立刻就来……他们目前在客厅中。”

娜娜气愤至极地站起来。不过，名片上写着的德·舒阿尔侯爵和米法·德·伯维尔伯爵的字样，又让她恢复了冷静。她静了一阵儿。

“这两个是什么人？”她最后终于问道，“您见过他们吗？”

“我见过岁数大的那个。”佐爱一边说一边小心地闭上嘴巴。

发现她的女主人还在用询问的目光注视着她，她又精练地补充了一句：

“我过去在某个地方碰到过他。”

这句话好像让娜娜打定了主意。她不太情愿地走出厨房，这里实际上是一个温馨的避风港，能随意谈话，能自在地闻着正在剩下的炭火上煮着的咖啡的香味。她将马卢瓦夫人放在这儿，马卢瓦夫人目前正用纸牌来算命；她一直戴着她的帽子，只是想更自在一些，她松开了帽带，将它们搭在肩上。

在梳妆室中，佐爱赶紧帮娜娜套上一件睡衣，娜娜为了报复她碰到的这么多烦恼，口中野蛮地说着粗话，她在诅咒着男人。这些粗话让佐爱听了心中十分痛苦，这是由于她忧心忡忡地发现夫人还无法在短时间内摆脱过去生活的影响，而变得文明一点。她竟然鼓起勇气让夫人别再说脏话了。

"哼！"娜娜无礼地说，"他们都不是好东西，他们喜欢听脏话。"

尽管这样，她仍然扮作公主的神情，这是她常常如此自诩的。她刚想到客厅时，佐爱拦住了她说，让她把德·舒阿尔侯爵和米法伯爵领到这儿来，这样更好一些。

"两位先生，"娜娜说，她的客气极其做作，"让你们久候了，我十分不好意思。"

两个人行了礼，落座。一个绣花的薄窗帘，让屋内的光线显得有些昏暗。在所有屋子中，这个屋子是最有情调的，四周都挂着淡色的布帘，中间放着一张大理石的大梳妆台，一面细木镶着的试衣镜，一张躺椅，几把蓝缎扶手椅。梳妆台上摆着不少花束和花篮，有玫瑰、丁香、风信子，放得如同一座花山，散发着强烈而浓郁的香味；屋内空气很潮，由洗脸盆中散发出来的微微香气中，偶尔传来一股浓郁的香气，那是搁在一只高脚杯中几根弄碎了的干藿香杆散发的香气。娜娜弯曲着身子，将宽大的睡衣绷紧，那神情就好像在打扮时让人碰到似的，皮肤还没干，笑容满面，全身套着网眼花边，样子十分吃惊。

"夫人，"米法伯爵严肃地说，"请您对我们坚持拜望您别见怪……我们是想来募捐的……我岳父和我，全是本区救困所的委员。"

德·舒阿尔伯爵赶紧又恭维说：

"我们刚清楚这栋楼中有一位伟大的艺术家，我们就想用与众不同的方式，朝她说说我们所中穷人的要求……所有的天才，都是有一颗善良的心的。"

娜娜假意谦虚了一阵儿。她仅稍稍点了点头，脑子却在闪电般地运转着。肯定是岁数大的那个领着另一个来的；他的双眼如此色迷迷的。不过，也得要小心另外一个，这个人的太阳穴十分突出，他必会自己一个人前来。是的，肯定是看门人讲出了她的名字，他们就彼此商量着来了，不过脑子里都有自己的想法。

"是的，你们的到来是很有必要的。"她假装十分高兴地说。

但是传来的门铃声吓了她一跳。又有一个人前来探望，而佐爱则来者不拒！娜娜继续说道：

"一个人能够救助他人，那就非常高兴了。"

说真的，她是让他们夸奖得情绪高涨了。

"啊！夫人，"侯爵接着说，"您想象不到，他们的处境是何等的艰难！我们区内的穷人多达三千多，而这个区还是最好的地区之一。您真不能猜测出他们穷到了何种程度：儿童们没有东西吃，妇女们病得厉害，没有人帮他们，马上就要冻死……"

"不幸的人们！"娜娜叫道，内心十分可怜他们。

她的同情心让她的两只漂亮的眼睛中满含着眼泪。她也不想故意摆出一副很有礼貌的样子了，她向前躬躬身子，睡衣敞开了，显出了脖子；而她的膝盖一用力，浑圆的臀部在轻柔的睡衣下也就现出了轮廓。侯爵苍白的面孔上出现了一丝红晕。米法伯爵原打算开口，现在也放下了眼皮。屋子里的温度太高了，充溢着如同温室中的沉闷的热气。玫瑰花都蔫了，高脚杯中散发的藿香味让人沉醉。

"碰上这种情况，一个人就希望自己特别富有，"娜娜说，"但是，说到底，每个人只能尽自己的能力……请不要怀疑，先生们，如果我原先清楚的话……"

她一时心血来潮，几乎快讲出傻话来。所以，她停了下来。有一会儿，她感到十分烦躁，这是由于她记不住她脱掉连衣裙时，把那五十法郎搁在什么地方了。但过了一阵儿，她记起来了：钱肯定搁在梳妆台的什么地方，用一瓶倒了的发蜡压着。她刚打算起身，又传来了门铃声，声音持续了很久。天哪！又有人来了！真是无休无止。伯爵和侯爵都站了起来，侯爵的耳朵仿佛猎狗一般动了一下，转向大门那儿；毋庸置疑，他听惯了许多的门铃声。米法望着他；接着，又相互挪开了视线。他们感到十分窘迫，又装出十分严肃的样子。他们有一个显得整整齐齐，身体健壮，头发生得十分浓密；另一个耸着瘦弱的肩膀，让头上不多的白发搭在肩头。

"说实话，"娜娜说，她取出那十个大银币，想开怀大笑一阵儿，"先生们，你们受累了……这些替我交给那些穷人的……"

她的脸上显出了那个美丽的小酒窝。她看上去纯朴而正直；完全发自内心，伸着摆着一些银币的手，伸向两位先生，好像告诉他们："拿去吧，哪个要拿这些钱？"伯爵的身手更迅速一些，他取走了五十法郎，但还剩了一块银币，他想取走它就一定会碰到娜娜的皮肤，他一沾娜娜湿润光滑的皮肤就哆嗦了一下。娜娜十分高兴，始终笑着。

"就这么多，先生们，"她接着说，"以后，我想可以多施舍一些。"

他们没有理由待在这儿了，就行了礼，朝大门走去。但是，正在他们要离开的时候，又有人按门铃。侯爵露出一丝笑容，而伯爵的脸上则露出了一丝忧虑，使他看来更加庄重。娜娜让他们再待一会儿，以便佐爱再找一个新地方。她不希望客人们在她这儿彼此碰头。但是这回，也许每个地方都有人了吧。当她发现会客室中没有人，她才放下心来。佐爱把他们安排到什么地方了，不会挤进衣柜中吧？

"回头见，先生们。"娜娜说，她来到会客室的门前停下了。

她的笑声和她的透明的眼神好像把他们绑住了。米法伯爵垂下脑袋，尽管他经验丰富，也难免不知所措，他要呼吸清新的空气，梳妆室让他晕乎，花香和女人身上的气味让他喘不过气来。藏在他身后的德·舒阿尔侯爵，肯定清楚伯爵看不到他，就放肆地朝娜娜挤眉弄眼，他的面孔突然变为另外的样子，舌头探到了口边。

娜娜来到梳妆室中时，佐爱站在那儿，手中放着信和名片；娜娜的笑声渐渐高了起来，她喊道：

"这是两个流氓，他们抢走了我五十法郎！"

她并不恼火，仅仅认为男人们由她手中取走了钱，看来十分可笑。但是一句话，他们是两个流氓，因为她现在已是身无分文了。当她发现那些信和名片时，她又生气了。信也就罢了，都是一些男人写的，他们昨夜为她拍手叫好，今天就朝她表达痴情。关于那些探望的客人，他们都可以离开了。

佐爱在所有地方都安顿了客人；她还说什么，娜娜这套房子十分方便，无论哪个屋子都可以进入走廊，而布朗施夫人家的屋子都必须穿过客厅，所以，布朗施夫人就惹下了很多麻烦。

"您将所有客人全部撵出去，"娜娜继续说，她按自己的意思去做，"首先赶走那个黑家伙。"

"他呀，夫人，我早让他离开了，"佐爱微笑着说，"他仅仅想告诉您，他今夜来不了了。"

这真是个好消息。娜娜鼓起掌来。他不来了，真不错！她可以自由了！因此她深深地出了一口气，觉得如释重负，好像她由最难熬的苦刑中解脱了一样。她首先想起了达盖内。这个不幸的情人，她不久前还写信让他周四再来呢！快！快！马上让马卢瓦夫人再写一封信！但是佐爱说马卢瓦夫人又像往常一样，一声不响地离开了。于是娜娜说要派一个人告诉他，不过她还拿不准主意。她非常困倦。有整个晚上能够休息，这太棒了！这个自私的想法终于占据了上风。这一回，她能够甜甜美美地睡上一觉了。

"我今晚从剧院一回来就上床休息，"她带着不知足的样子念叨着，"明天中午之前不要打扰我。"

接着，她加大了嗓门：

"去吧！眼下，帮我把剩下的人都撵出去！"

佐爱还待在那儿。她没胆量直接抵抗娜娜；但是，在娜娜快发火时，她老是极力用她自己的见识来改变娜娜的决定。

"连斯泰内先生也不留吗？"她用强硬的口吻问。

"没错，"娜娜说，"首先让他离开这儿。"

佐爱还没有动，以便留一些时间让娜娜想一想。娜娜由死对头罗丝·米尼翁那夺过来如此富有、在所有剧院都名声显赫的男人，莫非娜娜不认为很自豪吗？

"那么你目前马上去，亲爱的，"娜娜说，她头脑中十分明白佐爱所说的话，"跟他讲，我很烦他。"

不过，一转眼她又有了一个想法；明天她可能会需要他。念及这个，她仿佛一个顽皮的孩子似的比划着，开怀大笑，挤挤眼睛，口中说道：

"无论如何，假设我需要他，最干脆的做法还是将他赶走。"

佐爱看来非常意外。她盯着娜娜，一下子产生了敬畏之情，因此她十分坚决地撵走了斯泰内。

然后娜娜耐心地待了一会儿，就和她一直说的那样，以便娜娜有工夫来"扫清地板"。怎么也不会猜到还有人待在这儿。娜娜伸脑袋张望了一番，客厅中没人。饭厅中也没人。她放心了，感到客人们都离开了，就挨个屋子打量；没想到她进入最里边的那个小屋子，一下子看到里边有一个年轻人。他老实地坐在一个箱子上，静静地，腿上摆着一大把花。

"啊！我的上帝！"她叫了起来，"这里还有人哪！"

那个年轻人一发现她，立刻蹦了下来，满脸通红。他不清楚该如何处理手中的花，只发现他将花束来回换着手，兴奋得有些窒息了。他的年轻，他的窘迫，他的异常脸色，还有他手中的花束，都让娜娜十分同情，她愉快地开怀大笑起来。什么？连孩子都过来了？目前，莫非在吃奶的男人也来她家了吗？她丢掉了所有客套，随随便便，漫不经心，仿佛一个慈母一样，一面拍着大腿，一面逗趣地问：

"你用我给你擦鼻涕吗，孩子？"

"用。"那个年轻人悄悄地用哀求的语气说。

这句话更让她高兴了。他现在十七岁，名叫乔治·于贡。昨夜他在游艺剧院观赏了表演，眼下他来探望她。

"这些花是准备送我吗？"

"是的。"

"那就给我吧，笨蛋！"

不过，在她接花的时候，他猛地借机凑过来亲她的手，那种忘乎所以的样子正是他这种年纪的人所仅有的。她被迫使劲打他才让他放开。这个没长大的孩子，行动起来却也不慢！她一面骂他，一边红着脸，面带微笑。接着她送他离开，允诺他以后能再过来。他跌跌撞撞地离开了，甚至忘了门在什么地方。

娜娜走进梳妆室，弗朗西斯几乎一块进来为她打扮。她要到天黑才穿戴整齐。眼下她垂着脑袋，坐在镜子前，随便理发师灵巧的双手在她头上整理着，她一声不吭，陷入了沉思。佐爱进来说：

"夫人，有一个人还待在这儿。"

"那就让他等吧。"她漫不经心地说。

"如此下去，会来人不止的。"

"哼！让他们等个够吧。当他们饿了，他们就会离开了。"

她的观念变过来了，现在让男人们傻等，才让她觉得心满意足。猛地她有了一个主意，更让她认为有意思，她从弗朗西斯手下跑了出去，亲手锁好门；目前，他们能在旁边的屋内待在一块儿了，大概他们还不至于拆墙吧。佐爱能由连着厨房的那个小门出入。此刻，门铃响起的频率更快了。每过五分钟，门铃就被人按下一次，声音尖利，很有节奏，仿佛走时精确的时钟。娜娜为了打发时间，查着铃声响起的次数。但是她猛地记起了一件事。

"啊，我要买的糖杏仁在哪儿？"

弗朗西斯没想起来拿出买到的糖杏仁。他在外衣的口袋中，取出了一个纸袋，以上流社会中男人送东西给女人时十分谨慎的样子，递给她糖杏仁。不过，每回结账的时候，他一直想着把糖杏仁写在账单上。娜娜把纸袋摆在腿上，开始吃起杏仁来，头在理发师缓缓的推动下来回晃着。

闷了一阵儿后，她自言自语地说："真烦人！来了这么多人。"

门铃接连响了三遍。铃声渐渐多了起来。一部分是有礼貌的，停停响响，带着头一次求爱者的怯生生的劲儿；一部分是大胆的，在野蛮的手指一捅之下就叫了起来；一部分是紧密的，铃声立刻就传了过来。确实如佐爱经常讲的，这是真正的音乐，它的声音能撼动全区，这是由于有很多男人不停地按着象牙门铃。博尔德纳夫，这个喜欢逗乐子的家伙，真的将娜娜的住处通知了不少人，昨夜去看戏的人全来了。

"我记起来了，弗朗西斯，您带着五个路易了吗？"

弗朗西斯向后走了一步，认真看了看她的头发，接着从容地说：

"五个？那真要想想再说。"

"啊！您清楚，"她继续说，"假设您需要有人担保的话……"

她停住了，用手指指旁边的几个屋子，弗朗西斯拿给她五个路易。在梳理头发暂停的一会儿时间，佐爱过来给娜娜化妆。她立刻就准备给娜娜穿衣服了，此刻理发师仍在等着，他准备最后梳理一遍头发。不过接连不停的门铃声干扰了佐爱的工作，她给娜娜绑带子，刚绑到了一半，脚上也仅有一只鞋子。尽管佐爱见过世面，此刻也晕了。她将客人安顿下来，所有地方都有了人；她被迫将三四个男人安排到一个屋子，这是不符合她的原则的。假设他们相互打起来，活该！那反而可以腾出不少地方。娜娜锁上门，藏在里边讽刺他们，说她听到了他们的呼吸声。他们的神情一定十分可笑，每个人都吐着舌头，就仿佛是围成一圈、后腿坐着的狗似的。这是她昨夜的成功的继续，这些猎狗一样的男人已经紧紧地追到她家来了。

"希望他们不要损坏什么东西。"她悄悄地说道。

她开始觉得害怕了，这些人热乎乎的气息由门缝中钻了进来。佐爱领着拉博德特来了，娜娜才长出了一口气。他是来通知她，他在治安裁判所替她还了一笔钱。她并没留意他讲什么，口中连连说：

"我想领您去……我们共同用晚餐……饭后，您和我一块去游艺剧院。我要到九点三十分才有戏呢。"

多棒的拉博德特，他到的真是时候！这个人绝对不向女人请求什么。他仅仅是女人们的朋友，女人们有些无足轻重的小事儿，他都乐于尽力。所以，不久前路过会客室时，他就帮娜娜还了几笔钱。而且，这些忠厚的债主们也不是想来讨债的，相反，他们来是由于欣赏夫人昨夜的圆满成功，他们打算面对面地向夫人道喜，并且还想接着提供新货色。

"动身吧，动身吧。"娜娜已打扮完了，急着让拉博德特离开这儿。

正在此刻，佐爱过来了，口中叫道：

"夫人，我再也不想开门了……楼梯上站了不少人。"

楼梯上站了不少人！弗朗西斯通常表现出对什么事都毫不在乎，此刻也禁不住乐了，手中一边还在收拾他的梳子。娜娜已经拉住了拉博德特的手臂，拖着他朝厨房走去。因此她跑了，终于由男人的眼皮底下逃走了，她觉得十分畅快，这是由于她明白她能够自己任意到什么地方，都不用担心碰上麻烦了。

"完了您要将我送回来。"他们俩穿过专为佣人设的楼梯时她对他说，"如此，我就不害怕了……您没料到吧，今夜我想自己睡一个晚上，仅有我自己，睡一个晚上。这是我的突发奇想，亲爱的!"

第三章

人们通常将萨比娜女伯爵叫做米法·德·伯维尔夫人，用以区分伯爵妈妈的称号，伯爵的妈妈在一年前离开了人间。伯爵的府邸位于米罗梅斯尼尔街，恰巧在庞蒂埃夫街的边上。每周二，米法·德·伯维尔夫人在这府邸中招待客人。这个府邸是一个矩形的宽大的建筑物。米法家住在这儿已经一百年了。街边的房子正面看上去仿佛在昏睡，高大黑暗，如同修道院似的沉闷，高大的百叶窗，差不多一直是紧闭着的；房子的背面，在一个潮湿的花园的一边，有几棵细长、好像在寻觅阳光的树，站在石板墙外都能够看到它们的枝叶。

这个周二，夜里十点钟左右，客厅中的客人才刚来了十几个。伯爵夫人由于仅邀了最好的朋友，因此没有打开小客厅，也没有打开餐厅。人们能够聊得更轻松一些，能够环绕着炉火闲谈。客厅很高大，由四个窗户看过去就是花园；在雨水充足的四月底，这样一个夜里，尽管壁炉中点着粗木柴，大家还是能够感觉到花园中涌进来的潮气。阳光始终没有投到这儿来；白天，一束深绿色的光线映得客厅昏昏沉沉的；但是到了晚间，桌灯和吊灯都点燃之后，这里就成了一个肃穆的客厅，摆放着帝国时代样式的体积笨重的桃花心家具，有黄丝绒的帘布和椅套，上面有光溜溜的大图案。进入客厅就好像处在冷酷的尊严中，处在年代久远的习俗中，处在先前洋溢着宗教忠诚特色的时代中。

壁炉的一侧有一把方形的扶手椅，木质坚硬，布面粗糙，一年前伯爵的妈妈就是在这把椅子上离开人间的；另一侧放着一把很深的椅子，垫着红丝料子坐垫，如同鸭绒似的轻柔，萨比娜伯爵夫人正坐在上面。这是全客厅内仅有的一件流行样式的家具，在庄重的情境中摆放着这样一件新潮的家具，看来十分刺眼。

"那么说，波斯国王很快就要来我们这儿了……"年纪不大的伯爵夫人说。

几位夫人环绕着壁炉坐成一个半圆，她们正在聊着要到巴黎出席万国博览会的那些王公贵族门。杜·戎古娃夫人有个外交官兄弟，这几天正由东方出使回国，因此就让她认真地讲一下纳北尔·埃丹[①]皇宫的情况。

"您有些难受吗，亲爱的?"尚特罗夫人问；她的丈夫是一个冶金工厂主，发现伯爵夫人正在微微哆嗦，面色有些苍白，就过来问她。

"不，没什么，"伯爵夫人笑着说，"我仅仅有些凉……这个客厅生火很久才能热起来!"

于是她把痛苦的眼神顺着墙看过去，一直看到屋顶上。她的女儿爱斯泰勒，年仅十八，正是青春期，身材苗条，长相很一般，原先坐在一张小凳上，目前一声不响地走过来捡起一根掉下来的木柴。此刻

---

① 纳北尔·埃丹：为当时波斯国王，曾到英国和法国旅行。

萨比娜在修道院住时的一个女友，德·谢泽勒夫人，猛地高叫道：

"啊！我却希望有你这么个客厅！无论如何，你总可以招呼客人……现在，人们仅盖矮小的房子……假设我是你！"

她旁若无人地继续说着，比比划划，说她打算换下布帘，换下椅子，全部都打算换换；接下来，她想开个规模宏大的舞会，让整个巴黎为之倾倒。她身后坐着她的丈夫，是一个行政高官，表情庄重地听着她讲话。外边流传，说她与人通奸，而且也不躲避她丈夫；不过人们都不怪罪她，还招待她，这是由于人们说她是个精神失常的女人。

"这个莱奥妮德，净胡说！"伯爵夫人仅悄悄说了一句，面孔上挂着一丝笑容。

她打了一个漫不经心的手势，更明确地显露了她内心的想法。是的，在这儿待了十七年，她也没必要修饰客厅了。目前客厅的摆设，正是她婆婆活着的时候所中意的，就如此维持着吧。接着，她又把话题转到不久前的内容上来：

"别人跟我发誓，说普鲁士国王和俄国皇帝也会出席呢。"

"没错，已经说了要开不少规模宏大的庆祝会。"

银行家斯泰内是由在全巴黎社交圈内交际广阔的莱奥妮德·德·谢泽勒带到这个客厅中的，这是不久前的事儿，眼下他正坐在两个窗子中间的一个长沙发上朝一个众议员发问，这是由于他察觉出了交易所中有一些风声，眼下打算婉转地由众议员的口中问出一点消息。米法伯爵站在他们对面，静静地听着他们聊天，脸色比平日还要苍白。四五个岁数不大的男人围拢在一块儿，站在离大门不远的地方，环绕在格扎维埃·德·旺德夫尔伯爵身边，听他说故事；这个故事说得绝对十分下流，因为旺德夫尔伯爵说的时候声音很小，几个岁数不大的人听了都尽量忍住笑声。在客厅的中央，有一个人静静地坐在一把扶手椅上瞪着眼睛养神，这人长得很胖，是内务部的办公室主任。此刻旺德夫尔伯爵身边有人对他所说的故事产生了怀疑，旺德夫尔就加大了音量说：

"您太多心了，富卡尔蒙；这样您就享受不到乐趣了。"

说完后他就面带笑容来到女士们身边。他是一个声名显赫的家族最末一代后人，头脑非常灵活，一举一动有些女性化；他有难以控制的消费欲望，将众多的金钱挥霍一空。他的赛马马棚是巴黎最好的，他花费了很多钱来养护这个马棚；他在帝国俱乐部每月挥霍的钱，总数令人咋舌；他的情人无论收入怎样，一年总会吞没他一个农场，或者几顷地，或者一片森林，蚕食掉他在庇卡底辽阔的产业。

"我说，您还说别人多疑呢，您本人就十分多疑，"莱奥妮德一面说，一边给他让了一点地方，"是您本人享受不到乐趣了。"

"恰恰如此，"他说，"因此我想让别人引以为戒，别犯我的错误。"

人们此刻不让他再开口，因为他随后又冲撞了韦诺先生。女士们彼此让出一条缝，只发现在一把扶手椅中，有一个六十岁的矮老头儿，他轻轻笑着，显现出一口坏牙；他坐在椅子上，如同在自己家中似的，仅听其他人聊天，自己却闭着嘴巴。他打了一个手势，表示旺德夫尔并未冲撞他。旺德夫尔因此又板起脸，庄重地补充道：

"韦诺先生了解得十分透彻，我仅相信千真万确的事情。"

他是暗指他相信宗教。莱奥妮德听了仿佛也十分满意。而客厅那一头的年轻人却停住了笑声，他们觉得这个客厅的人都佯作十分庄重的模样，没什么能让他们开心的。一股凉风掠过，在一片安静中仅有斯泰内有鼻音的谈论声，众议员说话十分小心，让斯泰内一无所获。萨比娜女伯爵注视了炉火一阵儿，随后接着聊天。

"去年我在巴登碰到过普鲁士国王。根据他的岁数来说，他还是身体很好的。"

"俾斯麦伯爵想和他一块儿来，"杜·戎古娃夫人说，"您熟悉俾斯麦伯爵吗？我在弟弟家中与他一块用过饭，哦！那已经过了好一段日子了，那时，他是驻巴黎的普鲁士大使……看，就是这样一个人，这段时期竟会取得如此巨大的成功，实在让人疑惑。"

"疑惑什么呢？"尚特罗夫人问。

"我的上帝！如何开口呢……他这个人，我一点也不欣赏。他长得十分野蛮，没有文化。而且我自己觉得，他也不太聪明。"

因此每个人都说起俾斯麦伯爵来。人们的看法截然不同。旺德夫尔见过俾斯麦，一再说他有罕见的酒量和不错的赌品。争论达到了最激烈的时候，门开了，埃克托尔·德·拉·法卢瓦兹走了进来。身后带着福什里；他进来后径直来到伯爵夫人身边行礼：

"夫人，我始终记着您的盛情邀请……"

她微笑着寒暄了一句。福什里在同伯爵见过面后，就在客厅中央站了一阵儿。客厅中他仅和斯泰内熟悉，因此看样子有些拘谨。多亏旺德夫尔回过身来，和他握手致意。于是福什里因为看到了认识的人而兴奋起来，马上觉得需要交流一下思想，他把旺德夫尔拽到自己身边，小声向他说：

"绝对是在明天了，您去吗？"

"是的。"

"半夜十二点，在她的住处。"

"我清楚，我清楚……我跟布朗施一块去。"

他打算立即甩开福什里，去女士们身边，以一个新的证据替俾斯麦辩解。不过福什里拉住了他。

"您无论如何也猜不出，她今天让我请什么人去她的住处了。"

说着，他把头稍稍一歪，朝着米法伯爵。伯爵正与众议员和斯泰内谈着国家预算上的某个事情。

"天哪！"旺德夫尔说，他有些意外，又被逗得兴奋起来。

"没错！我还被迫保证绝对要给她把他领到呢。这是我今天到这儿的目的之一。"

两个人都乐了，都没有乐出声音。旺德夫尔赶忙来到女士们的身边，高叫道：

"我发誓，恰恰相反，德·俾斯麦先生是个非常有智慧的人……举个例子吧，某天晚上，他在我面前说了一句十分与众不同的话……"

此刻，拉·法卢瓦兹由于偶然听到了他们的小声交谈，就拿眼睛注视着福什里，想叫福什里向他说明一番，但是福什里没有理睬。他们指的是哪个呢？明天半夜十二点他们想做什么呢？因此他就牢牢地跟着福什里，一步也不远离。福什里已经过去坐下了。他对萨比娜女伯爵十分关注。以前总有人向他说起她的名字，他清楚她是在十七岁时出嫁的，现在可能三十四岁；也清楚她婚后过着修道院一样的日子，仅有她的丈夫和婆婆陪着她。在社交圈子中，一部分人说她仿佛十分心诚的信女一样冷漠，也有一部分人同情她，让人记起她在结婚前，她的笑声是多么欢快，她的双眼放射出热情的光芒。福什里认真观察着她，心中仿佛难以决定。他有一个朋友，是个上尉，不久前在墨西哥阵亡了，他在上战场之前，和福什里一块吃饭，饭后他向福什里倾诉了一段十分真诚的自白，这种自白就算是最小心的人，在某种情况下，也会偶然讲述出来。但是，这件事在他脑子里仅留下一个含混的印象；他仅想起那天晚上他们吃了一顿美味佳肴；现在他发现伯爵夫人穿着黑衣服，从容地微笑着，坐在这个古朴的客厅中，他就产生了疑问。她的身后有一盏灯，灯光映射着她的肥胖的有些黑的侧面，显得外形清晰；脸上仅有嘴唇厚一些，显露出一种无法压制的情欲的需求。

"你们为什么老是谈论俾斯麦！"拉·法卢瓦兹念叨着，他摆出一种在社交圈内非常没意思的神情。"在这儿，真待不下去。你非要上这儿来，实在太糟糕了！"

福什里猛地问他。

"跟我说，伯爵夫人一直没有和其他的男人上过床吗？"

"啊！没有，没有！亲爱的，"他张口结舌地说，显然惊慌失措了，已经想不起来自己在故作姿态了。"你不想想我们身处何地？"

说完，他才觉察到自己恼火的神情太没风度，因此他向长沙发中一靠，口中继续说：

"是的！我说没有，实际上我也了解得不多……那边有一个小孩，名叫富卡尔蒙，每个地方都可以碰到他。当然，我们也碰到过比这更无法想象的事情。这种事，我是不注意的……一句话，可以明确的是，假设伯爵夫人确有见不得人的行为来解闷的话，那她就非常工于心计了，因为事情始终没有被别人传说过。"

接着，没等福什里说话，他就原原本本地将自己清楚的米法家的情况跟福什里讲述了一遍。女士们还在壁炉边上说着话，如果其他人发现他们系着白领带，戴着白手套，坐在那里，悄悄地谈论，肯定以为他们在慎重地谈论着一个庄重的问题。实际上他们说的是米法家的经历。拉·法卢瓦兹十分了解去世的老米法夫人，她是个很难相处的老女人，总是和神甫在一块儿，而且她傲气十足，比划一个庄重的手势就可以让所有人都听从她的吩咐。关于米法，他是将军上了年纪时生的一个儿子，这个将军被拿破仑一世封为伯爵，所以在拿破仑三世政变君临天下后，他十分自然地成为重臣。他的面孔没有高高兴兴的神情，但是他被视为忠厚的人，心地十分善良。除了这些，他还有不少过去的不合时宜的思想，他觉得他在皇宫中所负责的工作，他的面子和他的人格，都十分伟大，所以他带着一种高尚的不容亵渎的表情。给他美好修养的，是他的妈妈老米法夫人：她天天都让他去忏悔，不让他逃课，不让他享受年轻人理当拥有的全部。他是一个循规蹈矩的教徒，他的宗教狂热频繁爆发，爆发时就如同多血质型的人似的猛烈，仿佛生病发烧一般。最后，为了在所描述的人物身上添上最后一点说明，拉·法卢瓦兹靠近福什里的耳边耳语了一句。

"不会的！"福什里说。

"别人向我发誓，说那是一点儿不假的！……他结婚之前，从未和女人上过床呢。"

福什里笑了，他打量了一下伯爵，伯爵的两腮留着胡子，嘴巴下边倒是光溜溜的，显得脸形更方了，此刻他正在朝斯泰内说一些数字，神情看来十分严肃；斯泰内在竭尽全力探听他的消息。

"老实说，他的确生着这种人的模样，"他嘀咕着，"他简直是送给了他太太一件不错的礼品！……啊！不幸的小姑娘，她肯定十分看不上他！我敢保证，她到现在还一无所知！"

恰恰在此刻，萨比娜女伯爵和他说了一句话。他正思考着米法的

59

事，认为像那种事儿又有意思又与众不同，所以没留神她说的话。她把话又重复了一遍。

"福什里先生，您不是写过一篇有关俾斯麦先生的文章吗？……您跟他说过话吗？"

他立刻站起来，来到女士们的身边，极力保持平静，随后就不慌不忙地想起了一句答话。

"我的上帝！夫人，我老实跟您说吧，我发表的那篇文章是按照德国发行的一些传论资料写的……我一直没碰到过俾斯麦先生。"

他站在伯爵夫人附近，一边同她聊天，一边接着思索。她的长相要比她的年龄年轻，无论什么人都会认为她最大不过二十八岁；特别是她的双眼中还有年轻人的神采，长长的睫毛在她的眼睛中投下了蓝色的影子。她自幼在一个父母分居的环境中生活，同德·舒阿尔侯爵待上一个月，又同侯爵夫人待上一个月。她的妈妈去世后，她十分年轻就出嫁了，不用说她的早嫁就是由于她的爸爸，这是由于她干扰她的爸爸。侯爵是个恐怖的人，尽管他十分虔诚，但是和他有关的许多不可思议的传说，在社会上还是到处流传！福什里自问：今天夜里他可不可以有机会碰到侯爵。应该可以，她的爸爸绝对不会不到，但是来得很迟，他负责的工作太多了！福什里自认是清楚老侯爵天天夜里是在哪儿打发的，不过还是摆出一副庄重的模样。有一件事让他十分意外：他看到伯爵夫人的左脸上，离嘴不远的地方，长着一颗黑痣。娜娜也长着这样的一颗，完全相同。这实在令人费解。痣上的软毛弯曲着；不同的是，娜娜痣上的毛是金黄色的，而伯爵夫人的是黑色的。这全部都毫无用处，这个女人不和别的男人上床。

"我始终打算拜见奥古斯塔王后，"伯爵夫人说，"听说她纯朴而虔诚……您觉得她能同普鲁士王一同来吗？"

"可能不会，夫人。"他说。

她不和其他任何男人上床，这是一眼就能看出来的事。只要瞧瞧她附近凳子上坐着的她的十分普通却又非常放不开的女儿，就能够都清楚了。这个冷冷的客厅，弥漫着教堂的气氛，完全能反映出她是在何等的强制之下，过着何等冷漠的生活。在这个年代久远的府邸中，昏暗而潮湿，所有摆设都不是她自己安排的；这儿仅会让人感到米法的威望，米法以他的忠诚的教导，他的忏悔和素食，来治理这个家。不过福什里猛地看到在女士们的身后，扶手椅之中，有一个矮老头儿，一嘴的坏牙，微微地笑着；看到这个人，让他发现了一个重要的论据。他见过这个人。他叫泰奥菲尔·韦诺，过去做过诉讼代理人，一直负责教会的官司。他退休时攒了很多钱，目前过着莫测的生活，什么地方都有人招待他，对他十分尊重，以至于有些怕他，好像他背后有一种不可抗拒的力量，一种大家觉察得到躲在他身后的不可知的力量。但是，他倒显得十分谦卑，他身为玛德兰教堂的财产管理委员，听他讲，为了有点事儿干，才担任了巴黎第九区副区长的职务。我的天！伯爵夫人被围得风雨不透，对她还能有什么不轨的念头呢？

"您说得没错，这里真是太糟糕了，"福什里向他的表弟说，他已经挤出了女士们的圈子。"我们离开吧。"

此刻斯泰内十分恼火地走了过来，米法伯爵和众议员不久前才离开他；但见他大汗淋漓，小声地嘀咕着：

"混蛋！假设他们决定不向我透露一丝消息，那就索性一言不发……我会发现愿意告诉我的人。"

随后他把福什里拉到一个旮旯，改变了说话语气，露出成功的神色说：

"嗨！明天……我也去，老朋友！"

"真的?"福什里口中模糊地答应他，心中有些意外。

"你还不清楚吗？……啊！我用尽心机才在她家看到她！为此，米尼翁死死地看着我，不愿让我自己行动。"

"不过米尼翁夫妇也会到场的呀。"

"没错，她跟我讲了……一句话，她会见了我，邀请了我……一演完戏，半夜十二点。"

斯泰内喜滋滋的，他挤挤眼睛，又加了一句，有意说得让这句话带有其他的意思：

"您呢，受到邀请了吗？"

"您这是什么意思？"福什里佯作不明白他的话，"她是由于想感谢我发表了那篇赞扬文章，因此才去我家来请我的。"

"是，是……你们新闻记者实在不错。人们无论如何都会报答你们的……还有一件事，明天什么人赞助呀？"

福什里摊开双臂，好像是在说这个问题，谁也不知道。但是此刻旺德夫尔在呼唤斯泰内，因为斯泰内见过德·俾斯麦先生。杜·戎古娃夫人已经几乎快折服了。她以下边的一段话进行总结：

"他给我的感觉不太好，我认为他长相凶恶……不过我赞成说他十分有头脑，因此才能获得如此卓越的成就。"

"这是千真万确的，"斯泰内笑着说，"他是出生在法兰克福的犹太人。"

此刻，拉·法卢瓦兹终于鼓起勇气来问福什里了，他赶上他，用手抱住他的脖子：

"明天夜里去一个女人家吃消夜吗？……那女人是谁？嗯？那女人是谁？"

福什里打了个手势示意别人会听到他的交谈，让他行为体面一些。正在这时，客厅的门又开了，来了一个老女人，身后有一个年轻人，福什里看出这个年轻人就是那个逃课学生，在看戏那天晚上高叫一句"太棒了！"的，直到目前这件事仍然是大家议论的焦点。这个老女人的出现，马上引起了客厅中的混乱。萨比娜女伯爵立刻站起来，迎上前去；女伯爵握着她的双手，叫她"亲爱的于贡夫人"。拉·法卢瓦兹发现福什里兴致勃勃地看着这个情景，为了感动他，就用精练的几句话向他说明了一番：于贡夫人是一个公证人的遗孀，目前隐居在她家的老庄园丰代特，这个庄园离奥尔良不远；但是她在巴黎仍有一个住处，那房子位于里舍利厄路。此刻，她来巴黎待上几个礼拜，安排她的那个正在上法科一年级的老儿子。她以前是德·舒阿尔侯爵夫人的一个好朋友，曾目睹伯爵夫人出生，在她还没出嫁的时候，她曾经让伯爵夫人到她家做客，一住就是数日，到目前她和伯爵夫人仍然以你我相称。

"我把乔治也领来了，"于贡夫人向萨比娜说，"我认为，他不再是小孩了。"

年轻人生着两只透明的眼睛和一头金黄的弯曲的头发，外表好像是女孩子的装束；他不慌不忙地朝伯爵夫人行礼，还说他们两年前在丰代特曾共同玩过一场羽毛球。

"菲利普没在这儿吗？"米法伯爵问。

"是的，"老女人说，"他始终驻扎在布尔日。"

她坐下来，十分自豪地说起她的长子菲利普；她的长子身材魁梧健壮，打他一时冲动入伍之后，目前已经迅速获取了中尉军衔。客厅中的每个女人都十分敬重她。接着聊下去，内容更亲密、更文雅了。福什里发现尊敬的于贡夫人坐在那儿，耳边的头发都白了，慈母似的面孔上流露出微笑，而且是非常纯朴的微笑，就禁不住认为自己不久前曾疑心萨比娜女伯爵有越轨行为，真是太滑稽了。

但是，伯爵夫人坐着的那把红绸软缎大椅子，牵住了他的目光。他认为这椅子摆在这间阴森森的客厅中是十分不合适的，而且是拨弄人心和让人想入非非的。不用说，绝对不是伯爵自己把这个让人引起放纵和安逸思想的椅子放在这儿的。可以讲，这是一种试探，是情欲和享乐思想的起始。越思考，他越陷入其中，甚至自己目前身在何地都记不起来了；但是，他又记起了那一天夜里，在一个酒店的小屋子里他的上尉朋友向他述说的那些不够明白的自白。他始终打算让人把他引见给米法家，就是让一种肉欲的好奇心所打动，既然他的朋友已经在墨西哥阵亡了，没人会清楚了。一定要观察一段了。不用说，这绝对是一件傻事，但是，这件事始终困扰着他，他感觉到自己也陷入其中，坏毛病又在他身上复苏了。目前，他发现这把椅子的椅面都是皱褶，靠背又是反过来摆着的，感到非常有意思。

"怎么样，我们离开吧？"拉·法卢瓦兹问，他已经打定主意，只要一离开这儿，他肯定要把去什么女人家吃消夜的事问个明明白白。

"再待一阵儿。"福什里说。

目前他再也不急着离开了，他编个理由说，他是受人之托前来邀客的，但是目前还没发现恰当的场合说。女士们正在说着不久前一家修道院举行的修女入会仪式，那是一个非常感人的情景，三天来全巴黎上层社会都被它深深打动。这仪式是给德·福热赖男爵夫人的大女儿办的，大女儿得到法力无边的神召，入了苦修会做嬷嬷。尚特罗夫人是福热赖的远亲，她说男爵夫人次日就卧床不起了，这是由于她痛苦万分，哭得有些窒息了。

"我坐的地方非常不错，看得真真切切，"莱奥妮德说，"我认为这场面十分罕见。"

但是于贡夫人可怜那个不幸的妈妈。如此就送走了一个女儿，何等难过呀！

"人们都讲我是个忠诚的教徒，"她以平静的直率的口气说，"但是叫儿女们倔犟得如此送死，我仍然认为过于残忍了。"

"对呀，这过于恐怖了。"伯爵夫人小声地说，接着如同一个怕冷的人似的哆嗦了一下，把身子朝正对着火炉的那把大椅子中缩了一下。

接着，女士们纷纷发表自己的看法。不过她们的声音都不大，仅仅偶尔有轻轻的笑声阻止她们庄重的交谈。壁炉上边的两盏灯，上面蒙着粉红色的花边灯罩，射出昏暗的光线，映着她们；更远一些的摆设上，只有三盏灯映射着，使得宽大的客厅，每个地方都是朦胧的阴影。

斯泰内感到无聊了。他将玲珑的德·谢泽勒夫人的一件丑事讲给福什里听，简练地叫这位夫人为莱奥妮德，还称她为"一个不要脸的娘儿们"，但他是悄悄说的，这是由于他们正站在女士们的扶手椅后边。福什里打量了一下这位夫人，她套着一件浅蓝色的缎子长裙，十分奇特地坐在她的扶手椅的一个角上，如同一个男孩子似的弱小，看来非常放纵。他感到意外，怎么会在这种聚会碰到她。在卡罗利娜·埃凯家中大家的行为就十分有分寸，这是由于卡罗利娜的妈妈家教非常严格。那确实是一篇文章的难得的素材。巴黎的社会，是何等荒唐的一个世界啊！最严格的客厅，也会被外人进入。一声不响的泰奥菲尔·韦诺，仅仅始终在那里微笑，亮出满嘴坏牙，一眼就会看出，他肯定是已去世的老伯爵夫人传承下来的客人，还有几个岁数很大的老女人，比如说尚特罗夫人，杜·戎古娃夫人，和在墙边呆呆坐着的四五个老头子，肯定也是老伯爵夫人的客人。米法伯爵结交的客人，都是气度不凡衣着整齐的官员，杜伊勒利皇宫中每个人都爱这样；例如其中的内务部办公室主任，就总是自己站在客厅中央，脸刮得光溜溜的，双目无神，衣服绷在身上，让他一动也不敢动。差不多每个年轻客人，和几个行动优雅的人物，全是德·舒阿尔侯爵领来的，因为侯爵与皇宫妥协，在行政法院工作之后，仍接着和保王党正统派人士交往频繁。其他的就是莱奥妮德·德·谢泽勒、斯泰内等一些不知从何而来的人，他们与于贡夫人形成了强烈的反差，因为于贡夫人具有平易近人的老女人的那种平静慈祥。福什里对这篇文章已经琢磨好了，他起了个题目叫《萨比娜伯爵的客厅》。

"还有一回，"斯泰内小声说，"莱奥妮德把她那个男高音演员约到蒙托邦①去。她本人住在博勒戈意别墅，距蒙托邦八公里，她每天乘一辆两匹马拉的敞篷马车前往蒙托邦的金狮旅馆和他约会，因为他待在那儿……马车停在外面，莱奥妮德在里面一待就是数个小时，经过的人都围着门口观看那两匹马。"

人们安静下来，客厅高高的屋顶下，出现了短暂的肃穆的时刻。有两个小伙子在悄悄交谈，但他们随后也不说了；此刻仅听到米法伯爵轻微的脚步声。客厅中的灯光好像在慢慢减弱，炉火也灭了，冷冷的黑影笼罩着米法家的老朋友们，他们待在这些扶手椅上，已经有四十个年头了。这伙客人们，在彼此聊天之间，仿佛觉察到了伯爵已去世的妈妈，还挂着毫无生气的表情，坐在他们身边。此刻，萨比娜女伯爵又接着说：

"一句话，流传着不少闲言碎语……那个年轻人可能已经断气了，

---

① 蒙托邦：法国城市，位于巴黎以南六百三十公里。

这就可以解释这个不幸的女孩子为何要入修道院了。再说，听说德·福热赖先生无论如何也不会赞成他们的婚事。"

"大家还流传不少其他的事情呢。"莱奥妮德唐突地高叫道。

她乐了，不过不愿说得更详细些。她的样子引得萨比娜也笑了，赶紧用手挡住了嘴。这些笑声在宽大而肃穆的客厅中响起来，好像是水晶掉到了地上，让福什里听了觉得意外。不用说，这个家庭就在这儿发生了问题。于是所有人都讲起话来；杜·戎古娃夫人反对这个观点，尚特罗夫人说她清楚他们本来是决定同意这个亲事的，后来事情产生了变化，最后没有同意；甚至男人们也鼓起勇气说了他们的看法。在一时间，人们看法各不相同；客厅中的各派人物，拿破仑派，保王党正统派，目前时兴的怀疑派，都掺杂在一块同时开口，每个人都十分踊跃。爱斯泰勒摁摁铃，让佣人往壁炉中加些木柴，佣人把灯拨亮了些，全客厅好像又由昏迷中醒了过来。福什里笑了起来，仿佛不再觉得手足无措了。

"当然啦，她们无法与表哥成亲，那就交给上帝吧。"旺德夫尔嘀咕着，这个话题让他十分讨厌，他前来找福什里。"亲爱的朋友，您以前看过一个让人喜欢的姑娘去做修女的吗？"

他对这个话题已经厌烦了，所以，不等回答，又急忙小声说：

"跟我说，明天我们一共有几个人？……有米尼翁夫妇，有斯泰内，您，布朗施和我……还有什么人？"

"我认为，还有卡罗利娜……西蒙娜……不用说还有嘉嘉……没人能真正清楚还有哪些人，对吗？碰上这种聚会，本来觉得仅有二十人，但是真正到场的人会有三十人。"

眼睛始终注视着那些女人们的旺德夫尔，猛地改变了话题。

"十五年之前，杜·戎古娃这女人，肯定非常漂亮……不幸的爱斯泰勒，她越来越细长了。把她送上床，真是很美的一块床板！"

但是他没等讲完，又将话题转到了明天晚上吃消夜的事情上了。

"在这种聚会中，最让人失望的，总是那么几个女人……需要有个生面孔才可以。您动脑筋弄个新人来吧……有了！想到主意了！我去问问那个胖子，让他把那天晚上陪他去游艺剧院的那个女的领来。"

他提到的胖子就是那位正在客厅中央瞌睡的办公室主任。福什里对这场困难的谈判感到非常有意思，就在远处看着他们进行交谈。旺德夫尔来到胖子近前，胖子还是一脸严肃的样子。有一会儿，他们好像是在庄重地谈论着这会儿还没有结果的那个问题，就是如何才能清楚是什么真实的感情让那位姑娘决定入修道院的。过了一阵儿，伯爵过来了，他说：

"不会的。他发誓说她是个好女人。她绝对不会同意……但是我可以发誓，我过去在洛尔的饭店中碰到过她。"

"什么！您也到洛尔那里！"福什里一面笑一面悄悄地说，"您竟然有胆子去那种地方？……我还觉得仅有我们这些没钱的家伙们才……"

"啊！亲爱的朋友，所有的事物都要领略一番呀。"

因此他们一道皮笑肉不笑的，眼中光芒四射，彼此交流一些有关洛尔饭店中的饭菜情况。浑身是肉的洛尔·彼埃德费尔家住烈士路，特地收留那些生活不宽裕的女人们在那里吃东西，一人仅收三法郎，确实是个不错的偏僻之处，每个女人碰到洛尔都和她亲吻。此刻，萨比娜伯爵夫人偶然听到了他们的只言片语，就扭过头来，他们立刻向后退却，彼此推来搡去，心中十分愉快，面孔上泛着红晕。他们没有留神到乔治·于贡在他们附近偷听他们交谈，乔治的面孔通红通红的，就如同一阵红潮由他的耳畔一直涌上他的仿佛大姑娘一般的脖子上。小伙子的心中的确是羞愧而兴奋。自打他的妈妈将他放到客厅后，他就寸步不离德·谢泽勒夫人，他觉得全客厅中仅有她最美丽。但是娜娜比她更加出色。

"昨天夜里，"于贡夫人说，"乔治领我去看戏。没错，就是游艺戏院，算起来我已有十年没去了。乔治喜欢听音乐……对我而言，我丝毫没觉得有意思，可他倒兴高采烈的！……现在，人们上演的戏实在是太奇特了，而且音乐也不令人感动，我实话实说。"

"什么！夫人，您不爱听音乐！"杜·戎古娃夫人抬头望天高叫起来，"竟然有人不爱听音乐，实在是无法理解！"

叫声获得了大家的支持。但是女人们谁也不提游艺剧院的演出，纯朴的于贡夫人丝毫不理解这个剧，这些女人却都看得明明白白，但无法谈论。话题立刻说到了音乐大师身上，人们感动了，用简明的语言和向往的神情表达对音乐大师们的尊敬。杜·戎古娃夫人仅欣赏韦贝尔①，尚特罗夫人则喜欢意大利的音乐家。这伙女人的声音渐渐轻柔，渐渐小了下来。在壁炉前，几乎可以说，这声音好像佛教堂中的苦想，又如同一间小圣堂中醉人的低沉的颂歌声。

"不过，"旺德夫尔拉着福什里来到客厅中央，小声对他说，"我们一定要为明天夜里的聚会弄一个生面孔的女人。您认为我们和斯泰内商量一下如何？"

"啊！斯泰内，"福什里说，"如果他有女人的话，那绝对是整个巴黎都不理睬的。"

旺德夫尔还在向四周张望。

"稍等一下，"他说，"我不久前看到富卡尔蒙，他领着一个十分漂亮的金发女郎。我去让他把她介绍过来。"

然后他就把富卡尔蒙喊了过来，同他迅速地说了几句话，可能事情不太顺利，只见他们悄悄地跨过女士们拖在地上的长裙，走过去和另一个小伙子碰头，和他在一个窗边站着，接着进行交涉。福什里身边无人了，就想朝壁炉走去，此刻，杜·戎古娃夫人正在声明她只要一听到韦贝尔的音乐，眼前就立刻会展现出湖水、森林、被露水浸透的田野上的日出，等等，无论何时都是如此。他还没到达目的地，就感到身后有一只手放到了他的肩膀上，一个声音小声地在他身后说：

"你真不够意思。"

"怎么了？"他扭过头来，看到是拉·法卢瓦兹。

"明天夜里的消夜……你完全能让人家也邀请我。"

福什里正准备回答他，旺德夫尔过来朝福什里说：

---

① 韦贝尔（1786－1826）：德国著名作曲家。

68

"原来她不是富卡尔蒙的女友，而是那边那个年轻人的情人……她来不了。太差劲儿了！……但是我好歹拖住了富卡尔蒙，让他全力以赴将王宫剧院的路易丝介绍过来。"

"德·旺德夫尔先生，"尚特罗夫人加大了音量问，"上周日瓦格纳①的音乐会让人起哄了吗？"

"啊！起哄起得非常冷酷，夫人。"他走过去彬彬有礼地回答。

接着，发现女士们不挽留他，他就离开了，接着向福什里耳语：

"我再去叫几个人……那边的小伙子肯定熟悉不少小姑娘。"

说完只见他笑容可掬，平易近人地来到客厅的所有地方，同男人们靠近，和他们聊天。他渗入人丛之中，和所有人悄悄地耳语几句，又扭过头来挤挤眼睛，或者比划一个暧昧的手势。他那不慌不忙的样子，仿佛是在下达一个命令。最后他的话遍及每个男人，大家都说定了不见不散；但是这场介绍新人所引来的狂热小插曲，却让女士们对音乐的饱含热情的夸夸其谈，全部遮住了。

"行了，不要说您的那群德国人了，"尚特罗夫人反复说，"唱歌，高兴，这才是光明……您听到过巴蒂②表演的《理发师》③吗？"

"唱得太棒了！"莱奥妮德小声说，她在钢琴上演奏的仅仅是一些轻歌剧的歌曲。

此刻萨比娜夫人摁摁叫人铃。每周二，假设到场的客人少一些的话，茶点就放进客厅之中。伯爵夫人一面命令男仆整理一张小圆桌，一面紧盯着旺德夫尔伯爵。她的面孔上挂着笑容，微微显现出雪白的牙齿。当旺德夫尔伯爵路过她身边时，她就问他：

"您在忙活什么呢，德·旺德夫尔伯爵？"

"我？夫人，"他十分从容地回答，"我没忙什么。"

"真的！……我发现您一直没闲着……好吧，您能替我做点事。"

她将一个相册交到他的手中，让他将它搁在钢琴上边。不过他还

---

① 瓦格纳（1813－1883）：德国作曲家。
② 巴蒂（1843－1919）：意大利女歌唱家，经常在巴黎歌剧院演唱；
③ 《理发师》：即《塞维勒的理发师》，作者博马舍，由意大利作曲家罗西尼谱曲。

是想方设法小声跟福什里讲了，他明天还可把塔唐·妮妮领来，她的胸部是冬季里全部女人中最漂亮的；还有玛丽亚·布隆，她是在游艺剧院第一次亮相的演员。在这些日子里，他每动一下都会被拉·法卢瓦兹拦住去路，拉·法卢瓦兹在渴望着他的邀请。最后等不及了，拉·法卢瓦兹被迫毛遂自荐。旺德夫尔立刻就向他发出了邀请；但是，他让他承诺领着克莱莉丝一块儿来。拉·法卢瓦兹假装有些腼腆的神情，旺德夫尔就以下面的话给他打气：

"目前我已经邀请了您，就行了，还怕什么！"

拉·法卢瓦兹十分想了解女主人是谁，不过伯爵夫人又将旺德夫尔喊了过去，向他打听英国人是如何煮茶的。这是由于他总是去英国，他的马还曾在英国出场比赛。依他讲，唯有俄国人懂得煮茶，因此他就把俄国人的煮茶要诀告诉了伯爵夫人。接下来，好像他讲述的时候，心中仍在不停地思考似的，猛地又转到了另一个话题，问道：

"借机问一下，侯爵在哪儿？我们今夜碰不着他了吗？"

"瞎说！我父亲亲自说过他一定到场的，"伯爵夫人回答，"但是我也开始有些沉不住气了……肯定是他的工作拖住了他。"

旺德夫尔深沉地笑了笑。他也觉得侯爵是被工作拖住了，但是他不清楚德·舒阿尔侯爵干的是何种工作。他想起的是侯爵偶尔领到农村去的一个漂亮女人。也许明天也能把她领过来。

此刻，福什里觉得条件已经具备了，能够试试去邀请米法伯爵了。晚会已经进行了很久了。

"是吗？"旺德夫尔问，他还觉得仅仅是说笑呢。

"千真万确……假设我不为她做这件事，她会抠掉我的眼睛。您明白，这是她一时心血来潮。"

"既然如此，我来助您一臂之力，亲爱的。"

已经十一点了。伯爵夫人在女儿的协助下，将茶点递给客人。既然到场的全是老朋友，茶杯和装着点心的盒子就十分随意地一个个传了过去。甚至女士们也待在她们冲着壁炉的扶手椅中没有动，一点一点地喝着茶，吃着手上的点心。议论的内容由音乐换到了供应商身上。容易在嘴里溶化的糖果，布瓦西埃卖的最棒，而冰块则仅有卡特琳最好；但是尚特罗夫人却觉得仅有拉丁维尔卖的东西最棒。说话的速度渐渐缓了下来，一种困倦的气氛使全客厅迷迷糊糊。斯泰内又在背地里动员那个众议员，他将众议员逼在一个双人沙发的边上，打算从他那里得到一些信息。韦诺先生过去肯定是吃甜东西吃多了而弄坏了胃，眼下他仅吃干糕点，不停地吃着，如同老鼠吃东西似的，发出细小的吞咽声。那个办公室主任连鼻子都泡进了茶杯中，不停地喝着。伯爵夫人不慌不忙地由一个人身旁来到另一个人身旁，发放茶点，也不劝客人，仅在他们身前逗留几秒钟，静静地用询问的神情，问他们是否加点心，接着面带笑容离开。壁炉中的熊熊火焰烤得她满面红光，她的外貌看来仿佛是她女儿的姐姐，她的女儿在她附近，看来枯瘦而愚蠢。福什里正在那里和她的丈夫还有旺德夫尔说着话，伯爵夫人走近福什里时，看到他们都不说话了，就没有逗留，走过去将她手中准备送过去的那杯茶，递给乔治·于贡。

"那是一位夫人，她打算邀您吃消夜。"福什里高高兴兴地朝米法伯爵说。

伯爵一晚上面孔上都没有人色，此刻看来非常意外。是谁呀？

"嗯，是娜娜！"旺德夫尔说，他打算迅速完成这个邀请，就直接说出了女主人的名字。

伯爵的神情看来更庄重了。前额显出了不舒服的样子，好像有些头痛，不过眼皮一动不动。

"但是我和这位夫人不熟悉呀。"他小声说。

"行了吧，您已去过她家了。"旺德夫尔说道。

"什么！我到过她家？……哦，是的，有一次，我受救困所之托去过。我已经不记得了……这不要紧，我和她不熟，我无法接受她的邀请。"

他显出一副淡漠的神情，使他们清楚这个笑话在他眼中是卑鄙下流的。一个如他一般身份高贵的人，说什么也不会在这种女人的桌子边入座的。旺德夫尔高喊着说，这仅仅是艺术家们的消夜，我们不必过分苛求天才。福什里也说，以前举行过一次夜餐，桌边苏格兰王子、王后的亲生儿子，和一个过去在咖啡馆中做过歌手的女人坐在一块。但是伯爵对这些依据压根儿不想再往下听，相反更坚定地回绝邀请。平日他是十分注意礼仪的，此刻，他却禁不住显出了生气的神情。

乔治和拉·法卢瓦兹相对站着喝茶，听到了他们附近三个人的交谈。

"啊！原来是娜娜，"拉·法卢瓦兹悄声说，"我早该想到了！"

乔治一声不响，但是他的热情鼓舞起来了，他的金色头发飘动着，他的蓝眼睛放射着光芒，这段日子他堕入其中的罪恶让他兴奋，让他按捺不住。他终于可以参加到他所向往的境界去了！

"遗憾的是，我不清楚她在什么地方。"拉·法卢瓦兹说。

"她家在奥斯曼大街，在拱廊路和帕基埃路之间，四层楼上。"乔治毫不迟疑地说了出来。

拉·法卢瓦兹意外地盯着他，他满面红光，非常腼腆，又非常骄傲，随后又补充了一句：

"我明天晚上也会到场，她今天早上向我发出了邀请。"

此刻客厅中产生了一阵猛烈的混乱。旺德夫尔和福什里无法再强求伯爵了。此刻德·舒阿尔侯爵来到客厅，每个人都赶紧起身迎接。他挪动着两条虚弱的腿，非常不容易地往前走着，来到客厅中央，他站住了，面无血色，挤着眼睛，好像他不久前由光线微弱的小胡同中走出来，让明亮的灯光晃得眯着眼一般。

"我都有些担心您了，爸爸，"伯爵夫人说，"我还觉得我会一直替您担忧到明天呢。"

他仅仅是看着她，什么也没说，看样子仿佛一点也没有听明白。他的鼻子非常大，在刮得光溜溜的面孔上，好像鼓起了一个大疙瘩，而他的下唇却耷拉下来。于贡夫人发现了他这副难看的样子，就带着同情，疼惜地说：

"您工作得过于劳累了。您应当歇歇……到了我们这岁数，应当叫年轻人多干些。"

"工作，啊！没错，就是工作，"最后他终于断断续续地说，"始终忙不完的工作……"

他缓过劲来了，把弯曲的身子伸了伸，和平日一样，抬手梳理了一下自己的头发；他的脑袋上仅有不多的几个环形发卷，在他的身后垂着。

"您干什么去了，弄得这么晚？"杜·戎古娃夫人问，"我还觉得您出席了财政部的招待会了呢。"

此刻伯爵夫人插了一句：

"我父亲要审查一个法律草案。"

"没错，一个法律草案。"侯爵说，"很对，一个法律草案……我闭门不出……这是关于工厂的法规，我想每个人都服从周日休息的规定。政府不愿意强行推出这个规定，实在是卑鄙。周日教堂中都没有人，我们是走向没落的道路上去了。"

旺德夫尔和福什里互相看了看，他们都位于侯爵身后，恰巧能够认真打量他。当旺德夫尔瞅准时机，把他拖到一旁时，旺德夫尔就问起他领到农村的那个漂亮姑娘，侯爵假装出非常意外的神情。可能人家发现他和德克尔男爵夫人在一块儿吧？因为他偶尔也去维罗弗莱逗留几日。旺德夫尔仅有的报复措施就是猛地向他发问：

"跟我说，您今天到什么地方去了？您的手臂上沾得都是蜘蛛网和灰土。"

"我的手臂，"他模糊不清地说，看样子有些紧张，"哦！是的……是有些不干净……我在家里往楼下走时蹭上了一些。"

有一些客人已经离开了。已经快到十二点了。两个男仆悄悄地撤掉了空杯子和装点心的盘子。女士们在壁炉前面再次聚成一个圈子，但是圈子已经小了一些；晚会就要散了，女士们在昏昏沉沉的环境中更加自由地聊着。客厅自己也进入了梦乡。缓缓移动的黑影，衬到墙上。于是福什里说准备离开了。但是当他看着萨比娜女伯爵的时候，他又想不到时间了。她作为这儿的女主人，忙了好一阵儿，此刻正坐在她平日坐的椅子上歇息；她一言不发，双眼注视着一块块马上烧成火炭的木柴，面无血色，神情又非常神秘莫测，让他又不敢相信自己的推测了。炉火的亮光把她口边的那颗黑痣上的黑色映成了金黄色。这和娜娜毫无区别，就连颜色也一样。他忍不住向旺德夫尔耳语了几句。哎呀，没错，旺德夫尔过去始终没有留神这一点。因此他们又接着将伯爵夫人和娜娜进行了对比，他们认为她们的下巴和嘴都十分相似，仅仅是眼睛毫不相同。娜娜总是笑容可掬，非常温柔；伯爵夫人却让人无法猜测，可以讲她是一只进入了梦乡的母猫，爪子紧收，四腿静止，甚至没有神经性的抖动。

"不要瞧她这副神情，如果打算和她上床，仍然有办法。"福什里说。

旺德夫尔用眼睛穿过她的衣服看着她的肉体。

"没错，是有办法，"他说，"但是，您清楚，我对屁股并不挑剔。她的屁股毫无美感，您相信吗？"

他闭上了嘴巴，因为福什里突然碰了他一下，用手点点坐在他们身前的一张凳子上的爱斯泰勒。他们不久前没留神她，加大了音量谈论，肯定都叫她听到了。但是她还是笔直地坐在那儿，丝毫未动，探着她那细长的脖子——发育过于迅速的姑娘的脖子一直是细长的，甚至连头发也没动。于是他们远离了三四步。旺德夫尔发誓说伯爵夫人是一个非常正统的女人。

此刻，壁炉前的说话声又大了起来。杜·戎古娃夫人说：

"我能赞成您的看法，俾斯麦先生可能是一个智者……但是，假设您进而说他是天才……"

女士们又谈论她们最开始的话题了。

"怎么！仍在说俾斯麦先生！"福什里小声说，"这回，我可真离开了。"

"再待一会儿，"旺德夫尔说，"我们一定要让伯爵给我们一个最后的答复。"

米法伯爵正在和他的岳父以及其他几个表情庄重的客人聊着。旺德夫尔把伯爵拖到一边，再次邀请他，而且说明他本人也会出席这次消夜。一个男子汉什么地方都能去，这种地方也仅仅是引起人们的好奇，而不会招来人们的闲话。伯爵半闭着眼睛，静静地听着这些依据。旺德夫尔认为他有些动心了，没料到此刻德·舒阿尔侯爵带着疑惑的表情凑了过来。侯爵清楚了来龙去脉之后，福什里也邀请了他，他悄悄看了看他女婿。此刻出现了一段静寂的时间，几个人都非常窘迫。但是当他俩大着胆子决定接受时，米法伯爵一下子看到了韦诺先生，这个矮老头子紧紧注视着伯爵，面孔上的笑容不见了，面无人色，双眼仿佛纯钢一般明亮锐利。

"不。"伯爵立刻说，语言非常坚定，再想强求他也毫无用处了。

侯爵随后也用更加庄重的语气回绝了。他还说起了道德问题。上流人物理当做出好样子。福什里笑了，和旺德夫尔握手告别，他不等他了，必须立刻离开，因为他还要赶往他的报社。

"在娜娜家，十二点，对吗？"

拉·法卢瓦兹也离开了。斯泰内向伯爵夫人道别后，其他的男人也同他一齐离开了。人们去候见室拿外衣时，所有人都说着相同的一句话："半夜十二点，娜娜家。"乔治要等着同他的妈妈一起离开，就守在门口，把娜娜的详细地址说给他们，第四层楼，左边的门。福什里在离开大门之前，又扭头向客厅打量了一下。他发现旺德夫尔又凑到女士们的身边坐下，正在和莱奥妮德·德·谢泽勒说笑话。米法伯爵和德·舒阿尔侯爵也凑了过去，而那位温和的于贡夫人则眯着眼睛进入了梦乡。韦诺先生躲在女人的裙子后面，把身子再次缩成一团，又满面笑容了。在宽大而肃穆的客厅中，时钟已指向了十二点。

"什么！什么！"杜·戎古娃夫人说，"您认为俾斯麦先生想向我们开战，要攻击我们吗？……啊！这实在太可笑了！"

人们在尚特罗夫人身边笑着，因为是她说这番话的，她又是在阿尔萨斯省听到的，她的丈夫在那开了一家工厂。

"我们幸运的是有皇上，这是最重要的。"米法伯爵打着官腔。

这是福什里听见的最后几个字。他又朝萨比娜女伯爵看了最后一眼，伯爵夫人此刻正不慌不忙地和办公室主任聊着，好像对这个胖子说的话非常感兴趣。福什里出了客厅，把门关好。不用说，他肯定是搞错了。这个家庭中并无缺损。这太遗憾了。

"什么，你还不下来吗？"拉·法卢瓦兹在前厅朝他嚷道。

上了人行道，在告别时，人们又说：

"明天见，娜娜家。"

第四章

从清晨开始，佐爱就将整个房子交给一个大饭店的侍应总管进行装饰，这个总管是布雷邦饭店的，还领来一些助手和服务生。布雷邦饭店包揽一切，其中有消夜，餐具，玻璃器皿，餐巾台布和鲜花，一直到椅子和凳子。娜娜的碗柜中，甚至一打餐巾也拿不出，而她成为舞台上的新星后，还没有功夫在社交圈中亮相，她又不愿到酒店中去招待客人，所以她想把酒店弄到自己家中来。她认为如此做会新颖些。她打算用一次消夜欢庆自己演出的巨大成功，让今后所有的人都要提及她的这次消夜。她的饭厅不够大，侍应总管就将饭桌放在了会客室中，一张桌子上摆了二十五份刀叉，有些过于紧张了。

夜里娜娜回到家中，问道："全部就绪了吗？"

"啊！我弄不清楚，"佐爱气呼呼地、无礼地回答，"感谢上帝！我一点儿也不用管。他们将厨房和屋子弄得乱七八糟！……让我没法不和他们吵嘴。还有，两个老混蛋又到了。是的，我将他们撵了出去。"

她指的是以前给娜娜钱的两个老头子，就是那个生意人和那个罗马尼亚人，娜娜已经打定主意和他们分手了，因为她对自己的未来已经有了充足的信心，而且如她自己所讲，她打算改头换面，开始全新的生活。

"这两个没完没了的混蛋!"她嘟哝着,"假设他们再来,就骗骗他们,说要去叫警察。"

说完,她就呼唤达盖内和乔治,他们把外衣放在了后面的候见室中。她是在全景胡同演员进出处碰到他们的,随手用出租马车载着他们一块儿到了家。发现客人还没到,她就把他们喊到梳妆间,此刻佐爱正在为她修饰。她还没换衣服,就忙着拢起头发,在发髻中和胸衣上插了一些白玫瑰。梳妆间中一团糟,堆满了被迫由客厅中搬来的家具,有好几个小圆桌,翻过来的沙发和扶手椅。当她穿着整齐了,她的裙子却挂在一个家具的小脚轮上,撕开了一条缝。因此,她火冒三丈,口中脏话不断;这种事情,恰恰都让她碰到了。她十分生气地脱掉裙子。这是一件白色的薄绸裙,样子十分简单,十分轻柔,如同一件长衬衣似的牢牢贴在她身上。但是,她刚脱掉,立刻又重新套上了,因为她再也没有她更欣赏的衣服了。她差点流下了眼泪,说自己已成了一个收拾破烂的女人。达盖内和乔治被迫用别针帮她缝起衣服来,让佐爱接着给她弄头发。三个人在她身边忙得不可开交,特别是年轻的乔治,他趴在地上,双手伸进她的裙子里。最后达盖内给她打气说,因为她匆匆表演完《金发爱神》的第三场,忽略了不少台词,跳过了不少唱词,因此目前最多才十二点十五分,这样,她才放松下来。

"我如此演,对那些蠢货,还算是高看一眼了,"她说,"你们发现了吗?今晚就有很多这样的人!……佐爱,我的姑娘,您一定要守在这儿。不要睡觉,我可能会叫您……哎呀!到点了。确实有人到了。"

她奔了出去。乔治仍趴在地上,上衣的下摆拖着地板。他发现达盖内注视着他,禁不住面孔通红。尽管这样,他们相互都产生了好感。他们站在那面大镜子跟前再次弄好了领带,彼此替对方擦掉了在娜娜身上蹭的浑身白粉。

"别人会将这些白粉认作白糖的。"乔治咕噜着,他乐了,如同一个贪吃的幼儿。

一个当天夜里临时找来的佣人，将客人让进小客厅。那个小客厅非常窄小，屋内仅放了四张扶手椅，以便让客人都可以安顿下来。由附近的大客厅中，传来挪动杯盘和银餐具的声音，门缝下面露出一束猛烈的灯光。娜娜来到小客厅时，看到克莱莉丝·贝尼早就坐在一张扶手椅中了，她是和拉·法卢瓦兹一块来的。

"怎么！你来得最早！"娜娜说，打娜娜一举成名之后，她就对克莱莉丝非常热情，和她十分随意。

"啊！还不是他，"克莱莉丝说，"他一直担心迟到……假设我都按他说的做，我甚至都没时间脱去胭脂和假发了。"

拉·法卢瓦兹是初次与娜娜见面，他朝她行礼，讲了些夸奖的话，又和她说起了他的表哥，他是在以极度的礼貌，来遮盖心中的兴奋。不过娜娜一点也没留意他说什么，也不去认识他，仅仅和他握握手，就迅速地来到罗丝·米尼翁身边。面对罗丝，她的神情突然就显得高雅起来。

"啊！亲爱的夫人，您真捧场！……我非常期待您的光临！"

"我发誓，我觉得万分高兴。"罗丝回答，神情也一样有礼貌。

"您坐呀……您有何需要吗？"

"没有，谢谢……啊！我把扇子丢在我的皮大衣上了，斯泰内，您帮个忙，在右侧的衣袋中。"

斯泰内和米尼翁随在罗丝身后进来。斯泰内听了罗丝的吩咐就扭头离开了，随后就拿来了扇子。此刻，米尼翁仿佛兄妹一样搂搂娜娜，同时强迫罗丝也如此搂搂娜娜。大家都身处戏剧界，莫非不是像一家人一样吗？然后他又朝斯泰内挤挤眼睛，好像怂恿斯泰内也搂搂娜娜，不过斯泰内在罗丝透明的眼光注视之下，有些不自然，只好亲亲娜娜的手。

此刻，德·旺德夫尔伯爵领着布朗施·德·西弗里到了。双方十分有礼貌地见了面。娜娜非常热情地把布朗施让进一张扶手椅上。此刻，旺德夫尔笑着跟娜娜说，福什里正在楼下和人斗嘴，这是由于门房不愿叫露西·斯图华的马车进来。他们听到露西在候见室中说门房是一个毫无礼貌的卑鄙家伙。不过当佣人拉开门，她却神情温和，微笑着进了屋子；她朝娜娜进行了自我介绍，握着娜娜的两只手，说她自从初次碰到娜娜，就喜欢上了她，又称娜娜具有值得自豪的天才。娜娜初次担任女主人，这个陌生的身份让她非常高兴，她致了谢，真觉得有些难为情。不过，自从福什里到了之后，她就好像心事重重的。当她抓住时机来到他附近时，她就小声问他：

"他接受了邀请吗？"

"没有，他不想来。"福什里说；原先他已经准备妥了一些假话，打算把米法伯爵的回绝讲得不太生硬，不过没料到她猛地发问，他就直接说了出来。

他发现娜娜面孔失去了血色，才发现自己干了件傻事，他打算想办法把不久前的回答解释一番。

"他是无法前来，他今天夜里必须和伯爵夫人出席内政部的一个舞会。"

"太棒了。"娜娜念叨着，她不相信福什里没有全力以赴帮她做这件事，"我的好人，咱们走着瞧吧，为此我会报复你的。"

"啊！你这是何苦呢？"福什里劝她，听了她这种严厉的话，他的自尊心也受了打击；"这种任务，我开始就不想接受。你让拉博德特去干吧。"

他们都扭过头去，俩人都发了火。恰在此刻，米尼翁将斯泰内拉到娜娜身边。当娜娜自己一个人时，米尼翁就悄悄和娜娜聊天，他的模样从容不迫，谈的话题是卑鄙下流的，仿佛一个为了朋友的享受而劳碌的佣人，实际上他是替他老婆的奸夫拉皮条。

"您明白他由于这件事都要疯了……但是，他担心我的太太。您会照顾他的，是不是？"

娜娜的神情好像没听清楚他的话。她乐呵呵地，看看罗丝，还有她的丈夫和斯泰内；接着，她向斯泰内说：

"斯泰内先生，过一阵儿您挨着我坐。"

此刻，候见室中响起了笑声，悄悄说话声，以及一阵阵兴致勃勃的聊天声，好像整个修道院中逃课的女生都来到了这儿。拉博德特到了，身后有五个女人，以露西·斯图华的尖酸的话来讽刺，这五个女人就是他开设的学校的所有寄宿生。其中有嘉嘉，得意洋洋地穿着一件绷在身上的蓝天鹅绒裙子；有卡罗利娜·埃凯，和平日一样，穿着黑缎，点缀着尚蒂伊产的网眼花边；然后是莱娅·德·霍恩，和她往常一样，穿得十分奇特；接着是浑身是肉的塔唐·妮妮，一个纯朴的金发姑娘，胸部大得如同一个奶妈，所有人都由于这个而讽刺她；最后是一个枯干的玛丽亚·布隆，年方十五岁，品行坏得如同一个没人管的孩子，她是在游乐剧院第一次亮相的明星。拉博德特把她们用一辆车子拉了过来，她们仍在笑不久前拥挤的场面，玛丽亚·布隆被迫坐在他人的腿上。不过看到娜娜后，她们都不说话了，彼此握手和行礼，每个人都老老实实，十分有礼貌。嘉嘉假扮出天真无邪的神情，因为扮得太老实了些，甚至说话也和孩子似的吐字含混。唯有塔唐·妮妮手足无措，这是由于别人路上跟她说，娜娜雇了六个一丝不挂的黑人在服侍她们的消夜，她眼下想立刻瞧瞧这些黑人。拉博德特称她为傻瓜，让她别提这件事了。

"还有博尔德纳夫呢？"福什里问。

"啊！您琢磨琢磨我是何等伤心，"娜娜大叫，"他无法出席我们的聚会了。"

"谁说不是呢？"罗丝·米尼翁说，"他的脚踩进舞台地板上的一个活板门里，把一只脚弄伤了，伤得非常严重……如果你们碰到他的那副神情，一只脚裹着，伸直了放在一张椅子上，口中不停地诅咒着！"

人们都遗憾博尔德纳夫没有到场。如果博尔德纳夫不在的话，就无法度过一个完美的消夜。但是，目前实在没办法了。因此人们开始说其他的事情，恰在此刻，一个洪亮的声音传了过来。

"怎么！怎么！你们就如此将我打入另册了吗？嗯？"

有人尖叫了一下，人们都扭过头来。原来是博尔德纳夫肥胖的身子出现在门口，他满脸通红，一条腿直挺挺的，靠在西蒙娜·卡比洛什的身上。现在，和他上床的是西蒙娜。这个小姑娘读过书，会弹钢琴，懂英语，头发金黄，娇小玲珑，非常招人喜欢，但是身体软弱，在博尔德纳夫野蛮的重压下，身子都快弯下来了。不过，她仍是乐呵呵的，显得非常温顺。他觉得他们俩已成了人们关注的焦点，就保持了几秒钟这个姿势。

"人家非常喜欢你们，是吗?"他接着说，"说实在的，我是担心我无聊，才告诉自己：我出席吧……"

说到这儿他猛地骂了一声：

"混蛋!"

原来西蒙娜走得急了些，他身子一晃，几乎摔倒。他伸手推了她一把。不过她还是乐呵呵的，把漂亮的面孔垂了下去，好像一头担心挨揍的牲口，急忙将一个浑身是肉的金发姑娘的所有力气使出来搀着他。此刻，人们一面高叫，一面也急着过来帮忙。娜娜和罗丝·米尼翁拿来一把扶手椅，博尔德纳夫顺势一下子坐了下去，其他的女人又拿来另外一把扶手椅，让他放脚。每个在场的女演员自然而然地过来亲他。他仍在长吁短叹地抱怨他的脚。

"混蛋! 混蛋! ……幸好，我的食欲很好，不信你们等着看。"

其他的人也来了。屋子里的人多得快要无法走动了。旁边的大会客厅中，杯盘和银餐具的响声早就没了，目前响起的是斗嘴声，其中包括侍应总管的声音，他在生气训人。娜娜觉得客人已经全来了，纳闷怎么仍不开饭，她有些忍不下去了，就让乔治去看看那边究竟发生了什么情况；没料到此刻她发现又来了几个客人，有男的，也有女的，她觉得非常奇怪。这些人，她从来没见过，她有些窘迫地问了问博尔德纳夫、米尼翁和拉博德特，他们也没见过。她问起德·旺德夫尔伯爵时，伯爵才猛地记起，这些人就是他昨晚在米法伯爵家邀请的那伙年轻人。娜娜朝他致谢。不错嘛，不错嘛。但是人们要靠得紧一些了；她让拉博德特命令佣人再拿七副刀叉。他刚离开，佣人又领来了三个人。糟糕，这回实在有些过分了；这儿实在放不下了。娜娜开始生气，她神情高傲地说，这可有些不礼貌。不过当她发现又来了两个人时，她忍不住乐了，她认为这真可笑。活该！爱怎么挤就怎么挤吧。每个人都站着，仅有嘉嘉和罗丝·米尼翁坐在沙发上，博尔德纳夫自己就用了两把扶手椅。屋内一片嘈杂声，人们都悄悄聊着，还有轻微的呵斥声。

"我说，姑娘，"博尔德纳夫说，"我们立刻就位行不行？……人不是已经全了吗？"

"哎呀！是的，说得对，人已经全了，人已经全了！"她笑着说。

她用眼睛朝周围打量，脸色猛地着急起来，好像由于看到一个人不在场而非常奇怪一般。不用说，绝对是有一个她始终没说起的客人还没到场。一定要再等一下。过了一会儿，客人们猛地看到他们当中出现了一位身材魁梧的先生，长相雍容华贵，生着一部漂亮的白胡子。最神秘的是没有人发现他进来；他可能是由睡房的一个门走过来的，睡房的那道门始终半开着。人们一阵寂静，接着每个地方都响起了悄悄说话声。德·旺德夫尔伯爵肯定见过那位先生，因为他们轻轻地握了握手；不过女人们打听那个人叫什么，他却笑而不答。因此卡罗利娜·埃凯悄声发誓说，那是一位来自英国的爵士，他明天就要返回伦敦举行婚礼，她对他非常了解，因为她曾经留他睡觉。这种观点在女士们之间传开了，仅有玛丽亚·布隆的看法不同，她讲她也熟悉他，他实际上是德国大使，她的依据是他常常与她的一个女友上床。在男客之间，寥寥几句，就对他下了定论。看上去他的神情是个庄重的先生，可能今晚的消夜就是他出的钱。看样子千真万确，随他去，只要消夜令人满意就行！最后，人们还在猜不透这个人到底是叫什么。当那个侍应总管过来拉开大客厅的门时，大家已经不再谈那个白胡子老头儿了。

"夫人，请就座。"

娜娜挎着斯泰内的手臂，没搭理那个老头子的邀请，老头子只好自己跟在她身后。剩下的客人的排列也没有提前安排妥当。男客们和女客们随意地走进去，仍用平日的愉快心情对这种非常散漫的做法逗着乐子。大客厅中的摆设都挪出去了，由房间的这一端到那一端就摆着一张长桌子，而这桌子仍显得短，桌子上的刀叉，间隔非常小。桌子上放着四个枝形火烛台，每个上面有十枝蜡烛，映着桌面，其中有一个是镀金的，左右两侧都点缀着花。这种排场完全是饭店的作风，瓷器上仅有一条细金线作点缀，并没有主人姓名第一个字母形成的图案；银餐具已经用过多次了，由于不停地擦洗，都看不到光泽了；水晶玻璃器皿也是在随便哪个市场上都能够买到的。这种场面让人觉得如同是一个猛然间发了财的暴发户在设宴庆祝乔迁之喜，遗憾的是全部都没弄妥当。房间中央还需要一个分枝大吊灯；烛台上面那些蜡烛很长，烛头没有很好地开花，仅发出淡黄的光线，投在间隔地放在桌子上的，里面盛着水果、蛋糕和果酱的高脚盘子、平底盆和缸子上面。

"通知每个人，"娜娜说，"他们能够随便坐，喜欢在什么地方就在什么地方……这样更好玩。"

她来到桌子的中央。人们没见过的那位老先生坐在她的右侧；她把斯泰内安排在她的左侧。客人们刚落座，就听到小客厅中有人骂骂咧咧。那是博尔德纳夫，人们都没想到他，他拼尽全力想由那两把扶手椅上站起来，一面高声骂着，一面叫西蒙娜，这笨蛋，她居然和其他人一块离开了。因此女人们都奔到他身边，向他表示万分疼惜。最后博尔德纳夫被卡罗利娜、克莱莉丝、塔唐·妮妮、玛丽亚·布隆扶着进来了。把他弄妥当，又费了不少力气。

"叫他到桌子中间去，和娜娜面对面！"有人高声说，"博尔德纳夫到中间去！他做我们的发言人！"

因此那几个女人将他安顿到中间。不过他仍需要另一把椅子来放他的腿。两个女人抱起他的大腿，谨慎地将大腿放到椅子上。这并不妨碍他，他能够斜着身子吃。

"混蛋！"他骂着，"究竟是行动不便，够呛！……啊！我的小姑娘们，爸爸唯有依赖你们的帮助了。"

他的右侧是罗丝·米尼翁，左侧是露西·斯图华。她们都说会尽力帮助他。目前所有人都入座了。德·旺德夫尔伯爵被露西和克莱莉丝夹在当中，福什里在罗丝·米尼翁和卡罗利娜·埃凯中间。桌子的另一边，埃克托尔·德·拉·法卢瓦兹，不理睬对面桌子克莱莉丝的招手呼唤，赶紧来到嘉嘉旁边；与斯泰内形影相随的米尼翁，目前与斯泰内之间仅坐着布朗施，他的左侧坐着塔唐·妮妮；然后是拉博德特。最后在长桌的两头乱哄哄地坐着那些年轻人，西蒙娜，莱娅·德·霍恩，玛丽亚·布隆。达盖内和乔治也待在那儿，他们都笑吟吟地注视着娜娜，两人的友情渐渐深厚起来了。

最后仍有两个人站着，没有位子，人们就逗起趣来。男人们说可以叫他们坐在腿上。克莱莉丝因为手臂被挤住了，只好向旺德夫尔说，她要依赖他来喂了。而这个博尔德纳夫还用两把椅子占了两个人的地方！经过人们进行了最后一次调整，所有人才入了座。但是，正像米尼翁高声说的，他们和放在小木桶中的鲱鱼十分相近。

服务生托着盛满了菜肴的盆子，在客人身后依次递过来，口中小声说着菜名："伯爵夫人芦笋酱，德司里尼克清炖肉汤。"

博尔德纳夫高声介绍着清汤，此刻，传来了一声大叫。有人斗嘴，有人生气。门开了，来了三个晚到的客人，一个女的，两个男的。啊！天哪，这几个真坐不下了！娜娜坐着没动，眯着眼睛向他们打量了一番，极力瞧瞧见过他们没有。那个女的名叫路易丝·维奥莱纳。不过她始终没碰到过那两个男人。

"亲爱的娜娜，"德·旺德夫尔说，"这位先生是我的朋友，是海军军官，名叫德·富卡尔蒙，是我邀请的。"

富卡尔蒙行礼，从容不迫，还补充了一句：

"而我又冒昧地邀请了我的一位朋友。"

"啊！不错，不错，"娜娜说，"请坐，请坐……我看，克莱莉丝，你往后挪一下。你们那里还有地方，挤一下……对了，只要打算挪，总会腾出空儿的……"

大家再靠近一些，富卡尔蒙和路易丝坐到了桌子的一个小角落边；但是他的朋友不得不离开他的刀叉，要探着手臂，穿过其他人的肩膀才可以吃到食物。服务生们取走了汤盆，端上来小兔肉灌肠加松露，巴尔马奶酪烙意大利奶油通心粉。博尔德纳夫让每个客人都气愤不已，这是由于他说他曾经想将普律利埃尔、方堂和老博斯克等人领来。娜娜听了脸色骤变，冷冰冰地说她不会款待他们的。假设她打算请她的同事们，她本人会亲自去请。不，不，不要俗气的演员，老博斯克是个酒鬼，总是晕头转向的；普律利埃尔太自高自大；说起方堂他在社交上始终让人无法容忍，因为他张嘴就胡说八道，而且行为下流。况且，你们也清楚，那些俗气演员和这些先生们待在一块儿，特别不恰当。

"是呀，是呀，这确是实话。"米尼翁说道。

这些先生们围坐在桌子旁边，穿着礼服，系着白领带，非常体面，而且面无血色，加上有些困倦而更显得与众不同。那位老先生举止端庄，面带微笑，好像他在召开一个外交官的会议。旺德夫尔一副像是在米法伯爵夫人家的神情，对待他身边两位女士非常有礼貌。就在今天早上，娜娜还告诉她的姑妈：就男客来说，可就不能再苛求了，每个男客都是贵族或者富人，一句话，全是有身份有教养的客人。至于女客们，她们也全是老老实实，十分有教养的。有一些人，例如布朗施、莱娅、路易丝，她们都是一身礼服；仅有嘉嘉的打扮，好像太暴露了一些，以她的岁数来说，原不该有任何暴露。目前每个人都入了座，笑声和各种说笑的声音开始低沉下去。乔治在琢磨，他过去在奥尔良的一些小市民家中参加的一些消夜，要比这里气氛热烈。在这儿，人们差不多都紧闭嘴巴，男人们彼此不熟悉，仅仅是相互瞧瞧，女人们也不爱说话，让他觉得十分意外。他本料想他们会马上搂抱在一起，他看到他们过于"老实"了。

下一道菜端过来了，那是尚波尔式莱茵河鲤鱼，以及英国式鹿脊肉。此刻布朗施大声说道：

"亲爱的露西，我在周日碰到了您的奥利维埃了……他的个子可太高了！"

"那是自然！他已年满十八岁了，"露西说，"这可无法让我感到自己年轻了……他昨天已经赶到学校了。"

她的儿子奥利维埃是在海军学校读书，她一谈到他，始终十分自豪。因此人们聊起了孩子。突然每一个女客都动起了感情。娜娜也提起了本人的最大的欣慰：她的儿子小路易，目前放在她的姑妈那儿了，每天上午十一点，姑妈都把他带到她这儿来；她把他放在床上，让他同她的卷毛狗珍宝一起玩耍。注视着他们埋在被子下面的情景，肯定会让人开怀大笑。谁也猜不出小路易目前变得何等调皮。

"啊！昨天，我也过得非常高兴！"该罗丝·米尼翁说了，"你们琢磨一下，我去夏尔和亨利的寄宿学校探望他们，还必须允诺夜里领他们去剧院看节目……他们兴奋得都坐不住了，拍着小手说：'我们要看妈妈演戏了！我们要看妈妈演戏了！……'啊！吵得不亦乐乎！不亦乐乎！"

米尼翁骄傲地笑了，眼中充满了慈祥的泪花。

"当欣赏节目时，"他继续说，"他们非常滑稽，表情如同成人似的庄重，眼睛注视着罗丝，几乎把眼睛粘在她身上，还问我妈妈怎么会光着大腿……"

逗得所有的人都乐了。米尼翁非常自豪，做父亲的自豪让他极其兴奋。他非常喜欢他的儿子，他这辈子仅有一个心愿，就是如何用一个忠实老管家的严格办法，来操作罗丝在剧院和其他地方挣来的钱，让他们的金钱与日俱增。他和她结婚时，他在咖啡馆里担任乐队指挥，她是咖啡馆中的歌手，他们相互疯狂地爱着，时至今日，他们已经成了不错的朋友。他们彼此规定：她要全力以赴地工作，最大限度地发挥她的天才和漂亮的作用；而他已经丢掉他的小提琴手的工作，一心一意地辅佐她，要让她在事业和家庭两方面都取得成功。人间再也没有比这个家庭更纯真和更美满的了。

"您的大儿子多大了？"旺德夫尔问。

"九岁。"米尼翁说，"啊！但是他身体非常棒！"

随后，他就和斯泰内逗了起来，因为斯泰内讨厌孩子，他鼓起勇气从容地向斯泰内说，假设他有了自己的孩子，他就不会如此不明智地浪费他的金钱了。米尼翁一边说，一边通过布朗施的肩膀向斯泰内张望，瞧瞧他和娜娜的关系是不是有所进展。但却发现罗丝和福什里在亲热地说着什么，他十分生气。可能罗丝还不会虚度光阴干这样的傻事吧。但是，假设出现了这种情况，他肯定会出面干涉。他一边如此琢磨一边用好看的手去取一块鹿脊肉吃，他的小指头上还有一枚钻戒呢。

人们还在谈着孩子。拉·法卢瓦兹由于坐在嘉嘉身边，有些紧张；他朝嘉嘉问候她的女儿，上一次他非常有幸在游艺剧院碰到她女儿一次。莉莉的身体不错，但她仍是个大孩子！他得知莉莉年仅十九岁，觉得十分意外。在他的眼中，嘉嘉更让人敬重了。他打听她怎么不和莉莉一块来，她有些生气地说：

"啊！不，不，说什么也不行！她怎么也不肯留在寄宿学校，离开那儿还不足三个月……我原打算马上让她结婚……但是她非常爱我，我只好把她带回家中，啊！这和我的想法一点也不一样。"

她一边说起她大女儿的婚事，一边在挤着眼睛，蓝色的眼皮和枯黄的睫毛都随着上下摆动。假设，在她那个岁数，以前没有什么积蓄，目前还要接着招呼一些男客，特别是一些岁数不大的能够叫她奶奶的男客，那是由于她一直觉得结一门好亲事要比一味攒钱强得多。因此她斜着朝拉·法卢瓦兹凑过来，将她的擦了厚粉而光溜溜的庞大肩膀放在他的身上，他的脸羞得红光满面。

"您清楚，"她悄悄说，"假设她被迫和我似的吃苦，那可不是因为我……一个人在岁数小的时候是太难捉摸了！"

桌子附近又发生了众多的人群走动。服务生们非常紧张。原来吃过汤菜之后，主菜到了；那是元帅夫人式母鸡、酸辣汁板鱼脊、肥鹅肝片。在这之前，侍应总管始终让服务生上默尔索地方出产的普通酒，目前才取出闻名遐迩的尚贝坦红葡萄酒和莱奥维尔出产的优质酒，在取掉餐具的细小声音中，乔治觉得越来越意外，他问达盖内，每个女人是不是都有孩子；达盖内感到他问得有意思，就跟他一五一十地讲述了一遍。露西·斯图华的爸爸以前是英国血统的铁路加油工人，在巴黎北火车站上班；她现在三十九岁，天生一张大长脸，不过十分招人喜欢；她得了肺结核，但是一直没有死；这全部女人中她是最有教养的，结识过三个亲王和一个公爵。卡罗利娜·埃凯出生在波尔多，她的爸爸是个小职员，因为他女儿的所作所为气愤而亡；她非常有运气，有一个十分聪明的妈妈，妈妈开始咒骂她，不过一年后，妈妈与她和好了，因为妈妈认为，最坏也要弄些钱来；女儿那时二十五岁，神情冷漠，是一个不可多得的名声显赫的美女，她的接客价格一直保持稳定；她的妈妈做事有条不紊，记账十分周密，将收入和支出都记得非常详细；她住在比她女儿的房子高两层的狭小房子里，她负责照料家务，她还在家中开了一个裁缝作坊，只缝制女式衣服和内衣。关于布朗施·德·西弗里，她的本名为雅克琳·博杜，是从离亚眠不远的村子来的，人非常美，美中不足的是又笨又不老实，自称她爷爷是一个将军，同时始终不承认自己已经三十二岁了；俄国人非常喜欢她，这是因为她长着一身肥肉。接着，达盖内又谈了谈其他几个女人：克莱莉丝·贝尼，是一个女人把她由临海圣奥宾领出来给别人做佣人的，女主人的丈夫将她送出来做妓女了；西蒙娜·卡比洛什，出身于圣安东尼郊区的一个家具商家庭，在一家规模庞大的寄宿学校中长大，本来是打算做女教师的；另外，玛丽亚·布隆，路易丝·维奥莱纳，莱娅·德·霍恩，全是无奈之下成为巴黎街道上的妓女的，更不用说塔唐·妮妮了，她到了二十岁，仍在穷困的香巴尼省放牛呢。乔治一边听，一边打量着这些女人，这些毫不掩饰的述说，直接灌进他的耳朵，让他又诧异又情绪高涨。同时，他的身后，服务生们接连用谦卑的口吻反复说着：

"元帅夫人式母鸡，……酸辣汁板鱼脊……"

"亲爱的，"达盖内说，打算将自己的经验传授给他，"别吃这种鱼，此刻吃鱼不好……您多喝点莱奥维尔酒吧，这酒没什么劲儿。"

从烛台上，从端上来的菜盆上，从整个桌子上，腾起了一股热气，三十八个人真有些快窒息了；那些服务生，有些手忙脚乱，在地毯上往返，把不少油污洒到地毯上。不过，这顿消夜吃得十分沉闷。

女人们一点一点地吃，只吃了一半的肉。唯有塔唐·妮妮自己永不满足地将盆子里的菜肴吃得干干净净。到了深夜时分，饥饿仅仅是由神经兴奋引起的，胃口也仅仅是食欲不规律的体现罢了。娜娜身旁的那个老头子，不管给他端来什么菜，他都不吃，仅仅喝了一些肉汤，接下来一声不响地对着身前的空盆子，朝周围打量。有人悄悄地打呵欠。偶尔有人合上眼睛，面色惨白，按旺德夫尔的话讲，这种聚会始终是将人累得毫无力气的。这种消夜假设想吃得有意思，就不应该按繁琐的礼仪来举行。不然的话，都按礼节，按气派，那就比不上参加上流社会的宴会了，那里比这儿还要好一点。那时假如不是博尔德纳夫始终不断地在那里大呼小叫，人们可能早就进入了梦乡。博尔德纳夫这狗东西，支着大腿，高傲得如同国王一般，叫露西和罗丝这两个坐在他身边的服侍他。她们没有其他的任务，特地为他而忙碌，照料他，喂他东西，一直要注意他的杯子和盆子，不过还是少不了引起他的不满。

"哪位为我切肉呢？……桌子离我这太远了，我无法切东西呀。"

西蒙娜经常要站起来，来到他身后，为他切肉和面包。每个女人都注意他吃的东西。人们将服务生喊过来为他加菜，将他堵得快窒息了。西蒙娜在一边替他擦嘴，罗丝和露西在另一边替他弄好餐具，他认为她们干得十分细致，才给面子表示了一丝赞扬：

"这样才好！姑娘，你干得不错……女人本来就理当如此。"

人们都兴奋了一些，全都聊起来。他们用过了橘子冰糕，端过来一道热菜是烤牛肉加松露，还有一道冷烤肉，那是冻汁珠鸡。娜娜发现大家都如此沉闷，心中非常不快，就开始高声谈论。

"你们听说了吗，苏格兰王子已经预订了一个包厢，当他出席博览会时，他就来欣赏《金发爱神》。"

"我期盼每一位王子都来欣赏这个戏。"博尔德纳夫说，口中还嚼着东西。

"下周日波斯国王要到场欣赏演出呢。"露西·斯图华说。

于是罗丝·米尼翁就提到了波斯国王的钻石。他裹着一件肥大的袍子，上面全是宝石，确实罕见，仿佛是熠熠生辉的星星，价值连城。这些女人惨白的面孔上，放射出贪得无厌的神情，挺直了脖子，还说出了大家期待前来的其他的国王，其他的王后的姓名。她们每个人都盼望着这些帝王们会光临剧院，心血来潮，和她们上床，甩给她们巨额财产。

"说来听听，亲爱的，"卡罗利娜·埃凯斜着身子问旺德夫尔，"俄罗斯国王是什么岁数了？"

"啊！他没有年龄，"伯爵笑着回答，"我提前跟您讲，如果想打他的主意，那是不可能的。"

娜娜假装听不惯这句话的神情，这句话仿佛过于难听了一点儿，人们悄悄发出了一些反对的议论声。不过布朗施倒细致地描绘了一番意大利国王，她以前在米兰碰到过他一次；他长相一般，不过他还是能将每个女人弄到手。然后她听到福什里发誓说维克多·埃马纽埃尔国王①来不了了，就感到非常失意。路易丝和莱娅倒钟情于奥地利皇帝。猛地，只听到小玛丽亚·布隆讲：

"普鲁士国王是一个枯瘦的老家伙！……一年前我在巴登碰到过他。他始终是和俾斯麦伯爵在一块。"

"啊！俾斯麦，"西蒙娜突然说，"我见过他……他是一个挺不错的人。"

"我昨天也是如此讲的，"旺德夫尔大声说，"但是他们怀疑我的话。"

就如同在萨比娜女伯爵家中似的，这儿的人们也全部说起俾斯麦伯爵来。旺德夫尔依然来回说着以前的几句话。一瞬间，好像又身临米法家的客厅中，有所区别的，仅仅是那些女人们都不同罢了。恰好此刻又谈到音乐。说完音乐，富卡尔蒙不经意地说到了整个巴黎都在议论的进入修道院的事儿，娜娜兴致很高，决意要弄明白德·福热赖小姐如何做修女的全部情况。啊！不幸的小姑娘，就如此惨痛地被葬

---

① 维克多·埃马纽埃尔：当时的意大利国王。

送了！但是，假设上天传来了圣召，那又如何处理呢！桌子旁边待着的每个女人，都产生了怜惜之情。而乔治倒由于又一次听到相同的事而觉得无聊，他就朝达盖内询问娜娜的私生活特点。此刻话题又必然说起了关于俾斯麦伯爵的事儿。塔唐·妮妮靠近拉博德特的耳畔问，俾斯麦是何许人，她没见过这个人。于是拉博德特面无表情地向她讲述了一些残忍的故事：这个俾斯麦只吃滴着血的生肉，他在自己的房子旁看到一个女人时，就马上把女人弄回去，用这种手段他在四十岁时就生了三十二个孩子。

"四十岁，已经生了三十二个孩子！"塔唐·妮妮高喊道，她毫不怀疑而且听得极其吃惊。"他的长相肯定比他的年龄显得衰老多了。"

人们都开怀大笑，她才知道别人在和她开玩笑。

"你们真蠢！我，莫非我明白你们在说笑话吗？"

嘉嘉却还在期盼着博览会。她和别的女人相同，在为博览会而愉快，打算在博览会期间称心如意地捞一把。这是一个捞钱的好机会，不管是外省人或者外国人都会聚到巴黎来。假如干得顺利的话，可能在博览会结束之后，她就可以退休去儒维西，将她早就相中的一座小楼弄到手。

"有何办法呢？"她向拉·法卢瓦兹说，"一个人无所成就……如果仍有人喜欢就好了！"

嘉嘉变得十分温存了，因为她感到对方的膝盖恰好放在她的膝盖上。他满面红光。她呢，说话还如同小孩似的说不明白，边说边瞟了他一眼。他是个无足轻重的小人物，不过她的要求并不过分苛刻，因此拉·法卢瓦兹知道了她住在什么地方。

"您看，"旺德夫尔向克莱莉丝悄悄地说，"我认为嘉嘉正在夺走您的埃克托尔呢。"

"我才不管呢！"克莱莉丝说，"这个小孩傻乎乎的……我已经让他离开三回了……说到我，您是清楚的，小孩子搭上老太太，是最让我恶心的。"

说到这儿她就闭上了嘴，悄悄地用手点点布朗施，自打消夜刚开始，布朗施就歪着身子，摆出一个让人恶心的样子，挺着胸部，目的是打算叫那位有身份的老头子看得明明白白；老头子和她仅隔三个位子。

"别人也把您甩了。"她说。

旺德夫尔阴险地笑笑，打了一个手势，说明他一点也不介意。当然，他肯定不会干扰布朗施达到目的。他更关注的，是斯泰内在众目睽睽之下演出的闹剧。所有人都清楚这个银行家突然迸发的爱情；这个恐怖的德国犹太人，干着多种买卖，双手可以积聚几百万家财，万一喜欢上一个女人，就会马上成为笨蛋；而他又是看一个喜欢一个，每个都希望拥有，每当有一个女人在舞台上亮相，不管价钱多少，他全打算弄到手。人们在谈论他多次花的高价。他这种不顾一切追求姑娘的特性让他两次倾家荡产。正像旺德夫尔讲的那样，这些浪荡女人花光他的钱财，恰恰是替道德复仇。他利用他的朗德盐场在交易所干了一笔大生意，重新让他在交易所中拥有了往日重要的地位，因此六周以来，米尼翁夫妇也在凶恶地吞着这个盐场。不过已有许多人在打赌，说米尼翁夫妇无法吃光这块肥肉，娜娜已经张开血盆大口了。这一回，斯泰内又喜欢上了娜娜，爱得如此热烈，甚至待在娜娜附近吃饭都吃不下去了。他的嘴唇垂着，面孔上到处是斑点。她如果开个价钱就行了。但是她十分从容，她耍着他玩，不停地把笑声送入他毛茸茸的耳朵里，十分愉快地望着他那肥胖的脸上一阵阵地轻微地哆嗦。假设那个小气鬼米法伯爵绝对像约瑟夫似的坚持[1]，那时再搭上这个斯泰内，也还丝毫不晚。

"莱奥维尔酒还是尚贝坦酒？"一个服务生探着头，挤进娜娜和斯泰内之间，悄悄地问；此刻正巧斯泰内在小声地和娜娜说话。

"嗯？怎么？"他张口结舌地说，神志不清，"什么都行，我不在乎。"

---

[1] 根据《圣经·旧约》记录，古埃及军官波蒂法购入约瑟夫做奴隶，波蒂法的太太多次勾引约瑟夫，约瑟夫多次给予回绝，坚持到了最后。

旺德夫尔悄悄用胳膊碰碰露西·斯图华，这个女人如果上了脾气，嘴巴很厉害，心眼也不善。今天夜里，米尼翁的所作所为让她非常生气，引出了她的心火。

"您清楚在这件无耻的事情中米尼翁本人是中间人吗，"她向旺德夫尔说，"他期待再次上演他过去和小容基埃所用过的招数……您没忘了容基埃吧？他是罗丝的朋友，又喜欢上了身材魁梧的洛尔……米尼翁联系，让洛尔和容基埃纠缠在一起，接着他又和容基埃一起回到了罗丝的身边，就好像经太太同意做了一次糊涂事的丈夫似的……不过这一回，旧招数过时了。娜娜对别人转交过来的男人，是始终不肯送回去的。"

"看米尼翁，他有什么不对啦？他为何要如此凶恶地注视着他的太太？"旺德夫尔问。

他俯下身子向前看，只见罗丝对福什里的态度非常热情。这就向他说明了，他的邻座为何生气了。他笑着接着说：

"天啊！您在忌妒吗？"

"忌妒！"露西非常气愤地说，"好呀！假设罗丝希望得到莱昂，我宁肯让给她。他是无足轻重的！……仅仅是每周送点花，可能偶尔还没有呢！……您看！亲爱的，这些做演员的女人都是同一类人。罗丝看了那篇有关娜娜的文章之后，气得流泪了，这我是清楚的。所以，您清楚吗？她也要相同的一篇文章，就用肉体去交换……我吗，我立刻将莱昂撵走，您走着瞧吧！"

她收住了话题，向立在她身后端着两瓶酒的服务生说：

"莱奥维尔酒。"

接下来她悄悄地说：

"我不愿意大喊大叫，我不是那样的人……不过她到底是个自视甚高的婊子。假设我是她的丈夫，我会彻底地教训她一番……哼！这对她来说不是什么好事。她还不熟悉我的福什里，他是个更无耻的男人，这个人，仅会和女人上床，就凭这个来成就他本人的地位……这类人，真差劲儿！"

旺德夫尔极力削减她的愤怒。此刻，博尔德纳夫由于罗丝和露西都丢下他不理，又高声叫了起来，说她们打算叫他饿死渴死了。如此叫嚷，让气氛变得轻松起来。宴会还在接着进行，目前没人吃东西了；人们都在盆子里把意大利牛肝菌和脆皮蓬巴杜菠萝馅饼随意搅成一团。端过来肉汤之后就开始饮用香槟酒，大家渐渐地情绪高涨起来，他们都喝得神志不清了。因此，他们的行为不再拘谨了。女人们把手臂撑在杯盘错乱的桌面旁边；男人们为了放松一下，把椅子往后蹭蹭，因此黑色的礼服落入女人浅色的短上衣之间；女人们斜着光溜溜的肩膀，放射出如丝绸似的亮光。房子中的温度非常高，桌子上的烛光渐渐黄了，渐渐暗了。偶尔有盖着金黄鬈发的脖子向前伸着，头顶缀着钻石的发夹闪着亮光，照亮了一个高高的发髻。屋子里不停的欢笑助长了大家的兴致，随处可见含笑的眼睛，闪动的洁白牙齿，和香槟酒杯上倒映着的闪着火花的烛台。有人放大嗓门说笑话，有人比比划划，有人在问没人回答的问题，有人由房间的一头朝很远的另一头彼此问候。不过，最混乱的声音仍然是服务生们发出的，他们仍觉得自己是在酒店的过道中，彼此拥挤着，一边用喉音说着菜名，一边为客人端来冰淇淋和餐后甜点。

"姑娘们，"博尔德纳夫嚷道，"你们清楚，我们明天仍要出场……注意一下，香槟酒别灌得太多了！"

"说到我，"富卡尔蒙说，"世界各地所有的酒我都尝过……啊！其中有十分罕见的酒，有些烧酒能够让人喝得立刻死去……好！什么酒对我都没什么作用。我始终没喝得神志不清。我试验过，就是一直清醒。"

他面无人色，显得非常沉着，将身子向后倚在靠背上，一直在喝酒。

"无论如何，"路易丝·维奥莱纳悄悄说，"不要喝了，你已经到量了……假如依然要我下半夜护理你，那实在太差劲儿了。"

露西·斯图华喝得迷迷糊糊，和每个肺病患者相同，两颊涨得通红；而罗丝·米尼翁则两眼湿乎乎的，在酒后变得温柔了。塔唐·妮妮吃得太饱，脑子有些晕晕乎乎的，对自己的笨拙举止傻笑起来。其他几个人，比如布朗施，卡罗利娜，西蒙娜，玛丽亚，都在各自讲着本人的事情，例如和马车夫斗嘴呀，打算到农村野餐呀，情人被夺走又夺回来的错综细节呀，等等。乔治附近有一个小伙子，打算亲莱娅·德·霍恩，让她揍了一下，还让她含着责怪骂了一句："嗨，您！松开我！"乔治喝得太多了，娜娜的神情让他非常难以平静，他正拿不定主意是否要实施他经过深思熟虑的计划；这个计划就是钻到桌子下面，一直爬到娜娜的位置，如同一只小狗似的蹲着。谁也不会注意到他，他会老老实实地待在那儿的。此刻，达盖内传达莱娅的意见，让乔治附近的那个小伙子老实一些，乔治突然觉得非常难过，好像达盖内不久前怪罪的是他一样；这太傻了，太滑稽了，人生不会再出现能够让人愉快的事。但是达盖内和他闹着，逼他灌了一大杯水，还问他，如果三杯香槟能够让他瘫在地上，那么，假设他和一个女人单独相处，他会如何处理呢？

"听我讲，"富卡尔蒙继续说，"在哈瓦那，他们以一种浆果制酒，制出来的酒喝了就仿佛吃了火似的……不过，有一天夜里我干了一大杯，我什么事也没有……还有更严重的一次，另一天，我在印度科罗曼德尔海岸，当地人拿来了我们不清楚的一种酒，可能是夹杂了胡椒的低级烧酒，我干了也毫无反应……我是喝不多的。"

这段时间里，和他对面坐着的拉·法卢瓦兹将面孔朝向他，让他感到非常不高兴。因此他阴笑起来，讲了不少不堪入耳的话。拉·法卢瓦兹的头迷迷糊糊的，身子一直在晃着，渐渐向嘉嘉靠拢。不过有一件让他苦恼的事儿使他的确心神不宁了：不知是谁拿走了他的手帕；他带着喝多了酒的人的倔犟说什么也要找到手帕，他向身边的人打听，俯下身子在椅子下和人们的脚下搜寻。嘉嘉想办法让他心平气和。

"我太傻了，竟然叫人拿走手帕，"他悄悄说着，"手帕的边上，有我的姓氏的第一个字母和我的爵位的冠冕……找不到会给我添乱的。"

"跟我讲，法拉莫瓦兹先生，拉马法瓦兹，马法卢瓦兹！"富卡尔蒙大叫道，他觉得将这个小伙子的姓如此瞎读一番是十分可笑的。

　　但是拉·法卢瓦兹生气了。他张口结舌地说起了自己的先辈，他的姓是由先辈们传下来的。他威胁着讲想把一只长颈大肚子的玻璃瓶丢到富卡尔蒙的脑袋上。德·旺德夫尔伯爵被迫进行调停，向他发誓说富卡尔蒙始终是一个爱开玩笑的人。不错，人们都在笑。如此就让怒目相向的拉·法卢瓦兹又老老实实地坐了下去；他的堂兄福什里高声吩咐他吃东西，他也只好如同小孩一般乖乖听从。嘉嘉又将他抱在怀中，仅仅是他目前仍偶尔朝大家投出狡诈和着急的眼神，他还在搜寻他的手帕。

　　富卡尔蒙情绪高涨，还准备表现一下他的聪明，他又隔着一张整个的桌子嘲笑拉博德特。路易丝·维奥莱纳竭尽全力让他别再说话了，这是由于，她说，他一如此和别人说笑话，最后一定是她遭罪。但是他又找到了一种说笑话的方式，就是管拉博德特叫"夫人"；这个笑话肯定让他觉得非常有意思，因为他总是叫着这个称呼。而拉博德特，却非常大度，每听到他嚷，老是晃晃肩膀说：

　　"别叫了，亲爱的朋友，这样干实在太笨了。"

　　但是富卡尔蒙还在如此称呼他，并且话中带刺，谁也不明白他为何会这么干；拉博德特不再管他，扭过来向德·旺德夫尔伯爵说：

　　"先生，请让您的朋友别再这样叫了……我是不想闹僵了。"

　　他以前和人打了两次架。每个人都非常敬佩他，无论在哪儿都很受欢迎。因此人们都制止富卡尔蒙。虽说所有的人都让富卡尔蒙弄乐了，觉得他非常幽默，但是并不能由于这个而扰乱今夜的宴会。旺德夫尔的漂亮的面孔一下子变得惨白，他严厉要求富卡尔蒙重新说明拉博德特的性别。其他的几个男人，米尼翁呀，斯泰内呀，博尔德纳夫呀，都挺身出来主持公道，他们大吵大闹，将富卡尔蒙的声音淹没了。唯有坐在娜娜身边让人想不起来了的老头子，还维持着他刚开始的神态，维持着他困倦的微笑，一言不发，仅用他那无神的眼光，观察着这场在吃饭接近尾声时的闹剧。

"我的宝贝，我们就在这儿喝咖啡，行吗?"博尔德纳夫说，"我在这儿非常高兴。"

娜娜没有马上回答。由消夜开始时，她就好像不是这儿的主人。这些客人，叫服务生，高声谈论，随随便便，非常轻松，仿佛在酒店一般，把她搞得迷迷糊糊，神志不清。她想不起来本人就是女主人，仅忙着护理浑身是肉的斯泰内，把这个斯泰内搞得快要瘫在她身边了。她听着他说话，还是用摇头和黄头发肥女人所仅有的动人心魄的笑声回绝他的要求。她喝掉的香槟酒让她的面孔上显现出一片玫瑰红，她的嘴唇湿润，两眼炯炯有神；只要她双肩撒娇地晃晃，她扭过头来的时候脖子性感地稍稍隆起，斯泰内就加一次价钱。他望着她耳边一块细腻的皮肤，这是一小块娇嫩的角落，看得他痴迷了。娜娜偶尔也让人打扰一下，因此才记起了她的客人们，连忙扮出热情的神态，来表明她知道如何招呼客人。消夜要散时，她已喝得神志不清了；香槟酒立刻将她瘫软了，这让她非常生气。此刻，又一个想法惹恼了她。她念及这些女人们在她家中瞎闹，肯定是有意败她家的声望。啊！她看得非常明白，是的！露西在挤着眼睛，鼓动富卡尔蒙去嘲笑拉博德特，而罗丝、卡罗利娜和其他的几个女人，都在挑逗那些男人们。目前，吵闹声让人几乎听不到旁边人的说话声，这难道不是有意制造证据，说假设在娜娜家吃消夜，就可以任意而为，无论如何都行吗? 那好吧，他们走着瞧吧! 她虽然喝多了，但她在这些女人之中还是最漂亮、最优雅的女人。

"我的宝贝，"博尔德纳夫又说了，"让他们把咖啡端到这儿来吧……我愿意在这儿，这是由于我的腿不方便。"

但是娜娜野蛮地起身，靠近斯泰内和那位老先生的耳边悄悄地说：

"太棒了，这次我有了经验，日后请客就不能请那些无耻之徒了。"

两个男人惊呆了。然后她用手点点饭厅的门，加大了音量说：

"你们清楚，假如你们喝咖啡，那里边有很多。"

人们从桌边走开，拥挤着朝饭厅走去，并没有留神娜娜不高兴了。没有多久客厅中就只有博尔德纳夫自己了，他一个人扶着墙，谨慎地向前走，口中骂着那些混账女人，她们目前吃饱了自己就扔下了父亲不理了。服务生在他身后已经根据侍应总管高声吩咐的指示，把桌子上的餐具撤下去。他们急匆匆的，彼此拥挤，一会儿就把桌子收拾下去了，仿佛舞台上的奇特的布景，不过当置景工一声令下，就一切撤得一无所有似的。因为这些男人和女人，在用完了咖啡后，是要返回客厅的。

"天哪！这屋子有些凉。"嘉嘉说，她刚来到饭厅，就微微哆嗦了一下。

饭厅中开着窗子。两盏灯映着一张桌子，桌子上放着咖啡和酒。屋内没有椅子，客人们站着喝咖啡，服务生们在旁边房间的吵闹声渐渐大了起来。娜娜不见了。不过，谁也没有由于她的失踪而急躁。没有她，人们同样生活得十分高兴，每个人都是自己为自己服务，小茶匙少了，就自己去餐具柜的抽屉中搜寻。人们聚成了几伙；在吃消夜时没待在一块的人们，此刻又围在一起了。他们彼此看着，交换着心领神会的微笑，相互说几句可以将不少事情包含起来的话。

"奥古斯特，"罗丝·米尼翁对她的丈夫说，"过一阵子福什里先生要到我家吃午饭，是吗？"

米尼翁正在摆弄他的表链，听了这话，凶巴巴地注视了福什里一会儿。罗丝确实精神失常了。作为一个称职的管家，他需要制止她这种奢侈的举动。为了想要一篇文章，这回就不说了，不过事后必须要马上把住关口。但是，他非常清楚他太太的倔脾气，他和平常一样在必要时始终如同慈父一样容忍她做一件傻事，所以他扮作一种热情的神态回答：

"是的，是的，我十分愉快……那么，就订在明天吧，福什里先生。"

露西·斯图华正在和斯泰内及布朗施聊天，她听到了这个邀请，马上加大了音量，向斯泰内说：

"她们每个人都有不顾一切与男人通奸的爱好。其中有人还想把我的狗弄走……您说,亲爱的,假设您甩了她,这莫非是我的错吗?"

罗丝扭过头来。她在一点一点地喝着咖啡,面无人色;她一动不动地望着斯泰内,把被他甩掉的满腔怒火都集中到了眼睛里,接下来如同火焰一样射了出去。她比米尼翁认识得透彻,如果打算把玩弄容基埃的方法再用一次,那是蠢笨的,这种方法仅可以成功一次,再用就不行了。活该!她会拥有福什里,自打消夜开始之后,她就喜欢上了他,假如米尼翁生气,那恰恰是给他的教训。

"他们不会斗殴吧?"旺德夫尔凑过来向露西·斯图华说。

"不会,您用不着担心。但是,她最好老实一些,不然的话我会毫不留情地教训教训她。"

接着她又粗野地朝福什里打了一个手势,叫他说:

"我的好人儿,我家中还放着你的拖鞋。明天我派人放到你的门房那儿去。"

他仍准备说些笑话,她却仿佛王后一般,一扭头离开了。克莱莉丝倚着墙,打算稳稳当当地喝一杯樱桃酒,发现了这种场面,就晃晃肩膀,喈,这就是一个男人所一定要处理的棘手事!两个女人共同和她们的情人在一块,她们的头一个想法不就是把情人夺回来吗?这是公理,一直不会改变。以她来说,假设她打算由于埃克托尔这样做的话,她也会将嘉嘉的眼睛抠出来的。但是,呸!她不愿意如此做。因此,拉·法卢瓦兹打她附近路过时,她仅仅告诉他:

"听着,你,你喜欢的是旧货!她还不够老呢,你想得到的是老得变形了的。"

拉·法卢瓦兹看来非常生气。他还在惶恐不安……发现克莱莉丝讽刺他,他就猜到她身上了。

"不要说笑话,"他念叨着,"你偷了我的手帕,把它交出来。"

"你的手帕让我们讨厌透了!"她叫了起来,"我问你,笨蛋,我有什么理由偷你的手帕呢?"

"嗨!"他不相信地说,"你会将它邮到我家中,破坏我的声望呀。"

此刻富卡尔蒙正在使劲儿喝酒。他一面接着阴笑，一面注视着夹在女人中间喝咖啡的拉博德特。富卡尔蒙随意讲出一些不着边际的话来：他爸爸是个马贩子，另一些人说他妈妈是一个伯爵夫人；毫无收入，口袋中总有五百个法郎；妓女们的仆人，始终睁着眼睛的一个男人。

"始终！始终！"他一边说着一边发起火来，"不，不行，我一定要揍他一个耳光。"

他一下子干了一小杯查尔特勒酒①。这种酒对他毫无影响；他本人也说："没有"。于是他将大拇指的指甲伸到口边，咬得咯咯直响。不过，当他朝拉博德特奔过去的一瞬间，他的脸色一下子变得惨白，如同一块大石头一样摔倒在餐具柜前面。他不省人事了。路易丝·维奥莱纳非常痛苦。她已经讲了，如此狂饮后果是十分严重的，回去后，她整个下半夜就被迫来护理他了。嘉嘉劝她，她用身经百战的女人的目光认真打量着倒在地上的海军军官，接着说，这没什么大事，这位先生会老老实实地睡十二到十五个钟头，不会出什么事。富卡尔蒙因此让人抬走了。

"啊！娜娜在什么地方？"旺德夫尔问。

不错，从饭桌那儿走开后，她不知跑到什么地方去了。大家这才记起了她，人们都高叫着要看到她。斯泰内因为她，着急了好一会儿，他问旺德夫尔那个老头子到什么地方去了，因为他也不见了。旺德夫尔劝他说，他不久前才把老头子送走，他是一个有身份的外国人，名字就不必说了，特别富有，他十分乐于承担消夜的花费。接着娜娜又让人们抛到脑后了，旺德夫尔猛地发现达盖内推开一扇门，伸出脑袋让他进去。他在睡房中发现屋内的女主人直挺挺地坐在那儿，嘴唇发青，达盖内和乔治立在两旁，悲伤地看着她。

"您有什么事？"他奇怪地问。

---

① 查尔特勒酒：查尔特勒修会的修士们制作的一种酒。

她没说话，也没有动。他又问了一次。

"我有什么事？"最后她终于叫了出来，"我不想让别人看不上我！"

因此，她把肚子里的话全说了出来。是的，是的，她并不是傻瓜，她看得十分明白。吃消夜的时候哪个人也看不上她，她们讲了不少的卑鄙话来显示蔑视她。这帮不要脸的女人们，一点儿也配不上她！她总是费尽心思干好事，最后却要听人说东道西。她的确不清楚她自己怎么还不把这帮无耻的家伙轰出去。说着说着，火气又大了起来，让她难以开口，一下子变成了一阵哭泣。

"行了，行了，姑娘，你喝多了！"旺德夫尔说，他开始用老熟人的语气向娜娜说话了，"你该清醒些。"

不，她没听他讲完就表示回绝，她要接着待在这儿不到外边去了。

"我喝多了，这也许是真的。不过我要人们敬重我。"

达盖内和乔治徒劳地用了十五分钟想让她去饭厅。她决心不去，她的客人喜欢如何就如何吧；她太看不上他们了，无论如何也不愿回去和他们待在一起。肯定不！肯定不！就算她粉身碎骨，她也要待在这个屋子里。

"我理当早有准备才是，"她又说，"肯定是罗丝那个泼妇耍的把戏。因此我今夜盼望的那个正经女人没到场，肯定是罗丝不让她前来。"

她指的是罗贝尔夫人。旺德夫尔用人格向她保证，罗贝尔夫人是本人不愿到场的。他一边听娜娜说着，一边和她辩论，脸上十分庄重，这种情景他已看得太多了，非常清楚女人假如身处这种环境之下，应该采取何种手段来对付。不过，当他打算握住娜娜的手，以便将她由椅子上拖起来，把她拖到饭厅去时，娜娜无论如何也不愿意顺从，而且更加生气起来。请瞧吧，始终没人可以让她相信米法伯爵未到不是由于福什里的阻止；这个福什里，是一条名副其实的毒蛇，一个心胸狭隘的人，一个可以强烈打击女人，而且将她的美好生活打垮的人。这是由于她清楚地明白，伯爵已经迷上了她，她本来能够得到他的。

"他吗，宝贝儿，您怎么也不会得到！"旺德夫尔喊道，得意地笑了。

"怎么？"她问，神情有些庄重，酒劲也下去了一些。

"因为他掌握在神父们的手中，而且，假如他今天用手指头接触了您，明天他就要去反省……您听我的建议吧，别放掉另一个男人。"

她一声不响，想了一会儿。接着，她起身洗眼睛。不过，当人们打算把她领入饭厅的时候，她依旧恼火地高叫着"不！"旺德夫尔也不再坚持，微笑着走出了睡房。他刚离开，她立刻含情脉脉，倒进达盖内的身上，不停地说：

"啊！我的宝贝儿，世界上仅有你……我喜欢你！是的！我打心眼里喜欢你！……假如我们可以始终待在一块，那就棒极了。我的老天！女人们是何等可怜啊！"

接着，她的目光投到了乔治身上，乔治发现他们亲嘴，面色红得厉害。她也来到他身边亲他。达盖内是不会嫉妒一个孩子的。她期盼保尔和乔治一直和平共处，三个人如果一直可以如这个情形保持下去，内心又都清楚相互非常喜欢，那真是太棒了。此刻一个罕见的声音冲断了他们的温存，有人在屋内发出了鼾声。因此他们四处搜寻，最后发现了博尔德纳夫，他肯定是喝了咖啡之后，让自己惬意地躺在那儿。他倒在两把椅子上，头靠着床边，伸着一条腿，张着嘴巴，鼻子伴着鼾声上下动着。娜娜认为他的神态十分可笑，不由得开怀大笑起来。她离开了睡房，达盖内和乔治走在她身后，越过饭厅，来到会客厅，笑声渐渐高了起来。

"啊？宝贝儿，"她说着几乎躺进罗丝的怀中，"您怎么也猜不出，快，过来瞧瞧。"

每个女人都身不由己地跟着她往前走。她热情地抓住她们的手，并使劲儿拉着她们；她如此高兴地开怀大笑，使得每个女人都相信真有值得高兴的事，也都陪着一起笑着。她们一伙伙地去了，站在博尔德纳夫十分安详地躺着的身子前，停止呼吸，待了一分钟，接着又回来了。刚返回，笑声立刻响了起来。当她们之间的一个人吩咐人们安静下来的时候，就传来了远处博尔德纳夫的打鼾声。

快到四点了。餐厅中放好了一张赌桌，旺德夫尔、斯泰内、米尼翁和拉博德特坐在了旁边。在他们身后站着的，有露西和卡罗利娜，她们在边上下注；布朗施倦得直犯晕，对这一夜过得非常不称心，过五分钟就问旺德夫尔一句，他们是否马上动身离开。客厅中，人们准备跳舞。达盖内已经坐到钢琴旁，娜娜称她的钢琴为"五斗柜"；她不打算有"一个差劲儿的钢琴师"，达盖内可以演奏别人让他弹的华尔兹舞曲和波尔卡舞曲。不过跳舞跳得毫无乐趣，女人们都昏昏沉沉地躲在长沙发中聊天。猛地，外边响起一片嘈杂声，有十一个小伙子一块儿来了，他们在候见室中纵声大笑，在客厅的门前拥挤着；他们才由内政部的舞会里离开，还穿着晚礼服，系着白领带，衣服上别着许多没人明白的十字勋章。娜娜对他们如此大喊大叫地进来非常恼火，她叫来仍待在厨房中的服务生，吩咐他们把这些先生都撵走。她发誓她以前没有见过这些人。福什里、拉博德特、达盖内，每个男人都过来了，想让这些人尊重这儿的女主人。脏话已经冲出了口，胳膊也捋起来了，一时间，马上就会发生一场打斗。此刻，一个黄发的个子不高的男人，满脸病容，口中不停地说：

"您回忆一下，娜娜，那天夜里，在彼得斯家中，在那间红色大客厅中……您再回忆一下！我们是受了您的邀请。"

那天夜里，在彼得斯家中？她怎么也回忆不起来了。第一，是哪个夜里呀？黄发的矮个子说出日期，是周三，娜娜这才记起周三她确实在彼得斯家中吃过消夜；不过她没有请什么人呀，这一点她几乎能够肯定。

于是娜娜笑了起来。这非常可能，她也讲不明白。一句话，既然这些人已经到了，他们就可以进来。全部都说好了，新到场的人中有几个在客厅中发现了认识人，一场意外就以彼此握手而结束。那个病快快的黄发矮个子，是法国最负盛名的一个家族的后代。刚到的人还声明，他们后边仍有人要来；是的，每过一阵儿就要开一次门，戴白手套的、穿礼服的先生陆续到场。他们都是从内政部的舞会中离开的。福什里故意问，部长先生是否也会到场。娜娜非常生气地说，部长要到的人家，谁家也不如她家。她弊在肚子里的话，是她带着的一个幻想，她只打算能看到米法伯爵跟着这伙人来到这儿。他也许改变了想法。因此她一边和罗丝聊天，一边注视着大门。

已经五点了。没人跳舞了。唯有几个赌钱的人在接着玩牌。拉博德特已经退出了，女人们都聚到客厅。客厅中的灯光已经昏暗了，这是由于灯油没有了，灯芯在燃烧，因此灯罩都成了红色的；在如此的灯光下，一夜未眠的浓浓睡意更加强烈。这些女人到了此刻常常心中会浮出一阵轻微的哀愁，她们认为本人的经历都卡在嗓子里，憋得慌，因此都说起本人的经历来了。布朗施·德·西弗里说起她的爷爷，那是一位将军；克莱莉丝却瞎编了一个故事，声称一位公爵去他的爷爷家中打野猪，就在那里让她失了身；两个女人都将背冲着对方，一边晃肩膀，一边问耶稣：对方如何会假造出如此的假话。说到露西·斯图华，她倒平静地讲述了她的经历，她非常乐于提起她的青春时期，那时她的爸爸是北方铁路的加油工人，一到周日就请她吃苹果酱馅饼。

"啊！我要跟你们说说这件事，"小玛丽亚·布隆猛地喊道，"我家对面有一个男人，是一个俄国人，非常有钱。昨天我突然接到一篮水果！整整一篮！有很大的桃子、很大的葡萄，一句话，都是在这个时候十分少有的东西……而在水果之间，有六张一千法郎的钱……这是那个俄国人送的……当然啦，我全部如数退还了。不过我心中又很想留下，想留下那些水果。"

女人们闭紧嘴巴，彼此看了看。在她那种岁数，年幼的玛丽亚·布隆竟然如此无耻。而且，这样的事情居然出现在她这种不要脸的女人身上。她们彼此之间是非常看不起的。她们特别眼红露西，对露西拥有三个亲王觉得特别恼火。打露西每天清晨骑马到布洛涅森林散步，露足了脸之后，每个女人也都仿佛患了热病一般去骑马了。

天就要亮了。娜娜已经感到绝望了，眼睛才从大门那儿挪开。人们都非常无聊。罗丝·米尼翁不愿唱那个《拖鞋歌》，坐在长沙发中同福什里悄悄说话，等候着米尼翁，她的丈夫此刻已从旺德夫尔那儿赢了一千法郎。一个别着勋章、脸色十分庄重的男人，刚刚用阿尔萨斯省的乡音读了《亚伯拉罕的牺牲》。他读到上帝保证的时候，不说"以上帝的圣名！"而说："以我的圣名！"而伊萨克者是回答："对的，父亲！"但是，谁也没听明白，这个片段表现得非常笨。每个人都不清楚应该如何做才可以振奋精神，才可以热烈地度过这整个夜晚。拉博德特想到了一个点子，他凑到拉·法卢瓦兹的耳畔说了一些女人的名字，说她们偷了他的手帕；因此拉·法卢瓦兹就去所有的女人附近走来走去，打量她们的脖子上是不是绑着他的手帕。接着，看到餐柜中还有一些香槟酒，那伙年轻人又狂饮起来。他们相互召唤，彼此鼓舞；不过一种悲伤的醉意，一种完全能够让人哭泣的无聊，无法抵挡地慢慢占据了全客厅。于是，那个黄发的矮个子，法国最负盛名的家族的后代，因为智慧枯竭，再也想不出开玩笑的办法，就琢磨出一个不正常的想法，他拿起那瓶香槟酒，一下子都倒进了钢琴里边。其他人在边上发现了，笑得非常厉害。

"啊！"塔唐·妮妮发现了，十分奇怪地问，"他怎么会这么干？"

"怎么！姑娘，你不清楚吗？"拉博德特严肃地说，"对钢琴而言，香槟是最棒的饮料。香槟酒能够让它的声音更美。"

"真的！"塔唐·妮妮毫不怀疑地小声说。

当人们开怀大笑，她才发了火。莫非她清楚吗？这些人老是和她瞎闹。

情况必定会渐渐坏下去。今夜的消夜难免会以失败告终。在一个角落中，玛丽亚·布隆正在和莱娅·德·霍恩争论，玛丽亚称莱娅总是和一些没多少钱的男人上床；她们嘴里已经不干不净了，彼此攻击起对方的面孔。露西的模样一般，就上前吩咐她们闭嘴。面孔没什么重要的，腰条美才是实实在在的美。再远一些，长沙发上，一个大使馆的听差用手臂抱住西蒙娜的腰肢，千方百计要亲她的脖子；不过非常困倦和心情郁闷的西蒙娜，总是将他推到一边，口中说："你真恶心！"手中握着扇子使劲儿朝他脸上拍几下。这儿的女人，谁也不想让别人动她。莫非可以将她们视为妓女吗？此刻，嘉嘉倒拉住了拉·法卢瓦兹，差不多让他坐到了她的腿上；而克莱莉丝，则坐在两个男人之间，人都被挡住了，仅听到她仿佛让人搔痒一般发出疯狂的笑声。钢琴旁边，那帮小伙子快要疯了，仍在玩那个傻乎乎的小把戏；他们彼此拥挤，人人都打算将自己的那瓶酒，倒入钢琴。这个游戏，既简单又好玩。

"来吧！老朋友，干一杯吧……天哪！这钢琴口渴，要喝酒！……小心！这儿又来一瓶，一点儿也不能洒。"

娜娜背向着他们，没有发现他们的所作所为。她眼下已经打定主意被迫接受浑身是肉的斯泰内了，这家伙就在她附近。活该！这都是那个米法的罪过，没人阻止他来。她穿着白色的薄绸裙子，很轻柔，满是皱纹，就仿佛衬衫似的；面色由于有些酒意而看来有些惨白，眼睛因为困倦而带着黑圈，就这样子，她带着本分姑娘的表情把身子献给了斯泰内。她发髻上和上衣上的玫瑰花，叶子已经掉光了，仅留下了梗子。斯泰内一下子把手由她的裙子里拿了出来，这是由于他的手摸到了乔治放在她裙子上的别针。他的手指冒出了几滴血。其中一滴掉在了娜娜的衣服上，把衣服染红了。

"目前，我们就这样说好了。"娜娜非常严肃地说。

天色渐渐亮了。一束昏暗的光线，带着令人悲伤的郁闷情调，由窗口射了进来。因此人们就开始分手，这是洋溢着无奈和不愉快的散场。卡罗利娜·埃凯因为徒劳地度过了一夜而非常生气，唠叨着，假如谁不准备做见不得人的事，那么目前就是该离开的时候了。罗丝非常生气，因为她的女人名声受到了破坏。和这些婊子在一起老是如此的，她们不清楚应该有何种行为，因此刚进社交界就让人恶心。米尼翁把旺德夫尔口袋中的钱都赢没了，他们夫妇就满载而归了；他们并不在意斯泰内，离开前又反复叮嘱福什里明天去他们家吃午饭。露西不让福什里送她回家，还高声让他去罗丝那个拙劣的女演员那边。罗丝扭过头来，小声骂了一句："不要脸的！"不过，米尼翁早就将她拉到了门外，让她别再说话。在女人的斗嘴中，米尼翁始终如同父亲似的，展示出自己又有经验又比她们胜出一筹。在他们身后，露西自己一个人从容地下了楼梯。随后是拉·法卢瓦兹，他身体有些难受，哭得仿佛小孩似的，嘉嘉不得不将他带离；他连声召唤克莱莉丝，实际上那姑娘和两个男人早离开了。西蒙娜也不在了。眼下仅留下塔唐、莱娅和玛丽亚，拉博德特主动要求送她们回去。

"我一点儿也不累！"娜娜反复说，"我们要做些什么才行。"

她透过玻璃抬头看着天空，天空灰蒙蒙的，上面有乌云飘过。那时是早上六点。对面，奥斯曼大街的另一侧，房子还在梦中，让露水浸湿的房盖，在晨光中清晰地显示出外形；空荡荡的马路上，有一些清洁工拖着木鞋，走了过去。望着巴黎的这个悲凉的清晨，娜娜的内心猛地浮出一种少女的情怀，她猛地向往乡村、田园，还有非常漂亮和完美无瑕的东西。

"啊！您不清楚吗？"她来到斯泰内身边说，"您要领我去布洛涅森林，我们在那儿喝牛奶。"

她如同孩子似的愉快，拍着手。没等斯泰内说话，她就过去穿上了皮大衣。斯泰内肯定不会不愿意，他真的也非常无聊，非常想做点没做过的事。客厅中除了斯泰内之外，就仅有那帮小伙子了；他们将酒杯中的全部酒水都倒入了钢琴中之后，正张罗着要离开的时候，其中一个人神采飞扬地跑过来，手中拎着最后一瓶酒，那是他在厨房中搜出来的。

"别急！别急！"他嚷道，"一瓶查尔特勒酒！……这钢琴，它需要的正是这种酒，这酒可以让它重新健康……目前，孩子们，咱们走吧。咱们都是些笨蛋。"

娜娜在梳妆室中把睡在椅子上的佐爱喊了起来。煤气灯仍在点着。佐爱哆嗦着，帮助娜娜穿好皮大衣和戴好帽子。

"行了，都弄好了，你让我干的我都按着你的想法干了。"娜娜说，她由于自己下定了一个决心而感到轻松，她猛地产生了一阵冲动，准备倾诉一番内心的想法，就和女佣亲热地聊了起来。"你讲得没错，与其找别人，还比不上找这个斯泰内。"

女佣睡意蒙眬，心中有些生气。她唠叨着说，夫人前一天夜里就该下定决心了。然后，她和娜娜来到睡房，问娜娜剩下的两个人如何处理。这两个人，一个是博尔德纳夫，他一直在那儿睡着；还有一个是乔治，他悄悄地过来，将头埋进一个枕头里进入了梦乡，目前正如天使似的轻柔地呼吸着。娜娜吩咐叫他们接着睡。不过她一瞧见达盖内，又涌起一片真情；达盖内始终在厨房中偷偷地望着她，显得十分难过。

"我说，我的宝贝儿，你理当明白事理，"她边说边将他抱在怀中，用不同的温柔和爱恋的方式来亲他，"一切都照旧，你明白，我会始终喜欢你的……是不是？我被迫如此做……我向你发誓，我以后仅对你最真。你明天到这儿吧，我们约个时间……快，像你喜欢我那样搂着我和吻我……啊！搂得用力些，搂得再用力些！"

她逃出他的搂抱离开了，她来到了斯泰内身边，念及去喝牛奶的事就非常高兴。目前这个空荡荡的房子里，仅留下了德·旺德夫尔伯爵和那个别着勋章、读《亚伯拉罕的牺牲》的人。他俩都一动不动地坐在赌桌旁，既忘了自己在什么地方，也没有发现天已经亮了。布朗施倒在一张长沙发上，准备打个盹儿。

"啊！布朗施还没走！"娜娜喊了起来，"我们准备去喝牛奶，宝贝儿……陪我们走一趟吧，一会儿您再回来找旺德夫尔。"

布朗施困倦地站了起来。这一回，斯泰内红润的面孔，突然气得惨白，他想到要领着这个浑身是肉的姑娘一齐走，肯定会不方便的。不过两个女人已经一左一右把他夹在中间，并且连声说：

"您明白，我想让他们在我们的眼前挤牛奶。"

第五章

　　游艺剧院上演《金发爱神》，这已经是第三十四场了。第一幕戏才结束。在演员休息室中，饰演小洗衣女工的西蒙娜，在一个有镜子的蜗形脚桌子旁站着。桌子两侧，各有一个角门，斜开着连接着演员化妆室的过道。她自己一个人在认真观察自己，用一个手指在眼下擦着，给自己的装扮进行最后的修整。镜左右有两个煤气灯，灯光直接投在她身上，让她感到温暖。

　　"他到了吗？"普律利埃尔一进来就问。他身着瑞士海军上将的衣服，挂着长剑，踩着两只大马靴，头上戴着许多羽毛。

　　"什么人呀？"西蒙娜问，身子保持着原来的姿势，冲着镜子乐，要瞧瞧自己嘴唇的效果。

　　"王子。"

　　"我不清楚，我马上准备出场……啊！他肯定会到的，因为他一场没缺！"

　　普律利埃尔来到桌子对面的壁炉旁，里面燃着焦炭，另外还有两只煤气灯在左右点着。他仰起脑袋，看看两侧的时钟和晴雨表，上面还镶着镀金的狮身女首像，绝对是帝国时代的样子。接着，他舒展腿脚，倒在一张带扶手的大沙发上，沙发的绿丝绒，经过四代演员的磨损，已经破败了，到处都泛着黄色。他倚在那里，全身静止，眼睛蒙眬，如同一个演员等着登台常有的那种困倦而又勉强的神情。

　　博斯克老先生也到了，他拖着脚步，咳嗽着，身上穿一件老的黄外衣，这件外衣的一只角已经由肩上掉了，显出里面达戈贝尔王镶金边的上衣。他将王冠摆到钢琴上，很久没开口，不快地跺跺脚，外表还是忠厚的外表，不过双手有一些哆嗦，这是酗酒的早期现象；他那又长又白的胡子，让他那通红的酒鬼的脸，有一副庄重的外形。接下来，在沉默中，一阵骤雨敲着冲着院子的那扇方形大窗户的玻璃，他不屑一顾地摇摇手。

"这天太糟糕了！"他念叨了一句。

西蒙娜和普律利埃尔还是老样子。四五幅风景画和演员韦尔内的肖像，在墙上挂着，让煤气灯弄黄了。一根柱子上有着波蒂埃的半身石像，他是过去游艺剧院的骄傲，目前睁大一双迷惑的眼睛。外边猛地响起了一片人声。那是方堂。他穿着第二幕戏的服装，饰演一个新潮公子，全身黄色的衣服，甚至手套也是黄的。

"嗨！"他边叫边摆弄着手，"你们不清楚吧？今天是我的圣名观礼日。"

"真的？"西蒙娜问；她含笑走过来，好像让他的大鼻子和可笑的大嘴巴吸引了，"那么你的圣名是阿喀琉斯①了？"

"绝对正确！……我准备让人通知布龙夫人，让她在第二幕戏结束时，就把香槟酒端过来。"

铃声在远处传来，声音悠长，渐渐地小了下去，接着又传来了。当铃声彻底结束之后，就有一个人在楼梯上来回叫着，最后在几个过道中不见了。声音是如此叫的："第二幕戏登台！……第二幕戏登台！……"叫声近了，一个面无血色的小个子男人，在路过演员休息室的全部门口时，也使劲儿高叫道："第二幕戏登台！"

"太棒了！香槟酒！"普律利埃尔说，他好像没听到那个叫声，"你太好了！"

"假如是我，我就要让咖啡馆把香槟拿过来。"博斯克老先生缓缓地说，他坐在一张绿丝绒软垫长椅上，脑袋倚着墙。

不过西蒙娜说，我们也该叫布龙夫人拿些小费。她拍着手掌，显得情绪高涨，注视着方堂，差不多要用眼睛将他吃掉；方堂那一副仿

---

① 阿喀琉斯：希腊神话中的英雄，曾在特洛伊战争中多次战胜敌人，后来因脚踵中箭身亡。天主教中没有这个圣名。

佛山羊似的面孔上，眼睛、鼻子和嘴巴，在不停地哆嗦，非常滑稽。

"啊！这个家伙！"她小声地说，"什么人也不会和他一样，什么人也不会和他一样！"

演员休息室的两个门都没关，这两个门连接着各台的过道。一只隐藏起来的煤气灯把过道的黄色墙壁映得十分明亮，墙壁上始终有人影走过，有身着戏服的男人，半裸体围着披肩的女人，其中有第二幕戏中所有群众演员，全是准备在"黑球"咖啡馆的小舞场上化装跳舞的那群人。在过道的另一头，能够听到演员们踩着每级木梯登台的脚步声。高大的克莱莉丝跑了过去，西蒙娜喊住她，她说她立刻回来。果然她几乎立刻就回来了，她身着虹神的薄紧身衣，披着彩虹，冻得抖个不停。

"活见鬼！"她说，"真冷，而我却把皮袄放到了化妆室。"

接下来她来到壁炉前去给大腿取暖，绷着大腿的紧身衣一闪一闪地反射出猛烈的玫瑰红色，她继续说：

"王子已经到了。"

"啊！"别的人都兴致勃勃地发出惊讶声。

"对的，我不久前跑着就是由于这个，我准备瞧瞧他……他坐在右侧台口头一个包厢中，和周四相同。嗯？这是在八天内他第三回来观赏演出吧。这个娜娜，她的命真好！……但是，我敢发誓他不会再来了。"

西蒙娜刚准备开口发言，就让一声高叫盖下去了，这声高叫是从演员休息室旁边响起的。催场员尖细的声音在过道里回响着：

"敲过了！①"

"来了三回，有点过分了，"西蒙娜等到又可以说话时讲道，"你们清楚，他不肯去她的家中，他将她领到他那儿。据说他由于这个花了很多的钱。"

"那是！把人带走一直是如此的！"普律利埃尔不怀好意地说了一

① 指舞台监督敲三下锤子，表示马上开始演戏。

句，随后就站了起来，仿佛一个让包厢观众喜欢的美男子似的向镜中看了一眼。

"敲过了！敲过了！"催场员的连续的高叫声慢慢消失在各层楼的各个过道中。

于是清楚王子和娜娜初次约会细节的方堂，就将事情的来龙去脉说给两个女人。她们用力凑到他身边，他俯下身子，贴在她们耳边讲着细节时，她们就开怀大笑。博斯克静止着，一副毫不在意的神情。这种事他已经不关心了。他爱抚着一只红色的肥猫，那猫正缩成一堆十分舒服地在长椅上进入了梦乡；爱抚到最后，他干脆把猫搂在怀中，仿佛一个年事已高有些呆傻的皇帝似的纯朴与温和。那猫将背一拱，闻闻他的白胡子，肯定是胶水的气味让它讨厌，它又扭过身子，再次缩在长椅上打起呼噜来。博斯克还在庄重地全身心地思考着。

"这没什么大不了，如果是我，我肯定让咖啡馆把香槟酒端过来，他们的酒好一些。"他等方堂说实话之后，猛地向他说。

"开演了！"催场员用沙哑而悠长的声音叫着。"开演了！开演了！"

传来了一阵噼里啪啦的声音。一阵紧张的脚步声跑了过去。由过道中突然打开的门缝中，传来了一阵音乐声和远处人们的说话声；门又合上，仅听到塞了垫子的门微微一响，就合上了。

演员休息室中又恢复了沉闷的安静，好像这个屋子离观众热烈欢呼的剧场非常遥远一样。西蒙娜和克莱莉丝还在说着娜娜。娜娜这个人，总是不愿勤快一些！昨天上场又迟到了。此刻有一个身材魁梧的姑娘，探着脑袋观看，她们马上住了嘴；那姑娘发现自己错了，赶紧向过道的另一头走去。她叫萨丹，扣着帽子，蒙着面沙，假扮出一副外出拜访的神态。

"一个烂女人！"普律利埃尔悄悄地说，他在游艺咖啡馆中总会碰到她，已经一年时间了。于是西蒙娜就跟她们讲，娜娜如何看出萨丹原来是她在寄宿学校时的老同学，如何喜欢上了她，又如何逮住博尔德纳夫不放，让他给她第一次出场的机会。

"哎哟！晚上好！"方堂一边说一边和才到这儿的米尼翁和福什里握手。

博斯克也伸出了手，此刻两个女人和米尼翁搂在一起。

"今天夜里观众还不少吗？"福什里问。

"啊，太棒了！"普律利埃尔说，"理当瞧瞧他们太看得起这场演出！"

"我说，孩子们，"米尼翁说，"你们快登台了吧。"

不，还要过一阵儿。他们要到第四幕才登台。唯有博斯克站了起来，按照老演员的经验，他发现他上台的时候到了。恰在此刻，催场员到了门口。

"博斯克先生！西蒙娜小姐！"催场员说道。

西蒙娜将一件毛皮镶边的皮袄向肩上一套，就离开了。博斯克从容不迫地拿自己的王冠，接着朝头上一扣，用手打了一下，随后拉着他的长袍，东摇西晃地离开了，口中仍嘀咕着，仿佛一个人被扰乱后，非常生气的神情。

"您不久前的那篇文章实在让人读了痛快，"方堂向福什里说，"但是，您怎么讲演员都是爱面子的呢？"

"是呀，宝贝儿，你怎么如此讲呢？"米尼翁高叫道，用他硕大的手掌向福什里那消瘦的肩膀上打了一下，打得他都直不起腰了。

普律利埃尔和克莱莉丝强忍着没笑出声来。很长时间以来，一幕在后台上演的喜剧，让全剧院的人看了都认为很有意思。原来米尼翁因为他太太偶尔的冲动，和福什里关系密切后，搞得他内心十分生气，而且发现福什里所能给他们家的益处，仅仅是一种虚无的广告宣传，就非常后悔；他找到了一种报复的方法，就是尽力和福什里显示融洽，他在后台一碰到福什里，就用硕大的手掌对他胡乱拍打，好像特别的融洽，让他难以控制自己似的。福什里在米尼翁这个巨人身边，看起来十分瘦小；不过为了不和罗丝的丈夫反目成仇，他强忍着微笑着挨了这些硕大的手掌。

"嘿！了不得了，你侵犯了方堂，"米尼翁又说，打定主意将这个喜剧进行下去，"注意！一，二，啪！刺在了胸口上！"

他模仿了一个冲刺的击剑动作，这一下，让这个岁数不大的福什里面色发白，很久无法开口。此刻，克莱莉丝朝其他的人挤了一下眼睛，示意罗丝·米尼翁已经到了，正待在演员休息室的门口。罗丝目睹了事情的始末。她径直朝福什里走去，好像没有发现丈夫一样；然后她跷着脚尖，将额头让给福什里，因为她身着小孩的戏服，因此光着双臂，让给福什里的额头就好像小孩要求亲热噘起的嘴唇似的。

"晚上好，亲爱的。"福什里说，非常随意地亲了她一下。

这就是对他所受磨难的奖赏。米尼翁仿佛一点也不在意他的亲吻，因为在剧院中谁都能亲他的太太。不过他仅略微偷看了福什里一下就乐了，罗丝此次冒犯的行为，以后绝对会让福什里付出代价的。

过道中，塞了垫子的门开了，又合上，一阵密集响亮的掌声，一直传到演员休息室。西蒙娜演完了，进了屋子。

"啊！博斯克表现得非常棒！"她高声说，"王子乐得身子都弯了，他还和其他人一样鼓掌欢呼，仿佛也是用钱请来叫好一样……跟我说，坐在台口包厢中王子身边的那个身材高大的先生，你们见过吗？他长得的确很漂亮，神采飞扬，两边的胡子非常漂亮。"

"他就是米法伯爵，"福什里说，"我清楚前天王子在皇后那儿请他今天用晚饭……可能用完晚饭之后就领他来这儿看节目了。"

"啊！他就是米法伯爵，我们见过他的岳父，是吗？奥古斯特？"罗丝向米尼翁说，"你清楚，就是那个德·舒阿尔侯爵，我去他家唱过歌的……今天恰巧他也到了。我发现他在包厢的后排。这老家伙……"

才扣好大翎毛帽子的普律利埃尔，回过头来叫她：

"嗨！罗丝，该登台了！"

她没讲完话，就和他离开了。此刻，剧院的女门房——布龙夫人，手中捧着一大把花，路过休息室的门口。西蒙娜逗她说，这些花是不是献给她的；布龙夫人没说什么，仅用下颌点点过道尽头娜娜的化妆室。这个娜娜！快让花淹没了。随后，布龙夫人回来又递给克莱莉丝一封信，克莱莉丝不由得骂了一句又忍住了。还是拉·法卢瓦兹这个混蛋写的！这个人真是死缠烂打！当她获悉那位先生仍在门房中守候她的时候，她高喊了起来：

"跟他说我结束这一场戏就过去……我要揍他几下。"

方堂跑过来，口中连声说：

"布龙夫人，请听我讲……请听我讲，布龙夫人……在幕间休息的时候送过来六瓶香槟酒。"

但是催场员又喘着粗气到了，他用唱歌一样的声音说道：

"所有演员登场！……到您登场了，方堂先生！抓紧！抓紧！"

"是，是，我立刻就到，巴里约老爹。"方堂说，有些手忙脚乱。

他又跑过去赶上布龙夫人，又重复了一次：

"嗯？说好了，六瓶香槟酒，幕间休息时送进演员休息室……今天是我的圣名观礼日，我来结账。"

西蒙娜和克莱莉丝拉着长裙，窸窸窣窣地离开了。全部重新安静下来。当过道的门小声合上之后，在安静的休息室里，又能够听到一阵新的暴雨敲着玻璃窗。巴里约是一个面无血色的小老头，已在剧院中干了三十年的催场员；他自由自在地来到米尼翁身边，请他用敞着的鼻烟盒。他始终在楼梯和化妆室的过道里跑来跑去，请别人用他的鼻烟盒，用这种方法争取一会儿休息时间。当然，还有那个娜娜夫人——他是如此叫她的——她是随着自己的性子做事的，她一点儿也不在意罚款，她打算迟到的话，她就迟到，什么人也说服不了她。不过他站好了，十分意外地悄悄说：

"啊！她竟然准备要登台了，她到了……她可能清楚王子到场观看了。"

娜娜真的走在过道中了，身着女鱼贩子的衣服，手臂和面孔都抹得煞白，眼睛下边擦了两块红胭脂。她没来休息室，仅仅朝米尼翁和福什里点点头。

"好吗？你们都不错？"

仅有米尼翁握了一下她递过来的手。然后娜娜又从容地走她的路，身后有一个形影不离的女服装员，偶尔俯下身子为她修整裙子上的皱纹。服装员的身后，这一行列的最后，是萨丹；她尽量作出老老实实的样子，其实非常厌恶。

"斯泰内在哪儿？"米尼翁猛地问。

"斯泰内昨天起程赶往卢瓦雷了，"巴里约说，他刚想返回舞台上，"我认为他是打算在那购置一个乡间别墅。"

"啊！是的，我清楚，这是送给娜娜的别墅。"

米尼翁脸色骤变。这个斯泰内，他过去说准备为罗丝购置一栋大楼！行了，最关键的是不要和其他人斗了，理当再次找到这样的机会。米尼翁琢磨起来，心中一直不想败下来，在壁炉和蜗形脚桌子之间来回走着。休息室中仅有他和福什里了。觉得困倦的福什里，朝一把大扶手椅中一倒，静静地坐在那里，半合着双眼休息。另外一个每回由他身边路过，都要朝下看看他。一到仅有他们俩在一块的时候，米尼翁一点也不想打他。既然没有其他人看见这情景，打他也是白打。让他自己假装一个和其他人逗乐的丈夫给自己开心，如此的瞎闹，他也真是非常不想做。福什里也乘机歇一会儿，散漫地把脚凑近壁炉取暖，眼睛从晴雨表一直看到时钟。米尼翁走来走去的时候，猛地在波蒂埃的半身雕像前停下了，茫然地盯着那个半身像，接着又回过头来，来到窗前，窗外的院子正如一个黑洞一般张着大嘴。雨停了，全屋都非常安静，旺盛的炭火，闪着火苗的煤气灯，让屋子的安静看来更深沉。后台毫无声息。楼梯和每个过道都是一片安静。这是一出戏完成前的安静，仅听到台上所有演员正用巨大的怒喊演唱最后的情景，而空荡荡的演员休息室倒在一片沉闷的嗡嗡声中进入了梦乡。

"啊！这些蠢货！"猛地博尔德纳夫低沉的声音喊了起来。

他进来不久，就张嘴大骂两个群众女演员，这是由于她们以故作呆傻来开玩笑，差一点摔在台上。当他发现米尼翁和福什里之后，就和他们说话，跟他们讲了一件事：王子不久前说，准备在幕间休息时，自己去娜娜的化妆室中对她表示祝贺。他带着他们朝前台走时，舞台监督恰巧经过。

"您替我教训一番费尔南德和玛丽亚这两个混蛋!"博尔德纳夫火气极大地说。

接着,为了让自己安静下来,全力恢复他的优雅的性情,他摸出手帕来擦擦脸,随后说:

"我去恭候王子殿下。"

经过很久强烈的欢呼声后,拉下了帷幕。因此演员们立刻在舞台朦胧的灯光下杂乱地撤走了,此刻台口的排灯已经不亮了。主要演员和群众演员急忙走进自己的化妆室,布景工人们则飞快地更换布景。但是,西蒙娜和克莱莉丝还是在舞台里面,悄悄地说着话。在表演时,她们借着没有台词的机会,讨论了一件事。克莱莉丝在全面思考一番之后,认为她最好还是别见拉·法卢瓦兹,这个人一直不能决定抛开她去和嘉嘉相好。她让西蒙娜替她去看他,西蒙娜仅需和他说明,一个人不能如此抓住一个女人不放,就可以了。西蒙娜同意替她干这件事。

因此还身着洗衣女工戏服的西蒙娜,身上套了她的皮袄,顺着那个不宽的螺旋楼梯往下走。楼梯上堆满了油污,两侧墙壁非常潮湿,这个楼梯径直连着看门人的屋子。这屋子,位于演员出入楼梯和连着经理室的楼梯中间,两侧是两大块玻璃,仿佛一个透明的大灯笼,里屋内还有两盏灯光闪烁的煤气灯。在一个书架上边,摆着信件和报纸。一张桌子上放着花束,在那里沉默地守候,旁边放着不少让人想不起来的脏盆子和一件穿过的女人衬衣,女门房正在那儿缝衬衣扣眼。在这个混乱肮脏的小屋子中,有几位有身份的先生。他们戴着手套,穿着得体,坐在四把过时的草垫椅子上,一副不急不躁和碰运气的神态;布龙夫人一从楼梯上回来,他们就立刻把头扭向她,这是由于她负责传达反馈信息。这回,她刚递给一个年轻人一封信,那个年轻人就赶紧来到前厅,在一盏煤气灯下拿出信,不过他看到的还是那句话:"宝贝儿,今晚不行,我已经和别人说好了。"他禁不住面色微白,他在相同的地方读过很多次这句话。拉·法卢瓦兹待在里边的一把椅子上，在桌子和火炉中间；他好像打算在那儿待到天亮，但是也有些手足无措的神情。他将他的一双长腿收了起来，因为有一群小黑猫在他身边不愿离开，而那只母猫则待在他的身后，用它的黄眼睛一动不动地注视着他。

"啊，是您，西蒙娜小姐，您有何贵干？"布龙夫人问。

西蒙娜让她喊一下拉·法卢瓦兹。但是布龙夫人无法立刻执行她的吩咐。她在楼梯脚下面，在一个如同壁柜一样凹进去的地方，弄了一个不大的酒吧间。眼下正有五六个男人，仍穿着"黑球"咖啡馆化装舞会中的异样的衣服，在那儿饮酒；他们十分口渴，时间又短，将布龙夫人忙得不亦乐乎。在这个壁柜中，点着一盏煤气灯，能瞧到里面有一张锡面的桌子和几块搁板，搁板上摆着已经倒出一些酒的瓶子。如果把这个搁木炭的地方的门一拉开，马上有一种刺鼻的酒味冲过来，还包含着门房屋内剩饭剩菜的气味，和放在桌子上鲜花的沁人心脾的香味。

"那么，"布龙夫人在侍候完群众演员饮酒之后继续说，"您找的是那边那个棕色头发的小个子，对吗？"

"不，别瞎说！"西蒙娜说，"是炉子附近的那个瘦子，您的母猫恰巧在闻他的裤腿的人。"

因此布龙夫人就领拉·法卢瓦兹进了前厅，其他几个男人仍在毫无办法地耐心守候，他们觉得呼吸困难，喘不过气来，而那伙化装舞会的群众演员却顺着楼梯饮喝，彼此开玩笑，用酒鬼的低沉的声音聊着。

楼上的舞台上，博尔德纳夫冲布景工人们大发雷霆，他们更换布景一直慢慢腾腾的。这肯定是有意为之，以便让王子进来时遇上一块背景屏风砸到脑袋上。

"拖上去！拖上去！"负责的嚷道。

最后，背景幕布拖上去了，舞台上能够随便走动了。始终在看着福什里的米尼翁，借这个机会又开始玩弄他的诡计。他探出手猛地挟住福什里，口中叫着：

"注意啊！这根桅杆几乎砸着您。"

他边说边挟着他走，还用力晃他，接着松开了他。布景工人们开怀大笑，福什里则面无血色，嘴唇抖动着，他准备发火了，此刻米尼翁又扮作友好的表情，亲密地敲打着他的肩膀，差不多快把他敲打碎了，口中还连声说：

"这是我爱护您的身体，没错！……天知道！假如您出了什么意外，我就难过了！"

恰在此刻有人悄悄说："王子！王子！"所有人都扭头注视着连着剧场的小门。开始仅发现博尔德纳夫肉乎乎的后背和脖子，在不停顿的奴性十足的谦卑中，低下去，抬起来。接着，王子才露面。他身材魁梧、健壮，胡子为金黄色，皮肤为粉红色，彻头彻尾是结实而风流人物的优雅气势；他的四肢非常健壮，在裁剪得体的礼服下面清楚地显现出来。在他的身后跟着的，是米法伯爵和舒阿尔侯爵。剧场的这个地方非常昏暗，因此这伙人都笼罩在巨大的移动着的黑影里。为了和皇后的儿子，皇位的未来继承人说话，博尔德纳夫换成了玩狗熊人的嗓音说话，佯作十分激动，不停地嘀咕着：

"请王子允许我在前面带路……请王子同意走这一边……王子请注意……"

王子一点也不慌乱，相反觉得非常有意思，不时驻足打量着布景工人操作。他们才将布景照明灯放下来，这一排煤气灯，都是用铁丝网围着的，拉起来时，放射出一片充足的光线，将舞台映得通明。米法过去始终没来过剧场的后台，他比其他人更觉得新鲜；他感到难受，朦朦胧胧地觉得有些讨厌，又有些担心。他抬头仰视着舞台的上面，上面还有其他的照明灯，灯芯都弄小了，仿佛在朦胧的天穹中，闪烁着许多蓝色的星星，这个朦胧的天穹是用布景格架、各种各样的绳子、吊桥、幕布所搭成的；那众多幕布挂在空中，仿佛是太阳下晾晒的衣服。

"放！"负责的突然高喊了一下。

甚至王子也被迫亲自嘱咐米法注意。一块幕布掉了下来。他们正在给第三幕戏准备布景，这幕景为埃特纳火山的一个山洞。几个人将椳杆送入滑槽，其他几个人将后台墙上的不少木柜架搬过来，用粗绳将木柜架绑在椳杆上。舞台后边，为了让火神熊熊的打铁炉放射出火光，一个照明工人在那里摆了一个灯具架子，架子上又设置了不少包着红玻璃的煤气灯。这实在是毫无秩序，但是这仅仅是表面上的无秩序罢了，其实最不起眼儿的举止都是根据一定的规矩设置妥当的。在这些散乱中，仅有那个提台词的人，站得腻了，为了活动活动双腿，在缓缓地迈着方步。

"王子的确让我太荣幸了，"博尔德纳夫不停地行着礼说，"我们的剧院很小，不过只要我们可以做到的，我们都竭尽全力地做了……目前，请王子允许我带路……"

米法伯爵已经往演员化妆室的过道出发了。他在舞台的一个很陡的斜坡上走着，禁不住吓了一跳，他的担心大都是由于他感到脚下的木板是不固定的。从滑槽敞着的槽缝向下看去，能够发现下面点着煤气灯，活生生是一副地下生活的场面：既有莫测的黑暗，又有人声，又有地窖的味道。不过，当伯爵上来时，一个想不到的事让他停下了脚步。有两个女人，身着第三幕戏的衣服，正在幕布的窟窿前聊天。有一个挺着腰，用手指将窟窿弄大一些，以便观察得明白些，她正朝剧场中四处打量。

"我发现他了，"她猛地说道，"噢！看他那个德行！"

博尔德纳夫火冒三丈，极力克制着才没向她屁股上踹一脚。不过王子倒满面笑容，看来十分高兴，又有些激动，这是由于他当场听到了这句话。他温和地望着那个一点也不在意王子的女人。她倒无所顾忌地开怀大笑起来。博尔德纳夫带着王子离开了。米法伯爵开始有些热了，摘掉了帽子；最让他觉得难受的，是稠密、高温的空气，让人喘不过气来。空气中散发着一种刺鼻的味道，这就是后台独有的味道，其中包括煤气灯的臭味，布景的胶水味，昏黑角落的肮脏味，群众女演员的不干净内衣的恶心味。过道的空气更加让人喘不上气来，那是化妆室中溢出来的梳洗脏水的汗味，肥皂的香气，偶尔还夹杂着气息的碳酸味。伯爵路过楼梯间底下的时候，仰起脑袋朝里面看了看，因为里面猛地涌出的光线和热气，朝着他的身后，让他十分意外。上边响着脸盆声、笑声和相互说话声，在连续的开关门的噪音中，还带着一种女人的香气，这是化装品的麝香味掺杂着头发的强烈的骚味。伯爵没有降低速度，相反却紧走几步，差不多和逃跑一样，带着浑身不太剧烈的哆嗦离开了，这哆嗦是由于他由一个高温的缺口，发现了一个从来没见过的情景而产生的。

"嗯！剧院确实是个特殊之处。"德·舒阿尔侯爵说，样子仿佛一个人来到了自己经常生活的环境中，心情非常愉快。

此刻，博尔德纳夫已到了过道一端娜娜的化妆室前。他从容地推开门，自己闪到一边：

"请王子屈尊入内……"

仅听到屋内一个吓了一跳的女人喊了一下，随后就发现光着上身的娜娜，迅速地藏进一道幕布后面，正在为她擦身的服装员，此刻不得不举着手，握着毛巾，在那儿惊呆了。

"啊！如此进屋太没礼貌了！"藏在后面的娜娜说，"不要进屋，你们瞧，眼下不应入内。"

博尔德纳夫对她的隐藏好像有些生气。

"不要藏起来嘛，宝贝儿，这没什么大不了的，"他说，"这是王子。出来吧，别耍脾气了。"

发现她仍不愿出来，还有些害怕，不过已经开始乐了，他就用严厉的语气继续说：

"我的老天！这几个男士都清楚女人为何物。他们不会吃了您的。"

"这可没准儿。"王子幽默地说。

这句话把人们都逗乐了，而且乐得有些夸张，目的是想奉承王子。博尔德纳夫着重指出："这是一句十分精辟的话，是地道的巴黎人的语气。"娜娜闭上了嘴，幕布抖了，是的，她已经做好了打算。此刻，两颊血红的米法伯爵开始认真打量这个化妆室。这是一个矩形的房间，房顶不高，四周全都是淡栗色的布料。幕布也是一样的料子，搭在铜杆上，在房间里边形成不大的空间。两扇大窗户朝着剧院的天井敞着，越过院子，对面不超过三米的地方，有一堵斑斑点点的墙壁，晚上窗玻璃向墙壁折射出不少黄色的方块。一面大试衣镜的对面是一张白色大理石梳妆台，台上乱七八糟地放着头油瓶、香水瓶和香粉瓶以及不少水晶盒子。米法凑到镜子前，看到自己满面红光，额头上还有一层汗水；他垂着眼皮，来到梳妆台前，上面摆着装满肥皂水的脸盆，乱哄哄地放着不少象牙小用具，还有湿乎乎的海绵，这全部好像让他待了一阵儿。他初次去奥斯曼街娜娜住处探望时，所感受到的那种迷茫的感觉，眼下又产生了。他觉得脚下的厚地毯在震动，梳妆台边和大镜子边点着的煤气灯，好像在他的太阳穴附近，发出细小的声音。他再次嗅到女人的香气，在不高的房子里增加了无数倍，再加上高温，他猛地担心这香气会让他神志不清，因此他在两扇窗户中间的一张软垫长沙发的边上坐下。不过他立刻又起来了，走到梳妆台附近，在集中精力回忆以前在他屋内枯萎过的一束晚香玉，他几乎被它的香味弄得喘不过气来。晚香玉凋落的时候，会有一种人体的香气。

"迅速些！"博尔德纳夫将脑袋伸进幕布，悄悄说。

王子此刻恰好兴致勃勃地听德·舒阿尔侯爵讲话。侯爵由梳妆台上捡起一个小粉扑，说明如何打白底粉。房间里的一个角落中，看来纯真得仿佛处女一样的萨丹坐在那儿，她在认真观察着这些男人。那个服装员，朱尔夫人，正在收拾爱神的紧身衫裤。朱尔夫人的年龄是难以估算的，她的脸皱皱巴巴的，一点也看不到表情，正如那些始终没人看到过她们年少时期的老处女似的。朱尔夫人却是在化妆室的高温中枯萎的，她一天到晚都生活在巴黎最负盛名的大腿和胸脯中。她披着一件很长时间没有换过并且已经掉了颜色的黑袍子，在她那平坦而毫无性感的前胸上，到处都别上了别针，多得如同小树林一样。

"我很抱歉，先生们，"娜娜从幕布后走了出来说，"不过我刚才一点也没想到……"

人们都扭过头来。娜娜还是光溜溜的，仅仅将一件轻纱的小内衣系上了扣子，挡住了一半胸部。这些先生将她吓得逃走时，她正在赶着脱掉女鱼贩子的戏服，还没有彻底脱掉。她的裤子后边仍露着衬衣的边儿。此刻她光着两只胳膊，光着肩膀和奶子，完全展现出她这肥硕的金发女郎魅力无穷的青春活力，不过，她还用一只手握着幕布，好像打算一碰到意外，能够重新拉上幕布一样。

"是的，我刚才没想到，我说什么也没胆子……"她嘀咕着，假扮出腼腆的神情，脖子都红了，嘴唇上挂着不自然的微笑。

"没什么，无论如何这几位先生认为您如此非常不错！"博尔德纳夫高声说。

她还佯作出纯朴少女那种犹豫的神情，仿佛让人挠在痒处一样，晃着身子，口中连声说着：

"王子太看得起我了……我请王子接受我的抱歉，我如此面见王子……"

"那是把我看做不受欢迎的人。"王子说，"不过，夫人，我想来向您表示祝贺，我不能阻挡我的这个想法……"

她想去梳妆台附近，就从容地，仅套着一条衬裤由这几位先生之间走过去。人们给她闪开了路。她的屁股非常丰满，裤子撑得紧紧的；她一面挺起胸，一面风骚地朝人们微笑致谢。猛地，她好像看到了米法伯爵，亲热地朝他递过了手。随后她就怪罪他理当出席她的消夜。王子居然不在乎地位，用这件事逗弄米法伯爵；米法张口结舌无言以对，他因为自己那只燥热的手接触了她那只刚洒过香水还有些潮乎乎的小手而兴奋得悄悄哆嗦。伯爵不久前在王子家中大吃了一顿，王子真是个美食家，也是个能喝酒的人。他们俩都有些酒意了。不过他们的行为仍非常老实。米法想遮盖心中的兴奋，仅想到了一句关于屋内温度过高的话。

"我的上帝！这里温度太高了，"他说，"夫人，您为何要在如此的高温中生活呢?"

议论原本要围绕着这个话题说下去，不过化妆室的门外，猛地响

123

起了吵闹的人声。博尔德纳夫拉开了门上的铁格子窥视孔的木板。原来外边是方堂领着普律利埃尔和博斯克，三个人都挟着酒瓶，手中握着酒杯。方堂拍门，嚷着说今天是他的圣名观礼，他带来了香槟请大家喝。娜娜看着王子，询问他的看法。这不用讲！王子不愿打扰随便哪个人，他非常愉快地让他们进屋。不过方堂来不及等屋内的回话，就进来了。他用含混的声音不停地说：

"我不是守财奴，我花钱请大家喝香槟酒……"

猛地，他发现了王子，他本来并不清楚王子在场。因此他立刻闭上了嘴，换成一种非常可笑的郑重的语气说：

"达戈贝尔国王在外边过道中，他恳求和王子喝一杯。"

王子乐了，人们都觉得方堂的随机应变让人愉快。不过，化妆室过于狭窄了，无法放下每个人，人们被迫再挤一下；萨丹和朱尔夫人始终向后退，紧挨着幕布，男人们则围在半裸体的娜娜身边。三个男演员还身着他们第二幕戏中的戏服。普律利埃尔被迫拿掉瑞士海军上将帽，这是由于帽子上的大翎毛在不高的屋顶下伸不开。博斯克身着紫色王服，扣着白铁皇冠，使劲儿让他的一双醉鬼的腿站好了，接着朝王子鞠躬，仿佛一个国王在欢迎强大的邻国的王子。酒杯中倒满了酒，人们碰了杯。

"我替王子干杯！"博斯克带着国王的架势说。

"替部队干杯！"普律利埃尔补充了一句。

"替爱神干杯！"方堂高喊道。

王子按照大家的愿望举举手中的杯子。他停了一下，接着致谢了三遍，悄悄说：

"夫人……海军上将……国王……"

他一仰头干了杯中酒。米法伯爵同德·舒阿尔侯爵也模仿他的样子干了一杯。目前什么人也不说笑话了，人们好像都身处王宫一样。在煤气灯的热气笼罩中，演出这场庄重的喜剧，简直是将舞台的艺术，扩展到现实社会中来了。娜娜也想不起来自己仅穿着一条裤子，裤子上还露出衬衫的边儿，一下子成为了贵夫人，成为了维纳斯皇后，正在敞开她这个狭窄的房间来恭迎国宾。她在所有的话语中都加上了"王子殿下"的尊称，她真心实意地行屈膝礼，将两个饰演参加化装舞会的人——普律利埃尔和博斯克，看做国王和陪着国王的大臣。这是一位名副其实的王子，未来的国王，竟然和一个差劲儿的演员共同喝香槟酒，竟然在化装成的神灵、假扮的国王和服装员、婊子、布景工人还有鸨母龟奴等这些人之中从容不迫，这种怪异的掺杂，居然没人考虑到要笑。博尔德纳夫让这个完美的情景鼓舞起来，心想假设王子愿意在《金发爱神》的第二出幕中，如此上一回台，那他的金钱就滚滚而来了。

"我说，"他扮作老朋友的架势高叫着，"我把我的女演员们都喊过来，行吗？"

娜娜表示反对。不过她本人也不在拘束。方堂扮成小丑的外形让她觉得非常有意思。她用身子撞他，用眼睛永不知足地注视着他，好像准备将他吃掉，那表情就如同一个孕妇由于妊娠反应非常想吃点罕见的食物似的。她猛地向他热情地说：

"嗨！倒上呀，你这笨蛋！"

方堂又往杯子中斟满了酒，人们举杯反复地说着不久前的祝酒词：

"替王子干杯！"

"替部队干杯！"

"替爱神干杯！"

此刻娜娜比划了一个手势示意人们不要说话。她高高地端起酒杯，说：

"不，不，要替方堂干杯！……今天为方堂的圣名观礼日，替方堂干杯！替方堂干杯！"

因此人们再次端起酒杯，向方堂致意。王子已经发现娜娜差不多要用眼睛把方堂吃掉了，他就向方堂祝贺。

"方堂先生，"他非常有礼貌地说，"我祝贺您取得的成功。"

此刻，王子的礼服下沿，拖到了王子身后的大理石梳妆台上。这屋子简直和一间睡房差不多，也和一个小小的洗澡间差不多，既有脸盆中散发的蒸气，又有擦背用的海绵，香水正散发着刺鼻的味道，掺杂着香槟酒的少许酸味。娜娜处在王子和米法伯爵之间，他们都被迫抬起双手，不然的话如果随意一动，就会接触到她的臀部或者胸部。朱尔夫人倒没出汗，还是面无表情，漠然地守候着。萨丹是一个肮脏的女人，她十分吃惊地注视着王子和两个身着礼服的男人，和打扮起来的演员掺杂在一块，去追求一个光溜溜的女人，她禁不住悄悄自言自语说，上层社会中的人也并不都是非常高尚的。

此刻，巴里约晃着铃，由过道中走了过来。他路过化妆室门前时，发现那三个男演员仍身着第二幕戏的戏服，吓傻了。

"啊！先生们，先生们，"他张口结舌地说，"请你们赶紧……观众休息室的铃已经响过了。"

"随它去吧！"博尔德纳夫从容地说，"叫他们先坐着吧。"

但是，人们再碰了几回杯后，酒已经喝光了，演员们就到楼上换衣服去了。博斯克把不久前被酒泡了的假胡子拽掉了，少了这让人尊敬的胡子，他的醉态立刻显出来了，完完全全是一张酗酒的老演员那种困倦而且发黑的面孔。仅听到他在楼梯脚下，用酒鬼的低沉的声音，和方堂聊起王子：

"我让他感到意外吧，嗯？"

在娜娜的化妆室中，仅留下王子、伯爵和侯爵，博尔德纳夫随着巴里约离开了，他吩咐巴里约在没有告诉娜娜夫人之前，不许敲开幕锤。

"先生们，请接受我的抱歉，"娜娜说，她又重新修饰她的双臂和脸庞，她对这两部分极其谨慎，这是由于在第三幕戏中她将一丝不挂地登台。

王子靠着德·舒阿尔侯爵坐在没有靠背和扶手的长沙发上。唯有米法伯爵自己站在那里。在这喘不过气来的酷热空气中，他们干掉的两杯香槟酒，上来了强烈的酒意。萨丹发现这些男人和娜娜合上房门，就觉得自己还是藏在幕布后面回避一下；因此她就坐在一只箱子上守候，这样静止着，让她十分恶心。此刻朱尔夫人从容不迫地来回走着，不开口，也不看什么人。

"您领唱的圆舞曲，唱得太棒了。"王子说。

因此谈论就如此开始了，不过他们讲得都十分简练，总是断断续续的。娜娜无法每一句都答复。她用手掌在双臂和脸上都搽了冷霜之后，就拿一个毛巾角去搽油彩。有一会儿，她的眼睛不看着镜子，反而乐呵呵地向王子瞟一眼，手中依旧在搽油彩。

"王子太过奖了。"她悄悄说。

化装的程序特别繁琐，德·舒阿尔侯爵用眼睛注视着娜娜的全部动作，将这视为一种难得的享受。接着他也发言了。

"我说，"他说，"莫非乐队无法给您伴奏得小点声吗？它盖住了您的声音，这是天大的错误。"

这一回，娜娜没有扭过身子。她握着小粉扑，谨慎地扑着，身子趴到了梳妆台上，弓得非常严重，甚至白衬裤的外形都清晰地显现出来了，仍露着那个衬衫边儿。她打算接受侯爵的称赞，就晃晃屁股。

安静了一阵儿。朱尔夫人看到右裤腿上有一条口子，她就由自己前胸拿掉一个别针，趴在地上，对娜娜大腿上的裤子裂口进行修补。娜娜却好像不清楚她在那里，依旧在化妆，非常谨慎地避免白粉碰到双颊上。此刻王子说，假设她去伦敦表演，整个英国都会为她而欢呼，娜娜高兴地笑了，将身子扭回来一阵儿。此刻她左颊涂得雪白，附近扬着白粉。接着，她一下子庄重起来，因为眼下该搽胭脂了。她又将面孔向镜子靠近，用手指在一个小瓶子中泡泡，接着把胭脂抹在眼底，把红色小心地抹开，一直抹到太阳穴附近。那几个男人在一边彬彬有礼地一言不发。

米法伯爵还没有说话。他禁不住回忆起了他的青年时代。他幼时睡觉的那个屋子非常冷。后来，当他十六岁时，他每天夜里睡觉前都要拥吻他的妈妈，那是漠然的一吻，而他老是把这个漠然的感觉一直带到梦中。有一天，他路过一个半敞着的门口，看到里面有一个女仆在洗澡，这就是由年轻时一直到成家为止，仅有的一件让他激动不已的回忆。以后，他觉得他的妻子一丝不苟地尽着她做妻子的义务，而他本人因为对宗教很虔诚，对男欢女爱也很厌恶。现在他上了岁数，老了，还是不清楚肉欲的享受，始终都在遵守严格的规定，根据箴言和道德规律来处理自己的生活。猛地，他进了这个娜娜的化妆室，注视着这个赤裸裸的女人。他甚至连米法伯爵夫人如何穿吊袜带都没见过，而眼下倒在这个乱七八糟地摆着瓶子和脸盆的地方，在如此芬芳和如此甜蜜的香味之中，目睹了一个女人化妆时的最隐私的情景。他全身心都起来抵御，一段时间以来，娜娜慢慢占据了他的全部身心，让他觉得恐怖，让他回忆起他看过的宗教书籍，让他想到他幼时就总是听到的魔鬼缠人的传说。他对魔鬼的存在深信不疑。娜娜在模模糊糊中仿佛就是魔鬼，她的笑声，她的乳房和她的屁股，都洋溢着罪恶。不过他本人打定主意不屈服，他会想办法保护自己的。

"那么，就这么说好了，"王子说，他舒适地坐在长沙发上，"您明年去伦敦，我们会热情地款待您，让您乐而忘返……我说，亲爱的伯爵，您对你们的娜娜不太关注，我们快把她夺走了。"

"这对他没什么，"德·舒阿尔侯爵下流地悄悄说，他在老朋友中常常会说出一句这样的鲁莽话。"伯爵自己就是道德的维护者。"

娜娜听到说伯爵是道德的维护者，就诧异地注视着他，让他觉得十分难受。然后，他又对本人的反应觉得吃惊，又反过来抱怨自己。怎么在这个妓女面前，自己是道德的维护者这个想法，也会让自己觉得不好意思呢？他实在想揍她一顿。不过此刻娜娜正准备取一支画眉笔，不小心掉到了地上。她俯身去捡时，他也跑过来捡；他们的呼吸混在一起了，娜娜蓬松的头发披在他的手上。于是他在祷告的同时又体会到一阵愉悦，这是一个在干坏事的天主教徒的愉悦，这种愉悦因为担心入地狱而更加明显。

此刻，门外传来了巴里约的声音。

"夫人，我能敲开幕锤了吗？人们有些等着急了。"

"等一下。"娜娜从容不迫地说。

她将画眉笔往一个盛着黑色油彩的瓶子中浸了浸，接着，鼻子差不多快碰到镜子了，合上左眼，将画眉笔灵活地由睫毛中搽了过去。米法在她的身后注视着。他从镜子中注视着她，注视着她的丰满的肩膀和被浅红色的黑影挡着的乳房。虽然他尽量忍着，不过眼睛一直盯着她的面孔，这面孔上的两个酒窝仿佛装满了肉欲，合上一只眼睛更显得魅力无穷。当她合上右眼，用笔描画时，他的心中已经清楚她已经彻底俘虏了他。

"夫人，"巴里约又上气不接下气地喊了起来，"他们乱踢乱踏，他们到最后会毁了椅子的……我能敲开幕锤了吗？"

"该死！"娜娜急躁地说，"您敲吧，我没意见！……假设我没收拾好，那就不得不让他们等着了。"

她再次平静下来，回过身来向几个男人笑着说：

"是的，我们想说一会儿话都不行。"

眼下，她的面孔和手臂都已打扮好了。她用手指在嘴唇上抹上两道红胭脂。米法伯爵更加感到心慌意乱了，他已经让罪恶的香粉和胭脂吸引住，让下流的肉欲俘获，脑子里仅琢磨着拥有这个打扮后的年轻姑娘；她的面孔白得厉害，嘴巴通红，眼睛涂上了黑圈，看来更大了，眼中洋溢着燃烧的热情，好像因为爱情而费尽心机。娜娜钻进幕布后待了一会儿，扯掉衬裤，套上爱神的紧身裤。接着，她十分随意地出来解开薄纱短上衣的扣子，把手臂交给朱尔夫人，叫她把爱神的短袖紧身衣给她套上。

"利索些，人们都发火了！"她悄悄说。

王子合上眼睛，用内行的模样顺着她的乳房挺起的曲线认真观赏，而德·舒阿尔侯爵却下意识地点着头。米法为了躲开她，眼睛注视着地毯。最后，爱神已经彻底准备好了，只要在肩上搭一块轻纱就行了。朱尔夫人在她身边走来走去，模样仿佛一个小个子的木偶老太太，眼睛有神而冷漠；她猛地由自己前胸那个为数众多的针垫上，拿了几个别针，将爱神的紧身衣别好，她的枯瘦的手触摸着娜娜丰满的裸体，却没有对自己产生一丝影响，好像她对女人没什么兴趣一样。

"行了！"娜娜说，朝镜子中最后打量了一番。

博尔德纳夫又进来了，他忍不住了，说第三幕戏已经开演了。

"行啦，我立刻就去，"她说，"真是没见过世面！过去等人的老是我。"

几个男人离开了化妆室。不过他们并没有和娜娜说一声，因为王子说过，他准备在后台欣赏第三幕戏的表演。当化妆室中仅有娜娜自己时，她向周围看了看，仿佛非常诧异。

"她在什么地方？"她问。

她指的是萨丹。她在幕布后面看到了坐在箱子上的萨丹，萨丹没事儿似的说：

"来了这么多男人，我当然不会打扰你！"

萨丹又说，眼下，她准备离开了。娜娜一下拖住她。她真傻！既然博尔德纳夫愿意请她，只是戏结束了之后就可以谈妥了，为什么还要离开！萨丹拿不定主意。这儿的机关布景真复杂，她难以适应。话是如此，她仍然待在了这儿。

王子正顺着那个木头小楼梯下楼，舞台的另一侧猛地传来了一种罕见的动静，里面还包含着悄悄的喝骂声和斗殴的脚步声。这是一个意外，那些要上场的演员都让这个意外吓得手忙脚乱。原来是不久前，米尼翁又和福什里闹了起来，他假装和他亲近，数次报复福什里。他还想出了一个新方法，就是用手指悄悄地弹福什里的鼻子，听他讲，这是替福什里打苍蝇。当然，这个点子把看热闹的人都逗笑了。不过，占尽风光的米尼翁却骄傲得不知天高地厚，他又抬手给了福什里一个耳光，这是一个毫不掺假的耳光。这一回，他干得过于出格了，在众目睽睽之下，福什里没法用笑脸来挨如此厉害的一个耳光。因此这两个人就闹翻了，他们面色阴沉，一脸仇恨，不顾一切地摔打起来。他们在一个布景的框架后边打在一起，在地上扭动，彼此骂对方是妓女养的龟奴。

"博尔德纳夫先生！博尔德纳夫先生！"手足无措的舞台监督赶来说。

博尔德纳夫朝王子讲了句"告辞"，就随着舞台监督走过来。他看到地上那两个人是福什里和米尼翁时，禁不住火冒三丈。他们可实在会挑时间，单单王子恰巧在布景的另一侧，而且每个观众都可以听到。更差劲儿的是，罗丝·米尼翁呼吸急促地赶来了，这功夫又偏偏是轮到她登台。火神已经说台词了，就等她登台表演了。不过罗丝在那里惊呆了，注视着在她脚下扭动的丈夫和情人彼此掐着脖子，扯头发，手脚并用，礼服上都是白灰。他们拦住了她的去路；一个布景工人还一下握住了福什里的帽子，否则，这个该死的帽子在斗殴中会飞到舞台上去。此刻，火神在场上随意瞎编了一些逗乐的台词，让人们高兴了一会儿，接着又讲了那句台词，叫罗丝接过去。不过罗丝还站在那里静止着，眼睛还在注视着两个男人。

"别瞧了！"博尔德纳夫生气地靠近她的耳边说，"马上离开！上去！……这儿的事儿你别管了！你迟到了！"

罗丝让他推搡着，迈过了两个人，上了台，在台前脚灯映射之下，在人们眼前亮相。她搞不明白他们怎么会倒在地上斗殴。她还颤抖着，脑袋里不停地响，朝脚灯走去，面含着多情月神迷人的微笑，她唱出了男女声二重唱中的头一句，嗓音热情无比，人们欢呼雀跃。此刻她仍能听到布景后两个男人用力的打斗声。他们一直扭打到舞台的檐幕旁。多亏音乐声盖住了他们在布景后斗殴的声音。

"该死！"博尔德纳夫气冲冲地叫着，最后，他终于拉开了他们，"莫非你们一定要在这儿斗殴吗？你们清楚我讨厌这种事情……你，米尼翁，请到舞台左侧，而你，福什里，假设你从舞台右侧走开，我就将您撵出剧院……嗯？就这么着，一个在舞台左侧，一个在舞台右侧，不然我就不准罗丝领你们到这儿来。"

他来到王子身边时，王子打听出了什么事。

"啊！没什么大不了的。"他好像没事一样悄悄说。

娜娜披着皮袄站在那里，一面等着登台，一面和那几个男人聊天。米法伯爵靠了上来，打算在两个框架的空隙处看看舞台上的表演，舞台监督朝他比划了一下，让他一定要悄悄地走。由舞台吊布景的上方涌来一种闷热的安静。舞台两旁，被充足的光线映射着，仅剩下几个人在悄悄聊着，轻轻地走着。负责煤气灯的工人待在结构复杂的煤气龙头附近，履行着自己的义务；一个值班消防员倚在一个柜架上，探着脖子打算观赏表演；负责拽幕布的人坐在高处的一个凳子上，一脸没有办法的模样，不管表演怎样，始终在等着开幕和闭幕的铃声，如果铃声一响，他就去拉那些绳子。在这让人透不过气来的空气中，在悄悄的脚步声与说话声中，舞台上演员的声音到了这儿都显得怪异、粗重，而且彻底换了声调，让人听了觉得诧异。接着，由更远的地方，由乐队噪音的另一侧响起的，是每个观众的喘气声，这喘气声仿佛巨大的气息，偶尔会增大而剧变为吵闹的人声、笑声和拍手欢呼声。这里尽管不能发现观众，不过能够体会到观众的存在，就算是在安宁中也是这样。

"肯定哪个门打开了。"娜娜突然说，一面用手扯紧皮袄的边儿。"巴里约，您去瞧瞧。我敢发誓肯定是谁刚推开了一扇窗户……没错，这儿能够将一个人冻得丧了命！"

巴里约保证说窗户是他负责关好的。可能有几块窗玻璃坏了。演员们始终抱怨有穿堂风。在煤气灯烘烤得酷热的空气中，总有一股股凉风掠过，正像方堂一直讲的那样，这里确实是患肺炎的理想场所。

"你们也套着露胸的衣服看看。"娜娜接着说，她已经不高兴了。

"嘘！"博尔德纳夫小声说。

罗丝在舞台上将二重唱中的每句歌词都唱得非常精彩，获得的欢呼声居然盖过了乐队的演奏声。娜娜听后一言不发，面沉似水。此刻，伯爵挺着肚子准备进入一条窄道，让巴里约拦住了，他告诉他那儿有一个缝会让前排的人发现的。他不得不待在那儿，由背后和旁边观察那布景，仅发现框架后面粘贴着许多旧海报；在舞台的一个角落中，有一个陷在银矿中的埃特纳岩洞，舞台后边有一个火神的打铁炉。照明灯在上方挂着，映射在刷着大片大片颜色的金属片上，亮得仿佛燃烧一般。侧光灯前面罩上了红色和蓝色的玻璃，在原定的位置上，交错着放着灯光，使打铁炉放出燃烧的火焰；舞台的内侧，地上有一排煤气灯，把黑岩石的岩坝照射得十分清晰。就在这儿，在一块以实物做的斜坡上，坐着饰演天后的德鲁阿尔老太太，她的身边是闪闪的灯光，仿佛节日晚上摆在草地上的小油灯，她让灯光晃得无法睁眼，在朦朦胧胧的状态中等着上台。

猛地出现了一阵混乱。正在听克莱莉丝说故事的西蒙娜大声说："咦! 特里贡老板娘又到了!"

真是特里贡到了，她还是鬓角带着鬈发，模样如同一位伯爵夫人去探望她的诉讼代理人。她发现娜娜之后，就径直向她走来。

她们简练地谈了几句，接着娜娜说："不行，眼下不行。"

特里贡表情严肃起来。恰巧路过的普律利埃尔，和她握手致意。有两个群众女演员在附近打量着她，面孔上显现出非常敬重的表情。她犹豫了一下，接着朝西蒙娜打招呼。于是她们又简练地说了几句。

"行，"西蒙娜最后说。"三十分钟后就到。"

西蒙娜正准备去她的化妆室时，布龙夫人手中抓着不少信件过来了，随手递给她一封信。博尔德纳夫减弱了声音，生气地怪罪女门房不应让特里贡进来，这个拉皮条的! 而且单单在今夜! 由于王子的原因，他特别不高兴。在这剧院中干了三十年的布龙夫人，用不客气的口吻说: 她无从得知。特里贡和这儿所有女人都有关系，经理先生过去见过她无数次，但从未说过什么，哪个明白今晚会特殊呢? 在博尔德纳夫说着脏话时，特里贡默默地站在一边，眼睛紧紧注视着王子，用一下就能发现一个男人的身份的表情，端详着他。接着，她的黄面孔上显现出了微笑。她缓缓地由不少对她十分尊重的女人中间挤了出去。

"立刻就到，是吗?"她又扭过头向西蒙娜说。

西蒙娜看来十分不顺心。那封信是一个小伙子给她的，她允诺过今夜和那小伙子在一块。她急急忙忙地写了一个字条递给布龙夫人，上面写着: "今夜不行了，宝贝儿，我已经和其他人订妥了。"不过她还是有些担心，担心那个小伙子还是无所畏惧地等她。她在第三幕戏中不用上场，她就准备马上去见面。她让克莱莉丝到楼下观察一下那小伙子走没走，因为克莱莉丝在第三幕戏要完时才有戏。克莱莉丝走了，西蒙娜先去她们俩一起用的化妆室。

楼梯下边，布龙夫人的酒吧间中，有一个饰演地狱神的人，一个人在那儿喝酒；他披着一件大红袍，上边刺着黄色的火苗。女门房开设的小本生意，肯定非常不错，因为楼梯下边这个地窖一样的洞穴，让杯子里泼出来的剩下的水搞得十分潮湿。克莱莉丝下来的时候，她身上的虹神衣服，落在肮脏的楼梯上，她不得不拾起衣服走。当她在楼梯上拐弯时，就谨慎地站住了，仅探着头朝门房中打量。她的鼻子十分灵敏。拉·法卢瓦兹这个笨蛋真的还在那儿坐着！还在桌子和火炉当中的那把椅子上坐着！他在西蒙娜面前，佯装离开了，接着又重返这儿。所以，门房中一直坐着许多戴手套、穿着得体的男士们，他们都以一种碰运气和坚持不懈的表情等待着，相互还不苟言笑地打量着。布龙夫人才将最后送来的花束送到受赠人手中，因此桌子上仅留下了一些脏盆子，只有一朵玫瑰花掉在地上枯萎了，边上就是那只黑母猫，缩在那里进入梦乡，几只小猫在几个男人的腿间不顾一切地追逐，毫不拘束地奔跑。克莱莉丝此刻非常想将拉·法卢瓦兹撵跑。这个笨蛋讨厌动物，这恰恰显示了他的性情。他把手肘收回去，打算避开那只母猫，他不肯接触到它。

"她不会放弃你的，你小心些！"地狱神说，他是一个喜欢说笑的人，此刻正往楼上走，用手背抹着嘴说。

因此克莱莉丝丢掉了和拉·法卢瓦兹大打出手的想法。她望着布龙夫人把回信递给了西蒙娜的那个小伙子。小伙子取了信来到前厅的一盏煤气灯下看信。"今晚不行了，宝贝儿，我已经和其他人订妥了。"看情形他是看了很多这种回信的，他看后就默默离开了。无论如何，他还称得上是一个明白事理的人！他不和其他人一样还在那间酷热和难闻的玻璃笼子一般的屋子里，坐在布龙夫人的旧椅子上死活不离开。莫非就应该把男人们安顿在这儿？克莱莉丝觉得恶心，又到楼上去了。她越过后台，迅速地上了三层楼梯来到她的化妆室，给西蒙娜送信去了。

舞台上，王子躲开大伙一个人和娜娜聊天。他一直待在她身边，用半闭的眼睛望着她。娜娜不看他，仅仅是微笑着，点头赞同。不过，正听着博尔德纳夫认真说明绞盘和鼓筒如何操作的米法伯爵，一下子全身产生了一股激动，丢下了博尔德纳夫，凑过来打断了王子和娜娜的聊天儿。娜娜仰着脑袋，向伯爵微微笑了一下，就像她对王子似的。但是她同时也聚精会神地听着前台的表演，时刻想着上台。

"第三幕戏是时间最少的一出戏，对吗?"王子说，伯爵的出现，扰乱了他的说话。

娜娜没说话，她整个面孔的神色都换了，一下子回到了自己的主要工作上。她一晃肩膀，皮袄就掉了下来，站在她身后的朱尔夫人，一下子抓住了它。

"嘘!嘘!"博尔德纳夫小声说。

伯爵和王子都吓了一跳。在一片沉默之中，观众响起了长长的惊讶声和悄悄说话声。每个夜里，爱神如果和女神一般一丝不挂地登台，一定会出现相同的效果。于是米法伯爵就打算观察一番，他把眼睛靠近一个小孔。只发现围成半圆形的脚灯把舞台映射得非常清晰，再看过去就是黑乎乎的场子，上面好像笼罩着一层橘黄色的烟雾；一列列观众的脸在这个朦胧的背景上，显示出一种不协调的惨白色，唯有娜娜光芒四射。她全身白皙，十分高大，把楼厅到最上边的包厢全遮住了。他只发现她的后背，绷紧的腰部和伸出的两只胳膊；同时又发现在她足底的那个提词者的头，好像是由身上锯下来摆在地上的。那个提词者是一个上了岁数的男人，面孔上显示出不幸而忠厚的表情。她唱前边的一些歌词时，后脖子就好像出现了波动，这种波动一直传到她的腰部，再传到她的紧身衣那落在地上的下摆而不见了。她唱完最后一句，全场发出了雷鸣般的掌声，她俯首行礼致意，轻纱四处飞舞，头发散落到腰部。伯爵发现她俯着身子，撅着屁股往后退，一直来到他在观察的那个小孔，他立刻站起来，面无人色。场面在他的眼前逝去了，仅留下布景的背面和乱哄哄贴在上面的一些各种色彩的旧海报。在一列列煤气灯当中，全部奥林匹斯山上的天神都出现在上台口，他们与正在睡觉的德鲁阿尔夫人聚到一块，等着戏演完时登台。博斯克和方堂席地而坐，下巴枕在腿上；普律利埃尔挺挺身子，没有上台就先打呵欠；所有人都累得筋疲力尽，只想着回家休息。

此刻，博尔德纳夫命令待在舞台右侧的福什里，还在舞台右侧来回走着；他为了遮挡自己的尴尬，过来和伯爵打招呼，主动要求领他去探望演员化妆室。一种慢慢滋长的虚弱感，让米法伯爵失去了控制能力，他用眼睛到处搜寻德·舒阿尔侯爵，侯爵早就不见了，他就随着福什里离开了。他刚离开后台，听不到了娜娜唱歌，感到放松了一些，不过同时又觉得忐忑不安。

福什里已经提早上了楼梯，在二层和三层的楼梯口都有一扇木头转门。这种楼梯在不正经的房子里就有，米法伯爵是救困会的负责人，在普通人家中出入，发现过这种楼梯；它一点也没经过修饰，十分破旧，涂成黄色，每级楼梯都让来回的鞋子踩旧了，一边的铁栏杆也让人摸得非常光滑。所有楼梯的平台，挨着地面都设有一个小窗子，非常类似于一个通风口。墙上有灯笼，里面跳动着煤气火焰，强烈地映着四处的衰败情景，同时还发出热气，这种热气沿着不宽的螺旋形楼梯向上飘去，越到高处越热得厉害。

伯爵才来到楼梯下，又感到一股热气掉到了他的后背上，这种热气就是由化妆室中伴着一束光线和声音掉下来的女人香气；目前，他每登上一级楼梯，香粉的麝香味，洗脸水的汗味，就烤得他浑身发热，头脑模糊。二楼上，有两条猛地改变了方向的过道，过道两侧是一些涂成黄色的房门，门上都写着硕大的白色号码，非常类似于暗娼进出的旅店的房门。地上的花砖，不少已经脱落了，老剧院向下沉，地上的花砖就如同驼峰一样凸起。伯爵鼓起勇气朝一个半开着门的屋子里打量，他发现那里非常乱，如同郊区的一个剃头店，里边放着两张椅子，一面镜子，一张带着一个抽屉的木板桌面，让梳子上的油污弄得漆黑。一个大汗淋漓的男人，肩膀上散着热气，正在换衣服；而旁边的一个一样的屋子里，有一个女人正在戴手套，打算外出；她的头发又直又潮，仿佛才洗过澡似的。此刻福什里叫伯爵，伯爵恰巧上了三楼，猛地听到右侧过道中传来了一句脏话："该死的！"原来是马蒂尔德这个岁数不大的脏兮兮的女人，摔了她的脸盆，脸盆中的肥皂水，一直淌到楼梯的平台上。另一间化妆室的门，呼的一下合上了，只见两个仅穿着胸罩的女人，跳着穿过过道；另一个，用牙叼着衬衫的边儿，反复进出房间。然后，就响起了笑声、斗嘴声、和一下子停住了的歌声。顺着过道，由每个屋子的门缝中看过去，都能发现一块一丝不挂的身子，白皙的皮肤，淡色的内衣裤；有两个活泼的姑娘，彼此将自己身上的痣，让对方打量；有一个岁数尚小，差不多仍是个孩子，把裙子拎到膝盖上边，在修补她的衬裤；服装员发现来了两位先生，就悄悄地合上幕布，这是很有礼貌的举动。目前已经是戏马上收场人们急着回家的忙碌时刻，每个人都把脸上的化妆品全部洗掉，白粉飘飘扬扬，每个人都又穿上了平常的衣服，更加刺鼻的人身臭味，从不停开关的门缝中涌出来。上了四楼，米法彻底进入了占据着他的身心的痴迷状态。群众演员们的化妆室就在这里；二十个女人共用一个屋子，肥皂和香水瓶杂乱无章，确实像城门口检查处的公共大厅。伯爵走过的时候，听到一个关了门的屋里，有哗哗的擦洗声，如同是脸盆中下了一场暴风雨一样。他来到最高一层楼，新鲜感让他大着胆子由一个开着的窥视孔朝里边看了看，只见屋内没有人，在煤气灯的映射下，仅有一个让人抛弃了的便盆，摆在一堆纷乱的甩在地上的裙子中间。这个屋子是给他留下的最后一个印象。再往上就是五楼，他在这里觉得有些窒息。全部的气味，全部的热气，一齐涌过来；黄黄的屋顶如同烧过似的，一盏灯在橘黄色的烟雾中闪烁着。他抓着铁栏杆待了一阵儿，感到铁栏杆有些热，仿佛人体似的，因此他合上眼睛，长长地吸了一口气，就体会到每个女人的性感，这是他过去所没有体会过的，目前这性感正朝他迎头冲来。

"到这来呀，"福什里嚷道；他失踪了一阵儿，目前又出来了。"别人在等着您呐。"

他指的地方是克莱莉丝和西蒙娜的化妆室，位于过道的最里边，是一个在屋顶下面随随便便地搭起来的又窄又长的屋子，墙角歪着，墙壁开裂。阳光是由天花板上透过两个极深的洞口照了进来。但是，

137

晚上的这个时间，仅有煤气灯发出亮光。墙上粘着七个苏一卷的墙纸，上面有浅红色的玫瑰花缠在绿色的架子上。一起摆着两块木板，上边分别蒙着一块漆布，这就是她们的梳妆台；漆布早已让脏水弄得黑乎乎的，木板下边乱哄哄地摆着撞凹了的锌水壶、装满脏水的木桶、黄色的粗瓷水罐。屋内放着许多廉价的日用品，全都弄得东倒西歪，落满了灰尘，有缺口的脸盆，掉了齿的梳子，都是两个女人在慌乱和毫不在乎的情况下卸装和梳洗时剩下的物品，杂乱无章放得到处都是，这房子原是她们临时歇脚的地方，因此就算非常不洁净，她们也无所谓。

"过来呀，"福什里催促道，语气中洋溢着男人们在妓女家中十分随意的感情。"克莱莉丝准备亲您呢。"

米法终于来到了屋内。不过他诧异地站住了，因为他看到德·舒阿尔侯爵惬意地坐在两个梳妆台当中的一把椅子上。原来侯爵藏在这儿了。侯爵伸开两条腿，闪过水渍：因为有一个水桶破了，淌了一汪白色的水。看样子侯爵非常舒服，他非常善于发现好地方，他藏在这个洗澡间一样的酷热的地方，夹杂在不要脸的妓女中间，这个不干净的地方让女人的下流显得非常和谐而且有增无减，在这里侯爵又振作起来，情绪高涨。

"你和那个老家伙去吗？"西蒙娜向克莱莉丝耳语道。

"说什么也不行！"克莱莉丝大叫道。

她们的服装员是一个长相难看动作无拘无束的小姑娘，她正在帮助西蒙娜披上大衣，听了这番交谈，她笑得站不起来了。她们三个互相打闹着，胡说八道地说了一阵儿，看样子高兴极了。

"过来吧，克莱莉丝，来亲亲这位先生，"福什里连声说，"你清楚，他身上带着许多钱。"

他又扭头向伯爵说：

"您走着瞧吧，她非常乖巧，她立刻就来亲你。"

但是克莱莉丝对男人已经没兴趣了。她猛烈地骂着在下边门房中守候着的那些无赖，而且她还急着要登台，他们如此做，会让她在最

138

后迟到的。最后，由于福什里拦在门口，她才被迫在米法的脸上左右各亲一下，还说：

"无论如何，我如此做不是因为您！是因为死盯着我不放的福什里！"

说完她就离开了。伯爵看着岳父，到底有点不自然，他的脸红了起来。不久前在娜娜的化妆室中，望着华丽的幕布和镜子，他毫无兴致，目前这个脏兮兮和穷困的顶楼，却让他觉得异常激动，这里哪儿都是杂乱的，表明使用的两个女人随随便便，不想收拾。此刻，西蒙娜忙着要离开，侯爵在她的身后随便地、不停地和她耳语，她却总是不肯答应。福什里笑着随他们离开了。所以房间中仅留下伯爵和那个正在收拾脸盆的服装员。他不得不离开了，他下了楼梯，双腿无力；在他走过的路上，他又一次惊走了一些让他碰到的半裸女人，不少屋门呼的合上了。四楼随处可见卸了装的姑娘在慌乱地走过，他却没有看到什么，他在这个让香粉味儿烤得乱糟糟的大火炉中所能看到的，唯有一只红棕色的大猫，尾巴撅着，后背贴着栏杆，顺着楼梯在一步步地往下走。

"真的！"一个嗓音低沉的女人说，"我还觉得他们今夜想把我们扣在场上呢！……这帮烦人的观众，总是让我们谢幕！"

戏演完了，幕布才拉上。楼梯上一阵奔跑声，楼梯间一片叫声，所有人都手忙脚乱地急着穿衣服回家。米法伯爵走完最后一级楼梯时，发现娜娜和王子顺着过道缓缓地走过去。娜娜站住了，减弱了声音，微笑着说：

"那就如此吧，回头见。"

王子朝舞台走去，博尔德纳夫在那儿恭候他。仅留下米法自己和娜娜待在一块，米法在怒火和肉欲冲动的控制下，冲到她的身后，正在她准备进入化妆室时，他野蛮地向她后脖子上亲了一下，正好亲在耷在她双肩当中的金发卷上面。这好像是对不久前他在楼上被亲了一下的答复。火冒三丈的娜娜正抬手想揍，发现亲她的人是伯爵时，忍不住乐了。

"啊！您让我受惊了！"她仅短短地如此说。

她这一乐又招人疼惜，又含着腼腆和温柔，好像说明她对这一吻已经失望了，目前既然得到了，就觉得十分甜美。不过她没时间，今夜和明天她都没时间，只能往后推迟了。就算她有时间，她也想让伯爵多等几天。她的目光把这些想法都显现出来了。最后，她继续说：

"您清楚，我有一个处住……不错，我购置了一个乡间别墅，离奥尔良不远，就在您偶尔去玩的地方。这是宝宝跟我说的，说您总去那儿。宝宝，您看到过吗？就是小乔治·于贡。因此，您去那个地方探望我吧。"

伯爵本来是一个腼腆的男人，对于不久前野蛮的行为，禁不住非常担心，对自己的举动，也觉得不好意思，因此他很有礼貌地向娜娜行了一个礼，允诺肯定会去探望她，就离开了。他感到自己仿佛是在做梦似的。

他赶上了王子，在走到观众休息室时，他听到萨丹嚷道：

"您实在是一个无耻的老家伙！马上离我远点！"

原来那是德·舒阿尔侯爵，他联系不到更好的姑娘，只好又缠着萨丹。不过这个萨丹对于高层人物，的的确确觉得烦了。娜娜不久前真把她引见给了博尔德纳夫。不过很担心说话说错了，讲出一些脏话，就不得不闭着嘴巴的样子让她烦透了；现在她正打算想办法发泄一下，正好她在后台看到了一个老情人，她就更想马上离开了。这个老情人，就是饰演地狱神的次要演员，他本来是一个做糕点的，以前给过她七天的爱情和耳光。她目前正在等他，侯爵将她视为剧院中的女演员和她交谈，让她十分愤怒。所以，她最后终于做出一副非常骄傲的神情，甩出这样一句话：

"我的丈夫就快到了，您走着瞧吧！"

此刻，披着大衣的演员们，一脸困倦，相继走了。一伙伙男人女人，都由那个小小的螺旋楼梯上往下走，昏暗中露出破帽子和旧披肩的轮廓，这帮群众演员如果卸了妆，每个面孔都没有了血色。舞台上，边灯和上方的吊灯灭了，王子在听博尔德纳夫说一件有意思的事儿。他边听边等娜娜。最后娜娜到了，舞台上的灯全熄了，值班消防员拎着灯笼，正在到处查看。博尔德纳夫为了不让王子绕弯走全景胡同，就吩咐人打开一条走廊，这条走廊连着门房间和剧院的前厅。因此许多年轻女人就顺着这条路走向各自的目的地，她们都为躲过胡同口守候的男人们而高兴。她们彼此打闹，乱成一团，总是扭头打量，到了外边才放松了一下；此刻方堂、博斯克和普律利埃尔三个人不急不忙地缓缓朝外边走去。他们讽刺着那些仍在守候的男人们，这些男人表情庄重，在游艺剧院的门廊下来回走着，却不清楚他们等待的人早就领着她们的情人来到大街上了。最奸诈的要算克莱莉丝，她专门注意着拉·法卢瓦兹。拉·法卢瓦兹真的没离开，和那些不甘心的坐在布龙夫人椅子上的男人们一块守候。他们每个人都探着脖子，在人群中搜寻。因此克莱莉丝就藏在一个女友的背后混了出去。这些男人挤着眼睛，眼看着许多裙子仿佛漩涡一样冲到狭窄的楼梯下，最后叫她们全都溜掉了，他们一个也没找到。他们守候了如此久，却看到如此下场，不由得极其失望。那一窝黑猫挨着母猫的肚子趴在漆布上；母猫非常舒适，张开了爪子；它的对面，桌子的另一头，蹲着那只大红棕猫；它伸直尾巴，用黄色的眼睛望着女人们溜走。

"请王子朝这个方向走。"博尔德纳夫说。他们已经下了楼，他示意王子朝走廊中走。

还有许多群众女演员在走廊中拥着。王子随着娜娜。米法和侯爵在后边走着。这是一条相当狭窄的过道，位于剧院和附近的建筑当中，天花板是倾斜的，上面设有玻璃天窗。墙壁上潮乎乎的，行人的脚步踩在石头地面上，传来空旷的声音，仿佛在地道中似的。这里放满了通常放在顶楼的杂物。有一个锯木台，那是门房用来做布景的；还有许多木栏杆，那是晚上用来摆在剧院门口，为观众排长队时用的。娜娜来到一个喷泉附近时，被迫拎起衣裙，因为喷泉的水龙头拧不严，水淌出来盖住了石板地。来到剧院前厅，人们彼此分手告别。当仅留下博尔德纳夫自己时，他晃晃肩膀，这个动作显示了深深的轻视，把他对王子的评价，都包含在里面了。

"他怎么说还是有些类似于一个粗俗的人。"他向走过来的福什里讲，不过并不进行说明。福什里被罗丝·米尼翁带着，她的丈夫随在身后，她准备领他们去她家里给他们调解一番。

留下米法自己呆在人行道上。王子从容地把娜娜送上他的马车。侯爵随在萨丹和次要演员身后离开了，他情绪高涨，不得不无奈地随在这两个下流男女的身后，心中仍带着一个微弱的希望，可能会得到女人的一份喜爱。米法则脑袋发热，准备走回去。他心中的所有思想斗争都已结束了。一股前所未有的浪潮吞并了他四十年来的思想和信仰。他顺着大街步行时，晚上最后几辆马车的车轮声，仿佛都喊着娜娜这两个字，钻入他的耳朵；煤气灯光让她的面前浮出了跳舞的一丝不挂的女人，浮出了娜娜柔软的手臂和白皙的肩膀。他发现她彻底占据了他的全部身心，他宁肯甩开一切，变卖一切，只要可以在这个晚上和她相处一个钟头。青春活力终于在他的心中复苏了，年轻时的充沛精力，在他冷冰冰的天主教徒心中复活，在他肃穆的中年人的心中复活。

第六章

昨天夜里，米法伯爵偕妻子、女儿赶到了丰代特庄园；他们是得到于贡夫人的邀请，前来逗留一个星期的。于贡夫人和她的儿子乔治两个人待在这儿。他们用的房子始建于十七世纪末，位于一片宽阔的矩形围墙的中央，什么装饰都没有；不过花园中却郁郁葱葱，池水相通，池中的水都是流动的，池水的源头是山泉。花园位于由奥尔良去巴黎的路边，一片翠绿，加上许多树林，改变了这个平原地区全是望不到边儿的农田的乏味。

到了十一点，午餐的第二遍钟声将每个人都召集在一块，于贡夫

142

人含着慈爱的微笑，在萨比娜的脸上用力亲了亲，向她道：

"你清楚，在农村生活，是我的旧毛病……看到你来这儿，确实让我回到了二十年前……你住在你以前住过的屋子，睡得如何？"

她不等伯爵夫人回答，又扭头向爱斯泰勒说：

"这孩子也睡得很踏实吧？……宝贝儿，亲我一下……"

人们都在宽敞的饭厅中坐着，透过饭厅的窗子，能够看到花园。不过他们仅用了长饭桌的一部分，人们为了显得密切一些，紧挨着坐。萨比娜非常高兴，这里让她想起她的青春时期，她夸夸其谈地说着这些旧事：她以前在这待过数月；以前在这儿进行过漫长的散步；夏天的某个晚上，她曾经落入一个水池；她在壁橱中曾经找到一本过去的骑士小说，一个冬天她就在用葡萄枯枝点燃的火堆前看小说。乔治有数月没有碰到伯爵夫人了；这回见了面，感到她非常奇怪，她的面容有了一点不同；而那个爱斯泰勒，反而更加普通了，一言不发，傻乎乎的。

人们的午餐十分简单，是带壳煮溏黄蛋和排骨，于贡夫人作为一家之主，埋怨肉店实在让人烦，送来的肉一直没有让她满意过，她不得不去奥尔良购置全部用品。但是，假如这回客人吃得不如意，那却是他们本身的事了：他们来得太迟了，好季节几乎快过去了。

"这太不像话了，"她说，"我打六月开始就盼你们来，而目前已经是九月中旬了……所以，你们看，就没有什么美丽的风景了。"

她用手指着屋外草坪上的树木，叶子已经开始呈现出黄色。天色昏暗，远处笼罩在浅蓝色的轻雾之中，看来十分安宁、祥和而有一些悲凉。

"啊！我盼望着有人来做客，有人来，我们就非常愉快……最初说想来的，是乔治邀的两位先生：福什里和达盖内；你们都熟悉他们，是吧？……还有德·旺德夫尔先生，他已经说了五年要来了，可能今年他真会付诸实施。"

"太棒了！"伯爵夫人笑着说，"我们可以请到德·旺德夫尔先生就太棒了！他可是闲不住！"

"还有菲利普呢?"米法问。

"菲利普已经请好了假,"于贡夫人说。"不过当他到这儿时,你们可能已经离开这儿了。"

咖啡端来了。人们说起巴黎,还说起了斯泰内的名字。于贡夫人听了禁不住悄悄喊了一声。

"顺便提一下,"她说,"这个斯泰内,是不是我在你们家看到的那个胖子?一个银行家,是吗?……这人可是个无耻的东西!他竟然在舒河后边,到居米埃尔的路边,给一个女演员购置了一个别墅,到这仅有四公里!这全村都十分恼怒……伯爵,你听说了这件事了吗?"

"我丝毫也不清楚,"米法说,"啊!原来斯泰内在这不远处购置了一个别墅!"

乔治听到他的妈妈说起这件事,早就垂下头去;不过他听到伯爵的话后感到十分意外,又抬起双眼望着伯爵。伯爵说假话怎么会说得如此利索。伯爵本人也留意到了这小伙子的举动,忧虑地朝他看了看。于贡夫人随后讲述了详细情况:这个别墅命名为抚爱别墅,去那儿,要顺着舒河往上走,一直到居米埃尔,接着越过一个桥,才能到达,这样就多走了两公里远;假设想走小路的话,就要蹚过河水,有被淹没的危险。

"那女演员是谁?"伯爵夫人问。

"啊,我忘了,不过别人跟我讲过的,"于贡夫人嘀咕着说,"乔治,今天清晨园丁给我讲的时候,你也听了的……"

乔治假装尽量想的神情。米法一边等他说话,一边用手玩弄着一个小茶匙。于是伯爵夫人跟她的丈夫说:

"斯泰内先生不是和游艺剧院的一个女演员不错吗?那个名为娜娜的?"

"娜娜,是的,没错,烦人的东西!"于贡夫人气呼呼地高叫道,"别人说她立刻就要到抚爱别墅了。这些全是园丁跟我讲的……是吗,乔治?园丁不是讲了她今晚就要来别墅吗?"

伯爵因为意外而身子轻轻抖了一下。此刻乔治抢着说:

"啊！妈妈，园丁连自己讲的事也没搞明白……不久前车夫说的就和他不一样；车夫讲截至后天，没人会赶到抚爱别墅。"

他尽量做出光明磊落的神情，用眼角瞟着伯爵，观察他有何表现。伯爵此刻又玩起茶匙来，好像轻松了一些。伯爵夫人望着花园深处弥漫着轻雾的地方，好像不打算再继续讲，她心中暗含着的一个不为人知的念头一下子复苏了，让她面孔上显出了微笑的影子，心中正随着那个念头转。直挺挺地坐在椅子上的爱斯泰勒，听着人们说着娜娜的所有情况，惨白的处女脸上，毫无变化。

"我的上帝，"静了一会儿后，于贡夫人又重现了她的善良，悄悄说，"我不应该发火……所有人都有生存的权利……假如我们在路上碰到她，我们只要不和她说话，也就算看得起她了。"

他们从饭桌走开时，她又怪罪萨比娜今年不该让她等那么长时间。伯爵夫人替自己解释，把晚来的错误，都放在了她丈夫的身上；有两回都收拾妥当了，箱子也锁好了，快要出发的时候，他又说有重要的事情处理，打消了出发的念头；后来，当人们都觉得这次出门已经成了泡影了，他又忽然打定主意出发了。于是，于贡夫人也说，乔治也这样，说了两回要来，最后都没到；当她觉得他不来了，他前天夜里却到了。人们都进了花园，女人在中间，两个男人一左一右；他们都一言不发地听着她们聊天，假装郑重其事的模样。

"但是这也没什么，"于贡夫人一面说，一面亲她的儿子的黄头发，"小宝贝儿愿意到这个偏远的农村来和妈妈在一起，那就非常听话了……这个小宝贝儿，他永远记着我！"

下午，她忧虑了很长时间。这是由于乔治饭后叫喊着说脑袋晕得厉害，接着渐渐地仿佛又化为了很厉害的头疼。快到四点，他打算到楼上睡一会儿，这是仅有的治疗手段，如果他可以睡到次日凌晨，他就会完全康复了。他妈妈执意要亲自看着他睡觉。不过，她才离开他的屋子，他马上蹿了起来，锁上了门，告诉他妈妈，他将自己反锁在屋内，不让别人来妨碍他。接着他非常亲密地叫了一声："妈！晚安！再见。"同时允诺她，肯定一下子睡到第二天上午。实际上他再也没有睡觉，只是情绪高涨，双眼神采飞扬，静悄悄地把衣服又穿好，接着坐在一把椅子上守候，身子静止着。晚饭的钟声敲过之后，他偷偷观察着米法伯爵，发现他朝饭厅走去。过了十分钟，当他认定不会让人发现之后，他就灵活地爬上窗子，顺着条下水管滑到地面。他的屋子在二楼，下边就是房子的后门。他跑入一个灌木丛中，接着离开了花园。刚离开花园，他就蹦蹦跳跳地穿过田野，奔向舒河；他的腹中什么也没有，不过那颗心却激动得欢快地跳着。夜幕已经落下了，天上飘起了小雨。

这天夜里娜娜真的要来抚爱别墅。自打五月斯泰内为她购置了这个别墅之后，她就一直想着过来住，甚至有时还哭了起来；不过，每次博尔德纳夫老是不同意让她走，甚至短短的几天也不答应，推说在博览会这几天，他无法找其他人来换她进行表演，就连一个晚上都不可能，仅允诺到九月份才能放她走。八月马上过去时，他又说要到十月才可以。娜娜十分生气，在大家面前说她在九月十五日前一定要去抚爱别墅。并且为了向博尔德纳夫示威，她还在他面前请了不少客人一起前往。她以前始终婉转地拒绝着米法对她的热情，一个下午，米法全身颤抖着在她的家中哀求她，她才允诺了米法的请求，不过不能在巴黎，要去抚爱别墅，她和他约好的时间也是九月十五日。后来到了十二日，她突然打算马上出发，仅领着佐爱。因为博尔德纳夫既然清楚了她要离开的信儿，可能又会琢磨出一个点子让她留下。她一念及自己可以悄悄离开，仅留一个她的医生出的证明书给博尔德纳夫，心中就感到非常愉快。她想到她要头一个进入抚爱别墅，悄悄地待两天，这个想法刚在她的心中产生，她就使劲儿催促佐爱整理东西，将她拉上雇来的马车，接着在马车上她又愉快地亲她，让她担待一些。一直到了车站的小卖店，她才记起要写一封信告诉斯泰内。她告诉他，假如他想看到她的时候，她的精神处于最佳状态，那就请他过两天再前去探望她。随后，她又想到别的事，就又写了一封信，让她的姑妈马上领着小路易来别墅。这对儿子十分有好处！他们共同在树底下嬉戏，那该多好啊！她坐在由巴黎到奥尔良的火车中，旅途中说的都是这件事，她的眼睛含着泪水。她的母爱一下子浓重起来，居然把鲜花、鸟雀和她的儿子相提并论，滔滔不绝。

抚爱别墅到火车站有十二公里。娜娜用了一个小时才叫到一辆马车，那是一辆陈旧的敞篷四轮马车，走得非常缓慢，还发出不堪重负的声音。她立刻支使得车夫手忙脚乱，车夫是一个一声不吭的小个子的老头，她向他打听了不少问题，他都受不了了。他是否常常路过抚爱别墅？那么，抚爱别墅位于这个小山包的后边，是吗？四周肯定是种上了树木吧？房子呢，很远就能够看到吗？小个子老头仅仅是连连用"唔，唔"来回答。娜娜在马车中，急切地挥动着手脚；而佐爱由于如此仓促地从巴黎动身，心中有气，无奈地呆坐在她的旁边。马车猛地站住了，娜娜感觉已经到了。她由车窗中伸出头来问：

"嗨！我们到了吗？"

车夫的回答，仅仅是甩起鞭子，赶着马匹困难地走上一个斜坡。天空中飘浮着大朵的云彩，娜娜非常高兴地观看着灰色天空下边看不到边儿的田野。

"啊！你看，佐爱，这儿有很多草！莫非这全是小麦吗？……天啊！这太漂亮了！"

"一下就能够认出您不是在农村长大的，"佐爱终于严肃地说话了，"我倒是十分熟悉农村的全部事情，我的牙医在布吉瓦尔有一栋房子，我在他那里看够了农村……还有一件事，就是今夜肯定十分寒冷。这儿也非常潮湿。"

他们穿过树林。娜娜仿佛一只小狗一样，用鼻子去闻树叶的香味。在道路转弯之处，她一下子看到枝叶丛中显现出一角房屋。肯定是它！她立刻问车夫，车夫始终晃着脑袋。随后，他们从山的另一侧往下走时，他用马鞭指了指，小声说：

"看，就是那儿。"

她站了起来，整个身子都探到车外。

"什么地方？什么地方？"她面无血色，大叫着，还是没发现什么。

最后，她发现了一角墙壁。于是她在马车上手舞足蹈，非常兴奋，已经有些忘乎所以了。

"佐爱，我发现了！我发现了！……你到这来瞧瞧……啊！屋顶有一个砖砌的阳台。那边有一个温室！这房子真宽敞啊……啊！我太高兴了！佐爱，你瞧瞧呀，你瞧瞧呀!"

马车在栅栏前站住了。一扇小门马上开了，一个枯瘦的大个子园丁出来了，脱了帽子抓在手中。娜娜准备重现她的威严，因为车夫尽管一声不吭，好像心中正在悄悄好笑。她强忍着没冲进去，站在那里听园丁汇报。园丁非常啰唆地让夫人原谅这里乱七八糟，因为他仅仅在今天清晨才接到夫人的信。娜娜虽然尽量控制自己，两条腿仍然禁不住奔跑起来，她跑得如此迅速，连佐爱也跟不上。到了小路的终点，她停了一会儿，把这个房子全部观察一番。这是一栋意大利式独立大楼房，附近有一座小房子作陪衬，是一个富有的英国人在那不勒斯住了两年之后，在这儿修筑的。他后来马上又住烦了。

"我带夫人到附近转转吧。"园丁说。

不过娜娜一下子就奔到他的前边去了，她扭过头来吩咐他不用跟着了，她自己会去观察的，她乐于如此做。因此她戴着帽子，就来到房子的每个屋子里，她一边叫着佐爱，一边滔滔不绝地由过道这端朝那端谈论着，让数月没有人住的空房子，弥漫着她的喊声和笑声。刚进门是一个前厅，这里有些潮湿，但是这没什么，反正不在这里休息。里边是客厅，非常豪华，推开窗子，满眼都是碧绿的草；只有那些红色的家具真让人讨厌，她准备重买一套。说起饭厅，嗯，那间美丽的饭厅！如果在巴黎有如此宽敞的一间饭厅，那就无论什么奢华的筵席都可以随心所欲地摆了！她刚来到二楼，却又记起她忘了去厨房；她再走下来，一看就尖叫起来，洗碗槽如此漂亮，炉灶如此大，真能在里边烤一只小羊了，佐爱瞧了，肯定赞不绝口。她再到二楼时，她的睡房让她觉得非常称心，整个屋子是由奥尔良的一个挂毯商人设计的，里面挂的都是路易十六式的提花装饰布，是粉红的。哎呦！在这儿睡觉真好啊！的确是称心如意的屋子！另外还有四五间客房；然后再上边是个美丽的顶楼，堆起箱子非常便利！佐爱满脸的不高兴，对所有屋子都漠然地看了看，缓缓地随在夫人身后。她注视着娜娜爬上顶楼那个角度很大的楼梯消失了，太棒了！她才不准备摔折两条腿呢，她没跟着。不过一个声音钻进她的耳朵中，声音十分遥远，好像是由壁炉的烟囱上响起的。

"佐爱！佐爱！你在什么地方？马上过来！……啊！你怎么也想不到……这里真是太棒了！"

佐爱一边嘀咕一边上去了。她看到娜娜在屋顶站着，手抓着砖砌栏杆，远望着下边慢慢延伸扩大的盆地。地平线漫无边际，但是让一层灰雾盖住了，一阵强烈的狂风吹过来一些小雨。娜娜只好用双手按住帽子，不让风吹跑；她的裙子被风吹动，仿佛旗帜似的哗哗作响。

"啊！不，我不去了！"佐爱边说边将头收了回去，"您会让风吹跑的……天气真是烦透了！"

娜娜没有听到她的话。她垂着脑袋，在打量着下边的花园。花园有七八个阿尔邦①大小，周围是围墙。猛地菜园引起了她的关注。她朝楼下跑去，在楼梯上碰到了佐爱身上，口中断断续续地说：

"全园子都是白菜！……啊！这么好的白菜！……还有生菜、酸模、葱头，应有尽有，马上跟我走。"

雨渐渐大了。她撑着她的白绸太阳伞，径直跑上花园的小路。

"您会病倒的！"佐爱叫道，她一动不动地站在石阶的遮檐下。

但是娜娜每件东西都想瞧瞧。每看到一种新东西，她就惊异很长时间。

"佐爱，这儿有菠菜！来瞧呀！……啊！还有朝鲜蓟！它们长得太好笑了。它们也会开花的吗，那些朝鲜蓟？……哎哟！这个叫什么？我没见过……过来呀，佐爱，可能你见过。"

佐爱没有过去。娜娜肯定是高兴极了。目前，大雨已经倾盆而下，那把白绸小伞已经彻底黑了，而且也无法为娜娜挡雨，娜娜的裙

---

① 阿尔邦：过去的土地面积单位，相当于二十至五十公亩。

149

子在淌水。不过这所有都阻止不了她。她在大雨中将菜园和果园巡视了一回，在每一棵树和每一畦蔬菜前她都要俯下身子认真查看。接着，她又跑到井口打量井底，搬开一个木架子打量一下下面是什么，又在一只硕大的南瓜前若有所思。她准备在花园每条小路上走一下，立刻做拥有这全部的主人；这就是她过去当女工在巴黎马路上穿着破鞋瞎逛时的理想。雨越来越大，她丝毫没有感到，仅仅是遗憾天色已晚。她看不清楚了，她只能用手指去触摸，以便认出那是什么东西。猛地，她在傍晚的昏暗的光线中发现一些草莓，因此她的稚气又强烈地暴发起来。

"草莓！草莓！这里长着草莓，我发现了！佐爱，取盆子来！马上来摘草莓。"

娜娜甩开阳伞，蹲在泥水中，任暴风雨打到身上。她在叶子中间用一双水淋淋的手去采草莓。佐爱却一直没有取盆子来。娜娜起身的时候，大吃一惊。她好像发现前面闪过一个影子。

"一个家畜！"她叫起来。

她吓得好像被钉在地上。那个影子是个男人，她看出来了。

"天哪！是你，亲爱的！……你怎么会在这儿，亲爱的?"

"是我，是的!"乔治说，"我来了。"

她惊呆了。

"你是在园丁那儿打听到我要来的吧？……啊！你呀！全身都是雨水。"

"啊！我跟你讲吧。我在中途碰上了下雨。因此我不愿绕道去居米埃尔过桥了，就游过舒河，没想到陷入了一个该死的水坑中去了。"

这一下让娜娜彻底抛开了那些草莓。她全身颤抖，产生了同情之心。不幸的宝贝儿陷入了水坑中去了！她立刻将他拖入屋子，说要为他生一炉熊熊的炉火。

"你清楚，"他在夜色里打断了她，悄悄告诉她，"我来到这儿，隐匿了很长时间，因为我担心再如巴黎时那样，没有说一下就来探望你，又要让你骂了。"

150

她乐出声来，没说什么，在他的头上亲了一下。直到现在，她仅仅是将他视为一个无关紧要的孩子，始终不相信他求爱的话，只将他作为自己取笑的对象而已。目前如何处置他，倒变为一个难题。她仅想在自己的睡房中生火，这样屋内能够舒适一些。乔治的到来并不让佐爱觉得意外，因为她早就习惯看到不同的人。不过往楼上运木柴的园丁倒惊呆了，他绝对没有为这个全身湿透的男人开过门，这个男人从何而来呢？女主人这时候不用他，就吩咐他离开。屋内点了一盏灯，映得屋内十分明亮，壁炉中的火焰很旺。

"他身上衣服干不了，他要生病了。"娜娜注视着浑身颤抖的乔治说。

不过一条男人裤子也找不到！她正准备招呼园丁，猛地生出了一个不错的办法。此刻，佐爱在梳妆室中打开箱子，取出内衣裤让娜娜换上，有衬衫、衬裙和一件睡衣。

"太棒了！"娜娜嚷道，"宝贝儿能把这些都换上去，是吗？你不嫌弃我吧……当你的衣服烘干了，你再换上，接着马上回家，别让你妈骂你……迅速些，迅速些，我也要去梳妆室中换衣服了。"

过了十分钟，她裹着睡衣过来时，快活得合上了双手。

"啊！亲爱的宝贝儿，他化装成女人可实在漂亮呀！"

他仅穿了一件肥大的绣花无袖长睡衣，一条绣花的长裤，外边披着细麻布的晨衣，晨衣很长，缀着花边。如此一穿戴起来，加上他这黄头发小伙子的一双手臂露在外边，淡黄色还湿乎乎的头发垂落到肩上，让他猛一瞧真像一个姑娘。

"他的腰围原来跟我差不多粗细！"娜娜抱住乔治的腰说，"佐爱，快来瞧衣服对他太合适了……唔！简直是为他定做的，仅仅是胸部有些太大了……他的胸围还没有我的大呢，这个不幸的宝贝儿。"

"肯定啦，我这儿没有你东西多嘛。"乔治悄悄说，含着笑。

他们三个都笑了。娜娜给他把晨衣的扣子都系上，让他穿得正式一些。她又将他当做小孩一样转过来，转过去，用手在他身上敲打着，让裙子的后面鼓起来。随后她又问他好不好？问他是不是感到热乎。当然了！不用说他感觉很好。什么也比不上穿女人衬衣更热乎的了，假设允许的话，他会始终穿下去。他在衣服中扭来扭去，非常高兴质地如此纤细，衣服如此肥大，而且带着香味，他好像从衣服中已发现了娜娜的一点热情的生命一样。

此刻，佐爱已经把湿衣服弄到楼下的厨房中，用葡萄蔓生起火，好迅速将衣服弄干。于是乔治伸开手脚，倒在一张沙发中，鼓起勇气和她说真话了。

"我说，今天晚上你不用饭了吗？……我却饿得够呛。我没吃晚饭。"

娜娜生气了。你这个大傻瓜，饿着肚子由妈妈身边跑出来，就想陷入一个水坑中啊！不过她自己也非常饿。当然要吃晚饭！但是，只能随便吃一点了。于是他们就把一张独脚小圆桌抬到壁炉旁，临时对付了一顿罕见的晚饭。佐爱跑到园丁那儿，园丁早已弄了一锅白菜汤，预备夫人一路来时假如没在奥尔良用晚餐的话，能拿来吃。夫人在信中没有吩咐他预备哪些物品。幸亏地窖中酒食准备整齐。所以，人们喝着白菜汤，吃着肥腌肉。随后娜娜翻她的手提包，翻出许多东西，那时她担心临时需要放进去的：一小罐鹅肝酱，一袋糖果，几个橙子。他们俩如同饿鬼一般狼吞虎咽，彻底是二十岁年轻人的饭量，吃起来如同老朋友一样随意。娜娜始终称乔治为："我亲爱的小娘们儿"，她认为如此称呼更密切，更有意思。吃饭后甜食时，他们不愿让佐爱跑来跑去，两个人就共用一个勺子，换着吃，把由衣柜上边发现的一罐果子酱吃个精光。

"啊！我亲爱的小娘们儿，"娜娜说着推开独脚小圆桌，"我有十年没吃过如此美味的晚饭了！"

但是，夜已经深了，她准备让乔治回去，免得给他引起麻烦。他却连声说，他时间很多。而且，衣服也没有彻底烘干。佐爱说最少还要一个小时才能彻底烘干；她由于路途颠簸，待在那儿睁不开眼睛，因此他们吩咐她休息去了。在沉默的大屋子里，仅有他们两个人了。

这个夜晚非常温暖。炉火已经熄了，在这个蓝色的大屋子里，空气热得令人窒息；佐爱上楼休息之前，已经在这里摆了一张床。酷热让娜娜无法忍受，她站起来打算把窗子打开一阵儿。推开窗子，她就惊叹了一声。

"我的上帝！太漂亮了！……过来瞧，亲爱的小娘们儿。"

乔治来到了窗边，好像嫌窗栏过于狭窄一样，他抱住了娜娜的腰，把头放在她的肩膀上。天气早已经过一次剧烈的变化，眼下已是非常晴朗了。天空非常辽阔，一轮明月在原野上投下了一大片金光。四处弥漫着一片寂静，面前的山谷向前延伸，连接着宽阔的平原，平原好像光滑如镜的月光湖，一堆堆的树丛就是湖上黑乎乎的小岛。娜娜动了感情，感到自己仿佛又回到了童年。如此的月夜，她过去肯定曾经幻想过，不过究竟在她一生中的什么时候幻想过，她已经没有印象。打她下了火车之后，在她身边所发生的一切，如此辽阔的原野，如此芳香四溢的草，这个房子，这些蔬菜，全部都让她兴奋异常，搞得她居然觉得自己已经有二十年没在巴黎了。她以前的生活好像距她非常遥远。目前她体会到的，是她一直不清楚的东西。恰恰在此刻，乔治在她的后脖子上，不停地悄悄地深情地吻着，更让她兴奋不已。她用手犹豫地将他推开，仿佛对付一个和妈妈过于亲热、把妈妈搞得烦躁不安的孩子。她不停地说他该走了。而他却一直不说不走，但是要过一阵儿，过一阵儿离开。

此刻一只鸟儿欢叫起来，不过随后又没声了。那是一只知更鸟，站在窗下一棵接骨木上。

"稍等，"乔治悄悄说，"灯光让鸟儿害怕了，我去把灯弄灭。"

当他又过来搂住娜娜的腰时，他又加了一句：

"我们过一阵儿再把灯点起来。"

因此娜娜在知更鸟的欢叫声中又想起以前的事来了。乔治抱得她越来越用力了。是的，面前这种场面，唯有在抒情歌曲中才会有。过去如果有如此的月亮，有如此的知更鸟，还有情意绵绵的年轻人在她身边的话，她早就堕入爱河了。我的天！在她眼中，这一切多美多优雅呀，她几乎快流泪了！不用说，她原本是一个老实人。乔治鼓起勇

153

气在她身上抚摸着，她推开了他。

"不，不要让我不高兴，我不愿意这样……在你这样的年龄，如此干实在不合适……听我讲，我要一直做你的母亲。"

她腼腆起来，满面红光，虽然此刻谁也发现不了她，他们身后屋内是昏暗的，前面原野又是一片庄严和静寂。她始终没有觉得过如此的腼腆。渐渐地，虽然她不大情愿而且用力挣扎，她觉得自己慢慢没有力量了。乔治男扮女装的样子，穿着她的衬衣和晨衣，还在逗得她发笑，就好像一个女友在和她开玩笑似的。

"啊！这不行，这不行。"她进行了最后的反抗之后，喃喃地说。

于是就在这个迷人的月夜中，她犹如一个少女一般拥入这个孩子的怀中。整个别墅都进入了梦乡。

次日，在丰代特庄园，午饭的钟声敲响过之后，饭厅中的饭桌看起来就不那么大了。第一辆马车带来了福什里和达盖内；他们来了不久，德·旺德夫尔伯爵坐着下一班火车到了。乔治最后下楼，他的面色惨白，眼睛周围发黑。他答谢其他人的慰问说，他的病康复了不少，不过病势来得非常迅速，因此到目前仍有些迷糊。于贡夫人带着担心的微笑注视着他的眼睛，又为他梳了一下头发，他的头发今天上午没有整理好，不过他赶紧向后走了几步，好像觉得不应该受到妈妈如此呵护一样。在饭桌上，她热情地和旺德夫尔逗乐子，说她已经恭候他五年了。

"今天，您总算到了……您为什么会到呢？"

旺德夫尔也用说笑的语气回答。他说他昨天夜里在俱乐部中赌光了不少钱。所以他从巴黎出发，打算去外地来找出路，找个女人成家立业。

"说实话，我的确有这种念头，只要您为我在这个地区介绍一个有钱的女人就可以了……这儿该不会没有好女人吧。"

于贡夫人也向达盖内和福什里致意，感谢他们愿意接受乔治的邀请前来。最后，让她更加高兴的，是她发现德·舒阿尔侯爵到了，他是坐着第三辆马车到的。

"哎哟!"她叫道,"今天上午你们都商量过了吧?你们彼此商量好来这儿……有何贵干呀?有好几年我准备让你们一块儿到这儿团聚一下,都不肯来,而你们倒在今天一起都来了……啊!我不会再埋怨了。"

饭桌上又添了一副刀叉。福什里挨着萨比娜女伯爵坐着,她那非常愉快的神情,让他觉得很意外,因为他过去在米罗梅斯尼尔街碰到她时,她在那个庄重的客厅中是十分萎靡的。达盖内在爱斯泰勒的左侧坐着,看来却有些慌乱,因为他不想挨着这个不爱说话的高个子姑娘,她的臂肘末端又瘦又尖,他瞧了感到非常难受。米法和舒阿尔悄悄地彼此瞟着。旺德夫尔还在说着笑话,提起他很快就要举行的婚事。

"关于女人,"于贡夫人终于开口了,"我刚来了一个女邻居,您可能见过。"

她讲出娜娜的名字。旺德夫尔假扮出非常诧异的样子。

"什么!娜娜的别墅离这儿不远!"

福什里和达盖内也讲了一句差不多的话。德·舒阿尔侯爵正在嚼着一块鸡胸肉,一点儿也没显现出听明白的样子。任何男人的面孔都非常严肃。

"没错,"于贡夫人继续说,"而且这个娜娜昨天晚上已经抵达了抚爱别墅,我很久前,就讲过她会来的,今天清晨园丁跟我讲她已经到了。"

这回可着实让这几个男人感到意外了,哪个也藏不下去了,他们都抬起脑袋。什么?娜娜已经到了?但是他们都觉得她明天才到呀,他们还觉得比她提前到呢!仅有乔治自己一脸倦容,垂着脑袋,盯着面前的玻璃杯。午饭刚开始,他就好像瞪着眼睛进入了梦乡,面孔仅带着少许应酬的微笑。

"你还不舒服吗,宝贝儿?"他妈妈问他,妈妈的目光始终盯着他。

他身子一抖,说目前彻底康复了,但是面孔却红得厉害,一会儿又重现了惨白色，如同一个跳舞跳得太久的姑娘，面孔上还露出欲望没有满足的神情。

"你的脖子是怎么回事?"于贡夫人担心地问，"脖子上都是红彤彤的。"

他十分尴尬，说话也颠三倒四。他不明白脖子上是怎么了，原先什么也没有的。接着，他把衬衫的领子向上拎了拎。

"哦! 对了，有只虫子咬了我一下。"

德·舒阿尔侯爵朝那红印瞟了一眼。米法伯爵也望着乔治。然后人们吃罢了午饭，就谈论着要到周围转转。福什里对萨比娜女伯爵的笑声，渐渐觉得激动不已。他把一盆水果送给她时，他们的手指相碰了，于是她用深邃的目光望了他一会儿，让他又记起了那天晚上喝多了之后听到上尉的那些知心话。如此她就不是原先的那个女人了，她的真相渐渐显现出来，她的灰色薄绸裙子，服服帖帖地挨着肩膀，为她弱小而敏感的淑女风范，增加了一些懒散的情调。

从饭桌走开时，达盖内和福什里有意走在后边，好明确地取笑爱斯泰勒，他们称她为:"贴在男人怀中的一把美丽的扫帚。"不过当福什里跟他讲，她的嫁妆高达四十万法郎之后，他的表情就庄重起来了。

"还有她的妈妈呢?"福什里问，"她也挺不错，嗯?"

"哦，她呀，她愿意如何打扮就如何打扮……不过打她的主意，绝对不行，我亲爱的朋友!"

"哼! 谁清楚呢? 要走一步看一步。"

今天不适合外出，大雨哗哗地下着。乔治借机赶紧离开，来到屋子里把自己反锁在里面。这几个男人，尽管心中都清楚他们怎么会赶到一块，但是人们都不彼此说明。旺德夫尔赌钱的手气很差，却实在愿意去农村歇几天;他想有娜娜在附近，能够不致太无聊。罗丝这段时期非常忙碌，她给了福什里几天自由，福什里借机赶到农村，假如农村的环境可以让他和娜娜都动了感情的话，他想和娜娜讨论一番，再给她写一篇文章。达盖内自从娜娜和斯泰内搞在一起后，就生气不管娜娜了，目前又准备和娜娜言归于好，假如有机会的话，就索取一些温存。说到德·舒阿尔侯爵，他正在寻找机会。娜娜简直是个有血有肉的爱神，卸了妆，脂粉还没弄干净，就有不少男人在身后狂追不舍。而在这些对她紧追不放的男人中，米法是最积极的一个，也是最难过的一个。肉欲、害怕和生气等前所未有的感觉在他的心中浮现，让他一天天忐忑不安。他是娜娜亲口答应过的，娜娜在期待着他。那么她怎么会要提前两天来这儿呢？他打定主意在当天吃罢晚饭后亲自去抚爱别墅探望一下。

当天晚上，伯爵从花园离开的时候，乔治也随后跑了出来。他让伯爵绕远走居米埃尔那条路，自己则蹚过舒河，跑到娜娜面前，上气不接下气，气得火冒三丈，眼中含着泪水。啊！他清楚了一切，目前正在路上的那个米法，是她答应让他来的。娜娜对着这个嫉妒的情景，不由得呆住了，事情发生了如此意外，让她觉得非常诧异，她就将乔治拥入怀中，好生安慰。错了，他搞错了，她谁也没约；假如那个男人想来，这和她毫无关系。乔治这个大笨蛋，居然因为这么一点小事如此生气！她以她的儿子发誓，她仅喜欢乔治自己。她说罢又去亲他，为他擦去了泪水。

“听我讲，你会看到我的全部都是因为你。”她在他安静下来后告诉他，“斯泰内已经到了，目前他在楼上。宝贝儿，这个人，你明白我是无法拒绝他的。”

“这我明白，我指的是别人。”乔治悄悄说。

“那么就行了，我已经将他让到最里边的屋子里去了，我说我正在生病。他正在屋内收拾行李……既然没人发现你来，你赶紧藏到我楼上的屋子里，在那儿等我。”

乔治蹦起来抱住她的脖子。那么这是千真万确的了，她真的有些喜欢他了！那么，还和昨天一样吗？他们要熄了灯，在夜幕中一直待到次日凌晨。此刻，传来了门铃声，他悄悄地离开了。到了楼上娜娜的屋子里，他立刻把鞋子取了下来，以免发出响声，接着来到一个幕布后边，坐在地上，老老实实地藏在那里守候着。

娜娜招待了米法伯爵，她的心神仍未冷静，行动未免有些不自然。她和他几天前约好了，非常希望履行自己的诺言，因为她认为他是一个非常认真庄重的人。不过，说真的，谁会想到昨天会有这种事呢？昨天她到了农村，目睹了没有看过的别墅，乔治水淋淋地出现，这一切，在她眼中是何等美妙呀！如果可以接着如此过下去，那实在太棒了！所以，这个米法可遭殃了！她已经让他等了三个月，她显出一副上层妇女的神情，始终回绝他，为的是准备让他的欲火更炽热一些。目前可好了，再让他等等吧。假如他不肯，就让他离远点。她宁肯什么都不要，也不想欺骗乔治。

伯爵坐了下来，犹如农村一个邻居过来探望似的很有礼貌。唯有他的双手在轻轻哆嗦着。他的依然纯洁的多血质本性，因为肉欲让娜娜婉转地加以挑逗，最后终于得到了悲惨的摧残。这个这样庄重的人物，以前用肃穆的步伐走过杜伊勒利宫内各个宫殿的宫廷侍卫，目前每天夜里咬着枕头哭泣，他非常气愤，眼前总是浮现一样的下流的场面。但是这一回，他打定主意终结这种状态了。在夜色茫茫的沉默中，他顺着道路前行，边走边考虑：他要使用强制方法。所以，他看到娜娜，才说了几句之后，就用两只手抱娜娜。

"别，别，注意些。"娜娜仅仅如此说，没有发火，面孔上含着笑容。

他大着胆子又一次抱住她，随后，发现她抵抗脱逃，他就变得顾不上什么道德廉耻了，他明明白白地告诉她，他是应邀过来和她上床的。娜娜一直微笑着，握着他的双手，不过也有些不自然。她开始用昵称称呼他，打算让自己的回绝显得不那么生硬。

"听我讲，宝贝儿，你理智一些……真的，我无法……斯泰内在楼上。"

但是他的确疯了。她始终没有看到过如此激昂的男人。她恐惧起来了；她用手指去捂他的嘴，准备盖住他的叫声；她悄声央求他别做声，松开她。斯泰内下来了。再如此下去，可就闹大了！当斯泰内过来后，他仅听到娜娜讲：

"我呀，我太喜欢农村了……"

他发现娜娜懒散地倒在沙发中。她住了嘴，回过头来。

"亲爱的，米法伯爵外出散步，路过这儿，发现灯光，就过来探望我们。"

两位先生握握手。米法的面孔藏在阴影中，他站在那儿，静了一阵儿。斯泰内好像有些生气了。人们说起巴黎；买卖实在不好干，交易所中的情况让人灰心。十五分钟之后，米法离开了。娜娜送他到门口，他借机请求明天晚上再见面，娜娜拒绝了。斯泰内在米法离开后，差不多立刻就到楼上休息了，口中还抱怨，为什么这些女人老是有好不了的小病。行了，两个老家伙都被弄走了！娜娜看见乔治时，看到他仍然在幕布后边老老实实地守候着。屋内十分黑暗。他将她按在地板上，让她坐在他身边；于是他们就嬉戏起来，他们一块在地上滚动，一会儿又静止下来，每当他们光溜溜的脚踢到一件家具时，就不停地亲嘴儿，以免笑出声来。远处，顺着去居米埃尔的大路上，米法伯爵渐渐地往回走，手中抓着帽子，把涨大的脑袋在宁静和凄凉的黑夜中冷静一下。

这之后的一段日子中，生活是快活的。娜娜在乔治的拥抱中，好像又重返了十五岁的日子。她早就习惯于男人的爱，而且已经觉得烦了，目前痴迷于童年的爱抚中，她的身上再次擦出了爱情的火花。她常常一下子满面通红，或者兴奋得全身颤抖，她非常想痛快地哭或笑；这都是她那不稳定的少女的情怀，受到了情欲的驱使而引起的羞怯的感觉。她一直没有经历过如此的情感。农村让她痴迷于绵绵情意之中。在她小时候，就期望生活在草原上，还有一只山羊，这是由于有一天，她曾在一个城堡的山坡上，发现了一只山羊，让绳子绑在一根木桩上，在那里咩咩地叫。目前，这个别墅，这一大片土地，都是她的了，她的心情异常兴奋，眼下的一切，比起她过去的理想，已经多了无数倍。她又重现了少女那种好奇的感觉；白天的野外生活让她心醉神迷，树叶的芬芳让她沉醉，到了夜里，她上楼又看到了藏在幕布后的乔治，这种场面就好像一个寄宿的女生在假期中充分地享受假

159

日的欢乐。在她的心目中，她是在和一个表哥谈朋友，她以后会嫁给这个表哥，目前是她头一次出格，进行着甜蜜的尝试，体验着慌慌张张的快感，而且还担心父母发现，只要听到一丝动静就会吓得哆嗦起来。

在这几天中，娜娜纯粹如一个多情少女一样常常幻想。她能连续几个小时看着月亮感慨。有一天夜里，整个别墅的人都已经进入了梦乡，她提议，和乔治一块下楼去花园。他们相互抱着对方的腰在树下漫步；他们躺在草坪上，让露水打在他们身上。还有一回，她在自己的睡房中，静了一会儿后，猛地靠在乔治的脖子上哭泣，哽咽着说她担心死去。她总是悄悄哼着勒拉夫人教她的一支情歌，歌中都是鲜花和小鸟，她唱了一阵儿就激动地哭了，她不再唱了，用力地把乔治抱在她热情的怀中，非要让他保证对她忠心耿耿。一句话，她已经有些神志不清了，她本人也意识到了这一点。事后他们又如同两个小孩一样，赤着腿坐在床边上吸烟，用脚跟踢着床板。

不过，真正让这个少妇的心彻底溶化的，是小路易的出现。她的母性，发作起来几乎难以控制。她将儿子领到太阳之下，注视着他挥动着手脚；她将儿子弄得如同一个小王子，接着和他一起在草地上玩。他才到这儿，她就立刻把儿子安排在她的隔壁，和勒拉夫人在一块。农村对于勒拉夫人也非常有吸引力，她刚倒在床上就睡熟了。小路易的出现对乔治没有丝毫影响，正好相反，娜娜说她目前有两个孩子，她用一样的热情平等地对待他们。晚间，她老是会超过十次丢下乔治，赶出去观察小路易的呼吸是不是良好；回来之后，常常用剩余的母爱来呵护他。她将自己视为妈妈，而他也下流地在这个大风骚女子的怀中扮作小孩，随她呵护，就如别人哄孩子睡觉一般。这种生活太快活了，几乎让她神往，最后她真的告诉他，他们要一直待在乡下。他们要把其他人都赶走，仅剩下她本人，乔治和儿子。他们进行了各种展望，一直展望到天色微明，一点也听不到旁边屋子里勒拉夫人的熟睡声；勒拉夫人由于白天采野花过于劳累了，睡得非常熟，一晚上都鼾声如雷。

这种幸福的生活过了一周多。米法伯爵每天傍晚时分都过来，也每天都带着肿胀的面孔和滚烫的手返回。有一天夜里，她竟然没有接待他；那天斯泰内因故回巴黎了，过去的借口没有了，不过别人跟米法伯爵说夫人身体不适。娜娜不愿欺骗乔治的想法渐渐坚定起来。如此纯朴的一个小伙子，而且他彻底相信她！假如她欺骗了他，她会将自己看做最最卑鄙无耻的人。而且，她也不想这么做。佐爱在一边冷冷地看着，尽管口中没话说，心中却非常看不顺眼，她认为夫人简直是太傻了。

第六天，一伙探望的客人出乎意料地到了这儿。娜娜真是请了许多客人，她还觉得他们不来了。所以，一天下午，她发现一辆拉着许多乘客的公共马车，在抚爱别墅前站住时，禁不住惊呆了，心中非常不高兴。

"我们到了!"米尼翁嚷道，他最先跃下马车，随后又从马车上把他的儿子亨利和夏尔接了下来。

随后是拉博德特，他回过身去揽着不少女人下车：露西·斯图华、卡罗利娜·埃凯、塔唐·妮妮、玛丽亚·布隆。娜娜想仅来这几个人就行了，不过拉·法卢瓦兹从踏脚板上蹦下来，转身用哆哆嗦嗦的手臂把嘉嘉和她的孩子阿梅莉接了下来。这样就总计有十一个人。要招待好这么多人，真是很棘手。抚爱别墅总计有五间客房，其中一间已经让勒拉夫人和小路易占用了。目前把最大的一个让嘉嘉和拉·法卢瓦兹住，她的女儿阿梅莉在附近梳妆室的一张帆布床上睡。米尼翁和他的两个儿子住第三个屋子；第四间让拉博德特住。还有一间变为了宿舍，放了四张床，让露西、卡罗利娜、塔唐和玛丽亚住。至于斯泰内，他可以到客厅的长睡榻上睡。过了一个小时，每个人都安排妥了，本来十分生气的娜娜，目前成了别墅女主人，禁不住兴奋起来。女人们都向她道喜，称赞她的抚爱别墅，"亲爱的，这个别墅真是太棒了!"她们也给她捎来了巴黎的新闻，向她述说了最近一周以来的各种事情，人们一起说话，又是笑，又是喊，还彼此打闹。顺便打听一下，博尔德纳夫如何？他对她的不辞而别，讲了些什么？无关紧要的，开始他叫喊了一阵，声称要让警察将她捉回来，不过到了夜里他仅仅是让另一个人去顶她上台；这个人就是岁数不大的维奥莱纳，她出演金发爱神，反响还不错呢。这个消息让娜娜脸色骤变。

目前才下午四点。有人说到周围走走。

"你们还不清楚，"娜娜说，"你们抵达这儿的时候，我正准备出去收土豆。"

因此人们都嚷着要去收土豆，连衣服也不愿意换了。这群人就搞了一次游园会。园丁和两个帮手早已在菜园最里边的地里等着了。这些女人蹲在泥水中，用带着戒指的手指在土中抠着，每当她们找到一个硕大的土豆时就高叫起来。她们认为如此十分有意思！塔唐·妮妮收得最多，这是由于她在小时候曾经收过无数的土豆，经验丰富，因此她十分骄傲，将其他人视为蠢驴，还指点其他人如何干。男人们干得并不非常卖力气。唯有米尼翁，扮作一个正直人的神情，打算利用农村生活的日子来教育他的儿子们；他正在向儿子们说着帕芒蒂埃①的故事。

那天晚上，晚饭吃得非常高兴，几乎疯了一样。每个人都大吃特吃。娜娜滔滔不绝地说着，她还和她的侍应总管吵了一架，这个侍应总管过去在奥尔良主教家中干过。喝咖啡时，女人们都吸上了香烟，房间中巨大的嘈杂声如同办喜事似的，由窗子涌到外边，一直涌到远处，消失在静寂的夜里；迟回的农民走在篱笆小路上，都扭头来打量这个灯火通明的别墅。

"啊！最烦人的是你们后天就要离开，"娜娜说，"但是，不提它了，我们一定要搞一次旅游。"

人们决定明天周日动身前往夏蒙修道院的旧址玩，距此地有七公里，他们打算由奥尔良找五辆马车，在午饭后将众人送到那儿，差不多晚上七点钟再将他们拉到抚爱别墅用晚餐。这样绝对会非常有趣的。

---

① 帕芒蒂埃（1737－1813）：法国农学家，他让土豆在法国广为繁殖。

那天晚上，和平时一样，米法伯爵爬上这个小山到铁门外摁铃。不过灯火通明的窗户，开怀大笑的声音，让他感到十分意外。当他听到屋内有米尼翁的声音时，他彻底清楚了，就离开了。这个新的障碍让他火冒三丈，他难以忍受，打定主意使用武力方式。乔治有一把边门的钥匙，他开了边门悄悄进来，顺着墙偷偷来到了娜娜的屋子。遗憾的是，他要在半夜之后才能看到她。最后她总算来了，喝得神志不清，不过比其他的夜晚显示出更多的母爱；每当她喝酒后，老是变得情深意长，几乎将人缠得难以脱身。所以，她一定要乔治和她一起到夏蒙修道院旧址玩。他不愿去，担心让人发现；假如有人发现他和她一块坐在车上，那就会是一件非常差劲的丑闻。不过她，仿佛一个受了欺负的女人似的高声叫喊，他不得不安慰她，允诺明天陪她去。

"那么，你是确实非常喜欢我了，"她悄声说，"再讲一次你非常喜欢我吧……说吧？我的乔治，假如我不在了，你肯定会觉得非常难过，是吗？"

在丰代特庄园出现了娜娜这样一个邻居，整个住处被弄得热闹起来。每天早上和吃午饭时，纯朴的于贡夫人老是禁不住提到娜娜，把园丁跟她讲的事情说给客人们听，并发觉了那些风尘女子如同恶鬼似的，竟然把最高尚的夫人也抓住了。于贡夫人十分善良，不过这回也有些讨厌，她朦朦胧胧地觉察到不久会发生不幸的事就非常生气。这种发现让她在夜幕降临后就忐忑不安，好像她清楚有一个野兽由动物园中跑了出来，在周围走着。所以她老是和客人们借机生事，怪罪他们全都在抚爱别墅附近走来走去。有人发现德·旺德夫尔伯爵在大路上和一个光着脑袋的女人谈话；他替自己解释，不承认那个女人就是娜娜，因为跟他在一块的真是露西，她正跟他说，她如何刚将第三个王子撵跑。德·舒阿尔侯爵每天都外出，他声称他是听从医生的意见。对达盖内和福什里，于贡夫人的怪罪有些偏颇。特别是对达盖内，因为他一直待在丰代特，他已经丢掉了和娜娜重温旧梦的念头，正忙着向爱斯泰勒发动进攻。福什里也一直和萨米娜母女在一块。仅有一回，他在一条小路上碰到米尼翁，这人胸前抱着许多鲜花，正在向儿子们传授植物学。俩人握握手，彼此说了说罗丝的事儿，她的身体不错；那天清晨他们都接到了她的一封信，信中愿他们多待几天，充分呼吸一番农村的新鲜空气。在全部这些男人中，于贡夫人仅仅没有怪罪米法伯爵和乔治。伯爵声称自己在奥尔良有要紧的事情要处理，没法去追求娜娜；至于乔治，那个不幸的孩子一到夜里就头疼很严重，逼得他只好在白天休息，这事还确实让她放心不下。

伯爵天天下午都出去，福什里就常常陪着萨米娜女伯爵。每当他们来到花园的最里边，老是由他替她拿着帆布折凳和遮阳伞。而且，他具有二流记者所独有的古灵精怪，可以让她愉悦。在农村可以让人们相互间的关系一下子密切起来，他就极力怂恿她变为他的好朋友。她好像立刻就同意了，因为这个小伙子在她身边，她好像感到又回到了少女时期；而且他爱高声说笑话，好像也不会给她带来灾难。偶尔，他们单独在灌木丛后坐一会儿，他们的眼睛彼此望着；他们的笑声猛地止住，脸色一下子庄重起来，他们的目光深邃，好像他们已经相互渗透和彼此熟悉了。

周五午饭时，又添了一副刀叉。这是由于泰奥菲尔·韦诺先生到了。于贡夫人记起来了，去年冬天她在米法家是邀请了他的。他弯着背，扮作一个小人物，一副善良纯朴的神情，好像一点也没留神别人对他怀着惊惶的敬畏之意。后来他终于让人忽略了他的存在，他一面吃着饭后甜食，嚼着小糖块，一面认真看着达盖内给爱斯泰勒送草莓，同时又认真听着福什里说一件让伯爵夫人开怀大笑的趣事。无论何时，只要有人望着他，他就悄悄地一笑。吃过了饭，他拉着伯爵的手臂，把他领到花园之中。人们都明白，打伯爵的妈妈死了之后，他对伯爵产生了巨大的影响。说到这个退休的诉讼代理人在这个家中有着很大的支配权力，外边早就有了不少神奇的传说。他的出现对福什里绝对有不良影响。于是福什里朝乔治和达盖内解释这个人的收入情况，只要是狗神父施展的任何阴谋，他都会参与；所以，听福什里讲，这个和事佬，不要觉得他生着一张圆乎乎的面孔，柔弱纯朴的模样，实际上是一个恐怖的家伙。因此两个小伙子就逗起来，因为他们认为小老头子的长相非常呆傻。过去在他的脑子里，这个没碰到过的韦诺，肯定是个仿佛巨人似的韦诺，才能做全教会的诉讼代理人，目前看到原来是如此模样的干巴老头子，他们认为以前的想象非常滑稽。不过他们闭上了嘴巴，因为他们发现米法伯爵返回来了，还是拉着老头子的手臂，只是面色非常惨白，眼睛通红，仿佛才哭过一样。

"不用说，他们肯定是说起地狱了。"福什里用讽刺的口吻小声说。

萨比娜女伯爵听到了，缓缓地扭过头，他们的目光聚在一块，久久地望着，这是他们在拼命前彼此进行小心地试探。

根据习惯，每到午饭后，客人们都去花园最里边的一个平台上溜达，这个平台俯视着平原。周日下午，天气出奇的暖和。快到上午十点，看样子要下雨，后来天空尽管没有晴起来，云层却形成了乳白色的大雾，仿佛一片耀眼的灰尘，让阳光映成金黄色。因此于贡夫人就提出由平台的小门走出去遛弯儿，朝居米埃尔的方向走，一直去舒河；她非常爱好步行，尽管六十岁了，仍是走得很快。而且人们也都觉得用不着坐车。他们就如此一直走到了横跨在河上的小木桥，队伍可有些散开了。走在头里的有福什里、达盖内和萨比娜母女；中间的有伯爵、侯爵和于贡夫人；旺德夫尔走在最后，他抽着雪茄，看来非常正经，但是走在这条大路上看来有些难受。韦诺先生的脚步偶尔快一些，偶尔慢一些，由这群人中又走到另一群人那里，始终是乐呵呵的，好像打算听见所有人说的话。

"我们十分愉快地溜达，不幸的乔治却在奥尔良！"于贡夫人连声说，"他去找塔韦尼埃老医生，看看他的头痛，现在老医生不外出看病了……对呀，他是早上七点之前出发的，那时你们仍在睡觉呢。但是也好，这样能够让他散散心。"

她讲到这儿就止住了，叫道：

"唉，他们怎么站在桥上停下了？"

是的，萨比娜母女和达盖内、福什里都站在桥头停下了，看来有些拿不定主意，好像碰到了让他们难以处理的障碍。不过大路上一无所有。

"过来呀!"伯爵高声说道。

他们停在那儿没动,眼睛注视着前方,前方正来了某种东西,不过这时还瞧不到。这条公路在这里改变了方向,路边有一排密实的白杨树帷幕遮住了目光。此刻他们听到了一片暗哑的嘈杂声慢慢近了,慢慢大了,那是车轮的声音,还有笑声和马鞭的噼啪声。猛地,五辆马车一辆辆地进入了视线,车上的人多得快要把车轴压折了,他们叽叽喳喳,非常高兴,衣服有淡色的,有蓝色的,有粉红色的,缤纷多彩。

"这是怎么回事?"于贡夫人诧异地问。

随后,她就感觉到了,她想到了,她对如此肆无忌惮地进入她的走道觉得十分生气。

"啊!原来是那个女人!"她唠叨着,"我们离开吧,接着往前走。仅当做没有……"

不过已经晚了。那五辆拉着娜娜和她那些客人赶往夏蒙旧址去的马车,已经走上了小木桥。福什里、达盖内和萨米娜母女,被迫向后走了几步;于贡夫人和其他的人也不得不顺着路边列成一行。这实在是罕见的一列。马车上的笑声停了;有人扭过头,好奇地打量着。此刻只有马儿奔驰的有规律的蹄声,没有其他的声音,就在这种寂静中,车内车外的人紧紧地彼此注视着。头一辆车上的有玛丽亚·布隆和塔唐·妮妮,她们仿佛公爵夫人一样挺着身子,肥大的裙子在车轮上边舞动,她们用蔑视着的目光注视这些步行的正派女人。第二辆是嘉嘉,她占据了一张椅子,人们几乎瞧不到在她身边坐着的拉·法卢瓦兹,顶多仅能发现他那个惊惶不安的鼻子。随后是卡罗利娜·埃凯和拉博德特,露西·斯图华和米尼翁及他的两个儿子。最后一辆是四轮敞篷马车,斯泰内和娜娜在上面坐着,娜娜前边是一个折叠式坐席,不幸的乔治在上边坐着,他的膝盖使劲夹在娜娜的膝盖之间。

"这是最后的了,是吗?"伯爵夫人从容不迫地问福什里,故意装作没见过娜娜。

四轮敞篷马车的轮子快要碰到她了，不过她一动没动。两个女人用莫测的目光对视了一下，这是转眼间的对视，看清楚了一切，也解释了一切。福什里和达盖内神情漠然，车上的人他们谁也没见过。侯爵则非常焦急，他担心这些女人会和他说笑，就随手拔了一根草，抓在手中把玩。仅有旺德夫尔，他站得和人们有一段距离，挤了一下眼和露西打了一个招呼；马车走过时，露西也朝他笑着。

"注意！"韦诺先生站在米法伯爵身后悄悄说。

米法火冒三丈，眼睛始终盯着娜娜的身影。他的太太缓缓地回过身来注视他，他不得不垂下脑袋来盯着地下，好像要闪开马蹄的踩踏。这些马儿把他日思夜想的姑娘拉走了。他难过得快要叫出来了，他一发现乔治藏在娜娜的裙子里，心中就全清楚了。一个孩子！她宁肯接受一个孩子而不接受他，他伤心得厉害。他对斯泰内是毫不在意的，不过这个孩子！

此刻，于贡夫人还没有看到乔治。而乔治在过桥时，如果不是娜娜的膝盖用力地夹着他，他真想跳到河中。目前他浑身发冷，面色惨白，直挺挺地坐着，哪儿也不看，可能谁也不会发现他。

"啊！我的老天！"于贡夫人猛地说，"她前边的那个是乔治啊！"

五辆车子由这些彼此熟悉而又不说话的不自然的人们中奔过去了。这次奇特的巧遇，一闪而过，却让人觉得非常久远。这会儿，马车已载着这些女人飞奔而去，她们顶着冷风，在金色的田野中渐渐高兴起来；她们的衣衫迎风飞舞，笑声又响起来了；她们还扭过头来，打量那些站在路旁、一脸怒火的上层社会的人们，还取笑他们。娜娜扭头打量时，只见这群溜达的人待了一会儿，没有越过木桥，而是顺着原路返回了。于贡夫人倚在米法伯爵的手臂上，什么也不说，样子难过得谁也不敢劝她。

"哎！"娜娜朝并排的一辆车中伸出身子来的露西叫道，"你发现福什里了吗，亲爱的？看他那副德行！我以后会让他尝尝我的厉害的……还有保尔，这小子，我以前对他那么体贴！竟然连话都不说……我现在才明白，他们太没教养了！"

斯泰内觉得这些先生们没错儿，娜娜就和他激烈地争论起来。如此而言，莫非向她们脱帽致意也不行吗？莫非随便什么粗人可以羞辱她们吗？算了吧，他原来也是如此，这回可够呛了。要明白，一个人碰到女人始终是应当致意的。

"那个身材很高的女人是什么人？"露西在滚滚的车轮声中大声问。

"萨米娜女伯爵。"斯泰内说。

"我早就想到了。"娜娜说，"行了，亲爱的，她不配做伯爵夫人，其实她是个下流女子……对的，丝毫不差，她是个下流女子……你们清楚，我眼力不错，我一下子就发现了。目前，我见过你们的伯爵夫人了，我见过她，就如同我本人生了她一样……你们敢打赌说她和那条毒蛇福什里相好吗？……我发誓她绝对是他的相好的！在女人之间，这类事情能够看得很清楚。"

斯泰内晃晃肩膀。打昨天开始，他的心情就越来越差；他接到很多信件，让他明天上午出发回去，而且，到农村仅仅是想在客厅睡，这也太无聊了。

"看这个不幸的宝贝儿！"娜娜说。她发现乔治面色惨白，直挺挺的，呼吸不畅，一下子可怜起他来。

"您觉得妈妈会看到我吗？"他终于张口结舌地问。

"啊！绝对发现了。她都叫出来了……因此，这都是我不好。他原先不打算和我们一块儿玩的，是我硬让他来……听着，宝贝儿，你用不用我给你母亲邮一封信？她的外表让人肃然起敬。我会告诉她，我以前没碰到过你，是斯泰内今天头一回把你介绍给我的。"

"别，别，别写信，"乔治异常惊慌地说，"让我本人来化解这件事吧……反正假如他们和我吵个不停，我就离家出走了。"

不过他又静静地考虑起来，想编出一个理由来应付今晚的斥责。五辆马车在一片平原上狂奔，顺着一条无边的、两旁长满赏心悦目的树木的直路进发。田野笼罩在一层银灰色的雾气中。这些女人不停地隔着车子相互喊叫，对着马车夫的身后高声叫喊，马车夫看着这些罕见的乘客，心中感到滑稽。偶尔有一个女人站起身来，靠在旁边人的肩头，朝周围凝神远望，当车子猛地一抖，才将她甩到座位上。卡罗利娜·埃凯正在和拉博德特进行一场十分关键的交流，他们都觉得，娜娜在三个月之内就会卖掉她的乡间别墅，卡罗利娜让拉博德特背地里替她低价购入。他们前面的一辆车上，恋爱中的拉·法卢瓦兹，由于嘴唇亲不到嘉嘉硬邦邦的脖子，就隔着她那绷得要撑坏了的衣服，去亲她的后背；此刻坐在倒座边上的阿梅莉，望着别人亲她的妈妈而自己却一言不发，心中觉得生气，对他们说最好不要如此。在另一辆车子上，米尼翁为了向露西炫耀，一定要他的两个儿子背一段拉·封丹的寓言；大儿子亨利更是一个聪明的孩子，他可以一下背到最后，不会停下重背。但是在第一辆车上的玛丽亚·布隆，起初是在骗塔唐·妮妮这个傻瓜，蒙她说巴黎的乳品商人是用糨糊和番红花来做鸡蛋的，目前她也开始觉得无聊了。离这儿还非常远吗？为什么还不到？这个问题在五辆马车间传着，最后传到了娜娜耳中，娜娜向车夫打听，打听完，站起来叫道：

"还有十五分钟……你们瞧到那边的教堂吗，在那些树的背后？那就是……"

接着她喘了一口气儿又说：

"你们不清楚吧？听说夏蒙古堡的主人是拿破仑时代的一个老女人……哟！她还是一个放荡的风流女子呢，这是约瑟夫跟我讲的，他是由主教家中的仆人们那儿听到的。目前可没有和她相提并论的人了，她目前也成了一个道貌岸然的人了。"

"她怎么称呼？"露西问。

"当格拉尔夫人。"

"伊尔玛·当格拉尔吗？我见过她！"嘉嘉叫道。

于是顺着五辆车子，发出了许多赞叹声，伴着更加轻快的马蹄声一路传过去。有几个人探出头来打量嘉嘉；玛丽亚·布隆和塔唐·妮妮回身跪在座位上，把手摆在翻倒的车篷中，以便面向嘉嘉。此刻隔着车子传来了相互问答的声音，中间也有一些尖酸话，不过这些话都让私下的敬佩之情化解了。嘉嘉竟然见过她，这让所有的人都对遥远的过去怀着满腔敬意。

"哎哟，那时我还小呢，"嘉嘉说，"但是这不要紧，我记得，我亲眼瞧到她那时的样子……别人说她在自己家中非常不受欢迎，不过她一坐上马车就完全相反了，她很有气质！说到她，有许多神奇的传说，她的所作所为丑陋不堪，也非常聪明……假如她成为古堡的主人，我并不觉得意外。她要抢走一个男人身上每一个钱，实在是太容易了……啊！伊尔玛·当格拉尔原来还没死！那么，我亲爱的姑娘们，她应当九十岁了。"

这句话一出口，女人们的脸色都变得庄重起来。九十岁！真该死！露西说得好，她们几个都不会活到九十岁的。她们都是疾病缠身的人。娜娜说，她不想活那么大岁数，岁数大了就没劲了。她们马上要到了，话音被马鞭的噼啪声打断，马车夫们此刻正在奋力催促着马匹。在嘈杂声中，露西仍接着说，但是她转到其他话题，在劝娜娜明天和大家一块回巴黎。博览会接近尾声了，这些女人一定要回到巴黎，那儿这个时候的买卖，肯定会超过她们的想象。不过娜娜说什么也不愿意。她不喜欢巴黎，她不会如此迅速就回巴黎的。

"亲爱的，你认为呢？我们还要在这儿住。"她用力夹着乔治的膝盖说，丝毫不在意斯泰内在身边。

五辆车子猛地站住了。人们非常意外，他们下了车，看到自己站在一个小山包下面，四周一片凄惨。在他们打听之下，其中一个车夫用鞭梢为他们指引，树丛之中的，就是夏蒙修道院的遗址。他们觉得非常失望。女人们都觉得她们受了骗：一些破石头，荆棘丛生，坍倒了半截的塔楼，这就是夏蒙修道院旧址！说实话，这不值得乘车走八九公里来游览。此刻，车夫指引他们望着那古堡，古堡的花园就由修道院不远的地方开始，车夫建议他们经过一条小路顺着墙走，他们就能在外边观看一圈。马车则赶到村中的广场去接他们。这样一次游览非常有意思，人们采纳了他的建议。

"无法想象！伊尔玛过得真不赖！"嘉嘉在一个铁栅栏门前站住

说，这是临着大路，在花园的一个转角上的栅栏门。

人们静静地望着种在门口的一大堆灌木丛，接着他们又沿着小路，顺着花园的围墙走去，一边抬眼观看那些大树，高高的树杈探过来，形成浓密的一个绿色拱顶。走了一阵儿，他们又走到另一个栅栏门前，从栅栏望过去能发现里面有一大片草地，中央是两棵百年老橡树挡着的一大片阴影；又走了一会儿，又出现一道栅栏门，里面是一条看不到头的林荫道，树阴让它变为一条昏暗的过道，过道的最里边仅透出微弱的阳光。他们停在那儿，开始仅仅是悄悄地诧异，渐渐地才发出赞美的惊叹声。他们带着一些眼红的感觉，非常想讲一些讽刺的话，不过，不用说，他们被惊呆了，嘴都不会动了。这个伊尔玛，真是太有魄力了！由这儿就能发现这个女人不一般！树木一直向前延伸，围墙上到处是终年生长的常春藤，有些楼房的房顶超过了树梢，过了一层白杨树的帷幕，又看到了繁多的榆树和杨柳。莫非这些树木的确没有边儿吗？这几个女人非常希望看看里边的房子，她们一直在绕着走，在每一个门口只能发现繁多的叶子，已经觉得腻了。她们用双手抓着栏杆，把脸挨到栅栏上，向里打量。她们远远地被拦在墙外，在无边的树木中期待着看看古堡而不可得，这一切让她们不由得敬佩起来。过了一会儿，因为他们一直不自己走路，都感到疲劳了。不过围墙还没走完；在这条无人的小路上走着，每拐一个弯，还是一排向前延伸的灰色石墙。她们中有一些觉得没法到头了，就提议原路返回。不过她们越是走得费劲儿，敬佩之意就越强烈，每走一步，这个古堡的庄严肃穆和王者风范就在她们心中多了一点。

"说到底，如此干实在没必要！"卡罗利娜·埃凯咬着牙说。

娜娜动动肩膀，让她闭嘴。她本人此刻什么也没说，面色有些惨白，不过非常庄重。转了最后一个弯，前面一下子开阔起来，到了村中的广场，围墙也到了尽头，古堡映入了眼帘，位于大庭院的最里边。人们都站住了，让古堡的壮观景象迷住了：面前是具有大家风范的宽阔石阶，正面一排二十个窗口，主建筑物有三个侧翼，全围着石基。法王亨利四世过去在这个具有历史意义的古堡中待过，他住的屋子，还有那张挂着热那亚丝绒的大床，都还按老样子摆放着。娜娜兴奋得窒息了，她如同小孩一样长长出了一口气。

"我的上帝呀！"她悄悄地嘀咕了一句。

嘉嘉猛地说，伊尔玛自己就在那边站着，在教堂前，于是人们都极其兴奋。嘉嘉说她还能看出她，这个风流前辈尽管年岁大了，却还是腰不弯，她拿起姿势的时候，眼睛还是神采飞扬。晚祷才完，所有人都离开教堂。这位伊尔玛在教堂门口待了一阵儿。她一身浅赭色的丝绸料子，淳朴典雅，可敬的脸孔仿佛一个避开了大革命风暴的老侯爵夫人。她右手抓着一本沉甸甸的祈祷书，烫金的书皮在太阳下放着光芒。她缓缓地走过广场，一个身着制服的侍从在十五步远的地方缓缓跟着她。教堂已经没人了。夏蒙的每个人碰到她都深深施礼；一个老头子亲了她的手，一个女人甚至打算双膝跪倒。她是一个手握重权的王后，既长寿，又富贵。她踏上石阶，渐渐走远了。

"你们看，一个人如果擅长安排自己的生活，就可以和她一样。"米尼翁带着坚定不移的表情，告诉他的儿子们，仿佛准备给儿子们上课。

于是人人都讲出了本人的看法。拉博德特认为她保养得十分得当，丝毫看不出年纪那么大了。玛丽亚·布隆讲了一句脏话，露西发火了，说每个人都要尊重老人。一句话，这些女人都觉得她是空前绝后的奇人。接着人们又上了马车。由夏蒙返回抚爱别墅，途中娜娜一言不发，她曾有两次扭头去打量那个古堡。滚滚的车轮声让她沉思起来，既想不起身边的斯泰内，也瞧不到面前的乔治。在朦胧的暮色中，在她的眼中仅有一副幻影：那位伊尔玛还在她面前慢慢往前走，仿佛一位手握重权的王后，既长寿，又富贵。

那天夜里，乔治去丰代特庄园吃晚饭。娜娜渐渐变得若有所思，举止也渐渐变得怪异，她一下子对家庭尊重起来，打发乔治去向妈妈道歉，她非常庄重地告诉他，唯有如此才是正确的。她甚至让他保证今夜不再过来；她疲倦了，而他就算听她的吩咐去做了，也仅仅是他作为儿子应该做的而已。乔治对这些正当的说教非常不耐烦，他不得不气呼呼地走了，垂着脑袋来到他妈妈身边。多亏他的哥哥菲利普来了，把他所担忧的一场训斥打断了。他的哥哥是一个高大的军人，总是笑眯眯的。于贡夫人对乔治仅仅是双目含泪，望着他，而菲利普一听说了这件事，马上威胁他说，假设他还去娜娜家，他就会拧着他的耳朵把他逮回来。乔治轻松了一点儿，心中又在打算明天下午两点钟之前离开，与娜娜讨论今后如何约会。

吃晚饭时，丰代特庄园中的客人都有些慌张。旺德夫尔说他准备离开了，因为他打算把露西送往巴黎，这个女人他交往了十年了，一直对她没有歹意，这回可以送她去巴黎，他倒认为是一件非常有意思的事。德·舒阿尔侯爵垂着脑袋，鼻子凑近菜盘，正在思念着嘉嘉的女儿；他还想起过去小莉莉在他腿上跳着玩的场面，孩子们长得真快啊！这小姑娘现在长得非常丰满了。不过客人中就算米法伯爵最安静，始终在那儿呆呆地想着什么，脸孔红得厉害。他对乔治牢牢地注视了很久了。吃过饭，他声称自己有些发烧，上楼打算把自己锁在睡房中。韦诺先生随他上去了；楼上马上暴发了一场争论，伯爵趴在床上，藏在枕头中，发出失常的哭泣，而韦诺先生却用亲切的声音称他为兄弟，让他向万能的上帝祈祷。伯爵没注意他的话，口中连连嘀咕着。猛地，他由床上蹦起来，结结巴巴地说：

"我要见她……我无法忍受了……"

"非常好，"韦诺先生说，"我陪您一块去。"

他们离开庄园的时候，还有两个人影溜进了一条光线不足的花园小路。那是福什里和萨比娜女伯爵，目前他们每天晚上都在此刻把达盖内留下和爱斯泰勒煮茶。在大路上，伯爵急匆匆地走着，韦诺先生只有跑起来才能追上他。韦诺先生尽管已呼吸急促，仍在不停地开导他，用许多最有感染力的根据来批判肉欲的魅力。伯爵没说话，只忙着自己在夜色下前行。来到抚爱别墅之后，他仅短短地讲了一句：

"我再也忍不住了……您离开吧。"

"那么，希望上帝的精神可以实现，"韦诺先生小声说，"上帝会用各种方式来保证他的精神实现的……你的犯罪也是他的手段之一。"

在抚爱别墅中，吃晚饭时产生了一场辩论。娜娜接到博尔德纳夫的一封信，信中让她再歇几日，看样子好像对她一点儿也不在意，因为小维奥莱纳每晚都要谢两回幕。随后米尼翁又尽量动员她明天和他们一起出发，娜娜就生气了，她说她不愿听随便哪个人的劝说。吃饭的时候，她的样子非常正经，几乎到了滑稽的地步。勒拉夫人不经意地讲了一句不好听的，她立刻高叫起来，以上帝的圣名，她不许随便哪个人在她的面前讲些难听的话，就连她的亲姑妈也不准。接着，她讲了不少正大光明的话，让客人们都听腻了；她好像得了一种滑稽的正经病，在客人面前说了一整套让小路易接受宗教教育的计划，和她本人的改过自新的设想。发现人们乐了起来，她又不停地说了不少博大精深的观点，而且如同一个坚信自己这些话的老板娘一样边说边点头。她觉得唯有会安排自己的生活才可以富足，她本人不愿如同一个乞丐一样死去，她会认真安排自己的生活。那些女人听后都觉得不高兴，喊道："难以置信的事情发生了，有人改变了娜娜！"不过娜娜待在那儿，一动不动，又陷入了沉思，双目呆呆地，心中出现了幻象：一位腰缠万贯而又让别人尊重的娜娜浮现在她眼中。

人们到楼上休息时，米法到了。是拉博德特在花园中发现他的。他一看到伯爵就全清楚了，他协助米法将斯泰内调离，接着抓着他的手，顺着黑乎乎的过道将他一直带到娜娜的睡房门口。拉博德特做这种事是很有一套的，他干得极其秘密，好像让其他人愉快自己也感到愉快一样。娜娜对米法的到来并不觉得惊奇，她仅仅是不喜欢米法缠得她太厉害了。在生活中理当庄重一些，是吗？和乔治谈情说爱真是太笨了，不会有美满结局的。而且乔治的岁数也过于幼小了，她内心也觉得不安；其实，她也真是干得有些不道德。那么好吧，她走上正轨，接受一个老家伙吧。

"佐爱，"她吩咐说，"明天清晨你睡醒后就整理东西，我们去巴黎。"

回巴黎可是佐爱梦想的事，她痛快地应了一声。于是娜娜就和米法上了床，不过一点儿也体会不到乐趣。

第七章

过了三个月，在十二月的某个晚上，米法伯爵在全景胡同中踱着步。那天晚上特别暖和，一阵大雨将走路的人都撵到这个能避雨的胡同中。胡同中，拥挤得很厉害，店铺之间人们排成一支队伍，缓慢而困难地往前走。路上光线充足，两边商店的玻璃橱窗灯火辉煌。灯光如水流一样，由白色的灯泡、红色的灯笼、蓝色的透明画、成行的煤气灯、硕大的钟表和扇子模型中投射出来，这些模型闪着火光，在空中燃烧着。在橱窗反射镜的强光映衬下，商店中明暗相间的物品，珠宝店中的金饰，糖果店中的水晶器皿，服装店中的淡色丝绸，都穿过明亮的橱窗玻璃，闪闪发光；而在这一片颜色突出乱七八糟的招牌中，有一个招牌是一只巨大的深红手套，由远处望好像一只血肉模糊的手被砍掉了绑在黄色的袖口上。

渐渐地，米法伯爵来到了大街上。他站在胡同口，朝大街上看了看，又转过身来，顺着商店缓缓走回去。潮湿而酷热的空气，使不宽的胡同中弥漫着光亮的雾光。雨伞的滴水打湿了石板地，一路过去只听到摩肩接踵的人流的脚步声，听不到说话的声音。他那庄重的面孔让煤气灯映成惨白。路人每当和他碰头，都要向他认真打量。为了躲开这些好奇的目光，伯爵停在一个文具店门口，聚精会神地观看橱窗中的玻璃球镇纸，球中带有山水和花草。

实际上他什么也没留意，他在思念着娜娜。她怎么不和他说真话呢？清晨，她给他送来一封信，让他夜里不要来找她，理由是小路易生病了，她要去姑妈家住，以便看护小路易。不过他不相信，赶到她家，由门房太太的口中打听到娜娜不久前去剧院了。他感到诧异，因为刚出演的戏中没有她的角色。怎么她要骗人呢？今夜她为何要去游

175

艺剧院？

　　一个行人碰了他一下，伯爵一点儿也没有想到就自行从那些镇纸旁走了，来到一个小玩意的橱窗前面，集中精力望着里面放着的记事本和雪茄烟盒，所有这些东西的一个边儿上都印有一只一模一样的蓝燕子。不用说，娜娜和以前不同了。刚由农村回来的那些日子中，娜娜让他发疯，她老是亲他面孔的每个地方，亲他的胡子，仿佛一只母猫呵护小猫一样那么温存，而且向他保证，称他是她最喜欢的小狗，是她最疼惜的爱人。那时他再也不担心乔治了，因为乔治让他母亲软禁在丰代特庄园。还有浑身是肉的斯泰内，他非常希望替代他，不过没胆子清楚地说出来。他清楚斯泰内再次陷入严重的经济危机中，在交易所中快要完蛋了，目前不得不牢牢抓住朗德盐场的股东们，打算从他们身上收到最后一笔钱。每当他在娜娜家碰到斯泰内，娜娜一直用讲道理的语气跟他说明，斯泰内在她身上用了许多金钱，她不想把斯泰内如一条狗一样驱逐出去。而且这三个月中，伯爵舒适地享受着性的满足，除了和她上床的念头之外，再也没有其他的明确的要求。由于他到了晚年才出现了情欲的复苏，他对性的渴求仿佛小孩贪吃似的强烈，所以也就不考虑虚荣和嫉妒了。目前仅有一种清晰的感觉可以让他不放心，那就是娜娜对他有些冷淡了，她不再亲他的胡子了。这让他惊惶不安，他仿佛一个丝毫不清楚女人的男人一般，暗暗思考究竟什么地方让她生气了。他自己觉得他已经答应了她的全部要求，怎么还会出现如此情况呢？他又记起今天清晨的那封信，记起了她说的假话，她仅仅是打算去剧院住一宿，那么为什么要说难以理解的假话呢？人流又碰了他一下，他走到胡同对面，在一个饭店门口停下了，一边聚精会神地想着这个问题，一边用眼睛望着脱了毛的云雀和一条横摆在橱窗中的大鲑鱼。

　　最后，他好像回过神儿来了，不再留神面前的东西了。他振作精神，抬起眼睛，看到时间已经快到九点了。娜娜立刻就要出来，他一定要她讲出真相。下定决心之后，他又往前走去，一面走，一面记起过去他到剧院门前来接她时，曾经在此地打发过不少夜晚。他熟悉这

176

儿的所有商店，他可以辨认出它们不同的气味，即使空气中弥漫着煤气味，他也能分辨出俄罗斯皮革的刺鼻的味道，由巧克力店的地下室中飘上来的香草味，由香水店敞开的大门中涌出来的麝香味。所以他再也没有勇气在商店附近逗留，以免看到柜台上女服务员的没有血色的脸，她们态度和蔼地望着他，好像他是她们常见面的客人。一会儿，他好像又打量起商店上方的那一排小圆窗，好像在这些无序的招牌中，他是头一回看到这些小圆窗一样。然后，他又走到大街那头，在街角上待了一会儿。雨仍在下着，但是这时已经变为小雨了，冰凉的雨水滴到他的手上，让他微微清醒一些。目前，他记起了他的太太，她在马路旁边的一个古堡中住着，她的女友德·谢泽勒夫人从秋天到现在就在古堡中病得十分严重；大街上的马车，在一片泥水中滚滚经过，如此恶劣的天气，在农村肯定更难过。不过，他猛地心中又惊慌起来，他再次来到酷热的胡同，急匆匆超过行人走去；他猛地记起，假如娜娜留了神，她会由蒙马特尔走廊①那头逃脱的。

自打这时候，伯爵就等在剧院的门口。他不想在这个胡同中守着，十分担心让人看出来。这里正是剧院的过道和圣马可过道相交之处，是一个不明不白的地方，都是些差劲儿的商店，一个没有人来的鞋店，几个家具店，其中的家具落了很多的灰尘，还有一个烟雾弥漫让人迷迷糊糊的图书阅览室，里边的灯泡盖着灯罩，一个晚上这些灯就冒着绿光。一直没有人来这儿，仅有打扮得体的先生们，从容地在那里踱步守候；还有就是酗酒的布景工人，衣服破烂的群众演员。在剧院门前，仅有一盏照明灯点着，灯的圆罩已经非常陈旧了。米法打算向布龙夫人打听一下，不过又担心娜娜知道后由大街那头逃脱。所以他接着徘徊，决心守到别人关铁门把他撵走为止，这种情况已经有过两回了；他一考虑到自己要回家一个人上床，心中就非常痛苦。每回有光着脑袋的姑娘或者衣服不洁的男人过来端详他时，他就走过来逗留在阅览室旁边，由张贴在玻璃窗上的两张广告当中朝里观看，每

---

① 此处指有玻璃顶或有房屋在上面的人行道。

回都看到一样的场面：一个小老头，挺着身子在一张宽大的桌子附近一个人坐着，在绿色灯光的映射下，用绿色的两只手，捧着一份绿色的报纸在看着。此刻，还有几分钟就十点了，又有一个男人过来了，身材魁梧而英俊，满头金发，戴着得体的手套，他在剧院门口踱着步。他们每次碰面，彼此都带着不相信的表情瞟上一眼。伯爵一直来到两个过道的相交处，那儿放着一面很大的镜子，他在镜子中发现自己表情庄重，动作一本正经，禁不住觉得又不好意思又担心。

已经十点了。米法猛地记起，假如他想了解娜娜在不在她的化妆室中，那是轻而易举的事。他立刻踏上了三级台阶，穿过那个涤成黄色的小前厅，从一扇小门来到院子，因为那个小门仅用门闩锁着。此时，院子里弥漫着黑色的烟雾，院子又小又湿，仿佛井底似的，四处是臭烘烘的厕所，水龙头，厨房的炉灶，和女门房放在那儿的花草枝叶。两堵设有不少窗户的墙壁立在那儿，窗户上灯光辉煌。地面一层是放道具的屋子和消防处，左边为办公室，右边和上边各层为演员的化妆室。看外表，仿佛是一口深井，沿着井壁，有不少火炉口在夜色中敞开大嘴。伯爵立刻发现二层楼上娜娜的化妆室中亮着；因此他松了一口气，心中高兴，居然忘乎所以，一直待在那儿，眼睛注视着空中，脚下踩着油腻的污泥，鼻子嗅着巴黎这种旧房子后院中的难以忍受的臭味。水由一条坏水管大滴大滴地落下来。一束煤气灯光由布龙夫人的窗口中射出来，把一段生满苔藓的路面映成黄色，也映黄了一段让厨房脏水侵蚀了的墙根，还有全部放满了废品的角落，这儿有破损的水桶和破坛碎罐，一个烂锅子中一颗瘦弱的卫茅居然冒出了绿芽。伯爵听到了开窗户的动静，赶紧缩了回来。

娜娜一定就快下楼了。他又来到阅览室附近；只见那个小老头在一盏灯下还保持着原来的姿势，他的侧面清晰地在报纸上显现出来，四周是让人迷迷糊糊的黑影。于是他再次徘徊着。此刻，他走得略微远一点，他越过宽敞的过道，顺着游艺剧院过道径直来到费多过道，这个过道寒冷而又空荡荡的，全部藏在荒凉的夜色中。他又掉头返回，走过剧院门口，拐过圣马可过道，径直不顾一切地来到蒙马特尔过道那儿，在那儿，一个杂货店的切糖机让他观看了一阵儿。不过，在转第三圈时，担心娜娜由他身后溜掉的想法，让他丢掉了全部人格。他和那个黄头发的先生一道逗留在剧院门前，不再到处走了；他们彼此对视一下同病相怜的软弱的目光，不过目光中仍有一点儿不相信对方可能是对手的彼此怀疑的意思。幕间休息时，几个布景工人到外边抽烟，野蛮地碰到他们身上，他们哪个也没胆子抗议一下。过来三个高个儿姑娘，她们头发乱哄哄的，衣服也不整洁，站在台阶上吃苹果，把果核顺口吐在地上；他们不得不垂着脑袋，忍受着她们肆无忌惮的眼神和卑劣无耻的谈吐，让这些婊子碰脏了、搞污了也没胆子责问，这几个下流的女人有意相互拥挤，碰到他们身上，她们觉得如此做非常有意思。

恰在此刻，娜娜下了三级台阶。她一发现米法，马上面色惨白。

"哦！原来您在这儿。"她断断续续地说。

还在悄悄笑着的三个群众女演员，发现是娜娜，不由得十分慌乱，连忙站成一列，收起笑脸，庄重得仿佛女仆人正在干坏事时让女主人碰到一般。那个魁梧的黄头发先生躲到一边，松了一口气，但又有些伤心。

"行了，拉着我的手吧。"娜娜非常不情愿地说。

他们一道缓缓离开了。伯爵本打算向她问不少问题，此刻却什么也讲不出口了。还是娜娜先说话，她如同连珠炮一般，一下子讲了许多：八点时她仍在姑妈家，随后发现小路易的病轻了很多，她就打算来剧院待一阵儿。

"有何要紧事？"他问。

"是的，由于一个新剧本，"她犹豫了一会才说，"她们希望听听我的看法。"

他明白她在骗人。不过她的手臂紧靠着自己的手臂，一阵暖意一直传过来，让他骨头都酥了。他对自己长时间的守候，既不愤怒也不抱怨，目前他心中仅有的念头就是既然眼下已经逮住了她，那就一定要将她留下来。关于她怎么会去她的化妆室，明天他再想办法查清楚吧。娜娜的神情一直有些迟疑，不用说她的内心正在想着什么，竭力让自己冷静下来和下定决心。来到游艺剧院过道转弯处，她在一个扇子店的橱窗前站住了。

"呀！"她小声说，"太棒了，又缀着珍珠贝壳，又带着翎毛。"

随后，用毫不在意的语气问道：

"那么，你是准备把我送到家了？"

"是的，"他有些意外地说，"你的儿子不是轻些了吗？"

她后悔当初不应如此编这个瞎话。可能小路易的病又严重了；她说她打算到巴蒂尼奥勒瞅瞅。不过听到他也要陪着去，她就不再说非要去了。有一会儿，她气得面孔冷青，这是一个女人觉得让人抓住之后而又只能表示心平气和时的愤怒。最后，她终于没有发脾气，她打定主意争取时间；如果她在半夜之前可以甩掉伯爵，一切就可以依着她的想法实现了。

"的确，你今天夜里就一个人了，"她嘀咕着，"你太太要明天上午才到家，是吗？"

"对。"米法说，他听到娜娜如此漫不经心地说起伯爵夫人，有些不舒服。

她随后一直问下去，问她火车什么时候抵达，而且希望弄清楚他去不去接站。娜娜重新放慢了速度，好像店中的摆设特别让她感兴趣。

"看！"她又在一个珠宝店前站住了说，"多么奇特的手镯！"

她最喜欢全景胡同。她岁数不大时对巴黎的假首饰，假珠宝，镀金的锌制品，硬纸仿照的皮件非常喜欢，到目前，这种喜欢仍没有变。目前每走到一个商店的橱窗前，她老是沉醉其中不愿走开，就如同过去她还是一个在马路上无家可归的女孩子时，老是逗留在巧克力店门口注视着糖果出了神，或者聆听旁边店中的风琴声而痴迷；最能引起她兴趣的是那些便宜而样式新颖的小玩意，例如核桃壳针线箱、放牙签的小东西、圆形纪念碑形或方尖碑形的寒暑表，等等。不过，今天夜里，她内心太不平静，对每个橱窗中的物品，都没留意。无法自作主张地行动，终于让她觉得难受，她的心中点燃了一股怒火，引发了沉默的抗议，非常希望奋不顾身地做出一件蠢事来。还讲什么做有钱人的情妇是最好的投资！她不久前用孩童似的放纵用光了王子和斯泰内的许多钱，她本人却连这些钱干什么用了都不清楚。她在奥斯曼大街上的那套房子甚至到目前仍未完全布置妥当，仅有客厅已彻底换上了红缎子，不过装饰得过分了，家具也过多了，看起来和别的屋子很不相称。而且当她手中拮据时，债主就向她要钱，要得比以前更厉害了；她为什么会如此贫困，连她本人也觉得不可思议，因为她总是标榜自己是节约的典范。一个月之前，她跟斯泰内这个混蛋要一千法郎，吓唬他说假设他不给就准备将他驱除出去，斯泰内很不容易，不清楚从哪儿弄到了这些钱。说到米法，他是一个笨蛋，他一点也不明白应当给钱，而她也无法由于他小气而抱怨他。啊！假如她不是每天都要把老老实实地做人的警句朗读二十次的话，她就会把这些人都驱除出去！而且佐爱天天清晨都告诉她，做人必须明白事理，她自己的内心又常常浮现一个具有宗教特征的回忆，那就是夏蒙那个金碧辉煌的情景，这个情景因为她常常想起，就渐渐变得宏伟壮观。所以，娜娜尽管心中火冒三丈，不过还是克制住了，非常心平气和地搭着伯爵的手臂，混在渐渐稀少的路人当中，沿着橱窗一个个欣赏下去。外边的石板路已经干了，一股冷风掠过骑楼底，把玻璃屋顶下的热空气卷走了，把多彩的灯笼，一行行的煤气灯，那把如同烟火一般的放着光的大扇子，吹得摇摆不定。在饭店前，一个服务生正在弄灭灯火；已经空荡荡的商店中还是灯火通明，柜台后的女售货员呆呆地坐在那儿，好像在瞪着眼睛睡觉。

"啊！真漂亮！"娜娜来到最后一个商店前，退后几步，冲着一只瓷制的猎兔狗深情地赞赏着；这只猎兔狗抬着一条前腿，指着前面隐在玫瑰花丛中的一个兔子窝。

最后他们离开了胡同，她不愿坐马车。她说，天气很不错，也没什么要紧事，走着回去非常有趣。原来到了英吉利咖啡馆，娜娜猛地打算吃牡蛎，她说由于小路易得了病，她由清晨开始就没吃过食物。

米法不敢反对她的建议。到现在，他还没有在公开场所和她一块出入过，所以他要了一个雅间，匆匆越过过道朝里边走。娜娜随着他，看样子对此地很熟，服务生推开雅间的门，他们刚准备进去时，只听到旁边的一个屋子里又笑又喊，弄得声音很大，屋内突然出来一个男人，是达盖内。

"啊！娜娜！"他叫道。

伯爵一猫腰，迅速进了雅间，门在他身后半开着。他的浑圆的肩膀在面前晃了一下，达盖内挤挤眼睛，用嘲讽的语气说：

"天哪！你生活得真不错，现在已经去杜伊勒利宫勾搭男人了！"

娜娜微微一笑，将一个手指放在嘴上，让他闭上嘴巴。她发现他有些喝多了，说话有些放肆，但是她可以碰到他，她还是十分愉快的。虽然他和别的女人共处时，竟然那么大胆地假装没见过她，不过她心中还对他感觉不错。

"你这阵子如何？"她亲切地问。

"我打算不再一个人过日子了。说实话，我正在想着成个家。"

她带着疼惜的表情晃晃肩膀。不过他还在以嘲讽的语气往下说，他说假如你打算在其他人的眼中至少称得上是一个规矩的单身汉的话，那么在交易所中仅仅能挣到供给女人们买花的费用，那就无法算得上正当的生活。他的三十万法郎，仅可以供他用十八个月。他打算现实一些，和一个有许多陪嫁的女人结婚，也和他爸爸似的，以后做个省长了结这一辈子。娜娜一直乐呵呵的，一点也不相信他的话。她歪歪头指向他的屋子。

"你和谁在一块？"

"啊！很多人，"他说，此刻，一阵酒意涌了出来，让他想不起来他的全部打算。"你能猜到吗？莱娅在向我们叙述她去埃及游玩的过程。太有意思了！还有有关洗澡的场面……"

于是他重复了莱娅所叙述的过程。娜娜亲密地留在他的身边没离开。他们最后终于面对面倚着过道的墙聊了起来。煤气灯在矮矮的屋顶下面闪着火光，挂毯的缝隙中暗藏着一股轻轻的做饭的味道。偶尔旁边屋子的嘈杂声更加大起来，他们为了相互可以听清楚，就只好将脸靠近一些。每过二十秒钟，总有一个端菜的服务生拿着菜盆经过，被他们挡住了去路，就叫他们闪开一下。尽管如此，他们还是说个没完，仅向里靠着墙壁躲开些，他们不在乎客人们的叫喊和服务生的碰撞，还仿佛在他们家中似的旁若无人地聊着。

"你看。"达盖内点了点米法所在的雅间的门说。

他们一块注视着那门。只见它在轻轻地哆嗦，好像一阵轻风在吹拂一样。接着，十分缓慢地，它合上了，毫无声息。他们相对一笑，没说话，伯爵自己待在里边，那表情肯定非常漂亮。

"我记起来了，"娜娜问道，"你看到了那篇福什里写的关于我的文章吗？"

"看到了，名为《金苍蝇》，"达盖内说，"我没和你说过，担心让你伤心。"

"让我伤心？怎么？这篇文章篇幅不短。"

她对《费加罗报》发表的和她有关的文章，感到特别骄傲。那份报纸是她的理发师弗朗西斯为她买的，假如不是弗朗西斯给她说清楚，她还不明白那篇文章和她有关呢。达盖内悄悄地望着她，带着嘲讽的表情冲着她冷笑。最后，他看出她自己对这篇文章非常骄傲，那其他人就没有什么原因生气了。

"抱歉！"一个服务生叫道，手中拿着一盆半圆形的冰淇淋，将他们隔开。

娜娜向那个雅间走去，米法正在那儿等候着她。

"行了，回头见，"达盖内说，"去看你那乌龟吧。"

娜娜又站住了。

"你怎么称他为乌龟？"

"就因为他是个乌龟，用不着什么原因！"

她又过来倚在墙上，对这个称呼很有兴趣。

"真的？"她仅短短地问了一句。

"什么？你还不清楚吗？亲爱的，他的太太和福什里上床……他们的关系可能是从农村开始的……不久前我来这儿时，福什里才和我告别，我认为他和她约好了今晚在他家中见面。他们编的理由是说她到外边游玩，我认为。"

娜娜几乎呆住了，什么也讲不出来。

"我早就想到了！"最后她突然拍着大腿说，"那回，在大路上，仅扫了她一眼，我就发现了……一个规矩的女人，竟然蒙丈夫，和福什里这个乌龟混在一起，世界上还有这样的事！他肯定会让她干出不少好事来。"

"啊！"达盖内不怀好意地小声说，"对她而言，这已经不是初次发生了。可能她有过这种行为，也不仅仅是他一个人。"

娜娜听完，恼怒地骂了一句。

"确有此事！……这世界太精彩了！过于肮脏了！"

"抱歉！"又来了一个拎着不少酒瓶的服务生让他们躲开。

达盖内将她拖过来，抓着她的手，接着用清脆的声音和她谈话，这声音仿佛口琴的乐声，总可以让娜娜这种女人神往。

"回头见，宝贝儿……你要清楚，我是始终喜欢你的。"

她甩开他，微笑着回答他；不过旁边屋子中传来巨大的狂叫声和喝彩声，让房门都哆嗦起来，也将她的谈话声盖住了。

"笨蛋，我们的关系已经结束了……不过这没什么。过些日子你来吧。我们长谈一番。"

接着她又以一个规矩女人气呼呼的语气庄重地说：

"啊！他是乌龟……宝贝儿，这可完了。我这个人，一直最让我讨厌的就是乌龟。"

当她终于来到那个雅间时，她发现米法正在一张窄小的长沙发上，样子很无奈，面无血色，双手青筋突起。他一点也没有怪罪她的意思。她动了感情，注视着他心中觉得既疼惜又恶心。这个不幸的男人，居然让一个卑劣的太太如此卑鄙地蒙骗！她很想搂着他的脖子，抚慰他一下。不过，说到底，这对他也是合理的，他应付女人几乎是个傻瓜，这也是给他的报应。尽管如此认为，疼惜之情究竟还是压倒了一切。她原打算吃完他的牡蛎就甩开他，目前她不想让他离开了。他们在英吉利咖啡馆待了不足十五分钟，就一块去了奥斯曼大街的住处。此刻是十一点，在十二点之前，她总会琢磨出一个好方法将他支开。

为了小心，她在候见室中吩咐佐爱说：

"你要盯着他，假如那一个还和我在一块，你就让他不要说话。"

"不过夫人，我把他安顿在什么地方呀？"

"把他弄到厨房，如此更保险。"

米法在睡房中已经脱掉了他的礼服。壁炉中的火烧得正旺。这间睡房一直是原来的样子，家具是红木做的，地毯和椅套都是灰底大蓝花的织锦。娜娜过去打算换它们两回了，头一次打算全弄成黑丝绒，第二次打算弄成白缎子带粉红色结子；不过每回斯泰内同意后，她仅仅出于偶尔冲动地买了一张虎皮铺在壁炉旁边，买了一盏水晶玻璃吊灯挂在屋顶上。

他们两人合上房门以后，娜娜说："我一点儿也不困，我先不睡。"

伯爵仿佛一个温顺的男人一样听她的话，因为他此刻再也不担心让人发现了。他目前仅仅担心的，是不要引她发火。

"就依你吧。"他嘀咕着。

不过他在火炉附近坐下来之前，也拿掉了他的高腰皮鞋。娜娜的享受之一，就是对着衣橱的那块大镜子把衣服脱个精光，接着在镜子中打量她的浑身上下。她把身上的衣物，一件件的，全部脱掉，接着光着身子，长时间地打量着镜子中自己的身子，几乎入了神。这是她对自己身子的痴迷，对自己软缎似的光滑的皮肤，线条起伏的腰身的欣赏，这种自我迷恋让她神情肃穆，聚精会神。她常常在此刻让理发师看到，不过她连脑袋也不扭过去看他一下。米法碰上这种场面就火冒三丈，她却非常奇怪。理发师由她这儿会得到什么呢？她如此不是由于其他人，而是由于她自己。

那天夜里，娜娜为了更好地端详自己，她把枝形烛台上的六根蜡烛都点燃了。不过她正准备放开手让衬衣脱落时，她却止住了，迟疑了一会儿，好像记起了什么，有一句话已经到了嘴边，憋得难受。

"你看过《费加罗报》上的那篇文章吗？……它就放在桌子上。"

她又记起了达盖内的那一阵冷笑，内心的迷惑让她惊慌不安。假如这个福什里对她出言不逊，她必须反击。

"别人讲文章中提到了我，"她假装漫不经心的样子继续说。"嗯，宝贝儿，你认为如何呢？"

她放开手，衬衫掉了下去，她一丝不挂地站在那儿等着米法把文章看完。米法看得非常慢。福什里的那篇文章，标题为《金苍蝇》，讲的是一个岁数不大的妓女的身世，这个姑娘，前四五辈人都是嗜酒成性，穷苦和酗酒通过一代代遗传，污染了她的血液，在她身上变为了妇女性能的巨大失调。她在郊区出生，在巴黎的街头长大，长成身材魁梧、漂亮、白白净净的美人，仿佛在粪土中生长的一株植物，她是在乞丐和让社会遗忘的人们中成长的，她准备替这群人报复。她把仅仅在普通人中变质的腐烂物，弄到了上流社会，让上流社会跟着她一道灭亡。她演化为自然界的一股力量，一种有腐蚀性的酵素，她本人尽管没意识到，不过她让巴黎在她那双白净的大腿中腐化、垮塌，她让巴黎不得安生，正像一些老女人每月一次拨动牛奶似的。在文章的最后，作者才将她视为苍蝇，是一只由废品堆中飞出来的光芒四射的金苍蝇，它舔着被丢到路边的死尸的毒汁，接着嗡嗡地叫着，舞动着，如同宝石一般放着光芒，由窗户飞入王宫，如果呆在男人们的身上，就会致他们于死地。

米法扬起脑袋，目光呆滞，集中精力望着炉火。

"如何？"娜娜问。

他没说话。他的神情仿佛准备把文章再看一回。一种凉飕飕的感觉，由脑袋上一直侵入他的肩头。这篇文章写得乱七八糟，句子断断续续，用词非常惊人而且非常夸大，所用比拟非常罕见。不过，文章仍然令他诧异，好像一下子唤醒了他这一段时间以来他不愿去考虑的所有问题。

此刻他抬起了眼睛。娜娜正沉醉在端详自己的愉悦中。她晃着脖子，聚精会神地由镜子中认真观察她右腰上的一颗棕色小痣；她用手指尖去碰它，把身子更加往后弯，以便那颗痣明显起来，她肯定认为这颗痣生在此处又神奇又漂亮。然后，她又认真查看其他的地方，端详得兴致勃勃，好像幼时邪恶的好奇心又出现在她的身上。她只要发现自己的身子，总有一种意外的感觉；她仿佛一个小姑娘第一次看到自己发育似的意外和迷恋。渐渐地，她伸开双臂，显示她那浑圆的爱神上身，她俯下身子，认真打量自己的后面和前面，静止着打量着双乳的侧影，瞧瞧大腿由粗而细的圆滚的线条起伏。最后，她居然兴奋地玩起晃动肚皮的离奇玩意儿来。她又开双膝，左右晃动，腰肢扭动，肚子连连转圈，就如同埃及舞女跳肚皮舞的模样。

米法呆呆地望着她。她让他恐惧。报纸已经由他的手中滑到了地上。当她的裸体在他的面前明晃晃地出现时，他就十分自卑。真是如此，在三个月当中，她毁了他的生活，他清楚自己已经让一直没有想到的脏东西侵入了骨髓之中。此刻，他的整个人都在变质。他猛地明白这种病毒非常厉害，他认识到这种病毒可以摧毁全部组织，他本人染上了病毒，他的家庭完了，社会的细胞坏死了。但是，让他不看娜娜的身子，他做不到，他不得不紧紧注视着她，竭力找到一个办法让自己不喜欢她一丝不挂的身子。

娜娜不再扭动了。她将一只手臂放在脑后，一只手牢牢地抓着另一只手，两只臂肘向左右分开，头向后仰。他在镜子中发现了她蒙眬的眼睛，稍稍张开的嘴巴和甜蜜的笑容；她的身后，金黄色的发髻已经松开了，仿佛母狮的鬃毛散在后背上。她如此摆弄姿态，突出了她女兵一样健壮的腰部，和硕大的乳房，在软缎似的皮肤下面，这两处的肌肉很结实。一条迷人的人体线条，由她的一只臂肘一直地流到足尖，只有肩膀和屁股两处略微有些曲线。米法紧紧注视着这个异常美丽的侧面像，望着她的金黄色的身子慢慢融入金色的灯光中，注视着她的乳房在烛光的照耀下反射出丝绸似的亮光。他记起了他以前对女人的厌恶，记起了《圣经》记载的怪兽，这怪兽风流而又骚臭。娜娜浑身毛茸茸的，金色的体毛让全身蒙上了一层丝绒；而她的兽性则体现在她那母马一样的屁股和大腿上，在她的性感地鼓起又裂开成深深的褶缝上，这褶缝在昏黑中为她的性感披上了一层动人心魄的轻纱。她就是金色的怪兽，是一种无法猜测的力量，光是它的味道就会让世界腐败。米法一直瞪着双眼，仿佛疯了一般凝望着，他无法自制，使得在合上眼皮，不愿再瞧了之后，那只怪兽也还在黑暗中浮现，而且比以前的还要大，还要恐怖，样子还要迷人。目前，这只怪兽要一直浮现在他的眼前，而且要一直烙在他的身子中了。

此刻娜娜收缩成球状，四肢仿佛由于情绪波动而悄悄抖了一下，双目含泪；她越缩越小，好像如此才可以更好地嗅嗅自己。然后，她放开一双用力抓着的手，沿着自己的身体让手自然下落，一直落到乳房上，接着双手使劲儿握着自己的乳房。她挺起胸部，痴迷于自我爱抚中，她摸遍了自己的肉体，把面孔先挨向左边肩膀，随后又向右边肩膀悄悄地摩擦。她的风骚的嘴巴在她自己的身上点着欲火。她探着嘴唇，长时间地亲着自己的腋窝，又冲镜中的娜娜乐，镜中的娜娜也在亲自己。

此刻，米法长长地发出了一声轻轻的叹息。娜娜这种自娱自乐让他非常生气。突然，他的所有决心如同让一阵狂风卷走了一样，再也看不到了。他野蛮地跑过去，拦腰抱住娜娜，把她按在地毯上。

"松开我，"娜娜嚷道，"你碰得我疼极了！"

他清楚地觉察到自己的失败，也清楚地明白娜娜是一个呆傻、无耻和爱骗人的女人，不过就算她有毒，他还打算拥有她。

"啊！真烦人！"当他松开她时，她气呼呼地说。

但是，她却冷静下来了。目前，他能离开了吧。她穿上一件带有花边的睡衣，走过来在火炉旁坐下。这是她最爱坐的地方。她再向米法打听关于福什里的那篇文章，米法仅仅是闪烁其词地回答她，因为他希望别发生什么动荡。她说她也抓住了福什里的一个短处。随后，她很久都一言不发，想着如何才能支走伯爵。她打算用心平气和的方法，因为她到底是一个纯朴的姑娘，她不愿意让人伤心，而且伯爵又是一个太太与人通奸的丈夫，他的情况最后让她不忍心了。

"那么，"她终于说话了，"明天上午你要等你妻子回家了？"

米法头晕脑涨地倒在一张沙发上，他觉得有些虚脱。他点点头，给予肯定。娜娜庄重地望着他，心中私下计划着。她收起一条大腿坐在那儿，压住了稍稍起褶了的睡衣花边，双手抓着光溜溜的脚，不由自主地把那只脚翻过来，翻过去。

"你成家已经很长时间了吗？"她问。

"十九年。"伯爵说。

"啊！……你的太太，她非常迷人吗？你们在一起融洽吗？"

他一言不发。接着，有些不自然地说：

"你是清楚的，我以前跟你讲过什么时候也别说这件事。"

"啊！真有趣！怎么回事？"她发火了，就叫喊起来，"我提起你的太太，不会吞了她的，这一点你不要害怕……宝贝儿，世界上的女人都区别不大，旗鼓相当……"

不过她讲到这就停住了，担心自己讲得过多。然而，她做出一副自以为是的样子，因为她自己觉得自己非常不错。这个不幸的男人，对他要仁慈一些。此刻，她想到了一个大胆的想法，禁不住乐呵呵地认真端详他。随后继续说：

"我说，我还没有跟你说福什里编造的和你有关的谎话……这个人简直是一条毒蛇！我并不抱怨他，因为他的文章还算说得过去；不过他还是一条正宗的毒蛇。"

她笑得越来越快活，双手松开了那只脚，拖着身子爬过来，把胸部放在伯爵的膝盖上。

"你琢磨一下，他十分肯定地说你结婚时仍没碰过女人……嗯？你那时没碰女人吗？……嗯？确有其事吗？"

她用目光强迫着他回答，把双手抬起来放在他的肩上，用力地摇着他，打算由他的口中得到答案。

"真的。"他终于用庄重的语气说。

她听了，一下子又坐到了自己脚上，开怀大笑，口中无法讲话，连连用手碰着他。

"不会吧，这太罕见了，世界上唯有你自己如此，你的确不正常……不过，宝贝儿，你当初肯定是个笨蛋！一个男人假如不明白做这件事，这实在是太滑稽了！哎哟，我实在希望瞧瞧你当初的模样！……经过还可以吧？给我讲讲吧，哦！求求你了，讲吧。"

她向他打听了不少事情，全都涉及了，而且点滴情况也不放过。她笑得十分愉快，总是一阵阵地开怀大笑，笑得捂住了肚子，睡衣也掉了下来，再次披上，皮肤让炉火映成金色，最后就让伯爵慢慢地，把他洞房之夜的各种场面都告诉了她。伯爵已经彻底没有腼腆的神情，说到后来，他本人也认为非常有意思，就使用了书面语，解释"他是如何失去童贞的"。他仍要留些面子，因此他采用的都是经过挑选的字眼。娜娜说得起劲儿，开始打听伯爵夫人的事情。她生得非常漂亮，但是，听他讲，她毫无激情。

"啊，行了吧！"他谦恭地小声说，"你无需嫉妒她了。"

娜娜收住了笑声。她又来到挨着壁炉的地方，背向着火，双手合拢搂住双膝，头放在膝盖上。接着她庄重地说：

"宝贝儿，洞房花烛夜，在太太面前傻乎乎地，这样可太差劲儿了。"

"啊？"伯爵非常诧异。

"由于。"她一个字一个字地说，纯粹是教训人的语气。

她有板有眼，好像在课堂上课一样故作姿态，接着才愿将原因说清楚。

"你看，我这个人，我知道这是为什么……告诉你吧，宝贝儿，女人不爱傻乎乎的男人。她们口中不提，因为她们脸皮薄，你清楚吗？……不过她们绝对会有不少意见的。有晚有早，借大家不注意的时候，她们会去其他地方解决的……我要讲的就这么多，宝贝儿。"

他好像仍不明白这话的意思。因此她又深入地把话讲得透彻一些。她仿佛慈母一样，出于善意，才以朋友的角度教了他一番。打她清楚他的太太和别人通奸后，这件事始终放在她心中，她疯了一样急着想和他说说。

"我的天哪！我说的都是没边儿的事儿……我为什么要说这个，是因为每个人都应当美满……我们在随便谈论，是吗？那么，你要诚实地回答我的询问。"

她说到这儿，止住了话头，火烤得她后背都疼了，她想坐到别的地方。

"嗯！太烤人了。我的背都糊了……等等，让我烤烤肚子……如此烤火能治病！"

当她把身子扭过来，胸部向着炉火，双脚放在屁股下之后，她又问：

"给我说，你再也不和你的太太上床了吗？"

"是的，我能向你保证。"米法担心引出麻烦，立刻回答。

"你的确觉得她冷漠吗？"

他垂下了脑袋，进行了肯定的答复。

"你是由于这个才喜欢我的吗？……说呀！我不会发火的。"

他又予以肯定。

"不错！"她下了结论，"我早想到了。啊！你这不幸的家伙！……你见过我的姑妈勒拉夫人吗？她到这儿时，你可以让她跟你讲讲在她对面的那个水果商人的故事……你猜猜吧，这个水果商……该死的！这火太烤人了。我一定要动动身子。目前我要烤烤我的左侧。"

她将左腰扭向炉火时，心中产生了一个可笑的想法：她在煤火的火光中发现自己又胖又红，心中非常快活，就仿佛一个地道的笨蛋似的，自己和自己开起玩笑来了。

"嗯？我的神态如同一只肥鹅……啊！真是一模一样，如同一只烤叉上的肥鹅……我转来转去，是的，我是用原汁烤我本人。"

她又开怀大笑起来。此刻，外面有人声和关门的声音。米法有些意外，用目光询问她是为什么。她的神情又变得庄重起来，显得有些惊慌。那肯定是佐爱的猫，这个该死的东西把所有东西都要弄坏。此刻已是十二点三十分了。她仍要陪伴着米法这个乌龟，把时间耽搁下

191

去吗？目前已经又来了一个男人，理当尽早将他支开，越早越好。

"你刚才讲什么？"伯爵恭维地问，他发现她如此温柔，心中非常愉快。

不过她由于仅考虑如何支开他，态度就一下子变了，变得野蛮起来，说话也顾不了太多了。

"啊！是的，谈起水果商和他的太太……宝贝儿，他们一直不抚摸双方，一点儿也没有亲热过！……她在这方面情欲太炽，你肯定能够体会得到。那个傻乎乎的东西，他却丝毫也不明白，太没有知识了……最后是他觉得她不懂风情，就去其他地方拈花惹草，和那些妓女们待在一起，这些妓女让他体会到了各种无耻的享受，而她也为自己寻到一样无耻的享受，情人是一些比她的傻瓜丈夫要有头脑的年轻人……夫妇彼此不熟悉，最后总会有如此的下场。我是清楚的，我！"

米法面色惨白，最后他终于明白她说的是哪个了。他打算让她住口，不过她的话一出口，再也收不住了。

"不，叫我讲！……假如你们不是一些粗俗的人，你们早就和你们的妻子相处得和我们这么融洽了；假如你们的妻子是些聪明人，她们绝对会竭力来盯住你们，就仿佛我们绞尽脑汁去逮住你们似的……这一切，说到底，是一个道德问题……我的宝贝儿，这就是我要讲的全部，你认真考虑一下。"

"别说正经女人，"他冷冰冰地说，"你不熟悉她们。"

话音未落，娜娜马上跪起来。

"我不熟悉她们！……不过你的太太连干净这个词也碰不着边！不，她们肮脏！我就不相信你会发现一个正经女人可以如我眼下这样敢脱光了让人观赏……说真的，你说到正经女人，只能让我发笑！你别逼得我太厉害，让我讲出事后要后悔的话来。"

伯爵的所有回答就是含混地骂了一句。娜娜的面色泛白了。她沉默地望了他一会儿，接着，用她平日爽快的语气说：

"假设你太太和别人通奸，你如何处理？"

他比划了一个威胁的手势。

"行了，假如换了我呢，我对你不忠呢？"

"哦！你。"他晃晃肩膀，小声说。

说真的，娜娜原先没有坏心眼儿。谈话刚开始，她就强忍着，别在他面前称他为乌龟。她宁肯让他温和地将一切都讲出来。不过到了后来，他惹火了她，那么这件事不应再耽搁下去，理当了结了。

"那么，我跟你说吧，亲爱的，"她继续说，"我不清楚你来我家为了什么……你打扰了我两个小时……眼下你去见你的太太吧，她正和福什里上床呢。对的，正好是时候，他们在泰布街和普罗旺斯街汇合的街角……你看，我连地址都告诉你了。"

说罢，她十分骄傲，注视着伯爵哆哆嗦嗦地站了起来，仿佛一头遭到重创的牛，站都站不好。她又说：

"如果正经女人有胆子混到我们这里来，争我们的男人的话！……你不是讲了吗，正经女人都是老老实实的！"

不过没等她讲完，他一下子将她掀倒在地，抬起脚跟打算踩烂她的头来让她停下。她立刻觉得十分恐惧。但是他没有踩下去，仅仅是如同精神病一般在屋内四处乱转。她看他憋得一言不发，气得浑身颤抖，就心中一软，哭了起来。她马上非常懊悔。她一边缩成球形，让火烤着她的左侧身子，一边设法抚慰他。

"宝贝儿，我向你保证，我觉得你已经清楚了。否则，我是不会讲出来的，丝毫不错……而且，可能这是假的。我可没确定这是真的。是别人跟我说的，每个人都在传着，不过这能称为证据吗？……行了吧，你别自己想不开。如果我是男人，我才不把女人当回事儿呢！你还没弄明白吗？只要是女人，无论她们是粗俗女人还是高贵女人，全是相同的人：都是些生活不拘礼节的东西。"

她尽量说女人的不对之处，把自己也包括进去了，她觉得如此一来，就能减缓对他的伤害。不过他一点也没留神她在说什么，也没听到她的安慰。他边走边把他的高腰皮鞋和礼服统统穿上，接着，他又在屋内徘徊了一阵儿。然后，他好像终于发现了房门，就伴着最后一次愤怒，离开了。娜娜感到非常愤怒。

"行了，滚吧！走好！"她尽管只留下自己，还在高声说，"这种人实在有教养，别人跟他讲话，他什么也不说！……而我还不停地去抚慰他呢！是我先改变了语气，我也讲了许多请求原谅的话，我坚信是如此！……所以，是他在这儿引我生气的！"

但是她的心中还是不快活，她用双手在大腿挠着，后来，她终于下定了决心：

"哼！管他呢！他当了王八，这可不是因为我！"

她将全身所有地方都烤完之后，浑身热乎乎的，就爬到床上去了，她顺手摁摁铃，让佐爱把在厨房中等着的另一个男人领进来。

在马路上，米法非常恼火地走着。才下了一阵急雨。他在湿滑的路面上艰难地走着。他下意识地抬头看着天空，只见一朵朵黑色的云彩，正在往月亮前面奔跑着。在晚上的这种时候，奥斯曼大街行人渐渐稀少。他顺着歌剧院的建筑工地，单单选择没有光线的地方走，口中自言自语地讲着一些断断续续的话。这个婊子骗人。她编出这些谣言是由于她又笨又歹毒。他不久前用脚跟对着她头的时候，应该踩她个粉碎才能出口气。说到底，这场谈话和这种行为过于下流了，他再也不要去看她，再也不要去碰她，不然他就是一个彻头彻尾的胆小鬼。想到这儿，他长长地出了口气，好像他的悲伤已经没有了。啊！这个光溜溜的怪物，笨得仿佛一只鹅，烤得也仿佛一只鹅，竟敢随意胡说，诬蔑他四十年来始终敬佩的全部东西！此刻，月亮赶走乌云，把一大片白色的月光投在空荡荡的马路上。他猛地觉得恐惧，失声痛哭起来，好像自己陷入了极其辽阔的缥缈中，觉得失去了任何希望，又惊慌得手足无措。

"我的天呀！"他犹犹豫豫地说，"什么都结束了，目前全部都结束了。"

顺着林荫路，晚回的行人都急匆匆地走着。他尽量让自己冷静下来。那个婊子所讲的每句话，又出现在他的如同火烧似的脑海中，他打算用推测的方法，来确定事情的本来面目。伯爵夫人要在明天早上才由德·谢泽勒夫人的古堡中返回。假如她提前一天，在晚上赶到巴黎，去那个男人家住，这在时间上是很有机会的。目前他记起他们在丰代特庄园小住时的不少细节。有一天晚上，他意外地在树底下碰到了萨比娜，她那时惊恐得无法开口。那个福什里那时也在那儿。既然这样，她目前怎么不会去他家中呢？他越考虑越感到事情是很有可能的。到了最后，他居然认为事情肯定会有，而且是毫无疑问的了。他自己在一个妓女家中取下外衣时，他的太太也在她的情夫的睡房中取下衣服，世界上没有比这个再容易、再顺理成章的事了。他一边进行着如此盘算，一边极力克制自己，让自己安静下来。不过他慢慢有了一种感觉，感到自己已经落进了肉欲的深渊之中，这种感觉慢慢扩展，延伸到他的身边，战胜了全世界。不少疯狂的情景缠着他，紧紧地缠住不放。一丝不挂的娜娜一下子又变为了一丝不挂的萨比娜。在这个情景中，他发现了这两个女人一样的下流，一样地受情欲的左右，他禁不住步履蹒跚，几乎让马路上一辆出租车碰翻在地。由咖啡馆钻出来的妓女，笑嘻嘻地用臂肘碰他。此刻，虽然他极力克制自己，眼泪依然涌了出来；他不想在众目睽睽之下失声痛哭，就溜进一条空荡荡的没有光线的小路，那是罗西尼街，在那里顺着悄无声息的房子，仿佛一个孩子一般一路流着泪。

"全部都结束了，"他用沙哑的声音说，"目前一切都结束了，一切都结束了。"

他哭得那么伤心，结果只好靠在一扇门上，用满是泪水的手遮住脸。一阵脚步声又将他吓得马上离开。他感到又不光彩又恐惧。只好见人就跑，自己孤零零地迈着夜行人的脚步，惊慌地离开。人行道上假如有人碰到他，他就假扮出若无其事的神情，很担心别人发现他的肩膀在抖动，会想到他的丢人的事。他顺着船舱街走，径直来到蒙马特尔大街。这条街上灯火通明，让他十分意外，马上又返回去。就这样，他在这附近转来转去，仅仅选择那些光线不足的角落，走了将近一个钟头。他的双脚积极而耐心地带着他来回转弯，走了不少弯路，不用说是有一个终点的。这儿就是泰布街和普罗旺斯街汇合之处。这个地方，他本能用五分钟就走到的，不过他的头脑中乱成一团，心中极其难过，用了一个小时才到。他想起上个月的一个早上，他来过这儿，他到楼上福什里家中，对他写的一篇有关杜伊勒利宫举办舞会的文章致谢，在文章中福什里点出了他的名字。福什里的房子位于底层和二楼之间的中二楼，有几个不大的方形窗户，窗帘没拉好，强烈的光线由中间射出来，把窗户分为两边。他逗留在那儿，牢牢地盯着这束光线，集中注意力等着出现什么情况。

月亮已经不见了，天空漆黑，下起了一阵刺骨的小雨。圣三一教堂的钟响了两声。普罗旺斯街和泰布街融入了夜色中，远处的煤气灯的灯光也渐渐弱了，到了最远处，就彻底消失在黄色的雾气中。米法静静地站着。就是这间睡房，米法记得四周挂着土耳其红棉布，屋子的最里边放着一张路易十三式的床。台灯放在右侧的壁炉上。他们目前一定已经上床休息了，因为窗户上看不到晃动的人影，那束亮光一直静静地亮着，仿佛夜明灯的光线似的。他的眼睛一直注视着那个窗子，心中却在想着，他要去揿门铃，无论门房如何在身后叫嚷，他要径直跑到楼上，用肩膀撞开门，让他们来不及放开搂抱的手臂，就在床上将他们抓奸在床。他猛地又记起自己手中空空，就迟疑起来；然后，他又打定主意掐死他们。他将他的想法详细地考虑了一遍，认为仍要等等，等到有什么证据，有什么迹象，把事情查清楚之后再行动。此刻假如有一个女人的影子在窗口上显现，他立刻就会揿门铃。不过他想到可能会搞错了，心中就非常失望。他有何把握呢？他又开始不相信了，他的太太怎么会在这个人家中，这太恐怖了，而且绝对不会有这种事。不过，他还在那里守候，过了好一会儿，眼睛由于瞪久了，感到有些朦胧，身体也慢慢僵硬，变得虚弱无力。

又下了一阵急雨。两个警察经过他的身边，他只好由他避雨的那个门口走开了。当两个警察走到了普罗旺斯街，一直消失之后，他才又返回来，浑身仿佛落汤鸡一般，冷得连连颤抖。那束光线一直射在窗口上。这回，他的确要离开了，不过恰在此刻，窗口晃过一个影子，他开始还觉得是自己错了。不过窗口上不停地有黑影晃过，证明屋内有人在活动。他重新站在人行道上，静静地，胃中仿佛火烤一样痛苦，目前，他要等着把事情搞明白。手臂和大腿的影子不停地从窗口上闪过；一只大手拿着一只仿佛是装着洗脸水的水壶在那儿摇摆着。他对这一切都看得不太清晰，他感到仿佛辨出了一个女人的发髻。他对这一点还弄不清楚；这非常类似于萨比娜的头发，不过脖子又好像太胖了些。到了此刻，他已经没有区别和行动的能力了。他迟疑着，没有信心，急得他胃部猛烈地痛起来，疼得非常严重，致使他只好把身子牢牢挨着门，以便让自己冷静一下，不过他浑身却仿佛一个穷鬼一样抖个不停。不过，虽然他处在这种环境，他的眼睛还在牢牢地注视着窗口不愿离开，他的气愤慢慢冷静下来，化为道德的幻想：他把自己想象为一个众议员，在议会中进行陈述，高声责骂颓废的生活，预言马上就要大祸临头，他把福什里有关毒苍蝇的文章又写了一遍，而且以本人为例，声明假如让这种罗马帝国后期的奢靡的风气持续下去，那么社会就毫无秩序可言了。他如此打算的时候，就感到舒服一些。不过目前窗户上的影子消失了，他们肯定重新上了床。而他却还守在那里观望。

已经三点了，随后到了四点。他无法走开。大雨下起来的时候，他就藏到门口的角落，腿上到处都是稀泥和雨水。目前再没人路过了。他始终牢牢地、呆傻而倔犟地注视着那个窗户，以至到了最后眼睛好像让窗户的那束光线灼痛了一样，只好常常合上一下。又有两次，窗口上有人影在活动，而且和第一次相同，也是拿着一个硕大的水壶，两次又都重新安静下来，台灯还在放着仿佛夜明灯一样的静静的光。这些影子绝对又增加了他的迟疑。因此，一个突然出现的想法让他克制住了，决定先不行动：他只要等这个女人离开就能够看出是不是萨比娜。这个方法最容易，不会弄出什么意外，却能够弄清楚事情的本来面目。不过，无所事事地在这个门口守候让他觉得难受；为了振作起来，他试着盘算他还要守候多久。萨比娜九点之前就要去车站。那就是说，他仍要守四小时三十分。他是有足够耐心的，他感到这次夜间守候会不知多久地拖下去，却也有意思，因此就静静地守在那儿。

猛地，窗口的那束灯光灭了。这件非常普通的事对他而言是一件突如其来的灾难，是一件令人讨厌的事。十分清楚，他们关了灯，准备休息了。在此刻，这原本是十分自然的事。不过他觉得生气，因为目前那个黑洞洞的窗口，再也无法吸引他的注意力了。他接着盯了十五分钟，感到无聊了，就从那个门走开了，在人行道上转来转去，还偶尔举目观看一下那窗口，一直走到五点。窗户仿佛死了似的静悄悄的，只是他偶尔在质问自己是不是精神恍惚了，因为他偶尔好像发现玻璃窗上有人影在活动。他觉得全身极其困倦，感觉也不灵敏了，居然不记得他在这儿要干什么，他不停地碰到街上的石块，突然一惊，明白过来，哆嗦了一下，仿佛一个不清楚自己身处何方的人。既然这些人已经休息了，就让他们休息去吧，在这难过又有何用？管他们的丑事有何益处？夜伸手不见五指，谁也不会清楚这有过什么事的。如此思考着，他的全部担心，还有他的好奇心，一下子全没了，也不打算再守下去了，只希望躲到其他地方寻欢作乐。马路上渐渐冷了，冷得难以忍受；有两回他已经离开很长一段路了，又掉头回来了，接着又离开了。目前全部都结束了，再也没有看到什么，他径直沿着马路走去，始终没有回头。

　　他郁郁不乐地在路上走着。他走得十分缓慢，一直用相同的步子，挨着墙壁走去。他的鞋跟踩着路面咯咯地响着。他仅发现自己的影子在前面晃着，伴着路灯一盏盏过去，影子时而扩大，时而又缩小。这对他是一种安眠良药，不由得吸引了他的所有精力。事后，他怎么也记不住自己走过了什么地方；他仅想起自己缓缓地走了数个小时，好像在一个圆圈中打转似的。仅有一种回忆仍明白地印在他的脑海中。他把脸靠在全景胡同的铁栏杆上，两只手扶着栏杆，怎么会到这儿，他本人也说不明白。他没有晃动铁栏杆，不过他的心中已充满了兴奋的情绪，他极力打算瞧瞧胡同里边的情形，不过他却一点也看不清楚，黑影将这条空荡荡的过道全吞掉了。由圣马可街刮来的风，仿佛地窖中的潮气，直冲到他的面孔上。他一定要站在那张望。随后，他由恍惚中清醒过来，心中感到奇怪，自己问自己，在此刻他将面孔靠在铁栏杆上，心中非常悲伤，使栏杆都在他的面孔上留下了印痕，究竟是因为什么，他可以发现什么。如此一考虑，他再次走了起来，心中充满了痛苦和忧愁，好像一直让人遗忘，孤单地站在这一片黑影里。

天总算亮了；这是冬季昏暗的清晨，这种天色在巴黎湿乎乎的石路上看来非常悲凉。米法已经来到了在修建中的宽大马路上，这是新歌剧院建筑工地附近的几条街。洒满灰泥的马路，让大雨一淋，又让车辆一压，形成了一个泥泞不堪的洼地。他不管自己的脚踩在哪儿，只想着往前走，滑了一下，又站住了。伴着天色渐明，刚刚醒来的巴黎，带来了许许多多的环卫工和上早班的工人，他们的出现为他添了新的麻烦。他表情紧张，帽子淋透了雨水，全身到处是烂泥。这些人都诧异地望着他。他不得不藏入栅栏里边的脚手架中，在那儿藏了很长时间。他身心俱疲，浮现在他脑海中的仅有的念头，就是他觉得自己是非常不幸的。

此刻，他记起了上帝。这种猛地向上帝求助的念头，祈求超凡换取安慰的想法，让他本人也感到意外，仿佛是一件突如其来而且十分怪异的事情似的；这个念头让他记起了韦诺先生的样子，他好像瞧到了他那肉乎乎的小脸和一嘴坏牙。他这几个月始终避开韦诺先生，让韦诺先生觉得难过，假如他眼下去敲他的门，拥入他的怀中大哭一场，韦诺先生肯定会感到十分愉快。以前，上帝始终对他很不错，他如果有丝毫难过，生活中碰上丝毫挫折，他始终是来到教堂，拜倒在地，让无足轻重的自己，拜倒在无所不能的上帝脚下，如此祷告之后，他一直可以坚强地由教堂中走出来，打算丢掉凡间的所有金钱，虔诚地祈求灵魂的永生得救。不过到了现在，唯有在下地狱的惧怕再次又降到他身上的时候，他才不时地去一趟教堂；花样繁多的肉欲的享受已经侵袭了他，对娜娜的痴迷也扰乱了他去做一个教徒应该做的事。因此目前一记起上帝，他本人也觉得奇怪。在这场恐怖的灾祸中，他的不堪一击的人性面临死亡而且最后趋于一点不剩的时候，他怎么不立刻记起上帝呢？

如此思考着，他就拖着蹒跚的脚步，四处去找寻教堂。他已经想不到什么地方有教堂，早上的马路的样子都与平时不同了。后来，他在当丹河岸街的拐弯处，模糊地发现了圣三一教堂后边一个藏在雾中的钟楼。不少白色的雕像向下望着荒凉的花园，好像数不清的禁不住冷的维纳斯被摆在公园的枯黄树叶中间似的。他迈上那宽大的台阶，走得疲倦了，在门口歇了一阵儿，才走到里边。教堂中非常冷，取暖设备昨天夜里已经灭了，它的高大的拱顶到处是由玻璃窗缝中露进来的水蒸气。教堂两边的侧道藏在黑暗中，空荡荡的，在模糊的黑暗之中，传来了一阵走路声，那是几个教堂执事，早上起来，闷闷不乐地拖着旧鞋走动的声音。他仿佛丢了魂儿一样，碰到一堆乱哄哄地摆在那儿的椅子上，他一肚子忧愁，拜倒在圣水盆附近一个小神龛的栏杆前面。他合上双手，想着祈祷词，一门心思想把自己的生命都奉献出来。不过仅有他的嘴在咕咕哝哝，而他的心早已不在这儿了，飞到了外边，还在马路上不停地走，一分钟也不歇，仿佛让一种无法更改的想法催促着，只好往前走一样。他一直重复着说："啊，我的上帝，来救救我吧！啊，我的上帝，我是您的儿子，别丢下来向您忏悔的孩子吧！啊，我的上帝，我崇拜您，别让我在您的敌人手下死去吧！"没有声音，仅有昏黑和严寒放在他的肩膀上，旧鞋拖地的响动还在远处传来，打扰了他的祈祷。无人的教堂中，在做早弥撒的人群没有让空气略微温暖之前，是不清楚早晨已经到了的，所以除了这种引人发怒的声音外，没有别的声音，于是，他把着身边的椅子，站了起来，膝盖咔咔地响着。上帝还没到呢。他为什么要跑到韦诺先生那儿大哭呢？这个人也是毫无办法。

　　接着，无意识中，他又去娜娜家了。在门外，他摔倒了，他感到又要哭了，他并不是对自己的命运觉得恼火，他仅仅觉得四肢无力和难受而已。到现在，他太困倦了，他淋了不少雨，他也冻得够呛。只要一想起他那阴森森的家，他就失望极了。娜娜家中大门还锁着，他只好等门房起床。上楼时，他已笑呵呵的了，身上早就觉察到这个温柔乡的暖意了，他在这儿终于能够舒展手脚，痛痛快快地休息了。

佐爱开门发现是他，不由得十分意外。娜娜昨夜头痛得非常严重，一晚上都没睡。但是她还是能替他去瞧瞧娜娜是不是睡着了。她轻轻地来到睡房时，他就一下子躺在客厅的一张沙发上。不过，几乎就在此刻，娜娜来了。她由床上蹦下来，连衬裙都没穿，就过来了，她光着脚，头发乱蓬蓬的，那件睡衣经过一夜云雨之后，全身都是皱纹。

"什么！还是你！"她叫起来，面孔红得厉害。

出其不意的愤怒将她激起，她跑来打算自己将他轰出去。不过当她发现米法那副可怜、失望的神情，心中又非常疼惜他。

"哎哟！你太脏了，我不幸的小狗！"她开始以相对柔和的语气说，"怎么回事……嗯？你去偷偷查看他们，反而将自己搞得心灰意冷。"

他没说话，表情仿佛一只丧家犬。因此她知道了他一直没有得到证据；为了鼓舞他，她说：

"你瞧，是我搞错了。你的太太是个好女人，我可以保证！……目前，我的宝贝儿，你需要休息，回去休息吧。"

他没有反应。

"走吧，走吧。我无法让你待在这儿……在此刻，你不会打算待在这儿吧？"

"不，我想，咱们一块休息吧。"他结结巴巴地说。

她实在要发火了，不过好歹克制住了。她已经慢慢没有耐心了。他莫非傻了吗？

"嗨，你回去吧。"她重复道。

"我不。"

于是她非常气愤，表示反对。

"你这个人怎么如此烦人！……识相些，你让我恶心透了，目前你去家里找你太太吧，她和别人通奸……没错，她让你成了王八，目前，这是我告诉你的……看！我的答复够明白了吧？你还打算缠着我？"

米法的眼中充满了泪水。他双手合十乞求说：

"咱们一块休息吧。"

如此一来，娜娜也手足无措了，自己也疯了似的哭得喘不上气来。说到底，是别人欺侮她。这些事情与她有何关系？不错，她是用了一些可能的暗示来提醒他，这是由于她的善意。目前别人却打算让她来收拾残局！不，没门儿！她十分善良，不过不会好到这种程度。

"该死的！我烦透了！"她一边骂一边用拳头敲打桌椅，"哼！我尽量让自己忍着，我原打算对你诚心诚意……不过，宝贝儿，你仿佛一只铁公鸡，假如我提出要求的话，第二天我就非常富有了。"

他扬起脑袋，十分诧异。他一直没考虑过金钱问题。如果她提前说一下，他立刻就去做。他的所有金钱都属于她。

"不，眼下太迟了，"她恨恨地说，"我爱那些主动奉献出来的男人……不，你还不明白呢，就算你愿意给我一百万我也会拒绝。目前全部都结束了，我还有其他的事……你离开不离开？你不离开，一切后果我一概不负责。我会弄出乱子的。"

她朝他走去，面孔上含着恐吓的意思。这个好心的婊子在被激得火冒三丈的情况下，还在坚信自己对那些围着她转的正经男人享有权利而且比他们高贵，恰在此刻，房门一下子推开，斯泰内到了。这简直是添乱。她十分吓人地大喊了一声。

"哎哟！又多了一个！"

这声大叫让斯泰内非常诧异，马上停住了脚步。在这儿意外地碰到米法，让他十分失望，因为他最担心说明，因此他三个月来始终躲着这种事的发生。目前他挤着眼睛，窘迫地晃着身子，躲着伯爵的目光。他有些窒息，满面红光，而且失望，仿佛自己跑遍了整个巴黎，专程来送好消息，却撞到了一件败兴事的神情。

"你想干什么，你？"娜娜毫不客气地问，也不顾伯爵在这儿就用老相识的口气向他说话。

"我……我……"他张口结舌地说，"我要给你点东西，你明白的。"

"是什么？"

他躲躲闪闪地不敢讲出来。前天晚上，她曾向他提过，假设他筹不到一千法郎让她还债，她就不理他了。两天以来，他四处奔波，最后，终于在今天清晨弄到了一千法郎。

"就是那笔钱。"最后他还是讲出来了，还由口袋中拿出来一个信封。

娜娜已经一点儿也想不起来了。

"那笔钱！"她叫道，"莫非我还用别人可怜吗？……瞧着！我是如何来看重你的一千法郎的！"

她拿起信封，向他的脸上丢过去。斯泰内是一个阅历丰富的犹太人，他缓慢而费劲儿地拾起信封，呆呆地注视着娜娜。米法和斯泰内毫无希望地对视了一下。娜娜此刻把手放在腰间，以便喊得更大声一些。

"哎！我说，你们欺负我想欺负到什么时候！……你，亲爱的斯泰内，我非常愉快你也到了，因为，你看，如此一来我能够统统将你们赶走了……行了，走吧！爬出去。"

他们仿佛瘫了一样，呆呆地在那儿，她又说：

"什么？你们说我做傻事？非常可能！不过你们让我恶心透了！……呸！我做的好事已经做烦了！假设我由于做傻事而死，我也非常愉快。"

他们打算让她冷静下来，开始乞求她。

"一，二，你们不离开？……那么好，让你们看看，我已经有相好的了。"

她突然一拉，把睡房的门敞开了。于是他们发现方堂睡在乱哄哄的床上。方堂没有想到会如此将他推到别人面前。他的双腿举得高高的，全身在皱巴巴的花边上仿佛一只公羊一样仰面躺着，睡衣敞着，显露出浑身的黑肉。娜娜如此做并未让他觉得惊慌，因为他在舞台上早见得多了。他起初吓了一跳之后，就设法名正言顺地应付过去：他扮了一个鬼脸，撅着嘴，禁着鼻子，使下半个脸全改变了形状，按他自己的话，这就是"扮兔子"。他那张无耻的色迷迷的脸，完全显现着下流的样子。这八天来，娜娜天天去游艺剧院原来是因为这个方堂，这是由于娜娜如同一些婊子似的，也喜欢起小丑的难看的长相来了。

"死心了吧！"她仿佛演悲剧一样指着他说。

米法一直是非常能忍受的，对这个举动他却克制不住了。

"娼妓！"他含混不清地骂了一声。

已经进了睡房的娜娜，听了此言又出来了，她要坚持自己的最后发言权。

"娼妓？我卖给什么人了？你的太太呢？她算什么？"

她进了睡房，呼的一下关上门，又高声地把门插上。留下两个男人静静地相互对视着。佐爱过来了。她没有让他们走，反而却十分体贴地和他们谈话。她是一个明白人，她觉得娜娜这么做有些过火。不过，她还在替娜娜解释，说娜娜和这个小丑是不会长久的，但是要等她的心情平静下来再说。两个男人因此离开了。他们一言不发，来到人行道，他们被同病相怜的友情所打动，静静地握握手；接着分别回过身去，蹒跚着，朝着不同的方向走去。

当米法终于来到米罗梅斯尼尔路他的家中时，他的太太也回来不久。他们俩在宽大的楼梯上碰头了，楼梯的两面昏暗的墙，凉飕飕的令人抖个不停。他们都举目望着对方。伯爵还穿着到处是烂泥的衣服，惨白而不安的神情，说明了他才由下流的地方回来。伯爵夫人仿佛坐了整晚火车困倦不堪的样子，她几乎站着就在打盹，她的头发是匆忙地重新整理过的，眼皮虚肿发乌。

第八章

目前是在蒙马特尔区韦龙街五楼的一个不大的房子中。娜娜和方堂邀了一些朋友来和他们分吃三王来朝节日饼①。他们住过来才三天，所以顺便摆酒席庆祝乔迁之喜。

他们原先没有一块生活的想法，这是在新婚的狂热中临时决定的。她那天火冒三丈无情地撵走了伯爵和斯泰内之后的第二天，感到身边的一切都倒掉了。她对自己的情况非常了解；债主们又会占据她的候见室，妨碍她的恋爱，假如她不愿老老实实地让他们摆布，他们就声称要将她的全部东西卖光；为了由他们手中抢回一些家具，要和他们吵个不停，把人搞得晕头转向。所以她宁肯把现有的全部都抛弃。而且，奥斯曼街的房子也让她住烦了。那几个涂成金色的大屋子让人讨厌。目前她正同方堂疯狂地热恋着，她就希望有一个明亮而美丽的小屋子，其实是她想起以前她当卖花姑娘时代的梦境了，当初，她的心中仅仅想有一个带有穿衣镜的红木衣柜，一张挂着蓝色棱纹布的床罢了。因此她在两天中，卖光了她可以悄悄拿出来的全部东西，比如小玩意和珠宝首饰等等，接着拿着一万法郎逃走了，连门房老妈子也没告诉一下，仿佛潜水或者逃亡似的，彻底消失了。如此一来，那些男人再也无法追逐她了。方堂做得不错。他一直没有反对她，她喜欢干什么都行。他的举止纯粹类似于一个好朋友。他也攒了七千法郎左右，尽管人们都称他非常小气，不过他却赞成把他的钱同娜娜的一万法郎放在一块。他们认为这是一笔靠得住的钱，能用它组织一个小家庭。他们就从此开始，两个人都从这些钱中拿着花，在韦龙路租了两个屋子，买了家具，仿佛老朋友一样全部都一齐分享。起初，他们生活得真的非常幸福。

三王来朝节的那天晚上，勒拉夫人领着小路易来得最早。那时方堂没在家，勒拉夫人就鼓起勇气讲出了她的忧虑：娜娜丢掉了赚钱的机会，她一想就害怕。

"啊！姑妈，我太喜欢他了！"娜娜叫道，两只手放在胸前，样子非常可爱。

---

① 三王来朝节日饼：这种饼中放有一颗蚕豆，吃到的人会有好运气。

这句话深深打动了勒拉夫人。她的眼睛模糊了。

"你说得很对，"她带着毫不犹豫的表情说，"爱情至上！"

说罢她就夸奖房间的别致美丽。娜娜带她去参观睡房，饭厅，一直参观到厨房。当然，这些屋子有些小，不过一切都又刷了一遍，换过墙纸，而且屋内还有明媚的阳光。

勒拉夫人把小路易安顿在厨房中，让他站在一个女仆人身后，望着女仆人烤母鸡，她本人借此机会把娜娜留在睡房中，她要和娜娜说点事儿。她想和娜娜说说打算，这是由于佐爱不久前去了她家。佐爱为了忠于娜娜，还勇敢地留下来处理事务。报酬嘛，过一段时间，娜娜再给她就行了，她却是毫不担心。在奥斯曼大街的旧房子里，全部都是乱哄哄的，佐爱一个人面对不少债主；她进行了光明正大的撤退，抢回了不少没被发现的东西，一直跟债主们说娜娜出门了，不过始终没有透露他们的新地址。不仅这样，她非常担心有人跟踪，因此都不敢去看娜娜。但是今天早上，她跑到勒拉夫人家中，因为有了新动向。昨天晚上，那些债主们又到了，有地毯店的，煤铺的，洗衣女工，全到了，他们说可以推迟还钱的期限，还说他们肯借给娜娜一大笔钱还债，仅有一个条件：娜娜住回过去的房子，如同一个聪明人似的做人。姑妈把佐爱的话重说了一次，还说，这件事肯定是有一个人在背地里策划。

"我说什么也不会如此做！"娜娜生气地说，"这些生意人实在无耻！莫非他们觉得我愿意做妓女去还他们的钱吗？……你知道吗？我宁肯饿死，也不肯对不起方堂。"

"我也是如此讲的，"勒拉夫人说，"我的娜娜过于善良了。"

不过让娜娜非常生气的，是她得知抚爱别墅已经卖了，而且是拉博德特替卡罗利娜·埃凯以少得可怜的几个钱买到手的。她由于这个对那一群人觉得异常气愤，虽然她们装模作样，说到底，她们才是名副其实的娼妓。哼！很对，她比她们要高尚很多。

"她们虽然说大话，"她断言，"不过金钱始终无法让她们体会到实实在在的美满……而且，姑妈，你也能发现，我目前太美满了，我一点也没考虑她们这些人的死活。"

正在此刻，马卢瓦夫人到了，她头上扣着一顶不可思议的帽子，唯有她本人才能清楚那是一种什么样式。她们又碰头了，人们都非常高兴。马卢瓦夫人说明道，过去场面过大了让她恐惧，目前她能常常来这儿打打纸牌了。娜娜又带她们看了每个屋子；在厨房中，女仆人正在给烧鸡上卤汁，娜娜在女仆人面前声称要精简支出，找个女仆人过于浪费了，她打算自己打理家务。小路易默默地望着那台烤鸡器。

此刻猛地传来了一片喧哗声。那是方堂、博斯克和普律利埃尔到了。眼下人们能就位吃饭了。娜娜又一次带客人看屋子时，肉汤已经上桌了。

"啊！我的两位亲爱的朋友，你们在这个安乐窝中是何等的惬意呀！"博斯克不停地说，其实仅仅是为了让请客的主人听了高兴，因为说到底，他叫做"安乐窝"的东西，和他一点关系也没有。

在睡房中，他唱的歌越来越动听了。一般情况下，他将女人都视为动物，只要考虑到一个男人为了如此一个不洁的动物而连累自己，他就觉得极其恼怒；这是他仅仅可以产生的恼怒，因为他对这世界具有一种酒鬼的蔑视，是不轻易动感情的。

"啊！这两个臭家伙，"他挤挤眼睛继续说，"他们暗自搭了这个安乐窝……但是，说实话，你们做得没错。这儿实在惬意，他妈的，我们会经常探望你们的！"

当小路易骑着一把扫帚过来时，普律利埃尔不怀好意地大笑着说：

"咦！你们已经生了孩子了？"

这句话显得十分幽默。勒拉夫人和马卢瓦夫人开怀大笑。娜娜并未恼火，反而甜蜜地笑了，还说，遗憾的是事实并非如此；为了孩子和她本人，她却愿意这是真的；不过难以猜测，可能她也会和方堂有一个呢。方堂扮成善良的样子，把小路易抱起来，逗他玩，模仿他说小孩的话。

"这没什么，他喜欢他的小爸爸……小混球，叫我爸爸！"

"爸爸……爸爸……"小路易断断续续地喊着。

每个人都吻他，抱他。博斯克觉得讨厌了，说要坐下吃饭了，唯有这件事最重要。娜娜把小路易安排在她的身边。晚饭吃得十分高兴。不过孩子在博斯克身边却让他非常生气，因为他要一直注意盆子，别让孩子弄倒。勒拉夫人也干扰他，因为她情绪高涨，悄悄向他说了不少鲜为人知的事情，都是关于不少高贵的先生们纠缠着娜娜的故事；紧接着两回，她眼中的泪水，几乎要沾到他身上了，他只好把她的膝盖弄开。普律利埃尔对马卢瓦夫人的神情也非常粗野，他一直没有给她递过菜或者倒过酒。他的精力全放在娜娜身上，注视着方堂靠着娜娜，他觉得浑身难受。而且这两个年轻的伴侣又不停地亲嘴，真让人恶心极了。男女主人没遵守请客的规矩，居然紧挨着坐。

"上帝啊！你们吃吧，想亲嘴时间还长着呢！"博斯克口中塞满了东西，反复冲他们说，"当我们退场之后你们再亲个够吧。"

不过娜娜始终管不住自己。她在热恋中几乎要疯了，少女一般的面孔上出现了桃红色，明亮的眼中带着甜蜜。她牢牢地注视着方堂，用各种亲密的称呼叫他："我的小狗，我的小狼，我的小猫咪"；每当他为她送盐或者倒水，她肯定俯下身子，亲他的嘴唇，亲他的眼睛、鼻子、耳朵，撞着什么地方就亲什么地方。假如她遭到怪罪，她就用最婉转的方法，扮作猫挨揍时那样的乖巧和温柔，再过来和解，还悄悄地拉住他的一只手，用力抓着不放，找机会再吻一下。她好像一定要抓住一些他的东西才行。方堂则兴高采烈地任她去亲吻和爱抚。他的大鼻子因为享受着情欲上的快感而开合着。他的山羊脸，又丑，又可笑，仿佛一个丑八怪，春风得意地待在那儿，承受着这个白皙、肥胖的漂亮姑娘的忠实与尊重。偶尔，他也亲她一下，仿佛一个享有全部乐趣的男人，希望显示一下自己的平易近人一样。

"唉！你们俩真烦人！"普律利埃尔嚷道，"你打那走开，你这臭家伙！"

他把方堂由娜娜身边拖走，把自己的刀叉拿了过去，自己坐在了娜娜的身边。人们一阵大叫、拍手，还讲了一些脏话。方堂假扮出没有办法的神情，又显出火神痛哭爱神的那种离奇表情。普律利埃尔立刻讨好起娜娜来，在桌子下踩娜娜的脚，娜娜踢了他一下让他规矩些。不，不管怎样她不会和他上床了。上个月，她由于他长相标致，倒对他动了心，不过目前她不喜欢他了。假如他再借口拾餐巾碰她一下的话，她就准备把玻璃杯丢到他的脸上。

但是，这一夜过得仍然是高兴的。人们的话题非常自然地提到了游艺剧院。博尔德纳夫这个流氓为什么还不上天堂呢？他的风流病又犯了，而且一发作就让他非常难受，那全身的肮脏，真让人不敢接近。昨夜排练时，他还连声骂西蒙娜呢。如果这个家伙完蛋了，演员们哪个也不会为他哭的！娜娜还说，假设他来找她演一个角色，她会坚决回绝；而且，她还说要结束演艺生涯，剧院是不如她的小家庭的。方堂在新剧本中没有戏，在排练的那个剧中也没他的戏。他此刻也大谈起有了彻底自由的美满，晚上可以支起脚烤火，和他的娜娜一道度过美好的夜晚。在座的人听了都大叫起来，称他们是运气好，佯作嫉妒他们的美满。

人们一块分吃了三王来朝节日饼。勒拉夫人吃到了蚕豆，她将它送入博斯克的杯子中。于是人们一块叫："国王喝酒！国王喝酒！"娜娜借着人们高高兴兴、忘乎所以的机会过去抱着方堂的脖子，亲他，在他的耳边嘀咕着。普律利埃尔以漂亮男人的身份生气地笑着，高声说他们的行为违背了游戏规则。小路易倒在两张椅子上进入了梦乡。他们最后告别时，已经快半夜一点了。人们在楼梯上边走边高声说回头见。

在三个礼拜中，这一对情人过着非常美满的生活。娜娜好像又体会到了当时她头一回穿上绸裙子时的那种极度兴奋。她一般都是待在家中，始终在体验着这种安详而朴素的生活。一天，她很早就下楼到拉·罗什富科菜场买鱼，没想到迎面碰到了她过去的理发师弗朗西斯，她一下子呆住了。他和过去一样，打扮得整整齐齐，最佳的内衣料子，礼服十全十美；而她却裹着晨衣，头发乱哄哄的，穿着一双旧鞋，这种样子在街上让他发现，她感到非常没面子。不过他非常明白事理，反而对她更加尊重。他什么也没打听，仅假装觉得她正在外地游玩。啊！夫人此番执意到外边游玩，让许多人都很难过！人们都觉得这是严重的损失。娜娜由于好奇心的驱动，居然想不起自己开始的尴尬样，向他打听了不少事。由于菜场人头攒动，她把他拉到一家门口，和他相对而立，手中还拿着她的小菜蓝。别人如何说起她的这次离家出走？我的上帝呀！每个他负责理发的那些夫人都在说三道四，不是讲这个，就是讲那个，引起的震动还真不少，夫人的名字各个地方都知道了。那么斯泰内如何？斯泰内的处境不妙，假如他不能进行一笔买卖的话，结局就很惨了。还有达盖内怎样？哦！他生活得不错，达盖内先生非常擅长谋划自己的生活。这些话引起了娜娜的许多回忆，让她觉得非常激动，她刚想打听米法伯爵的情况，不过这个名字又让她觉得不好说出来。于是弗朗西斯轻轻一乐，先讲了出来。说起伯爵先生，他实在不幸，自打夫人从他身边走后，他始终非常难过，几乎如同一个在受难的灵魂一般，只要是夫人可能在的地方，他都去搜寻过。最后米尼翁先生遇到了他，才把他领到米尼翁先生家中。这个消息让娜娜连声笑着，不过这是一种强挤出来的笑。

"啊！原来他目前和罗丝在一块，"她说，"不错呀！弗朗西斯，您明白，我是无所谓的！……您看！这个小人！他已经得了病了，目前他连一个星期的素食也受不了！而他还向我保证过，说有了我之后，他怎么也不碰其他的女人呢！"

实际上，她的心中非常恼火。

"他是我甩掉的东西，"她继续说，"他是一个流氓，让罗丝拿走吧！哦，我知道了，她因为我夺走了她的那个混蛋斯泰内，因此她向我示威……把一个我抛弃的男人弄到自己的家中，实在够坏的！"

"米尼翁先生讲的情况可不是如此，"弗朗西斯说，"依他说，是伯爵抛弃了您……没错，而且抛弃的手段非常粗野，是他一脚踢在您的屁股上……"

这回，娜娜的面色马上变得没有一丝血色。

"啊？怎么？"她叫起来，"他一脚踢在我的屁股上？……这谎话编得太离奇了！你听着，老朋友，是我撵他下楼的，这个乌龟！由于他是乌龟，我一定要跟你讲这件事；是他的太太和别人通奸，她和每个男人上床，甚至还与福什里这个流氓上床……而米尼翁则一天天地去马路上替他难看的太太找情人，罗丝一点儿肉都没有，没人愿意！……他们真无耻！真无耻！"

她激动得快窒息了。她歇一会儿调整呼吸。

"真的吗？他们如此讲的吗？……那好，我亲爱的弗朗西斯，我准备自己去找他们……你和我立刻一块动身吗？不错！我一定要走一趟，我倒要看看他们还有没有胆子讲什么一脚踢在我的屁股上……想踢我！没那么轻松！我一直没让谁打过，也一直没有谁有胆子打我，你明白吗？不管什么男人如果有胆子用手指动动我，我就要将他生生吃了。"

最后，她冷静下来了。说到底，他们喜欢怎么讲就叫他们怎么讲去吧，她看不上他们，他们还不如她脚下的灰尘。责问他们，反而污染了自己的嘴巴。她本人对得起良心就行了。弗朗西斯和她渐渐谈得轻松起来，慢慢亲热起来，望着她穿晨衣出来买菜，在告别之际，就向她提了一些建议。她不应该由于偶然的冲动而抛弃一切，偶然的冲动常常会葬送生活。她垂着脑袋听他讲，他讲话时，面孔上显现出悲伤的表情，好像一个内行人不愿意发现如此美丽的一位姑娘这样作践自己。

"这个，是我一个人的事，"她最后如此说，"但是我仍然要谢谢你，亲爱的。"

她握握他的手，尽管他穿着得体，不过他的手一直有一些油腻。告别后，她就去买她的鱼了。这整整一天，关于一脚踢她屁股的那些话始终在她脑海中浮现，难以忘却。她甚至还将此事跟方堂说了，接着又作出非常骄傲的神情，称自己是一个不轻易言败的女人，不准其他人哪怕是微微的一碰。方堂自觉得非常聪明，就说，只要是上流社会的人就是流氓，我们应该看不起他们。由此刻开始，娜娜就由内心深处蔑视那些上流社会的人。

恰巧这天夜里，他们去意大利剧院去观赏方堂熟悉的一个女人初次上台表演，台词仅有十行。当他们缓缓地回到蒙马特尔坡地时，已经快半夜一点了。他们在当丹河岸街要了一块咖啡奶油蛋糕，准备回到家中睡前吃。这时天气尽管有些冷，不过已用不着取暖了。他们紧挨着坐在床上，把被子放在肚子上，枕头堆起来塞到身后，一面吃着蛋糕一面说着今夜上场的那个女人。娜娜认为她长得又难看又没有风度。方堂歪在枕头上，递给她切好的蛋糕。蛋糕摆在床头柜上边的蜡烛和火柴当中。他们终于发生了口角。

"啊！如果讲实话，"娜娜高声说，"她的眼睛酷似螺旋钻钻出来的洞眼，她的亚麻色头发毫无光泽。"

"别说了！"方堂一连说了好几遍，"她的头发太棒了，眼中冒着火光……真离奇，你们女人始终是相互攻击。"

他的神情非常恼火。

"行了，行了，我们讲得太多了！"他最后用野蛮的语言说，"你清楚，我是不愿别人引我发火的……休息吧，不然吵下去没有好结局的。"

他说罢就熄了蜡烛。娜娜却仍怒气未消，继续往下讲：她不喜欢别人用那种语气跟她讲话，她总是受别人尊重的。他什么也不说，她只好不说了。不过她难以入睡，一直在床上辗转反侧。

"该死！你晃来晃去，什么时候才算结束？"他突然蹦起来向她高声喊道。

"这床上有细末，这可不是我的不对。"她漠然地说。

床上真有细末。她连大腿下边都觉得有，她全身都让细末搞得发痒，她用力挠着，挠得皮肤都冒血了。以前在床上吃蛋糕，吃过后不是都会把床单弄干净吗？方堂心中非常生气，点燃了蜡烛。他们都起来了，光着脚，穿着睡衣，挪开被子，用手拍去床单上的细末。方堂冻得直抖，急忙上床休息，她让他把脚心弄干净，他让她一边去吧。她后来到原来的地方休息，不过才睡下，又动个不停。床上仍然有细末。

"当然！没有才怪。"她连声说，"你的脚心又沾上了细末……我可忍不住了！我告诉你我忍不住了！"

说完她正准备抬腿迈过他的身体，到床下去。方堂非常困倦，让她闹得火冒三丈，就抬手用力地打了她一个耳光。这个耳光下手非常狠，疼得娜娜一下子摔到枕头上。她被揍得分不清哪是哪儿了。

"哎哟！"她仅仅是大叫了一声，同时仿佛孩子一样深深叹了一口气。

过了一会儿，他问她还折腾不折腾了？吓唬她假如再折腾就还接着揍她。随后，他灭了蜡烛，仰面倒在床上，没多久就睡着了。她将脸藏在枕头中，在那里小声哭着。靠武力来征服其他人，这是胆小鬼！不过她心中真有些恐惧，因为方堂难看的面孔发起火来非常吓人。她的怒气慢慢平静下去了，好像这个耳光反而让她冷静了一样。她敬重他，她将身子极力向墙边靠，以便让他占据差不多整个床。最后她就带着疼痛的面孔和含着泪水的眼睛进入了梦乡，她困倦、失望，不过又感到这种征服的手段别具一格，因此连细末也觉察不到了。次日清晨，她刚睁眼，就用光溜溜的双臂搂着方堂，用力地搂着。他打这儿以后不会再对她用武力了，对吗？肯定不会了。她太喜欢他了，就算被他打了耳光，她也感到惬意。

于是他们又开始了前所未有的生活。从此，即使是由于不值一提的小事，方堂就给娜娜一顿打。她也适应了，挨揍也不反抗。偶尔她也高声嚷着，恐吓他；不过他将她逼在墙上，声称准备掐死她，如此竟然让她屈服了。她常常趴在一张椅子上，哭五分钟就收场。接着，她就忘了一切，又高兴起来，她又是哼小曲，又是欢笑，到处跑着，房间中弥漫着她裙子闪过的声音。最坏的是，方堂目前每天都不在家，不到半夜绝不会回来；他夜里是去咖啡馆，和他的老朋友们聚会。娜娜一点儿也不敢反抗，她小心翼翼，对他关心备至，生怕怪罪了他一句，他就不见了影子。有几天，马卢瓦夫人没过来，她的姑妈和小路易也没过来，那时她就非常孤独。有一个礼拜天，她在拉·罗什富科菜场买鸽子正在谈价钱的时候，猛地碰到正在买一把小萝卜的萨丹，娜娜从心底里觉得兴奋。打那天晚上和王子一块喝方堂请客的香槟酒以后，她们一直没有碰到过。

"什么？是你！你也在这周围住啊？"萨丹说，她十分诧异如此一大早就在马路上碰到娜娜，而且还是穿着拖鞋。"啊！我不幸的姑娘，你也不走运了吗？"

娜娜眉头动了动，让她别往下说，因为身边都是一些穿着晨衣的女人，她们里面光溜溜的，头发乱哄哄的，到处是白绒毛。每天早上，这附近的娼妓把过夜的男人送走后，就到这儿买菜。她们眼睛虚肿，迷迷糊糊地渴望上床躺着，脚上穿着旧鞋，在忍受了一晚上欺凌之后，浑身困倦，心情非常坏。她们由十字路口的每条马路上聚到菜场。有的面色非常白，岁数还小，漫不经心的，别具一格；有的又上了岁数又难看，肚子突出，皮松肉弛，在接客之余，再也不在意别人发现她们这副神情；路过的男人在人行道上都要扭脸打量他们，而她们毫无表情，每人都急着办事，仿佛正经的家庭主妇一样，带着不屑一顾的表情，一点也看不上男人。此刻，萨丹正在交钱拿那把小萝卜，一个岁数不大的男人路过，模样仿佛是一个上班晚了的小职员，朝她叫了一声："宝贝儿，你好"，她马上直起腰，仿佛王后的威仪遭到侵犯时似的说：

"这个狗屎，他遇见什么鬼了？"

随后她感到这个人好像在什么地方见过。三天前，将近半夜时，她自己顺着环城大街过来，曾在拉布吕耶尔街角和他聊了三十分钟，打算让他去她家住宿。不过一记起此事仅仅会让她更加生气。

"他们太没有礼貌了，在光天化日之下冲你瞎喊，"她继续说，"目前是人家外出做正经事的功夫，是吗？理当敬重人家。"

娜娜尽管不相信那些鸽子是新鲜的，最后仍然买了。此刻，萨丹打算带娜娜去参观她的家门，她就在不远的地方住，位于拉·罗什富科街。当仅有她们两个人时，娜娜跟萨丹说她深爱着方堂。萨丹来到自己的门口，就站住了，胳膊下夹着那把萝卜，她急于想听完娜娜没有说完的最后一点细节；娜娜也说起谎来了，她发誓说是她踢了米法伯爵的屁股把他踢走了的。

"啊！干得太棒了！"萨丹反复说，"干得太棒了！踢得痛快！他哑口无言吧，是吗？简直是个地道的胆小鬼！我真想也在当场，以便瞧瞧他的神态……宝贝儿，你干得有道理。金钱有什么用！如果是我的话，假如我对一个男人一见倾心的话，我宁肯为他而不惜一切……嗯？你要向我保证，多来这儿探望我。左边那扇门，你拍三下，我就明白了，因为这周围有许多让人恶心的家伙。"

打这儿以后，娜娜如果觉得太孤独，就去看萨丹。她能够确信一定会碰到她，因为萨丹不到十点绝对不外出。萨丹有两个屋子，一个药店老板为了避免她被警察逮走，为她添置了些摆设。不过，仅仅一年，她就摔烂了摆设，把椅子的坐垫搞得四处透亮，而且窗帘也不整洁，房间里到处都是垃圾，乱哄哄的，仿佛是一群野猫的窝。一些清晨，她本人也对此十分不满，打定主意搞搞卫生，不过只要她用上一点劲儿来打扫卫生，椅子上的小柱子和一块块帷幔，就会顺手滑落。在这段时间内，屋内更不整洁，几乎无法进门，因为杂物乱七八糟地挡住了房门。最后她索性抛开全部家务不收拾了。唯有那盏灯，带镜子的大柜，那台座钟和现有的一些窗帘，还可以给嫖客们一丝假象。而且半年以来，房东始终吓唬着要让她离开。那么，她替什么人去养护这些摆设呢？可能是替那个药店老板？说什么也不会！所以每当她清晨醒来感觉良好的时候，她就高声叫道："吁！吁！驾！驾！"同时用脚使劲儿踢衣柜和五斗柜的两边，将它们踢得几乎散架了。

娜娜差不多每回来都看到她趴在床上。就算在她到外边采购了东西回来到了楼上，感到真的困倦了，也可以趴在床上重新进入梦乡。白天，她一直是懒洋洋的，走来走去，在椅子上闭目养神歇一阵儿，掌灯之前她无法打破这种懒懒散散的状态。娜娜在萨丹家中感到非常随意，她能坐在混乱不堪的床上无所事事地待着，望着脸盆到处乱放，头天晚上弄上了烂泥的衬裙把沙发蹭上了泥点儿。她们不停地随意谈论着，相互肝胆相照，毫不隐瞒，萨丹披着睡衣，躺在床上，双脚抬起超过了头，一面吸烟一面听娜娜讲述。偶尔，她们在下午感到难以解忧时，就喝苦艾酒，按她们的话，这是为了遗忘。萨丹不去楼下，也不穿裙子，仅走过去趴在栏杆上让楼下女门房的小姑娘把酒送过来。小姑娘年仅十岁，每回她送来一大杯苦艾酒时，都会用眼睛瞟一下萨丹一丝不挂的大腿。她们的聊天几乎都是用男人的下流来收场。娜娜总是说到方堂，频繁得令人难以忍受；她每讲十句话，必定会多次说到方堂是如何讲的，方堂是如何干的。萨丹却是一个好心肠的姑娘，她非常耐心地听娜娜说那些说不尽的家务事，例如守在窗口等他呀，由于弄糊了一碗肉而争论呀，一连数小时发脾气不讲话不久又上床言欢了呀，等等。娜娜因为急着想说这些事，最后就连她挨打的始末，也详细地跟萨丹讲了；前一周，他打得她眼睛都肿了；就在昨天夜里，他由于没看见拖鞋，又一下子把她打倒在床头柜上。萨丹听了一点也不奇怪，还在吸她的烟，仅仅是停下来讲了一句，如果是她，她肯定会立即低下脑袋，叫方堂和他的耳光一块什么也打不到。她们醉心于这类打耳光的情节里，心中感到非常高兴，这类反复讲一百回的毫无意义的傻事让她们痴迷，她们甚至还声称被教训之后，全身觉得惬意和劳累。娜娜认为把方堂如何教训她，如何过日子，直到他如何脱靴子的事反复地述说是一件幸福的事，所以她天天都到这儿，更由于后来萨丹对此也有相同看法，她甚至说出了自己被打得更惨痛的过程，有一个做糕点的家伙将她打得晕在地上，不过她还是喜欢他。不久有段时间娜娜流泪了，她说，他们无法如此接着过日子了。萨丹把她护送到家门口，还在马路上守了一个小时，观察方堂有没有弄死她。不过，次日，她们又由于他们言归于好而兴奋了一个下午。她们口中不讲，心里却宁肯过这种每时每刻都有被教训的恐怖的生活，因为这样的生活更有意思。

她们成了难以割舍的一对挚友。不过萨丹始终没去过娜娜家，方堂讲了，他不想他的家中有娼妓。她们总是一道出门，所以，有一天萨丹领着娜娜去一个女人家中，这个女人原来就是罗贝尔夫人。由她不愿去娜娜家中吃消夜起，娜娜就非常关注她，并对她有了一些尊重之意。罗贝尔夫人在莫斯尼埃街住，那是一条僻静的新街，位于欧洲

216

区，一个商店也没有，全是些美丽的住宅，其中有一套套小套间，都住着女人。那是下午五点，顺着幽静的人行道，两侧都是豪华的白色大楼，庄严肃穆，马路上泊着许多交易所投机商和买卖人的双座四轮桥式马车，几个男人快步走着，同时还举目向窗口上穿着梳妆衣好像在那等候的女人观瞧。娜娜开始不想上楼，有些拘谨地说她没见过这个女人。不过萨丹不答应。什么人都能有一个女朋友在一起嘛。她仅打算进行一次客气的探望，因为她昨天在饭店中碰到了罗贝尔夫人，这位夫人看样子十分平易近人，一定让萨丹允诺到她家探望她。娜娜终于不再固执了。上了楼，一个迷迷糊糊的矮个女佣告诉她们，夫人不在家。但是，她还是把她们让进了客厅中，叫她们在那儿等一会儿。

"哎呀！漂亮极了!"萨丹小声说。

这个屋子的摆设十分朴素，是特征鲜明的富裕市民的房间，墙上有深色的布幔，显然是巴黎的商店老板赚了钱退休之后的情调。娜娜感到非常诧异，打算嘲讽一下这位夫人。萨丹立刻就生气了，她发誓罗贝尔夫人是十分有同情心的。大家常常发现她扶着一些年龄大而神情严肃的人的手臂出入。现在，和她在一起的是一个退休的巧克力商人，为人庄重。他一来这里，就为房间中的朴素优雅而沉醉，始终让佣人为他送信儿，而且称罗贝尔夫人为"我的孩子"。

"看！她就是这样子!"萨丹指着座钟前摆着的一幅照片说。

娜娜认真看了一阵儿那幅照片。照片中是一个深棕色头发的女人，大长脸，合拢双唇，轻轻地微笑着。什么人都会认为她是一位有身份的妇女，仅仅是神情略微紧张了些。

"真纳闷儿，"娜娜最后小声说，"我绝对在哪儿碰到过她。在哪儿？我忘了。不过绝对是在一个肮脏的地方……不，不用说，肯定是一个肮脏的地方。"

她回过头来向萨丹说：

"你说，她非让你允诺来探望她，她究竟让你来做什么?"

"她让我来做什么？当然啦！说说话，待一阵，肯定是如此……

这是正常的礼节嘛。"

娜娜紧紧地注视着萨丹，接着她悄悄地把舌尖咂了一声。反正这不干她的事儿。不过由于这个女人叫她们等了很长时间也没见到，她就说她要走了。因此她们就离开了。

次日，方堂跟娜娜说他晚饭时不回来了，娜娜就早早去了萨丹那儿，打算请萨丹去饭店中吃一顿饭。到哪个饭店去就不好定了，萨丹说的所有饭店，娜娜都认为不行。最后，她使娜娜同意了去洛尔饭店。这是一个专门卖客饭的饭店，位于殉道者街，吃一顿仅需三个法郎。

离吃晚饭还有一段时间，她们在人行道上不知所措，等得非常难受，就提前二十分钟到了洛尔饭店。她们在大厅中找了一张桌子坐下，饭店老板娘洛尔·彼埃德费尔高高坐在大厅中柜台后边的一张高凳子上。这个洛尔，今年已是五十岁了，她浑身都是肉鼓鼓的，身上紧紧地绷着皮带和胸衣。女客们不断地进来，走过柜台的时候，都跷着脚，越过柜台上摆着的茶盘，亲亲洛尔的嘴巴，表情又亲密，又自然。而洛尔那个怪物则眼中含着泪，对所有人都一样地细致入微，不让她们之间有人觉得嫉妒。那个女服务生正好不同，长得仿佛麻秆似的，一脸麻子，她带着乌黑的眼皮去招呼那几个女客，眼中却闪现昏暗的光。三个大厅不久就座无虚席了。差不多有一百个客人，人们漫不经心地找了张桌子坐下，大多数客人的岁数都快四十了，她们身体硕大、肥胖，因为淫欲无度而虚肿的面孔把松软的嘴巴都挡住了。不过在这些臃肿的胸部和腹部中间，也来了几个身材纤细的漂亮姑娘，她们的行为尽管毫不拘束，表情倒还纯朴；她们是由低级舞场中选拔出来的后起之秀，让洛尔的客人领到这里来的。刚进来，她们马上就被那些臃肿的女人围在当中，这些女人嗅到她们的年轻的气息就坐立不安，相互拥挤着在她们身边形成了一伙献媚讨好的人，抢着花钱为她们买美味的食品，好像她们全是意马心猿的单身男人。提到男客人，他们没几个人，顶多不到十至十五个上下，他们在翻滚的裙子海洋中，神情非常温和；仅有四个男人是来欣赏同性恋的情景的，他们十分随意，对发现的场面毫无顾忌地嘲讽。

"是不是？"萨丹说，"他们的烩肉特别美味。"

娜娜点点头，表示赞同。这儿的晚餐仍和过去外省旅店的晚餐一样丰富：有金融家式鱼肉香菇馅酥饼、米饭焖母鸡、肉汁煮芸豆、焦糖香草冰奶油。女客们对那只米饭焖母鸡情有独钟，吃得她们上衣都快胀坏了，同时还用手缓缓地擦嘴巴。开始，娜娜还十分担心碰到一些老朋友，向她提一些难堪的问题，不过很快她就不担心了，在这些形形色色的人之间，她没发现一个老朋友；这些女人中有的衣裙已经旧了，有的帽子坏了，而身边就有穿着奢华的女人，她们在一致的变态性欲中，已经有了手足之情。娜娜对一个小伙子非常欣赏，这小伙子满脑袋卷曲的短发，表情非常高傲，与他在一起的许多女人都非常肥胖，可对他漫不经心的举止，都非常留神。过了一阵儿，这个小伙子开怀大笑，他的胸部凸了出来。

"哟！原来是个女的！"娜娜禁不住悄悄说了一句。

萨丹口中都是鸡肉，扬起脸含混地说：

"啊！对，我见过她……她穿得太美了！人们都希望得到她呢。"

娜娜看不惯地撅起嘴。她对此仍无法理解。但是，她以善解人意的语气说，在口味和色彩的习惯上，用不着辩论，因为什么人也不清楚自己以后会喜欢上什么。所以，她带着理智的表情接着享用她的奶油，此刻她看到了萨丹那双少女一样的大蓝眼睛，引起了附近几个桌子上的女人们的赞叹。特别是她附近有一个臃肿的女人，金黄头发，神情非常温顺，她仿佛激情迸发，使劲儿向这边靠，娜娜几乎要过来质问。

恰巧在此刻，又有一个女人到了，让娜娜惊了一下。她看出是罗贝尔夫人。这位夫人是一位深棕色头发的少妇，脸色红润，她冲那个细高挑的金发女服务生点头示意，接着走过去靠在洛尔的柜台上，与她深深地亲了一下。娜娜认为如此高雅的一个女人同女老板如此亲嘴儿，是十分不可思议的；此刻罗贝尔夫人的面孔上那种谨慎小心的表情已经消失了，正好相反，她的眼睛朝大厅中到处乱看，同时还和洛尔悄悄说着话。洛尔又坐下去了,再次蜷成球状,露出同性恋老偶像的气派,虚弱的面孔已经让信徒们吻得油光光的了。她高高地坐在许多装着食物的盆子后边支配着由胖女人组成的客人们,她稳坐在饭店老板娘的高位上,享受着她管理了四十年饭店的成果,和那几个最臃肿的女人相比较,她的身躯庞大得厉害。

此刻罗贝尔夫人发现了萨丹。她马上丢下洛尔,跑过来,假装十分热情地告诉萨丹,她非常后悔昨天她出去了;萨丹立刻让她打动了,非要在这个桌子上为她挪出一个空地来,不过她反复讲她已经吃过晚餐了,来这儿仅仅是想看看。她站在这个刚认识的朋友身后,微微靠在她的肩膀上,微笑着,热情地问她:

"嗨,我何时能再看到您?假如您有时间的话……"

遗憾的是:娜娜没听到后边的话。如此说话真让她失望,她非常想对这个正经女人直言不讳地讲出来。此刻,她又发现有许多新女客到了,她就张着嘴说不出话来了。刚到的每个都是精心打扮的摩登女人,还戴着钻戒。她们一伙伙地进入洛尔饭店,她们对同性恋偶尔心血来潮,因此才来这儿吃一顿一人三个法郎的晚餐,展示一下她们身上价值几十万法郎的珠宝,让身上到处是烂泥的贫困女孩子们发现了又诧异,又眼红。她们和洛尔熟得彼此以你我相称,刚进门就高谈阔论,发出爽朗的笑声,好像把外边的阳光捎了进来;娜娜立即扭头打量,她看到其中有露西·斯图华和玛丽亚·布隆,心中就非常生气。她马上垂下了头,好像专心致志地在台布上面搓面包心子,一直等了五分钟,当那几个女人和洛尔说完话,来到旁边的大厅为止。最后她扭头一瞧,不由得大吃一惊,她身边的座位上已经没人了,萨丹已经悄悄地逃了。

"哎呀,她去了什么地方?"她下意识地高声问了一句。

附近那个金头发的胖女人,不久前疯狂地紧盯着萨丹,眼下她心中有些恼火,听到娜娜如此一问就开怀大笑起来。这笑声让娜娜非常恼火,她用恐吓的目光注视着她;于是那个女人散漫地拉着长音说:

"肯定不是我,是别的人把她由您身边领走了。"

于是娜娜心中清楚别人在耍她，也就闭上了嘴。她为了让其他人发现不了她已火冒三丈，她甚至还坐了一阵儿。她听到旁边大厅中露西·斯图华的欢快的笑声，露西请了满满一桌子的小姑娘，全是来自于蒙马特尔和圣堂舞会。大厅中温度非常高，女服务生把厚厚一摞脏盆子端走，整个房间都弥漫着米饭焖母鸡的强烈气味。那四个开眼界的男人，已经将六对同性恋女人灌了美酒，打算把她们弄晕，由她们的口中听到一些下流无耻的话语。目前，让娜娜生气的是，她要替萨丹交饭钱。这个小婊子吃饱了肚子就毫不在乎地和臭女人离开了，连一声谢谢也没有！当然，仅仅是三个法郎，不过她还是认为这种行为未免太不客气，手段也太让人生气。尽管这样，她仍然交了钱，她把六个法郎甩给洛尔，此刻，她认为洛尔还比不上下水道中的烂泥。

　　来到殉难者街，娜娜越琢磨越恼火。当然，她不去追赶萨丹，这种恶心事，她才不愿去理睬！不过这一个晚上却让萨丹毁了，她不得不缓缓地朝蒙马特尔走去，心中特别恨罗贝尔夫人。这个臭女人竟然有胆子假装上层妇女，她的高贵，只能是垃圾堆中的高贵！目前，她能确认她以前在蝴蝶舞厅碰到过她，那是鱼市大街一个低级舞厅，那里男人们仅需用三十个苏就能叫她来伴舞。这种女人还大模大样地去蒙那些办公室主任，别人赏脸邀她吃消夜她还故作姿态，不赴约！是的，理当揭掉她的假面具！始终是这种故作庄重的女人，隐藏在阴暗的肮脏角落中，不顾一切地大肆玩乐。

　　娜娜一面思索一面走，一会儿就回到了韦龙街她的家。她发现家中亮着灯，就忐忑不安。原来方堂也是让一个请他吃晚餐的朋友半道抛弃了，满腹牢骚地到了家。他漠然地听着她说明，她一边说，一边担心挨揍。原先她觉得他不到半夜一点不会回来，眼下看到他在家，禁不住非常害怕；她不得不说假话，招供用了六个法郎，不过，是和马卢瓦夫人一块用的。他听后没说什么，仍然保持庄重的表情；他交给她一封信，收信人是娜娜，他竟然打开了。信是乔治写的，他一直被扣留在丰代特庄园，一周只能写一封热情洋溢的情书，来抚慰自己。娜娜最高兴别人给她写情书，特别喜欢那些山盟海誓、白头到老

221

的肉麻的话。她接到这类信通常会读给其他人听。方堂认得乔治的文体，而且对它非常喜欢。不过那天晚上，她担心节外生枝，因此她假装毫不在乎的神情，用不耐烦的表情匆匆读了一次，马上抛到一边。方堂对如此早就上床休息觉得无聊，不过又不清楚以何种方式来度过这个夜晚，正用手指弹着玻璃窗。不久，他突然回过身来。

"我们立刻给那孩子写封回信行不行？"他提议。

一般，始终是由他替娜娜写回信。他每回都竭力在文笔上和写情书的人比个高低。写罢，他把信高声念一次，娜娜听了始终是非常高兴，搂着他亲嘴说，仅有他才能写出如此出色的文句，他听了也觉得愉快。这种事每回都可以引发他们的热情，让他们更加亲密。

"行，按您说的做，"她说，"我去泡茶。之后，我们再上床休息。"

于是方堂坐在桌边，把笔、墨、纸摆在桌子上，再把手臂一弓，探着下巴。

"我的宝贝儿。"他高声读出第一句。

随后，他就聚精会神地写信，写了几乎一个小时，偶尔为了一个句子而凝神苦想，把句子反复修饰，每发现亲密的表达方法就骄傲地笑。娜娜在一边一言不发，她已经喝光了两杯茶。最后，他大声念这封回信，用的是舞台上毫无感情的语气，手还比划着。这封回信长达五页，他在信中提起"在抚爱别墅生活的难忘的日子，这些日子印在脑海中仿佛令人心醉的香味"，他发誓说"要始终忠于这个爱情的春天"，最后收笔时又说，他的仅有的希望就是"再次体验这种幸福，假如幸福也可以再次体验的话"。

"你明白，"他辩解说，"我是出于客套才如此讲的。既然仅仅是想逗弄他……唔！我相信这封信非常激动人心！"

他非常骄傲。不过娜娜非常笨，她一直有些不相信，因此没有跑过去搂住他的脖子兴奋地高喊，这就埋下了祸根。她仅觉得这封信写得挺好，再没有考虑其他的。因此他感到非常生气。假如她对这封信不满意，她可以再写一封。他们没有和以往似的，彼此说着亲密的话，也没有亲嘴，两个人反而漠然地相对着坐在桌子的一头。但是，她为他斟满了一杯茶。

他把嘴唇在茶中略微沾了一下，就叫起来：

"这种茶令人难以下咽！你在其中洒了盐了！"

娜娜很糟糕没有理睬，仅仅是晃晃肩膀。他火冒三丈。

"今天晚上什么事都不如意！"

因此斗嘴就开始了。这时是十点，斗嘴也是消遣时间的一种手段。他越琢磨越恼火，对着娜娜的面孔，一个劲儿地破口大骂，还将许多罪过，一个个推到娜娜身上，一点也不让娜娜替自己解释。她无耻，她呆傻，她在哪儿都待过。接着，他又穷追不舍地说起金钱。他去外边吃饭，一次用过六个法郎吗？一直都是其他人付钱的，如果没人请，那就宁肯回家喝蔬菜牛肉浓汤。而且请的又是马卢瓦这个老家伙！明天他一定会将这个职业皮条客丢出门外！行呀！假如天天他都和她似的把六个法郎浪费掉，那么将来的生活就不好过了。

"先不说其他的，我要看看钱！"他高叫道，"交出来吧，把钱都交出来，瞧瞧我们还有多少钱了？"

他那无耻的小气劲儿，全部显现出来了。娜娜手忙脚乱，一切听他吩咐，连忙由抽屉中取出现有的钱，送到他的眼前。截止到现在，他们将钱都锁到钱箱中，箱子上边摆着钥匙，他们能够随意拿出来花。

"什么！"他查过钱后说，"一万七千法郎仅有不足七千了，而我们在一起过日子才三个月……这真难以置信。"

他蹿过去，一下子推开写字台，拽出抽屉，把抽屉放到灯下搜寻。不过查了半天仅有六千八百多法郎。暴风雨立刻到了。

"三个月用了一万法郎！"他嚷道，"该死的！你是如何花的？嗯？说呀！……都装到你姑妈这个老家伙的口袋中去了，对不对？否则就是你丢给男人了，这是很清楚的事……你怎么不说话！"

"啊！看你如此大的火气！"娜娜说，"这些钱不难弄明白……你忘了买家具的钱，而且，我也要买些衣服等等。如果成家立业，用钱的地方都非常多。"

不过他一面让她说明，一面又不打算听她说明。

"对，不过钱用得也太迅速了。"他略微平静了一些说，"我告诉你，我的宝贝儿，这种共同生活的办法我不想继续了……你清楚这七千法郎原先就是我的。行了，我可不想搞到一无所有的程度，目前这些钱既然在我这儿，我就把它扣住了，自己的钱还是由自己所有吧。"

因此他名正言顺地把那些钱送入了他的口袋。娜娜愣愣地注视着他。他却十分骄傲地继续说：

"你清楚，我不是很笨，去照料不是我的姑妈和孩子们……你的钱，你愿意如何用就如何用，这由你决定；说到我的钱，那是什么人都不许动的！……将来你每做一份羊腿，我就出一半钱。到了夜里我们一块算钱，就如此说定了！"

这回娜娜不同意了，她不由得马上叫起来：

"如此一来，你就将我的一万法郎弄光了……太无耻了！"

不过他不想和她多说什么。他越过桌子，伸手用力搂了她一巴掌，同时还说：

"你有种再讲一次！"

她虽然已经受了一个耳光，仍然又讲了一次，因此他马上冲过去，向她大打出手。过了一阵儿，他已经和平时一样，让她扒掉衣服，流泪趴到床上去。他本人也累得呼吸急促。刚准备上床休息的时候，他猛地发现桌上摆着他写给乔治的回信。他谨慎地将信叠好，接着朝床上用恐吓的语气说：

"这封信写得不错，我自己带走邮了，因为我讨厌善变的爱情……别哭了，你让我恶心极了。"

娜娜不得不止住呼吸悄悄哭着。他上床之后，她觉得一阵悲哀的窒息，就一下拥入他的怀中失声痛哭。他们的殴斗始终是如此收场的；她由于担心他离开，会吓得浑身抖个不停，所以虽然受虐，她也仍然胆怯地需要清楚他是她的人。他两回用无礼的手势推开她。不过这个女人含着泪花，仿佛一头忠心耿耿的牲畜似的瞪着两只大眼睛恳求他，还有她的温顺的搂抱，终于将他的肉欲勾引起来。他扮作不斤斤计较的神情，不过也不降低身份去爱抚她；他让她爱抚，用武力来占有，好像他是如此一个人，如果想求得他的原谅就算用些力气也是值得的。事后，他又害怕起来，担心娜娜在搞阴谋，想把钱箱的钥匙拿走。那时蜡烛已经灭了，他认为一定要再说一遍自己的观点。

"你明白，姑娘，我不是开玩笑，我把钱扣住了。"

娜娜已经搂着他的脖子迷迷糊糊了，她讲了一句高尚的话：

"扣住吧，不要担心……我会上班。"

不过由这个晚上开始，他们的日子就渐渐不融洽了。整整七天，耳光的声音仿佛时钟的滴答声，在改变他们的生活。娜娜挨揍挨多了，居然变得仿佛轻柔的织物那样逆来顺受，而且她的皮肤日渐娇嫩，白里透红，手感光滑，显得油亮，长得反而更加俊俏了。所以普律利埃尔始终如同疯了一样追求她，每当方堂出去了，他就到了，一到就把她逼到屋角上打算亲她，不过她一直反抗着不愿意，而且立刻火冒三丈，脸红得厉害。她觉得他竟对朋友的情人意图不轨，真让人恶心。普律利埃尔生气地讽刺她。怎么回事，她目前居然变得如此呆傻了！她为什么会喜欢上如此一个难看的家伙？因为真的，方堂是一个难看的家伙，他的面孔上那个大鼻子总是动个不停，地道的狗屎！而且他又总是打得她痛苦不堪！

"怎么不会？我就是喜欢他如此。"有一天她如此告诉他，表情非常冷静，承认她有这个不良的习惯。

博斯克只要可以常常去他们家吃饭，就觉得很好了。他总是在普律利埃尔身后晃晃肩膀，普律利埃尔长得不错，不过太不稳重。他有数次正碰到他们互相斗嘴，那是在用饭后甜食的时候，每当方堂揍娜娜的耳光！他还在兴致勃勃地吃他的，他觉得这种事非常正常，不值得大惊小怪。相反，他总是嫉妒他们的美满，这就算是他对他们请客的报答。他自封为哲学家，把全部都看做身外之物，连名声也不要了。偶尔，吃完饭，桌子上的餐具已经整理妥当，普律利埃尔和方堂就把身子向座椅上一倒，就想不起来身处何地了，他们彼此讲述他们过去舞台上的成功，一直聊到凌晨两点，还使用舞台上的腔调和身段来营造氛围。博斯克则待在一边冥思苦想，很长时间才貌视地哼一声，悄悄地将那瓶白兰地干掉。过去的大明星塔尔玛①，现在还在吗？既然完全消失了，那就叫他歇一阵儿吧！提起他简直是太傻了！

有一天夜里，他看到娜娜自己在家中哭泣。娜娜扒掉她的短上衣，叫他瞅她背上和手臂上被揍得伤痕累累。他认真瞧瞧她的皮肤，并未借此逗弄她，那个笨蛋普律利埃尔就会如此干，接着他用居高临下的语气说：

"姑娘，只要有女人的地方就有耳光，我相信这是拿破仑讲过的……你去用盐水擦擦吧。盐水治这种小伤口，是最有疗效的。行了吧，他仍会再揍你的，如果你的骨头没有被打折的话，就别抱怨什么……你清楚，今天我自作主张前来，这是由于我发现你有一只羊腿。"

不过勒拉夫人却没有这种哲学。每当娜娜把白皮肤上的一块新伤痕让她打量时，她始终要大声尖叫。别人准备谋杀她的侄女了，事情不能如此继续了。方堂真的早就把勒拉夫人撵走了，他说他不希望在他家中再碰到她。由这天开始，每当勒拉夫人在娜娜家碰到方堂回来，她就只好由厨房逃离，她觉得这是对她非常的不尊重。所以她一直骂着这个蛮横的东西。她特别怪罪他没有礼貌，讲的时候她的样子仿佛一个得到过良好教育的上层妇女，谁也不如她。

"啊！他丝毫不明白礼节，"她告诉娜娜，"这是非常明显的事。他的妈妈肯定是一个没有教养的人，别不承认，这是很明显的事！……我如此讲不是为了我本人，尽管一个人到了我如此的年龄，是有权利得到别人的敬重的……不过你，说真的，你如何会忍住他的蛮横无理呢？因为，我不是说自己好，我过去教你如何举止得体，你在家中始终是得到最好的建议的。我们一家人都生活得非常融洽，是吗？"

娜娜一言不发，仅垂着脑袋认真听着。

---

① 塔尔玛（1763－1826）：法国著名悲剧演员，拿破仑非常欣赏他的演技。

226

"同时，"姑妈继续说，"截止到现在，你结交的全是非常高贵的人……恰恰在昨天，在我家中，我和佐爱还提起这个问题。她和我相同，都不懂你是如何弄的。她说：'夫人是如何弄的，对待像伯爵这种完美无缺的人，她非常有气魄，把他握在手中，呼来唤去，随意而为，'——这儿就我们俩，我和你讲真的吧，我认为你把他搞得晕头转向，戏弄得很厉害，——'不过现在夫人倒叫一个小丑欺负，任他胡来，这到底是为什么呢？'我也讲了一句，我说打骂也就算了，不过我无法忍受他蔑视我……一句话，这个人毫无优点。我都不肯把他的照片放到我的屋内。而你竟然为了如此一个下流的家伙不顾一切！对，完全正确，你耽误了你本人，宝贝儿，男人有不少，最富有的，政府中的要员，都有，你都看不上他们……行了，行了，这些都不是我当姑妈的该讲的话。不过下回他再揍你，我就让你马上甩掉他，同时要骂他一句：'先生，你把我看成哪种人啊？'你明白，如果你拿出你那种不顾一切的气势，就能灭了他的威风。"

娜娜此刻小声地哭起来，悄悄地说：

"姑妈啊，我喜欢他。"

事情是这样的，勒拉夫人发现侄女很不容易才能给二十个苏来支付小路易的伙食费，而且是过了很长时间才给一次，她就忧虑起来了。当然她宁肯自己贡献出一些，在什么情形下她都会接着照料孩子，耐心等着娜娜发达起来。不过只要一考虑到是方堂禁止她、孩子和娜娜过上好日子，她就怒不可遏了，她愤怒得甚至打算让娜娜不承认对他有纯洁的爱情。所以，她最后讲了一些郑重的话：

"我告诉你，总有一天他会伤害你，那时你就去我家求助吧，我会敞开大门兴高采烈地迎接你的。"

很快，金钱就变成了娜娜最担心的事儿。方堂扣留了那七千法郎，可能已经转移到她找不到的地方了，不过她始终害怕向他提起，在这个让勒拉夫人叫做畜生的方堂面前，她是不好意思说出来的。她最担心让他觉得她是由于他有些钱才缠住他的。他真的曾允诺取些钱来贴补家用。开始一段日子，他每天清晨都给三个法郎。他既然交了钱，要求就非常严格；他觉得他的三个法郎能够让他拥有全部，牛油、肉、鲜菜水果，全部都要齐全。假如她有勇气说些看法，或者暗示说，三个法郎无法买到整个菜场，他就火冒三丈，骂她是个一无是处的家伙，仅仅会乱花钱的女人，该死的蠢货，钱都叫菜场的商人哄没了。他还常常威胁她，说他准备去其他地方和别人一起吃饭。不久，一个月之后，有几天清晨他没有在五斗柜上放三个法郎。她不得不婉转地害怕地跟他要。这回又引发一场风波，骂得非常厉害，他仅需发现一丝理由，就让她痛苦，以致过了一阵儿，她就不再向他索取那三个法郎了。相反，每当他什么也没留下但还有做好的饭吃的时候，他就特别高兴，献媚地亲她，搂着椅子跳华尔兹舞。而她也认为特别高兴，最后，就算她非常困难才能让收支相当，她也不肯要他在五斗柜上放的钱。有一天，她甚至把三个法郎又交给他，向他说了几句谎言，声称昨天的还没用完。实际上他昨天并没留下三个法郎，所以他迟疑了一下，非常担心娜娜责怪他。不过发现她用两只迷人的眼睛注视着他，亲他时是将全身都向他奉献的神情，他就将钱放入了口袋。他拿钱时，那只手稍稍抖着，仿佛一个小气鬼得到一笔几乎没有了的钱似的。打这儿之后，他就不再由于钱而费心，也始终不打听日常生活的钱是从何而来的。如果饭桌上放着土豆，他的面色就不好看；假如吃的是火鸡和羊腿，他就咧着大嘴笑个不停。不过这样也没阻止他抬手给娜娜几个耳光，就算是在他觉得非常美满时也要试试身手，让它揍起来不会觉得不习惯。

娜娜发现了能够满足全部需要的手段。有几天，家中的东西多得吃不光。每周始终有两天博斯克要撑得无法消化。有一天晚上，勒拉夫人发现炉灶上做着一顿美味的晚饭，不过自己没法享用，就非常恼火地准备离开，离开之前她不由得责问娜娜是什么人出的钱。娜娜让她突然一问，吓了一跳，尴尬得无法开口，不得不笑了。

"哼，这是些脏钱！"她说，她已经全都清楚了。

娜娜为了维护家庭和睦，不得不听天由命。而且，这是特里贡这个老皮条客的罪过，那天方堂由于一盆鳕鱼，非常恼火地离开了，娜娜恰巧在赖伐尔街上遇到了特里贡，就同意了她，特里贡正巧也是在经济拮据的阶段。因为方堂在下午六点之前一直在外边，娜娜有一个下午能够空闲，她就每天下午卖淫换取四十法郎，六十法郎，偶尔还要多一些。假如她可以维持过去的身份，她本来能够得到十至十五个金路易，不过现在只要可以维持生活，她就别无所求了。每逢晚上，她就将一天的不快都抛开了，此刻，博斯克撑得够呛，方堂则两只手臂放在桌子上，随娜娜亲他的眼睛，表情非常傲慢，好像他是由于生得英俊而让人喜欢上一样。

娜娜非常喜欢她的那个宝贝，她的可爱的小狗，喜欢到无以复加的地步，这使得她现在要为这种不理智的爱情付出代价，这就是娜娜怎么重新落进她刚出来时那种陷阱中去的理由。目前她又和当年她还是个小妓女时似的，穿着一双旧鞋，四处奔波，踏遍了所有街道，仅仅是想得到一个一百苏的银币。有一个礼拜天，她又在拉·罗什富科菜场碰见了萨丹，她马上过去质问她，又将罗贝尔夫人臭骂了一通儿。当时萨丹的说得非常痛快，她说，假如一个人自己讨厌一件事，这并不是其他人也烦这件事的根据，每个人爱好不同，无法强求。娜娜心地善良，也就同意了这样的人生观，就是一个人始终无法了解自己以后会是什么样子，她不怪萨丹了，和她又和好了。萨丹甚至启发了她的好奇心，她认真向萨丹打听有关同性恋的情况，萨丹的讲述让她瞠目结舌，她对性的了解已经很清楚了，不过到了她这么大仍有不少不明白的东西，她禁不住开怀大笑，尖叫着，认为这种事非常不可思议，也有些叫人恶心，因为她实质上是一个传统的人，只要不是在她生活习惯之内的事情，她都有些反感。所以，每当方堂外出吃饭的时候，她就又去洛尔饭店吃饭。她在那儿兴致勃勃地听女客们叙述一些爱情和嫉妒的故事，她们的情绪高涨，不过并不干扰她们吃东西。但是，就如她本人讲的一样，她怎么也不会加入她们的行列。臃肿的洛尔对她仿佛慈母一样的同情，总请娜娜去她的阿斯尼埃尔乡村别墅待一段儿日子，那个别墅可供七个妇女居住。娜娜非常担心，始终是婉言回绝。不过萨丹向她发誓，说她的回绝是一个错误，因为巴黎的先生们已经甩掉她而自己去玩投饼游戏①了，最后娜娜同意过几天去，当她可以从家走开的时候。

这段时间，娜娜被折磨得非常难过，丝毫没打算去玩。她想马上得到的是钱。特里贡常常用不着她，到了此刻，她就不清楚去什么地方拉客了。因此她和萨丹疯了一样离开家，在巴黎的马路上四处瞎逛，在社会的低层拉客，这种接客常常顺着湿滑的小路，在路灯的微弱光线下进行。娜娜再次进入城关的低级舞场，她过去就是在这里被强暴的；她又发现了环城林荫大道的黑暗角落，她十五岁时就在这路边的界石上让不少男人搂着亲过，而她的爸爸那时却在四处抓她回来狠揍一通儿。目前她和萨丹四处瞎逛，脚步遍及这个地区的舞场和咖啡馆，踏上不少让痰涕和弄洒的啤酒搞得发黏的楼梯；或者她们沉默地四处徘徊，越过条条马路，守在车来车往的大门口。萨丹以前是在拉丁区长大的，她就带着娜娜去比利埃和圣米歇尔林荫路的别的餐厅酒吧中。不过已经是暑假了，全拉丁区的路上都没多少人。她们往往只好又去环城林荫大道。那里的成交量要高一点。她们就如此由蒙马特尔坡地到天文台高地，贯穿整个城市。有雨的晚上，她们的皮鞋鞋跟都坏了；高温的晚上，她们的内衣让汗水湿透了；在路边是久久的期盼，在路上是毫无目的的闲逛；偶尔碰上拥挤和斗嘴，偶尔和一个经过的男人去来路不明的个人旅馆去，只好忍耐最野蛮的强暴，结束后不得不一边骂街一边从肮脏的楼梯下去。

夏天结束了，这是一个常常刮风下雨，每逢夜晚又非常炎热的夏天。她们吃完晚饭，马上快到九点了，就一块到外边去了。在洛雷特圣母街的人行道上，有两行娼妓，慌慌张张地走过两侧的商店。她们全都拎起裙子，垂着脑袋，来不及看一下橱窗中的东西，赶紧朝环城林荫大道走去。每当晚上灯刚点燃时，由布雷达区开始，就有这类吃不饱的女人三三两两地走上街头。娜娜和萨丹顺着洛雷特圣母教堂，

---

① 投饼游戏：这种游戏流行于十九世纪。一个木箱分为几格，顶上开有几个洞口，用小圆铁饼投入洞内，落到有分数标明的格内，积分多者胜。

朝皮货街走去。当她们走到富丽咖啡馆一百米开外，来到活动场所的时候，就把始终用手谨慎地拎着的裙子放下来；接着，她们就随裙子拖在地上，自己仅忙着扭动腰肢，缓缓地用小碎步走去。每当她们经过一个大咖啡馆，让里边投出的猛烈光线晃着，她们就更磨磨蹭蹭了。她们挺着胸部，开怀大笑，扭过头来朝打量她们的男人们挤眉弄眼，她们在这又仿佛如鱼得水一样游刃有余。她们白嫩的面孔，红红的嘴唇，乌黑的眼皮，在夜色笼罩下，竟然也有不俗的诱惑力，就仿佛放在露天市场上的一些便宜的东方伪劣产品似的。就这样到十一点结束。虽然她们在人群中挤来挤去，她们还无所事事地逛着，遇到有些不小心的男人用脚跟弄坏了她们裙子的花边，她们就骂一句"狗屎"。她们和咖啡馆中的服务生们非常热情地寒暄，站在桌子附近和顾客们说话，喝着顾客们送的饮料，坐下来不慌不忙地喝上一杯，非常高兴有机会坐着守候剧院散场。不过，随着时间的流逝，假如她们仍然没有朝拉·罗什富科市场返回几趟的话，她们就成了没人要的低级妓女了，她们只好更加不顾一切地去寻找男人。在树下，顺着路人渐渐稀少，光线渐渐昏黑的林荫大道，能够听到谈价钱的声音，中间还有脏话和打骂声；同时也有不少有身份的家庭由那儿路过，爸爸、妈妈和女儿们，他们都已见过很多这种场面，因此也不赶着往前走，还视若无睹地走过去。接着，当她们由歌剧院到体育剧院白跑了十个来回后，夜已渐渐深了，男人们也都已赶着回家去了。娜娜和萨丹就只好在蒙马特尔大街的人行道上站着等待。在这儿，直到凌晨两点，饭店、酒吧间、肉食店，依然一片光明，许多娼妓，还执著地在咖啡店门口等着；这儿是夜巴黎的最末一个明亮和繁华的地方，也是进行卖淫的最末一个交易所。由路的一头到另一头，随处可见不少女人在做着这种肉的买卖，她们开门见山地砍价，好像这儿是一个妓院的露天过道。有些夜晚她们一无所获，这种时候她们就会发火。洛雷特圣母街一直延伸至夜色中，满目悲凉，仅有女人们的身影仍在缓缓地磨蹭着；这是本区最后一群居民回家的时候，那些不幸的娼妓，整整忙了一晚上，却什么也没得到，心中非常生气，不想两手空空而返，仍在以低沉的声音和几个她们在布雷达街角或者方丹街角意外碰见的酒鬼砍价。

不过她们也有运气不错的时候，会得到意外的收获，由一些上层社会的先生们手中弄到几个金路易，这些有身份的人和她们上楼时，往往把胸前的奖章拿掉，装入口袋。萨丹的鼻子特别警觉，非常善于把握机会。在湿乎乎的夜晚，水分充足的巴黎散发出一种淡淡的气味，仿佛一个不干净的睡房的味道，她明白在这种炎热而温乎乎的天气中，昏暗角落所散发的难闻气味会让男人们焦急，需要某种刺激。她就把握住这个时机，在他们之间挑一个穿得最好的，她由他们苍白的眼珠中就能够发现他们的欲望。此刻，整个巴黎都仿佛染上了性欲狂。她也有些担心，因为越是有身份的男人，越是喜欢搞些变态的花样。每逢这种时候，他们的虚伪都扔在了一边儿，他们的兽性难以克制，他们的嗜好有许多过火的要求，他们的不正常的肉欲非常不容易满足。所以萨丹对他们极看不上眼，居然对这些坐马车的先生们火冒三丈，斥责他们还没有他们的马车夫懂得礼貌，因为马车夫们还明白尊重女人，不会想出一些罕见的方式将女人折腾得要死。这些有身份的人的下流无耻更让娜娜意外，因为娜娜对他们还非常敬重，而萨丹则毫无敬重之意了。每当她严肃地提到时，她常常说，莫非世上找不到高尚的人了吗？全社会，由上至下所有的人都在大肆享乐。由晚上九点至次日凌晨三点的巴黎城，绝对是极其肮脏的！谈到这儿她就用讽刺的语气宣布，假如可以去所有房子里看看，肯定能够发现不少有意思的场面，底层的人在大肆享乐，高兴得难以自制。而许多有身份的人则把鼻子探到不干净的事物中，插得比其他人还要深。她对人生彻底觉悟了。

有一天晚上，娜娜到萨丹那儿去，碰到德·舒阿尔侯爵由楼梯上下来，发现他面无血色，双腿仿佛折了一样，正抓着栏杆缓缓地往下走。她故意清理鼻涕，躲开了他。来到楼上，她看到萨丹的屋子非常肮脏，肯定有八天没有收拾屋子了，床上散发着难闻的气味，水壶、便壶随手乱放，她诧异地问萨丹为什么会和侯爵相识。啊！对，萨丹熟悉他，那时萨丹和她的情夫糕点商在一块时，侯爵甚至还曾经打扰过他们！目前呢，侯爵不时仍来一回，但是他每回都要把她弄得精疲力竭，只要是肮脏的地方他一定会用鼻子嗅嗅，甚至她的拖鞋也不放过。

"完全正确，宝贝儿，他嗅我的拖鞋……啊，他的确是个老流氓！他常常要求我……"

听萨丹诚恳地讲了这种无耻的荒淫生活之后，娜娜觉得非常难受。她记起她在最得意的时候自己曾感受过的人生的快活喜剧，现在目睹她身边的这些娼妓，因为醉心于快活而渐渐走向没落，心中觉得非常难过。另外，萨丹还使她对警察产生了害怕心理。说起警察，萨丹清楚不少事情。过去，她曾经和一个风化警察上过床，希望能够平安无事；的确，连续两次，他劝阻了其他的警察，没有将她写进定期卫生检查的妓女的名册。而目前呢，她吓得直哆嗦，因为假如警察这次抓到了她，她的犯罪行为已非常明确。理当听萨丹讲讲这些事情。警察为了拿到奖金，就全力以赴地逮娼妓，逮得越多越好；他们无论是什么人都不放过，假如你乱嚷，就赏你一个耳光，因为他们清楚自己的行为绝对会获得政府的赞同，还能拿到钱，因此他们就算在一堆娼妓中错逮了一个正经女人，也没什么。一到夏天，他们就十二至十五个人一组，在环城林荫大道进行大搜捕。他们围住一条人行道，一夜可以抓获多达三十个娼妓。唯有萨丹非常了解地形，只要她远远看到了一个警察的鼻子，她就马上抬腿就逃，身后马上又有不少惶恐不安的妓女随着到处逃窜，好像一些长长的尾巴，由人群中四散奔逃。她们对法律和警察局如此恐惧，以致有些妓女在咖啡店门口吓傻了，无法动弹，不得不眼看着警察们由一条林荫路上猛冲过来。而萨丹最担心的是让人揭发；她的那个糕点商就特别无耻，在她从他身边走开时曾经用揭发来威胁过她；没错，揭发是吃软饭的男人们的杀手锏；还有些卑鄙的妓女，发现其他人长得好看就会毫无羞耻地揭发你。娜娜听了她的叙述，越听越担心。她平时听到法律这两个字就会发抖，她觉得法律是一种难以猜测的力量，是男人们复仇的工具，男人们能够用法律来摧毁她，而世界上谁也不会替她说话。她觉得圣拉扎尔拘留所①是坟墓，是葬送女人的地方，在处死之前还要剃光她们的头发。她很清楚自己只要甩掉方堂，就可以找到保护人，不过她无法如此做；虽然萨丹告诉她警察局有不少妓女名单，上面还有相片，警察抓人时需要预先端详过相片，只要是有保护人的女人他们是无权抓的，不过娜娜还是吓得直哆嗦，她好像已让警察抓去了，次日将她弄到公立医院进行检查，她一发现那把检查的大椅子就觉得害怕和难为情，尽管她生活不拘小节，常常在男人面前脱得赤裸裸的。

恰好，在九月末的一个晚上，她和萨丹在鱼市大街溜达，萨丹猛地抬腿狂奔。娜娜问她是怎么回事。

"警察，"她悄悄说，"快逃！快逃！"

于是在混乱的人群中有了不顾一切的飞跑，只见裙子闪动，有些已被弄成碎片。打人声和惊叫声此起彼伏。一个女人摔倒了。旁观的人乐呵呵地欣赏着警察们野蛮的大搜捕，把包围圈渐渐收拢。此刻，娜娜早就看不到萨丹了。她的双腿已经不听使唤了，眼看着马上被抓，猛地过来一个男人，拉住她的手臂，领着她走过那些不可一世的警察身边。这个人是普律利埃尔，他一下发现了娜娜，一言不发，就将她带到了鲁热蒙街，在这种时候，那条街空荡荡的，她能在那儿喘口气儿，她虚脱了，差一点摔倒，普律利埃尔只好搀着她。她连一句谢谢也没说。

"我说，"最后他说话了，"你应该歇一会儿……上楼去我家吧。"

他就在不远的牧羊女路住。不过她听了这话立刻站了起来。

"不，我不想。"

于是他立刻变得蛮横起来，继续说：

"既然谁都行……嗯？你怎么不想？"

"由于。"

她觉得仅需一句"由于"就将她的想法都说明白了。她太喜欢方

---

①　圣拉扎尔拘留所：一个专门关押和改造妓女的地方。

堂，不想和方堂的朋友上床。其他人没什么，因为她是为了谋生才和他们上床的，而且她丝毫也不觉得高兴。普律利埃尔发现她如此倔犟，真是呆傻，感到自己的自尊心遭到了严重打击，就做出下流的行为。

"行了，你爱怎么就怎么吧，"他说，"但是，我无法和你一起离开这儿了，宝贝儿……你一个人设法离开吧。"

他说完就扔下她离开了。她再次感到了害怕，她绕了一个大弯儿回到蒙马特尔，沿途她惊恐地跑过不少商店，如果有一个男人走到她身边，她就害怕得面无血色。

次日，昨天的害怕仍未彻底消失。娜娜去找姑妈，在巴蒂尼奥勒区的一条幽静的小路上，迎头碰上了拉博德特。开始，他们都显得有些尴尬。他平时爱恭维人，不过这回他心中有鬼，因此短时间内也非常窘迫。但是，还是他首先重显了平时的样子，开始责怪她。

"我跟你讲讲实话吧，宝贝儿，说真的，你的行为非常不明智。你偶然冲动，对一个男人疯狂喜欢几个月，这是什么人都能原谅的。不过弄到眼下这种光景，钱财都让人弄没了，除了受虐待，什么也没有！……莫非你想拿贞节奖吗？"

她带着不自然的表情听他讲这些话。不过，当他提到罗丝，说她已经如愿以偿地获得了米法伯爵时，娜娜的眼中就喷出了怒火。她嘀咕了一句：

"啊！如果我想的话……"

他愿意做个急人之难的朋友，立刻说准备替她和伯爵撮和。不过她没同意。因此他又由另一侧向她进攻。他跟她讲博尔德纳夫正在准备上演福什里编的一个剧本，其中有一个很棒的角色，对她很合适。

"什么！有个新剧本其中还有个角色！"她诧异地叫道，"他也有份，怎么没和我说！"

她没有讲方堂这两个字，指的却是方堂。而且，她立刻冷静下来说，她再也不会演戏了。拉博德特当然不信她的话，还微笑着动员她回去。

"你明白，你对我用不着有丝毫顾虑。我负责找你的米法，你去演戏，我扯着他的鼻子把他领到你身边来。"

"不！"她坚定地说。

说完她就从他身边走了。她自己的无畏举动打动了她本人。假如是一个无耻的男人做出了如此无畏的抉择，他就肯定会大肆宣扬了。不过，有一点让她动心了：拉博德特跟她讲的，和弗朗西斯的话毫无差别。到了晚上，方堂到家后，她就向他打听关于福什里剧本的事。方堂去了游艺剧院已有两个月了，怎么他不跟她说那个角色的事？

"哪个角色？"他毫不客气地说，"你说的可能不会是那个贵族夫人的角色吧？……怎么？你还觉得你自己有才能吗？如此一个角色，我的宝贝儿，会把你累坏的……说实话，你说起这个问题太可笑了！"

她的自尊心遭到了沉重的打击。那整个晚上，他常常嘲笑她，管她叫马尔斯小姐①。他越羞辱她，她越能忍耐，因为她由热恋而引发的无畏举动中体会到了苦涩的愉悦，她自己觉得她的热恋让她变得非常高尚和情深意长。从她靠卖淫来养活他开始，她更喜欢他了，她由外边带回来的困倦和烦躁，只能让她的爱情不断增强。他变为了她最疼爱的无赖，她要替这个无赖付出代价；他变为了她的生活必需品，在耳光的打击下，她已经离不开他了。他呢，发现她如此温顺，就干脆随意打骂起来。她让他恶心，他对她产生了残酷无情的愤恨，恨得甚至连他本人所享受的好处也都不记得了。偶尔博斯克说他几句，他就毫无理由地生气，高喊说他已经对娜娜和娜娜做的丰富的晚餐讨厌了，又说他假如打算将他的七千法郎再交给另一个女人，他就马上甩掉她。他们的关系，就是如此结束的。

有一天晚上，娜娜在将近十一点时回家，看到房门紧锁着。她头一次敲门，没有人理睬；第二次敲门，也没有人理睬。不过她发现门缝下面有亮光，方堂在里面，仅仅是不愿走过来。她一个劲儿地接着拍门，喊他的名字，最后生气了。此刻传来了方堂的声音，那声音既

---

① 马尔斯小姐（1779－1847）：那时巴黎著名的女演员。

236

缓慢又不清晰，而且非常简短：

"该死的！"

她用双拳打门。

"该死的！"

她用力砸门，砸得几乎弄烂了门板。

"该死的！"

她砸了十五分钟的门，迎面而来的，就是这句脏话，她用力砸一下门，就传来一句脏话，仿佛调戏人的回声似的。后来方堂发现她不愿退却，就突然推开门，搂着胳膊，不可一世地立在门槛上，还以漠然而野蛮的声音说：

"该死的！你想干什么？……你究竟要怎样？……喂！你让不让我们休息？你没发现我今晚有客人。"

他的屋内真的不光是他自己。娜娜已经偷偷看到意大利剧院那个小演员在里面，她已披好睡衣，满脑袋松软的亚麻色头发，瞪着一双仿佛用钻孔器钻出来的眼睛，正乐呵呵地站在娜娜购置的房间家具中。此刻方堂往前走了一步，表情非常吓人，探出手，伸开粗大的手指，真和钳子差不多。

"滚，否则我就弄死你！"

娜娜一听，禁不住疯了似的失声痛哭。她恐惧了，不得不离开了。这回，让人撵出去的是她了。她在恼怒中猛地记起了米法；说实话，如此的下场，可不应该由方堂来回敬啊。

她来到人行道上，头一个想法就是去萨丹那儿，假如她没有拉到客，就在她那儿待一晚上。她在萨丹的家门口碰到了她，她也让房东撵走了。房东在她的房门上又添了一把锁，他如此干是没有道理的，因为屋内的家具是属于萨丹的；萨丹发誓，说准备拉他到警察局去。但是，目前已经快半夜了，眼下要找一个休息的地方。萨丹觉得最好还是小心一些，不要让警察卷入她的住房纠纷中来，最后就把娜娜领到赖伐尔街一个女人家中，这个女人有一个带家具的小旅馆。她们在那里二楼上开了一个小房间，窗户朝着院子。萨丹一再说：

"假如仅仅是我一个人，我就去罗贝尔夫人家。她家什么时候都有我住的地方……不过和你在一块，就不好办了……她目前不知道为什么嫉妒起来，有一天晚上还揍了我。"

她们锁上房门之后，娜娜仍在生气，泪如泉涌地反复朝萨丹讲方堂的无耻行为。萨丹怜惜地听她讲，劝她，看样子比她还恼火，使劲儿骂着男人。

"啊！他们全是王八蛋！全是王八蛋！……行了，打这儿起，我们永远也不和他们交往了！"

随后，她替娜娜脱衣服，看她的动作和言语，仿佛一个勤快温柔又乖巧的小娘儿们。她反复安慰她说：

"我们马上睡觉，我的宝贝儿。我们俩多好……啊！你替男人而发火太没意义了！我告诉过你他们都是王八蛋！别再去考虑他们了……我呀，我非常喜欢你。不要流泪了，听你宝贝儿的话别流泪了。"

一到了床上，她马上把娜娜搂在怀中抚慰她。她不愿听到娜娜再说方堂这两个字；每当娜娜刚想说，她就用一个亲吻堵住她的嘴，而且又仿佛生气一样，撅起了可爱的小嘴。她的头发披散着，一张标致的面孔犹如一个小女孩，充满了疼惜的可怜。渐渐地，在她温柔的怀抱中，娜娜擦掉了眼泪。她非常感动，她也用热情的抚摸来报答萨丹。过了两点，屋内的蜡烛仍在燃烧；她们情话不断，偶尔还传出由衷的低笑声。

突然，只听到下面响起一阵嘈杂声。萨丹坐了起来，光着上身，认真听着。

"警察！"她面无血色，"啊！该死的！糟糕！……我们真不幸！"

她过去不知告诉过娜娜多少回警察检查旅馆的事。正巧这天晚上她们去赖伐尔街来躲藏的时候，她们谁也没有想到这件事。听到警察二字，娜娜早已惊呆了。她跳下床，蹿到屋子的另一端，敞开窗户，样子仿佛要跳楼一样。恰巧，那个院子带玻璃顶棚，顶棚上又有一层铁丝网，和屋子里地板一般高。因此她非常坚定，马上越过栏杆，消失在夜幕之中，仅有睡衣在摆动，双腿裸露在黑夜的空气中。

"不许动，"萨丹吓坏了，反复地说，"你会没命的。"

随后，警察啪啪啪地叫门了，萨丹是个善良的姑娘，她过去合上窗户，把娜娜的衣服放入衣柜，她本人早已不在乎了；她觉得，无论如何，假如她被写进卫生检查名单的话，以后就变成了名正言顺的娼妓，也不用总是提心吊胆躲开警察了。因此她假装睡得很沉，随后又假装打呵欠，和门外的人讲了几句，接着拉开房门。进来的是一个身材魁梧的男人，胡子非常脏，他吩咐萨丹说：

"把手递过来……你的手上没有针眼儿的痕迹，你是不干活的。来吧，把衣服穿好吧。"

"不过我不是缝纫女工，我是打磨女工。"萨丹厚着脸皮说。

但是，她仍然顺从地穿好了衣服，她清楚辩解是徒劳的。高叫声在旅馆中不停地响起，一个妓女牢牢地抓住房门不愿离开；还有一个正在和她的情人睡觉，情人发誓说她不是妓女，因此她就装出了良家妇女遭到欺凌的神态，说准备告到法院去，控告警察局局长。低沉的皮鞋踩在楼梯上的声音，用拳头把房门砸得山响的声音，刺耳的吵闹继之以哭泣的声音，裙子擦着墙边的声音，整整闹了大概一个小时；接着这场猛地将人们吵醒的混乱，才以一伙妓女表情紧张地被抓走而结束。三个警察野蛮地抓获了这伙妓女，被一个矮个子、很有礼貌的黄头发警官带走了。接着旅馆又陷入了寂静之中。

谁也没揭发娜娜，娜娜漏网了。她小心地回到屋内，全身发抖，非常害怕。她光溜溜的脚流着血，那是让铁丝网剐的。她坐在床边上，认真听着，一直待了很长时间。当天色快亮时，她却进入了梦乡。到了八点，她睁开了眼睛，马上就从旅馆走了，直接去了她的姑妈家中。勒拉夫人刚巧和佐爱在一块喝牛奶咖啡，发现她在早上这个时候仿佛邀遏鬼一样闯进来，面色惨白，她马上就清楚了。

"嗯！猜对了吧！"她喊道，"我早告诉过你他会害死你的……来吧，进来，我这儿什么时候都非常愿意让你来的。"

佐爱站了起来，用热情而又尊重的语气悄悄说：

"行了，夫人总算来找我们了……我早就盼着这一天了。"

不过勒拉夫人让娜娜必须立刻去亲小路易，因为，听她讲，妈妈的恰如其分的举止就是孩子的好运气。小路易仍在熟睡，这孩子身体不好，患了贫血。当娜娜弯下腰去亲他那惨白而得瘰疬病的面孔时，这几个月来所有不顺心的事一下子浮现在她的脑海中，让她说不出话来。

"啊！我不幸的孩子！我不幸的孩子！"她含混地说，终于哭哭啼啼起来。

第九章

游艺剧院正在排练《小公爵夫人》。第一幕才排练结束，第二幕立刻就要开场了。福什里和博尔德纳夫在舞台口的两把旧扶手椅上坐着，正在谈着剧情。提示员科萨尔老头，是一个弯了腰的小个子，坐在一把草垫椅上，在那里看着剧本的原稿，口中含着一根铅笔。

"喂！他们干什么呢？"博尔德纳夫突然叫道，用他那根粗大的手杖使劲儿地打着地板。"巴里约，他们怎么还不上场？"

"那是由于博斯克先生，他失踪了。"巴里约说，他这回的头衔是舞台副监督。

因此产生了一阵动荡。每个人都呼唤博斯克。博尔德纳夫骂骂咧咧地。

"该死的！老是这个做派。铃声毫无效果，他们始终是跑到不应出现的地方……不过如果戏排练超过了四点，他们就要说三道四地唠叨个不停。"

此刻博斯克从容不迫地出现了。

"嗯？怎么？找我有什么事？啊！该我上台啦！应该提前跟我讲了……行了！西蒙娜讲完最后一句台词："客人们到了"，我就登台……不过我应当由什么地方登台呢?"

"当然是由门口登台了。"福什里生气地说。

"是的,不过门口又在什么地方呢?"

这下,博尔德纳夫的火气倾注到了巴里约身上,他又说起脏话来,用手杖几乎将地板捅了一个洞。

"该死的!我已经吩咐过要在那儿摆一把椅子当做是门。每天都要再放一次布景……巴里约?巴里约又去什么地方了?又都失踪了!他们都跑了!"

此刻,巴里约去拿了一把椅子,他在猛烈的骂声中弯着腰,一言不发。排练开始了。西蒙娜扣着帽子,裹着皮袄,扮作女佣正在摆放家具的神态。她停下来讲了一句:

"你们要清楚,我认为挺冷,因此我要把手伸进手笼中。"

接着她换了声音,用表演的语气冲着博斯克小声尖叫了一下:

"'哦,是伯爵先生。您来得最早,伯爵先生,夫人肯定很愉快。'"

博斯克穿着一条到处是烂泥的裤子和一件肥大的黄色大衣,一条宽大的围巾缠在衣领上,双手放入口袋,脑袋上扣着一顶旧帽子。他也不像在演戏,用拉长的声音沙哑地说:

"'别打扰您的女主人,伊莎贝尔,我打算给她一个惊喜。'"

排练在进行。博尔德纳夫拧紧眉毛,把身子缩进椅子中,带着劳累的表情在那儿旁观。福什里有些忐忑不安,在椅子上不停地动着,每隔一分钟,心中就恨不得中止台上的排练,不过他终于克制住了。他的身后是空荡荡的大厅,笼罩着一片黑暗,他听到了悄悄的说话声。

"她到了吗?"他转过身去问博尔德纳夫。

博尔德纳夫点点头,说明已经到了。他们指的是娜娜;他们让娜娜扮演剧中的热拉尔迪娜,娜娜想先读读整个剧本,才决定是不是答应,因为她对重新扮演风流女子的角色,已经有些迟疑了。她非常希望扮演一个良家女子。她和拉博德特在楼下的一个包厢的黑影中坐着。拉博德特在博尔德纳夫面前极力替她推荐。福什里用眼睛向她坐的地方打量了一下，接着又去观赏排练。

全场仅有舞台口亮着灯光。那是盏小灯和一个反射镜的亮光，小灯是由台口一排脚灯那儿分出来的一个煤气火头，在模糊的光线中仿佛一只瞪着的黄色大眼睛，在那儿蔫头耷脑地闪着火光；反射镜把所有亮光都折射在舞台的近景部分。科萨尔拿着剧本稿，靠近这根细长的灯杆，打算瞧得真切一些；在灯光下他那凸起的驼背看样子非常清楚。而博尔德纳夫和福什里，已经被黑暗吞没。如此宽敞的一个舞台，仅有一盏放在车站标志杆上的那种风灯映衬着这块仅有几米的地方，演员们在这束昏暗的光线中，仿佛罕见的鬼魂，他们的影子在他们身后乱晃。除了前台这一角落，舞台别的地方到处是一片迷雾，有些类似于拆除房子的工地，又仿佛是破败的教堂，随处放满了梯子、架子、布景；布景的颜色已经掉了，仿佛是一大堆垃圾。悬在空中的幕布，看来也仿佛是一家大估衣店悬在横梁上的破布。最高处有一束强烈的阳光穿过一扇窗户，以一束金黄色的光线把黑暗的舞台上方割成两部分。

在舞台尽头，演员们一边等着登台，一边在聊天。悄悄地，他们的聊天声渐渐大了起来。

"喂，喂！你们合上嘴巴行不行！"博尔德纳夫从椅子上恼怒地跳起来喊道，"我什么也听不清楚……你们想聊天就滚到一边儿去；我们这些人正在干活……巴里约，如果有人再聊天，不管是什么人我都扣钱！"

演员们马上沉默了一会儿。他们围成一圈，坐在今晚第一幕的布景上，那是花园的一部分，有一个长凳，一些陈旧的椅子，这些道具都弄妥当了，什么时候都能安装。方堂和普律利埃尔在听罗丝·米尼翁讲话，游乐剧院的负责人开出了丰厚的报酬来请她去表演。此刻只听见有一个声音叫道：

"公爵夫人！……圣菲尔曼……来呀，公爵夫人和圣菲尔曼！"

喊了第一遍，普律利埃尔才记起他的角色就是圣菲尔曼。罗丝的角色是公爵夫人埃莱娜，早就等着他准备共同登台了。博斯克老头在空洞而发出回音的地板上挪着脚步，缓缓地走回来找地方休息。克莱莉丝朝一边动了动，给他腾出一半长凳。

"有什么用他大声责骂的？"她说的是博尔德纳夫，"戏肯定会练好的……目前，不管排练什么戏他都要火冒三丈。"

博斯克晃晃肩膀。他是不理会这些激动的责骂的。方堂悄悄地说：

"这是由于他觉得这部戏将会失败。我认为这部戏太差劲儿了。"

接着他又扭头和克莱莉丝说到罗丝的事：

"真的吗？你相信'游乐'确实给她开出了很高的报酬吗？……一晚三百法郎，一直演一百场。怎么没说还赠给她一座乡下别墅呢！……假如别人确实给罗丝三百法郎的话，米尼翁肯定会甩掉博尔德纳夫，而且非常爽快！"

克莱莉丝不怀疑三百法郎的说法。这个方堂始终喜欢在私下讲同事们的坏话！此刻西蒙娜过来中止了他们的讨论。西蒙娜冻得一个劲儿地抖。人人都把衣领系得密不透风，脖子上还裹着围巾，人们都举目观看屋顶上那束强烈的阳光，不过黑暗而冰凉的舞台得不到阳光的眷顾。外边马路上已经冻上冰碴，不过天空不见一丝云，是十一月的不错的天气。

"休息室中连火都不点！"西蒙娜说，"真烦人，他几乎变成小气鬼了！……我打算离开了，我不想生病。"

"小声点！"博尔德纳夫又使劲儿地高叫道。

因此，在几分钟里，只听到演员们模模糊糊的朗诵声。他们一般不用手势。他们的声调毫无生气，免得让自己累着。不过，每当他们准备表现一种不平凡的意思时，他们就向大厅看上几眼。大厅仿佛一个大洞，其中是一片朦胧的黑影，仿佛细微的灰尘被关在没有窗户的顶楼中飞扬。这个昏暗的大厅，唯有舞台上投下来的微弱光线来照明，好像在沉痛和惊慌的状态中熟睡。在顶棚上，浓浓的夜色吞没了每一幅壁画。舞台两旁的包厢，由上至下好几层，全蒙上用来保护帷幔的宽大的灰布。所有地方都是罩布，许多灰色布带遮着楼座栏杆的丝绒，使楼座仿佛缠上了两层尸布，布带的浅色冲淡了附近的黑暗。剧院大厅的全部装饰都朦朦胧胧的，仅有许多黑洞一样的包厢，它们串起来形成每一层楼的框架，中间的座椅成了许多黑点，座椅的红丝绒看来都变为了黑色。大水晶吊灯已彻底放下来，它的水晶坠子把正厅前座的地方都用上了，这种场面让人记起了搬家，记起了观众外出游玩，永远也不回来了。

恰巧在此刻，罗丝扮演的小公爵夫人，误闯进一个妓女家中，朝台口灯脚处走去。她张开双手，朝剧院大厅风骚地努努嘴，大厅空荡荡的一片黑暗，充斥着一种仿佛灵堂似的悲哀气氛。

"'我的上帝！这世界真奇妙啊！'"她把这句台词说得非常突出，心中确信肯定会在观众中引起轰动。

娜娜披着一条大披肩，藏在包厢里边。她回过身在小声问拉博德特：

"你确信他会出现吗？"

"非常肯定。他肯定是和米尼翁一块出现，如此才会有个理由……他一来，你立刻去楼上马蒂尔德的化妆室，我会带他去看你。"

他们指的是米法伯爵。这是拉博德特的计划，让他们在一个中立的地方相见。他和博尔德纳夫进行过一次十分庄重的探讨，博尔德纳夫连续受到了两次打击，正处在非常尴尬的境地。于是博尔德纳夫非常着急地将剧院借给他们作为相见的地方，而且还同意让娜娜出演一个角色，好拍伯爵的马屁，跟伯爵贷款。

"热拉尔迪娜这个角色，你觉得如何？"拉博德特又说。

娜娜静止在那儿，没吭声。她发现第一幕中作者叙述了德·博里瓦热公爵如何背着他的太太和金发女郎热拉尔迪娜偷情，热拉尔迪娜是一个轻歌剧明星；第二幕中，公爵夫人埃莱娜借着化装舞会偷偷来到这个女戏子家中，打算问一问这些骚娘们儿是用哪种手段来抢走她们的男人，而且可以将他们吸引住。陪她进去的，是她的一个表哥，美男子奥斯卡·德·圣莫尔曼，他心存不良，打算骗她学坏。她所学到的第一课知识就让她深感意外，那是她听到热拉尔迪娜和公爵发生的口角，热拉尔迪娜泼辣得仿佛一个粗俗的低层女人，公爵却言听计从，笑容满面。这让公爵夫人不由得喊了出来："哎呀！原来应该如此和男人谈话！"在这一幕中热拉尔迪娜仅有这一点戏。而公爵夫人的好奇心很快得到了报复：德·塔迪沃男爵是个老色鬼，他将公爵夫人视为下流女人，强烈地追求她；在另一头，博里瓦热坐在长椅上和热拉尔迪娜言归于好了，正在亲她。排练时，热拉尔迪娜这个角色还没决定由谁担任，科萨尔老头就站起来代说台词，说的时候潜移默化地根据自己的看法加入了不少意思，他是趴在博斯克的怀中来表演这场戏的。这场戏排练得很缓慢，非常无聊，刚排练到这儿，福什里突然由他的椅子上跳起来。他强忍到现在，不过他再也无法克制自己了。

"这样不对！"他叫道。

演员们都停了，垂着两只手。方堂鼻子哼哼，用他那种对谁都不客气的表情问：

"怎么？为什么不是这样？"

"所有人都弄错了！全错了！全错了！"福什里继续说。因此他亲自打着手势，在地板上来回走着，示范一次。"您看，您，方堂，您要清楚塔迪沃的兴奋；您应该弯下腰，用这样的动作来捉住公爵夫人……而您，罗丝，此刻你才能暂时顿一下，非常短的一下，像这样；不过别提前太多了，要在你听到亲吻的声音时再停下……"

他说得正起劲时，猛地停下来叫科萨尔老头。

"热萨尔迪娜，现在接吻吧……弄得声音大一些！要叫别人听得见！"

科萨尔回过身来对着博斯克，把嘴唇用力地一咂。

"太棒了！这才是接吻，"福什里愉快地说，"重复一回，吻一下……你发现了吗，罗丝？如此我就有空儿走过去，而且小声喊了一句：'哦！她亲他呢……'。但是，要配合得默契，塔迪沃还要登台……您听明白了吗？方堂，您还要登台……行了！试试看，大家行动起来。"

　　演员们随后又排练了这场戏，方堂故意捣乱，把戏排练得乱七八糟。连着两回，福什里只好一再解释他的意思，而且每次都亲自上台指导。人们都带着生气的表情听他讲话，偶尔你看看我、我看看你，好像别人让他们头朝下往后走路一样，随后就呆头呆脑地比划一下，僵硬得仿佛刚断了线的木偶似的，排练只好又中断。

　　"不成，我觉得如此演非常困难，我实在不清楚为什么要如此。"方堂总算讲了出来，而且是用他独具的不可一世的语气。

　　博尔德纳夫一直没有说过话。他整个身子堆在椅子上面，在那盏小灯微弱的光线映衬下，仅能发现他的帽子顶，帽子压在眉梢，手杖横放在腹部，那神态叫人看了真觉得他是进入了梦乡。不过他突然伸直了身子。

　　"我的朋友，这太过分了。"他和蔼地跟福什里说。

　　"怎么！太过分了！"福什里听了暴跳如雷，面色变得惨白。"您自己才过分，宝贝儿！"

　　如此一来，博尔德纳夫立刻火冒三丈。他只讲了不少次"太过分了"，而且竭尽全力地去找了一些"笨蛋啊"、"白痴啊"等更无情的话，讲了出来。观众会起哄的，这场戏如此演下去就无法收场了。这些不堪入耳的话在他们之间每排练一出新戏时是常常出现的，福什里听得多了，也很不在乎，但是此刻他也生气了，就索性称博尔德纳夫是畜生。博尔德纳夫也丧失了理智，他挥起手杖，把手杖耍得密不透风，一边仿佛牛一样急促地呼吸着，一边叫道：

　　"该死的！不要多说了……听了您的那些傻办法，我们已毫无意义地浪费了十五分钟……对的，是些傻办法。丝毫都不合情理，没有常识……实际上十分容易！你，方堂，你别动。你，罗丝，你略微动一下，就这样，别过火了，接着你走下来……行了，这回，按这样干肯定没错。科萨尔，做接吻的动作。"

　　因此发生了一阵慌乱。排练得和不久前差不多。博尔德纳夫不得不自己上台示范了，他的身子和大象差不多，硬要扮作潇洒的神情来示范，福什里在一边见了暗自嘲笑，偶尔也带着疼惜的神态动动肩膀。随后，方堂插手其中，博斯克也发表了看法。罗丝搞得非常困倦，结果一下子坐在了那把道具椅上。人们累得连进行到哪个地方都忘记了。没料到西蒙娜更是乱上加乱，她觉得她听到让她登场的最后一句台词了，就提前上场了，卷入了一片混乱之中。这回，博尔德纳夫更加火冒三丈，他居然把手杖挥得如同风车一般恐怖，接着使劲地向西蒙娜的臀部打去。他常常如此干：开始和女演员们上床，接着在排练时打她们。西蒙娜跑了出去，博尔德纳夫还朝她身后生气地嚷道：

"你吃下去吧，该死的！假如再有人让我生气，我立刻停开剧院！"

福什里把帽子扣在脑袋上，扮出准备离开剧院的神态，不过当他来到舞台背后时，发现博尔德纳夫浑身是汗地又坐了下来，他又回来了，坐在另一把椅子上。他们就如此坐着，静静地，过了一会儿，光线不足的大厅中弥漫着让人压抑的沉静。演员们等了差不多两分钟，人们都觉得非常困倦，好像才干完了一件复杂的工作一样。

"行了，我们接着往后排。"博尔德纳夫终于说话了，他的怒气已经一点不剩了，说话也用正常的语气了。

"是的，我们接着往后排，"福什里附和着说，"我们明天重新改改这场戏。"

因此他们又朝椅子上一倒，排练又和以前似的毫无生气和漫不经心地进行下去。一碰到经理和剧作者斗嘴的时候，方堂和别的演员就高兴地坐在舞台后方的那个长凳上和那几把过时的椅子上。他们嘿嘿地笑着，小声议论一会儿，讲些尖酸的话。不过当西蒙娜带着被打了一手杖的屁股过来，哭得无法开口时，人们就一下子变得庄重起来。他们声称，假如是他们，他们早就将那个混蛋弄死了。她一边抹眼泪一边点头同意；她和他已完全绝交了，她肯定会从他身边走开，而且斯泰内昨天还说他打算好好地捧她一场。克莱莉丝听后禁不住非常诧异，斯泰内早就囊空如洗了，还有没有能力做到了？普律利埃尔就笑着向人们警告说，这个混账犹太人阴谋层出不尽，非常善于玩弄伎俩，他过去和罗丝出双入对，就是想把他的朗德盐场股票放入交易所进行交易。这回也非常巧，他正在四处宣传他的一项新工程，准备在博斯普鲁斯海峡修筑一条海底隧道。西蒙娜兴致勃勃地听着，而克莱莉丝一周以来始终在发火。那个混蛋拉·法卢瓦兹，让她甩掉不久，就找上了令人尊重的老嘉嘉，立刻准备接受一个非常富有的伯父的遗产！她毫无希望了，一直是替其他人做好事，让其他人收获最后的成果。还有就是博尔德纳夫这个混蛋，让她扮一个跑龙套的小角色，台词全加在一块才五十行，好像她演不了热拉尔迪娜一样！她非常希望能扮这个角色，她非常期盼娜娜不演这个角色。

"那么，我呢？"普律利埃尔满腹牢骚地说，"我的台词也在两百行之内。我早打算拒绝……让我扮圣菲尔曼，这是对我的不尊重，这个角色一点儿也不成功。而且，朋友们，再瞧瞧他是用哪种手法来描述的！你们都看得明白，这个剧注定要失败。"

和巴里约老头聊了一阵儿的西蒙娜，过来气喘吁吁地说：

"提起娜娜，娜娜就来了，她在大厅中呢。"

"在什么地方？"克莱莉丝赶紧问，并站起来向周围打量。

这个消息立刻传到了所有地方。所有人都俯身打量。排练中断了一阵儿。然后博尔德纳夫由愣愣的情境中回过神来，高声叫道：

"什么？出了什么差错了？把这幕戏排练结束后再处理……那边小声一点儿，真让人无法容忍！"

娜娜在包厢中一直在观看着舞台上的排练。拉博德特两回打算和她聊天，她都不爱搭理，用臂肘捅捅他，让他保持沉默。第二幕要结束了，此刻有两个人影来到了剧场的另一头，他们踮着脚走路，静悄悄的。娜娜看出他们是米尼翁和米法伯爵。他们一声不响地过来和博尔德纳夫见面。

"啊！他们到了。"她悄悄说，如释重负地出了一口气。

罗丝·米尼翁讲了最后一句台词。此刻博尔德纳夫说，在开始排第三幕之前，要再练一下第二幕；接着他抛开排练，走过去用极其隆重的礼仪去欢迎伯爵，而福什里则故意装出一心一意地关注围在他身边的演员们。米尼翁双手放在身后，悄悄地打着口哨，眼睛仅注视着他的太太，罗丝显得有些忙乱。

"怎么样？我们到楼上吧？"拉博德特问娜娜，"我把你放在化妆室后，我回头再把他领过来。"

娜娜立刻走出包厢。她只好在黑暗中顺着正厅前座一排排椅子间的过道走。不过博尔德纳夫早就想到她在黑暗中小心地摸索，就在后台过道的一端截住她。那是一条不宽的过道，二十四小时都亮着煤气灯。他为了抓紧时间把事情谈妥，开门见山地说起了风流女子这个角色。

"嗯？非常出色的角色！非常富有诱惑力！几乎就是写给你的……你明天到这儿来排练吧。"

娜娜神情漠然。她打算了解第三幕的情节。

"啊！第三幕非常出色！……公爵夫人在自己家中装成风流女子的神态，让博里瓦热瞧了非常恶心，由此他就走上了正路。另外，还有一场特别可笑的误会，塔迪沃前来探望，他觉得自己进了一个歌剧舞女的家中……"

"热拉尔迪娜在其中有什么表演？"娜娜插了一句。

"热拉尔迪娜吗？"博尔德纳夫有些不自然地又讲了一次这个名字。"她有一些表演，但不多，不过非常棒……这几乎是给你写的，我向你发誓，你签个名吧？"

她紧紧地注视着他。最后，她说：

"我们等等再谈吧。"

于是她去见拉博德特，他正在台阶上等她。剧院所有的人都见过她。人们开始小声议论起来。普律利埃尔对她的重新崛起非常气愤，克莱莉丝非常担心她会夺走热拉尔迪娜这个角色。说到方堂，他假扮出毫不在乎的神情，表情漠然，口中说，对一个他以前喜欢过的女人，他无法在私下讲她的缺点，实际上，在他的心目中，过去的热恋已经化为了仇恨，记起她过去对他的专一爱情，她的美丽容颜，他永远也不肯过的同居生活，他那恶鬼一样的罕见的脾气就更加感到不顺心，心中对她始终带有一种强烈的愤怒。

当拉博德特又过来，靠近伯爵时，对娜娜的出现极其敏感的罗丝·米尼翁，突然清楚出现了什么情况。她不喜欢米法，不过一念及她在此刻被甩掉就恼火得克制不住了。以往对此种事情她从不和丈夫说，这一回却控制不住了，她开门见山地告诉他：

"你明白出现了什么情况了吧？……我敢保证，假如她又玩弄过去斯泰内的那种伎俩，我就抠掉她的双眼。"

米尼翁从容而骄傲，仿佛一个洞察一切的人似的动动肩膀。

"不要讲了！"他轻轻地说，"哎！我让你别讲了，行不行？"

他心中彻底明白，清楚应该如何处理。他已经把米法的钱弄得干干净净，他也已经发现，如果娜娜一挥手，米法就会倒下让她当地毯踩。对于如此的挚爱，是不可扭转的。他对男人的脾气十分清楚，所以他并未打算反败为胜，仅打算由如此的情形下获得最多的好处，所以一定要弄明白情况。他正在守候。

"罗丝，登台！"博尔德纳夫叫道，"现在再练一遍第二幕。"

"行了，你过去吧！"米尼翁说，"全部都由我处理。"

随后他本人一边感到滑稽，一边用讽刺的语气去夸奖福什里创作了一个优秀剧本。这剧本太棒了；但是，怎么将那个贵夫人描述得如此正经呢？这与实际情况相违背。他又讥讽地问，德·博里瓦热公爵，那个让热拉尔迪娜戏要个够的败家子，是以谁为原型创作的呀？福什里听了毫不在意，却稍稍一乐。博尔德纳夫此刻冲米法瞟了一下，神情看来非常不愉快，米尼翁看了十分诧异，连忙庄重起来。

"我们开始了吧？该死的！"博尔德纳夫又说脏话了，"开始吧，巴里约！……什么？找不到博斯克？嗯！他不尊敬我！"

但是，博斯克悄悄地过来了。随后，又开始排练，此刻，拉博德特和伯爵离开了。伯爵一念及又要看到娜娜，就全身发抖。他们绝交后，他觉得生活非常无聊，他没什么事可做，觉得是破坏了原有的生活习惯而带来了难过，就随其他人来到罗丝家中。他在迷惘中生活，非常希望对一切都漠不关心，除了他逼着自己别再看望娜娜之外，他也不想追究伯爵夫人与人通奸之事。他觉得抛开回忆，才能保持他的高贵身份。不过始终有一股潜在的力量在他心中涌动，娜娜渐渐地又战胜了他。开始是通过他对她的回忆，随后是对她的肉体的渴求，最后对她又有了一种差不多有些父爱的绵绵情意。他们分手时的伤心场面慢慢在记忆中消失了，他的眼中永远也瞧不到方堂，耳朵里永远也听不到娜娜把他驱除出门、用他太太偷情的事来刺激他的声音。这全部都仿佛说话似的一去不复返了；不过他心中还有一种剧烈的疼痛，常常让他伤心，这种伤心渐渐严重，简直让他喘不过气来。他有了不少幼稚的念头，他自己骂自己，开始假如是打心底里喜欢她，她就会一心一意地跟着他。他的忧虑渐渐无法承受，他认为太倒霉了，好像他过去的伤痛还在继续，但是再也不是因为他有一种模糊的、对全部都不苟求的、立刻要满足的肉欲，而是由于他对娜娜带着疑虑的热情，他期望得到她的全部，她的头发，她的嘴唇，她的身体，这种念头始终在困扰着他。如果他记起她讲话的声音，他的四肢就觉得一阵哆嗦。他期盼得到她，仿佛一个小气鬼绞尽脑汁希望得到金钱似的，但是在他的期盼中却带着许多柔情和体贴。这种热情笼罩着他，让他非常伤心，因此拉博德特刚提出和好的话，他就立刻激动地跑过去拥抱他，随后又由于在一个身份和他一样的人面前，竟然有如此的冲动，未免感到非常荒唐，而觉得不好意思。不过拉博德特明白如何面对这一切，他的举止很有讲究。这一点在他在楼梯口和伯爵分手时，再次体现出来。他没和伯爵一块上楼，仅仅是悄悄地随意说了句：

"三楼右侧，门没锁。"

在剧院的那个沉寂的角落中，仅有米法自己。他路过演员休息室时，由开着的门看到这个宽敞的房间里非常混乱，在充足阳光的映射下，房间好像对本身的许多痕迹和陈旧破烂觉得不好意思。不过在光线微弱而吵闹的舞台之后，让他最诧异的，是楼梯间中的沉寂，光线充足，他过去在一个晚上，发现过这里弥漫了煤气烟雾，戏演完之后，女演员在每层楼的楼梯上仿佛马蹄踏地似的狂奔。而目前，所有化妆室中却空荡荡的，过道中也是空荡荡的，什么也看不到，什么也听不到，仅有十一月的微弱阳光，由楼梯附近的矩形窗户中透过来，投下一大片黄色的光线，灰尘在阳光中飞扬，仿佛死了似的沉默由上面围拢过来。他非常愉快附近是如此的安静和沉寂，他缓缓地上楼梯，一面走一面休息，歇一会儿；他的心在猛烈地跳动，担心自己会仿佛一个孩子一样又感慨又哭泣。他来到二楼的楼梯口上，确信那里没有人会注意到自己，就倚着墙，用手帕挡住嘴巴，认真地注视着那些歪歪扭扭的楼梯，那个让无数只手磨光了的铁栏杆，还有墙上脱落了的石灰，这里就仿佛一座妓院，下午妓女们都在休息时，院内的窘境，在微弱的光线中完全显现出来。来到三楼时，他只好跨过一只正团着身子、趴在一级楼梯上的红棕色大猫。全剧院，唯有这只眯着眼睛的猫在守卫着；一到晚上，女演员们散发的气味在这里冷却和凝聚，这只猫就在这种气味中昏昏欲睡。

左侧的过道中，其有一扇门没锁。娜娜待在里边。那个小马蒂尔德岁数不大就不拘小节，她将她的化妆室搞得非常不整洁，残缺不全的壶罐随地乱放，梳妆台上油光可鉴，一把椅子上到处都是红色斑点，好像有人在椅子的草垫上流过血。墙壁和屋顶都贴着壁纸，肥皂水一直溅到壁纸的上沿。一种镂香水味，非常难闻，娜娜只好打开窗子。她在窗台上略微倚了倚，呼吸一下清新空气，又探出脖子去看下边的布龙夫人，她听到布龙夫人在黑暗中用扫帚使劲儿地打扫狭小院子中的长了毛的石板地。在百叶窗上有一个鸟笼，笼中的金丝雀正在高声欢叫着。附近街道上的马车声，这里丝毫也感觉不到，这儿仅有沉寂，和一片迷离的阳光，好像在外省似的。她抬起眼睛，能够看到小巷中的低矮房屋和不少店铺的熠熠生辉的玻璃屋顶，再过去一些，在她的对面，是维维安尼街的高大建筑，这些建筑的后面冲着她，矗立在那儿，悄无声息，仿佛没人似的。房子的每一层都有阳台，有一个照相馆在房顶建了一个蓝玻璃的大工作室。这些场面，看上去令人非常愉悦。娜娜正呆呆地张望着，好像发现谁在叫门。她扭头说道：

"请进！"

发现是伯爵到了，她就合上窗子。天气仍有些凉，而且也避免被好奇的布龙夫人听到什么。他们十分严肃地彼此望了一阵儿。接着，她发现伯爵一直呆呆地站在那儿，窒息一般的神情，她就笑出了声，她说：

"好呀，又看到你了，亲爱的！"

他的感情极其兴奋，那神态仿佛静止了一样。他管娜娜叫夫人，说他可以又和她见面，非常愉快。娜娜为了迅速进入正题，就扮出更加自然的神情。

"不要扮成高贵的神态。既然你希望看到我，是吗？那就别跟木头人似的彼此注视着……我们双方都有不对之处。但是我不会记恨你的！"

因此他们都赞成不再说以前的事情。他连声赞同。他已经冷静下来，不过嘴边尽管有说不尽的话，却还是什么也说不出来。娜娜对他的不为所动觉得奇怪，因此就全力向伯爵发动进攻。

"行了吧，你是个明白人，"她轻轻一笑继续说，"目前我们既然已经和好如初，我们就握握手，做个好朋友吧。"

"什么？好朋友？"他猛地焦躁起来，悄悄地说。

· "对，这可能不理智，不过我一定要敬重你……现在我们把什么都讲明白了，以后再碰到，至少别跟两个笨蛋一样彼此注视了。"

他抬手打算打断她。

"叫我讲完话……世界哪个男人也不能，你明白了吗？哪个男人也不能怪罪我做过不光彩的事，你却是第一个，这让我非常伤心……宝贝儿，所有人都十分在乎自己的名声嘛。"

"但这不是关键！"他冲动地叫嚷起来，"你坐下来，听我讲。"

他担心她走开，就将她安顿到屋内仅有的一把椅子上。他的感情渐渐冲动起来，在屋内来回踱着。这个不大的化妆室中，窗子关着，阳光明媚，看来非常温暖，让人觉得非常安详和湿润，外界没有丝毫动静来打破这儿的宁静。在他们谈论停顿的时候，只听到金丝雀欢快的叫声，仿佛远处有一只笛子发出的颤音。

“听我讲，”他停在她的身前说，“我来这儿就是想再次拥有你……对，我希望再次开始。你对此是非常明白的，为何你仍然用刚才的语气和我讲话呢？……告诉我。你不反对吧？”

她垂下了脑袋，用指甲去抚摸座位上的红色草垫，草垫好像在她的身下滴着血。注视着他那急不可耐的神情，她就更加从容不迫了。最后，她扬起变得非常庄重的面孔，在那双漂亮的眼睛中，她已顺利地增加了少许忧伤。

“哦，没希望了，亲爱的。我再也不会与你偷情了。”

“怎么回事？”他断断续续地说，一股无法言表的悲哀让他面部的肌肉都紧张起来。

“怎么回事？上帝呀！就是由于……就是由于没有希望了，没有其他的理由。我不希望如此。”

他痴痴地凝望了她一会儿，接着双腿一弯，拜倒在石板地上。她露出不高兴的神情，仅讲了一句：

“啊！不要太天真了！”

不过他已经显得非常天真了。他拜倒在她的脚下，搂住她的腰，用力地搂着她，他的面孔牢牢靠在她的两膝之间，他如此嗅着她身上的味道，透过轻柔的衣衫碰到她仿佛丝绒一样的手脚，全身就抽搐起来，仿佛发热病一样不停地抖着。他疯了一样在她的大腿上胡乱碰撞，好像打算挤入她的身子中。那把陈旧的椅子，已经不堪重负了。在低矮的屋顶下，在从前的香粉味彻底化为腐烂的空气中，他被情欲折磨得无法哭出声来。

“行了，行了，将来又如何？”娜娜说，并不妨碍他如此做，“你如此做对你没有丝毫益处。既然这是毫无希望的事……我的上帝！你太幼稚了！”

他略微冷静了一些。不过他还拜倒在地上，也不放手，只是哭哭啼啼地说：

“起码你要听听我打算来这儿为你带来哪些东西……我已经在蒙索公园不远的地方选好了一座大厦。我会答应你的全部要求。为了完

254

全拥有你，我宁肯献出我的所有财产……对，仅有的条件只是完全拥有你，单独地拥有你，您明白了吗？假如你答应仅和我自己交往，啊！我会让你变为最美丽、最富有的女人，马车、钻石、化妆品……随你挑选。"

娜娜倾听着，每当他列举出一种东西，娜娜就高傲地晃一下脑袋。后来，他仍继续往下讲，谈到由于不清楚再送她什么东西，而不得不送她钱时，她流露出不高兴的神情。

"行了，你在我身上摸了这么长时间，什么时候算完呀？……我是个善良的女人，发现你如此悲伤，因此才让你摸一阵儿，不过目前也该摸得差不多了吧，是吗？……让我直起身子，你让我非常疲倦。"

她脱离出来。当她直起身子后，就说：

"别，别，别，……我不想。"

因此他非常困难地由地上站起来；他感到全身虚脱，猛地摔在椅子上，两只手捂着脸，背对着椅子背。目前，该娜娜来回走了。有一会儿，她注视着到处脏兮兮的壁纸，堆着油污的梳妆台，和笼罩在微弱阳光中的这个肮脏的小屋子；接着，她站在伯爵身前，用温和的语气告诉他：

"太滑稽了，富翁们始终觉得他们用金钱就能够获得一切……行了，我不想，又该如何？……你的那些东西，我一点也不感兴趣。就算你把巴黎城送给我，我仍然不愿意，永远不愿意……你看，这房间非常肮脏。不过，假如我喜欢和你共同在这儿生活，我就会认为这房间非常美；反过来，假如身处你的宫殿中，而心飞到了？"她讲话时，面孔上显现出不屑一顾的样子。随后，她又温和一些，用忧郁的语气继续说：

"我清楚有些东西比金钱更宝贵……啊！如果有人可以满足我的愿望……"

他缓缓地扬起脑袋，眼中放射出一线希望的光芒。

"但是，你无法做到，"她又继续说，"这是由于我的愿望不是你能决定的，所以我才告诉你……一句话，我们既然是在闲谈，因此告诉你也没什么……我希望扮他们剧中那个良家妇女的角色。"

"哪个良家妇女？"他意外地小声问。

"就是他们的那个新剧中的埃莱娜公爵夫人！……他们觉得我会扮热拉尔迪娜，我绝对不同意！一个跑龙套的角色，仅有一场戏，而且也许连一场戏也没有！并且关键还不是这个。关键是我扮下流女子扮得烦了。一直是扮风流女子的角色，别人真的觉得我心中仅有这些风流女子的那一套。一句话，这种情况让人恼火，因为我非常明白，他们觉得我粗俗……哼，宝贝儿，他们彻底失误了。假如我要打算看上去高贵的话，我的举止肯定会非常洒脱！……不信你看看。"

她说完就朝后退去，来到窗边，接着抬头挺胸，不可一世，迈着大步，渐渐走过来，那种小心翼翼的神情就好像一只胖大的母鸡迟疑着，不愿搞脏它的爪子似的。他呢，还挂着泪花，就用眼睛牢牢注视着她的所有动作在他的哀伤中猛地出现如此可笑的情景，不由得让他愣住了。她走了一阵儿，使出了她浑身解数，偶尔还弄几下做作的笑容，眼皮的眨动，和细腰的扭动；接着她又来到了他的面前。

"如何？特别有味儿吧，我认为！"

"那是，丝毫不差。"他犹犹豫豫地说，声音有些阻塞，目光还有些迷离。

"我早跟你讲过我发现了良家妇女的特点！我在家中体会过，任何人也无法跟我似的，有那么一丝公爵夫人的神态，那模样就足以击溃所有男人；不久前我走过你身边时，你发现了我瞟你的样子吗？这种表情是我与生俱来的……而且，我的理想是扮一个良家妇女；我时时刻刻都记着这件事，我想得好苦啊。我必须扮那个角色，你明白了吗？"

她严肃起来，语气也不容辩驳，表情非常激动，她真的在为她这个呆傻的理想而觉得难受。米法不久前受到她的回绝，仍在伤心不已，仍待在那儿，好像还不清楚发生了什么。此刻他们都一言不发。空空的房间里非常沉寂，连苍蝇飞舞的声音都听不到。

"你不明白吗？"她索性直接说出来，"你去为我争取到这个角色。"

他仍傻乎乎地等着，接着，他打了一个毫无希望的手势。

"不过这无法做到呀！你本人也讲这是我无法决定的事。"

她动动肩膀插嘴说：

"你到楼下告诉博尔德纳夫，你要这个角色……你别过于幼稚了！博尔德纳夫缺钱。那你能贷给他，你不久前不是讲你可以随便用钱吗？"

由于他仍在迟疑，她就火冒三丈。

"太棒了，我知道了：你担心罗丝生气……不久前你拜倒在地上流泪时，我可没有谈到她，如果说起来，我可有许多话准备讲哩……是的，一个男人向一个女人保证说要一直喜欢她，那就不该在第二天看了另一个女人又喜欢上她！哦！痛苦犹存，记忆犹新……而且你享用的是米尼翁不爱要的东西，这有什么难以割舍的！莫非你不应当先和这些无耻之徒绝交，再拜倒在我的脚下吗？"

他高声喊着表示反对，最后，终于得到机会说了一句。

"唉！我丝毫也看不上罗丝，我立刻和她绝交。"

娜娜对此好像如愿以偿了。她又说：

"既然如此，还有何不便？博尔德纳夫大权在握……你可能会讲，博尔德纳夫之外，还有福什里……"

她说话声缓了下来，这是由于她已经讲到了事情最复杂之处。米法低下头，默默无语。他对福什里和伯爵夫人频繁交往开始是故意装作不清楚，后来倒的确不着急了，希望自己在泰布街一家门前度过的恐怖一夜是搞差了。不过他对福什里这个人倒非常痛恨，心中带着恼怒。

"行了，即使有福什里，也无关紧要，他又不吃人！"娜娜又说，她在投石问路，打算弄清楚丈夫和情人之间的关系究竟如何。"对福什里，肯定会让他同意的。因为我能对你发誓，他说到底是个仁慈的人……如何？说好了，你去告诉他我准备扮这个角色。"

一念及要去如此恳求，伯爵就十分厌恶。

"不，不，我无论如何也办不到！"他喊道。

她在等待。这样一句话已经涌上了她的嘴边："福什里肯定会答应你的"，不过她认为把如此一句话拿出来作依据的确让他过于窘迫了。所以，她仅仅是轻轻地一笑，这笑容非常难以捉摸，就相当于讲出那句话似的。米法抬起眼睛来注视着她，此刻又垂下了脑袋，面无血色，忐忑不安。

"啊！你这个人就是不愿讨别人欢心。"最后她嘀咕了一句。

"我办不到！"他说，感情非常不安，"你无论要什么都行，这件事例外，宝贝儿，我请你不要逼我如此干吧。"

因此她不再费力气和他辩论，却用一双小手，捧起他的头，自己俯下身子，把嘴唇放在他的嘴唇上，深深地亲了他一下。他全身哆嗦了一下，在她身子上边抖着，意乱情迷，合上眼睛，接着她搂着他直起身子。

"走。"她仅讲了一个字。

他抬腿向门口走去。当他正准备走出门口，她又搂住他，扮作苦苦恳求希望得到关怀的神情，扬起面孔，用下巴仿佛母猫似的在他的后背摩擦着。

"你提到的那个大楼在哪儿？"她悄悄问，脸上十分腼腆，乐呵呵的，好像一个小丫头不久前还不想得到一些好东西，眼下又打算得到了。

"位于维里埃大街。"

"有马车吗？"

"有。"

"有网眼花边料子吗？有钻石吗？"

"全有。"

"啊！你太棒了，我的甜心！你要明白，刚才是由于我吃醋……这回，我向你保证，肯定不会再和第一回相同了，这是由于目前你明白了一个女人的愿望。你负责一切开销，是吗？那么我就再用不着别的人了……你看，目前彻底都属于你了。亲一下，亲一下，再来

258

一个！"

她的吻仿佛雨点一般印在他的手上和脸上，让他全身发热后，就将他打发走了。她也略微歇了一会儿。我的上帝呀！这个邋遢的马蒂尔德，她的化妆室太臭了！这个沐浴着冬日阳光的房间，仿佛南方普罗旺斯省那种宁静、温暖的房间似的，在里边非常惬意，不过就是发酸的香水味太重了，以及其他的脏东西的味道也太重了。她推开窗子，靠在窗台上，观看着下边小巷中的玻璃顶棚来打发守候的时候。

米法摇晃着往楼下走，心中一团糟。他如何表达呢？用何种手段说出这件和他不相干的事呢？他来到舞台旁边时，听到那儿正在大声吵闹。第二幕才结束排练，普律利埃尔火冒三丈，这是由于福什里打算删掉他的一句台词。

"那么你把我的台词都弄光算了，"他嚷道，"我宁肯如此！……噢，我总共才两百行台词，还想给我弄掉！没门儿，我烦透了，我不要这个角色了，我不参加演出了。"

他由口袋中取出一个皱巴巴的小册子，用手激动地挥舞着，那神情好像准备把它摔在科萨尔的腿上。他的自尊心遭到打击，惨白的面孔立刻抽搐着，嘴唇用力闭着，眼中射出怒火，他遮不住心中的气愤。他，普律利埃尔，观众喜爱的明星，如何会仅仅扮一个有两百行台词的人物！

"怎么不让我扮拿着托盘送信的佣人呢？"他刻薄地说。

"行了，普律利埃尔，别发火，"博尔德纳夫说，他对普律利埃尔非常客气，不愿和他闹翻，这是由于他深得包厢观众们的宠爱。"别生气了……我们设法为您添些效果。是不是，福什里？您为他添一些效果……在第三幕中，我们还能延长，添一场戏。"

"那么，"普律利埃尔说，"闭幕前的尾白应该归我……我完全有理由得到它。"

福什里没说话，看来是妥协了，普律利埃尔因此将台词本重新装入口袋，不过还是有些生气和不平静。博斯克和方堂在他们发生口角时，全都是漠然处之，所有的人都为自己，和自己不相干的事，他们

259

一点儿也不关心。每个演员都来到福什里身边，向他发问，想获取他的一些表扬。米尼翁早就发现伯爵到了，此刻他一边听着普律利埃尔嘟囔着最后几句牢骚，一边紧紧地盯着伯爵的举动。

伯爵来到光线微弱的舞台，在后台站住了，他迟疑着，不想在他们争吵时过去。不过，博尔德纳夫发现了他，赶紧过来。

"哎！您瞧这伙人！"他唠叨着，"伯爵先生，您真想不到我应付这伙人有多么难过。他们个个非常虚荣，一个比一个骄傲；他们又是一伙骗子，比脓包还恶心，总是给我添乱，唯有将我弄垮了他们才会快活……抱歉，我忍不住了。"

他闭上了嘴，他们静了一会儿。米法打算相对含蓄地表达出自己的想法。不过怎么也想不出含蓄的说法，因此他打定主意直接讲出来，让自己能够早些离开。

"娜娜想扮公爵夫人。"

博尔德纳夫惊呆了，他叫道：

"怎么？这真是太离谱了！"

他瞪着眼睛端详着伯爵，看到伯爵面无血色，惶恐不安，就立刻平静下来。

"该死！"他仅悄悄骂了一声。

他们又一言不发了。实际上，在他的心目中，他一点儿也不介意。让臃肿的娜娜扮公爵夫人，可能更可笑。而且，有了这个关系，他就能将米法紧紧地掌握住。所以他立刻打定了主意。他回过身来大声说：

"福什里！"

伯爵示意他不要叫福什里。不过福什里丝毫没听到。他让方堂挤到舞台的檐幕，正在那儿对人发表他对塔迪沃这个角色的体会。方堂觉得塔迪沃是马塞人，话音中应有南方味儿，因此他就学南方口音。他把一段台词说了一次，这样究竟行不行？他仿佛仅仅是说一些意见，对这些意见他本人也难以决定。不过福什里听后显得不为所动，并且说了其他的想法，方堂立刻恼火了。那太棒了！既然他无法体会到这个人物的特点，为了所有人的利益，他还是不扮这个人物。

"福什里！"博尔德纳夫又叫了一次。

因此福什里马上过来了，非常高兴可以离开方堂，不过他的迅速离去让方堂遭到了打击。

"我们不要待在那儿，"博尔德纳夫说，"先生们，过来。"

为了不让好奇的耳朵听到，他将他们领到舞台背面的道具库。米尼翁瞧着他们消失了，心中非常诧异。他们下了楼，进了一个矩形屋子。这个房间有两扇窗户，都冲着院子开着。一束好像由地窖中射出来的光线，由不干净的窗玻璃上溜进来，在矮矮的屋顶下显得非常微弱。房间中全是一格格的木架子，上边乱哄哄地放着许多陈旧物品，仿佛是拉普街旧货商点货大甩卖时的摆货摊；还有乱七八糟的许多不知道干什么用的盆子，漆金的硬纸杯，红色的破雨伞，意大利的罐子，不同款式的时钟、托盘，墨水瓶，火枪和喷射器，等等；上边都蒙上了一寸左右的灰尘，无法看清楚，有些掉了嘴儿，有些坏了，撂成很大的一堆。五十年来所有的戏演完后留下的杂物，都放在这儿，由这些物品中散发出一种烂铁、碎布和霉烂纸版的味道，让人无法忍受。

"请到里边来，"博尔德纳夫讲了两次，"我们在这儿起码没有其他人妨碍了。"

伯爵全身不舒服，仅走了几步就站住了，叫博尔德纳夫自己去接受这个意外情况带来的风险。福什里觉得非常诧异。

"怎么回事？"他问。

"情况是这么回事，"博尔德纳夫终于讲出了这个突如其来的情况，"我们猛地产生一个构思……您听了，一定要保持镇静。这是特别庄重的一个想法……假如叫娜娜扮公爵夫人，您觉得如何？"

剧作家惊呆了。随后他就火冒三丈。

"啊！行不通，你们这是说说而已，是吗？……观众会笑得喘不上来气的。"

"对呀，假如可以逗得观众捧腹，这个想法就挺好！……亲爱的

261

朋友，您再想想……伯爵先生非常赞成这个想法。"

米法为了遮羞，早就由一块木板上取了一件东西，这东西蒙着灰尘，他好像并不知道这是什么。原来这是一个食用带壳溏心蛋时用来盛鸡蛋的杯子，蛋杯的高脚掉了，是用石膏再次粘上去的。他毫无感觉地抓着蛋杯，听了这话，就过来悄悄地说：

"对，对，如此干肯定非常出色。"

福什里回过身来向着他，打了一个非常厌恶的野蛮手势。伯爵和他的剧本一点也不相干。因此他痛快地说：

"肯定行不通！……娜娜扮风流女子，要扮多少都行，不过扮贵夫人，行不通，肯定行不通！"

"您误会了，我向您发誓她可以，"米法勇气十足，他继续说，"她不久前还当着我的面儿扮过贵夫人呢……"

"在什么地方？"福什里问，他渐渐觉得诧异。

"就在楼上，一个化妆室中……是的，她扮过。啊！扮得活灵活现！特别是她擅长运用眼神……您明白吗？就是如此，由您身边走过时，斜着看您一下……"

虽然他手中抓着蛋杯，为了打算马上让他们相信，他居然不顾身份，下意识地学起娜娜的神态。福什里惊奇地注视着伯爵。他彻底清楚了，他再也不恼火了。伯爵觉得他的目光注视着自己，目光中既有嘲笑，又有可怜，就立刻收住手脚，面孔上稍稍有些发红。

"我的天！也许可能，"福什里为了巴结伯爵，悄悄说，"她大概可以演得非常精彩……但是，这个人物已经有人演了。我们无法由罗丝那儿再夺走。"

"啊！假如问题仅仅是这个的话，"博尔德纳夫说，"我来处理这个问题。"

此刻福什里发现他们都一块和他唱反调，心中清楚博尔德纳夫在这件事中有无法明言的利害关系，因此他为了不服输，就更加据理力争，谈判马上快谈崩了。

"行不通！行不通！就算这个人物缺着，我也不会同意她……我

的意思明白了吗？不要再来打扰我了……我不愿让我的剧本一败
涂地。"

因此出现了一阵非常不自然的安静。博尔德纳夫觉得自己在这里
是多余的，就离开了。伯爵垂着头，还待在那儿。他尴尬地扬起脑
袋，用激动得有些异样的声音说：

"亲爱的朋友，只当我求您帮个忙吧！"

"我不能这么干，我不能这么干。"福什里不停地说，他在进行最
后的抵抗。

米法的声音变得不容置疑。

"我求您……我想这么做！"

他注视着福什里。福什里发现伯爵生气的目光中含着恐吓，就猛
地妥协了，口中嘀咕着说：

"您愿意如何处理就如何处理吧，说到底，我没什么……但是，
您如此干太过火了。您走着瞧吧，您走着瞧吧……"

如此一来，他们的处境更加难堪。福什里倚着一个架子，忐忑不
安地用脚点着地板。米法始终在玩弄那只蛋杯，看样子仿佛在集中精
力琢磨那只蛋杯。

"这是一只蛋杯。"博尔德纳夫上前巴结道。

"是的，是的，是个蛋杯。"伯爵附和着说。

"抱歉，这蛋杯搞得您一身灰尘，"博尔德纳夫继续说，他将那个
蛋杯摆回原地，"您清楚，假如天天在这搞卫生，也弄不干净……因
此这里很肮脏，是吗？真是乱哄哄的一大堆！……但是，不管您相不
相信，这儿有几件东西还有些价值。请您看看，请您看看这儿每一样
东西。"

他带着米法，在院子中透过来的暗绿色光线映衬下，顺着所有格
子转了一遍，把许多道具介绍给伯爵，借机让伯爵对他的实物财产产
生兴趣，他笑着说自己仿佛一个卖旧货的生意人，正在清查货物。当
他们来到福什里旁边时，他用兴奋的语气说：

"我说，既然我们达成了共识，我们就能把这件事放到一边

263

了……恰好，米尼翁朝这边儿走来了，我们正想找他。"

米尼翁在过道中已溜达了很久了。目前一听到博尔德纳夫声称准备变更他们的合同，他不由得大发雷霆；这太无耻了，别人真打算毁了他太太的未来，他肯定要诉诸法律。博尔德纳夫却特别坚定地讲了不少原因；他认为这个人物不配让罗丝出演，他打算让罗丝剩下来主演一部轻歌剧，当《小公爵夫人》结束后这部轻歌剧就上演。不过，米尼翁一直大吵大闹，博尔德纳夫因此就猛地说到准备取消合同，原因是罗丝又打算去游乐剧院。这一下让米尼翁手足无措了，接着他并未否认有这件事，不过他高叫着说他们并不在乎金钱，既然签了合同让他太太扮埃莱娜女公爵，那就不要更改，就算他，米尼翁，会由于这个而一无所有也在所不惜；这涉及一个人的名声和地位。谈到这个问题，就更难以收场了。博尔德纳夫一直坚持这样一个借口：既然游乐剧院答应给罗丝三百法郎一晚演一百场，但在他这儿仅能挣一百五十法郎，那么如果他愿意放她走，她就能多挣一万五千法郎。但米尼翁却顽固地坚持他的艺术观念：别人假如发现他太太的角色让人夺走，会如何评论呢？肯定会讲她不合适，才只好让别人来顶替她；如此一来对艺术家是一个严厉的打击，会对她的地位和名声产生不良影响。不，行不通，根本行不通！名声比金钱要宝贵得多！名声比金钱要宝贵得多！后来，他猛地说出了一个了断的办法：罗丝，按照合同，假如她自己不演，应当交纳一万法郎违约金；那么，目前如果向她支付一万法郎，她就去游乐剧院。博尔德纳夫听了无话可说，米尼翁却静静地等待，始终注视着伯爵。

"如此而言，全部都能解决了，"米法长出了一口气悄悄说，"我们能再谈谈。"

"行不通！这真是无理取闹！"博尔德纳夫大叫着，商人的本能让他难以平静，"用一万法郎让罗丝让出角色，这实在太不公平了。"

不过伯爵连连点头，示意他赞成。他还迟疑了一会儿，最后才不情愿地同意了，尽管那一万法郎不是他出的，他仍然非常心疼。他野蛮地继续说：

"无论如何，我同意了。如此一来，我起码能够躲开你们了。"

方堂对他们的举止非常好奇，来到院子中悄悄听了十五分钟。他听懂了来龙去脉后，立刻来到舞台上通知罗丝，他将这种传达消息视为自己的一种享受。哎呀！别人在私下里讲她的坏话呢，她彻底完了。罗丝跑进道具库。人们都一言不发。她打量着这四个男人。米法垂下脑袋，福什里动动肩膀，示意难以回答她怀疑的眼神。而米尼翁却正急着和博尔德纳夫谈合同的细节。

"到底怎么回事？"她毫不客气地问。

"没什么，"米尼翁说，"博尔德纳夫愿意用一万法郎买回你扮的人物。"

她气得全身抖个不停，面无血色，两只小拳头用力地捏着。她盯着米尼翁端详了很久，通常，碰上生意上的事儿，她总是老老实实地服从丈夫，随便他去和经理或他的姘头立下契约，这回她却不顾一切地抵抗。她想不到其他的话，仅仅是骂了一声：

"无法想象！你太无耻了！"

这句话仿佛鞭子似的，打在米尼翁的面孔上。罗丝说罢就离开了。米尼翁非常诧异，随后追过去。什么？她精神失常了吗？他悄悄跟她说明：这里挣一万法郎，那边又挣一万五千法郎，总共有两万五千法郎。这是一笔找都找不到的生意！无论如何，反正米法已经甩掉她了，借此再狠狠敲他一笔，这简直是出色的成就。不过罗丝火冒三丈，什么也不说。米尼翁于是不屑一顾地抛开了她，随她去释放女人的怒火。博尔德纳夫和福什里及米法已经来到了舞台上，米尼翁告诉博尔德纳夫：

"明天上午我们在契约上签字。钱一定要拿来。"

拉博德特早就将这个消息通知了娜娜，刚好在此刻，娜娜神气活现地下楼。她扮出良家妇女的神情，显得非常高贵，主要是为了让她的同事们感到诧异，而且向这伙傻瓜显示，如果她想要，哪个女人也不如她美丽。不过她几乎出丑了，这是由于罗丝发现了她就朝她跑过来，喉咙哽咽着，断断续续地说：

"你，将来我再碰上你……一定要和你好好算算这笔账，你听清楚了！"

这个意外情况让娜娜抛开了一切，差不多要双手叉腰，破口大骂她是妓女。不过她立刻忍住了，使劲儿掐尖了嗓门儿，扮作一副侯爵夫人非常担心踏上一块橘子皮似的样子，说：

"唔？怎么？你精神失常了，宝贝儿！"

接着，她还扮作风度翩翩的样子，此刻，罗丝却气冲冲地离开了，米尼翁随在身后，罗丝气得都有些变形了，米尼翁几乎不敢认她了。克莱莉丝十分愉快，因为她才由博尔德纳夫手中得到热拉尔迪娜这个角色。福什里忧心忡忡，在原地打转儿却拿不定主意从这走开；他的剧本毁了，他正努力想办法补救。不过娜娜走上前，握住他的手腕，将他拖到自己身边，问他是不是觉得她太残酷。她不会毁了他的剧本的，不用担心；她把他弄笑了，还跟他暗示说他在米法家的身份非常复杂，那么假如和她不配合，那就太不明智了。她假如忘了台词，她可以要一个提示员；她发誓可以让剧场坐满了观众，还声称他没有正确地估计她，让她尽管放心等着看她如何竭尽全力地表演吧。此刻，人们又全部赞成由福什里把公爵夫人这个人物稍稍改动一下，以便让普律利埃尔的戏多一些。普律利埃尔也就顺心了。娜娜一到，好像就顺其自然地带来了一个大团圆的局面，在所有人都愉快的情景中，唯有方堂自己显得非常漠然。他站在那盏小灯黄色光圈正中，非常显眼，灯光映着他的山羊脸侧影，把尖尖的鼻梁映得非常清晰，他扮作一副没人理睬的神情。娜娜非常从容地走上前来，和他握握手。

"你怎么样？"

"还行，挺好。你呢？"

"挺好，谢谢。"

仅有这几句话。他们仿佛昨天晚上才在剧院门前告别一般。此刻，演员们仍在等着；不过博尔德纳夫说不再练习第三幕了。刚好博斯克已经发着牢骚离开了，以往他们这伙人始终是无所事事地待在这儿，虚度一个下午。这回一个人都没剩下。他们来到楼下的人行道，阳光晃得他们什么也看不清，只好不停地挤眼睛，仿佛这些人在地窖深处待了整整三个钟头，又不停地发生口角，神经始终绷着，一来到阳光下未免都有些不清楚该干些什么。伯爵非常困倦，扛着自己空荡荡的头，和娜娜一道上了马车；拉博德特则领走了福什里，想办法给他打气。

过了一个月，《小公爵夫人》第一次公映，娜娜就遭到了沉重的打击。她的表演非常差劲儿，她梦想获得高级喜剧的效果，最后观众都感到滑稽。观众没有起哄，这是由于他们感到非常有意思。罗丝·米尼翁在一个边包厢中坐着，每当娜娜刚上台，她就发出刺耳的笑声，笑声将全剧场都震动了。这是她复仇的开端。所以，晚上娜娜自己和米法在一块时，米法很不高兴，娜娜就愤怒地跟他说：

"哼！何等阴险的诡计！这一切纯粹是因为争风吃醋……啊！如果他们清楚我是何等漫不经心就好了！莫非目前我仍离不开他们吗？……你看，我赌一百个金路易，每个嘲讽过我的人，我都要将他们请过来，让他们在我面前舔地板！……是的，我肯定会塑造出一位贵夫人让巴黎为之震惊！"

第十章

从那以后娜娜成了一个像贵族夫人般的高等妓女，一个依赖男人们的放荡不羁和腐化为生存手段的寄生虫，一个领导潮流的女人。她的显身扬名是那样的突兀而却又是无法阻止的，转眼之间她已成为风头最劲、名声最响的风骚女郎，不顾一切的大手笔花钱，以自己的青春美貌毫无顾忌的搔首弄姿。没多久她已是妓女中的王者了，她的开价高得无人能及，展示窗中摆上了她的相片，她的芳名也成为报纸上的新内容。每次坐在马车中的她在街道上路过时，路人们全都转过头去喊着她的名字，那种兴高采烈的表情似乎是老百姓在向他们的女皇陛下行礼；可她却是面带着快乐的笑容，穿着质地轻柔的衣裳，怡然自得地躺在马车上，如同雨丝样的金黄色小发卷不时地垂在她涂抹着蓝色的眼圈和擦得红红的唇上。令人不解的是这个身材丰满的妞儿在舞台上演一个正派女子是那样的笨手笨脚，那么的让人发笑，但是在城里装扮起诱惑人的女郎来却是如此地轻而易举。她的腰身仿佛蛇一样柔软，服饰搭配得恰到好处，看上去是不经意的自然而然，实际上却是出奇的高贵典雅；她的与众不同就像是一个身手敏捷的良种母猫，她目中无人，高傲自负，她是妓女中出类拔萃者，似乎是一个将整个巴黎践踏于脚下的、有着最高特权的女统治者。她是时兴潮流的标志，贵夫人们争相以她的服饰作为最新的时髦样式。

　　蒙索平原本来是一个旧平原，但是近一段时间以来，高级的府邸鳞次栉比地兴建，在这片高级住宅区的卡尔迪街边上的维里埃街，就是娜娜的公馆所在地。起初这所房子是由一个刚刚尝到成名甜头的年轻画家投资建筑的，成功的激动促使他兴建了这个房子，然而就在房子刚刚刷饰一新之后，他就因资金拮据而只得把它出手。房子颇带有宫殿的豪华气派，是文艺复兴时的样子，房子内部的设施极现代化但是装潢却显得有些怪怪的，看上去别具一格。这个房子连同其中的家具都被米法伯爵买到手，房子中装饰有异常优雅华贵的东方帷幔，古色古香的餐具柜，路易十三时的扶手椅，小玩意遍布房子的每一个角落。这是一个充满艺术气息家具的天地，房间里所摆设的无一不是各个年代精工细作之物。可是就娜娜而言位于房子中间的画室是一点用处也没有，因此她动手将楼上楼下重新布置改造，底层被改成了一间温室，一间大客厅和一间饭厅，二楼在靠着她的卧室和梳妆室的地方开辟了一间小客厅。她的想法叫建筑师目瞪口呆，尽管她只是巴黎街边的妓女，但她有一种与生俱来的能力，使她对所有高贵的物品都了如指掌，她生来就是过豪华奢侈生活的命。概括来说，房子并没让她改动得太乱七八糟，与此相反，屋里的家具倒是越发地多姿多彩起来，只不过有些地方似乎搞得不是很协调，华贵中隐隐地透露出一些俗气，让人感觉得到当初曾是卖花姑娘的她，是怎样停留在商店的橱窗前浮想联翩的。

院子进门的台阶上铺着地毯被，大雨罩遮着，紫罗兰的香气和一种厚厚帷幔中包着的暖洋洋的气息弥漫在前厅中。浅黄的肉色光透过一扇装饰着黄色和粉红色玻璃的彩画窗子，投在宽敞的楼梯上。一个木雕的端着银托盘的黑奴站在楼梯下面，前来访问者的名片装满了盘子；白色大理石雕成的四个女子光着乳房，手中的灯台举得高高的。装满了鲜花的中国的青铜和景泰蓝器具摆放在前厅和楼梯平台上，另外带有古波斯垫子的长沙发和配有典雅椅套的扶手椅也装饰于其中。由于有了这些摆放的家具让二楼的平台担负起了候见室的功能，随处可见男人的大衣和帽子放在里面。帷幔和地毯所拥有的良好的隔音作用将这里围得没有声息，一迈入门口就有要屏息静气的感觉，因为忠诚的信仰而全身发抖。这里的庄严宁静以及每一个关得紧紧的房门，让人觉得有一种神秘兮兮的氛围。

大客厅是按照路易十六时期流行样式摆设的，因为豪华奢靡得太过张扬，除了在进行规模盛大的晚会招待杜伊勒利宫廷中的达官显贵或是国外的首要人物外，娜娜很少使用这个房间。一般的时候她下楼来只不过是因为吃饭。当她孤身一人进餐的时候，坐在宽敞饭厅里的她，眼望着四面墙壁上点缀着的产自戈贝兰壁毯厂的壁毯，以及一个庞大的摆放着历史悠久的彩釉陶器和让人赞不绝口的古老银餐具的食具柜，这些都让她感觉到自己是如此的弱小以至都快看不到了。她吃过饭马上就回到楼上，在二楼有三个房间供她享用，一间卧室、一间小客厅和一间梳妆室。她的卧室已被她翻来覆去改变过两次，头一次是浅紫色的缎子，第二次用的是带着花边的蓝丝绸。可仍旧不能让她感到心满意足，在她的眼中这些都太普通了，她仍然在琢磨着新奇独特的款式，但是到目前为止还没有眉目。软床低得和沙发没多大区别，仅仅是床上的威尼斯花边就花了二万法郎。蓝白两个色彩覆盖了所有的家具，而且银色的细丝镶在上面；散布在各处的白熊皮是那样的多，以至都看不到地毯了。娜娜习惯于坐在地上脱袜子，她没办法克服这个怪癖，这同时也是她的一种喜爱、一种享受！各种各样做工精美的艺术品十分随意地摆在卧室旁边的小客厅里；浅粉色帷幔是一种色彩稍淡些的土耳其玫瑰红丝绸做成的，金色丝线在上面构成了图案，这就使前面各式各样的东西看起来尤其醒目。从不同国家收罗来的这些物品风格各异：意大利的贵重品藏柜、西班牙和葡萄牙的衣箱、中国的小宝塔、日本的精致屏风、以及彩釉陶器，青铜器具，绣花丝绸，细针花边的壁毯。扶手椅的体积与床相差无几，长沙发的深度让它看上去仿佛是屋里的另一个床，不仅带给人一种慵懒无力、浑身发软的感觉，更让人联想到了后宫中了无生趣的日子。黄褐色是整个房间的基调，并有绿色和红色掺杂于其中，如果没有那几个坐上去特别惬意的座椅，没有任何东西能让人看出此处住着的主人是妓女。可是两个原色瓷器的女人像，一个是身穿着衬衫却在那儿抓跳蚤的女人，另一个女人胴体尽现，两条大腿倒立以两只手代替步行，将高雅的客厅的格调破坏殆尽。通过一扇差不多是从未关闭过的门，由大理石和镜子装饰的梳妆室，纯白的浴盆，银质的水壶和脸盆，水晶和象牙点缀物等等都可以一览无余。一抹的光亮穿过垂着的窗帘洒进屋子里，紫罗兰的香气直熏得这光亮似乎也是睡意颇浓了。娜娜的身上是这股鼓动人心、让人坐立不宁的紫罗兰香的发源地，包括院子在内的整个公馆，都弥漫着这种香气。

购买这个公馆所用的物品可不是件小事。娜娜理所当然地能让佐爱做这件事，对于娜娜能够显声扬名佐爱从未怀疑过；她对自己的先见之明非常有信心，所以这几个月来她都在一声不响地静候着，终于等到了娜娜的暴富之时。如今佐爱是个大赢家。她成为了公馆的女管家，一边积累着自己财富，一边也在尽心尽力忠贞不渝地服侍着夫人。但是眼下和以前可大不相同了，除了一个贴身女仆，一个厨房总管，一个车夫，一个门房，女厨师也是一定要配备的，此外还应该设一个马厩。拉博德特对于这些事情非常精通，由他做主去采购一切所需要的物品，无论伯爵觉得如何厌烦的活儿，他全都心甘情愿地揽下来。他经常在不同的马车商之间出出入入，他采取了一些不那么光明正大的方法买马，他甚至还带着娜娜去采购物品，在各店铺中他挽着娜娜的胳膊的身影经常映入人们的眼中。他还选了几个仆人来：才离开德·科尔布勒兹公爵公馆的、身体健壮的马车夫夏尔；满头鬈发、个子不高掌管厨房的朱利安，他总是充满笑意；以及一对夫妇，女的是厨娘叫维克托里娜，男的身兼门房和跟班二职，叫弗朗索瓦。弗朗索瓦笔直地立在前厅招呼客人，他身穿短裤，头发用了发粉，上身是娜娜指定的天蓝色和银色饰带搭配的制服。这和王宫贵族府上所拥有的制服和气派一般无二。

到了第二个月之初，家里所需的所有物品全都齐全了。总共花掉了三十多万法郎。有着八匹马的马厩，五辆马车的车库，其中一辆双篷以银装饰的四轮马车曾在一个时期内让整个巴黎都为之动容。在这样的一大笔财富中，娜娜有了容身之所，构建了安乐窝。她抛开了舞台和那仅仅演了三场的《小公爵夫人》，留下博尔德纳夫在财产荡尽的漩涡中折腾。即使有伯爵的金钱在帮助博尔德纳夫，他还是处在倾家荡产的边缘。但是娜娜仍旧是很在意自己的失败，为自己难过悲伤，再加上自方堂处学到的经验，让她将这些事情看成是最见不得人的，尽管这只是方堂一个人的行为，但她却在心底认定了每一个男人都有罪。所以此刻的她觉得自己坚强无比，绝不会走再一次发疯地爱一个男人的老路了。可是，报复的想法在她幼稚肤浅的思绪中没能存在很长时间。平日里除去斗气之外，盘踞在她的头脑中的全都是如何地挥霍，以及与生俱来的从心底里看不起那些出钱让她肆意妄为的男人，她依旧是不顾一切的挥金如土，情夫们的倾家荡产只能让她觉得得意洋洋。

起初，娜娜就她和伯爵之间的关系详细制定了一个规定，明确了伯爵在公馆里的所有权利和义务。他一个月要给她一万二千法郎，礼物不在此列，他的要求只有一个：她要完完全全忠实于他。她起誓她能做到对他忠实，但是也要获得他的尊敬，她要求有作为一个家庭女主人的所有权利，她的意愿一定要得到满足。由于她每天都需要招呼接待客人，因此伯爵必须只在事先约定好的时间内来。一句话，他在任何事情上都要毫不怀疑地相信她。只要他一由于嫉妒而气愤或是拿不定主意，她就立刻做出一副受到伤害的样子，恐吓要将他送的所有物品都归还于他，不然的话就对着小路易的脑壳起誓。如此一来，伯爵就可以心平气和了。要是相互间没有尊敬也就无所谓爱情。在第一个月的时间里，米法对她始终都非常尊敬。

但是她这山望着那山高，还想要获取更多的东西。没多长时间，她以一个正经人家贤惠妇女的身份在他的身上运用手段。假如他来时心事重重，她便千方百计地哄他快活，使他将不愉快的事讲出来，接着她为他出谋划策。逐渐地他家里的烦心事，他妻子和女儿的难题，他的感情和财产全都由她操持了；在此类问题上她的表现极为善解人意，公正而又诚恳。唯独有一次，因为偏见的原因她没能把握好自己的心情。那天伯爵对她说达盖内也许用不了多长时间就会向他的女儿爱斯泰勒求婚了。当人们越来越关注伯爵与娜娜的关系后，达盖内觉得与娜娜一刀两断是最明智的办法，他像对付一个淫贱女人那样对待娜娜，指天为誓一定从这个女人的魔爪下将他的未来岳父抢回来。所以娜娜就不厌其烦、夸大其词地讲述她以前的咪咪的难听之话，声称他是一个流氓，和品质不好的女人乱搞，挥霍掉所有家产；他德性很差，尽管他还没用女人的钱过活，但是他特别会算计女人的钱财，过好长时间后他才有可能送给你一束鲜花或是带你吃顿饭。伯爵闻言似乎想为他这些缺点开脱，宽恕他，于是娜娜就直言不讳地对伯爵说达盖内以前和她有过关系，她甚至还描述了好多让人难以听下去的详细情节。听过之后，米法的脸色显得毫无血色。自那之后就再没提及这个青年人。对于像盖达内这样无情无义的人来说，这是一个很值得深思的教训。

可是那时娜娜的公馆仍称不上是装配齐全，因此娜娜向米法倾注全力地发了许多天长地久的誓言之后，一天夜里让格扎维埃·德·旺德夫尔伯爵在她的房间里休息。旺德夫尔伯爵费尽心机地追逐娜娜已经持续半个月了，他每天都必来拜访，向她赠送鲜花。娜娜这时接纳他并非是由于暂时的迷恋，重要的是打算以此来展现她自己仍旧是毫无束缚的。至于想跟他要钱的主意是以后才产生的。次日，一笔她不想对其他的男人说起的债务到期了，于是旺德夫尔为她清偿了这笔债。从那开始，每个月她都能从他那里弄到八千到一万法郎的零花钱，这也实在是少不得的。所以旺德夫尔情绪一激动，就将自己的钱财挥霍得一干二净。他三处田庄已经被他的马匹和名叫露西的女人吞噬了，眼下娜娜又计划着一下子吃掉他在亚眠近旁的唯一的一个古堡。他好像十分焦急地想将所有的财产挥霍殆尽，以至于连他的远祖在菲利普·奥古斯特①时代的一座荒废的古堡也不能幸免。他似乎对于倾家荡产有一种急不可待的渴望，在他看来，将自己家的徽章上仅存的一个金色圆形图标也拱手送给整个巴黎都渴望着的妓女，是一种无上的荣光。娜娜所要求的拥有不受约束的自由，他同样也全盘接收，他只在娜娜指定的时间内沉醉于娜娜的温柔之中。然而他从未跟思想单纯幼稚的米法那样一定要娜娜指天为誓才行。这些事情米法丝毫不知，也从未起过疑虑。所有的事旺德夫尔都了解得清清楚楚。但是他对此一向都是态度从容，那张脸总是笑意盈盈，对于一切都充耳不闻。他纵情声色，从不相信任何事情，那些无法做到的事他绝不会去强求，假若娜娜在指定的时间欢迎他，并且巴黎人对这件事也都清楚，那他就没什么遗憾了。

　　从那时开始，娜娜的家中真可称得上是要什么有什么了。仆人众多，不管是在马厩里、厨房里或在夫人的卧室里，服侍的人都一应俱全。已是总管的佐爱，对于一些突如其来的、纷繁琐碎的事都能应付

---

　　① 菲利普·奥古斯特：十二世纪法国的一位国王。

自如，她就如同剧院中负责装饰场景的一般，这个行政机关一样的家被她操持得有条不紊，精确得出奇。在刚开始的几个月里，丝毫冲撞都没发生过，更不要说有什么毛病了。唯一美中不足的是夫人偶尔的头脑冲动、贸然行事以及打肿脸充胖子，让她沾染了很多的烦心事。因而这个女总管紧张的心情也逐渐地松懈下来，并且她还觉察到只要夫人犯一个愚不可及的错误却又不得不去弥补时，她就可以从夫人毫无节制的挥霍中捞到不少好处。在这种时候，礼物会像雨点似的落到她身上，她在浑水里可以摸到不少金路易。

有一天清晨，佐爱在米法尚未离开卧房时，就将一个身子瑟瑟发抖的男人领到了娜娜正在换内衣的梳妆室。

"是你！乔治！"娜娜很惊讶地说。

那人真的是乔治。乔治一瞧见仅穿了一件睡衣，满头金黄色的头发散落在光溜溜的身子上的娜娜，就一下子扑上前去抱住她的脖子，使劲地搂住不放松，娜娜身上的每一处都印上了他的狂吻。娜娜非常担心被伯爵瞧见，急忙挣脱开乔治怀抱，小声说：

"不要这样！他在屋里！真不可思议……佐爱，难道说你也失去理智了吗！快带他走，让他在楼下等一会儿，我会想办法见他的。"

佐爱没法子，只好将他连推带搡地拽到楼下。他在楼下饭厅中期待着。当娜娜有机会抽空来看他们时，他们俩都被骂了个狗血喷头。佐爱撅着嘴，申辩说她原打算给夫人来一个惊喜，然后带着一脸的不快走出饭厅。能够再一次看到娜娜，乔治觉得分外兴奋，泪水涌上了他那两只漂亮的眼睛，他的目光始终凝聚在娜娜的身上。如今痛苦已经远离他了，他的母亲认为他能明辨是非了，因而准许他走出丰代特；刚下了火车的他，立刻找了一辆马车，不停歇地跑过来亲一下他的心肝宝贝。他宣布往后他会如同"藏美屋"中一样围绕在她的身边生活。从前他常常是光着脚在卧室恭候她。他嘴里说着的同时，手就探了过去。经过一年的残忍分别，他迫不及待地想抚摸一下她。他边说着，边用手去爱抚她。他将娜娜的手握住，而他的手则在娜娜睡衣

274

的宽大衣袖中毫无章法地胡摸一气，直探到了她的肩膀。

"你始终爱你的小宝宝吗?"他以孩子般的口气问道。

"那是自然,我始终在爱着他!"娜娜答道,她突然使劲挣脱出来,"但是你说来就来,也不通知我一下……你要清楚,我的心肝宝贝,眼下我可是受制于人了。你应该懂点礼貌。"

在走下马车之时,乔治满心期望着自己这么长时间以来的欲望煎熬总算能获得些慰藉,所以脑袋不禁有一些飘飘然,甚至连自己置身于何处都未好好打量一下。此时他觉察到四周的景色与从前已是大相径庭。他认真端详着屋子:好高的彩画的天花板和墙壁四周装饰着产自戈贝兰挂毯厂的挂毯更显出了饭厅的金碧辉煌,眼前的餐具柜上整整齐齐地放着泛光的银质餐具。

"是呀!你讲得有道理。"他伤心地说。

因而娜娜就对他说,要记着以后一定不能在清晨来。要是他喜欢,在下午四点到六点是她接待客人的时间,在这个时候他来看她很合适. 他以一种询问和恳求的眼神注视着她,然而却没提出什么疑问,娜娜瞧见了他的这种表情,于是亲了亲他的额头,以此向他证明自己是个心肠很好的女人。

"你要听话,我一定多想想办法。"她轻声说。

然而实际上就她而言这句话一点也不存在其他的意思。在她看来,乔治很招人喜欢,她只不过是盘算着时不时让他来好有个说话的人,解解闷。但是,每天下午四点他都准时无误地到来,并且来了之后,仍是一副心事重重的样子,于是她还是跟从前一样后退一步采取些补救措施,将他偷偷隐藏在衣柜里,常常将残存的一丝花容月貌也叫他分享一下。他同女主人态度亲昵,仿佛那只小狗珍宝,藏在女主人的裙子中,就算是她和其他的男人一起睡觉,他似乎是也能分到一点残汤剩菜,他将娜娜的公馆当成了自己的地方,怎么也不愿意走了。在她独自一人烦躁、闷闷不乐之时,他就会得到意想不到的好处和亲热。

这孩子重新又回到那个坏女人的怀里的事肯定被于贡夫人知道了，她马不停蹄地奔向巴黎，向她的另一个儿子菲利普中尉寻求帮助。那时候他在万森驻军。一直以来，乔治的一切行为对他的哥哥都是有所遮掩的，这回他是彻底失望了，他提心吊胆，唯恐哥哥会以拳脚相见。他常常很动感情地向娜娜表述他的想法，没有任何欺骗她的话，因此没多久就在娜娜的眼前左一句哥哥又一句哥哥地说起来，他讲他哥哥是一个身体强壮的男子汉，无所畏惧。

"你应该清楚，"他进行着解说，"妈妈绝不会亲自到你这儿来的，但是她一定会让我的哥哥到这儿来……她让菲利普来带走我是确信无疑的了。"

当他第一次将这说给娜娜之时，她的自尊心被损坏了。她冷冷地说：

"我一定要亲自睢一瞧这到底是为何！就算他是个中尉，弗朗索瓦也同样会不留情面地将他轰出去。"

以致后来，由于这孩子常常念及他的哥哥，娜娜也慢慢地留心起他哥哥的事了。一个星期之后，对于他的哥哥她知道得无所不包，他身体高大挺拔，体格健壮，性格开朗却有些不拘小节。另外对于他身上的一些秘密地方也清楚得很，他的胳膊长着毛，肩膀上有颗痣。对这个她一定要将他轰出去的男人知道得太过清楚了，因而她的脑子里装满了他的音容笑貌，到最后，有一天，她猛的大声叫喊起来：

"听我说，乔治，你哥哥该不会放弃了吧……闹了半天他是个一点也不讲诚信的人！"

翌日，只有乔治和娜娜两个人在一块的时候，弗朗索瓦上楼请示有一个叫菲利普·于贡的中尉前来拜访，是否有兴趣接见。乔治的脸猛一下子失去了血色，他小声祈祷着：

"很早以前我就有所准备了，在早上的时候妈妈对我说的。"

他向娜娜哀告无论如何都要让仆人传话无法接待。但是娜娜的脸涨得通红，早就站起了身，兴奋地说：

"怎么不让人家进来？他会当我是不敢见他呢。哼！这下我们可以有笑料了……弗朗索瓦，在带那位先生到我这儿之前先叫他在客厅里恭候十五分钟。"

然而她却无法坐下来，神情激动地在两个镜子之间来回走着，两个镜子，一个是挂在壁炉上的大镜子，另一个是威尼斯镜子悬在意大利小装饰盒上面。她向镜子里打量自己，拼命弄出一副笑容满面的样子，是她经过镜子时的必要动作。瘫软地缩在一张长沙发上的乔治只要想到那马上就要来到的麻烦，就吓得浑身发抖。娜娜不停地走，嘴里时断时续地嘀咕着：

"让他等上十五分钟后，这个小伙子的火气会平息不少……再说要是在他的心里以为他到的不过是个妓女的家，那样这间客厅就能够杀杀他的傲气……是的，是的，睁大眼睛瞧个仔细，先生。客厅里的每一件东西都绝对是真品，这会让您学会对这里的女主人一定要给予尊敬。尊敬别人是男人们身上所缺少的……什么？已经十五分钟了？不，十分钟还不到呢？我们的时间多得很。"

她不停地走，几乎是没有闲着的时候。十五分过去了，她将乔治支到了一边去，为避免让仆人瞧见以至太不像话，她要乔治保证绝不悄悄地窃听。乔治迈出卧室时，好不容易壮着胆子以哽咽的声音说了句：

"你应该清楚，他是我的哥哥……"

"别担心，"她做出严肃的表情说，"如果他很懂规矩，我肯定会好好款待他的。"

弗朗索瓦将身着礼服的菲利普·于贡引到了屋里。乔治最初乖乖地听娜娜的话，轻手轻脚地走出了房间。然而屋内的话语声让他止住了脚步，他迟疑着，心里七上八下，两条腿简直都无法动弹了。他的脑海中浮现出肯定会有的恐怖景象，肯定会有扇嘴巴或是等等类似会让娜娜此生都记恨他的糟糕事。所以他禁不住诱惑，于是就又转回头去将耳朵靠在门边上悄无声息地窃听。厚重的门帘使声音的传递发生了阻碍，他无法听得很真切。但是最终仍是捕捉到了菲利普的只言片语：那些话很是一本正经，义正词严，话中包含着"孩子"、"家庭"、"荣誉"等等诸如此类的词儿。他急不可待地想搞清楚他那个心肝儿是如何应对的，因而他头晕目眩，心怦怦地跳个不停，耳朵里嗡嗡作响。毋庸置疑，只要她一出口必然就是一句"下贱东西"，要不就是断喝一声"滚到一边去，这是在我家!"但是事实上却是没有任何不对头，里面毫无动静，娜娜似乎是在屋里魂魄归天了。没多久他哥哥的口气也不像原来那么强硬了，柔和了许多。这让他摸不着头脑，正当这时候，屋内传出的一阵微弱又怪异的动静把他吓了一跳。娜娜竟然哭了。猛然间他被纷繁复杂的情感所包围，他既打算抽身跑开又琢磨着是不是要扑到菲利普身上。恰在这时，佐爱走了进来，他心慌意乱地闪开门口那儿，由于他被佐爱看见而窘迫得无地自容，脸红红的。

佐爱一声不吭地收拾着衣橱里的内衣裤，假装什么也没看见；他搞不清到底发生了什么事，只能是纹丝不动地以额头靠着一扇玻璃窗，不发一言。这样静静地挨过了一会儿之后，佐爱问：

"跟夫人说话的是您的哥哥吗?"

"是的。"他带着哭声回答。

接着又一阵沉静。

"您是不是很担心，乔治先生?"

"是的。"他答道，声调中还是充满了一种无法言表的痛楚。

佐爱从容不迫把花边叠好。接下来她有条不紊地说：

"您用不着不安……夫人一定能解决问题的。"

这就是他们所有的言谈过程，俩人谁也没再说什么。然而她还是不肯从房间走开。漫长的十五分钟过后，她才再一次回过身，丝毫没留心乔治的神色变得恼怒不已，由于他一直搞不清事情的真相，可动作又受制于人，因而脸色看上去十分难看，白得吓人。他每隔一会儿都要向屋子里悄悄地瞥上几眼。都这么久了，他们到底做什么呢？可能娜娜一直哭个不停。他哥哥性情粗鲁，她肯定挨了不少耳光。所以佐爱刚一离开，他马上就来到了门口，将耳朵凑上去仔细聆听着。然而这一回，他真的是慌了神了，吓得不知所措。因为一阵阵愉快的笑声，柔声细语和女人被碰到痒处克制不住的笑声从客厅中骤然传入到他的耳中。娜娜将菲利普送到楼梯口几乎和笑声一同发生，他们互相还道了些亲昵话。

乔治鼓足了勇气步入客厅的时候，娜娜正站在镜子面前细细端详自己。

"如何？"他满头雾水地问。

"什么如何呀？"她头都没转一下问道。

接着，心不在焉地说。

"刚刚你说什么了？你哥哥人很好嘛！"

"你是说一切都解决了？"

"那还用说，自然都解决了……喂！你有什么不对劲吗？别人可能会认为我们要打架呢。"

乔治仍然没弄清楚，他磕磕巴巴地说：

"我似乎听到……你难道没哭吗？"

"哭？"她大叫着，眼睛狠狠地瞪着他，"做梦吧你！为什么你认为我会哭呢？"

接下来她怪罪他没听从她的嘱咐，藏在门后窃听人家说话，跟他嚷了起来，因为她的怪罪，乔治的心乱成了一团。眼见着她不高兴了，就柔情无限地对她说着好话，他想搞明白到底发生了什么事。

"那么，我哥哥……"

"你的哥哥观察过之后就知道他自己是身在何处了……你知道吗？如果我确实是一个娼妇，那么为了你的年纪和家族荣誉等着想，他采取措施阻止这件事是合情合理的。啊！对于这种情感我知道得非常清楚……只消我瞧瞧他就可以了，他立刻就礼貌多了……这样，你根本就不必再害怕什么了，所有的事都过去，他肯定会叫你母亲安心的。"

279

然后，她又面带着笑意说：

"对了，以后在这儿你一定能碰到你的哥哥……我向他发出了邀请，他不会不来的。"

"啊！会在这儿碰到他。"小家伙说，脸色白得吓人。

他没接着讲什么，有关菲利普的谈话也就告一段落了。她更衣想要出门，他那两只盛满忧伤的大眼睛注视着她。由于他对娜娜死心塌地，怎么都不肯和她断绝关系，眼下事情能有一个圆满的结果他自然轻松了许多。然而有一种若有若无的隐忧，一种刻骨铭心的苦楚在撕咬着他心灵深处，以前他从未有过这种感觉，但却没胆子直言说明白。他压根儿就弄不懂菲利普是怎样让妈妈安心的。三天之后，她欢欢喜喜地回丰代特庄园去了。那天晚上乔治在娜娜那儿，当弗朗索瓦进来通知说中尉来访时，他惧怕得抖个不停。然而中尉却毫不在意地谈笑风生，好像他只不过是个不爱上课的孩子似的，在中尉看来不上课也无可厚非。可乔治的内心却是难受不已，坐在那儿呆头呆脑的，就算是听了一些无关痛痒的话，他也如同个姑娘般地羞红了脸。他和哥哥菲利普之间的年纪相差十岁，平日里几乎从不和他在一块，他如同惧怕父亲似的同样也畏惧哥哥，在外面和女人鬼混这样的事他向来是不让父亲知道的。所以当他亲眼目睹在娜娜的面前哥哥旁若无人地谈笑风生，那样毫无拘束，再加上身体出奇的好因而在寻欢作乐方面特别有兴致，对此他从心底油然而生出一种很难受的羞愧。但是，一段时间后他的哥哥差不多天天都到娜娜这儿，乔治也总算有些习以为常了。娜娜神采飞扬，美丽异常。于是她本已放荡不羁的生活中又有了新的色彩；现在男人和家具装满她的公馆，似乎在以毫无顾忌的方式在大摆筵席祝贺乔迁之喜。

有一个下午，米法伯爵意外地未在指定好的时间回来，而此时于贡兄弟都在娜娜家里。当佐爱告诉他夫人正在接待客人的时候，他连门都没进就离开了，仿佛是一个彬彬有礼的绅士不想去打扰其他人似的。在他晚上又一次来的时候，娜娜看上去就如同一个被侮辱了的女人一样，以满腔的火气来迎接他。

她说："先生，您听着，我可是光明正大的，您没有一丝一毫的借口可以叫您不对我不敬。从今以后在我的家里，我希望您和其他的客人待遇相同，都一样进来。"

伯爵震惊得不知说什么好。

"但是，亲爱的……"他试图做一些说明。

"您未进门大概是由于我在接待客人！是的，我招待的客人，在您的心目中，认为我和这些男客人们在做什么事？……一些无聊的人或许会摆出一副详情尽知的模样，到处去讲他的情妇的客人如何如何的多，但是您要记着，我一点都不想要这样的宣传。"

他好不容易才让娜娜的怒火平息，原谅了他。然而在他的心底却对这一切很欣慰。就是以这样相同的方法娜娜彻底控制了伯爵，并且让他对她的忠贞十分信服。她以乔治这孩子能常常让她开心为借口，不容分说地迫使伯爵容纳他已经有一段日子了。没多久她又让伯爵和菲利普共同进餐，伯爵看上去非常友善；饭后伯爵还单独和青年军官到了一旁，请他代自己向他的母亲问好。于贡兄弟、旺德夫尔和米法从此堂而皇之地进入了这个家中，成为了其中的一员。在这儿他们彼此间握手就如同很友好的朋友一样，如此这般后事情就好办多了。唯有米法还是那么谨小慎微，像个不认识的人来访那样注意依照规矩。当晚上娜娜坐在铺满熊皮的地上脱袜子的时候，他经常态度友好地说起这几个先生。特别是常常说起菲利普，这个真可称得上是忠实公正的典范。

"这话不错，他们的确都是好人。"坐在地板上换睡衣的娜娜说，"但是可有一样，你清楚，他们都明白我是怎样的一个人……要是他们敢瞎说，我立刻就将他们一个不剩地轰走！"

娜娜整天郁闷得难以忍受，尽管她的日子是那样的奢华，身边又不乏献媚讨好的人。每天晚上的每一分每一秒，都有男人在她的身边做伴，钱更是多得不知放到哪里才好，甚至连梳妆台的抽屉里也都是钱，和梳子、刷子放在一块，然而这些仍让她觉得无法快活，她常常不知何故地总感觉不那么充实，对于生活她厌倦得直想睡觉。一天又一天她总是无事可做，每天的生活都和以前一样没有变化。明天对她而言没有任何意义，她清楚自己就如同小鸟一样肯定不会饿着，随便是哪一根树枝她都能够当成栖身之地。因为不用为生计发愁，她就好像在修道院里一样整天都慵懒地赖在床上，闲来无事的生活中就只有吃、玩和依从，似乎她是妓女这一行中的囚犯。因为她只要出门就坐车，以致她的脚都要不会走路了。她儿时的乐趣又吸引住了她，小狗珍宝被她整天亲着，一些无聊的东西被拿出来玩以度过时光。只有一件事是她要做的：等男人。外表看上去她很热情周到，事实上却是以发自心底的厌恶敷衍他们。在这种自甘堕落的日子里，自己的美丽容颜是仅有的一件能让她注意的事，为了让自己可以在任何时候，在众人面前脱得光溜溜时，不会为自己的身体有遗憾而脸红，照镜子时她总是非常地细致耐心，十分注意如何洗澡，如何让香水洒满全身。

　　娜娜早上起床的时间是十点，常常是那条苏格兰卷毛狗珍宝用舌头舔她的脸才弄醒她的；她醒后总要同珍宝亲亲热热地玩上五分钟，那条狗来来回回穿梭于她的胳臂和大腿之间，米法瞧见了很不高兴。珍宝反而成了第一个让他嫉妒的男性。在他看来叫一个畜生这样将头伸到被窝里非常不像话。接着，娜娜到梳妆室去洗澡。弗朗西斯在十一点左右来为她做头发，为下午要梳理的程序很多的头型做准备。她不喜欢独自一个进餐，到吃中饭的时候，马卢卡太太差不多天天来陪伴。这位太太总是戴着她那怪模怪样的帽子，清晨早早地来到这儿，晚上又回到她那隐秘的住所，没人清楚她从何处而至，有关她的事儿也没人去费心了解。从午饭后到梳头间的两三个小时是娜娜一天中最无聊最难以打发的时光，一般情况下她消遣的方式是和马卢瓦太太玩纸牌；偶尔她也会瞧瞧《费加罗报》，她最喜欢看的是戏剧信息栏目和有关上流社会的消息。由于她声称自己对文学也有兴趣，有时她竟然也会拿起一本书打开来看。她的梳妆打扮要到差不多五点才结束。

直到这时候，她才要从她那长久以来的昏昏沉沉中精神起来，她要么坐着马车出去，要么在家里接待一大堆男人。在外吃晚饭对她而言已经习以为常了，晚上歇息时已经很晚了，第二天还是一样筋疲力尽地起床，再一次重复一天又一天毫无新意的生活。

到巴蒂尼奥勒她姑妈家里探望小路易是让她最开心的娱乐了。她常常会在十五天内将他完完全全地抛在脑后，接着一个好妈妈的内疚之情和疼爱又填满了她的内心，迫使她像着了魔似的走路去瞧他。她总是拿了好多好多的礼物去看他，好像是去济贫所，烟草是为姑妈准备的，橙子饼干是给孩子吃的。不然的话，当她坐着自己的敞篷四轮马车从布洛涅森林往回走时，就会过来看看孩子，那条安静小街的居民由于浓妆艳抹、漂亮服饰的她的到来而惊叹不已。从外甥女开始发迹以来，勒拉太太的爱慕虚荣变得越来越严重。她平时不怎么到维里埃大街上去，装腔作势地声称那不是她能去的地方，然而在她自己居住的那条街，她却是风光无限。对于身穿价值四五千法郎衣服的娜娜的到来，她十分得意洋洋，第二天就迫不及待地将娜娜送过来的东西向邻居们炫耀，所列出的价钱常常让她们目瞪口呆。娜娜的大多数星期天都留给了自己的亲人，在这样的日子里，就算是米法请她去吃饭，她也常常是面带着笑容像一个普通的主妇一样委婉拒绝：不行，她得到姑妈家去吃晚饭，去探望她的小宝贝。小路易是一个让人心疼的孩子，一年中的多数时间他都是疾病相伴。他就要三岁了，看上去似乎是个大孩子了。但是他的脖子以前发过湿疹，如今耳朵里又长了脓肿，真担心他的头骨会有生骨疽的可能。每次当她瞧见他面色惨白，血液病变，皮松肉弛，身上散布着斑斑黄点的时候，心里总是很难受，但最主要是奇怪。这个小孩子，为什么身体会这么不好呢？可他妈妈的身体却是那么的强壮。

不是探望孩子的日子，娜娜的生活还是和以前一样喧闹而平淡：去布洛涅森林去转一圈；去剧院观看第一次上演的剧目；去金屋饭店或者英吉利咖啡馆去吃晚餐或者消夜！另外，在每一个公共场合都能看到她的身影，和人们一道观看大家都感兴趣的节目，像马比耶舞会①，阅兵式和赛马等等。即便这样她还是觉得那种无事可做的无聊和寂寞在包围着她，这让她如同犯胃痉挛似的不堪忍受。尽管一些炽热的恋情时常伴随着她，但只要当她独自一人的时候，她的胳膊总是伸得长长的，对一切都表现出特别不耐烦的样子。寂寞能让她马上就难受起来，因为在这样的时间里她又被空虚所包围，对于自己她也感到腻烦。由于她的性格和她所从事的职业，她原本是应该过得非常惬意的，然而每当到这样的时刻，她的心情就不知为何地闷闷不乐，在两个连着的呵欠之间她总是讲出一句能够概括她全部生活体验的话来：

"啊！男人们实在是太让我讨厌了！"

一个听完音乐会返回的下午，娜娜在路上瞧见一个穿着鞋跟已烂得不成样子、裙子脏兮兮的女人顺着蒙马特尔街的便道上大步流星地走着，那女人的帽子早就让雨水浇得走形了。她头脑中灵光闪现，一下子想起了这个女人是谁。

"停一下，夏尔！"她对车夫大喊。

然后又叫那女人：

"萨丹！萨丹！"

经过的行人们都将头转了过来，整整一条街的人们把注意力集中到她们身上。萨丹向马车走过来，她碰到了马车的车轮，使身上更是肮脏不堪了。

"上来吧，我的朋友。"娜娜镇静自若地说，周围那些看着她的人好像根本就不存在似的。

萨丹的穿着打扮虽然让人难以恭维，可她却仍然收留了萨丹，并让她坐上自己的那辆浅蓝色四轮马车，在她那饰着尚蒂伊花边的浅灰色衣裳的旁边落座，带她回了家。望着马车夫显出的那种不可一世的

---

① 马比耶舞会：一八四〇年至一八七五年间巴黎最流行的舞会，在蒙田大街举行，多为社会著名人士参加。

神气，行人们的笑容在嘴角扩散。

在这之后娜娜有了痴迷的目标，寂寞无聊的感觉一去不复返了。萨丹沐浴更衣，重新装扮了一番。她取代所有的男人变为娜娜最喜欢的人。安定在维里埃大街之后，萨丹用了三天的时间将在圣拉扎尔妇女教养所里发生的事讲给娜娜听，那里的修女们是如何的让人烦，警察局的臭家伙是如何地将她也排在了每隔一段日子就要去进行卫生体检的妓女单子上。娜娜听过之后十分气愤，尽力地劝她宽心，她信誓旦旦地向萨丹保证她会亲自出面去和部长理论，她肯定会将她的名字从名单中抹去的。但是眼下不必着急，任何人都不会到她的家里找萨丹的，对于这点她叫萨丹大可以放宽心。这样两个女人共同度过了一个充满柔情蜜意的下午，她们俩一会儿甜言蜜语，一会儿互相亲嘴开玩笑。这是接着做她们在赖伐尔路小旅馆里曾经玩过的戏耍，那时玩的时候由于警察的骚扰而不得不中断，这会儿又再一次进行了，但是起初也就是玩玩而已，并没有当回事。后来，在一天夜里，她们真的做了起来。在洛尔饭店的时候娜娜对于同性恋原本是非常厌恶的，可直到今天才体味到其中的妙处。萨丹弄得她是意乱情迷，飘飘欲仙，因而当第四天早上萨丹逃离家后，娜娜的欲望就更是饥渴不已无法满足了。没人知道萨丹是何时离开的。她盼望着去享受自由清新的空气，对她的街头流浪的日子旧情未了，因而她连同穿在身上的新袍子一起跑掉了。

这一天，一场狂风暴雨在娜娜的家里掀起，每一个仆人都是耷拉着脑袋，大气不敢出。娜娜责备弗朗索瓦没能守住大门，差点就要扇他耳光。可是娜娜还是努力地压住了自己的怒火，她大骂萨丹是个不折不扣的娼妇；这一次也让她学了一个乖，她告诫自己绝不要再去臭水沟里理会这些垃圾。下午，佐爱听到将自己紧锁在屋子里的娜娜在小声地哭着。晚上，她出人意料地让仆人弄好马车，她要到洛尔饭店去。一个突如其来的想法涌上了她的脑海，她有种感觉在殉道者街的餐桌上或许能发现萨丹的踪影。她要去的原因是想打萨丹一个耳光而并不是想见她一面。不出所料萨丹真的和罗贝尔夫人在一张小桌上吃饭。一见到娜娜，她露出了友好的笑容。尽管娜娜悲伤不已，可却并未大声指责、吵闹，恰恰相反她的神情相当的和蔼，温顺可人。她做东家让大家畅饮香槟酒，最后五六张桌子的人全都喝得醉醺醺的，接下来，她利用罗贝尔夫人去洗手间的功夫，一把拉了萨丹就跑。直等到了马车上，她才狠咬了她一下，并告诫她说，要是她下次再发生这样的事，那她就等死吧。

这样一逃一抓的把戏接二连三地发生，总共不下二十次。身为一个被戏弄的女人，娜娜每次都觉得是那么的生气和悲伤。她找遍所有的地方寻找那个娼妇，而这个娼妇想要逃离并不只是出于一时的头脑冲动，而是过腻了公馆里舒服安逸的日子。娜娜声称她会给罗贝尔夫人一个大嘴巴的；由于她们三个人之中有一个是多余之人，有一天她居然胡思乱想要同她进行决斗。如今只要娜娜一到洛尔饭店进餐，她肯定会佩戴上她的钻戒，时不时地还领着路易丝·维奥莱纳、玛丽亚·布隆、塔唐·妮妮共同前往，她们人人都是华衣美服，明艳亮丽。洛尔饭店三间厅堂光线幽暗，低级菜肴的气味弥漫在空气中，附近地区没见过世面的小娼妇们被这一大群华丽的女人给镇住了，个个目瞪口呆。她们好不得意，饭后就将小娼妇们一个个地都领出去了。到了这个时刻，洛尔常常是身穿浑身发亮的、把自己裹得紧紧的衣服，带着仁爱母亲般的宽容的笑脸，亲着每一个人。但是对于这样的烦心事，萨丹总是能保持高度的自制力，她那两只不停闪动的蓝色大眼睛和一种仿佛心地纯真的少女般的面容总是非常的平静。在争风吃醋的两个女人中间，她常常挨打，被咬，饱尝了被争夺的苦楚，但是她对于这些只是淡淡一笑说：这真没意思，她们还是讲和吧。扇她的嘴巴也不能将她如何，虽然她愿意替每一个人着想，可无论如何都没有办法让自己分成两半呀。终于娜娜技高一筹，赢得了胜利，主要原因是她对萨丹体贴周到，柔情蜜意，并常给她好多好多的礼物，罗贝尔夫人为誓报此仇，写了好多用心险恶、言辞狠毒的匿名信，把它们邮给了情敌的每一个情人。

这一段日子以来，米法伯爵看上去好像心事重重。在一天清晨，他异常冲动地将一封匿名信在娜娜的面前打开，仅仅溜了几眼前几行，娜娜已经明白那封信中对她对伯爵的不忠诚进行了指控；暗地里与旺德夫尔和于贡兄弟有私情。

"这是骗人的！这是骗人的！"她以一种毫无私心的语调竭尽全力地大嚷。

"你有胆子以此为誓吗?"米法问，他觉得心头的压力减轻了些。

"无论你让我以哪些东西发誓都不成问题……行了，就以我儿子的名义宣誓吧！"

那封信字数颇多。她和萨丹的关系也在下文中有描写，信中的遣词用句实在是卑劣得难以入目。她将信读完之后，笑了笑。

"这回我清楚是哪一个写的信了。"她仅仅是毫不在意地说道。

米法让她对这件事作个解释，因而她不动声色的继续说：

"亲爱的，萨丹这事和你关联不大……能对你有哪些不利的情形呢?"

她坦然承认了这种事，因此他说出了一些生气的话。她听过之后，晃了晃肩。他是什么时期的人了? 这种事根本就没什么好奇怪的，她列举了几个女友的姓名，她发誓宣称上层社会中的妇女们对这件事都情有独钟。反正，按照她的观点这是一件平凡无奇、自然而然的事罢了，可是造谣诬蔑却让她特别怒气难平。至于旺德夫尔和于贡兄弟的事，他难道没瞧见她是那样的生气至极吗? 要是这种事证据确凿，他一定会找到借口将她活活弄死。但是对于一件可以说是微不足道的事来说，说谎也无利可图? 她仍是一次又一次地说着那句话：

"你倒是谈谈，这对你有何妨碍?"

争论仍是没完没了，于是她以充满暴怒的嗓音打断了争吵：

"亲爱的，再说要是你认为这事不得体，要解决也是轻而易举的事……大门也没关着，你想要干什么都随你的意！如果你想接受我就

287

必须按我的意愿办。"

米法的头垂了下来。实际上在他的心底里，对于娜娜的宣誓他感到十分的快活。而娜娜，则对于自己的影响力有了更为明确的认识，从此以后，对米法她再也不想退缩半步。而萨丹从此就在公馆里毫无顾忌地安营扎寨，她和另外几个先生一样平起平坐。旺德夫尔压根儿用不着匿名信就对这一切一目了然；他总是爱说些笑话，为了彼此争宠存心同萨丹吵架。而菲利普和乔治则将萨丹看成自己的同病相怜的伙伴，和她握手，常对她讲些下流的笑话。

萨丹这小娼妇在一天夜里弃娜娜于不顾，悄悄溜走了，娜娜一路赶到殉道者街吃饭，计划着也许会找到她，然而没见她的影儿却出其不意地遇到了一个人。当她正在独自一人吃饭时，达盖内出现在她的视野中。尽管他已经洗心革面步入正途，可仍然是劣性难改，所以他时常也会到这儿来，在巴黎的这个污秽、见不得人的旮旯里他觉得无论如何也不会碰见老相识的，因而当他瞧见了娜娜，他的神情颇为窘迫不安。但是他也是一个应变能力很快的人。他立刻笑容可掬地向娜娜走去，询问夫人能否赏脸让他也在这个桌子旁进餐。娜娜瞧出了他是在说玩笑话，于是做出一副雍容华贵却又毫无表情的模样，神色冷淡地说：

"先生，这里是公共场所，喜欢坐哪儿随您的意。"

以这种方式作为谈话的开始，接下来的事情肯定有趣得很了。但是，等到吃餐后甜食的时候，娜娜觉得实在是厌倦至极，她早就想向他显示显示她辉煌的成功了，所以她将胳膊朝桌子上一放，以异常关心亲切的语气问道：

"如何？小甜心，你的婚事有新发展吗？"

"希望不大。"达盖内如实答道。

确实如此，他正打算壮起胆子向米法府上去求婚时，忽然伯爵的态度变得淡漠起来，没办法他只能是把想要说的话谨小慎微地咽了回去。对于这件事，他觉得已经没什么希望了。娜娜双手托腮，幸灾乐祸的嘴角略微向上一撅，两只亮晶晶的眼睛凝神望着他。

她缓缓地说道："呀！我真是个不折不扣的荡妇，啊！一定要使未来的岳父脱离我的魔爪……哼！你平时精明得很，怎么关键时刻会犯傻呢！什么！你竟然向一个无比疼我的男人讲我的不是，他对我可是无话不说的呀！……仔细听着，小乖乖，如果能让我点头，你就能如愿以偿地结婚。"

对于这一点，在此之前达盖内就已经觉察出来了，此刻他的内心正在迅速地算计着如何让她服软以达到自己的目的。但是看上去他一直在说些不着边际的笑话，他可不打算将事情搞得太郑重其事。他把手套戴好，以十分庄重的礼仪请求她答应他和爱斯泰勒·德·伯维尔小姐结为夫妻。娜娜总算是露出了笑容，如同让人碰到了痒痒肉似的。天呀！这个乖乖，实在是让人恨不起来。达盖内能够在女人中战无不胜的原因，归根到底是由于他那甜美的音质，他的嗓音如同优美的乐曲般纯真、温柔，因此妓女们送给他一个"丝绸嘴巴"的外号。任何一个女人都被他那柔情无限的嗓音所征服。对于自己的这种吸引力他清楚得很，因而他就开始对娜娜说了很多稀奇古怪的事，以他那滔滔不绝的话语去让她进入催眠状态，等到他们从饭桌起身之时，她已被彻底地征服了。她面若桃花，挽着他的胳膊，发颤的身子靠着他。那天天气不错，她先让马车回去，留下她一个人和他一起走回到他的住处，接下来又十分自然而然地上了楼。两个钟头后，她正在穿着衣服，对他说：

"这么说，小乖乖，你真那么想攀上这门亲吗？"

"那是毋庸置疑的！"他小声道，"这是眼下我能得到的最佳结局了……你要明白，现在我是囊中羞涩，几乎是身无分文了。"

她让他为自己将靴扣扣好。一阵静悄悄之后，她又说：

"上帝！我是非常高兴的……让我来为你打通道路吧……那个姑娘，身材瘦得和木头没什么区别。但是你们都没什么意见，心甘情愿……我最愿意帮助人了，让我帮你办成这件事吧。"

说这话时，她的胸部还是光着的，突然她笑容满面地问：

"要是办成了，你怎么酬谢我呢？"

感激涕零的激动让他将她一下子抱在怀中，疯狂地亲着她的肩膀。她被亲的身子直发抖，兴奋地将头向后仰着。

"啊！我想起要什么了，"这样的游戏令她快活得大喊，"要记住我想要作酬谢的……在你成亲当天，我要你的初夜权给我作谢礼……也就是，要在你和你妻子有接触之前，你记住了吗？"

"我保证！我保证！"他说，笑声比娜娜的还要大。

他们俩都认为这个交换十分有意思，对于这件事的解决方法他们也都非常满意。

第二天娜娜家中正好在举行一个晚宴，每个星期四都会有的晚宴，在座的有米法、旺德夫尔、于贡兄弟和萨丹。伯爵来得很早。为了帮娜娜付两三笔欠款他必须得有大约八万法郎的现款，并且由于娜娜对于一条蓝宝石项链十分喜欢，他还打算把项链买到手，送给娜娜。他的一大笔财产已经被挪用了，可他还是没勇气去变卖不动产，因此他思量着寻找一个放高利贷的人。按照娜娜的亲自提议，他对拉博德特说出了此事。然而由于在拉博德特看来这笔生意数额过大，于是就委托理发师弗朗西斯来处理这事，能为顾客服务弗朗西斯十分高兴。这样伯爵将此事交给这两位先生去全权处理，但是他意思清楚地告诫他俩一定不能让人知道这钱是他借的；两位先生允诺十万法郎的本票会万无一失地待在公事包里，直到伯爵拿到现款后再签字。对于二万法郎的利息，他们又为自己大大辩解了一番，并高声痛骂那些贪图重利的高利贷者，然而他们表明，为了筹到这些钱，他们不得不去拜访他们。米法到的时候，弗朗西斯才为娜娜弄好头发。拉博德特也做出一副一个不相干的朋友的样子，在梳妆室里坐着。见伯爵走进来，他立刻万分小心地在香粉和香膏之间搁了一大包钞票，伯爵拿过本票在大理石梳妆台上写上了自己的名字。娜娜本打算让拉博德特留下来吃饭，但他说他必须得带一个富有的外国人去参观一下巴黎的风景。米法将他叫到一旁，希望他能到首饰商贝克那儿将那条蓝宝石项链买到手，他想给娜娜来个出其不意，今天晚上就把项链送给她，让她高兴一番，对此拉博德特保证绝无问题。过了三十分钟，朱利安乘人没看见悄悄地将珠宝盒给了伯爵。

娜娜在吃晚饭的时候有些焦虑不安。八万法郎这么多的钱让她兴奋不已，可这些竟然全都得交到售货商那儿！这实在是让人心情焦躁、使人激动，这么大的一笔款子，全都要送到售货商的手里！这真叫人觉得难以接受。汤刚刚端上来，她就已经伤心起来，在装饰豪华、灯火璀璨的饭厅里，银餐具和水晶器皿散发着光彩，然而她居然对于穷困的好处大加赞赏。在座的男人们全都是衣裳鲜亮，她自己也身着带有绣花的白缎长裙，相对而言，萨丹的装饰就简单得多了，她只是穿了件黑绸裙子，颈部戴着一个娜娜给她做礼物的金鸡心坠子。朱利安和弗朗索瓦在客人们身后站着服侍上菜，佐爱在旁边帮手，三个人表情都是得意洋洋。

"可以肯定当从前我不名一文之时，我的日子最快活不过了。"娜娜又重复了一次。

米法被她安排在自己的右边，旺德夫尔则坐在她的左边，但是她差不多是看都不看他们，一门心思地和萨丹聊着天；萨丹在她的对面，在菲利普和乔治之间坐着。

"是吧，我的小猫咪？"只要她一说话，总会加问上这样一句，"那时候，在波隆索街若斯嬷嬷包伙食的学校读书的时候，我们天天是多么的快乐呀！"

上烤肉了。两个女人沉浸于对陈年旧事的回忆中去了。她们随意地聊了一会儿，仿佛忽然打算要将年轻时的污垢再搅拌泛起似的；特别是当有男人在场，一种疯狂似乎不知不觉地在她们的身上发挥着作用，她们一定要将那培育了她们的粪堆给男人们好好讲解一番不可。直听得在座的先生们面色惨淡，眼神中流露出痛苦不安的神色。于贡兄弟勉强做出笑脸，旺德夫尔焦躁不安地捋着自己的胡子，米法呢，则显得更加庄重正经了。

"你还能想起谁是维克托吗？"娜娜说，"他不是一个好心肠的孩子，他故意将女孩们引诱到地窖里去！"

"我记得清清楚楚，"萨丹答道，"我还明明白白地回忆起你家的大庭院。有一个手持着一把扫帚的看门女人……"

"她是博什大妈，早就死了。"

"你家的店铺似乎还在我的眼前闪现……你妈很胖。有一天晚上我们正玩得开心，你爸爸酒气冲天地回家来了，他喝得太多了，醉得不分南北了。"

旺德夫尔此刻说了一句话，打断了两个女人的对美好往事的回想，他试图将谈话的内容转换一下。

"我说，亲爱的，我非常喜欢再来一点松露，它吃起来鲜美无比。昨天我在德·科尔布勒兹公爵家也尝了些，可味道和这儿的根本没法比。"

"朱利安，再添些松露！"娜娜大声叫嚷着。

然后，她又接着刚才的话说：

"啊！确实如此，爸爸一点也不精明……所以输得干干净净！不知你有没有过这样的经历，一事无成，身上没钱！……我敢说无论哪种苦我都吃过，但这的的确确神奇，我竟然没像爸爸妈妈那样受尽苦难地死去。"

这回始终都在强忍着玩耍餐刀的米法说话了。

"你们所说的事怎么全是让人心情不好的事。"

"嗯？什么？心情不好！"她大喊，目光飞快地瞪了他一下，"我自然知道这些都是让人心情不好的！……亲爱的，可那时候我们总得填饱肚子呀……啊！您必须了解，我是个实话实说的人，我只是说出事情的真相而已，我妈是个洗衣妇，爸爸是个酒鬼。他是酒醉而死的。这是事实！要是你们觉得听不下去，要是你们对我的家庭出身感到羞辱……"

每一个男人都态度坚决地声称自己绝无此意。她提这些做什么呀？他们对她的家庭都非常尊敬。但是她仍是继续说着：

"由于我不属于那种连亲生父母都不愿意坦承的女人，假如各位认为我的出身让你们觉得没面子，那么我请你们远离我……你们都给我听清楚，如果你们想接受我就要连我的父母一起接受。"

他们心甘情愿地接受她，她的父母以及她曾经的所有，只要是她喜欢的，他们全都愿意接受。眼下四个男人全都低下头来，眼睛盯着桌子，一声也不敢吭，但她却好像是一个有着无边权力的女皇，狂怒不止，以她那从前曾在金滴路上满是泥巴的旧鞋子，将他们一个个都踏于脚下，就这样她仍旧不愿意放下她手中的大棒：别人给她钱也好，给她盖宫殿也罢，这些全没用，因为她吃土豆的那段日子她一直是念念不忘的。钱这东西是哄人的！它只不过是用来拿给供货商的。终于，她这一大顿脾气最终以一个让人颓丧的愿望划了个句号：她的理想是打算过一种简简单单的日子，对人以诚相待，在一个美好和善的环境当中生存。

然而在此时，她瞧见朱利安两只手搭在身边在等着。

"喂，你干什么呀？倒香槟酒呀，"她说，"怎么跟个呆头呆脑的鹅似的盯着我做什么？"

在这场上演的好戏中，仆人们的脸上一点儿笑意也没闪现。他们好像什么都没听见，夫人说得越是义正词严，他们所表现出来的神态就越是一本正经。朱利安不声不响地着手倒香槟酒。可怜的弗朗索瓦在上水果盘的时候，不小心将盆子斜了一下，结果是苹果、梨子和葡萄一股脑地撒到了桌子上。

"你怎么这么笨！"娜娜大喊着。

仆人最最不应该的就是为自己申辩，说果子的位置原本就没有弄好，佐爱在拿橙子时挪过。

"如此说来，"娜娜说，"全都是佐爱的不对了。"

"但是，夫人……"贴身女仆感到很没面子地小声说。

夫人猛地站起身，像王后一样威风十足，以不容置疑的口气道：

"行了！……全都给我出去！……我们不会再用你们服侍了。"

这样一个决定让她觉得气顺了不少，心情好了许多，脸上立刻又回到了亲切柔和的神情。甜点好吃极了，对能够亲自动手，几位先生感觉很有意思。萨丹动手削了一个梨，来到她心上人的后面吃着，并且还靠在她的肩膀上，在她的耳边不知悄悄地说了些什么，说过之后，俩人都快活地笑了起来；萨丹后来还打算让娜娜和她一起共同吃最后一口梨，她以牙齿咬着梨并送进了她的嘴里，接下来俩人互相贴着嘴唇，在亲吻中吃完了梨。对于她们的行为先生们都发出让人忍俊不禁的愤慨。菲利普大叫着她们别管其他人，自己高兴就行了。旺德夫尔问他是否该到外面躲一会儿。乔治走上前来搂住萨丹的腰，将她弄回了原来的位置。

"你们都是大笨蛋！"娜娜说，"瞧你们，让人心疼的小心肝的脸都被你们弄得红红的了……让他们一边去，姑娘，叫他们随心所欲地开玩笑吧。不管怎样这是咱们俩自己的事儿。"

米法以一副一本正经的表情注视着她们，娜娜回过头来向他说道：

"你认为呢？我的朋友。"

"当然，一点不错。"他小声地说了一句，头缓缓地点了点以示赞同。

于是再没有反对声了。在几个显赫出身、一向都受着历史悠久的正规教育的绅士中间，这两个女人脸对着脸，彼此的眼睛发射出意乱情迷的光芒，旁若无人地展示着女人的权威，以一个战胜者的神气明目张胆地表达着对男人们的不屑一顾，在场的每一个男人对此都忍不住大声叫好。

大家来到楼上的小客厅里喝咖啡。浅粉色的帷幔和暗金色的瓷漆器小装饰品被两盏灯所发出的温馨光线包围着。每到晚上这段时间内，柔和的光线在旁边的箱子、铜器和彩釉陶器之间，让很多银的或是象牙做成的镶嵌饰品亮闪闪；一根通体晶莹的雕花小棍，在灯光的作用下结构分明；一块镶板也反射出了丝绸一样的温和光亮。下午点的火现在就留下火炭快要灭了；房间被窗帘和门帘遮得严严实实，温暖的空气让人禁不住昏昏欲睡。整个屋子都被娜娜自己的东西占据，随意乱放的手套，掉在地上的手帕，被翻了几下的书，等等诸如此类。外加来自娜娜身上的那种浓烈的紫罗兰香味，这种扑鼻的香气让人觉得她在屋子里是光着身子的；而且她身上有一种妓女特有的撩拨人的举止，让这豪华奢侈的地方增添了一种诱惑的气氛。那些和床一样宽阔的大扶手椅、又深又长的沙发更像是一个小卧室，让身处其中的人浑然忘我，在这一个不被人注意的小角落处喃喃低语，身心愉悦地说着贴心话。

萨丹来到壁炉旁，倒在一张长沙发上，抽起了香烟。旺德夫尔走到她身边和她逗趣，摆出嫉妒不已的模样，警告她：要是她仍然不放过娜娜，让她不能做好主人应尽的事，他就会派决斗的助手来和她进行决斗了。菲利普和乔治也凑热闹到这边来寻她开心，戏耍她，最后搞得她大叫起来：

"亲爱的！亲爱的！快让他们歇歇手！他们又在和我瞎胡闹了。"

"行了，你们放过她吧，"娜娜神情庄重地说，"你们都明白我可不喜欢别人和女孩子纠缠不清……可是你，我的小心肝，他们是过分了点，那你怎么还和他们搅和到一块了呢？"

萨丹吐了下舌头，脸色红红地进入了梳妆室。梳妆室的房门在开着，从外面可以看见有个毛玻璃圆球罩着的煤气灯，发出淡淡的白光，浅白色的大理石在灯光的照耀下更显得高贵典雅了。此时，娜娜以一个魅力四射的女主人和四个男人聊着天。在报纸上有一篇流行的长篇小说引起了她的注意，小说描述的是一个妓女！对这篇小说她觉得很是生气，她声称小说不具备真实性，并且她对这种自诩为纯粹记叙真实的下流淫荡文学感到气愤，她说文章写得完全不真实，莫非无论是什么东西都能够写出来吗？一部小说的写作目的莫非不是要让人们快快乐乐地度过一小时的时间吗？对于书籍和戏剧等诸如此类的问题，娜娜自有她不容置疑的主张：她非常愿意看一些有关爱情的格调高雅的作品，它们可以让她沉湎于梦境当中，让她的心灵得到更多的净化而变得高尚。然后，谈话的内容涉及了轰动整个巴黎的暴动，说起了那些具有鼓动性的文章，议论着每天夜里在公共集会上都有人发动人们举起手中的武器。打架滋事的现象已经在街上出现了。娜娜义愤填膺地大骂起共和党人。这些没洗过澡的肮脏鬼，他们心里究竟在想些什么？莫非我们的日子还算不上是有福气吗？皇上不是已经为老百姓做了所有的事吗？老百姓的的确确是不堪入目的破烂货！她对老百姓了解得很多，完全配得上说这样的话；她不记得就在刚刚吃饭的时候，她还郑重地要求别人对金滴路上的那个阶层的人要给予必要的尊敬，但是眼下她却以一个暴富女人的看法，以一种讨厌和害怕的心理去对自己人进行抨击了。碰巧在那天下午，在《费加罗报》上，她读了一篇关于一次公共集会的文章，开会时的情形被作者叙述得差不多是到了让人发笑的地步。据悉有人在开会的时候以地方口音讲话，并且有一个酩酊大醉的人因为举止过于粗俗而被人们赶了出来，这会儿回想起来她仍然觉得那么的可笑。

"哼！这些酒鬼，"娜娜带着厌恶的神气说，"不行，你们等着瞧吧，他们的共和国对于每一个人而言都是一场无法想象的灾祸……啊！上帝保佑皇上吧，愿他万寿无疆！"

"亲爱的，你的祈求上帝一定会听见的，"米法神色庄严地回答，"请放心，皇上的身体十分强壮。"他非常欣慰她也有这样正确的观点。在政治立场上他们俩没有分歧。旺德夫尔和于贡上尉也在不停地以一种讥笑嘲讽的口气对这些"下流胚"痛声责骂，他们都是那种平日里故意大声喊叫，然而在刺刀的面前会跑得比谁都快的人。那天晚上，唯有乔治一个人面色惨白，落落寡合。

"这孩子，他有什么心事吗？"注意到了他愁眉不展的娜娜问道。

"是跟我说吗？没怎么，我在听你们聊天呢。"他小声嘀咕着。

事实是他非常难受。晚饭过后，他听到菲利普在和娜娜调笑；这会儿坐在娜娜身边的不是他，反而是菲利普。他自己也搞不清楚，总是感觉到胸口的怨气在膨胀，仿佛要炸开一样。他无法忍受菲利普和娜娜如此亲近，一些污秽不堪的念头卡在了他的咽喉，让他的痛苦中又融入一些耻辱。原本他对萨丹是十分轻视的，她先和斯泰内，后来同米法，再接着又和很多其他的人有过关系，然而只要他一念及菲利普在某一天会有抚摸娜娜的可能，他就气得浑身发抖。

"过来！抱珍宝玩一会儿吧。"她为了宽宽他的心，将睡在自己裙子上的小狗给了乔治。

这样乔治的心情又好了起来，他手中抱着这只还带着娜娜体温的小狗，就如同拥抱着她身体的一部分。

谈论的主题又说起了旺德夫尔，昨天夜里他在帝国俱乐部又输了为数不少的钱。从不赌钱的米法对这件事觉得诧异。但是旺德夫尔对之仅仅是付以淡淡一笑，他还露出了些话表明自己快要破产，巴黎的每一个角落都在议论着这件事；无论采取哪一种死法，最关键的是要体体面面。不久前，娜娜就已经觉察到他的心绪不宁，嘴角有一处深深的皱纹，原本清晰透明的眼睛现在也不再宁静了。即使他的家族已经日渐衰落，但他还是维持着贵族的体面，维持着他作为身出名门的高贵气度。然而由于赌钱和女人消耗了他的体力和财产，这种贵族的骄傲只不过是暂时的回光返照。有天夜里，他对睡在身边的娜娜讲了一大堆叫人恐惧的话，这让娜娜心惊胆战：他打算待到他所有的财产都用光之时，就将自己在马厩里，和马一起葬身于火海中。目前一匹名叫吕西尼昂的马倾注了他所有的期盼，他正在竭尽全力地培训它，计算着要在巴黎赛马大会上争第一名。如今这匹马就是活着的支柱，与此同时，这匹马也在支撑着他那摇摇欲坠的声誉。每当娜娜向他索取东西的时候，他都说等到六月份吕西尼昂拿了第一名再给。

"得了吧！"她拿他开心说，"也许它会输呢，在比赛中它得超过其他的马才可以。"

而他却不出声，只是神秘兮兮的一笑。接着他轻快地说：

"再告诉你一件事，我有一匹获胜把握不大的小母马，我未经你同意就以你的名字为它命名，……娜娜，娜娜，你不会不高兴吧？"

"不高兴？干吗不高兴？"她说，实际上她的心里欢喜得很。

他们的谈话继续下去，说到巴黎马上要处死的杀人犯，娜娜表示她很有兴趣去看看；这时在梳妆室门口露面的萨丹以恳切的语气让她到她那儿去。娜娜立刻起身，剩下几个先生慵懒地在椅子上躺下去，边抽着雪茄边议论着一个认真的话题：一个中酒精毒颇深的杀人犯应该承担多大的责任？梳妆室里，佐爱斜倚在一张椅子上，泪如泉涌，无论萨丹如何劝也不管用。

"出什么事了？"娜娜十分惊奇地问。

"啊！亲爱的，你快来给她宽宽心吧，"萨丹说，"我已经跟她讲了二十分钟了，我让她听点理由……她这么伤心是由于你说她有错。"

"真的，夫人……这让我实在是太伤心……这真是伤心呀……"佐爱抽抽搭搭地说着，又猛地被一阵哽咽堵住了。

这景象让娜娜的心一下子就投降了。她言语温存地为她宽心，见佐爱的气还是没平息，于是她就蹲在佐爱的跟前，态度亲热地抱住了她的腰。

"你呀，你这么想不开，我说你有错和我说的其他话有什么两样。我哪还会记着呢！我那时只是火气大了点……行了，是我不对，不要伤心了。"

"我是那样忠心耿耿地维护着夫人……"佐爱断断续续地说，"为夫人我不辞劳苦做了那么多的事……"

然后娜娜抱着她的贴身女仆亲了亲，又想要表明自己一点也没生气，她还将她只穿了三次的一件衣裳给了佐爱，以给佐爱以安慰。在她与佐爱之间的吵闹，通常都是以送礼物为结局的。佐爱拿手抹着泪水，衣服挽在胳膊上，又声称，厨房里也是愁云惨淡，朱利安和弗朗索瓦也无法吃饭了，一瞧见夫人大发雷霆，他们的胸口都填满了。夫人听过之后，给了他们每人一个金路易，以示和好。如果身边有人难受，那她可就太伤心了。

娜娜安定了这场风波，将第二天的障碍解决了之后，就兴高采烈地想回客厅中去了。此刻萨丹在她的耳边悄声告诫她，要是那几个男人还胆敢以她作为取乐的对象，那她一定离开；她要求她的心肝今天夜里不能留一个男人，要好好给他们个教训。况且，只有她们俩在一起该是多么美妙呀！娜娜闻听此言就心急火燎了，斩钉截铁地说这根本不行。因此萨丹就如同一个撒娇的孩子似的软磨硬泡，一定要让娜娜答应她。

"我就要这么做，你听清楚了吗？……我和他们你要选其一，不是他们走，就是我走！"

一说过这话之后，她进了屋躺在一张长沙发上，跟个死人似的不声不响，两只眼睛看着娜娜，等待着她做出决定。

那些先生们经过一番争论总算有了眉目：他们都认为这新的犯罪理论不可信，根据那些全凭着闭门想象而得的结论，一些有病态的罪犯就能以此为依据不承担责任，那样的话，世上就不会有犯人，只有病人了。娜娜边点头同意边琢磨着如何才能将伯爵赶走。其他的人都不成问题，只有他肯定不会走的。事实真是如此，菲利普起身的时候，乔治立刻也跟着起来，他最担心的就是哥哥会待在后面。旺德夫尔也未马上起身，他在观察着形势，瞧瞧米法也许恰巧有一些事要办，以便他留下来；最终，他瞧出伯爵在这儿过夜的意思特别坚决，也就眼明心亮，主动撤出了。但当他到门口的时候，他注意到了萨丹眼光直直地，对一切就全都清楚了。他感觉到十分有意思，于是走上前去和萨丹握了下手。

"干什么？我们关系不错吧？"他悄悄地说，"请多包涵……我以人格保证，你是最漂亮的姑娘。"

萨丹对此压根就不理会。她的目光一直都注视着独自留在一边的娜娜和伯爵。米法此刻已不在意，他走到娜娜身边坐下来，拿起她的手亲着。娜娜绞尽脑汁想找个分身之法，于是问起她的女儿爱斯泰勒的身体好了些吧。昨天晚上，他还对她唠叨说他的女儿性情过于多愁善感了，在家中他一天快乐的日子都没有过，他的太太常常出去，女儿又太过冷漠，不爱吱声。对于这类家庭苦恼她总是能拿出些妙方法。米法在她身边全身心都松弛下来，因此就又对她发起牢骚了。

"为什么不将她嫁出去？"她说，猛然间她又记起了她曾经许诺过达盖内的事来，于是就说。

她鼓足勇气向他提出了达盖内的名字。一听这名字，伯爵就愤怒不已，说什么都不行，在他听过了娜娜对他讲的那些事后，他是无论如何也不会让女儿同这个家伙结婚的。

她故意显出一副震惊的神情，然后又放声大笑起来，一下子抱住了伯爵的脖子：

"啊！你嫉妒了！怎么会真有这样的事呢！……你仔细想想看，上回是因为他在你跟前诋毁我的形象，我心里一气才说出来那话的……这会儿，我感觉很对不住……"

越过伯爵的肩头她碰着了萨丹的目光，她赶紧将伯爵放开，一本正经地接着说：

"我的朋友，这门亲事是再好不过了，我可不想成为你女儿快活人生的障碍。这小伙子是个好人，你不可能再找到比这更优秀的女婿。"

然后她就大声赞美起达盖内来。伯爵再一次握住了她的手，他不再坚持说绝无可能了，他想想，等以后再谈吧。接着，他建议说要上床歇息了，娜娜小声谈了些原因。今天不可以，她月经来了，假若他是真的喜欢她，那就不要再勉强她了。可是，他十分顽固不化，始终不肯走，娜娜的心有些松动了，然而就在此时，她又碰到了萨丹的眼神，所以态度重新又硬了起来。不，绝对不行。伯爵神情动容，他的脸上表现出了难过的神色，他起身摸到了帽子。但是，当他来到门口里，他的手触到了兜里的首饰盒，又记起了那条蓝宝石项链，他原本是打算将项链隐藏在被子里，待到她先上床后，她脚一伸就能感觉得到，这可是大人们让心爱的人惊喜的赠送方式，在吃饭的时候他就想到这点了。如今这么惨地被赶走，他心里很不是滋味，就硬邦邦地将首饰盒交给了她。

"是什么呀？"她问，"天啊！是蓝宝石……就是它，就是这条项链。你真是太好了！……我说，亲爱的，你能确信这就是我看中的那条吗？放在商店橱窗里看上去更好些。"

可是她还是将他赶走了。伯爵也瞧见躺在沙发上的萨丹在那儿不动声色地静候着，因而他瞧了瞧这两个女人，放弃了，乖乖地下了楼。前厅的门尚未关好，萨丹就一把抱住了娜娜，蹦着，唱着，之后又跑到了窗口：

"要瞧瞧他在人行道上的那副模样！"

窗帘遮挡住了两个女人的身影，她们扶在铁栏杆上。一点的钟声敲响了。维里埃空空如也，一直延伸到远处的两排煤气灯隐没在三月的湿润的夜里。狂风带着雨气势汹汹地吹着。一块块的空地在夜里看上去犹如一个个黑洞洞的大坑，那些尚未完工的公馆，建筑架高高地矗立在漆黑的天空中。米法低腰着，形影孤单地顺着湿乎乎的人行道向前走着，就连他的背影也似乎在诉说着无尽的哀愁。看到这副情形，她们俩开心地大笑着，然而娜娜的一句话立刻让萨丹笑不出来了。

"当心，有警察过来了！"

因而她们以一种说不清的惧怕心理止住了笑，担心地注视着从街的那一头踏着齐刷刷的步子一起走过来的两个人影。如今的娜娜可是生活在奢华的环境中，她像女王一样被人尊敬着，但是对警察她还是感到恐惧，就如同不愿意听到别人说起死亡一般，她也最不愿意让别人说起警察。警察仰起头来看了眼她的公馆，她不由得十分不舒服。没人清楚这些人能做出怎样的事来。要是他们在如此的深夜听到她们还这样放肆的大笑，那他们一定认为她们是妓女的。萨丹将颤抖着的身子使劲地往娜娜身上贴着。就算是这样，她们仍旧是停留在窗口处，一个由远而至的灯笼的光亮在马路上的一个个的水坑中摇摇摆摆。吸引了她们的目光。最后看清了是一个捡垃圾的女人，拿着灯在烂水沟里寻找并捞着东西。萨丹知道她是谁。

"哎哟，"萨丹说，"这不就是波玛蕾王后系着她的柳条开司米大围巾吗！"

这时风吹着细雨轻飘到她们的脸上，萨丹向她的心肝讲述了波玛蕾王后的故事。啊！从前她是一个艳丽迷人的妓女，巴黎的每一个人都羡慕着她的美貌！她性感十足，又颇为大胆，把男人玩得团团转，很多知名人物都曾在她的楼梯上泪流满面。现在她已经沉迷在酒精中了，和她在一起住的女人们，为寻取开心常常让她喝苦艾酒；大街上的顽皮孩子们总是朝她投掷石头。反正，她可是实实在在地跌倒了，一个王后掉进了粪堆中！娜娜听着，身体止不住地在变冷。

"让你看个清楚。"萨丹又说了一句。

她学着男人的样子打了个哨。那时捡垃圾的女人就在她的窗子下面，听到哨声她将头抬了起来，她手里提着的那个灯笼的昏黄灯光下，她的面容真切地显现出来。她衣裳破碎不堪，脖子上的围巾早就碎成片片了，暗黑的脸上遍布着伤疤，空空的嘴巴中一颗牙都没有，脸上两个红红的伤疤是她的眼睛。注视着这个在酒中度此余生的老年妓女的骇人情景，让她一下子回想起什么事，似乎在黑漆漆的夜里出现了夏蒙古堡的轮廓，瞧见了伊尔玛·当格拉尔这个受人尊重的妓女正缓缓地在她古堡的石阶上走着，整个村子的居民都跪在地上向她顶礼膜拜。窗底下的那个老太婆并未瞧清楚她，于是萨丹又打了个口哨取笑她。

"不要玩了，警察又到这边来了！"娜娜压低声音说，话都变音了，"赶快回屋里吧，我的小猫咪。"

警察那有规律的步子又迈回来了。她们惊慌失措关上了窗子。娜娜身子直发抖，头发湿乎乎的，当她转回头来面对着客厅的时候，面带着吃惊的表情，似乎她对一切已浑然不觉，步入了一个完全不熟悉的地方。在这里她再一次感受到了这样暖洋洋，这样香喷喷的空气，这样她有了一种意想不到的快活。这四处装点的财富、历史悠久的家具、金丝绸、象牙、铜器等等，所有的都在粉红色的灯光中昏睡着；并且安安静静的公馆，带给人的是说不尽的奢华，会客厅是那样的庄严肃穆，饭厅是那样的宽敞明亮，楼梯是如此的宽阔宁静，还有那柔软舒适的地毯和座位。这所有的都来自她本身的骤然壮大，是她的控制权和享乐权的扩张，是她拥有所有的东西再将它们毁掉的欲望。在此刻她对于女性的权威和理解比任何时刻都深刻。她的目光缓缓地朝四周遭打量着，之后以一种哲学家的神色无比郑重地说：

"没错，在年轻之时一定要抓紧时间享乐，这一点绝对正确！"

萨丹这时早就在卧室的熊皮上来回翻滚了，她叫嚷着：

"来呀！来呀！"

娜娜来到梳妆室脱去衣服，为快一点赶到萨丹的身边，她就拿两只手一下子握起她那一头亮丽的金发，在一只银盘上迅速地摇晃着，于是一大堆发夹如同下冰雹似的发出好听的叮叮当当响声，散落在亮晶晶的盘子中。

第十一章

六月的季节，炎热的天气初露端倪，一个星期天，天空中的云雨正在积聚着力量，巴黎跑马大赛在布洛涅森林中举行。太阳从清晨的橙黄色的灰雾中冉冉升起，但是快到十一点之时，一阵阵的南风将满天的乌云都吹散了，而马车也在此时陆陆续续地赶到隆尚赛马场；灰蒙蒙的尘雾演变成破絮随风飞去，天空中本来只有一点点的蔚蓝色，但是随着它的不断扩展，最终整个天空都变成了一片蔚蓝。从两片乌云的空隙中投下的阳光将赛场映照得一片金色。豪华的马车、骑师和行人逐渐地填满草地，除了裁判亭、终点标志杆、悬挂着赛马一览表的柱子，跑道上还是空无一人。有五个互相对称的看台被安排在对面骑师称体重处的围墙中间，上面露出了用砖木层层垒起的廊台。围绕着赛场的是一大片场面开阔的平原，有些小树点缀在四周，西边横断在中间的是草木茂盛、郁郁葱葱的圣克鲁和絮伦山，身后高高屹立着的是气势恢宏的瓦莱里安山。

这次赛马让娜娜激动不已，那神情好像是赛马大奖将会主宰她的生活，她要在栅栏对面、终点站旁边的位置上坐着。她一大早就来了，是来得最早的人之一：她乘坐的是以银为装饰的四轮马车，由两名车夫赶着四匹纯白的高头大马拉着，这所有的东西都是米法伯爵送给她的。当她的身影出现在草坪入口之时，由两个马车夫赶着左边的马车飞快奔跑，站在车后的是两个训练有素、纹丝不动的跟班，这景象使在场的人群兴奋异常，争相前往观看，似乎是一位王后亲临现场。她的衣服的颜色是旺德夫尔赛马号衣的蓝白相间！她的装扮设计得新颖雅致，贴身围腰和蓝绸紧身衣似乎是与生俱来的装点在身上，后腰便支得高高的，这就让下肢的体态充分地展现出来，当时最新潮的样式是宽大的裙子，但是像她这样明目张胆地显露下肢还是让人吃惊不已。她外面罩了一件白缎长裙，袖子也是同样的质地，肩上佩戴着白缎做成的带子，每一件衣服都包着银丝制的镂空花边，在阳光的照耀下明亮夺目。此外，她想让自己更像一个骑师，便别出心裁地在发髻上罩了顶点缀着一根白翎毛的蓝色无边女帽，发髻上下垂着的头发如同一条红褐色的大马尾，一束束的金发错落地垂到了背脊的中央。

中午十二点的钟声响了。还有三个多钟头大赛才会举行。娜娜的四轮马车跑到栅栏那儿停下后，她就在那儿舒适地安顿下来，似乎是在家中。她一时高兴，竟然将家里的小狗珍宝和小路易也一同带来了看赛马。虽然天气热得很，可是在她的裙子里躺着的狗儿还是冷得浑身发抖；小路易被丝带和花边包围着，他不声不响，那张原本黄黄的小脸让风给吹得苍白了许多。娜娜旁若无人地和于贡兄弟说着话。乔治和菲利普在她对面的另一个椅子上坐着，身旁一大堆白玫瑰和蓝色的勿忘我都看不见他们的肩膀了。

"事情是如此，"她说，"他已经让我头疼得不得了了，因此我就将他驱逐出去了……眼下有两天了，他的气还没消呢。"

她所说的是米法，但是他们俩首次闹不愉快的实情她并未对这对兄弟如实说出来。实际上吵架的真正原因在于有一天晚上，在卧室里米法找到了一顶男人帽子，那是由于她闲着无聊，顺便将一个经过的男人领回家来，那只是她暂时心血来潮的胡作非为而已。

"你们想象不到他是怎样的笑死人，"她继续说道，在她看来只有将事情的细枝末节全都讲出来才有趣，"他是个彻头彻尾的伪君子……每天睡觉前他都会进行祈祷，这丝毫没错。为了不干扰他，我常常是先上床，他还当我没瞧见呢，实际上我一直在悄悄地观察着他，他嘴里总是嘀嘀咕咕些什么，然后划个十字，转过身来从我的身上跨到里床睡觉……"

"哦！他实在是精明，"菲利普小声说着，"如此说来，无论事前事后他都要祷告了。"

她嫣然一笑。

"确实如此，事前事后全祷告。当我马上就要睡过去的时候，我还能听到他的口中念叨着什么……然而最让我厌烦的，是每当我们俩吵架的时候，到最后，他就拿出教士的那些东西来压倒我。我一直以来都是信上帝的。无论你们是否嘲笑我，都不能让我不信仰我自己应该崇敬的东西……但是他实在是叫人腻烦，他哭泣着，低诉着自己是如何的歉意，前天的情形就和这差不多，我们大吵之后，他疯狂地大发脾气，直搅得我寝食难安……"

谈到这儿，她一下子中断了谈话，喊起来：

"看，米尼翁夫妇来了。嘿！他们把孩子们都领来了！……小家伙们的衣服一点都不好看！"

米尼翁一家乘坐的是一辆装饰简单的四轮马车，那是暴富小市民的华贵享受品。罗丝身穿一件点缀着绉纱饰带和红花结的灰色绸裙，脸上笑意盈盈，她望着亨利和夏尔两个儿子兴高采烈的模样，心里乐开了花。坐在前边车座的两个孩子，身上穿着看起来很不相衬太过肥大的中学生制服，一副忸忸怩怩的样子。待到她的四轮马车也来到了栅栏旁边停住后，她瞧见了神采飞扬的娜娜簇拥在鲜花丛中，坐着四匹马拉着的车外加身着整齐制服的车夫和跟班，看到这一切，她下意识地咬着嘴唇，铁青着脸，猛地将脸转到一边去，身子挺得直直的。米尼翁的态度截然不同，他满面春风，眼中流露出快乐的光芒，对着娜娜以挥手为招呼。他有自己处理问题的准则，那就是绝对不搅到女人之间的吵闹中去。

"再打听一下，"娜娜继续说，"你们知道有一个整洁干脆、牙齿全坏了、个子不高的老头？……一个名叫韦诺的先生……今天上午他拜访过我。"

"是韦诺先生吗？"乔治觉得十分不可思议，"不会是真的！他是耶稣会会士。"

"正是。我觉察到了。啊！你们肯定没法猜到在我们之间有过一次什么样的谈论！实在是可笑透顶！他也提到伯爵，说他们夫妇现在出现了感情危机，恳请我让这个家再和睦起来……但是，这个人还算是很守规矩，脸上始终是带着笑。因此我告诉他，这可是想做却还没做的事，我保证让伯爵和他的太太言归于好……你们清楚，这话可不是说说而已的，在我的心里，我真的盼望着他们能过上快乐的日子！何况那样的话，也可以减轻一下我的压力，说实话，有些时候他实在是让我头疼。"

这几句发自心底的呼声道出了最近一段时间她对伯爵的讨厌情绪。另外，如今伯爵的财政状况也颇为不佳，他总是苦着个脸，给拉博德特签的那张本票很可能无法兑现。

"刚好，伯爵夫人就在那头呢。"乔治说，他的眼睛在看台的四周搜寻着。

"在什么地方？"娜娜喊道，"这孩子的眼睛真好！帮我拿一下遮阳伞，菲利普。"

乔治以迅速的举动抢在了哥哥之先，帮娜娜举着这个坠着银色流苏的蓝绸阳伞，这让他心里觉得非常高兴。娜娜手里拎着一个大望远镜到处看着。

"真是她，我瞧见她了。"她瞧了好半天才说道，"她在右边看台挨着柱子那儿，对不对？她穿着浅紫色衣服，身边穿着白色衣服的是她的女儿……哟！达盖内也来了，这会正向她们致意呢。"

因此菲利普将话题转到了达盖内即将要和爱斯泰勒这个毫无身材可言的人成亲了。这件事已经是铁板钉钉的事了，连结婚告知都刊登出来了。刚开始的时候，伯爵夫人对这桩婚事极力反对，可由于伯爵的高压影响，最终还是让伯爵夫人赞成了他的想法。娜娜听后微微一笑。

"我清楚，我清楚，"她小声地说，"对保尔而言结局是最好不过了，他这个孩子十分招人喜欢，他福气不错嘛。"

她弯下了腰来问小路易：

"你觉得有意思嘛？……瞧你这严肃认真的神色！"

那孩子的脸上一点笑意都没有，两只眼睛直盯盯地看着四周的东西，他的神态一副很成熟的样子，似乎是瞧见任何东西都让他愁眉不展。娜娜坐在那儿没有安静的时候，那条狗早就跳下了她的裙子，无可奈何地来到孩子身边接着哆嗦。

此刻车马和人群慢慢地将草坪填得满满的。一辆又一辆的马车接连不断地自瀑布门那儿跑过来，一眼看过去宛若一条没有边际的长龙。有一个从意大利大街赶过来的车在看台的右侧停了下来，这是一个宝莲式的公共马车，有五十个人坐在上面。由劣马拉着的摇摆不定的马车和一些单匹马拉气派的马车挤在了一起。此外还有独自一人驾驶的马车，以及车主在高位置上就座的邮车，仆人们就在车厢中坐着负责看管装香槟酒的篮子；还有一些两轮轻型马车，有着亮闪闪的大车轮；也有双套的轻型两轮马车，它的结构就如同钟表的零件一样，一跑起来就会有快乐的铃声叮当地响着。匆匆行走在马车中间偶尔是一个骑马的人或是一伙神色焦急的行人。车轮的轰隆声慢慢地变成了低低的碰撞声，从布洛涅森林远处的边道上传入人们的耳朵。如今只有越来越多的人们的说话声、呼喊声、吵闹声以及空中挥舞的马鞭声不时地传过来。骤风猛起，一朵白云的边上又露出了太阳，金色的光芒随之洒下，在阳光的照耀下马鞍和油漆过的车身更加光亮异常，女人们的衣服耀眼夺目；在发着光芒的灰尘照亮下，在车座上高坐的马车夫和他们手里的长鞭都是同样的耀眼夺目。

拉博德特自一辆无篷四轮马车上跳下，嘉嘉、克莱莉丝和布朗施·德·西弗里还在车上坐着。只见他急急忙忙地想穿过跑道到骑师体重称量处，娜娜打发乔治将他喊到自己这儿。他来了之后，面带笑容的娜娜问他：

"我值多少钱？"

她说的是那个名叫娜娜的小母马，在狄安娜杯的比赛中，这个娜娜输得让人心惊；甚至在今年四月和五月的飞车大奖赛和优良小马大奖赛中也是无功而返；然而旺德夫尔拥有的另一匹名叫吕西尼昂的马却是佳绩频传。如此这样，吕西尼昂已经成为备受人们瞩目的对象，自打昨天开始，几乎每一个人都为它下注：赌注为二比一。

"你的比数还是一比五十。"拉博德特回答。

"真讨厌！我怎么会这样不值钱，"娜娜说，在她看来将自己看做是一匹马这个玩笑很让人高兴，"既然如此我就不为自己下注了……一点也不，就算是一个金路易我也不会放在自己的身上。"

拉博德特的事多得很，一说完话之后就赶紧离开了，但是娜娜又将他喊了回来。她打算让他帮忙给点内部信息。因为他和赛马培训师和骑师们的关系非同一般，总是有一些关于参赛马的特别消息。有二十次他的推断都是准确无误，所以人们送给他一个绰号："赛马消息大王"。

"你帮我出个主意，我该把钱押在哪几匹马身上？"娜娜又问了一次，"那匹英国马的价钱是多少？"

"你指的是那匹精灵吧，一比三……瓦勒里奥二世的价码也是一比三……剩下的马就不值得一提了，科西尼斯是一比二十五，好运气是一比四十，布姆一比三十，皮什内特一比三十五，杏仁奶油一比十……"

"不，我才不把钱押在那匹英国马身上呢，我不会，我一直是忠于国家的……如何？不然的话，就押瓦勒里奥二世吧；德·科尔布勒兹公爵前一会儿的脸上还是春风满面呢，可他的马……不，说到底还是不可以。把五十个金路易放在吕西尼昂的身上，你认为如何？"

拉博德特以一种很怪异的眼神盯着她。娜娜低下身体，小声地向他打听，因为她清楚拉博德特肯定是旺德夫尔所指定的去赌注登记人那里替他下本钱的人，这样做让旺德夫尔更可以赌得放开些。要是他有什么最新的动态信息，都可以讲。但是拉博德特什么话都不说，只是让她对他的推测有信心；她的五十个金路易由他来代为下注，她绝对不会懊悔的。

"你想押哪一匹马随你的便！但是千万不要为娜娜下注，那匹马不中用！"她兴高采烈地叫起来，总算让他离开了。

说完，她在马车上就大笑不止。两个年轻人感觉这句话十分有意思，然而小路易却是搞不清楚发生了什么事，妈妈的放声大笑让他倍感惊奇，他那没有光彩的眼睛抬了起来看着自己的妈妈。这时拉博德特仍然是无法脱身。罗丝·米尼翁在对他打着招呼，到了她的跟前，她向他嘱咐了一些话，让他在一个本子上写下数字。接着克莱莉丝和嘉嘉也在叫他，她们从人群里得到了一些新的信息，因而打算将下注的对象变一下，不押瓦勒里奥二世，改换吕西尼昂；他神情平淡地记

309

录着一切。终于，他总算能够离开了，在大家目光的注视下，他的身影在对面跑道上两个看台之间不见了。

马车仍然在接连不断地驶来。这会儿，车子都已经放到五排了，围着栅栏不断延伸扩大的地方已经变成密密匝匝的了，有些白马的淡色掺杂在其中。这一大堆马车的旁边一些其他的马车毫无秩序地停放着，孤孤单单的样子似乎是随意搁置在草地上，车轮和套车的牲畜乱七八糟地到处停着，有肩并肩的，有歪的，有横的，在那些还没被马车拥挤的草坪上，骑师们在为马儿做赛前准备。走路的人们三三两两，来回地踱着步。广场上就如同一个大市场一样，在色彩艳丽的人群中，卖饮料的小商贩将他们的灰帐篷顶竖得高高的，在阳光下的灰篷顶显现出一种白色的光泽。然而赌注登记人的四周是汇集的人最多，帽子如潮水般涌来的地方；赌注登记人在敞篷的马车上站着，手如同牙医一样挥舞个不停，在他的身边一块高高的木板上张贴着赛马中奖的价格表。

"自己竟然都不清楚要为哪匹马下注，真是傻到家了。"娜娜说，"不管怎么样，我都应该为自己押上几个金路易才没白来一回。"

她站起身来，琢磨着找一个和颜悦色的赌注登记人。然而当她瞧见了四周都是她的老熟人之后，原来的计划就忘在脑后了。眼下这一大堆马车的左边、右边和后边将她的四轮马车包围在中间，不算米尼翁夫妇，嘉嘉，克莱莉丝和布朗施，还有：塔唐·妮妮和玛丽亚·布隆坐的一辆四轮开顶马车；卡罗利娜·埃凯与她的母亲和两位先生乘坐的一辆双排马四轮马车；路易丝·维奥莱纳自己驾驭的一辆轻便柳条马车，装点着车身的是梅尚家黄、绿两种色彩的赛马号衣。高坐在邮车上的莱娅·德·霍恩的身旁站满了年轻人，嚷嚷声更大了。再远处，露西·斯图华身着一件样式简单的黑色丝裙，端坐在一辆高贵豪华的开顶四轮马车上，一种贵族似的神色表现在脸上，在她身边坐着的是一个穿海军军服的、身材颇为高大的年轻人。但是让娜娜倍感意外的是一辆由斯泰内本人赶着的双套四轮马车上，西蒙娜端坐在里面，车后面有一个跟班抱着膀，动也不动；西蒙娜打扮得花枝招展，带黄纹的白缎子装扮了她的全身，在她身上从腰带以上直到帽子处都装点了好多钻石。那条在银行家手中不停挥动着的粗长马鞭，将两匹马催得如飞出的箭一样，前面的黄褐色小马，跑步的样子好像是只耗子，后面的那匹枣红色的大马，在跑步的时候总是将腿抬得高高的，扬起前蹄。

"老天！"娜娜说，"交易所里的人又被斯泰内这强盗洗劫一空了吧？西蒙娜可真新潮！他的心肠狠毒得过分，说不定哪天会得到惩罚的。"

说是说，她仍是大老远地就向他们问候。她不停地摆手，笑容满面，不落下任何一个人，以便让大家都能把她瞧个清楚。她边做着，嘴还在不停地说：

"露西拽着她的儿子！他那一身制服让他看上去英俊多了……这就是她那副模样的原因所在！你们都清楚她担心儿子，无奈才假装是女演员……这小伙子真是让人心疼！他看起来没有丝毫的怀疑。"

"呸！"菲利普带着笑容小声说了一句，"如果她想做的话，她会物色一个外省的富有的姑娘给他做妻子的。"

突然间娜娜不出声了。在密密的马车汇集之处，她瞧见了特里贡老鸨婆的身影。特里贡是坐一辆出租马车来的，在车子中的她望不到四周的情况，于是就来到车头处，从容不迫地坐在那儿。她将自己高大挺拔的身子坐得笔直，面带着不可侵犯的庄重表情，鬓角上有几个长长的发卷垂下来，她身在高处，似乎正在操纵着她的妓女们。每一个女人都偷偷向她报以微笑。她做出一副不屑一顾的样子，好像根本就不认得她们。她到这儿可不是来做买卖的，她是兴味盎然地来观看赛马比赛的。她最大的娱乐就是赛马，也是一个兴致颇高的赌徒。

"看！拉·法卢瓦兹这笨蛋！"乔治意外地说。

大家都觉得很震惊。娜娜也认不出她的拉·法卢瓦兹了。得到了那笔遗产以后，他的穿着打扮就开始了不一般的新潮。他的脖子上系着新硬领，一套淡色的服装穿在他瘦瘦的肩膀上，紧紧地贴在身上，头上一顶无檐软帽，晃来晃去的身体，做作地弄出精神疲乏的模样，说话细声细语，带有女人气，满嘴的行话方言，总是装腔作势地把话说到一半就停住。

"但是他真的是风度翩翩呀！"娜娜已经喜欢上了他。

然而嘉嘉和克莱莉丝抢先一步将拉·法卢瓦兹喊过去，迫不及待地想要抱住他，妄图再一次将他迷惑住。但是他立刻腰身一动，扔下了她们，以这个举动展示着自己对她们的不屑、轻视。娜娜更让他心动不已，他跑到了娜娜马车的踏板上。娜娜以他和嘉嘉的关系跟他逗笑，他小声辩解着：

"啊！不，我和老太婆之间什么都没有了。别再说她了！但是您，您清楚吗，这会儿您才是我的朱丽叶……"

他说着又将手搁在了心口上。娜娜为此笑得开心不已，他竟然在光天化日之下向她示爱。但是娜娜又说：

"等等，我还有其他的事没办呢。你几乎让我把下注的事都给忘了……乔治，你知道哪个是赌注登记人吗？在那儿，一个满头鬈发、脸红红的胖子。他那种流气的样子让我高兴……你到他那里下注……行吗？为哪几匹下注呢？"

"我嘛，不爱国，啊！不！"拉·法卢瓦兹一字一字地往外蹦，"全都投到英国马身上了……太好了，要是英国马获胜了！那法国马就一边去吧！"

娜娜听过之后很是不满。此刻人们开始说起各匹马的优越性来。拉·法卢瓦兹表现出一副什么都懂的模样，他将每一匹都叫做劣马。韦尔迪埃男爵的杏仁奶油，平心而论，这匹枣红色的大马确实高大威风，要不是在练习的时候给折腾得疲惫不堪，它取胜的可能性是很大的。科尔布勒兹家的瓦勒里奥二世呢，在四月的时候患了绞痛病，压根就跑不了！自然这些内部消息，别人都不会说的，但是他凭自己的名誉发誓，这些事他真的都很了解。末了他向娜娜游说，要她下注给梅尚家的好运气，它被人们看成是此次参赛的马中最差劲的，没人会给它下注。可实际上好运气是一匹体格健壮、动作迅速的马，它肯定会让人震惊不已的。

"不，"娜娜说，"我将十个金路易下注在吕西尼昂身上，五个押给了布姆。"

拉·法卢瓦兹一听到这立刻就愤怒不已。

"不能这样，亲爱的，实在是太坏了，布姆！千万不能给它下注！就是加斯克本人都不愿意为自己的马下注……还有那个吕西尼昂，说什么都不要为它下注！这实在是天大的笑话！我以拉姆①和公主的名誉向你担保，恳求你务必要仔细考虑考虑。不行，以拉姆和公主的名誉担保！这些马的腿远远不够长！"

他焦虑万分，以至于气都喘不匀了。菲利普向他声明，吕西尼昂曾经赢得过飞车杯和优良幼马大奖的。拉·法卢瓦兹对此大声驳斥，说这些能有什么用呢？不能说明任何问题。恰恰相反，更要小心谨慎。并且，吕西尼昂的骑师是格雷沙姆，就更不用在这里瞎胡闹了！格雷沙姆从来就没有过好运。他这辈子都得不了头名。这场发生在娜娜马车上的辩论，好像是蔓延到草坪的全部地带，人们的大声叫喊一浪高过一浪，掀起了新一轮的押宝行动，大家都涨红着脸，神色兴奋，似乎胳膊都要抬不起来了。那些赌注登记人在他们的车子上站着，声嘶力竭地宣布着中彩价码，对数字进行着记载。然而在这儿只不过是些不值得一提的小赌客而已，大额的赌注在称体重的地方热火朝天地进行着。这儿都是些兜内钱财不多的人在下注较量，他们的赌本不过是一百来个苏，目光盯着赢也就是得到几个金路易罢了。这场比赛实际上是精灵和吕西尼昂之间的激烈角逐。英国人的模样让人一望便知，他们也如同在自家的院子里溜达一样，在拥挤的人群中来回走着。他们都因激动而血色上涌，一副胜利早就是囊中之物的样子。

---

① 拉姆（1775－1834）：英国天文学家。

里丁爵士有一匹名叫布拉玛的马去年曾获过大奖，那次法国马输得特别惨，直到现在法国人的心头的伤口仍在流血。要是今年法国再一次失利，可就真的算是一场大劫了。所以，为保卫祖国的尊严，每一个太太激动得近乎疯狂。旺德夫尔的马成了法国人维护尊严的最后一道屏障，每一个都对别人说要为吕西尼昂下注，说着它的好话，为了它而大声高呼。嘉嘉，布朗施，卡罗利娜和其他的人都为吕西尼昂下了注。由于儿子在身边，露西·斯图华没押钱；然而有信儿说罗丝·米尼翁让拉博德特为她下了两百金路易的注。唯有特里贡独自一人静坐在她的车夫边上，恭候着最后的时刻！在乱成一团的争吵声中，她的头脑一直清醒得很，尽管争吵的喧哗声不断扩大，但她还是以一种置身事外的表情对待这一切；争论中马匹的名字不时地传到她的耳中，英国人嗓音的大喊大叫声在巴黎人轻松的说话声中听得很真切，她仍然是一副事不关己高高挂起的样子，只是用心地在聆听着、记着，神情庄严肃穆，并且还一本正经地把它们都记了下来。

"那么娜娜呢？"乔治问，"就没一个为它下注吗？"

娜娜真的是没人理会，甚至都没人说起过它的名字。在旺德夫尔的马群中，因为吕西尼昂得到大家过分的关注和欢喜，娜娜这匹本就没多大机会赢的小马，就更是消失得无影无踪了。就在这时拉·法卢瓦兹胳膊举了起来，挥向天空，喊道：

"我猛然间有个预感……我为娜娜下注一个金路易。"

"棒极了，那我赌两个金路易。"乔治说。

"我押三个金路易。"菲利普也凑趣说。

他们一点点地将价码提高，尽心尽力地献媚讨好，钱数在不断地攀升，似乎是在拍卖场上互相竞争着买娜娜，拉·法卢瓦兹最后说，应该让这匹马的身上放满金钱，并且所有的人都应该为它押宝。他们打算去发动更多的来为娜娜下注，正当三个年轻人要动身去发动人们的时候，娜娜对他们大叫着：

"你们得清楚，我可不想在这匹马身上花一分钱！无论如何也不！……乔治，帮我把十个金路易押在吕西尼昂身上，五个金路易给瓦勒里奥二世。"

然而他们早跑到一边去了。她笑逐颜开地瞧着他们越过马车中间，低着身子从马头上走过，一转眼就转遍草坪。只要碰到认识的人，他们就立刻跑过去，不遗余力地向人们说着娜娜的好处。要是他们的劝说取得成效，他们就会转过头朝娜娜挥手示意，并将价码告诉她。娜娜在车上不住地舞动着遮阳伞，人群中响起一阵笑声。但是他们行动的收获少得不值得一提，仅有为数不多的几个男人下了注。斯泰内就是其中的一个，一瞧见娜娜他就激动万分，满口答应，一下子就拿出三个金路易试一下。但女人们无一例外地拒绝，毫无通融的余地。省省吧，既然清楚一定不会赢为什么还要下注呢？干吗要为一个下贱妓女的成就做贡献呢？她以那四匹白马，两个跟班以及那一副不可一世的神气表情，似乎要将每一个人都收为己有，这些使她们的光彩全都暗淡了。嘉嘉和克莱莉丝紧绷着脸，严肃地拷问拉·法卢瓦兹是否不将她们放在眼中。乔治斗胆来到米尼翁夫妇的马车旁边，罗丝见到他异常气愤，一下子将脸转到一边去，压根就不打算和他们说话。下贱！竟然以自己的名字为马命名！可是米尼翁却是很热心地倾听小伙子的劝说，露出一副兴致颇高的样子，并声称女人从来都是带给人幸运的。

三个小伙子和赌注登记人交涉了好长时间后，才再次回到娜娜这儿，娜娜问："情况如何？"

"您的价码是一比四十。"拉·法卢瓦兹回答。

"什么？一比四十了？"她诧异得叫出声来，"前一会儿不还是一比五十……怎么会这样呢？"

正好这时拉博德特又露面。赛马场上的跑道被封了，一阵阵的钟声向人们宣告初赛开始。在每个人都凝聚精神的吵闹声中，娜娜向拉博德特询问她的价码怎么一下子升高了。他犹犹豫豫地不肯说明白，就只说可能是有人为娜娜下注了。无奈她只能接受这样一个说明。并且，拉博德特看上去好像是满腹心事的样子，他对娜娜说，要是旺德夫尔能够抽出空的话，肯定会到她这儿来的。

初赛完事了，但这丝毫未得到人们的关注，大家全都在盼望着夺取大奖的比赛。此刻天空中下雨了。太阳已经有一阵没在跑马场的天空闪烁了，天空中淡淡的灰色光线在人们的头顶上散布着阴暗。刮风了，随之而来的是一场暴雨，硕大的雨点噼里啪啦地向人们飘落，这无疑是一场狂风暴雨。人群立时乱成一锅粥，有人大声叫着、有人说笑话、有人痛骂，人们像鸟兽样散开，急急忙忙将身体隐身到卖饮料的帐篷下。坐在车上的女人们赶忙用手抓紧阳伞遮雨，跟班们手忙脚乱地将车篷打开。没多长时间，暴雨就过去了，灿烂的阳光中还飘散着毛毛细雨，一大片蔚蓝色的天空从云缝中显露出来，风将乌云吹到布洛涅森林那头去了。天空似乎重新绽放了笑脸，放下悬着心的女人们也变得笑容可掬了。马儿们在打着响鼻，在金黄色的阳光下，滚动着雨水的翠绿草地看起来是那样的晶莹夺目。

"哟！让人心疼的小路易！"娜娜说，"你给浇得湿透了吗？我的宝贝。"

小家伙一句话也不说，顺从地让妈妈为他擦手。娜娜把手帕取出来，先将小路易擦干，接着又去把那条浑身抖得更严重的小狗珍宝擦干。她本人的白缎子衣服上也落了些雨点，可这没什么大不了的，她一点都不在意。鲜花经雨水浇过之后，更如同一堆亮晶晶的雪花一般，她摘下了一朵，心情愉悦地凑上去闻着，嘴唇变得湿乎乎的，仿佛被露水滋润了一样。

由于这场疾风骤雨，每一个看台上猛然间被挤得没有空地了。娜娜手举着望远镜远远瞧着。隔得太远了，能瞧得到的只是一片黑压压的，乱七八糟的，一层层的阶梯上布满了人群，在一大片暗淡背景的映衬下一个个苍白的人脸就像是好多闪亮的小点。从看台上面斜着投下的阳光，将一些坐着的观众照耀得更明亮了，在太阳的光芒下，女人们身上亮丽的服饰好像也不那么鲜艳了。让娜娜感觉到十分有意思的，是眼瞧着坐在看台下边的沙地上一排排椅子上的女人，被突然而至的暴雨驱赶得四处逃散。称体重处的围墙里面是严禁女人们入内的，因而娜娜就对在里面坐着的上层社会的贵妇们大加嘲讽，认为她们不仅是服装穿得不伦不类，而且长相也实在是不敢恭维，让人直想笑。

人群中有一些轰动，有人说皇后来到了位于中央的小看台，这个小看台是按瑞士山区木屋样子搭建的，前面有一个很大的阳台，而且放着红扶手椅。

"哦，是他！"乔治说，"我本来认为这个星期他不用当班呢。"

"天哪！是夏尔！"娜娜大喊着。

米法伯爵死气沉沉而又一本正经的脸陪伴在皇后的身后。因而几个年轻人说起笑话来，他们直感叹着就是萨丹不在这儿，不然的话，她就能够去摸摸伯爵的肚子。然而出现在娜娜望远镜的人却不是他，而是苏格兰的夏尔王子，他也在皇后的看台上。

娜娜看着王子，感觉他发福了。一年半未见，他的身体横向发展了不少。因此她就事无巨细地谈起了王子的事来了：嗨！他真是一个身体强壮的男人。

娜娜身旁坐在马车上的那些女人们，唧唧喳喳地说伯爵不要娜娜了。她们说得特别详细，就像亲眼见到了似的。自从伯爵和娜娜毫无顾忌地在一起后，特别让人瞩目，杜伊勒利宫对这位侍从长官的举动意见颇大，为了自己的地位稳固，伯爵就斩断了和她之间的联系。拉·法卢瓦兹一点也不避讳原原本本地向娜娜转告了这些闲言碎语，并且重又向她声明，要称她为"我的朱丽叶"。然而她只是展颜一笑，继续说：

"这个笨蛋……您一点都不明白他。只消喊声'喂'，什么都无法阻止他奔向我身边。"

她上上下下认真地打量了萨比娜伯爵夫人和爱斯泰勒好一会儿。达盖内还是陪伴在她们的左右。福什里刚到这儿，越过人群向她们致

317

敬，竟然笑嘻嘻地也陪伴在她们的身边了。因而娜娜就以一种瞧不起的手势对着那些看台指指点点：

"更何况，您该明白，这些人对我已起不到丝毫的作用了！……对于他们的无耻行径，我可是再了解不过了。最好能揭开他们的面皮瞧瞧他们！……那样他们就什么尊严都谈不上了！再没有所谓的尊严了。底层龌龊下流，上层同样也是龌龊下流，从里到外，从上到下，全都是龌龊下流……我就是由于这才不喜欢那些人来缠着我不放。"

娜娜手势所指的圈子不断扩大，从牵马到跑道上的马车夫到始终在和夏尔聊天的皇后都包含在内，即便夏尔是个王子，但也不能例外，也是个蠢货。

"真棒，娜娜！……一语中的，娜娜！"拉·法卢瓦兹异常激动地叫道。

随着钟声在风中的消散，赛马比赛接着举行。伊斯巴昂奖才见分晓，梅尚家的名叫马贝兰戈的赛马得到了这个大奖。拉博德特被娜娜喊到了身边，她想知道她那一百个金路易押在哪匹马身上了；拉博德特笑了笑，却并不说出他把钱押在哪匹马身上了，按照他的说法，那样会破坏好运气的。不管怎么说她的钱都被他安置得妥妥当当的了，过不了多久就会清楚的。娜娜对他说，她本人也下了注，十个金路易赌在吕西尼昂身上，五个金路易放在瓦莱里奥二世身上。拉博德特的肩膀抖了抖，好像是以一种表情在说，女人做笨事是无法避免的。看到这样子，娜娜禁不住愣了，搞不清楚是怎么回事。

此刻草坪上热闹非凡。离大奖开始还有一段时间，人们边等着比赛的开始边在阳光下吃着午饭。草地上，在独自驱车的四马马车的高位上、四匹马拉的邮车上、四轮敞篷马车上、双座轿式马车上、双篷四轮马车上，差不多全都在吃着喝着。冻肉随处乱放，听差们也将香槟酒篮源源不断地从马车的行李箱中取出，摆得到处都是。开启瓶塞时发出轻轻的砰声，风立刻将它吹散；互相逗笑的声音接连不断，玻璃杯不时被打碎的声音在这让人兴奋的快乐声里，加上那么一丝丝不

318

协调的动静。嘉嘉、克莱莉丝和布朗施在一块一本正经地吃着午饭，那架式似乎就在家中一样。毯子被她们平摊在膝盖上，吃着三明治。路易丝·维奥莱纳走下了她的柳条马车，和卡罗利娜·埃凯一起吃饭；在她们的旁边，一个小酒吧间在几个男人手下弄成了，塔唐、玛丽亚、西蒙娜以及其他几个女人全都来到这儿喝酒。他们近旁的莱娅·德·霍恩的邮车上，一大群的年轻人在高处站着将一瓶瓶的酒喝得见了底，在阳光的照耀下更有些微微醉意了，此刻正在人们的头上边装模作样，大吹特吹。没多会儿，人群都渐渐地集中到了娜娜的双篷四轮马车四周。娜娜在那儿站着，只要是向她致意的男人，她全都为他们倒上一杯香槟酒。弗朗索瓦是她跟班中的一个，他将酒瓶接连不断地传过来，拉·法卢瓦兹在一旁仿效着走江湖人的语调，流气十足地不停吹嘘：

"快来呀，先生们……不要钱喝酒……每人都有。"

"别再喊了，亲爱的，"娜娜禁不住对他说，"你如此大声的叫喊，我们都快成了行走江湖的人了。"

她认为他很爱逗笑，心里快乐得很。忽然，她记起了罗丝，就让乔治给罗丝·米尼翁送一杯香槟酒，罗丝故意装出不喝的样子。可亨利和夏尔这两个孩子却由于没什么消遣而无聊极了，却是很想来点香槟酒。然而乔治担心会在娜娜和罗丝之间引起不愉快的事来，于是就自己喝了那杯酒。直到这时，娜娜才记起她身后带有一个小路易，他早就被他妈妈抛诸脑后了，可能他也想喝点水吧？所以她强迫着让他喝了一点点，小路易被呛得直咳嗽。

"来呀，快来呀，先生们，"拉·法卢瓦兹喊个不停，"不用付两个钱，一个子儿都不收……我们不要钱，白喝……"

娜娜出其不意的大叫，止住了他的话。

"咦！看！博尔德纳夫在那儿！……喊他过来，啊！我拜托你们了，赶紧跑过去喊他！"

那个人真的是博尔德纳夫，只见他双手放在背后，正在那儿悠然自得的散步，阳光下他的帽子被映成红色，他的礼服油迹斑斑，缝口处都成了白色；他就是那位彻底穷困潦倒的博尔德纳夫，然而他身上的那种傲慢和轻狂却没减掉多少，似乎仍然能够随时去为命运搏斗，因此他才有勇气在上层社会的跟前夸耀着自己的不得意。

"天哪！这身打扮真是太迷人了！"当娜娜心地善良地将手递给他时，他说。

然后，在喝完了一杯香槟酒之后，又说出一些很感叹的话来：

"啊！要是我是个女人该多好！……但是，他妈的！这也没什么！你有再回到舞台上的兴趣吗？我有一个好方法，我将快乐剧院租下来，就凭我们俩就能够让整个巴黎为我们倾倒，掀起狂热……你觉得如何？你该帮我这个忙。"

虽然他在那儿抱怨个不停，但见到了娜娜他却非常快乐，因为据他说，娜娜这个小可人在他的跟前一站，他的心就会有了些慰藉。只有她才能算得上是他的女儿，她的身上流淌着他的血。

娜娜身边的人不断地在增加。眼下由拉·法卢瓦兹在倒酒，菲利普和乔治竭尽全力地将朋友们拽进来。逐渐地全草坪上的人都朝这儿围聚着。对于每一个人，娜娜都报之以妩媚的一笑，要不然就是讲一句幽默逗乐的话。一帮帮的酒客由各个地方，举着香槟酒向她涌来；没多久，整个草坪上就仅有这一堆人数众多的吵吵嚷嚷的人群了，这人群就是在娜娜身边聚集着的那些人。她仿佛是一个傲视众人的女王，在高处望着这多得不可计数的酒杯，轻风吹过，她的金发随之飘舞，阳光照亮了她那白皙的面容。末了，她想让那些对她的成功十分嫉妒的女人再难过些，高高在上的她举起了斟满的酒杯，她的神情同她以前曾演过的胜利爱神一般无二。

但是在她的后面有人拍了下她的肩膀，她觉得特别奇怪，待到回过头，居然是米尼翁在车座上坐着。因此她先避开了一会儿，在米尼翁身旁坐了下来，他来对她说一件很重要的事情。米尼翁常常对人说他的老婆记恨娜娜是一件十分滑稽的事，在他看来如此的做法不但拙劣而且也没什么作用。

"是这么回事，亲爱的，"他压低声音说，"你应该注意千万别太刺激罗丝……你要清楚，我想我还是应该先给你个信才行……是呀，她手里有一件打击你的武器；一直以来，她对《小公爵夫人》那件事一直耿耿于怀，她从来就没打算要放过你……"

"一件打击我的武器，"娜娜说，"这与我何干？"

"你让我对你说呀，她这件打击你的武器就是她在福什里口袋中，发现的一封米法伯爵夫人给福什里的信。我可以对天发誓，那信中一切都写得再明白不过了，所有的事情都暴露了……为了要对你和他进行报复，罗丝打算将信给伯爵邮去。"

"这干我什么事！"娜娜又重复了一次，"我认为这件事太可笑了……啊！信中写得清清楚楚，福什里摆脱不了干系了。不错呀，依我看这样没什么不好，本来我就挺厌烦伯爵夫人，如此一来，那我们就有热闹瞧了。"

"不可以，我不想出现这样的局面，"米尼翁赶紧说，"这可是一件很让人震惊的丑闻！再说，这事对任何人都没什么益处……"

谈到这儿他住了口，唯恐自己谈得太多而有不妥。但她却大喊大叫说她绝不会去帮一个正派女人摆脱危险。然而米尼翁却丝毫不肯放弃，这让她禁不住死死地瞪着他看。毋庸置疑，他必定是对福什里心存恐惧：要是福什里和伯爵夫人斩断情丝，就会再一次投入罗丝的怀抱。这也就是罗丝在报复她的同时所持的一种私心，直到现在她还是无法对那个新闻记者忘情。想到这些，娜娜完全沉浸于思考当中了，她记起了韦诺先生的拜访，在她的头脑中一个主意一点点地完善起来，而这时米尼翁还在不遗余力地劝说她。

"要是罗丝把那封信邮出去，有什么好处吗？那样一定会有没完没了的大吵闹，你肯定也会被牵涉其中，别人会说所有的这些都是因你而起……头一个就是伯爵会和他的夫人分手……"

"怎么会分手？"她说，"与此相反……"

本来轮到她说了，但只说了一半她就停住了。她用不着将自己的心里所想全都大声告诉别人。末了她想让米尼翁快一点离开，就假装赞成他的主意；所以他希望她能对罗丝有些让步的举动，例如当众在跑马场上对罗丝进行一次礼节性的造访，娜娜说等一会儿再说吧，她得好好想想。

人群中又是一阵乱哄哄的，使得娜娜再一次站了起来。迅速如风一样快的马群在跑道上转眼便到终点。现在进行的是巴黎市奖杯赛，一匹名叫风笛的马赢得这项荣誉。即将要进行的就是众人瞩目的巴黎大奖赛了，人们的情绪越来越激动，他们焦躁不安，全身心地盼望着比赛的开始。人们犹如起伏的波浪一样动个不停，只恨时间不能快一点到来。就在这最后的关头，传来了一个让所有的人都瞠目结舌的信儿，旺德夫尔的那匹名叫娜娜的小母马，价码出人意料地在攀升。几个先生将每一分钟都在上涨的价码告诉给娜娜：娜娜这会是一比三十了，现在一比二十五，一比十五。任何人都无法猜出这是为什么。一匹无论在哪个赛场上都必输无疑的小母马，今天早上的时候，即便是一比五十都无人问津，这会儿竟然身价猛涨。这种突如其来的惊人热情，究竟是怎么一回事？有人对此抱以讥讽，谈论只要是上了贼船的笨蛋，无论下多少钱的赌注都会输个精光。其他一些人的态度则很认真，他们的心中隐隐地觉察到一些不对劲，深信这其中必有阴谋诡计，或许这只是有人耍的一个小把戏。人们议论起以前有过的事，议论起跑马场上曾有过的作弊事件；但是这回，旺德夫尔的名声大振，没人有胆子出面责问他。讨论结果，还是怀疑派赢得了胜利，他们宣称娜娜绝对是最末一个跑到终点的马。

"娜娜的骑师是谁?"拉·法卢瓦兹问。

刚好在此刻，娜娜自己走了过来。因而周围的男人们全都成心地放声大笑，这笑让这个问题有了非常下流的含义。娜娜向男人们点头打招呼。

"是派莱斯骑我。"她回答。

接下来人们又在探讨着。在英国派莱斯的名气很响，但在法国却是无人知之。平常骑娜娜的是格雷沙姆，但是这回旺德夫尔将这位骑师请来是什么原因呢？并且，对于旺德夫尔让格雷沙姆骑吕西尼昂，大家也感觉莫名其妙，按照拉·法卢瓦兹的说法，格雷沙姆的记录中就不曾有跑赢的记载。然而，逗笑声，反对的观点，以及人们议论纷纷所宣称的各种自家之言而引起的吵闹，吞没了这所有的见解。人们又喝起了香槟酒，以便打发余下的时间。没多久，一阵窃窃私语声传了过来，人群纷纷躲避，空出一条路来。旺德夫尔走来了。娜娜做出一副气愤的样子。

"哼，你可真是的，怎么这会儿才来！我差点就要到称体重的地方瞧瞧呢，都快把我给急出病了。"

"那你跟我来吧，"他说，"这会还有时间，你还能去看看。正巧我身上有一张女士入场券。"

他边说着就挽起了她的胳膊走了。露西、卡罗利娜和其他的女人的目光中都充满了愤愤不平，这让她觉得万分地荣耀。于贡兄弟和拉·法卢瓦兹接着在马车上喝她的香槟酒。她在老远还跟他们打招呼，告诉他们她一会儿就回来。

这时旺德夫尔瞧见了拉博德特，于是就喊了他过来，他们俩互相说了几句简明扼要的话。

"您都弄好了吗？"

"全部弄好了。"

"有多少？"

"一千五百金路易，每一处都有些。"

见娜娜十分感兴趣地在听着，他们就不说什么了。旺德夫尔看上去焦虑得很，两只亮晶晶的眼睛中放射着小小的火焰。有一天夜里他向娜娜提到过他将和他的马同归于尽的时候，眼神中闪的是同样的火焰。这样的火焰让娜娜不知所措，在穿过跑道的时候，她小声地以亲热的口气对他说着话。

"喂，给我一个说明……你的那匹小母马价码不断在上涨是怎么一回事！这事让所有的人都吵翻了天！"

听过之后，他忍不住全身发抖：

"啊！他们全都在胡说……这些赌徒太不像话了！当我有一匹杰出的马儿时，他们就像苍蝇一样全都涌过来，直搞得我自己都没什么机会了。但是当有人愿意向我的一匹胜利无望的小马下注时，他们又肆无忌惮地恶意打击，大声叫喊，如同有人要扒了他们的皮一样。"

"你本该早一点对我说，我已经下注了。"她又说，"娜娜有把握吗？"

他的心里一股无名火腾地而起。

"什么？不要打扰我了……每一匹马都有赢的可能。由于有人下了赌注价码就会上涨，这一点没有什么可惊奇的。至于是哪一个下的注，我自己也不清楚……要是你还是用这些没脑子的问题来让我心烦，我就不管你了。"

这种口吻与旺德夫尔平时的性格和做法大相径庭。娜娜只不过感觉有一点诧异，却并未觉得不高兴，再加上他自己也觉察到自己有些过分，也略感歉意，她态度冷漠要他有点规矩后，他立刻就赔罪了。近一段时间，他的脾气总是这样说变就变。巴黎的风骚女人圈和社交界每一个人都清楚今天他会拼死一搏。要是他的马赢不了比赛，要是他的马将他赌到它们身上的大笔钱全都输光，那就意味着灾祸来临，意味着他的防线彻底倒塌。他好不容易才树立起来的良好信用，他那背地里已经空空如也，但面子上还是勉为其难地保持着贵族的风范，就犹如被玩乐的日子和债务弄得空无一物之后，随着轰天巨响，一切都完事了。而且，任何一个人都清楚就是娜娜这个吃人的小淫妇，挥金如土地将处于破产边缘的他的所有财产折腾得干干净净，她是来到他身边的最后一个女人，来得最晚，却将他吸吮得一干二净。至于他们是如何的浪费钱财有很多种传闻，据说他们花钱从不顾忌，一次他们到巴登游乐，她将他口袋里所有的钱花得一文不剩，以至于他窘迫

324

得连付旅馆费都没钱了；又有一天晚上他们喝得醉醺醺的，随意抓了一把钻石抛到了火中，这样做只不过想瞧瞧它们会不会如同煤炭那样燃烧。逐渐地，这个肢体健壮的妓女以她下流的笑声，让这个精明透顶、家境衰落的纨绔子弟拜倒在她的石榴裙下，目前，因为他生活得太过荒唐，以至他的那种对上帝抱着否定态度的力量，也无法对自己进行控制了，没办法他只好倾其所有了。八天前娜娜还让他许诺为她买一座别墅，别墅位于在勒阿弗尔和特鲁维尔之间的诺曼底海岸，最终他只能以自己的剩余荣誉发誓保证做到。然而这会儿，娜娜让他觉得特别地烦躁，他认为娜娜真是蠢极了，他差点要使劲地打她。

对于挽着伯爵胳膊的这个女人，胆小的守门人不敢去拦，只得让他们来到了骑师称体重的地方。娜娜总算是步入这块不准女性进入的禁地，一时间好不神气。她搔首弄姿地当着看台下坐着的女人们的面，一步步地走了过去。身着华丽衣裳的妇女们密密麻麻地坐满了十排椅子。空气中的快活氛围和她们脸上艳丽的脂粉恰如其分地搭配在一起。一会儿，椅子一点点地分开，因为人们在这儿看见了自己的认识人，于是很自然地一些友好的圈子就出现了，看上去有些像在公园的树阴下纳凉；孩子们无拘无束地围着一个又一个的圈子跑来跑去。再高处，整个看台上都座无虚席，木架稀疏的阴影遮住了淡色的服饰。娜娜细心地观察着上层社会的那些贵妇们，特别瞪大了眼睛注视着萨比娜看。然后，她经过皇后的看台，瞧见米法官气十足，硬邦邦地挺直腰板在皇后身边站着，见了这副样子，娜娜觉得特别滑稽。

"咳！看他一副呆头呆脑的样！"她提高声音对旺德夫尔说。

每一处她都想去瞧瞧。公园的这个边上的草坪和郁郁葱葱的树林，让她感觉特别舒服。一个卖冷饮的人在栅栏的旁边安置了一个好大好大的冷饮柜；一个遮着干草的乡下蘑菇式亭子下面，赛场的赌客席那儿，一大群人手臂不停地挥动，大叫大嚷。旁边空空如也的马栏里，仅有一匹警察的坐马，这让她觉得大失所望。再向前去就是周长有一百公里的跑马场跑道，一个马夫正在领着披着马衣的瓦勒里奥二世绕场溜着，整个场内的布置也仅仅是这样罢了。有很多男人站在沙石铺成的小路上，他们每个人的衣角处都插着橙色的入场券，没有遮盖的看台过道里，人流穿梭不息，这情景让娜娜觉得还略微有点趣味。然而若是实话实说，要是不允许到这儿，也根本不必因这而气愤。

达盖内和福什里向她走了过来，问候了她一声。娜娜打手势让他们到她的身边来，他们俩无奈只得乖乖听话地走到近前。她一张嘴就对骑师称体重处大肆攻击，然后，她又一下子转换口气说：

"看！德·舒阿尔侯爵，他好像衰老了不少！这老家伙自己不爱惜自己，瞎折腾！他仍旧是那样的不顾性命地玩乐吗？"

因而达盖内就对娜娜说了老家伙近一段日子以来的行动。那事就是前天发生的，还没几个人清楚呢。老家伙在和嘉嘉软缠硬磨了数月之后，总算将嘉嘉的女儿阿梅莉弄到了手，据说花了三万法郎。

"太不要脸了！"娜娜义愤填膺地大嚷着，"今后你们就尽情地生女儿吧！……哼！我记起了，在草坪的那头，与一位夫人一块在一辆轿式马车里坐着的，肯定就是莉莉了。我说我看她怎么那么眼熟呢……原来是老家伙带着她出来了。"

旺德夫尔一句也没听进去，他心里特别的烦躁，一直打算将她甩到一边去，然而福什里在要离开的时候告诉娜娜，要是她这次没瞧到赌注登记人的面，那跟没来没什么区别。一听到这儿，娜娜兴奋极了，那里面的情形实在是让她觉得万分新鲜。

一大片刚刚栽上了小栗树的草地上有一个无门无窗的圆亭，一大堆赌注登记人将这个圆亭塞得满满的，他们就如同在市场里那样，在碧绿的阴凉地儿里静候着赌客的到来。为了能更好的观察人群，他们全都在凳子上站着，在他们身旁的树上悬挂着参赛马的价码。作为一个赌注登记人，他们的眼睛格外机敏，赌客只消打一个手势，挤挤眼睛，他们就能够马上记录下来，行动是如此的迅速，周围看着他们的人眼巴巴地瞧着他们，却根本就搞不清楚，只剩下瞠目结舌的份儿了。这儿到处都是乱糟糟的，各种喊价的叫声混成了一片，无论是哪匹马的价码有了意想不到的变动之后，人们就会一阵阵地躁动不安。通报消息的人不断地奔过来，到了圆亭的边上就是一声大喊，将赛马开始和到终点的情况进行通告，于是嚷嚷声就愈来愈大了，如此一来，争论声就在阳光下的这场疯狂的赌博中不绝于耳了。

"他们都是怪怪的!" 对这些娜娜觉得很好玩，嘴里小声说着，"看上去他们脸上的五官似乎都错了位……看，那个大块头，独自一人在林子里的时候，我绝对不想碰到他。"

旺德夫尔将一个赌注登记人指给娜娜瞧，那个人是一个时髦服装用品的销售员，在两年中他就有三百万法郎入账。他身子瘦小纤弱，一头金色的头发，在他身边的人都以尊重的态度对待他，跟他谈话时都是一副笑容可掬的样子，不时地还有人驻足打量他一会儿。

后来在他们即将走出圆亭的时候，一个赌注登记人冒冒失失地和旺德夫尔搭话，伯爵轻轻地点了下头示意。这个人以前曾是旺德夫尔的车夫，他红红的脸庞，一副健壮的体格，厚实的肩膀像牛一样有力。如今不再是车夫的他不知从哪儿搞到了一些钱，想在跑马场上大展拳脚，搏搏自己的命运。对此伯爵大力支持，将自己的机密赌注都交给这个人来办理，伯爵一直将他当成自己的心腹之人，这一点，是尽人皆知的。然而虽然有伯爵的支持和保护，这个人还是一次又一次地大笔赔钱，今天也是他下了血本的日子，双眼布满了血丝，看情形指不定什么时候就会有中风的可能呢。

"情况如何，马雷夏尔?" 旺德夫尔压低声音问， "您下了多少注?"

"五千金路易，伯爵先生，" 赌注登记人同样以低低的声音答道，"情况怎样? 还好吧……对您坦白交代，我将价码压低了些，降到了一比三。"

旺德夫尔露出满脸的不愉快。

"不行，不行，我可不想让您这么干，尽快回到一比二，……我没什么话嘱咐您了，马雷夏尔。"

"啊！到了这个时刻，这也不会对伯爵有多大影响。"以合谋者的口气，马雷夏尔面带着恭敬的笑容对伯爵说，"我不得不再多找些下注的赌客，才能将您的二千金路易凑够。"

听到这儿，旺德夫尔示意他住嘴。待到伯爵离开之后，马雷夏尔忽然又记起件事，他直后悔刚刚没向伯爵打听一下那匹名叫娜娜的小母马的价码怎么升得这么快。要是小母马真的跑了第一名，那他就惨透了，原因在于他前不久以一比五十的价码下了二百金路易的注。

伯爵和马雷夏尔嘀嘀咕咕说的那些话，娜娜听得一头雾水，什么都弄不明白。但是她也没胆子让伯爵再为她说明一下。伯爵看上去神色紧张得很，出人意料的他一下子将娜娜托付给拉博德特，他们是在骑师称体重处碰见他的。

"麻烦您把她领回，"伯爵说，"我，我还有点事……再见吧。"

然后他就进入了称体重处的大厅。说是大厅，实际上不过是一个窄小的房子而已，天花板很矮，在房子的中间放着一个阻碍通行的磅秤，看起来似乎是郊区火车站的行李房。看到这，娜娜又是大失所望，本来在她的头脑中称体重处应该是一个十分宽敞的房子，有一个特别大的机器在里面为马匹称重量。可哪曾想这只不过是称骑师的体重！要是这样的话，所说的称重根本就是走走形式而已！磅秤上恰好有一个骑师正在称体重，那个骑师戴着护膝，一副傻兮兮的模样，等着一个穿得很正式衣服的胖子为他验证体重。门外有一个马车夫照看着他那匹叫做科西尼斯的马，一大群人包围在马的周围，静悄悄的，聚精会神地观看。

跑道马上就要禁止入内了，拉博德特叫娜娜赶紧走，然而他本人却又往回走了几步，让娜娜注意一个正和旺德夫尔聊天的一个个子不高的男人。

"看，那就是派莱斯。"拉博德特说。

"真的？原来是他骑我。"她笑着低声说。

娜娜认为他的长相很难看。不管怎么说，在她的眼中骑师们无一例外的都是矮个子。按照她的观点，造成这样的原因在于别人不想让他们健康成长。就以这个为例吧，他已是不惑之年了，可他那干瘦的样子活像个老小孩，他的脸瘦瘦的，长长的，深深的皱纹印在脸上，总是一副面无表情的样子，身体是那样的瘦以至于穿在他身上的那件白袖子蓝丝绸上衣，仿佛是挂在一个木质的衣架上似的。

"不行，你应该清楚，"她向外边走着时说，"他这种人一辈子都不会有快乐。"

一大群乱哄哄的人们还是把跑道挤得水泄不通，带着雨的青草经过人们的乱踏乱踩，成了黑草了。记载着赛马消息的两块大牌子，高高地在生铁柱上悬着，牌子跟前人群熙熙攘攘，每个人都仰着头注视着，一条连接骑师称体重处的电线将有关赛马的情况显示在牌子上，每有一个号码出来，人群中就如同炸了锅似的。有几位先生在赛马安排上指手画脚，名叫皮什内特的马的主人中止了这匹马的比赛，大家马上又有了新话题。但是挽着拉博德特胳膊的娜娜，一路不停地走了过去，一点都没停步，旗杆上高挂的大钟，叮叮当当地敲着，提醒着人们快一点让开跑道。

娜娜返回到自己的马车上，说：

"啊！孩子们，他们称体重的地方，根本就没什么好看的，全都是瞎吹！"

大家环绕在她的身旁，高兴地叫着，鼓着掌。

"好呀！娜娜！……娜娜又返回到我们这儿了！……"他们一点都不了解她！她怎么会是个不讲情理、不顾道义的人呢！她返回的时间刚刚好。要集中精神，这会儿跑马比赛即将开始。人们全神贯注地观看着，连香槟酒都忘了喝了。可是娜娜看到嘉嘉在她的马车上坐着，小路易和珍宝环绕在她的膝盖上，这情形大大出乎娜娜的意料。嘉嘉之所以不顾一切采取这个举动，是打定主意要再一次和拉·法卢瓦兹套近乎，可是表面上她告诉娜娜：她过来只是想亲一下小路易，因为她是最疼爱小孩子的。

　　"捎带打听一下，莉莉的情形如何？"娜娜问，"坐在那老家伙身边的那个姑娘真的是她？就是在老家伙的轿式马车上的那个？……前一会儿有人跟我说了一件很让人难堪的事。"

　　嘉嘉马上装出一脸的悲伤。

　　"亲爱的，因为这件事我都害病了，"她凄楚地说，"昨天我在床上整整躺了一天，无法起身，我哭得太过伤心了！我本以为今天我的身体支持不住不能来了呢！……唉！你想了解我的态度吗？我压根儿就是不同意的。我将她送到修道院里去受教育，本打算要为她找一户好人家。我总是对她提一些要求颇严的建议，对她的教育从来就没松懈过……但谁曾想，亲爱的，她竟然心甘情愿地跟那个老家伙在一起！天呀！为此我们大吵了一架，哭了好多次，泪水也流了不少，互相都说了一些难以接受的话，最后我还动手扇了她一个大嘴巴。她认为日子太没劲了，打算换个环境……那时她告诉我：'无论如何，你都没权利不让我这么做。'于是我就跟她说：'你是个不要脸的东西，自己作践自己，你让我们一点面子都没了，快滚吧！'这样事儿就完成了，我没办法只得替她操持操持……然而这样的话，我仅存的一丝希望也没了。天呀！她的身上曾寄托了我多少的美梦呀！"

　　吵架的动静传了过来，吸引了她们的注意力，俩人都站起了身。原来是乔治听到人们在议论着旺德夫尔的是是非非，于是挺身而出为他说话。

　　"他怎么会抛弃他自己的马呢？"乔治大喊着，"就在昨天的跑马总会里，他还在吕西尼昂身上下了一千金路易赌注呢。"

　　"确实，千真万确，那时我也在，"菲利普作着证，"一个金路易他也没下注到娜娜身上……要是这会儿娜娜的价码是一比十，这和他一点关系都没有。说人家是如何处心积虑的算计，纯属无稽之谈。那样做他能得到哪些益处呢？"

　　旁边的拉博德特镇静自若地听着，他肩膀动了动：

330

"他们愿说就说去吧。谣言是无法避免的……前一会儿伯爵最起码又加了五百金路易的赌注在吕西尼昂身上，就算他再加上百十个金路易的注在娜娜身上，那也是由于对自己的马，无论如何也应该有一点信心而已。"

"老天！我们为什么要管这些闲事？"拉·法卢瓦兹摆动着胳膊，大嗓门地说，"精灵一定会获得胜利的……法国必输！英国必胜！"

赛马进入跑道的钟声已经敲响，一阵阵的躁动不安立刻传遍了整个人群。娜娜攀上了马车的座位，以便能将情况瞧得更清晰些，匆忙之间一大堆勿忘我和玫瑰都惨遭不幸。她左顾右盼，将地势开阔的跑场尽收眼底。这一天中精神最为集中、热情最为高涨的关键时刻到来了，刚开始空无一人的跑道被栅栏包围着，每两根木桩中间在值勤的两个警察，形成了一个宛如长龙一样的队伍。在她跟前的方形草地上，污泥遍布，可是随着距离的放远，映入眼中的是一片碧绿，最终差不多像是一块青翠欲滴的绒地毯了。接下来她又将目光放低，看着场中心，在草坪上密密麻麻的聚集了一大群人，还有些人登上了马车，每一个人都脚尖着地，尽可能伸着脖子在观看，人们都被激动的情绪所控制，互相挤着嚷着；马儿在嘶叫，帐篷的帆布在哗哗地响个不停，在步行者之间来回穿梭的是训练马的骑马的人，步行者们全都跑到了围栏那儿，趴在上面注视着比赛。娜娜转回头来朝看台那边放眼望去，每个人的脸都显得如此的小，色彩各异、人头攒动的人群将过道、阶梯和平台挤得水泄不通，一大堆黑乎乎的人群映衬在蓝天的背景之下。围绕着跑马场的平原位于看台的外边。在右侧，一块地势较低的草地，分布在爬满了爬山虎的磨坊的背后，一大片树阴将它们遮起来了；正中间，塞纳河在山脚下静静地奔流着，公园中四通八达的林荫小路弯弯曲曲，直到了塞纳河边，林荫小路上停放的一排排马车静悄悄的；左侧，随着视线向布洛涅森林的移动，眼前一下子开阔了许多，一条大路直奔向默东的湛蓝的天边，大路中间被一条种满了泡桐树的小路拦腰截断，光秃秃没有叶子的泡桐树，有一个浅粉色的顶尖，一眼望过去色彩非常艳丽。人群接二连三地蜂拥而至，稠密的人群如同一堆堆的小蚂蚁，在一条又长又狭小的带状道路上，翻山越岭自远处向这里络绎不绝地涌过来。可是在巴黎的那个方向，在好远好远的地方，那些运气不好没能买到入场券的热心观众们，顺着布洛涅森林的边，如同悠闲的羊群一样在树阴下汇集着，一条运动着的曲线就由这些无法计数的黑点构成了。

广阔无垠的天空下，仿佛小虫子似的十万名观众聚集到了这片土地上。一阵欢快的氛围让这些人们兴高采烈。十五分钟前还藏起身来的太阳，此刻又露出了快乐的面容，金色的阳光照耀着大地，闪亮的光线就像是荡漾着碧波的湖水一样。女人们的遮阳伞又纷纷地撑了起来，如同在人群的头顶上罩着数不清的泛着耀眼光芒的盾牌。人们拍手为阳光的出现庆贺，以喜笑颜开的面孔欢庆阳光的到来，难以计数的胳膊向前伸着，似乎是想把乌云拨得无影无踪。

此刻，一个治安官员的身影出现在了已见不到人影的跑道上，他在向前走着。左侧稍远处又跑出了一个人，一面红旗拿在他的手中。娜娜想知道那位是何许人，拉博德特回答：

"起跑发令员德·莫里亚克男爵。"

一群群的男人将娜娜簇拥在他们的包围圈中，有人都登上了她马车的踏脚板，他们热情地呐喊着，谈论个不停，没人为他们确定话题，每个人都随心所欲地说着他们对这场比赛的看法。菲利普、乔治、博尔德纳夫和拉·法卢瓦兹，这四个人的嘴就没有停下来的时候。

"不要挤我！……我来瞧一眼……啊！裁判员到他的位置上了……大家猜猜那是不是德·苏维尼先生？……咳！这样的大规模比赛，眼睛一定要特别好使才行，那样才能将抢先了半个马头的差别看得清清楚楚！别出声了，信号旗亮出来了……马出来了，集中精神！……第一个就是科尼西斯。"

一面红黄相间的两色旗在旗杆上随风起舞。马夫们牵着将要比赛的马，一个个地来到了起点，坐在马鞍上的骑师们的袖子，经过阳光的照射，显现出一种闪亮夺目的白点。科西尼斯的身后，随着出来的是好运气和布姆。接下来，在一片吵吵嚷嚷的谈论声中精灵出场了。精灵是一匹健壮漂亮的枣红色大马，可它却罩着件柠檬色和黑色混在一起的、色彩对比过于强烈的号衣，透露出一种英格兰的气息。瓦勒里奥二世的入场得到了观众格外热情的欢迎，它的身体娇小却神气十足，它穿着嵌着浅粉色花边的碧绿色的号衣。旺德夫尔的两匹马千呼万唤也难出。最终，蓝白相间的号衣在杏仁奶油入场后才得以入内。但是深枣红色的高头大马吕西尼昂，尽管看起来身躯矫健，气度不凡，没有丝毫差错，但是因为娜娜吸引了所有人的目光，以至都差点记不得还有吕西尼昂这样一匹好马呢。在人们从前的印象中，娜娜这样的漂亮还是头一回见到，由于云缝中发出的阳光的照射，这匹栗色的小母马的皮毛就像一个红棕发少女的一样，闪着金色的亮点。阳光下的它，浑身散发着和崭新的金币一样的亮闪闪的光芒；它的胸部深陷，轻快自如的头和脖子由结实的肌肉相连，背部健美且感觉敏锐。

"看！它的鬃发也是金色的，和我的头发的颜色一模一样！"娜娜神情激动地大叫着，"我要让你们明白，对于这一点，我觉得非常骄傲。"

围在她身边的男人们争先恐后地往她的双篷四轮马车上爬，博尔德纳夫的脚险些落在小路易的身上，那个当妈妈的早就将小路易抛于脑后了。博尔德纳夫将小路易举到了自己的肩膀上，就仿佛是一个和眉善目的父亲，同时口中还在念念有词：

"让人心疼的小家伙，怎么着也该叫他瞧上几眼……来，来，我帮你让你瞧瞧你妈妈的样子……瞧见了吗，在那儿，就是那匹马。"

在他的大腿边上来来回回蹭着的小狗珍宝也被他抱了起来。此刻娜娜正在为这匹马用自己的名字命名而兴高采烈呢，她放眼四顾赛场中的其他女人，打算瞧一下她们的脸上有何种神情。女人们都被嫉妒、愤恨折磨得快要发狂了。只有始终坐在出租马车上安安静静的特里贡，此刻正越过人们的脑袋，冲一个赌注登记人使劲地摆手，下着她的新赌注。她本能地感到，在娜娜身上下注必赢无疑。

拉·法卢瓦兹狂呼乱喊得叫人忍无可忍。他突然对杏仁奶油动了心。

"灵感好像降临到我身上，"他不停地说，"你们好好观察观察杏仁奶油。表现如何？瞧它运动起来是那样的有力！敏捷！……我心甘情愿地用一比八为杏仁奶油下注。还有没有人跟从？"

"您最好是静一会儿吧，"拉博德特最终按捺不住出了声，"要是您这么做了，就等着懊恼去吧。"

"杏仁奶油一看就不是什么良驹，"菲利普说，"这会儿它就大汗淋漓了……到了赛前的热身您就瞧好吧。"

所有的赛马再一次退回到了右边，以便开始进行热身，杂乱无章的马儿一个个在看台前跑过，因而在观众中又引起了一阵阵激动不已的热情，说话声在四面八方同时响起。

"吕西尼昂的脊梁长得过分了，可是它的精神却好得出奇……您一定要弄清楚，一个钱都别下注在瓦勒里奥二世身上，瞧它跑起来一点都放不开，跑着的时候头扬得那么高，这可不是什么好迹象……咦！骑精灵的原来贝尔纳……他没有肩膀。而骑师的关键就在于他的肩膀宽大……算了吧，无论如何都没指望了，精灵一点机灵劲都没有……听我说，娜娜跑比赛的情景我见过，那是在它参加完优良幼马的第一次大奖赛后，它汗出得就像是水洗过似的，全身的毛都被粘得紧贴在身上，胁部喘得跟快没气了一样浑身是汗。我可以拿二十个金路易下赌，娜娜肯定是榜上无名！……行了，这个人总是不停地在大肆鼓吹他的杏仁奶油，烦死了！这会儿想再下注也是不可能的了，比赛就要开始了。"

他们说那个人是拉·法卢瓦兹，他不顾一切地想找一个赌注登记人，可哪都找不着，焦急的他眼看着泪水就要流出来了。于是人们又不得不好言好语地去抚慰他。每一个人都伸着长脖子期待着大赛的开始。然而头一次起跑无效。由于离观众较远，发令员看上去就如一个小小的暗点，手中的红旗都没来得及垂下来。参赛的马跑了一会儿后，再一次来到了起点。然后又是两次无效的起跑。终于每一匹参赛马都被发令员组织好，集合到一块儿，随着号令的发出，所有的马匹在同一时间内一跃而起，号令的时间掌握得是如此的恰到好处，以至全场的观众们都为之喝彩。

"太好了！……不，仅仅是偶然而已！……可是无论如何，比赛总算是开始了。"

焦躁不安的情绪使得喝彩声渐渐地弱下来，随之而来的是令人心神不定的等待，让每一个人都万分急切。此刻所有的下注都中止了，是赢是输就在这开阔的跑场上一见高低了。起初，赛场被死气沉沉的安静所笼罩，似乎所有的人呼吸都停住了。一张张没有血色的脸尽最大可能地朝前探过去，身子在不由自主地哆嗦着。刚刚起步时，在前面奔跑的是好运气和科西尼斯；尾随它俩身后的是瓦勒里奥二世；其他的马匹则在后面毫无秩序地奔跑着。路过看台的马匹，就如同一阵出其不意的狂风吹过，威力之大让地面都为之颤抖。奔跑的马群之间的间隔已经有四十个马身了。在马群最后收尾的是杏仁奶油。娜娜紧跟在吕西尼昂和精灵的身后。

"实在是棒极了！"拉博德特禁不住小声说着，"瞧英国马在赛场上真是用尽全力呀！"

在娜娜的双篷四轮马车上的谈笑风生又开始了。每个人都抬着脚，目光一寸也不离地注视着在太阳下飞奔的骑师，在阳光的照耀下，他们的身影就如同一个五光十色的小点。上坡之时，瓦勒里奥二世抢了先，科西尼斯和好运气落在身后，可是娜娜还是尾随在共同前进的吕西尼昂和精灵身后。

"毫无疑问，冠军必是英国马，这谁都能瞧出来，"博尔德纳夫说，"吕西尼昂体力已有些不支了，瓦勒里奥二世呢，也坚持不了多久了。"

"天呀，要是英国马获得了冠军，那可是再坏不过的事了！"菲利普不高兴地大声嚷嚷着，强烈的爱国心让他难以接受这一事实。

一种弥漫在观众之间的急躁不安的气氛让挤得水泄不通的人们觉得呼吸不畅。法国真的会再经历一次惨败吗？因此所有人的心中都在为吕西尼昂祈祷着，这种热忱简直称得上是全身心的投入了；而且，每一个人都在愤愤不平地痛骂着那匹叫精灵的马，它的骑师也未能幸免于难，人们都说他脸上带着哭相。似乎是风将四下散开在草地上的人们一堆堆地吹走，放眼望去皆是他们在空中到处乱飞的鞋底。一些骑马的不顾一切地在草地上疾驰而过。娜娜神态悠然地四下观望着，显现在她眼前的是脚下那如波浪一样起起落落的人和马，黑压压的是人潮涌动，跑道两边由于赛马跑过所带起的风暴不停地在流动着。远远地，骑师们就如同耀眼的闪电将平静的地平线划出波纹。娜娜的目光追随着他们远去的身影和马屁股一点点地奔驰而去；马腿在全速奔腾中逐步地变短，变小，以至到后来就已经如头发丝一样细长。眼下，它们的侧面在布洛涅森林的深绿色的背景映衬下，远远地望去，宛若细小无物，终于树林遮住了马匹的影子，看不见了。

"您先不要下结论！"乔治的内心仍存着一丝幻想，他大声叫道，"比赛离完事还早着呢……已经有马超过英国人了。"

然而拉·法卢瓦兹对自己国家的轻视思想又占了上风，他整个越来越不成体统，竟然大张旗鼓地为精灵的胜利欢呼。太棒了！跑得不错！得让法国人知道知道这是什么滋味！精灵冠军！杏仁奶油亚军！就叫自己的国家为此难过吧！拉博德拉义愤填膺，他紧绷着面孔恐吓他，声称要是再嚷嚷就将他塞到马车下边。

"来让我们计算一下他们跑完全程要多长时间吧。"博尔德纳夫平心静气地说，他把小路易扶好，将表拿了出来。

一匹匹的马接二连三地从树林后露出了身影，整个赛场都为之震惊，人群之间的谈论声久久不能平息。跑在最前头的还是瓦勒里奥二世，尾随其后的精灵已经渐渐地赶上来了，然而精灵身后的吕西尼昂的速度却出人意料地降下来，一匹别的马代替了它的位置。起初人们还摸不着头脑，搞不清是发生了什么事，骑师身上五颜六色的丝绸上衣让人无法得清谁是谁。一点点的，一阵阵欢笑呐喊声从人群中传出。

"它是娜娜呀！……加快速度，娜娜！我早就断言吕西尼昂劲力不足……真的，是娜娜。瞧那一身金黄色的毛，一眼就瞧得清清楚楚……这会儿您瞧清楚了吧？它就跟一个火球一样飞奔向前……太好了！娜娜！好样的！……但是，也没什么大不了的，它只不过在为吕西尼昂扫清道路而已。"

在几秒钟内，这个观点得到了大家的赞同。然而，随着比赛的进行，这匹小母马一直速度不减地奋勇向前冲，居然渐渐地成了跑在最前边的马了。因而人们都为此兴奋不已，没人再去关心那些落在后边的马了，精灵、娜娜、吕西尼昂和瓦勒里奥二世身上，聚集了所有人的注意力，最终的名次之争将在它们几个之间展开。人们大声呼喊它们的名字，以一两句话来对它们前进或后退的表现进行评论。此刻的娜娜如同让人高高地举起来似的，攀上马车夫的位置，她面无血色，泛着苍白，全身止不住地发抖，神色十分激动以至都无法开口说话了。在她身旁的拉博德特，重新露出了笑意。

"看是不是，英国马跑不动了吧，"菲利普心情愉快地说，"它不行了。"

"无论如何吕西尼昂是彻底没希望了，"拉·法卢瓦兹大声嚷着，"瓦勒里奥二世赶上来了……快瞧呀！四匹马全都堆到一起了。"

人们的嘴里都叫嚷着这样一句话。

"速度真快！伙计们……快点跑呀！真是神速！"

此刻，四匹马风驰电掣地向着他们飞奔而至。远远的，人们就能够觉察到它们的即将到来，仿佛是呼吸一样，刚开始只是微弱地打着鼾，然而到后来这种感觉一点点地更加清晰。在场的人们全都慌慌张张地奔向栅栏那儿。虽然马儿们尚未到来，可是人们发自内心的吼叫却是更加深远悠长，叫喊声如同波涛汹涌的海水一样，在逐渐地接近。在这场规模空前的大赌博中，在这最后时刻最为激烈的搏斗中，在十万观众的心里都只剩下一个想法：他们都急不可待地想要知道自己最后的运气如何，在这些飞速前进的马的身后，带给他们的是以百万计数的钞票。人们互相拥着，挤撞着，每个人的拳头都攥得紧紧的，嘴巴张得不能再大了，他们都在用自己的大喊的声音和挥舞的手势激励着他们下注的马儿跑得再快些。这一大群身穿礼服的人们发出的喊声，简直就是野兽的狂吼，这喊声越传越近，就更清楚了。

"跑来了！跑过来了！……看，它们冲过来了！"

在这会儿，娜娜已经追了上来，如今的瓦勒里奥二世已经沦落到和后面的精灵并驾齐驱了。娜娜将它抛下有两三个马身那么远。惊天动地的雷鸣声响彻云霄。跑过来了，在娜娜的马车上的人们是以一阵暴风骤雨似的痛骂欢迎它们。

"加快速度呀，吕西尼昂，你这笨蛋，蠢货！……太棒了，英国马！老伙伴，再努力往前些，再往前些呀！……瓦勒里奥实在是让人忍无可忍！…啊！这没用的东西！我投在它身上的十个金路易全都泡汤了！……眼下就剩娜娜还有些战斗力了！太妙了！娜娜！真是棒极了！娜娜！"

而此刻在马车夫位子上坐着的娜娜，屁股和腰不由自主地又摇又摆，那样子好像是她在参加比赛。她的肚子时常地腆出来，好像以这个动作可以助那个小母马一臂之力。肚子腆出一次，娜娜有气无力的感叹就出现一次，她好不容易才用细弱的语调说：

"快点！……快点……加油……"

一个精妙无比的景象展现在人们的眼前。派莱斯的整个身子都在马镫上立起，他的一只手臂高高举起，用马鞭抽着娜娜。这个瘦小枯干的老顽童，一张冷冰冰而又庄严肃穆的长脸似乎有火焰在喷发着。他凭着自己一定要赢的信念，伴随着胆识过人而又猛烈的动作中，让这匹小母马也感受到了他的激动，并催促着小马和他一起疯狂，他让马儿向空中跃起，接着再冲向前方，这一连串动作直让马儿两眼放光，口吐沫沫。一整队的马匹如同阵阵的响雷，一下子在人们的面前疾驰而过，人们大气不敢出，风声随马群扫过人们的耳朵，此时全场最为镇定自若的要数裁判员了，他的眼睛一眨不眨地盯着标杆，静候那最激动时刻的来临。只一会儿，跑马场上一阵阵欢快的呼喊声响彻云霄。派莱斯用尽全身最后的一点劲，最终促使娜娜成为第一个冲过终点的马，它以超出精灵一个马头的距离赢得了冠军。

此刻赛场上人声鼎沸，如大海一样波涛翻滚。娜娜！娜娜！娜娜！这叫声接连不断，嗓门愈来愈大，势如破竹般地占据了整个天际，从布洛涅森林深处到瓦莱里安山，从隆尚的草坪到布洛涅平原，这喊声起伏不停。草坪上的冲动显现出了如梦似真的疯狂。娜娜万岁！法兰西万岁！英吉利必败！妇女们不停地晃动着她们手中的阳伞；在一旁的男人们也在手舞足蹈地大叫大嚷；还有一些人失去理智似的只知道一个劲地傻笑，帽子也被抛向了高空。在跑道的那边，骑师称体重处的围墙内的兴奋之情丝毫也不比这边逊色；看台上人头攒动，他们头顶的空气似乎在轻轻地抖动着，就好像是一堆肉眼无法瞧见的小火苗，燃烧在人们那微小的、充满兴奋的脸上，燃烧在那一双双不住地舞动着的胳膊上，燃烧在小黑点一样的眼睛中和张着的口中。这股冲动的激情久久不能散去，相反却是不断地加大，直到远处小路上、树上乘凉的人群都被煽动起来了，就连皇家看台上也无一例外地热情高涨，皇后尊贵的手也拍了起来。娜娜！娜娜！娜娜！不断的大喊在金色的阳光下时时响起，太阳也将它金灿灿的亮点洒在发了疯的人群头上。

此刻站在马车夫位子上的娜娜，心中不禁暗自得意起来，她还以为人们兴高采烈呼喊的就是她呢。她静静地站在那儿，为自己取得的成功而目瞪口呆。她瞧到跑道被密密麻麻的人群所吞没，就连大片大片的草坪都无法瞧见了，在她的眼前呈现出了黑黑的帽子的天地。接着，人们纷纷往两边散开，在中间留出一个直通到出口的小路，他们这样做是为了方便再一次为那匹获胜的马——娜娜大声叫好。派莱斯骑在娜娜的背上朝外走去，疲惫不堪的他趴在娜娜的身上，一脸的茫然。娜娜兴奋得不知该如何表达了，她用力地拍着大腿，肆无忌惮地向人们诉说自己的成功：

"啊！他妈的！赢得冠军的是我！丝毫不差……啊！真见鬼！运气可真不错呀！"

娜娜找不到恰如其分的词来表达自己的快活得意，于是她抱起小路易就是一顿猛亲，直到这时她才看清楚小路易是坐在博尔德纳夫的肩膀上。

"三分十四秒。"博尔德纳夫说着的时候，表又被搁进了口袋里。

娜娜听到她的名字被人们不厌其烦地喊着，这一大片平原将阵阵的呼喊声源源不断地送到她的耳中。这是她的民众在对她高声呼喊，而她则神态威严地站立在阳光下，星辰一样的头发散落在肩上，身着与天空同色的蓝白相间的衣裳，面对她的臣民统领天下。拉博德特想离开一会儿，走之前他向娜娜声称在这场赛马比赛中她有两千金路易入账，原因在于他将她那五十个金路易以一比四十的价码，全都为叫娜娜的小母马下注了。然而对于娜娜来说，这笔出乎意料得到的钱远远不能和她所获得的意想不到的成功相提并论，由于成功所带来的光环让她变为巴黎最耀眼的女皇。别的女人全都惨败而归。罗丝·米尼翁气愤至极，居然一下子就将阳伞给弄个七零八落；卡罗利娜·埃凯，克莱莉丝，西蒙娜，以及也不管儿子在不在眼前的露西·斯图华，全都在愤愤不平地小声骂着，对于这个胖娘们的好运气，她们都觉得特别难以忍受。唯有那个在比赛开始和完事时都划过了十字的特里贡，此时则将她那体格高大的身子坐得直直的，居高临下地关注着这些女人们，对于自己敏锐的感觉，她十分地得意，面带着喜气洋洋的表情，同时以一个久经沙场的老板娘的身份，又一次祝娜娜好运。

包围在娜娜马车旁边的男人不断地在增加。刚过去的一段时间内，他们都疯狂地欢呼。此刻乔治的嗓子都变了调了，却仍在那儿扯着嗓子大声叫喊。香槟酒瓶都见了底，带着跟班的菲利普，向卖饮料的地方跑去。娜娜宫廷的成员依然在增加，她的成功让那些一直都不愿前来的人也放下了面子，来到她身边。团团包围的人群让娜娜的马车成了草坪的中心点。在这中心里，娜娜后来让她的臣民一致拥戴，居然成了受人顶礼膜拜的天神，这个爱神女皇被她的臣民如醉如痴地爱护着。博尔德纳夫站在娜娜的身后，就如同仁慈的父亲为她兴高采烈，可是嘴里却总是说着脏话。待到香槟酒一送来，娜娜就举起倒得满满的酒杯，人们又齐声欢呼，拍起手来，接下来又是放声大喊：娜娜！娜娜！娜娜！这情景让一旁的人摸不着头脑，他们探出头去在四周找着那匹小母马的身影。事实上到底是那匹马还是这个女人最终留在了人们的心中，没人能猜得到。

尽管罗丝带着恶狠狠的眼光盯着米尼翁，可他还是不顾一切地跑了过来。这个姑娘的运气好得让他惊奇不已，他管不住自己，很想亲她一下。亲过了她的两边面颊之后，他的表情就像是一个充满了慈爱的父亲，说：

"这会儿最让我觉得心烦的是，罗丝此刻无论如何都会邮走那封信了……她气得都快蹦起来了。"

"那可是太好了！正如我所愿呢！"娜娜一不小心说了实话。

可一瞧见米尼翁一脸的震惊，她赶紧地解释说：

"啊！不！我刚刚说了哪些？……坦白说，我自己说了哪些话我都不记得了……我喝多了。"

她真的是醉了，然而令她沉醉痴迷的是快活的心情，灿烂的阳光。她的杯子从来就没放下过，她在为自己喝彩。

"为娜娜痛饮！为娜娜痛饮！"她高声喊。周围的嘈杂声、欢笑声、喝彩声此起彼伏，而且音量越来越大，渐渐地充斥了跑马场的每一个角落。

比赛已接近尾声了。此刻正在进行的比赛是沃布朗大奖赛。一辆辆的马车离开了这里。这时，在人们的吵闹声中有人说起了旺德夫尔。到了这个时候一切都已经清清楚楚了：两年来旺德夫尔始终在为今天的行动做着筹划，他让格雷沙姆看管好娜娜，从不让它出现在公众的视线里，只是遮人耳目地让吕西尼昂大放光彩，从而在最后的决战中让那匹小母马一飞冲天。赌输了的人对这样的做法都很气愤，赚了的人就无所谓地摇摇头，一再说就是这么做了又能如何呢？难道说有法令禁止这么做吗？马主人对他的马有决定权，他认为该如何搭配没人能管得着。这样的事见得还少吗？大多数人都说旺德尔夫非常有头脑，他让朋友们搜罗到那么多的对手来赌，这使得他可以在娜娜身上大发横财。原来娜娜价码直线上升的根源是在这儿。有消息说他以一比三十的平均价码为娜娜下了两千金路易的注，这样一下子他就稳赚了一百二十万法郎。这么大的一个天文数字，要让人们对他肃然起敬并宽恕他所做的一切已经是绰绰有余了。

然而一个听上去事关重大的消息从称体重处传了出来，人们都在纷纷地议论着。只要是从称体重处出来的人都会将这消息描述得有声有色。后来人们的嗓门就大了起来，一件让人万分震惊的丑闻被人揭露了。让人同情的旺德夫尔，这回他可再也无法翻身了。他做了一件极不聪明的欺骗，这蠢笨的作弊让他此次精心策划而获得的成功毁于一旦。事情是这样的：他找了一个不那么令人信赖的赌注登记人马雷夏尔，让他偷偷地为自己下四万法郎的注，赌吕西尼昂一定会惨败，以补偿他在表面押吕西尼昂赢的两万多法郎。这是极其拙劣的手法，这更加印证了他正处于全面破产边缘的财产又出现了一个巨大的裂缝。最初马雷夏尔就知道尽管呼声很高，但吕西尼昂肯定不会赢，所以在这匹马身上就有六万法郎入账。然而拉博德特却未能拥有旺德夫尔恰当而详细的指点，误打误撞，正好跑到马雷夏尔那儿在娜娜身上下了二百金路易的注。马雷夏尔搞不清楚这样做的确切意思是什么，就仍以一比五十的价码下了注。最终，马雷夏尔在小母马身上赔了十万法郎，合起来一算，他实实在在地亏了四万法郎。顿时他感觉头晕目眩，什么都没了！赛马结束时，他瞧见拉博德特和伯爵在称体重处的大厅门口窃窃私语的时候，他一下子清楚发生了什么事。这个以前的马车夫觉察到自己被人欺骗了，顿时怒气冲冲，他以自己野蛮凶恶的性情，当着众人的面，不顾一切地大叫大嚷，以恶狠狠的腔调一五一十地将这件事揭穿，这引起了围观群众的怒火。有消息说，赛马会的委员们将要开一次专门会议商讨处置这件事的方法。

菲利普和乔治压低声音将这事的前前后后讲给娜娜听，娜娜面带着笑容听着，还一边品尝着酒，随随便便地议论了几句。说到底，这件事的可能性很大，这时她回忆起很多细枝末节来；再说那个马雷夏尔的模样一看就不像是个好人，然而她终究还是有一点疑虑。恰在此时，拉博德特面色苍白地回来了。

"有什么消息？"她小声地向他询问。

"没救了！"他只说了这样一句。

说完他摇了摇头，这个旺德夫尔做事怎么跟个孩子似的！娜娜十分不满地挥了挥手。

那天夜里，娜娜在马比耶舞会中取得了绝无仅有的胜利。大约在十点钟左右，她来到了舞厅，那里的嘈杂声已经乱成一团了。这个历史悠久的狂欢活动，使得城内的每一个追求新潮的男男女女全都聚集到了这里；上层社会的人们也都倾家而出来到这儿，他们看上去就和下等人一样笨得要命、俗不可耐。在彩色的灯光下，人们乱七八糟地挤在一起。黑色礼服，怪模怪样的服装，穿得袒胸露背的女人，以及脏兮兮的旧袍子交杂着，大家都胡乱地转着圈儿，大声叫着，无一例外都是酒气冲天，一步三晃。铜管乐队的演出声在三十步的距离之外就什么都听不清了。人们只是顺嘴胡说，讲着一些自己都不知所云的话，根本就顾不上跳舞。每个人都想吸引别人的注意力，逗其他的人发笑。但是不管怎么努力都收效甚微。七个被人关进了衣帽间的女人，流着眼泪哀告着人们把她们放出来。一个人发现了一根葱，于是就现场交易，价格一升再升，最后居然卖了两个金路易。在这一片混乱中，娜娜大驾光临了，她身上的服装还是在赛马时穿的那件蓝白相间的。在人们的欢呼雷动声中那根葱被呈给了娜娜。人们不管她怎么想，出其不意地将她抱起来，由三个无比兴奋的先生举着，越过那早被践踏得不成样子的草地和被人毁坏的树丛，走向花园。因为乐队是人们前行路上的障碍，于是大家一窝蜂地向乐队动用武力，一片混乱中，椅子和乐谱都碎成了片片。一个看起来很像是温和父亲的警察是此次运动的指挥官。

从那天到星期二，娜娜一直沉浸在那个让她激动不已的事件中，眼下这种激动才慢慢地转化为平静。一个叫勒拉太太的女人来对她说，那天小路易在外面看赛马着了凉，正生病呢。现在身处巴黎的人都在对一个大新闻议论纷纷，听到这个消息娜娜很是惊讶。在赛马比赛完结之后的那天夜里，旺德夫尔被逐出了皇家俱乐部的赛马场。翌日，旺德夫尔就放火烧了自己的马厩，他自己和他的马也都葬身于火海。

"他以前就跟我说过他打算这么做的。"娜娜一遍遍地说，"这人实在疯到家了！……昨天黄昏时分别人对我说这事的时候，着实让我吃惊不小！你明白吗？有天晚上他还真有要我命的可能呢……况且，事先哪一匹马会赢，他一点风声都没透露给我。要是他跟我说了，我怎么着也能大赚一笔了！……他告诉拉博德特，千万不能让我知道此事，说假若我了解哪匹马会赢，那我一定会忙不迭地将这秘密讲给我的理发师和所有我认识的男人的。你想想这话有多缺德！……哎！真的，对于他的死，我不可能觉得很伤心。"

这件事娜娜想着想着就气不打一处来。拉博德特刚好在这时候来了，他结清钱款，将在赛马中赢来的四万多法郎给了她。如此一来，更让娜娜怒火中烧，按照她的想法她进账一百万都是没问题的。在此次投机交易中，拉博德特将自己洗刷得干干净净，一副毫不知情的样子，这个时刻对于旺德夫尔就更是肆意中伤了。他声称，这些历史悠久的家族早就是金玉其外，败絮其内了，因而有这样的下场也是很自然的事。

"不，不！"娜娜说，"在马厩里放火烧死自己，这样的死法可是很光彩的事。在我看来，我认为他死得非常壮烈……啊！你要清楚，至于他和马雷夏尔之间的那些是是非非，我可不想替他说话。就我而言，我认为这事做得笨极了。只要我一念及到布朗施处心积虑地想将那件事的责任归咎于我，我心里就异常地气愤！我辩解说：'我也并没有叫他去作弊呀？'你说呢？女人向男人要钱，这是再正常不过的事了，然而这并不能说就是让他去做坏事呀！……要是他跟我说：'我身无分文了。'那我会很明白地告诉他：'行，那我们分开吧。'要是这样的话，事情也不会发展到这个局面了。"

　　"是这么回事，事实如此，"姑妈满面严肃地说，"要是男人们非得坚持自己的意见，那样会有怎样的结局，完全是他们咎由自取！"

　　"然而，至于他那蛮有意思的下场，天呀！干得还真是潇洒得很哪！"娜娜继续说，"这事听着很吓人，你会浑身发抖的。他将家中的人都支到一边去之后，就拿了汽油，将自己关在了马厩里……然后那火就一下子着起来了，要是能看看这情形就好了！思量一下，那样又高又大的一个几乎都是木头建成的马厩，其中放的都是些稻草和麦秆！……火蹿得和塔一样高，不停地向上升……最壮观的那些马可不心甘情愿地被烧死，它们在里面不停地挣扎，又是撞门，又是踢墙的，发出了和人一样的痛苦叫声……确实是，就是这会儿有人一谈论起那一点点被烧死的不忍目睹的惨相，还止不住地神色大变呢。"

　　拉博德特情不自禁地缓缓地叹了口气，以示对这样的说法的不同意见。他才不相信旺德夫尔会死。有人一口咬定说眼睁睁地瞧见旺德夫尔打开窗子跑出来了。在他神经混乱的时刻，他将火点燃了，可是一等到火烤得太热之时，他的精神一下子就恢复正常了。一个终日在女人的怀里混日子，以至弄得个穷困潦倒的人，肯定不会有这样英勇悲壮的死法的。

　　娜娜听说了这些，感觉很没意思。她仅仅说了一句话：

　　"让人同情的人！这举动原本是那么的让人敬佩！"

第十二章

娜娜和伯爵在夜里一点钟左右的时候，还未入睡，他们躺在那张铺着产于威尼斯的、有花边床单的大床上。伯爵的怒气持续了三天，今天又再一次回到这儿来。屋里仅有的一个灯点着，朦朦胧胧的光线让人有一种睡意颇浓的感觉，一种既暖和又湿润的爱的气息充满了整间屋子。那些嵌着银边的白漆家具也在这一片幽暗中闪现着白色的光亮。床上的帷幔早就垂下来了，整个床都被黑夜所占据。一声长吁短叹，随后是个亲吻的声音出现在一片静寂之中。娜娜从被窝里露出身子、大腿，什么也没穿坐在床边。伯爵的脑袋依然是放在黑暗之中的枕头上。

"亲爱的，你信仰慈爱的天主吗?"她凝神想了一会儿之后问道。从情人的怀里起身之后，她脸上的神情是那样的一本正经，发自心底的对宗教的恐惧在包围着她。

自打早上开始，她就嚷嚷着身子很难受，随后就联想到了死，想到了地狱，根据她自己的说法，这些思想实际上非常蠢笨，可是却在一刻不停地惊吓着她。有时候，在晚上睡觉的时候她常常和小孩子一样特别恐惧黑暗，无数千奇百怪的骇人想象困扰着她，就算是眼睛睁得大大的，却依然被噩梦所缠绕。她随后又问:

"你认为如何? 按你的标准我能上天堂吗?"

说完这话之后，她不由得阵阵发抖。在这种时候问如此怪异的问题，这不禁让伯爵猜不透为什么，天主教徒的忏悔似乎又在他身上复苏了。此刻，娜娜的睡衣慢慢地滑下了肩，头发也乱七八糟。她猛地扑到了伯爵身上，使劲地抱住他，哭哭啼啼起来。

"我害怕死……我真的怕死……"

伯爵费了好大劲才摆脱掉她的拥抱。他很担心这个对死亡怀有深深恐惧的女人的那些发了疯的行为举止也会沾染到自己的身上。他安慰着她：她身体非常结实，要是在做人的时候更加小心点，有朝一日总会获得上帝的原谅的。对此她表示同意，她肯定不会去害人的，这一点是确信无疑的了，在她的胸前她总是挂着一个圣母像，她还让伯爵瞧她用红线拴在两个乳房间的圣像呢。然而，老天的规矩早已定好了，只要是未婚的女人和男人有同居的关系，全都得下地狱。在小的时候，她学过些天主教教义，这会儿又有点零零星星的东西被她记起来了。天呀！如果人能清楚死之后的情况是如何的，那样可就好多了。但令人遗憾的是，任何人都无法将死后的信息转达回来。事实如此，要是神父们平日里所言的都是些无中生有的话，那干吗还要让自己痛苦呢？那些不肯快快活活生活的人都是笨蛋！说归说，她还是满怀诚挚地亲了亲那个还散发着她身上热气的圣像，在她看来，如此一来，就可以避邪消灾，一念及死亡，她就吓得身上凉冰冰的。

她死缠硬磨地要米法和她一起到梳妆室中去，只要她独自一人在那儿待上一分钟，就算是房门大开，她同样也会吓得瑟瑟发抖。当他再回到床上后，她仍留在屋子里转悠，屋内的每一个角落都被她仔细地检查了一番，一丝丝的动静就让她心惊肉跳。最终她总算在一面大镜子前止住了脚，她有个习惯，只要一瞧见自己的肉体，她就浑然忘我了，然而这一次，从镜子里端详着自己的胸、腰和大腿，恐惧的情绪不但没减弱，反而更加令她战战兢兢。后来，她自己的两只手探寻着自己脸上的骨头，好长时间才停手。

"人死后的模样真难看。"她无精打采地说。

她脸颊缩紧，眼睛瞪得大大的，下巴深深地按下去，她琢磨着自己死后的样子是怎样的。接着带着这副怪模怪样的脸转回头来对伯爵说：

"你看看，我死了之后，头会小得出奇的。"

他一听这话气就不打一处来。

"你胡思乱想些什么，赶紧睡吧！"

他眼前似乎呈现出一副画面：经年累月的时间过去之后，躺在坟墓里的她就只有一副骷髅了。他慌忙双手合并，喃喃地念起圣经来。近一个时期宗教信仰在他心中重新占据了重要地位。这宗教热情每天一开始，就比中风还要来势汹汹，直弄得他疲惫不堪。他两手的手指都发出了嘎嘎的响声，口中一遍又一遍地念叨着："我的主……我的主……我的主。"这是他有气无力的呼喊，也是他自身的罪恶在呼喊，虽然他清楚自己死后必下地狱无疑，但他还是心存一线希望，想要消除些许的深重罪恶，可却没任何成效。娜娜回到床上后，看见伯爵拿被子盖上了头，面露恐惧不安的神情，他的指甲死死地抓着自己胸口的皮肉，双眼无神地凝望着黑夜，似乎在望着去往天国的路。娜娜又一次放声大哭。两人互相抱得紧紧的，他们的牙齿不由自主地上下磕碰着，就算是他们本人也无法说出这是怎么一回事。如此的夜晚他们已经历过一次了，但是今天夜里这次却是毫无道理的。当娜娜的恐惧过去之后，她也琢磨着，这样的夜晚实在是太离谱了。猛然间一个念头涌上她的心头：或许罗丝·米尼翁的那封信已经到了伯爵的手中，所以她就处心积虑地间接向伯爵打探消息，却发现根本就不是这样的，他只是出于恐惧而已，其他什么都没有，对于自己妻子有外遇的事，他还毫不知情呢！

又是两天，伯爵没露面！两天后的一个清晨，他出人意料地来了，在这个时刻他从没光临过这儿的。他的面色惨白，两只眼睛红得要滴血，内心由于激烈地斗争让他直到现在仍未得以平静。然而佐爱也是一副惊慌失措的样子，压根没留心他魂不守舍的表情。她向着他跑过去，大喊道：

"先生，您可算是来了！昨天夜里夫人都要没命了。"

他仔细地打听情况，她说：

"实在是让人无法置信……夫人流产了，先生！"

娜娜已经有了三个月身孕。可她始终认为是自己的身体有什么病，对于这点，布塔雷医生很是不以为然。最终医生肯定无疑地告诉她确实是有了身孕之后，她为此很是烦躁，千方百计地想要遮掩住这件事。她那不正常的害怕病，那无法抑制的悲哀，多多少少都跟这件事有点关联。她就如同一个未婚却怀孕的姑娘一样，对此事特别难为情，因而她竭尽所能地不让别人知道此事。在她看来，这是一个让人笑话的事，这将使她的声誉受到损害，别人会把她当成笑料取笑的。怎么会这样呢？这真是滑稽透顶，太不幸了！她原来认为自己再不会怀孕了，可是知道不想要，却又有了。这让她难以置信，她的性器官竟然不听指挥，乱到这种地步，很明显她不再想有孩子，而是为了其他事服务的，可这样也能怀孕，这真叫人费解。大自然的神奇，以及在她纵情欢乐的时候居然会有庄重的怀孕能力，当她将她身边的男人们一个个推向死亡边缘的时候，她竟然会怀上一条小生命，所有的这一切，都让她懊恼万分。为什么人就不能不要这没完没了的烦心事，痛痛快快地过活呢？这小家伙到底是谁的孩子，她自己也搞不清楚。天呀！这孩子的父亲一定是算计好了要将这个小东西给她，任何人都不会承认自己是这孩子的父亲，对于每一个人来说，这小家伙都是一个障碍，他这一生都将与快乐幸福无缘。

此刻佐爱正向米法讲着这件令人意想不到的事。

"夫人在差不多是四点钟的时候，感觉到肚子疼得很。我瞧见她去了梳妆室之后，好长时间都没出来，因此我就走了进去，看到她躺在地上，晕过去了。真的，先生，确实是晕过去了，在她的身旁有一摊血，似乎是被人谋杀了一样……我看了一眼就知道是怎么回事了。那时我很气愤，夫人要是早点把这个不幸的事跟我说就好了……当时正好乔治先生在旁边。他和我一起将夫人挽了起来，可一听见了流产两个字，乔治先生也控制不住地伤心起来……事情就是这样，从昨天直到现在，我始终处在惴惴不安之中。"

公馆的的确确是乱成了一团。仆人们都在楼上楼下的各个房间里来来回回地跑着。在客厅的一把扶手椅里，乔治凑合了一晚。黄昏时分，也就是平日里夫人招待客人的时间，由乔治将这条消息向大家公布。他的面色仍旧是那么惨白，以一种焦虑不安和情绪紧张的神色将这件事原原本本地公之于众。斯泰内、拉·法卢瓦兹、菲利普还有其他的朋友全都到来了，他们只听了一句就大叫起来，这绝对不会的！肯定是个恶作剧！随后，他们的脸色变得庄严肃穆起来，他们凝神望着卧室的门，一副很是厌恶的表情，头不时地晃着，在他们看来，这可不是件有趣的事。直到半夜时分，在壁炉前小声地窃窃私语的先生已经有十二个人了，他们相互间都是朋友，大家都在绞尽脑汁地猜想着究竟哪一个才是孩子的父亲。他们看起来都互相饶恕了对方，每个人的脸上都是一副难为情的样子，似乎他们做了一件蠢不可及的事。接着，他们总算将自己的责任推得干干净净，他们都做出无所谓的模样，这件事和他们一点干系都没有，根本就是娜娜自己惹的祸。嗨！娜娜真是让人难以捉摸！谁都没想到她会弄这样一个恶作剧！如此这般以后，他们都轻手轻脚地溜掉了，好像这屋子里有死人，让他们无法谈笑风生似的。

"先生，请您快点到楼上去吧，"佐爱对米法说，"夫人恢复得差不多了，她能够招呼您……医生说今天早上他还会来的，我们都在等他呢。"

乔治在佐爱的劝说下，已经回自己的家中休息去了。楼上的客厅中只有萨丹独自一人在一个长沙发上躺着，她吐着烟，眼睛直盯盯地看着天花板。这件意想不到的事出现以后，公馆里的一切都乱了套，唯一一个有清醒头脑的人就是她了，她常常晃晃肩膀，讲一些恶意中伤的话。在她面前经过的佐爱，正滔滔不绝地向伯爵诉说着可怜的夫人为此所遭受的苦楚，萨丹冷不丁地冒出一句硬邦邦的话：

"这没什么不好，就该叫她长点记性！"

他们都万分震惊地转过头来，萨丹的眼睛依然定定地看着天花板，身子动也没动，香烟被她死死地叼在两片嘴唇之间。

"哎哟，您心地真善良。"佐爱说。

萨丹猛地坐起身，恶狠狠地看着伯爵，把她刚刚说过的那句话又一次抛向了伯爵：

"这没什么不好，就该叫她长点记性！"

说罢之后就倒在了扶手椅上，一股细丝样的烟圈从嘴中喷出，她好像是打定主意不再插手这件事似的，不闻不问。不管了，真是烦死人了！

佐爱领着米法来到了卧室。一种乙醚的味道充斥着整个屋子，屋子既宁静又暖和，只不过维里坎大街马车路过的时候，那低低的车轮声会稍稍干扰到屋内的宁静。娜娜脸色惨白地躺在枕头上，她没入睡，两只眼睛瞪得很大，正在那里想着心事。见了伯爵后，她身子没动，可脸上却是一片笑意盈盈。

"啊！我亲爱的，"她有气无力地说，"我没想到还会再见到你呢。"

他俯下身子亲她的头发时，她真的动感情了，她诚心诚意地对他说起了那个孩子，好像那孩子的父亲是他一样。

"我总是没勇气跟你说……我感觉自己真快乐呀！咳！我做过许许多多的好梦，我实在是盼望着他能和你相提并论。然而眼下，什么都结束了……可是，这样做也可能是更好。我可没打算为你的生活再加点烦心事。"

听到自己就是孩子的父亲，这让他不由自主地诧异起来。于是就吞吞吐吐地说了一些话。他搬过来一个椅子，挨着床边坐下，把一只胳膊随意地放在被子上。这会儿，娜娜才留意到他的神色不正常，两只眼睛直冒红光，嘴唇也是不自觉地发着抖。

"你有什么事？"她问，"你也有病了吗？"

"没有。"他勉为其难地说。

她以一种含情脉脉的目光注视着他。随后，她比划了一下，让正在那儿清理药瓶的佐爱回避。待到屋子里仅有他们两个的时候，她将他拽到自己的身边，不停地追问：

"亲爱的，你到底出什么事了，……你的眼睛蓄满了眼泪，我瞧得很明白……这会儿，有什么就快说吧。你这回来一定是有事想跟我说。"

"没有，真的没有，我保证。"他上句不接下句地说。

然而他由于伤心难过以至话都说不出来了，他也搞不清楚干吗一定要来这儿，可来过之后，刺激了他的情感，所以他出人意料地哭起来了。他将脸深深地藏在被子中，拼命控制着那份让他揪心的痛楚。娜娜已经心知肚明了，肯定是罗丝·米尼翁的那封信起作用了。娜娜思考着先让伯爵哭一会儿，稳定稳定情绪。伯爵浑身哆嗦得是那样的猛烈，就连在床上的娜娜都震荡起来。最终娜娜以一种包含了慈母般爱恋的语气说着：

"你家里出现了烦心事吧？"

伯爵点了下头。她又停了一会儿，接着以一种小得不能再小的声音问：

"这样看来，你全都明白了？"

他点头以示情况确实如此。屋子里又是一阵平静。就在昨天夜里，他参加完皇后那儿的晚会后就回到了家，接到了萨比娜为那个情夫写的一封信。整整一夜，他都在伤心失望中度过，各种各样的复仇方式出现在他的脑子里。一大早，他就走出了家门，在六月的柔和清风轻拂下，那些杀人的念头全都无影无踪了，于是就来到了娜娜这儿！只要他一碰到什么不开心的事，他总是要到娜娜这儿来，到这儿他才能把他的痛苦摆脱开，只要他想起娜娜肯定会给他些慰藉，安抚一下他伤痕累累的内心深处，心中就觉得兴奋异常。

"消消气，理智些吧，"娜娜说，做出一副心地善良的样子，"很久以前我就听说了。然而，可不应该由我来揭开蒙在你眼前的面纱。你能想起来吗？去年你对此就有过担心。幸而我处事谨小慎微，事情才不至暴露。无论如何，你手头没有可信的证据……天呀！要是你今天拿到了证据，那可真是当头一棒呀，这我很清楚。但是事情都已经这样，马马虎虎就算了吧，这样的事也不会有损于你的体面和声誉。"

他的哭声止住了。尽管他对娜娜谈起那些不为人知的家事已经不是一次是两次了，可是今天的这件事深深刺痛了他，强烈的耻辱感让他无法开口。娜娜使出了全身的解数，让他提起精神来，把事情跟她说说，她要他明白她是一个善解人意的女人，无论发生了什么事她都愿意倾听。终于，他以忧郁的嗓音不假思索地说：

"你身体不舒服。再让你操心也没多大用；……今天我实在是不该到这儿来。我走啦。"

"不要走，"她着急心慌地说，"你待在这儿。说不定我可以替你分分忧，想个妙主意呢。但是不能说的太多，医生不让我说的太多。"

伯爵后来站起了身，在屋里来来回回地绕着圈。她因而向他发问：

"眼下你打算如何处理这件事？"

"毫无疑问，我一定得揍那个男人一个大耳光。"

娜娜的嘴一歪，她不同意这样的做法。

"这样不算什么好方法，如何处置你妻子呢？"

"我打算和她在法庭上见，眼下我手中有了确实的证据。"

"我的心肝，你要是这样做可不怎么明智，也就是说这个方法笨极了……你要清楚，无论如何我都不能让你将这个想法付诸实施。"

接下来娜娜以细若游丝般的声音，镇静自若地向他一一摆明了如果他要进行决斗或是对簿公堂，最终带给他的只能是把自己的家丑弄得尽人皆知，这样做一点好处都没有。造成的后果是至少在一周内他都将是报纸嘲讽的对象，他这么做是以自己的宝贵生命来下注，从他目前所有的舒适日子到他在宫中的显贵地位，以及他家族的声誉，都不可避免地蒙受屈辱，因此他这样做的话能解决什么问题呢，只不过是让人家徒增笑料而已。

"那又能怎么样？"他毫无顾忌地大嗓门说，"那样的话我就出了这口恶气了。"

"亲爱的，"她说，"假若不能在现场报仇，那么这种事就无法再论及报仇的事。"

他听过之后，哑口无言，只是目瞪口呆地站在那儿，显然他根本就没想过这一点。毫无疑问他可不是畏首畏尾的人，但是她所说的话都是那样的入情入理。它内心的忐忑不安越来越严重了，尽管满腔的怒火还在他的心中燃烧着，然而一种无法说出口的羞辱之情又让他退缩了。并且娜娜的那种洞察一切的开诚布公，让他又被重击了一次。

"亲爱的，你了解你为什么这么烦心吗？……那是因为你对你太太不够忠诚，不是吗？你不能没有原因地彻夜不归吧，难道你太太对此会一点想法都没有？如此一来，你又有什么理由去质问你太太呢，只要她说这都是在你影响下的行为，那你就无话可说了。这也就是你来到这儿在屋里来回转圈，却没在家里将他们两个人杀掉的原因。"

娜娜的这一大段切中要害的话，摧毁了米法好不容易树立起来的信心，他又一次跌坐到椅子上。她闭上了嘴，喘息了一下，又小声地说：

"啊！我已经浑身无力了。过来把我向上扶一扶。我总是在往下滑，头真低呀！"

他把她向上扶了一下，娜娜长长出了口气，心里好受了很多，于是谈话的中心内容再一次回到刚才的那件事上。离婚案子将会是怎样沸沸扬扬的一场闹剧呀。他怎么就没想到伯爵夫人可能在辩证律师会上，将娜娜的名字公之于众，以便让巴黎找点乐子吗？要是这样，无论什么都会暴露出来的，她所有的事都会被人们议论纷纷：她在游艺剧院表演的失败，她的公馆，她的日常生活。天呀！不能这样，她可不想要这些流言飞语。大概有一些无耻的女人会鼓动她这么干，要她借伯爵的事儿为自己显身扬名，然而她呢，最先考虑到的是如何保住他的快乐、面子。她将伯爵拽到自己的旁边，他的头被她按了下来，和她自己的头紧紧地挨在一块，把一只胳膊伸入到他脖子后面搂住他，将嘴贴近他的耳边轻声说：

"乖乖地听话，亲爱的，你必须和你的太太和好如初。"

对这个建议，他极不愿接受。这说什么都不行！他的心都快蹦出来了，那样的话可就是太不像话了。但是她还是一脸温柔地维护自己的念头。

"你一定要和你的太太恢复到以前那样，……你看你总不能四处宣扬是我勾引你，让你弃家于不顾吧？我对我的名声看重得很，这次行动别人会说我的坏话的。别人会如何猜忌这并不重要，然而你要对天宣誓一定要特别疼爱我，因为，要是你再和那个女人和好……"

奔流而出的泪水让她无法再开口了。慌了手脚的伯爵赶紧不住地亲她，不让她再说下去，并且一再说：

"你瞎想什么，绝对不会再有那样的事了。"

"不行，不行，"她说，"你一定得那么做……我能理解。无论如何她终归是你的妻子。你瞒着我和其他的女人瞎搞和这件事完全是两个性质。"

她依然这样说下去，为伯爵提供了不少善解人意的劝告。天主也无一例外地被她提及。伯爵似乎听到了韦诺先生的说话声，那老家伙在训斥并告诫他不要在充满罪恶的道路上继续停留的时候，也是这副腔调。然而娜娜可没说要和伯爵中止交往，她只不过是在劝他两面都要维护好，希望他能在妻子和情人之间综合平衡一下。那样的话，他们每一个人都可以平平静静地照常生活下去，谁都不会愁云满面，好像在人生无法回避的烦心事中，都能得到一些和沉睡相似的快乐，这样压根儿就牵涉不到他们现在的生活。他是她的心肝这点永远都不会变，然而他不该像以前那样来得次数太多，他不和她在一块的夜里他应该和伯爵夫人共同度过。说到这儿的时候，她已经是气喘吁吁，快要喘不上来气了，她疲惫不堪地把最后的几句话讲完：

"要是你能按照我说的这么做，那我总算也做了件有意义的事，我的良心也会好过多了……你对我的爱也会更深了。"

355

然后静悄悄地过了一会儿。闭着眼睛的她躺在枕头上的面容仍旧是那样如纸似的惨白。伯爵尊重她的意思，不想让她再多说话消耗精力。这样子持续了一分钟，她又睁开双眼，声音微弱地说：

　　"何况还涉及钱的问题呢，要是你不顾一切地弄得不可收拾，那么你能去什么地方筹到钱呢？……昨天因为那张本票拉博德特还来讨债呢……我吗，我已是身无分文了，甚至身上的衣服也没了。"

　　讲完这番话后她又如同死人一样合上了双眼。米法的脸上一片忧虑的神色。自从昨天那个不幸的消息刺痛了他之后，这问题就一直缠绕在他的心里，把本来让他找不到解决方法的金钱问题都抛在脑后了。虽然持票人一再应承不把那张十万法郎的本票转手给别人，可延时一次期后，最终出现了伯爵最不愿看到的事，它在市场上通行了。拉博德特一副无辜的样子，将所有的过错都推到了弗朗西斯那儿，他还声称以后他再也不和没有知识的人做金钱的买卖了。然而这笔钱必须得还，伯爵签过名的票据无论如何不可以不付款。另外，不算娜娜千奇百怪的无数新想法，如今伯爵家里的支出也高得惊人。自从伯爵夫人从丰代特回巴黎后，不知为何一下子穷奢极欲起来，对于上层社会的那些派头全都享受，这些派头的享受一点点用光了他们的财产。人们都说她的肆意浪费极有让他们破产的危险，她家里的所有讲究的东西都是刚刚买的，单单是将米罗梅斯尼尔街的老房子重新修饰一下，就用去了五十万法郎，这还不包括价格极其昂贵的衣服的开支。所以他们手中的钱就像流水似的流走了，不见了，或是给了其他人。然而伯爵夫人根本就不曾想过要说明一下钱的去处。有一两次，米法鼓足勇气想问问钱都用在了什么地方，伯爵夫人并不说话，只是以一种怪怪的神情瞧着他，让他再也无法追问下去，唯恐她把事情揭得个底朝天。他之所以能容忍达盖内做她的女婿，就是想这样可以减少爱斯泰勒的嫁妆，只要二十万法郎就行了，就算是这样，也不必再和达盖内再谈什么其他，达盖内能攀上这么如意的亲事，早已喜出望外了。

七天以来，为能马上弄到十万法郎以堵住拉博德特的嘴，米法已经想到过一个仅有的可行办法，然而这个办法却让他犹豫不决，那就是他打算将一处阔气的花园洋房——博尔德卖掉，据估算，此住宅价值约为五十万法郎。可是这个地方是伯爵夫人的一个伯父留给她的遗产，要卖出去的话，一定得有伯爵夫人的签名才行。并且依据他们夫妇的财产约定，如果伯爵夫人想卖这所房子的话，也须先征得伯爵的许可。昨天夜里他原打算和妻子说说关于卖房子签名的事，可如今什么都不必说了，在此时让他接受这样的妥协条件，他压根就不会考虑。这件事对他的刺痛似乎比妻子与人私通更让他难以接受。对于娜娜想要的是哪些，他了解得清清楚楚，这段日子以来，也即伯爵对娜娜说出知心话以来，他对娜娜更是信赖有加，现在无论做什么事，他都会征求娜娜的意见。娜娜早就由他那儿对他的一切了如指掌，伯爵也告诉过她卖房子一定要有伯爵夫人的签名才行。

　　然而娜娜的态度看上去好像不是那么强硬。她的眼睛一直紧闭着。见她的面色如此地惨白，伯爵的内心担心不已。他拿过一点乙醚给娜娜吸了下。因而娜娜长长出了口气，又向他询问了些问题，然而达盖内的名字丝毫都未涉及。

　　"婚礼定在哪天？"

　　"星期二制定夫妻财产条款，婚礼在五天后进行。"他答道。

　　娜娜的眼睛还是没睁开，似乎她在用藏在深处的心灵之源和他对话。

　　"亲爱的，你认为怎么合适就怎么处理吧，至于我嘛，我诚心诚意想让所有的人都开开心心的。"

　　他握着娜娜的一只手安慰着她。确实，是要找个恰当的解决方式，然而眼下最要紧的是让娜娜好好歇一歇。伯爵的愤怒早就抛到九霄云外了，在这病人的屋子里，如此的温馨暖人，如此的让人陶醉于其中，而且乙醚的气味也弥漫在屋子之中，这一切都满可以让他不安定的心渐渐地平静下来，美美地体会祥和与宁静了。这会儿因为有了温暖怡人的床，有了这个他正在照看的、受着病痛困扰的女人，在她的温情抚慰和热忱帮助下，昔日快活的时光又闪现在他的脑海中，在他思想中的大男子主义，原本是由于受到了剧烈的刺激和被羞辱的感觉而充满的冲天怒火，此刻也在温柔的作用下化之于无形了。他朝她弯下腰，使劲地搂着她，尽管她的脸上还是一副无动于衷的样子，可是她那隐隐含着笑意的嘴角却暴露了她心中的得意之情。这时，布塔雷医生来了。

"情况如何，漂亮姑娘，身体恢复些了吗？"他态度亲热地对米法说，他以为米法是她的丈夫，"真是的！你们叫她说了许多话了吗？"

医生是个年纪轻轻、英俊迷人的小伙子，他所医治的对象多是交际圈中风流漂亮的女病人。他整天都开开心心的，跟那些女病人们谈笑风生，但是他有自己的原则：绝对不和他的女病人乱搞。他的医疗费贵得很，并且概不欠账，必须得"按时付款"。此外他有求必应，一星期之内娜娜怎么着也得把他叫过来两三次，她对死特别恐惧，就算是一点微不足道的小病小痛，也要惊慌失措地和他说一说，而他呢，就拿一些乱七八糟的闲聊和一些听上去很可笑的事来为她治病。所有被他医治过的女人对他都非常满意。然而，这一次，她实是病得不轻。

米法神色兴奋地离开了。看着让他心疼的娜娜是如此有气无力，他心里就只剩下深深的怜惜了。要离开之时，娜娜打手势要他回到她身边，把自己的额头凑上去让他亲一下，接着以恶作剧的恐吓语气小声地告诉他：

"你明白我想让你去做哪些事……回到家里和你的太太和和睦睦过日子，不然的话，也许我脾气一上来，咱们两个就没好日子过了！"

为了能在这个刚刚装饰一新、油漆的痕迹未干的屋子举行一次宴会，伯爵夫人萨比娜遍请宾客。五百张请帖全发完了，各行各业的人都有。那天清晨的时候，一个总管在安着帷幔；大约九点钟的时候，到了该点燃水晶制成的很多盏灯笼的时候了。热心肠的建筑师带着伯爵夫人对屋子的布置做最后一次巡视。

　　这是个充满着春天的热情，让人心神陶醉的春季盛会。气温在六月的晚上已经有些热气逼人了，因而大客厅的大门洞开，这使得舞会从客厅里接连到花园中的小路上。伯爵和伯爵夫人恭候在门口，欢迎着客人们的到来。第一批客人到了，一迈入屋内，迎面而来的景致让他们目不暇接。客人们得认认真真地想一阵，才能回忆起这间大客厅昔日的形象，才能想起米法伯爵夫人那一副孤傲并拒人于千里之外的表情。这儿原是一间被宗教的庄严氛围所笼罩的透着古韵的客厅，第一帝国时期那蠢笨的桃花心木家具，有些发旧的黄色天鹅绒帷帘，墨绿的看上去湿润得很的天花板。可眼下呢，人们一步入前厅中，就瞧见那带着金黄色边的镶嵌画，在高高在上的烛火的映照下闪烁着耀眼的光芒，精工细做的栏杆整齐有序地排列在大理石铺成的楼梯上。接下来的客厅中也是一样的绚丽多彩，产自热那亚的天鹅绒帷帘装点着四面墙壁，一幅硕大无比的巨画充当了天花板，这是名声赫赫的大画家布歇的作品，建筑师在皮埃尔古堡买下这幅巨型油画时，花了十万法郎。在枝状的吊灯和水晶壁灯的照耀下，不同种类的镜子和富丽堂皇的家具发射出一片奢侈华丽气派。与这些豪华气氛极不协调的是萨比娜以前的那张长椅子，它可是仅有的一个用红绸作垫子的椅子，松松软软的，让人觉得和客厅的其他部分反差太大。这会儿看上去，这张椅子似乎是扩大了许多，让整个的屋子都被一种享乐的慵懒和极尽所能的舒适所包围，它给人的感觉就如同是稍稍晚了些的火焰，尽管是晚了，但其燃烧的势头却是有增无减。

　　大家随着乐曲在跳着舞。花园里一扇打开着的窗子前面，乐队就在那儿演奏。此刻演奏的是一首华尔兹舞曲，缠缠绵绵的乐点从空中柔和地传到人们的耳中。被五彩缤纷的华灯装扮下的花园，正沉浸在若有若无的暗影中思考着，看上去似乎是扩大了不少。一个内设了个小酒吧的紫色帐篷，被安置在草坪的边上。正在演奏的这曲华尔兹刚好是《金发爱神》剧里那支最轻狂的曲子，伴随着整首乐曲进行的是轻浮淫荡的大笑声，在这个有着悠久历史的宅子中回荡。乐曲撩人心动的颤动让屋子的四壁都带着热乎乎的气息，就如同是从大街上刮来了一股淫欲之风。这座宅子曾有过的可以傲视一切地位，米法家显赫的历史，在天花板下安安静静享受的有百年之久的声望和宗教崇拜，似乎全都被这股外来的风吹得干干净净了。

现在，伯爵母亲的旧相识们还像以前一样待在壁炉旁，那是他们习惯了的场所；可是这一次，他们觉得不舒服极了，华丽的装饰直看得他们头昏眼花。在越来越多的客人中，他们自发地形成了一个小团体，对房子原本很熟悉的杜·戎古娃夫人，此刻也分不清楚东南西北了，她是从饭厅走到这儿来的。花园的布置让尚特岁夫人瞠目结舌，在她的印象中花园小得很，可眼前的这一个又大得出奇。没用多长时间，在这个偏僻角落聚集的人就暗暗地小声说出自己颇有些看法的意见来。

尚特罗夫人嘟嘟哝哝："我说，要是老伯爵夫人回到家……您能猜想到她在这么多人中步入客厅是怎样的情形？屋子装点得如此的豪华奢侈，吵闹得是如此的大嗓门……这真是没脸面！"

"萨比娜肯定是脑子出问题了，"杜·戎古娃夫人回答，"您瞧瞧站在门口接待客人时的打扮了吗？看，从这儿也能够瞧见她……她身上戴满了钻石，大概是一粒都没放过。"

她们站起身来，向着伯爵和伯爵夫人遥遥地端详了一会儿。萨比娜身着白色嵌着非常漂亮的英国流苏的衣服，她岁数不大，性情又开朗，正陶醉于自己的俏丽容貌中呢，脸上带着神采飞扬的光彩，而站在她旁边的米法，看起来却较她老了许多，脸色显出更苍白，可还是嘴角带着笑，以一种祥和庄重的神色在招呼着客人。

"回顾以前，他在这个家里可是说一不二的，"尚特罗夫人继续说，"若没有他的点头，就算是一张小板凳也进不了这个门。可眼下，整个变了样，她竟然在这个家里说了算了……您没忘吧，那时她连装修一下客厅也不愿意，可这会儿呢，房子里的一切全都装饰一新了。"

说到这儿时，她们一下子不出声了，领着一大群年轻男人的德·谢泽勒夫人走入了屋子；她兴奋得如痴如狂，赞叹声不绝于耳。

"啊！太华美了！……如此地精工细作！……这才是真正的高品位呢！"

转过身她又冲那群和她稍有些距离的年轻人大嚷：

"我曾经断言过，这样有年头的旧房子，只要好好地修饰一番，漂亮程度就无与伦比。您能觉察到这地方的精致豪华远远出乎您的意料。不是吗？这房子简直就是一副雄伟广阔的盛世景象……萨比娜总算又能够招待客人了。"

两位老太太坐在那儿，又开始嘀嘀咕咕地对这件婚事议论开了，这件婚事大大出乎了人们的想象和意料之外。恰好在这时，爱斯泰勒从她们身边走过，一件浅粉色的裙子包裹着瘦瘦弱弱的她，脸上永远是一副毫无生机和默不作声的处女表情。对于达盖内当她的丈夫，她没有兴奋的神情，也没有难过的表现，只是平平淡淡地答应了，那表情就和以前的冬季的晚上，坐在壁炉旁边向炉内加木柴一样是冷冰冰的。今天正在进行的宴会，这些金碧辉煌的灯火、芳香的鲜花和醉人的音乐全都是为她准备，庆贺她订婚的，然而对于这一切，她好像无动于衷，一丁点的在意都没有。

"女婿是个投机分子，"杜·戎古娃夫人说，"我以前根本就没听说过这个人。"

"当心，他走过来了。"尚特罗夫人小声地说。

于贡夫人和她的两个儿子也来了，达盖内一见赶忙走上向去挎着于贡夫人的胳膊。达盖内满面春风，对于贡夫人细致周到，照顾得无微不至，似乎他拥有的这次幸运，全是靠了她的帮忙似的。

"谢谢您，"在壁炉旁落座之后，她说，"您看这儿是我刚才坐的地方。"

"您对他有了解吗？"达盖内离开了于贡夫人之后，杜·戎古娃夫人问。

“怎么会不了解呢？他是个很招人喜欢的年轻人。乔治就和他很要好呀！他是名门望族之子。”

这个心地善良的夫人觉察到身边的人对新郎都有些不满，于是就诚心诚意地夸奖他。由于深得路易·菲利普的欢心，他的父亲曾作过省长，而且这个职务一直当到他去世。至于这个年轻人呢，可能是平日里挥霍惯了，收不住手。人人都管他叫浪荡子，然而他还有个当大地主的叔叔，叔叔的财产迟早是要留给他的侄儿的。因为其他的几个老太太对于贡夫人的话都不以为然，这让于贡夫人觉得很难为情，没办法又说起达盖内那显赫的门第。在里舍利厄街的房子里，她快要住满一个月了，根据她自己的表述，目前她尚有很多的事儿需要去操持。在那张充满了爱子之心的笑容的母亲脸上，有一片愁云隐约地闪过。

尚特罗夫人说出一句结论性的话来：“无论如何，爱斯泰勒本能够找一门比这要强百倍的婚事。”

一阵铜管乐声传了过来。一支四对舞曲随之而起，大家陆陆续续地退到客厅的两边，以便留出中间的地方跳舞。女人们的淡色裙子四下飘散，中间掺杂着男人们的黑礼服。人头上的各种饰物在灯光的照射下交相辉映：光彩夺目的珠宝发出耀眼的光芒，抖动不停的白翎毛飘飘欲飞，新鲜的丁香花和玫瑰花香气袭人。

六月的气温已经够高的了，在轻盈的乐曲声中，女人们白皙的肩膀完全裸露着，一阵阵芳香扑鼻的香气被摄入了人们的肺腑，这香气的来源是女人们所穿着的轻纱和丝质的带皱的衣裳里发出的。旁边一个房间的门未关，透过它能够瞧见那里面有好几排妇女，在那齐整整地坐着，让人轻易察觉不到的笑意挂在她们的嘴角，她们的眼睛是亮晶晶的，手中的香扇一刻不停地摇着，偶尔地在风的影响下噘一下嘴。客人们接连不断地光临，站在门口的一个仆人向人们通报来客的姓名。男人们在尽心尽力地为女士们找舒服的座位，挎着男人们的胳膊的女士们，面带着窘迫的神情向远处望着，以便找一个空位置。渐渐地屋子已经被所来的宾客挤满了，女人们的裙子在一起发出了窸窸窣窣的摩擦声。一些地方不是被一大堆的花边，就是被衣结或是裙撑遮掩得毫无退路可言。女人们对这种花样颇多的集会早就习以为常了，她们人人谦虚礼貌，安安静静地站在那儿等着，她们典雅高贵的气质一点也未少。此刻在花园的里面，在彩灯笼罩的浅粉色灯光下，一双又一双的男男女女，快步步入到户外新鲜的空气中来，客厅里实在是让人难以呼吸了。女人长长的裙下摆带影子不断地轻轻掠过草坪的边上，似乎是踩着四对舞的旋律在跳动，从树后传来的四对舞曲，让人听了有一种柔和却又是远远的感觉。

斯泰内、富卡尔蒙和拉·法卢瓦兹恰好刚碰到一块，他们在小酒吧间里大喝特喝香槟酒。

"装饰得绝对没话说。"拉·法卢瓦兹说，他在认认真真地观察着那个以镀金的长矛搭起来的紫色帐篷。"这看上去就如同在卖香料蜜糖的市场中……是不是？就是香料蜜糖面包市场。"

近一段时间以来，他总是一副愤世嫉俗的模样，把自己当成一个任何事都体验过的年轻人，如今已经没有什么东西能让他心动了。

"假若旺德夫尔能来到这儿，肯定会大吃一惊的，"富卡尔蒙小声地说，"记不记得有一次，那时的他站在壁炉前极度空虚。可眼下真是出人意料！因此我们不能笑话别人。"

"去一边的旺德夫尔吧，他彻头彻尾的失败者！"拉·法卢瓦兹一脸瞧不起的样子，"要是他以为把自己活活烧死就能让我们为他震惊，那他可就是个十足的傻瓜！别再说这事儿了！旺德夫尔早就被抛在脑后了，全完了！安葬了！说说其他的人吧！"

然后斯泰内和他握了下手，他接着说：

"你们看见了吗？前不久娜娜才到……啊！朋友们，她的进门可实在是太非同凡响了！根本就是让人吃惊……刚开始，她亲了亲伯爵夫人。接着，她为走向她的新娘新郎祈祷幸福，并且警告达盖内：'你认真听着，保尔，要是你胆敢再去拈花惹草，我会让你好看……'

什么！你们竟然没留意？呵！做得真是绝妙！能称得上是惊人的轰动！"

两个男人目瞪口呆地听着他讲述。后来他们心领神会地露出笑容。拉·法卢瓦兹一脸的神气，他认为自己非常不简单。

"哈哈！你们竟然会以为这事是真的？……上帝呀！最终撮和成这门婚事的功劳当属娜娜。再说，本来从某一方面而言，她也可算是这个家庭的一员。"

于贡兄弟来到近旁，菲利普示意让他别再讲这些。因此拉·法卢瓦兹就和另一个男人议论这门亲事。乔治对于拉·法卢瓦兹很是不满，原因在于他惯于胡说瞎扯，他宣称就在昨天娜娜还和达盖内有过缠绵呢。实际上，还真的是娜娜将她昔日的情人拱手相让，叫他做了米法的女婿。然而，宣称昨天娜娜在何时还和某人睡觉，那肯定不是真的。富卡尔蒙无所谓地晃了晃肩膀，没人能清楚娜娜在何处和哪些人在睡觉呢。乔治很是气愤，应道："就是我，先生，我清楚。"这句话逗得他们几个人乐不可支，纵声大笑。末了，如同斯泰内所讲的那样，人们都肯定这件事恐怕没办法搞明白了。

聚集在小酒吧的人逐渐地在增多。他们几个动了动身子，为刚刚加入的人空出点地方，然而他们自己却仍是凑在一块。拉·法卢瓦兹肆无忌惮地直直地瞅着女人，看样子他好像以为是在进行马比耶舞会呢！在花园一条小路的边上，韦诺先生正在和达盖内一本正经地交谈，看到这副情景，他们不禁万分惊讶；因而他们信口胡编了一些玩笑，直逗得他们自己笑得前仰后合：韦诺先生此刻正让达盖内向上帝忏悔呢；韦诺先生正在告诉达盖内该做些什么呢。不久他们来到客厅的一扇门前，客厅里成双成对的跳舞的男男女女，在波尔卡舞曲的伴奏下跳得正起劲，跳舞的人围着站着的男人中间一圈又一圈，身后一条舞步的路线正在形成。屋外不时吹来些许的轻风，使得蜡烛的火苗一下子升高了。当踩着舞曲旋转的女人的大长裙子转过之后，一阵阵清凉的风就会随之而起，直吹得水晶挂灯上飘落下来的火热的空气都变凉了。

"谁知道呢！里面装了那么多的人真是体会不到什么叫冷了！"拉·法卢瓦兹小声嘀咕着。

他们挤眉弄眼地走出了花园中秘密的阴暗角落，瞧见一大群女人正将德·舒阿尔侯爵层层围住了。侯爵身材高大威猛，这使得他在四周一片裸露的肩膀中间显得特别引人注目。他面容苍白，一脸的庄严，露出一副凛然不可小视的高傲神情，花白的头发稀稀落落地贴在他的脑袋上。对于米法伯爵的所作所为，他是义愤填膺，他才当众宣称他要和伯爵绝交，从今后，再也不会迈入这个公馆大门半步。今天晚上他能如此屈尊降贵地来到这儿，完全是为了他心爱的外孙女一定要他来参加她的婚宴不可。而事实上，他根本就是反对这门亲事的，他以情绪激昂的语句，对当代社会统治者居然能容忍如此的骄奢淫逸，进行了大肆批判，在他看来，这样做的结果势必会导致整个社会基柱的倒塌。

"啊！什么都没了，"在壁炉旁杜·戎古娃夫人悄悄地靠近尚特罗夫人，在她的耳旁小声嘀咕着，"让人同情的伯爵被那个小娼妇弄得神魂颠倒……要知道，以前的他对宗教是那样的诚心诚意，品德是那样高尚的一个人！"

"他的财产似乎已被他折腾得所剩无几了，我丈夫那儿存有一张他签字的票据……他如今在维里埃的那个公馆里住着。巴黎的每一个人都关注着这件事……老天！我也不想宽恕萨比娜，但无论如何我们必须指出，这一切都是伯爵太让她没面子了，这么多难题她不可能没有怨气，然而，要是她也像他那样肆意挥霍……"尚罗特夫人接着说。

"她不仅仅是肆意挥霍财产，"杜·戎古娃夫人打断了她的话，"一句话，他们俩正不顾一切的瞎胡闹，这个家离破败的日子没多远了……他们已深陷在泥潭里，已经是无药可救必败无疑了。"

此刻她们的聊天中插入了一个柔和的声音。这个插入者是韦诺先生。他向她们走过来，并坐在她俩身后，他的神情表现出一副似乎是不想叫别人瞧见的样子；他弯下身小声地说：

"为什么要灰心丧气呢？等到了所有的希望都渺茫之时，上帝就会展示他的神奇。"

这个家以前是由他管理过的，而眼下，眼睁睁地看着这个家一天天地衰败，他却没有一丝一毫的难过。当他在丰代特庄园待了一段时间后，他就明白，对于所有恣意妄为他都没办法阻止，只能随之任之了。所有的事情他都坦然面对，伯爵和娜娜不正常的恋爱，福什里和伯爵夫人的暖昧关系，就连爱斯泰勒和达盖内的婚事，他也毫无异议。这些事又算得了什么呢？现在的他成为了一个善于灵活应变，并且有点神秘兮兮的人。他之所以这样变化的原因在于他始终是心存企图：企图将新婚的小两口攥在自己的手心里，就像眼下这对夫妻已经在他的掌握之下那样，他早就了解，混乱之后对于宗教的虔诚必会越来越强烈。到时上帝肯定会有所指示的。

"米法伯爵是我们的好朋友，"他控制着自己的音量说，"他一直拥有着最最美好的宗教信仰……在他那儿我曾见到过无可比拟的证明。"

"既然如此，"杜·戎古娃夫人说，"他就该先和他的妻子重归于好。"

"这是自然……也就是在现在，我想他们重归于好的日子没多久了。"

因此两个老太太就此对他细细地详加追问。而他却反倒显出一副彬彬有礼的样子，他声称所有的事都要遵照上帝的旨意。他想让伯爵和伯爵夫人重续旧情的原因，他仅有的一个念头就在于：他打算尽力将一件不光彩的事大事化小，小事化了。人们所犯的种种错误，宗教都会给人们赎罪的机会，它唯一的条件就是要人们遵规守矩。

"不管怎样，"杜·戎古娃夫人说，"您都该想办法别让她和这个投机分子结婚。"

特别震惊的神情出现在小老头的脸上。

"您的观点有问题，达盖内是一位十分出色的年轻人……我了解他心里想的是什么。他打算重新做人，希望别人忘记他年轻时所犯的幼稚过错。爱斯泰勒肯定会让他再一次走上人生的正路的，你们大可不必为这操心。"

"嘿！爱斯泰勒！"尚特罗夫人带着一脸的瞧不起小声说，"在我看来，这个可爱的小女孩压根就没有心机，她实在是无关紧要、起不了多大作用的。"

听了这个看法，韦诺先生露出了笑容。他不想申辩这个小新娘是一个什么样的人，他将眼睛闭上了，似乎这件事已与他无关，他也不想再说什么了。然后，他就再一次蜷缩在自己的一隅之地，裙子的前面找不到他的身影。尽管于贡夫人既非常劳累又漫不经心，可她还是听到了零零星星的话。刚好德·舒阿尔侯爵走过来跟她打招呼，她以心胸宽广的神色对侯爵下定论说：

"这几位夫人的要求真的是太高了点。我们每一个人的日子都太艰难了……是不是，侯爵？如果我们想获得人家的宽恕，就更应该多的为其他人考虑考虑，您认为呢？"

侯爵立马就显现出窘迫难堪的样子，唯恐于贡夫人所说的话是针对着他说的。然而一瞧见心地和善的夫人悲天悯人的笑意，他一下子端起了自己的架子，镇静自若地对她说：

"不可以，有些犯下的过错是无法得到宽恕的……就是因为这种惩治不严，社会正一步步地迈向毁灭之路。"

舞会的欢乐气氛愈来愈浓烈了。客厅里的四对舞曲又一次响了起来，剧烈的震颤使得屋内的地板也随之轻轻摇晃，似乎这座历史悠久的老房屋对这种节日的舞步很是诧异。在一片如潮涌一样的人头攒动中，一张漂亮的女人脸时时闪现在客厅中，她高兴地旋转着，水晶灯的光亮照着她白嫩的肌肤，更让人频频回首的是她亮晶晶的眼睛和朱唇轻启的粉红脸蛋。杜·戎古娃夫人认为这种做法实在是不合礼仪，明明只能装两百个客人，却偏偏要请五百人，弄得人站都没地方，成何体统。要是这样的话，怎么不到卡鲁塞广场上举行订婚仪式呢？尚特罗夫人说，这完全是新风尚的产物，要是在从前，这种庄重的仪式只是在自己的家里人中举行的，根本就没有外人在场；可现在呢，不管怎样都要请上一大群乱七八糟的客人，即便是大街经过的行人也都能来参加晚会，好像是不挤就不热闹，晚会就会因此而没有气派似的。现在的人呀，无论做什么都要大肆炫耀自己的财富，他们将巴黎的社会残渣全都请到家中来，如此的鱼龙混杂，这以后的家庭能不日益衰败腐朽吗？出现了这样的情况也是很正常的。这几位太太怨气冲天，她们声称在所有来参加晚会的客人当中，她们知道的还不到五十个。那么其他的人是从何处来的呢？一些年纪轻轻的女孩，她们的礼服开口是如此的低，那上半身简直就要呼之欲出了。一个女人发髻上用一把匕首做装饰品，她所穿的那件点缀着黑珠子的衣裳，使她显得就像穿了锁子甲一样。人们又带着嘲笑去打量另一个女人，她的裙子似乎过于前卫了些，如长上了似的紧紧地贴在身上，使得她全身的曲线玲珑毕现。冬天快要过完时的巴黎所有的显赫人物全都来了，声色犬马圈子中的人物也包括在内，女主人将那些仅仅见过一两次的人也都请了来，出身高贵的豪门贵族和那些品质名声不佳的浪荡子，同处在一个屋檐下，他们至少有一点是相通的——贪婪地追逐感官享受。屋子里的温度不断地增高，客厅被跳四对舞的人们挤得水泄不通，可就算是如此地拥挤，人们还是能将四对舞跳得有滋有味。

"这位伯爵夫人实在是太迷人了！"拉·法卢瓦兹走在往花园方向去的小路上时说，"你看她的女儿倒像是比她大上十岁的样子……噢，我记得了，富卡尔蒙，旺德夫尔以前下赌注声称她屁股很小，真是这样吗？您给我说说看。"

"先生，您还是去向您的表哥询问吧。他恰好来到这儿了。"

"这建议的确值得采用，"拉·法卢瓦兹大叫着，"我敢下十个金路易的赌注，她的屁股肯定很大。"

真的是福什里来了。对于这儿他很熟悉了，为避免和在各个门口乱哄哄的人群相遇，因而他绕了一下从饭厅那儿走过来。罗丝在这个冬天刚刚来临的时候，又把他给弄到了手，现在的他，不得不在歌女和伯爵夫人之间来回奔波，实在是心有余而力不足，可是又找不到好方法能将她们其中的一个甩开。萨比娜能让他有征服贵族的自豪感，可是罗丝更能让人意乱情迷，更得他的欢心。另外，罗丝是诚心诚意地待他，她如同是爱自己的丈夫那样爱他，也如同一个妻子对他绝对忠贞，这使得米尼翁大为恼火。

"哎，跟我说点内部消息，"拉·法卢瓦兹握住了表哥的胳膊说道，"那边那个身着白丝衣的夫人瞧见了吗？"

拉·法卢瓦兹获得那份遗产之后，他整个人都变得更加狂放不羁，特别是愿意拿福什里来开心。想当年，他刚刚从外省来到巴黎之时，承受了福什里对他的数不清的讽刺、讥笑，因而他的内心深处一直深藏着怨恨，如今他打算以其人之道还治其人之身。

"对，那位裙子上滚着花边的夫人。"

新闻记者将脚抬得高高的，可还是没搞懂他到底想怎么样。

"是伯爵夫人吗？"福什里总算说出了这个名字。

"绝对正确，好表哥……我下十个金路易的注想证明一下，她真的是没有屁股。"

话一出口，他就放声大笑，终于可以狠狠地折磨一下这家伙了，这个人曾问他伯爵夫人真的不和任何男人上床？然而福什里一点悲愤的表情都没有，他仅仅是盯着他看了一会儿。

"笨蛋，你滚一边去！"终于他如释重负地晃了两下肩膀。

然后福什里调过身去，和其他的男客人们一一握手，拉·法卢瓦兹的表情十分难堪，他再也不敢信口胡说些有意思的话了。于是大家都饶有兴趣地谈论起来。银行家斯泰内和富卡尔蒙自上次赛马之后，居然也变成了维里埃大街公馆的嘉宾。娜娜的身体一天比一天好起来了，每天夜里伯爵都要来探望她。在这群谈笑风生的人中，唯有福什里一副落落寡合的神情，今天清早他和罗丝大吵了一顿，罗丝毫无顾忌地对他说，那封信她早就邮走了；的确，如今他能够到那位贵妇人的家中去了，那家人肯定会给他最热情的招待的。在来之前，福什里曾反反复复地思量了半天，最后总算是打起精神来到伯爵家。然而刚刚进屋，就被拉·法卢瓦兹拙劣的玩笑弄得心情十分的烦躁不安，尽管表面看上去他还是那样的冷静。

"有什么事吗？"菲利普问他，"您似乎是不太舒适。"

"我吗？没什么事……我正忙着呢，因而来晚了。"

然后，他凝聚起自己的勇气从容地说：

"我还未来得及去和男女主人道贺呢……无论如何总得尊重礼节呀。"

这种常常不被人注意的勇气，在现实生活中却能使很多一般性的悲剧得到化解。他还转过身来以一种无所谓的样子，对拉·法卢瓦兹说笑话：

"笨蛋，你认为呢？"

然后他钻进了密密麻麻的人群中。这会儿听差的早就不大声报告来宾的姓氏了，但是前不久来的女客拖住了伯爵和伯爵夫人，他们俩正在门口那儿和客人们聊着天，福什里一步步地总算来到了他们的跟前。花园里的几位先生站在石阶上，跷起脚，抻长了脖子向这边望着，他们迫切地想了解这边的情形。事先娜娜肯定是快嘴快舌地谈论过了。

"伯爵还没瞧见他，"乔治小声地说，"留神！他转过头了……瞧见了。"

《金发爱神》歌剧中的那曲华尔兹的旋律又回响在客厅中。福什里先朝伯爵夫人致礼，伯爵夫人满脸的笑意盈盈，看起来心情不错。接着，他在伯爵背后静静地站了一会儿，神态自若地静候着。那天晚上伯爵的一举一动神态庄重严肃，他的头高高地抬起，俨然一副显赫人物的架势。在他眼睛低垂着瞧新闻记者之时，他好像特地摆出一副不可侵犯的端庄神态。两个男人彼此注视了几秒钟，最终福什里先将自己的手递过去，米法也将手伸了出来。两只手紧紧地握在一块了，站在他们面前的萨比娜看到这一幕，嘴角的笑意更加明显了，目光向下，那曲带着嘲讽意味的华尔兹始终在弹奏着轻浮放荡的节奏。

"他们好像什么事都没有地握着手呢。"斯泰内说。

"莫非他们的手被粘住了吗？"富卡尔蒙问，他认为他们俩握手的时间是如此长，很是让人费解。

一个让福什里永远难以忘怀的事情浮现在他的脑海中，他的脸变红了。他似乎又看到了那个装满了各式各样破烂道具的道具仓，所有的道具都蒙上了一层厚厚的灰尘，在屋内昏暗的光亮下，伯爵手中拿着一个蛋杯站在那儿，以他的疑心胁迫福什里。而现在，此时此刻，对于妻子的外遇米法的疑虑都没了，这标明他仅存的一丝丝自尊也消失殆尽。刹那间，一直死死揪住福什里的惧怕感不见了，他有一种如释重负的感觉，心情分外轻快宁静，望着满面春风的伯爵夫人，他禁不住想痛痛快快地大笑一场。这个情景可真是太值得玩味了。

"啊！这次娜娜可是实实在在地来了。"拉·法卢瓦兹大叫着，只要他觉得是精妙之言，他都会不假思索地大声说出，"娜娜在那儿，难道你们没瞧见她来了吗？"

"闭嘴，笨蛋！"菲利普压低声音说。

"我早就断言，乐队的那曲华尔兹就是专为娜娜而演奏的，毫无疑问她来了！真是奇怪，娜娜还拼命地为他们说好话呢！……什么！你们不相信，没瞧见！她将三个人都拥在怀里，我表哥，我表姐和她的丈夫，不仅如此，她还管他们叫小心肝们。天呀，这种一家人相聚的场面可真让人无法忍受！"

爱斯泰勒走到那边。福什里对她说了几句恭贺的话，她原本就是个不善言辞的姑娘，这会儿套在粉色的裙子里，更是一点灵活劲儿都没有，她诧异地看看福什里，偶尔也悄悄地瞥一眼她的父母。达盖内也在和新闻记者态度友好地握手。他们几个全都是满脸堆笑地站在一块，韦诺先生悄无声息地跑到他们的身后，目光中流露出一种得意洋洋的神情，并以最忠诚的慈爱之心为他们祝福，他们总算是彼此谅解了，这令他倍感欣慰，韦诺相信，这种谅解可以让天意的实现更加畅通无阻。

欢畅、轻浮的华尔兹舞曲仍在跳动它那奢靡之音，欢快的气氛就如同不断高涨的潮水一般，一次又一次地敲打着这座历史悠久的宅子。乐队里的小号奏出嘹亮的颤声，小提琴也似乎在轻声感叹。色彩艳丽的绘画和水晶吊灯放射出的热气，在热那亚丝绒帷帘下边，形成一道道如同云雾缭绕一样的灰蒙蒙的光线。由于客厅中镜子的反射，看上去客人似乎比实际上多出好些，并且人们说话的音量越来越大，就越发显得人多了。一对对舞者揽着对方的腰身飞快地转动着，他们笑容可掬地越过坐在旁边的妇女，他们在客厅里不停地绕来绕去，因而地板的震动感更强了。花园那儿，五彩缤纷的灯笼照映出红彤彤的世界，远远望去，就如同一场大火带来的反射光，为在小路边上汲取清新空气的人们照亮。颤抖的墙壁和红红的灯火，好像在表明一场将从四角燃起的最后的大火，将把这个历史绵长的显贵家族的声望燃烧得岌岌可危。起初，在四月的一个晚上，福什里所听到的，水晶玻璃的裂纹声中遮遮掩掩的快乐声，那只不过是个开始而已，到如今事态已经快到无法收拾的地步了，行动不但肆无忌惮而且变本加厉，直至今日规模庞大晚会的举行。现在这裂纹不断地在拓宽，将房子肢解，它预示着不久的将来整个宅子都将只剩下断壁残墙。在贫民区的酗酒人，他们喝多了是因为他们身无分文，是因为他们没有面包可填饱肚子。可是在这儿呢，却是用华尔兹轻浮的音乐击响了这个历史悠久家族的灭亡之钟，它使辛苦聚集起来的万贯家财都挥霍一空；一个肉眼无法瞧得见的娜娜，将她柔若无骨的肢体延长到跳舞旋转的人那儿，以她的魅力，蚕食着他们的阶层；由她身上飘逸出来的香味素，伴随着放荡浅薄的乐曲，仿佛酵母一样钻进上层社会的身体中，让它逐渐地变坏、发霉。

在教堂进行婚庆仪式的那天夜里，米法伯爵来到了他夫人的屋子，整整两年了，他未踏进过这个房间一步。对于他的到来，伯爵夫人感到震惊不已，她一点点地向后退着，然而脸上却一直微笑着。伯爵看起来很难为情，张口结舌地半天说不出一个字来。因而，伯爵夫人就借此良机大大批判了伯爵一番。然而，他们两人说都没有勇气对一切坦白承认和给个明确的说法。他们之间的相互宽恕仅仅是宗教上的要求，彼此之间心知肚明，各人都拥有各自的空间。睡觉以前，伯爵夫人似乎还有些拿不定主意，后来他们的话题转到了关于房产买卖上来。伯爵先讲出他打算要卖博尔德房产，她毫不犹豫地就答应了。他们俩都急等着钱花，这笔钱他们要分开，各有各的花销方式。一切都说明白之后，夫妻俩重修旧好。米法虽然受到自己良知的谴责，可还是实实在在地感受到了和好之后的一身轻松。

而在同一天的下午，大约两点钟，佐爱斗胆敲了敲卧室的门，屋内的娜娜正在酣然入梦，屋子里的窗帘低垂，整个屋子朦朦胧胧的，没有一点声息，凉爽得很，屋外一阵阵的暖风时常吹入。这时正是娜娜将要起来的时候，但是身子还是较虚弱。她睁开了眼，问：

"谁呀？"

佐爱正要吱声，不经通禀就闯进屋内的达盖内自报家门。一听到是他，娜娜就从枕头上撑起身，她让佐爱出去，问他：

"出什么事了？今天可是你成亲的大日子！……怎么回事？"

达盖内因为一下子不能适应屋子的昏暗，所以就留在屋子中央没动，过了一会儿，他的眼睛慢慢地能看清东西后，他来到娜娜身旁，他身上穿的是结婚礼服，系着白领带，手戴白手套。他忙不迭地说：

"是呀，没错就是我……你忘了吗？"

是，她确实是把事情忘得一干二净。他没办法只能以开玩笑的口吻不加掩饰地交代。

"哎，我是来送谢媒礼的呀……我答应过你，我给你的谢礼就是我的新婚之夜，这不，带来给你了。"

说这话时，达盖内立在床头，娜娜一下子用她那光溜溜的胳膊将他抱了个满怀，嘴里笑声不断，她激动得几乎都要哭了，在她看来，他如此信守诺言实在是太伟大了。

"哎！这个小甜心，他可真可爱！……难得他还记挂在心！可我却什么都忘得干干净净了！如此说来，你迈出教堂的门就马上跑到我这儿了。确实是，你身上还留有圣香的香味……那么，亲亲我吧！哎！再用点劲，我的小甜心！来吧，或许再没有这样的机会了。"

黑乎乎的屋子里隐隐约约地还留有乙醚的气味，亲热的笑声一点点地散去了，一阵突如其来的狂风吹动窗帘，传来了街上孩子们吵吵闹闹的叫声。由于时间不多，他们匆匆忙忙完事之后互相说了几句调情话，就分手了。冷餐酒会后，达盖内随即带着自己的妻子动身去蜜月旅行了。

第十三章

一个晚上，那是在九月底的一天，原本是米法伯爵来娜娜这儿吃饭的日子，然而杜伊勒利宫突如其来的一道命令：让他必须进宫一趟，因而米法就在黄昏的时候来对娜娜说一声他晚上来不了。那个时候娜娜的公馆里还是昏暗的，灯没点燃，厨房里也没有仆人们大嗓门的笑声，楼梯上的彩色玻璃在灰蒙蒙燥热的空气中闪着亮光，借着这点光，伯爵悄无声息地上了楼。来到楼上后，他还是无声无息地打开了客厅的门。客厅内天花板上的一抹淡淡的残阳正在一点点地散去；屋内所有的东西都在昏昏欲睡呢，包括暗红的帷帘，宽敞的大座椅，装饰着金漆的家具，以及那些在毫无章法地摆得到处都是的刺绣、铜器和彩釉陶器。黑色如飘洒不断的缠绵细雨，遍布了屋内的边边角角，这细雨让象牙不再光亮，金饰也没了昔日的耀眼夺目。然而在这黑暗笼罩着的一切中，唯有一条散开的大裙子看上去还清晰可辨，映在伯爵眼中的情形使所有的不承认都无济于事了：只见娜娜仰着头依偎在乔治的怀里。伯爵不由自主地喊出了声，但他又强忍着控制着，瞧着眼前的这一切他张口结舌地愣在那儿。

娜娜腾地一下站起身，急急忙忙地将他推到卧室，以便留出空儿让乔治赶快溜掉。

"来吧，"吓得晕头转向的她，磕磕绊绊地说，"让我跟你说明白……"

由于如此意想不到地让人瞧见她这个样子，她不觉万分懊恼。在她的公馆里，客厅大门洞开，而她竟然干出了如此不成体统的事，这在她还是第一次。今天的事主要是因为她和乔治大吵了一通。乔治对于菲利普的愤恨、吃醋已经到了无法忍受的地步，他抱着娜娜的脖子放声痛哭，真是伤心难止，以致娜娜都想不出什么好办法来宽慰他了，看着他那委屈的样子也着实让人心疼，所以她就答应了他。可她却昏了头，居然连门都未关上，这可是第一次。乔治这个小心肝被他母亲看管得一点自由都没有，就连一束小小的紫罗兰都不能送给她，她却和他做了这样一件事。可真是倒霉，偏偏这一切全都落入了伯爵的眼中。她心肠好，可却落得这样的下场！

伯爵被推进去的那个房间内漆黑一片。娜娜在黑暗中搜寻着摸到了按钮，怒气冲冲地按响了铃让人送个灯来。这全都怪朱利安！假若他在客厅里早早地放上一盏灯的话，那事情就不会是这个样子了。恰恰是在黑暗的干扰下，让她自己迷失了方向。

"拜托你了，亲爱的，冷静些。"待到佐爱把灯送来之后，娜娜说。

伯爵面无表情地坐下来，他的两只手在膝盖上搭着，目光直直地看着地板，刚才映入他眼中的那一幕还让他难以接受。他心中气愤之极，可却没大喊，他整个身子都在不停地颤抖着，似乎是一种难言的惧怕吓得他失去了知觉。这无声和悲痛之情使得娜娜于心不忍，她千方百计的抚慰着伯爵：

"是的，都是我不好……我的举动实在是差劲极了……看，对于这事我已是懊悔万分了。这事让你很不好受，我也因此很难过。行了，你心胸放宽些，不要怪我吧。"

她在伯爵的脚下蹭来蹭去，竭尽全力地装出一副柔情万种、温顺可爱样子，她细心地观察着他的表情，以便搞明白他是不是真的为这件事而特别地怨恨她。最终，伯爵无可奈何地长出了一口气，神色渐渐地平静下来，于是娜娜就显得更娇艳动人了，她以一种端庄友爱的语调又讲出了最终的一个借口：

"你要为我想想，我的心肝，你得体谅我，我不能嫌贫爱富不理我那些没钱的朋友呀！"

她的话让伯爵的心软下来了。他提出唯一的一个条件就是让乔治尽快在他的眼前消失。然而心存的一切侥幸全都成了泡影，从今以后，娜娜指天指地的发誓再也不能取得他的信任了。今天刚刚发完誓，明天娜娜就有再次对他撒谎的可能。他仅仅是因为自己一种软弱的情感和一种对生活捉摸不定的惧怕，才会仍然保留这个让他伤心不已的爱情。他唯恐在以后的日子里，要是没了娜娜他也无法生存。

这段日子是娜娜这一生中最纸醉金迷、最豪华奢侈、让整个巴黎都为之沉醉的时期。在臭名昭著的世界中娜娜的地位更加高耸、更加牢不可破，她毫不害羞地大肆展示她穷奢极欲的生活，她对于金钱的不屑一顾，使得无数人的家财消失殆尽，让她在巴黎独一无二。在她的公馆中似乎矗立着一座烈火冲天的大火炉，而炉中喷吐的烈焰就是娜娜那永无穷尽的愿望，只要是她的朱唇轻轻一动，黄澄澄的金子就烟消云散，而后随风而逝了。这样挥金如土的气势，人们还是第一次见到。这个公馆似乎挺立在一个没有尽头的深洞上，置身于此的男人，一个接一个地被它吞噬掉了，他们的财富、身子，以及他们那高贵的姓氏统统都落入了这个洞中，甚至于一丝丝的尘土都未剩下。这个妓女喜欢养鹦鹉，萝卜和杏仁糖都是她最愿意吃的东西，还愿意细细地品尝肉，每个月用在吃饭上的钱就有五千法郎。厨房里是肆无忌惮地铺张和损公肥私，成桶成桶的酒被挥霍掉，几乎张张账单过了三四个人手之后数目就变成了原来的好几倍。厨房是维克托里娜和弗朗索瓦的天下，他们俩主宰着厨房里的每一样东西，厨房里的冷肉和浓汤常常被他们拿回家中给自己的七叔八姨享用，不但如此，他们还时常在厨房中大宴宾客；卖货的人们必须向朱利安交纳费用，也就是回扣，按一个三十苏的玻璃，卖玻璃的小货主就一定要多开出二十个苏的回扣给他；夏尔呢，则贪污喂马草料燕麦，胆大出奇地多报要用的东西，常常是东西前脚进门，后脚又被转卖给其他人。所有的仆人，无一例外全都在自己的管辖范围内中饱私囊，就像是一个被占领的城一样，遭到了各种各样人的大肆劫掠。佐爱是这一群人中最精明的一个，她仗着自己的灵活机智，巧妙地为每个人的贪污进行遮遮掩掩，从中她更是乘机搅浑水，以使自己盗窃贪污更便利。然而最令人心惊的不是中饱私囊，而是挥霍无度，只要是昨天的饭菜就毫不怜惜地全倒入了下水道里；家中储备的食品堆积成山，就连仆人们也都没了吃的欲望；玻璃杯上黏糊糊地挂满了糖汁；昼夜点燃的煤气灯，直烤得墙壁都快要膨胀了。除此之外，还有很多很多因素使得这个被许多的嘴巴大嚼的家庭的倒塌速度更快了：数不清的马虎大意造成了各种各样的失误，存心故意的捣蛋以及种种意想不到的事情。而楼上女主人那里的挥金如土使得这倒塌更加神速了：一万法郎的一条裙子，刚刚上过两次身，就被佐爱拿走卖了；首饰更是莫名其妙地不见踪影，好像它们只要一进抽屉就化成了灰；东西更毫无节制地乱买，凡是市面上最新流行的东西每一样都难逃一劫，可是买来的东西要么第二天就被扔在一旁，很难再想起；要么就被大扫帚一挥，飞到了街上。只要一瞧见价格不菲的东西，娜娜的手就发痒，一定要得到它，所以在她的身旁总是有一些乱七八糟地扔着一些残花败叶和碎了的昂贵的小饰品，她出于冲动看中的东西，花的钱越多，她就越兴奋。没有一样东西能长时间完完整整地留在她那儿，经过她那白嫩嫩的小手拿过的所有东西，不是残破了，就是肮脏不堪；只要是她经过的路上，无一例外地洒了满地的小碎片，杂乱无章的碎布和满是泥土的布片，并且，在日常消费方面用的钱，也总是有大数目的款子要去支付：买帽子花去了二万法郎；洗衣妇需付三万法郎，鞋店要一万二千法郎；马厩用去了五万法郎；只不过半年的时间，在时装方面，娜娜就花了十二万法郎。按照拉博德特的计算，每年她家中的费用就能用掉四十万法郎，今年她没什么增资项目，可她的花费已用去了一百万法郎。这么大的一笔巨款，就连她自己也倍感惊讶，她自己也弄不清楚这么一大笔钱是如何用掉的。男人们来了一层又一层，留下了一车车满满的金子，可无论如何也没能将这个没有尽头的深洞填满，位于娜娜公馆下面的深洞，在她纸醉金迷、不顾一切的花费下，在一阵阵行将坍塌崩溃的破裂声中一直在往下落着，难以自拔。

近一段时间，娜娜又忽然来了兴致，打算将她的卧室再好好装扮一下，至于如何装扮，她心里早就有了一个绝妙的主意：卧室的墙壁从底到顶都装饰上一层暗红色的天鹅绒，上面都镶上银质的小花扣儿，再加上细细的小绳和金丝坠子，让整个卧室就如同帐篷一样。她认为经过这样一番装点后，能使整个房间都显出一种高贵又典雅的感觉，这样也能让她那白嫩嫩的、红扑扑的肤色更显漂亮。然而话又说回来，卧室原本是睡觉的地方，床铺是必不可少的，也只有卧床才是最令人心动、最叫人沉醉于其中的东西。娜娜有这样的一个设想：她要拥有一个让整个巴黎人根本就没瞧见过的床，这张床不仅要像王座又要像神坛；她要让每一个巴黎人都到她的床前顶礼膜拜她完美无瑕的裸体。这张床的周身要全被金银珠宝包裹，要装饰得如同一个硕大无比的首饰，嵌着金边的玫瑰花镶在一个银做的架子上；布满鲜花的床头一大堆小爱神是不可缺少的，这些小爱神嬉皮笑脸地从中探出脑袋来，暗暗地瞧着床帷中翻云覆雨的淫笑欢乐。这件事娜娜早就向拉博德特提起过，拉博德特给她请来了两个金银匠。他们现在正在开始描图画线呢。米法必须将这个造价五万法郎的床当做礼物赠给娜娜。

　　而让娜娜最诧异的是，仿佛水一样的黄金包围了她的身体，可身处于黄金河中间的她，却常常是手中空空。一段时间来，她总是因为手中没几个屈指可数的金路易，而不知该如何是好。求告无门的她，被逼得只好张嘴冲佐爱借钱，要不然，她就自己想方设法地用尽全力搞些金路易。然而，不是到走投无路的时候，她一般先要在朋友身上探探路，以玩笑的方法，将男人们身上仅存的一点钱都掏个干干净净，即使是几个苏的小钱也难逃劫掠。这三个月以来，被她洗劫一空的主要是菲利普的钱袋。当她手里没有钱之时，每回菲利普来，他的钱包一定要被扣下才可以走。没多长时间，她愈来愈过分，居然毫不羞耻地张口向他借钱，每次的数目都不是很大，二百或是三百法郎。她通常是拿了这钱去付清款项，或是应付一下缠得她心烦的欠债。七月的时候，菲利普提升了，被任命为上尉司库，只要娜娜向他要钱，第二天的他总能将钱给娜娜，与此同时，还让娜娜体谅他经济不宽裕没能及时把钱给她，因为目前他的母亲于贡夫人把她的两个儿子管得死死的。三个月之后，这些常常要过期归还的小额欠债，累计起来差不多达到了一万法郎。上尉的笑声还是和往常一样欢乐爽快，然而，他的身形越来越瘦弱了，他总是一副坐立不安的样子，难过的神色时常闪过他的脸。但是假若娜娜只消瞧上他一眼，就能够让他马上容光焕发，春心荡漾。娜娜对他特别得温情无限，她出其不意地在门后亲菲利普，让他沉湎于她的热情中；不时地，她还突然放纵情欲，娇滴滴地将他缠得死死的，他一有机会迈出营门，就身前身后地围着她的裙子转。

　　一天夜里，娜娜宣布泰雷兹也是她的教名，十月十五日是她的圣名瞻礼日，因而她的每一个男友都立即奉上了他们的礼物。菲利普上尉送给她的是一件古色古香的、产于萨克斯很有名的瓷器，它是一只镶着金座架的糖果盒。菲利普来的时候，只见娜娜正一个人在梳妆室里坐着，才沐浴过的她，身上只穿了件红白相间的法兰绒肥大浴衣，在那儿认认真真地欣赏男人们送给她的礼物。这些礼品全都摆放在一张桌子上。一个精美的纯天然水晶的瓶子，由于她试图拔开它的塞子，一不小心，就将那件精致的瓶子弄成了碎片。

"啊！你可真疼我！"她说，"这是什么，给我瞧瞧……你又花钱给我买这些小玩意，真是太可爱了！"

她娇嗔他，本来手中就没多少钱，就别去买这种价格昂贵的物品了，可在她心里，瞧见他为了自己甘愿花光所有的钱，娜娜实际上很是沾沾自喜，在她看来，这是他对自己示爱的最好方法。她边说着，边摆弄着那只糖果盒，她想弄清楚这个盒子的结构，于是就开开关关地不停玩着。

"仔细点，"他犹犹豫豫地说，"这小玩意特别爱碎。"

娜娜不以为然。难道说在他的眼里她就和搬运工那样毛手毛脚的吗？刹那间，盒盖被她弄掉了，摔在地上碎了，剩在她手中的只是盒身了。她不禁目瞪口呆，看着地上的残片，口中念叨着：

"嗯！摔碎了！"

然后开心的娜娜放声大笑起来。对她而言，摔在地上的碎片看上去可笑得很。她仿佛是个小孩似的，打坏了东西却觉得特别好玩，带着恶作剧般的笑，直笑得有些歇斯底里。刚开始，菲利普对此很厌恶，这个没心肝的女人，她压根就不清楚为了这个小东西，他用了多少心思。见他的脸色十分的难看，娜娜极力迫使自己不笑出声来。

"说实在的，我可不是存心的……原本它就有个裂纹。实际上这些年代久了的古董一点儿都不好玩……你看，这个盖子！你瞧见它摔在地上时的模样了吗？"

话音刚落，娜娜又忍不住畅快地笑起来。虽然菲利普拼命地控制自己，可眼中还是噙满了泪水，娜娜瞧他这样，立刻跑过去情意绵绵地搂住他的脖子。

"你可真笨！我对你的爱依然是不变的。要是我们永远也不会摔碎东西，那卖东西的人可要喝西北风了。人们生产出东西来就是用的，就是让人们去摔碎的……你看看！这只扇子，也仅仅是拿胶水粘起来的而已！"

娜娜猛地拿过一把扇子，用力一扯，扇子就分成两段了。这样的做法好像燃起了她心底的破坏欲。她不小心弄坏了他送的礼物，为安慰菲利普，也为显示对于其他的东西她也不放在眼里，她就进行了一场捣乱活动。她将所有的礼物摔得遍地开花，摔得她痛快极了。她要用她的捣乱来说明世界上的每一件东西都是不堪一击的。娜娜冷冰冰的眼神中流露出兴奋的光辉，她的嘴唇略微有些上启，雪白的牙齿呈现出来。当所有的捣乱活动都进行完之后，由于激动，娜娜的脸色红扑扑的，再一次放声大笑，她用手使劲地敲着桌子，接下来模仿着顽皮的女孩的语调，结结巴巴地说：

"结束了！都没有了！全摔光了！"

此刻，这种兴奋也传到了菲利普身上，他将娜娜按倒，狂热地亲着她的前胸。娜娜拥着他的肩膀，任由他四处乱亲，这让她特别刺激。她差不多都记不得上次如此兴奋是多久以前的事了，她快活极了。她用力地搂着菲利普不放，亲昵地对他说：

"听着我的小心肝，明天你必须拿十个金路易到我这儿……我碰到些烦心事儿，面包店的账到日子了。"

菲利普的脸霎时失去了血色，接着，在她的前额用力地亲了亲，只是说了一声：

"我看看吧。"

接下来什么声息都没了。娜娜起身穿她衣服。菲利普将脑袋贴在玻璃窗上。有那么一会之后，他来到娜娜身边，一字一句地说：

"娜娜，你该和我结婚。"

对于这个提议娜娜感觉很滑稽，她笑得很厉害，以至连裙子都无法系好了。

"让人心疼的小心肝，你糊涂了吧……莫非是由于我要你给我十个金路易，你就要和我结婚了吗？……这无论如何不能实现。我的确是非常喜欢你。天哪！这个提议可真可笑！"

此刻佐爱进屋来为娜娜穿靴子，于是他们俩就住了口。佐爱一到来，瞥了一眼碎了一桌子的礼物，就请示夫人是否要将这些碎片清扫掉。夫人说全都抛到外面去。女仆就用自己的衣服前襟包走了所有碎片。来到厨房后，大家将这些残片搜罗了一番，捡了些有用的大家分掉了。

恰恰在那天，乔治不顾娜娜不许他再来的禁令，乘人不备悄悄地溜进公馆。弗朗索瓦眼睁睁地瞧着他走进屋，可是仆人们没一个不想瞧瞧女主人的尴尬的。因此他只当做是没瞧见。乔治悄悄地径直来到位于二楼的小客厅，他听到了有他哥哥的说话声，于是就停下来。他在门后藏着，事情的前前后后，他都听了个一清二楚，就连亲吻和求婚的情节也是一字不落。一种恐惧的感情统治了他，使得他全身冷冷的，他大脑一片空白，神情恍惚地走出了娜娜的公馆。返回里舍利厄街后，他走过母亲的房间，来到楼上他的房间里，才放声大哭。这一次，他说什么也不能再欺骗自己了。娜娜躺在菲利普怀里的那个叫人心烦的场景一直在折磨着他，不断地浮现在他的脑海中；在他看来，这简直就是乱伦。待到他的心情略微地冷静下来之后，一切往事又重返心头，嫉妒再一次让他怒火中烧，直恨得他使劲地摔倒在床上，拼命地撕咬床单，大声地说着一些不堪入耳的脏话，越骂情绪越激昂。白天很快地过去了。他声称是头疼，将自己一个人锁在房间里面，然而到了夜里就更吓人，他噩梦连连，杀人的欲望一次又一次地刺激着他。要是他的哥哥和他同住在这所房子中，恐怕早就成了他的刀下之鬼了。直到白天再次来临之后，他才能够冷静下来。他觉得现在要消失的不是别人，正是他自己，他在窗口期待着，他打算当有一辆公共马车路过的时候，就跳下去。可是，到了差不多十点钟之时，他仍是出了门。他将巴黎的每一处都逛了一遍，他在一座座桥上游荡着，终于，一个无法控制的念头盘旋在他的脑际，他仍想再去瞧瞧娜娜。或许她的只言片语就能将他于水火之中救出。下午三点的钟声响起的时候，他来到位于维里埃大街的娜娜公馆。

就在快中午之时，一个骇人听闻的消息差点让于贡夫人昏厥不醒。由于偷窃了一万二千法郎的联队公款，菲利普被抓了起来。三个月来，他动用了很多数目不大的公款，那些少了的账目被他以假的单据滥竽充数，他期待着过段时间能够将动用的款子还清。因为管理委员会的粗枝大叶，这种损公肥私的行为始终未被觉察。老太太被儿子偷钱的消息吓住了，她有些不能接受这个事实，反应过来立刻大声痛骂娜娜。菲利普和娜娜偷情的事她早有耳闻，这件事时常搅得她心神不安，唯恐出现什么乱子。正由于这样，于贡夫人才一直待在巴黎不肯回家。然而儿子居然弄出了如此丢脸的事，倒实在是出乎她的意料，眼下她特别懊悔，要是那时多给儿子些钱也就不会闹到今天这个地步了。如此一来，她觉得儿子的盗窃她也有份。她软软地瘫在沙发里，两条腿软绵绵地一点儿力气也没有，她感觉自己真是一点儿用都没有，光会坐在这儿看菲利普受罪，而不能去为菲利普到处奔波求情。然而，她一下子记起了乔治，内心略感宽慰了些：她还有乔治，他可以出去找找人，这样或许能帮帮他们母子。一念及于此，她就不在奢求其他人的帮忙了，于是一步步地挪到楼上。这件事她可不想让外人了解到一丝一毫。她一心想着她身边仍有一个让人疼爱的儿子。然而到了楼上，她却发现房间里空无一人。门房告诉她，乔治先生一大清早就出门了。第二件不幸事可以在房间找到蛛丝马迹：乱七八糟的床，凌乱的被咬过的床单，这都表现出了主人曾经难过至极；椅子横在地上，四周布满了杂乱无章的衣服，这把椅子似乎带着死亡的气息。乔治肯定是待在那个女人那儿。于贡夫人的泪水早已流干了，她拖着恢复了气力的双腿，下了楼。她必须到娜娜那儿让那个女人把她的儿子还给她。

自从清早开始，娜娜就烦得要命。刚开始是面包店的家伙，他拿着账单来的时候才九点，账单上的数字只不过是一百三十三法郎而已，可是在娜娜的这个跟皇宫一样金碧辉煌的公馆里却拿不出这点钱来。他都来了不下二十次了，自打他不愿意欠账那天起，娜娜就另找了一家面包店，这让他非常懊恼。现在公馆里的仆人们也都偏向着他，弗朗索瓦告诉他，假若他不撒撒泼，夫人怎么都不会付给他钱的；夏尔也声称他要向夫人要回一笔以前买草料的旧账；可维克托里娜却告诫他，他要选好时机，当有位先生和夫人在一起聊天聊得最热闹的时候进去，才能将钱要到。厨房里的每一个人都精神抖擞，家里任何的一个细枝末节，他们都原原本本地跟供货商说。他们在一起一说就是三四个小时，在他们闲聊中的夫人被剥得一干二净，连皮毛都清除得一根不剩，所涉及的范围极其广泛，那种情绪慷慨激昂的样子是那些吃饱喝足闲得无聊而无比舒适的仆人们所独有的。为夫人申辩的唯有朱利安一人而已，然而这个总管也只不过是故意装个样子罢了：无论如何，夫人终归是个迷人的女人。其他的仆人立即予以反驳，并声讨他和夫人有不可告人的关系。而他呢，就摆出副自视极高的样子放声大笑。女厨师听到这话之后异常愤慨，她一心盼望着自己要是男人就好了，那样她就能向着这些不要脸的女人的后背吐口水了，这些妓女让她从心底里厌恶。弗朗索瓦没存好心，没通知女主人，就将面包店的人带到了前厅。娜娜下楼来吃中午饭之时，刚好与面包店的人撞了个满怀。娜娜将账单收下了，让他下午三点钟的时候再来拿钱，因而他嘴里不干不净地走了，他嘟哝着到时绝对会准时来拿钱的，无论如何，一定要将钱拿回去才罢休。

对这次要债，娜娜觉得特别气愤，害得她中午饭都没吃好。这回一定得把这个面包店的人打发走。实际上她列出这笔钱差不多有十次之多，然而总是在他还没来的时候，这笔钱又被她派到别的用处了：一次是由于想买束花，另一次是给一个岁数大的警察拿点赞助。再说，她这会儿还盼望着菲利普的到来，她有些诧异为什么都这个时候了，菲利普那两百法郎怎么还没拿来。今天真是晦气透了！前天，她还用一千二百法郎为萨丹购置了好多的衣裳，从裙子到内衣内裤应有尽有，跟备一份嫁妆没什么两样。可现在她手上一个路易都没了。

快两点了，娜娜有些心神不宁起来。拉博德特到了。他拿来了要做的新床的图纸。这让她宽心了不少，娜娜兴高采烈，所有的不快全都抛到九霄云外了。她在那儿兴奋得手舞足蹈。接下来娜娜又满怀着极大的热情，趴在客厅的一张桌子上，细细地看着那张图纸，在她身旁的拉博德特为她做着说明：

"你看，这是床的主体：由花儿和花骨朵编织而成的花环烘托着一大堆开得正旺的玫瑰花；叶子打算漆成金绿色，玫瑰花则用金红色……这儿是床头的纸样，一群可爱的小爱神围成了一个圈，在那儿欢快地跳着舞，银制的框架踩在他们的脚下。"

娜娜兴奋得难以自制，截住了话头说：

"啊！实在是太可笑了，你看边上的那个小家伙，撅着屁股……不是吗？他们的笑透着坏样！瞧他们的眼睛里都带着一种狡猾！……你要清楚，亲爱的，在他们的眼皮底下，我可是没胆子做些不合礼仪的事呀！"

娜娜感到了一种从未有过的骄傲和得意洋洋。据金银匠声称，就算是当今王后的睡床也没这么精美。然而有一个问题不好解决。拉博德特拿了两张床腿的图纸给她看：一个是模仿的花样，另一个是自成一体的独特花样。设计的是一个人身羊脚的农牧神将盖在夜女神身上的那层轻薄丝纱掀开了，女神光彩诱人的胴体展现在眼前。拉博德特接着又说，要是她定下来用那张画的样子，金银匠们打算将夜女神按照娜娜的样子做，保证惟妙惟肖。娜娜觉得这个提议真是别出心裁，她激动得脸都变色了，特别苍白。她的脑海中浮现出自己已经被塑成了一个银雕像，幻想着以后的那些柔情无限和快活无比的夜。

"这个很容易，你只需将头和肩膀露一下，让他们取个样子就可以了。"拉博德特说。

她从容不迫的瞧了瞧他。

"怎么能这样？……这可是一件艺术品呀，就是让我光着身子给雕刻家们做样本我也不介意！"

385

事情就这么决定了，娜娜最后选定的是主题画，然而正当这时，拉博德特将她叫到一边：

　　"等会儿……要是这样的话，工钱就得再加六千法郎。"

　　"唉！跟我说这些干什么？"她爽朗地笑着，"你怕我的小傻蛋付不起钱吗？"

　　如今在关系较好的朋友面前，"小傻蛋"成了娜娜对米法伯爵的叫法，并且那些与她关系较亲近的男人也常常问她："昨天夜里瞧见你的小傻蛋没有？……我本期望在你这儿能瞧见他呢？"如此的叫法只不过是为了显示他们之间亲密无间，然而娜娜至今还没胆子在米法的跟前这样叫他。

　　拉博德特将图纸收好，临走还做了点说明：金银匠已经允诺两个月就能够完工，交货的日子应该在十二月二十五日前后；从下周起，雕刻师就会来为夜女神制作样子。娜娜在将他送出去的时候，猛地记起了面包店的那个人，于是赶紧问他：

　　"哎，你口袋里有十个金路易吗？"

　　拉博德特向来有一个习惯，他自己也觉得这个习惯特别好，即绝对不让女人欠他的钱。因此只要一有女人跟他说要借钱，他只有这样一个回答：

　　"不，姑娘，我可是身无分文呀……需要我帮忙去问问你的小傻蛋吗？"

　　娜娜表示用不着，这管不了多大事。就在前天，她已经在伯爵那弄了五千法郎了。可是立刻她又埋怨自己行事太过小心了。不一会儿，也就是拉博德特前脚刚走去的功夫，面包店的人后脚就到了，而那时也不过是两点半而已。面包店的一来，就异常粗鲁地一下子坐到了前厅的一个凳子上，坐在那儿破口大骂。在二楼的娜娜听着他的辱骂，直气得面无血色，特别让她觉得难过的是，仆人们背着她都在那儿快活得很，他们快活的笑声不断地加大，而且毫无顾忌，这笑声最终飘进了她的耳中。仆人们躲在厨房里笑得上气不接下气，马车夫从院子里探着脑袋朝屋里打量着，费朗索瓦故意从前厅经过，朝面包店的人挤眉弄眼，然后又急急忙忙跑回厨房汇报最新情况。仆人们没一个人拿夫人当回事，屋子的四壁都回荡着他们放肆的笑声。此刻娜娜感觉自己孤家寡人，难受极了，竟然就连下人们也不拿她当回事了。

他们偷偷观察着娜娜的所作所为，以他们能想出的最肮脏不堪的话来羞辱她。原本娜娜打算从佐爱那儿先拿一百三十三个法郎救救急，可这会儿，她放弃了这个想法。她在佐爱那儿已经有过欠款记录了，她那么爱面子，可不愿意去面对佐爱冷冰冰的面孔。忽然间，头脑中灵光一现，这让她兴奋难抑，她重又容光焕发，边进了屋边大声地告诉自己：

"行了，行了，姑娘，别指望别人，自力更生吧……你的身子是你自己的，用你的身子赚钱是最妙的办法了，这样比丢人现眼可好多了。"

话音刚落，她甚至于佐爱都没喊，就急急忙忙地穿好衣服出了门，她想要到特里贡那儿去。在她身陷泥潭之际，这是她残存的一丝救命草了。在皮肉交易中，娜娜绝对是抢手货，老太婆特里贡时不时来找她，而娜娜则按照自己的实际情况，时而不答应，时而也做一做。她过的日子简直都能够和王后相提并论了，然而手头拮据的日子发生的频率越来越多了，所以只要一有这种情况发生，她就到特里贡那儿找点生意，拿回五个金路易回来是没什么困难的。她到特里贡家都习以为常了，她根本就不在乎这些，她去那儿就如同去当铺一样司空见惯。

然而，她刚刚迈出卧室的门，就碰到站在客厅中间的乔治。对于乔治那仿佛蜡似的苍白面容，娜娜一点也未曾留心，也根本没留意到一阵阵晦暗的光亮闪过他那无神的大眼睛。她长长出了口气，顿时觉得一身重负终于消失了。

"啊！肯定是你哥哥让你来的吧？"

"不是。"小伙子答道，他的面色越来越难看了。

一听到这儿，娜娜就耸了耸肩，感觉非常失望。那么他来这儿干什么呢？他干吗要挡住她，不让她出去呢，实在是抱歉，她真的忙。接下来，她又转过头来问他：

"你身上肯定没带几个钱，是不是？"

"是。"

"是这样的，我太笨了！你身上就不曾有过一个子，甚至是坐公共马车的六个苏都没有……你妈妈控制得很严。这就是那些叫做男人的人！"

一住嘴，娜娜起脚就溜，然而乔治一下子抓到了她，他有些事要和娜娜说说。娜娜边往外跑，边宣布她没空儿，然而他说的一句话，就让她止住了步。

"这样，我清楚你想和我哥哥结婚。"

天呀！实在是太可笑了！娜娜倒在了一张椅子上，放声大笑着：

"是真的，"小伙子继续说，"可不想这样……和你结婚的人该是我……就是因为这，我才到这儿来的。"

"什么？你竟然也求婚！"她大叫起来，"这不是你们家遗传发生问题吧？……不可以，无论如何都不可以！真是想着天上掉馅饼呢！这种下流的事我跟你们说过吗？你们兄弟俩，没一个行的。"

一副惊喜的神情显现在乔治的脸上。也许他听错了？他又说：

"这样的话，他必须对我指天为誓：你不和我哥哥发生关系。"

"咳！你可真是烦人！"娜娜非常不高兴地站起身说，"我现在忙得很，即便你的话题再引人入胜，我也不想听一分钟以上。我的时间不多，我一而再，再而三的向你解释过我忙得团团转！……要是我愿意，我偏和你哥哥有关系。你拿钱供养我了吗？这儿所有的开支都是你付出的吗？你有什么权力对我指手画脚的？……的确，我确实和你哥哥有关系……"

乔治死死地握住她的胳臂，差点就要将胳臂弄断了，并且嘴里结结巴巴地说：

“别这么讲……别这么讲……”

娜娜用力一挣，甩掉了他的手。

“瞧瞧你竟然敢动手打我了！你这个孩子！……小伙子，你立刻滚出这个屋子……让你留在这儿，只不过是可怜你罢了，事实的的确确如此！你瞪大双眼瞧仔细了！……你不会是让我到死都得做你的妈妈吧？我还有好多的事要去干，我可没工夫天天来哄你这个小孩子。”

听了娜娜的话，乔治真是伤心欲绝，他全身都快僵硬了，然而他并没有去反驳。娜娜说的一字一句都深深刺到了他的心上，他感觉自己将不久于世了。可是娜娜对于他悲痛难过的样子，压根儿就不曾留心，因而她还在那儿自顾自地说个不停，而且内心还暗自庆幸今天早上的烦心事总算找到了宣泄的渠道。

“你和你哥哥差不多，都没什么好心肠！……你哥哥允诺要拿二百法郎给我。呸！我也能等他……可我并不是没他的钱就不行！就他那一点钱我买头油都嫌少……然而最可恨的就是在我最急需钱用的时候，他偏偏食言！……行了，你想了解吗？我跟你说，由于你哥哥的食言，我没办法，这会儿必须去找其他的男人弄它二十五个金路易回来。”

一听到这些，乔治的脑袋嗡的一声快晕过去了，他急急忙忙用身子挡在门口。他带着哭音，双手合十，口齿不清地向娜娜求告着：

“千万不要这么干！千万不要这么干！”

“这么干实际上也并非我的本意，”她说，“但是你手里有钱吗？”

是的，他手里确实没钱。假若让他搞到钱的话，即便牺牲了他的生命也在所不惜。有生以来，乔治今天才觉得自己是如此的一无是处、可悲和毫无经验。他哭得是如此的伤心，全身都抖动着。最后娜娜总算觉察到了他真的是很伤心，态度因此也就好了些。她温柔地将他推开，说：

“好了，我的小心肝，就放我走吧，我不得不去……你要冷静些。你简直就是个孩子，我们都已经高高兴兴地过了一个星期了，但今天，我必须要为我的正事做些打算了。你要明白……你哥哥是一个大人了，这些话我用不着和他说……噢！天呀！这些根本就不需要跟你哥哥费口舌的。我要到哪儿去不必请示他，我要是一生气，就总是管不住自己的嘴巴。"

说到这儿，娜娜笑了。然后她搂住他的头，亲了亲他的额头：

"再见，乖孩子，我们之间什么事都没了，真真切切地没关系了，你听清楚了吧……我得走了。"

然后娜娜就出门了。乔治傻傻地站立在客厅中间。娜娜最后说的那些话就如同是警钟似的在他的耳边回响着：没关系了，真真切切地没了；他感觉脚下的大地似乎在崩溃。他的头脑里一片空白。前不久在那儿恭候的那个男人已经不见了，唯有娜娜光溜溜的胳膊抱着菲利普的场面，一直在他的眼前闪现着。这件事娜娜毫不掩饰地承认了，她对菲利普肯定是真心的，她一心不想让他了解她对他的不忠贞，为的就是不让他难过，这些都可以看得出来。没关系了，真真切切地没了。他边用力地呼吸，边打量着屋子的四周，然而无法承受的压力实在是让他难以呼吸。昔日的情景一幕幕地浮现在脑海中，他曾有过的那些快乐的晚上，那些如她的孩子似的缠绵悱恻的日子，在这屋子中的偷情取乐，从此这些在他的一生中就再也不会有了。他年龄太小了，他无法迅速地长大成人，因而菲利普取代了他的位置，只不过是由于菲利普长着胡子。这样，这就是终点了，他无法再面对人世了。他整个人都沉醉于他那充满淫欲的坏念头，沉醉于充满了无限情爱和肉欲的缠绵之中，而他虽然明知却无法脱身。况且，他哥哥还和她旧情未了，他可是他的亲哥哥，他的亲兄弟，一想起哥哥的放荡纵欲他就痛苦得要死，这些他如何能忘得了呢？如今这些都到了结束的时候了，他对人世不再留恋了。

公馆里的每个门都洞开着，仆人们瞧见夫人走出去了，于是就全都乱哄哄地四处闲逛。面包店的那个人依然坐在楼下前厅的板凳上，夏尔和弗朗索瓦同他正聊得兴高采烈。佐爱走过客厅的时候，看见了乔治，觉得特别纳闷，就问他是在等夫人吗？是的，他的确是在等夫人，他有件事忘记和夫人说了。佐爱离开了，就只有他自己了，于是他就四处搜寻锋利的东西。翻遍了整个屋子，他实在是找不到其他的东西，没办法只得在梳妆室中找了把特别快的剪刀，娜娜最愿意用它来为自己进行修饰了，要么用它来剪皮肤，要么就拿它剪去身上的短毛。然后，他将手搁到了口袋中，手指头死命地握紧那把剪刀，强压住冲动，安安静静地等了有一小时。

"夫人回来了。"佐爱再一次进屋时说，她刚才肯定是在卧室的窗口那儿瞧见娜娜的。

一阵慌乱的跑动声立刻在公馆里响起，笑声都没了音，每一扇门又关得严严实实了，乔治听到了娜娜几句话就打发了卖面包的人，让他拿钱走了。接着，她到楼上来了。

"天呀？怎么你还没走！"一见到乔治，娜娜惊讶地说，"唉！我的小猫咪！再这样我是要生气的！"

她朝卧室走去，乔治尾随其后。

"娜娜，和我结婚好吗？"

她耸了耸肩膀。这问题太愚蠢了，她不屑于再作回答，她朝着他把门砰的一声关上。

"娜娜，你愿意嫁给我吗？"

娜娜用力地一甩门，将门砰的就关上了。乔治一只手又将门打开，另一只手握着从口袋中掏出来的剪刀。接下来他毫不费力地使劲一捅，剪刀就插进了自己的胸口。

娜娜感觉到可能要有乱子发生，急急忙忙地回过头来。当她瞧见他竟然拿剪刀捅自己试图自杀时，她怒火中烧。

"这笨蛋！这笨蛋！他用的居然是我的剪刀！……你赶紧停手呀！你这个无赖……啊！我的上帝呀！啊！我的上帝！"

娜娜被吓得惊慌失措。小伙子已双膝着地了，接着他又用力地捅了自己一下，然后直直地躺在地毯上，他刚好横置在卧室的门口。娜娜直怕得无所适从，可又没胆子迈过他的身子，没办法只能是扯着嗓子大叫。他的身子将她困在卧室里，以至她无法逃出来求助。

"佐爱！佐爱赶紧点呀……快让他停手呀……这个大孩子，真是笨透了！……这会儿他自寻死路！并且是在我家！在我家怎能发生这样的事！"

乔治真的把她给吓晕了。乔治的双眼紧闭着，面容苍白得没一丝血色。被刺穿的地方不知何故竟然没多少血，就那么一点点的小红点也隐藏在背心下了。正当娜娜想不顾一切地从他的身子上迈过去的时候，一个人一下子映入她的眼帘，这骇得她不得不缩回步子。定睛一瞧，却是一位老妇人正沿着大门敞开的客厅向这儿走来。她认得这个妇人——于贡夫人，于贡夫人看上去心神不定，对于她到这儿来的原因也不解释解释，娜娜一点点地向后退着，以至于她的手套，头上的帽子都没时间摘掉。她是如此的恐惧，磕磕绊绊地替自己辩解。

"夫人，这不怪我，我对您起誓……他说想要和我结婚，我没同意，他想不开就自尽了。"

身着黑衣的于贡夫人带着惨白的面色，满头的银发，缓缓地一步步地走到这儿。她在马车上赶往这儿来时，她心中已经不再怎么挂念乔治了，菲利普盗用公款的事占据了她整个心思，在她看来，或许娜娜能替菲利普向法官们进行些说明，如此一来能够以情打动法官，让他们轻判，因此，她想来哀求娜娜，想让她去做有益于菲利普的证词。来到娜娜公馆楼下的时候，屋子里的任何一个门都是开着的，走在楼梯上时她略微有些迟疑，再加上她的腿疼很不方便，因此步子缓慢极了。但是娜娜的大喊声一下子响了起来，于是她跟着声音过来了。等到了楼上一看，楼上卧室的门口一个衬衫上染有血点的男人，仰面躺在那儿。他就是她的另一个儿子——乔治。

娜娜以一种不知所云的口气反反复复地说：

"不干我的事，他想和我结婚，我不同意，他就自尽了。"

令人惊奇的是，于贡夫人却没大哭大嚷，她弯下腰去瞧倒在地上

392

的人，的确，那人是她的另一个孩子乔治没错。她的两个儿子：一个因偷窃公款前途尽毁，另一个却为情所困以至自寻死路。她生命中拥有的最重要的东西正走向毁灭，但这些似乎在她的意料之中。她双膝跪在地毯上，根本就意识不到自己置身何处，每一个在她身边走过的人，她也浑然不觉，她的目光一动不动地盯着乔治苍白的面容，并将一只手放在儿子的心口处，想试试是否还有救。在觉察到儿子的心脏仍在轻轻地跳动之后，于贡夫人终于长长地出了口气。这时候，她才有心思观察一下这间屋子和一直在她身边的娜娜，似乎清醒过来了。从她那严厉而冷冰冰的目光中发射出了一道愤怒的火焰，于贡夫人的身材高大健壮，她一言不发实在是太吓人了，娜娜害怕得止不住全身打战。在乔治身体这边的娜娜，不间断地辩解着。

"我可以跟您保证，夫人……要是他的哥哥在此的话，他一定会给您个交代的……"

"他的哥哥因为偷盗公款，已经进了牢房了。"做母亲的神色冷峻地说。

娜娜不禁大感意外。这一切到底是出了什么毛病了呢？眼下这一个刚刚自杀，而另一个却又偷盗公款！这家人是不是都不太正常呀？于是娜娜也就不费心思为自己辩解了，此刻的她似乎自己不是这个家的主人，一切都有于贡夫人来指挥。仆人们总算过来帮忙了，于贡夫人死活要他们将奄奄一息的乔治抬到她的马车上去。就算这样会要了乔治的命，她也在所不惜，她一定要将乔治从这个房子带走。目瞪口呆的娜娜眼睁睁地瞧着仆人们抬着可怜的小乔治的肩膀和腿下了楼。母亲在仆人们的身后，此刻于贡夫人已经疲惫不堪，只能是扶着家具，一步步地走下去，她曾经最为珍视的全都成了虚幻。待到楼梯口，她痛哭着转过头来，连续重复了两次：

"啊！您让我们遭受了多少痛苦！……您让我们遭受了多少痛苦！"

她没再说其他的话。娜娜傻傻地坐在那儿，就连手套和帽子都忘了要摘掉。那马车已经渐渐远去，死气沉沉的寂静再次笼罩了整个房子。娜娜失魂落魄地坐在那儿，头脑里一片空白，好像凝固了似的，回响在耳际的只剩这一件事。米法伯爵在十五分钟之后来时，他看见娜娜还是在刚才的地方坐着。她如同抓到了救命草一般，一口气地向他说着刚刚发生的惨事，其中的一些细微之处她一遍又一遍地说了足有二十遍，她拾起那沾满了鲜血的剪刀，学着乔治自尽时的样子。实际上，她所做的这一切，不过是想说这不是她的错。

"你瞧瞧，亲爱的，这竟然是我错了？要是你当法官，难道说你会判我的罪吗？……这是不容置疑的，我可没让菲利普去偷盗公款，更不想这个让人心疼的小伙子死呀……在这事中，最可悲的就是我了，别人到我家里干乱七八糟的事，让我添了多少烦心事哪，在他们的眼中我是个没安好心的女人。"

话一说完，娜娜的泪水就流下来了。她紧张的精神轻松了不少，自己感觉全身软弱无力，心里难受得很；她伤透了心，内心有说不尽的忧伤。

"你的表情似乎也在怪罪我……不信你去问问佐爱，让她说说这件事是不是与我有关……佐爱，你大胆说吧，你给先生说一下当时的情况……"

贴身女仆从梳妆室里端出一盆水和一条毛巾，正忙着在那儿清理地毯，她打算在血迹尚未干透的时候，赶紧将这血迹弄干净。

"唉，先生，"她说，"夫人的烦心事已经够多的了！"

这惨剧给了米法极大的震动，他一直愣愣地站在那儿，脑海中浮现出母亲为儿子伤心欲绝的情景。对于这位母亲的崇高品格，他早就接触过，他似乎瞧见这位孤身一人的母亲，身穿着寡妇衣服，在丰代特孤零零地死去。然而娜娜更灰心丧气。眼下只要她一想到乔治蜷缩到地上，衬衫上一个红红的洞在，她就异常愤怒。

"他以前是那样的惹人怜爱，那样的温存可人，那样的细心周到……天呀！我的小猫咪，无论如何，我一定要让你了解，我爱他，我喜欢这孩子！我把握不了自己的情绪，我只能这么做……并且，弄到今天的这个样子，这对你也没有多大关系。他已经死了。你可是遂了心愿，这下你再也不必担心了，从今天起他永远也不会再打扰我们了。"

最后的这几句话让她伤心欲绝，以至她都要说不出话来了，于是伯爵竟然抚慰她，对她说着宽心的话。行了，她得有胆量挺身而出，错不在她。最终娜娜忍住了自己的哭声说：

"听仔细，你现在就到外边去替我了解了解乔治的情况……我想你这就去。"

米法二话没说，戴上帽子，到外面去了解乔治的情况。大约过了四十五分钟，伯爵回来了，瞧见满腹心事的娜娜正倚在窗口那儿，盼着他回来。他就在人行道上对她大嚷：那个小伙子还有救，并且仍有活下来的可能呢。所以她立刻又活蹦乱跳了；她又是唱又是跳，认为日子真的是太让人心情舒畅了，这会儿佐爱由于怎么也无法弄干净地毯上的那些血迹，正老大的不高兴，她总是瞧着那块血迹，只要经过那儿，口中就不闲着。

"夫人，您瞧瞧血迹怎么都弄不干净。"

真的，沾染在地毯的白玫瑰花边上的淡红色血迹又呈现出来，不偏不正刚好横在卧室的门口那儿，看上去就像一道血印堵住了门口。

"不要紧！"满心欢喜的娜娜说，"走的人多了它就会自然而然淡化的。"

次日，这件事就永远地消失在米法伯爵的记忆中了。当他坐上出租马车到里舍利厄街去的时候，他曾痛下决心以后再不靠近这个女人。上帝已经向他示警了，菲利普和乔治的痛苦遭遇，就是他日后毁灭的实例。然而，不管是于贡夫人痛哭流涕的脸，还是乔治高烧不退的情况，都无法叫他保证他的这个决心。这出惨剧只不过让他发了一阵抖，事情过后，一种偷偷高兴的情绪涌上心头。乔治那让女人着迷的年轻人的活力，对他一直是最大的威胁，如今这个对手终于倒下了。眼下他对娜娜的狂热到了最高潮，他不允许别人插入他和娜娜之间，他的这种狂热是那些年轻时从没尝过浪漫滋味的男人所特有的。他迷恋着娜娜，他要她只归他一个人。只有他才能独自听她说话，独自爱抚她，独自感受她的气息。他的迷恋已远不止肉欲所能包括的了，他的爱情已到了只谈感情不论其他的地步，是一种令他心焦、让他担心不已的爱情了。它让人很留恋以前，时而又让人充满幻想，想象着两个人可以一同在天父面前跪着祈祷，期望能获得饶恕和抵消罪过，现在宗教在他身上的作用一天天地在增强。他又成了一个严守教义的天主教徒，他悔恨着，分领圣体，可是他的良心仍然在不停地受着折磨，因为他常常无法控制地犯错误，但在他的悔恨中，犯错误和赎罪为他带来了难以言表的快乐。最后，他得到他的神师①的同意，他可以放纵他的情欲。因此每天去体验一次热恋，已成了他日常生活中必不可少的事情了。在此之后他又满怀着忠诚的信仰，态度非常虔诚虚心地为自己的放纵去祈祷、悔恨。不但如此，他还非常幼稚，将自己的肉欲上曾经遭受过的苦楚，作为自己弥补罪过的艰苦修行送给上帝。这种苦楚一天天地在加深，他，一个对宗教怀有浓重和严肃情感的虔诚信徒，却因为沉湎于和一个妓女的肉欲中而不能脱身，无奈他也只得如耶稣那样，踏上充满痛苦的十字架。然而最令他痛心不已的是，这个妓女常常做不忠于他的事，他现在已经无法忍受其他的男人和他一起拥有她，他真的搞不清楚她怎么会如此蠢笨地朝秦暮楚。他想要的是忠贞不渝、长相厮守的爱情。可是娜娜以前是如此保证过的，恰恰是基于这个，他才慷慨大方地供养她的。然而他总是感觉到她话中的不真实成分，她压根就不是那种守身如玉的人，就如同一个生来就不喜欢穿衣服的畜生，她的肉体可以给任何人，不管是朋友还是过路人。

有一天清晨，在一个非同寻常的时间，他瞧见富卡尔蒙溜出了娜

----

① 神师：给教徒以心灵和精神帮助的人。

娜家，于是他顿时怒火中烧，跟娜娜大发雷霆。而娜娜呢，对他动不动就醋意大发早已烦得要命了，因而娜娜也立即恶言相向。有好多次了她都大度地主动和好。比如那天夜里，伯爵无意中看到她和乔治斯混在一起，是她自动和好，向伯爵表明心迹，对他温存体贴，极尽撒娇邀宠之能，目的就是不让伯爵大动肝火，让他心平气和。然而他总是顽固不化地坚持她必须只能有他一人，毫不理会女人天生的本性，最终叫她难以忍受，惹她发起火来。

"没错，那是真的，我的的确确和富卡尔蒙有过关系。那又如何？嗯？你心里感到不舒服，是吧？我的小傻蛋！"

这是她首次在伯爵跟前叫他"小傻蛋"。她这么理直气壮地说出真相，可真是出乎伯爵的意料之外，他呆住了；他的双手握得死死的，一瞧他这个样子，娜娜就毫不畏惧地向他走去，眼睛直愣愣地盯着他。

"你难以忍受了，是不是？……要是你认为这样做不符合你的心意的话，那么你请便……我可不想让你在我的家里大吵大闹……请你听清楚，用脑子好好记着：我要有不受限制的自由，凡是我喜欢的男人，我就和他上床。事实就是这样，绝对错不了……你得迅速做出决断，答应或是不答应，你不答应就请你立刻给我滚出这房子。"

娜娜来到门那儿将门打开了。伯爵却没向外走。如今，用这种方法，她已经能将伯爵牢牢地控制在她的手心里了：因为一丁点的小事儿，因为稍有不顺心的拌嘴，她就立刻使出法宝，要他答应或是不答应，并且嘴里还不干不净地说了很多伤心的话。哼！只要她一伸手，无论何时她都打得倒比他要强得多的男人，最烦心的不在于没有人选，而是在于可让她挑选的男人实在是数不胜数，她真的不清楚到底要哪一个好。那些男人如过江之鲫，随手一捞就一大堆，并且那些男人全都是年轻有为、精力充沛，跟他那傻兮兮的样子比简直就是天壤之别。只要一听到这种话，伯爵的头就垂得很低，然而到了娜娜需要钱用的时候，她的态度就会好起来。那时的她，就会显得无比的温存可人，伯爵呢，也会将所有的不愉快都抛在脑后，七天里所受的痛苦一个夜晚的快活就可以弥补。当他和他的妻子重归于好之后，过正常的家庭日子倒让他忍无可忍了。福什里因为再一次被罗丝勾引到手，坠入爱河，就将伯爵夫人撇到了一边。然而萨比娜却正处在不惑之年的性欲强烈时期，身边无人相伴弄得她常常是寝食难安，辗转反侧，因而她疯狂地勾搭其他的男人聊以慰藉。如今她荒淫无度的生活就如同是猛烈的台风一样涤荡着那个深宅大院。自从嫁人以后，爱斯泰勒就没有和她的父亲见面的机会。这个身板平平，姿色平常的女孩，结婚之后，仿佛一下子就变成了一意孤行的女人，她是如此的飞扬跋扈，以至达盖内一瞧见她就跟见了老虎似的哆嗦个不停。如今达盖内也开始信仰天主教，总是和爱斯泰勒一起去教堂作弥撒。岳父和一个娼妇胡搞而让一个家支离破碎，这使得他内心愤恨异常。现在唯一一个对伯爵和颜悦色的人就是韦诺先生，他始终在静静地守候着点醒伯爵的时机的到来。他还千方百计地混进娜娜的朋友圈，在这两个家庭之中，常常能看到他的身影，他总是笑容可掬地藏身于一个不为人注意的角落里。米法在家中的境况非常悲惨，就算是在维里埃街去听些冷嘲热讽，他也不愿意留在充满忧愁和尴尬的家中。

没多长时间，在娜娜和伯爵之间就只有一个问题使他们的破裂得以幸免：金钱。一次，本来他明明白白地说好要拿一万法郎来给娜娜，可哪曾想，到了拿钱的时候，他竟然两手空空地来了。两天来她始终是用满腔的柔情和抚爱帮他打起精神，可这会儿他竟然不能履约，让她那么多的似水柔情全都白用了，这简直气得她直蹦，脸色也很难看。

"是这么回事！你手里没钱……也行，我的小傻蛋，你就从哪儿来，回哪儿去吧，快点行动！你实在是一个恬不知耻的大傻瓜！竟然还想亲我！……不拿钱来，什么都不用讲！你听明白了？"

他说再宽限两天就能筹到这笔钱。然而她态度蛮横地截住了他的话。

"可是我那些到日要付清的账单该如何是好？……别人会将我的东西抵押，但是你呢，这位先生还能够一文不名地到这儿来……哎哟！去镜子里好好瞧瞧自己的那副尊容吧！你真的认为我喜欢你长得好吗？看你那让人恶心的模样，如果你不付钱，没有女人会喜欢你……他妈的！要是今天晚上你不能拿出一万法郎来给我，那么就算你想亲一下我的小手指尖，也是毫无可能的事……我向来说到做到，我会将你带到你老婆那儿！"

那天晚上，伯爵拿来了一万法郎，娜娜的小嘴马上迎了过去，让他吻了个够，整整一天，他都在为此烦心不已，这会儿终于获得些慰藉。但娜娜最烦的是，米法亦步亦趋地紧跟着她，围着她转。娜娜跟韦诺先生唠叨，拜托他想个办法让她的小傻蛋回到他妻子的身边去。怎么他们夫妻重归于好之后，什么作用都没有呢？她可真是懊悔不该管这件事，因为他还是死缠着她，让她不得安生。只要她的脾气一上来，所有的利益关系都抛到九霄云外了，她恨不能让他丢尽颜面，让他从此再不想走进她的公馆。然而，就算是她拍桌子瞪眼对着伯爵大声呵斥，向他吐口水，他还是不愠不恼，口中依然说感谢，死皮赖脸地不愿意离开。因而，钱总是他们俩吵架的主题，她态度特别恶劣地向他伸手要钱，常常由于一点点微不足道的钱就肆无忌惮地放声大骂，那种令人作呕的贪心无时无刻都表现得那么露骨。她还总是硬起心肠来对他说，她和他上床没有其他的目的，只不过是想要他的钱而已，从他的身上她得不到一丝一毫的快乐，她喜欢的不是他。她最倒霉的事就是摆脱不掉他，要他那样的傻蛋来拿钱来供她挥霍！如今在宫廷中他也是不受欢迎的人了，已经有消息说他将被迫辞职。皇后就说过："他这个人太让人厌恶。"这话千真万确。因而每当她们大吵之后，到了结尾时，这句话就成了娜娜的结束语：

"听好！你这个人太让人厌恶！"

现在，已经没有什么能妨碍娜娜了，她再一次拥有了至高无上的自由权。每天她必去湖边闲逛，在那儿找到些情人，可是这样的情人只要一离开那儿就记不得模样了。大批的妓女都在这儿随心所欲地寻找顾客，在大庭广众之下，妓女们放肆地东游西晃，特别是那些名声正劲的妓女，她们向人们展示着政府暗许的笑容和巴黎令人炫目的豪华奢侈。那些身份显赫的贵妇人们彼此以目示意：这个妓女就是娜娜；暴富的资产阶级新贵的夫人们纷纷将她的帽子作为最新的流行趋势！时而，因为要为娜娜的马车开路，长长一大队的声名显贵的大人们家的马车都纷纷停下，在这些人中有家财万贯、在欧洲也是首屈一指的银行家，也有掌握法国命运的政府要员。在布洛涅森林那儿的上层社会，娜娜名声极响，是不可缺少的一员，她的美名在欧洲各国的首都传扬，外国来的人只要是到了巴黎，见娜娜是必不可少的一件事，她以不顾一切的轻狂让这些达官显贵趋之若鹜，似乎这样的一种轻狂就代表整个民族的声誉和无与伦比的快活。另外，巴黎的各大饭店也是娜娜经常光顾的地方，好天气的时候，她会去马德里饭店，纵情一晚，体验萍水相逢的二人世界，翌日起来之后，昨夜的所有都抛到九霄云外。各国的外交官是娜娜这儿的常客，他们总是川流不息地来找她。她与露西·斯图华、卡罗利娜·埃凯、玛丽亚·布隆几个人成群结队，时常和一些法国话都说不明白的先生们共享晚餐。这些先生是想为自己找点乐趣，本来打算在晚上将她们叫出来，好好弄点开心的事来，可由于饮食不当，常常是搞得自己头脑一片空白，一副萎靡不振的样子，最终这些先生都没有精力去和她们闹了。这种会面被她们称之为"找个乐子"，快活完之后，带着对那些酒囊饭袋的男人们的满心瞧不起，高高兴兴地回家，栖身于自己倾心的爱人怀中，兴高采烈地过着剩余的时间。

如果那些与娜娜有过一夜之欢的男人没让米法伯爵瞧见，米法也就睁只眼闭只眼。然而最让米法伤心不已的，是那些平常的日子里让他颜面尽失的不起眼的小事。眼下，维里埃街的这个公馆已经成为魔窟，甚至是精神病院，在这儿每时每刻都有天下大乱的可能，带来让人烦心的吵闹。有时娜娜跟她的仆人也会大吵大嚷。以前她对马车夫夏尔特别关心，只要去饭店吃饭，总会记得要几杯啤酒给他；当路上车太多走不动时，夏尔和公共马车夫的斗嘴，让她感觉兴致盎然，于是就坐在车子里和他谈笑风生地说着话。然而慢慢地，娜娜却无缘无故地指责他是个傻瓜，因为干草、麸糠和燕麦等和他争吵不休，尽管娜娜非常喜欢牲口，可是她认为自己马的肚子也实在太能装了。所以，当一天清理账目的时候，她责备夏尔损公肥私；一听到这种怪罪，夏尔立时就火冒三丈，想也不想地就大骂她是下贱妓女，可以肯定的是，她的马的品德要强过她许多倍，它们特别洁身自好，从不和什么人胡作非为。娜娜不甘示弱，嘴里也骂着粗鲁的话语。伯爵没办法，最后只得解雇马车夫。这是仆人们各奔东西的起头。因为娜娜的钻石不见了，维克托里娜和弗朗索瓦难逃干系，也走了。朱利安同样也离开了，人们谣传朱利安是被伯爵打发走的，并且还给了他一笔为数不小的遣散费，原因是他和夫人厮混被发觉了。每星期厨房里都会有陌生的面容。整个公馆就如同一个找工作的地方，一些社会上的残余分子一批又一批地来来往往，每个到这儿来的人都要对公馆进行一次洗掠。至今唯有佐爱还在这儿，始终是所有的坏事都与她无关的样子，由于她目前还未弄到足够的钱去完成她早已蓄谋的方案，所以她故意地弄出许多的麻烦，以便乘机大捞一笔。

然而这些还只是伯爵可以说出来的烦心事。还有些让他讨厌的事他却无法说出口：他必须和那个笨得跟猪似的马卢瓦太太打扑克，她身上的肮脏味他也不得不承受；他还必须很有耐心地听唠唠叨叨的勒拉太太的风言风语，同时还得顾及小路易和他那多病的小身体。也搞不清楚这个孩子的爸爸到底是谁，怎么留下这样一个整天都病歪歪的小孩。还有时候他可真是忍无可忍。一天夜里，在门后的他听到娜娜火气冲天地对贴身女仆说，一个自称是大富翁的人玩弄了她，是真的，那个说自己是来自于美国的人，从表面上看确实是彬彬有礼的样子，他说自己在国内有好几座金矿，然而事实上他是个地地道道的骗子，就在她睡得正香的时候，悄无声息地跑掉了，不但一个子也没给，还顺手拿了卷烟纸。听到这些，伯爵的脸色发白，他轻手轻脚地来到楼下，就当这事没发生过。然而又有一回，他想装糊涂都不行了。因为娜娜对咖啡音乐厅中的一位男中音歌星情有独钟，可那个歌星却对她弃之不顾，娜娜因此整天地忧心忡忡，总是琢磨着以死殉情。她将水杯里放了一大堆火柴，想泡好了喝下去一死了之，可谁曾想人没死，反而是难受得不得了。伯爵只好小心地服侍她，还得做出很感兴趣的样子听她讲述她的情史，娜娜痛哭流涕地说着，她声称今后她绝不会再对男人动心了。她痛斥男人是猪，她瞧不起他们，然而内心却又无法离开他们，在她的身边一定得有个知心的爱人拜倒在她的石榴裙下，她需要一些荒唐的、难以说明的迷恋和怪毛病，去为早已疲倦不堪的身子找点新乐子。在佐爱早有预谋的放手不管之后，原本井然有序的公馆如今是乱七八糟，这让米法动都不敢动任何一个地方了，只要他一推开门、动一下窗帘或是开开衣柜，就会瞧见男人的面孔。屋子里的男人随处可见，互相在每分钟都可能不期而遇。如今到房间里事先都得咳嗽一声，原因是一天夜里，当伯爵在理发师快给娜娜整理好头发之时，走出去告诉马车夫备好车，然而就这么一会儿，当伯爵回来时，映入他眼帘的是娜娜几乎要躺在弗朗西斯的怀里。眼下伯爵要是一眼瞧不见，娜娜就有轻狂放荡的可能，无论在哪儿，也顾不得她是身着睡衣还是礼服，凡是她看到的男人，她都要去挑逗一番，之后再返回伯爵身旁，脸蛋由于偷吃了禁果而涨得红扑扑的。然而发觉了娜娜和弗朗西斯调情，让他倍感难过，这等于把他送上绞刑架一样。

可怜的伯爵由于吃醋，日夜坐卧不安，如果在他离开娜娜那儿的时候，有萨丹陪伴娜娜，他就会安心许多。他宁愿放任娜娜保留迷恋于同性恋的坏习惯，也不愿她投到男人的怀中。然而现在这个计策也起不了多大作用了。由于沉湎于一些怪诞的痴迷，娜娜现在常常把她在大街上看到的肮脏女孩也弄回家，她不能对萨丹坚守忠贞，就如同不能为伯爵而拒绝其他男人一样。当她乘马车回家的时候，就连在路上随便地见到的一个肮脏不堪的丫头，她也会意乱情迷，欲火难耐，非得将这个肮脏不堪的丫头带回家，满足之后再给她些钱，让她走。除此之外，她还常常乔装打扮成男人，混到妓院里以瞧荒淫的场面为乐。因为常常被冷落，萨丹气愤至极，就和娜娜吵得昏天黑地，直搅得公馆里不得安宁。终于，萨丹总算占据了主动，能够叫娜娜对她言听计从，而且对她还必须恭恭敬敬。米法迫切地想和萨丹站在一条战线上，等到他没胆子出声的时候，就动员萨丹上阵。已经有两次，萨丹逼着她的情人与伯爵和解；伯爵对她非常尊敬，无论发生怎样的事他都及时告诉萨丹，一旦萨丹有所示意，他就马上知趣地躲到一边。然而他们的阵线不很牢固，由于萨丹同样也是一个歇斯底里、有些疯狂的女人。有几次萨丹将房子里的东西全都砸了个稀巴烂，在情欲和狂怒的暴风雨中她被折磨得疲惫不堪；然而，虽然她的心思游移不定，可她的面容却依然是那么的楚楚动人。佐爱时常在暗地里煽风点火，佐爱总是将她叫到一边在那儿比比划划，好像打算出钱让萨丹去为她做些惊天动地的事，助她完成她那不为人知的雄心壮志。

米法伯爵也曾经有过几次奋起抗争。他可以无视萨丹好几个月，也能够见怪不怪地承受那些形形色色没见过的男人川流不息地来往于娜娜的卧室。但是那些同他处于一个阶层的人，或是他所认识的人来看他的笑话，他无论如何不能接受。只要一念及于此，他心中就异常愤慨。当娜娜对他坦白，说她和富卡尔蒙有过床笫之欢之后，一种钻心的苦楚痛彻心扉，在他看来，这个年轻人是如此的厚颜无耻背信弃义，这迫使他想要找他挑战，和他决一死战。可是他搞不清楚到什么地方可以找到决斗的证人，于是就来问拉博德特。听了伯爵的想法，拉博德特很惊讶，忍俊不禁起来。

"因为娜娜去决斗……亲爱的先生，要是这样的话，全巴黎的人都会看你的笑话。绝对不会有人为了娜娜而真刀真枪地打起来的，那实在是太滑稽了。"

伯爵黑着的脸绷得紧紧的，随手打了一个生气的表示。

"不然，我一定在街上给他个大嘴巴！"

拉博德特只好浪费了一个小时的时间去劝解他。要是打那个人嘴巴的话，不但于事无补，反而会将事情搞得更乱七八糟，当天夜里每一个人都清楚这场战斗的实质意义，报纸也会对它大加嘲讽的。因此拉博德特翻来覆去以一句话结尾：

"不行，这真是太滑稽了。"

每当米法听到这句话时，就会有一种被尖刀猛地插进胸口的感觉刺痛他。他连为自己最爱的女人去决斗的愿望都无法实现，因为人们对此会嗤之以鼻的。这份情爱带给他的伤心从未让他如此的心痛，那份他引以为傲的情感在其他的人看来，只不过是逢场作戏而已，人们只会以玩笑视之。这就是他最终的一次抗击，拉博德特总算将他劝慰好了；在那之后，他的那些朋友再接连不断地到娜娜那儿寻欢作乐，他也视而不见了。

在几个月内，贪心的娜娜将男人们一个又一个地吃了个干干净净。她那骄奢淫逸的生活中的需求永无止境，这让她想要的东西愈来愈多，因此她把嘴一张，一个男人就会一无所有了。第一个被她吞掉的富卡尔蒙，仅仅用了十五天。富卡尔蒙十年来到处流浪辛辛苦苦攒下了三万法郎的家当，原本打算脱离海军之后去美国开辟新天地。然而他做事那小心谨慎的天性，也可算得上是小气的天性在娜娜的面前也发挥不出作用了，他拿出了自己的全部财产，连在那些对他的发展不利的通兑票据上也署上自己的名。当娜娜将他驱逐出公馆之时，他身上已经是一文不名了。然而，当时娜娜表现得可是心肠好得很，她对他说他可以再去跑船，再固执下去也没什么意思，因为他已经是个穷光蛋，失去和她交往的资格了。这一点他一定要弄清楚，他应该知书达理。在娜娜这儿，一个耗尽家财的男人就如同一个熟透了的、自然而然地落到地上的果子一样，慢慢地烂掉了。

然后，斯泰内又成了娜娜的下一个目标。娜娜对斯泰内的感觉是平平淡淡，无一丝爱意。在娜娜看来，他只不过是个品性不佳的犹太人，她的心里仿佛存在一种自己也无法明白的恨意，她时常故意寻机想捉弄他。斯泰内身子胖胖的，笨头笨脑的，娜娜竭尽全力地压榨他，一张嘴就吞了他两大块肉，唯恐在吃掉这个普鲁士人的时候速度跟不上。斯泰内将西蒙娜抛到脑后，而他在博斯普鲁斯海峡的方案这时正在失败的边缘挣扎，娜娜肆无忌惮的需求使得他破产的进程更迅速了。他一直苦苦地支撑着，又维持了一个月，而且也制造了很多惊人之举：他铺天盖地的广告、启事和解说书遍布于整个欧洲，他不懈怠地进行着声势浩大的宣传，他到最偏最远的国家去搜刮钱财。然而他的所有财产，倒卖获得的钱以及一个苏两个苏地从穷人那儿掠夺来的钱，无一例外地都被维里埃大街的这个深不见底的大洞吞噬了。此外，在阿尔萨斯省有一家炼铁厂，斯泰内也是合伙的股东之一。在这位于一个小镇上的工厂里，工人们挥汗如雨，带着满身黑乎乎的煤尘，顾不得白天黑夜地使足了劲干活，以至连自己的骨骼咯咯地响都可以听得见，然而这种累死累活的辛勤劳作仅仅是为了让娜娜更加舒服地享受。她就如同一场熊熊燃烧的大火，将倒卖赚得的赃款，艰辛劳作的成果，这所有的东西都烧了个精光。这一回，她将斯泰内敲诈得干干净净，就连骨头渣也没剩下，斯泰内最后只能是流浪于街头，整个人仿佛只还有一个壳而已，就算你让他再琢磨出一个撒谎的诡计都难如登天。他在银行破产的时候，只要一听到有人提起警察局，就怕得浑身直颤，哆哆嗦嗦地说不出话来。他已经被公告倒闭了。这个手中流转过上百万钱财的大银行家，现在一听到人说钱这个字，就会战战兢兢，仿佛孩子般地穷困尴尬。一天夜里，他来到娜娜家，竟然满面泪流地痛哭了起来，他跟娜娜借一百法郎，以支付女仆的工钱。这个在巴黎纵横驰骋了二十年之久的人儿，今天也会有如此的境地，这让娜娜感到可悲，可又认为快活得很。娜娜将钱给了他，跟他说：

"你要明白我之所以给你这笔钱，是由于这件事实在是太可笑了。但是，你得听话，我的小心肝，你年纪太大了，我无法让你待在这儿，你得到别处去找点事干。"

下一个又轮到了拉·法卢瓦兹，娜娜着手对他进行掠夺。这个来自外省的暴发户早说盼望着能作一个真正意义上的巴黎阔少了，他目前欠缺的只是一个能叫他声名显赫的女人罢了。一直以来，他总是想让自己栽在娜娜的手上，在他看来，这是他的荣耀，只消两个月，整个巴黎的中心话题就会集中在他的身上，他的名字也会被印刷在报纸上。实际上，根本就不用两个月，仅仅六个星期就能够完成一切了。他所继承的那些财产，全都是些土地、草场、林地以及家屋。这些产业都被他一个个地转手。娜娜的小嘴一动，几十亩的土地就不见了踪影。那个看不见底的大洞吞噬了许许多多的东西：太阳下面随风飞动的叶片，黄灿灿的大片麦子，九月丰收的葡萄，还有那些落到牛肚子的青草；就连一条弯弯曲曲的小河、一个石膏矿和三个磨坊也都被吃掉了。娜娜似乎是一支大举侵略的敌人，又仿佛是一大群铺天盖地的蝗虫，她飞过乡下，所过之处全都是满目疮痍，成了一片废墟。凡是她的纤纤细足踩到的地方，立刻就会变成一片焦炭。那张一动一动的樱桃小口，一口口地将他的遗产，乡下的农房、草场吞到了肚子里。对于这一点她自己丝毫没有意识到，这对她而言，就和在饭后品尝着放在膝盖上的糖杏仁一样天经地义，没什么特别的，不就是吃点零食吗。最后吃得他只剩下一个小树林了，而娜娜呢，同样满不在乎地把这个树林也吃到肚子里，这东西是那么的小，以至娜娜都懒得张嘴去吃了。拉·法卢瓦兹用嘴吸着手杖上的小圆球，痴痴地傻笑着。他现在被像小山一样的债务重压着，甚至一百法郎的年金都没剩下，他知道这回自己不得不再次回到外省，住到他那个性情古怪的叔叔家里了。然而这又能怎样？如今他已经是一个新潮时兴的阔少爷了，他的名字两次出现在《费加罗报》上。他的硬硬的领尖中间的脖子已经瘦得不成样子了，那件很短的上衣使他那驼背看起来更明显了。他就是这副模样摇摇晃晃地四处闲逛，嘴里发出的大呼小叫就好像是受了惊的鹦鹉似的，故意弄出闲散无力的神情，让人看上去似乎是一个无欲无念的木头人。一瞧见他这个样子，娜娜心烦得要命，忍不住伸手打他。

这段时间，福什里重又回到了娜娜的身边，他是由他的表弟领来的。这让人同情的福什里现在俨然已成家立业了。他和伯爵夫人彻底决裂后，又返回到罗丝的怀里。罗丝就像服侍自己的丈夫那样照顾着他。而米尼翁则沦落为家中的管家。这个新闻记者在罗丝家里安顿下来后，对罗丝依然是经常欺骗，不同的是，在对罗丝说谎的同时，他绞尽脑汁地用方法各异的手段提防罗丝，他做出模范丈夫的样子，无论做什么事都谨小慎微，他这么做无非是想最后能找到个容身之所。最让娜娜兴奋的就是把福什里控制在手心里，并且将他苦心经营起来的一份报纸也吃进去了。那份报纸是他借用朋友的钱财创建的。娜娜不想让其他的人知道福什里已是她裙下的臣民了，与此相反，她更喜欢将他看成是一个怕被妻子发现的出外偷情的丈夫。每当她说到罗丝，嘴里就念叨着："可悲的罗丝。"两个月的时间里，这份报纸带给娜娜数不尽的好处。外省订户的所有订报费都成了娜娜的囊中物，并且还牢牢掌握了报纸的戏剧新闻栏。由于她的参与，使得编辑部不知该如何是好，经理部也是分崩离析。她一下子又心血来潮，非常迫切地要在她公馆的角落建一个冬天观赏的花园，这个毫无用处的花园花掉了印刷所的所有财产。而这还仅仅是搞笑料而已。一听到这些消息，米尼翁兴致勃勃地急忙来到娜娜的公馆，他想知道有无将福什里全部转手给娜娜的可能。娜娜说难道说他将她看成什么了，笨蛋吗？福什里只是一个不名一文的小无赖，凭着所写的文章和剧本供养自己，这种人她怎么可能看上呢？娜娜有些怀疑，唯恐米尼翁又在搞什么新花样，他回去后肯定将在这儿的情况讲给他的妻子罗丝听，而且眼下福什里的口袋中是空空如也，他对她而言，只是想让他为自己做个广告，宣传一下，除此之外，别无他用了。因此娜娜毫不犹豫，斩钉截铁地将他驱除到门外。

然而福什里还是给她留下了美妙的回忆，让她念念不忘，他俩在一起的时候，曾把那个笨蛋拉·法卢瓦兹折腾得不知东南西北。就是因为想着戏要那个傻瓜会妙趣横生，他们才会想着再见面。在他们看来，这实在是滑稽极了，他们俩毫不避讳地在拉·法卢瓦兹的眼皮底下抱着亲个没完没了；他们用他给的钱穷奢极欲；他们把东西都摔了个稀巴烂，然后再打发他到巴黎最远最偏僻的地方去买，以便让他俩可以无人打扰；当他回到这儿之后，他俩就恶毒地讥讽他，净说些含沙射影的话，让他摸不着头脑。一天，在新闻记者不怀好意的教唆下，娜娜跟人打赌说她要赏拉·法卢瓦兹一个耳光。那天晚上，娜娜真的扇了他一个耳光，然后又接着扇了几下，在娜娜看来，这样做非常有意思，用她的所作所为来验证男人都是胆小鬼，她十分兴奋。因此娜娜称他为"耳光佬"，只要一高兴，就让他过来给个耳光。以前娜娜不曾打过人，只打了一会儿，她的手掌就成了红色的。拉·法卢瓦兹神色慌张、尴尬地赔着笑，他的眼中噙满了泪水。可是这个表示关系非同一般的动作让他的心里十分欣慰，在他的眼里娜娜实在是个让人敬佩的奇女子。一天夜里，他受了几个耳光之后，神色激动地说：

"我们应该结婚……如何？我们俩在一起肯定幸福无比！"

他的话可不是随口说说而已，暗地里他很久以前就为这事做准备了，他想让整个巴黎都为之动容。娜娜的丈夫，风度翩翩呀！这可是一个让人兴奋、不可多得的无上荣耀。然而娜娜却将他痛斥了一番。

"我，和你结婚！……你计划得倒不错！要是我想结婚的话，早就有丈夫了，还用等到今天！再说那个人也准保超过你二十倍，我的小乖乖，……想要和我结婚的人已经排成一排了。不相信？咱们一起数数：菲利普、乔治、富卡尔蒙、斯泰内，四个了吧，还有些你根本就没见过的……他们似乎都哼着一支曲子。我无法让他们如愿以偿，因此他们立刻就高声唱了起来：和我结婚好吧，嫁给我吧！"

娜娜越说情绪越兴奋，最后，怒上心头来：

"不！我可不想这样！……我来到世上只是要干这件事吧？你瞪大眼睛好好看看我，要是我叫一个男人寸步不离地围着我，我就不叫

408

娜娜……何况，这事也实在让人难以忍受……"

边说着，她边无比厌恶地吐着口水，似乎人世间所有的肮脏物都放在她眼前的样子。

有一天夜里，拉·法卢瓦兹不见了踪影。七天以后，人们才听说他已经回到了外省，现在栖身于他叔叔的家里，他叔叔特别喜欢收集植物标本，他在那儿为叔叔采集标本，而且打算和一个不怎么漂亮却很信仰天主的表妹结婚。娜娜一滴眼泪也没掉，她只是对米法伯爵说：

"看到了吧，我的小傻蛋！你又少了个竞争对手。今天你该扬眉吐气了吧……可是他走了，那是由于他较上劲了，他想和我结婚，真是痴心妄想！"

伯爵一听到这话，不禁神色大变，娜娜立刻上前搂住他的脖子，笑着抚慰着他。让自己说的每一句话都刺痛他的心，然后再给他个甜枣安慰一下：

"你害怕的也是娶不到娜娜，是不是？每当他们要我嫁给他们这个问题打扰我的时候，你就在暗地里十分愤慨……眼下你还无法娶我，你必须等到你老婆死了之后才有机会……啊！要是你老婆撒手西去了，你肯定会不顾一切地跑到这儿，跪在地上要我嫁给你，并且随之而来的还会有美妙绝伦的表演，又长吁短叹又泪流满面的，而且还指天为誓，是不是？小心肝，那多好玩呀！"

娜娜变得柔声细语了，她以一种近乎残忍的冷冰冰的柔情挑逗伯爵。而他竟真的信了她，并为此特别感动，涨着红红的脸，不停地亲吻她。因此，娜娜就喊道：

"他妈的！我一点也没说错！他心里就是这么打算的，他一直在盼望着他老婆去世呢……哼！太不像话了！跟其他的男人比起来，他可是太坏了！"

米法对其他的男人已经做了忍让。如今他想将自己仅存的一丝尊严坚持到底，他要这个家里的仆人和来往的熟人管他叫先生，他要保持在这个家中主人的地位，也就是娜娜不容置疑的情人，因为他是给钱最多的男人，理应有些特权。他现在的地位都是他拿钱换来的，他的所有东西都要花大价钱来买，即使是淡淡一笑也不例外；他出的钱和他所拥有的东西一向就没相符过，甚至说他的钱被掠夺了也不过分。然而他那如火的爱情着了魔似的折磨着他，让他难过不已。只要他来到娜娜的卧室最先做的一件事，就是将每一扇窗户都打开，让屋子通通风，清除掉其他男人留下的气息，然后，他才会惬意地坐下来。卧室里，金黄色头发和棕色头发人残存的味道以及雪茄的烟气，直弄得无法呼吸。这个卧室就和一个十字路口一样，熙熙攘攘的男人接踵而来，在门中间擦拭着鞋底，可是门口那暗红的血迹没起到应起的警戒作用，没有人被吓跑。佐爱是个喜欢洁净的女人，因此总想着要将这血迹擦干净，瞧见血迹留在那儿，心里总是放心不下，却又忍不住要往那儿瞧。如今只要她进夫人的卧室，嘴里就唠叨：

"真是邪门，怎么蹭都弄不掉……来来往往的人都数不过来，可这血迹还在这儿。"

娜娜听说了一些有关乔治的让人高兴的消息：他正和母亲一块待在丰代特，身体正在恢复中，因此娜娜每回都是一样的重复：

"嗨！那是自然，过段时间后……走的人多了，肯定就不那么明显了。"

实际上，每一个来过这儿的人，像富卡尔蒙、斯泰内、拉·法卢瓦兹、福什里，他们的脚下都蹭走了些些血迹。米法和佐爱一样，总是忍不住想起那块血污，控制不住地时常地打量它，好像这样就可以在渐渐变淡的血色中，猜出到底走过多少男人似的。对于它，米法有一种无法言表的惧怕，每次经过那儿时，一直就是迈过去，似乎担心一不小心会破坏一个存在的生命，或是踩上了一条陈列在地上的光胳膊似的。

然而只要一进了这卧室，米法就觉得如醉如痴，把一切都抛在脑后，那些走进了这屋子的男人，以及那横向门口的血迹，统统都烟消云散了。当他走出来，来到外面令人神清气爽的街道上，他时常会由于羞辱和懊悔而痛哭流涕，多少次暗下决心今后无论如何不再来这儿。然而，就在门帘刚一落下的那一刹那，他又沉醉于其中，感觉房子温馨的气氛都要把他给融化了，就连肉体里也融进了芳香，心里被一种难以抑制的要破坏一切的强烈性欲所控制。他是忠实于信仰的教徒，经常呆呆地望着富丽堂皇的肃穆教堂，在这个屋子里他又有了那种跪拜在教堂彩色玻璃窗前的神情，他痴迷于大风琴奏出的音乐声和从香炉中飘出的缭绕香气中。这个女人就仿佛一个脾气暴躁的上帝，时刻飞扬跋扈地要他听命于她，这让他无时无刻都处在提心吊胆中。她给了他短短的几秒欲仙欲死、浑身发颤的快感，却又强加给他好几个小时难以忍受的痛苦，这痛苦让他历经了地狱和万劫不复的可怕。在这个屋子里，他就和在教堂里似的，一样的小声念叨着，一样的向上天祈祷，可是得到的却常常是毫无差别的悲观失望，特别是有着相同的自卑感，感觉自己是被上天惩罚的人，在他出身的泥土中被压得碎成了片片。他肉欲的渴望和精神的需求融汇到一起，似乎从他的身上的黯淡之处散发出来，就像是生命之树上盛开的一朵花一样。他放任爱情和宗教随意操纵自己，这两种力量是如此巨大，合在一处地球都能够被搬起。无论心底里是如何挣扎，娜娜的这个卧室常常让他沉湎于其中。他全身抖动着享受在全身心的情欲里，就像沉醉在无法预知的广阔天地之间一样。

自从娜娜觉察到了他是如此的自卑之后，她就变成了稳操胜券的专断皇帝一样。她本能就有一种毁坏一切的欲望。所有的东西都被她糟蹋过后，她还嫌不够，还要将它们弄得脏兮兮的。她那小巧的纤纤细指，在种种物品上留下让人厌恶的印迹，还要让碎成了一堆堆的东西变质腐烂。米法这个大笨蛋，甘之如饴地承受着这些，他隐隐约约地记起了从前那些自修苦行减免罪过的圣人，他们让虱子在自己的身上啃着，还吃掉自己排泄的东西。时而，娜娜会将他关在卧室里面，门锁得严严的，让他模仿千奇百怪的男人们的种种无耻举动，以逗她开心。刚开始时，他们共同开心玩笑，娜娜动作轻柔地打了他几下，逼着他去做一些惹人发笑的事儿，她让他学着小孩子的样子口齿不清，反反复复地模仿着一句话的末尾几个字：

"模仿我：……呸！宝贝根本就无所谓！"

米法乖乖地学着，甚至连她说话的腔调都一模一样：

"……呸！宝贝根本就无所谓！"

时而，娜娜身穿睡衣，并套了件皮袄，在地上的兽皮上爬着，嘶吼着转过头，一副要将他吞掉的样子，她还轻轻地啃着他的腿肚子开心，啃了一会儿之后，她站起身说：

"到你了，你来扮熊……我可以保证，你扮熊肯定没我像。"

这种玩法实在是太吸引人了。在娜娜扮熊的时候，她白嫩嫩的皮肤暴露着，红棕色的鬃毛包围在她的身上，让他不禁沉迷着。他嬉皮笑脸的，同样也四肢着地爬着、叫喊着，啃她的小腿，她故意显出惊恐不已的表情向后躲藏着。

"我们真的是笨蛋吗，嗯？"玩到结束的时候，娜娜常常说，"你可能没意识到你的模样有多难看，我的小心肝！行啦！真希望让杜伊勒利宫的人瞧瞧你这副德行！"

然而这种小把戏没过多长时间就无法进行了。原因并不是娜娜冷酷无情，她向来是个心肠很好的姑娘，而是在于卧室里有一种近乎狂热的氛围，在密不透风的空间里这旋风越吹越厉害。放荡纵欲让他们变得有些歇斯底里，无比快活地幻想着淫荡的刺激。以前在睡不着的夜里他们曾有过的对于上帝的惧怕，如今都变成了对兽欲、对本能的期盼，他们不顾一切地想以四肢走路，要大声吼，要吃人。一天，米法扮狗熊玩得最开心的时候，娜娜从身后出其不意地推了他一下，直推得他的头碰到了一件家具上。眼瞅着他额头上起来的大包，娜娜不由自主地放声大笑。打那以后，她把注意的焦点放到了伯爵身上，包括以前在拉·法卢瓦兹身上搞过的实验也转到了这儿。她像管牲畜一样管教伯爵，鞭子时不时地落到他身上，并且还拳打脚踢。

"吁！……你是一匹马……驾！吁！让人烦的老马，怎么还不快点走！"

有时，他又扮成一只狗。娜娜将自己香气四溢的手帕向屋子的一角使劲地一扔，米法就连忙手脚并用地爬过去，以牙齿把它拾回。

"去把手帕拾回来，恺撒！……等会儿，要是你耍滑头的话，我一定会给你点厉害瞧瞧！……嗯！不错！恺撒！真是太好了！真听话！……行了，现在后腿直站起身。"

他对这种卑躬屈膝的举动很喜爱，将扮牲畜看成是妙趣横生的乐事，心里还盘算着让自己的地位再低些。他大叫着：

"打得再狠些……汪汪！我是发了疯的狗！使劲地打呀！"

娜娜有时又突发奇想，一天夜里，她非得让他穿上侍从长官的正式朝服来拜见她。他遵命，穿着华衣美服来了：挎上佩剑，戴好帽子，雪白的短裤，红色的呢礼服上金色的流苏飘动着，衣服的左下襟上拴着一把装饰性的钥匙。娜娜一见他这副模样，忍不住哈哈大笑，非常放肆地笑话他，特别是身上缀着的那一把钥匙，更让她笑得乐不可支，看着钥匙她神飞心动，讲了一些特别无耻的话。对于声名显赫的大官，她没有一丝一毫的尊重，在他身穿体面的朝服的时候践踏他、羞辱他是最能让她开心的事了。那时的她纵情欢笑，拿手使劲地晃他、捏他，并对着他大喊："呸！滚到一边去！侍从官！"最终还用力地踹了一下他的屁股。这是她发自心底的对这个社会的蔑视。她恨不能将整个杜伊勒利宫踩到脚下，将那些作威作福、人人恐惧和神气活现的皇室也践踏在脚下。这是她对皇室的复仇，一种隐藏于她的心灵深处连她自己都不知道的仇视心理，这种心理遗传自她家族的血液中。之后，侍从长官将官服脱下来，平放在地上，于是她让他向官服上踩，他照踩不误；她又命令他向官服上吐口水，他也唯命是从；她又让他践踏金线流苏，践踏鹰徽，践踏勋章，他都一一照办了。就这样，哗啦啦，什么都碎了，一切都只留下片片残渣了。她敲碎一个侍从长官就和她打碎一个小瓶或是一只糖果盒没什么两样，一切都轻而易举，东西碎了之后就成了破烂，成为街边上的一摊污泥。

到了交货的日子，做床的金银匠却没如期而来，到了一月中旬的时候才将那张床送过来。这时，米法恰巧到诺曼底去处理他仅存的一点财产。娜娜急等着四千法郎用。原本到后天他才可能回巴黎，然而这桩生意一谈妥，他片刻没留，急急忙忙地赶回来了，他一到巴黎就到维里埃大街那儿，连自己的家都没去看看。此时，十点的钟声刚过。他手中有一把钥匙能打开卡尔迪内街的小门，因此他直截了当地来到楼上。佐爱正在楼上的客厅里为铜器作清扫呢，见他一露面，佐爱直吓得目瞪口呆，她惊慌失措不知如何是好，到底该不该拦，于是就哆哆嗦嗦说着，韦诺先生昨天夜里起就始终在找他，都来过两次了，留下话：要是先生没先回家直接来到夫人这儿，让夫人一定要告诉先生赶紧回家。米法听着佐爱唠叨着，搞不清楚这是为什么：然后，他观察到佐爱精神紧张，在伯爵的心里，他认为自己不再会嫉妒了，可这时一股火猛地窜上心头，因为卧室里有轻浮的笑声传到了他耳中，他一下子顶到门上。卧室里的门根本没关严，在他用力地一顶之下，两扇门随之而开。佐爱晃晃肩膀走开了。自作自受！谁让夫人总是胡作非为！她能闯祸，就让她自己应付吧。站在门前的米法，一瞧见里面的场面，禁不住大喊：

"天呀！……我的上帝呀！"

卧室经过再次修饰之后，更显金碧辉煌了，就跟皇宫一样的奢侈华丽了。茶玫瑰色的金丝帷帘上的银星在闪闪发光，那帷帘的颜色近乎肉色，一到天高气爽的傍晚，白天即逝，金星即将在地平线上闪耀之时，昏暗的天空中出现的颜色就和这一模一样。金黄的穗子和细绳从房间的四角坠下来，卧室的墙壁被金黄的流苏点缀着，流苏看上去好似星星点点的火苗，又仿佛是飘散着的红棕色头发，让卧室里的墙不至于太单调，与此同时，也更显出了屋子里的荒唐淫乐的气氛。他的目光所及之处正是银制的卧床，这张银光闪闪、精工细作的床流光溢彩。这床是一个宝座，只是这个宝座太过宽大，可以让娜娜在上边

414

尽情展示她那一丝不挂的身子；这床也是个奢华的拜占庭样式的祭坛，和她那魅力十足的性器官相映生辉。这个时刻，娜娜正在这个祭坛上炫耀着自己的性器官，浑身光溜溜的，恬不知耻地炫耀。就如同一尊让男人日思夜想、也让人害怕的塑像。在她白皙的胸部的辉映下，一个无羞无耻、步履蹒跚、滑稽又可恶的老头子正躺在女神的胸上，这个老家伙就是德·舒阿尔侯爵，此刻穿着睡衣的他正贪婪地享受着胜利女神的身体。

伯爵的双手合十，全身都在猛烈的抖动着，口中反复地说：

"天呀！……我的天呀！"

如此说来，床边上那一团团在金色叶片中怒放的金色玫瑰，全是因为德·舒阿尔侯爵的到来而摇曳多姿的啦；床头银栏杆上雕刻的那些顽皮而又温柔可人、笑逐颜开的小爱神，也都因为想偷偷观望着德·舒阿尔侯爵而低下身子的啦；在床脚的那个人身羊脚的农牧神也是因为他的光临而掀开蒙在夜神身上的薄纱的啦。纵情狂欢之后的夜神，此刻正在兴奋之后昏昏沉沉地休息着，夜神的样子，就连那丰满的屁股也都完全是娜娜一丝不挂的翻版，熟识的人一见就能认出来。有六十年的放荡经验的侯爵已经开始烂掉、崩溃了，在娜娜光彩照人的裸体边，他看上去就如同是人类的残肢断骨，让人不禁想到停尸房里的一角。一瞧见卧室的门被撞开，他就如一个神情痴呆的老家伙一下回过神来，强撑着坐起身。经过昨晚整整一夜的做爱，他全身的力气都被掏空了，仿佛又缩回到了幼年时，目瞪口呆，说不出话。他半边身子虚软无力，动也动不了，愣愣地待在那儿，浑身直发颤，想跑却没劲，只是做个姿势而已；他的内衣也被卷了上去，发灰的瘦腿上布满了灰灰的毛，伸在毯子外面。尽管娜娜气愤得很，可瞧见他这个样子，还是控制不住地露出笑意。

"躺回去，进被子里。"边说着边一下将他按了进去，并拿床单盖住他的头，似乎他是无法见人的肮脏物。

她从床上起身将卧室的门关好。真倒霉，怎么就让她的小傻蛋撞见了呢！他常常是在最不该来的时候出现。他干吗非要到诺曼底去搞钱？德·舒阿尔这老家伙送来了她急需的四千法郎，那她自然是随他的意了。当她将房门关好的时候，提高声音说：

"自作自受！全都怪你自己。哪一个让你不敲门不经允许就闯进别人的房间的？呸！我现在也无法忍受了，滚吧，走好！"

被拦在门外的米法，神色痴呆地立在那儿，刚刚的场面，使他像受了雷电打击似的晕头转向。他从腿到胸口、再到大脑一直不停地在发颤，而且越来越严重。接下来，他仿佛是一棵被飓风狂吹的小树，身子摇晃着，终于全身软绵绵地缩到地上，骨骼关节都发出了声响。他悲痛欲绝地摊开双手，自言自语地小声说：

"实在是太不成体统了！天呀，我无法忍受了！"

曾几何时他包容了一切，然而这一次，他无法再容忍下去了，他已经疲惫不堪，他整个人从头到尾全都沉浸到漆黑一片中，他虔诚的宗教感情忽然强烈起来，他的双手不断升高，他在呼唤着上帝，寻觅着天堂。

"啊！不，我不想这样！……啊！拯救我吧，上帝！救救我吧，让我去死吧！……啊！不，无论如何不可以是他呀！上帝！所有的都毁灭了，收留我吧，将我领到您那儿，别让我再有意识了……天呀！我整个心都给你了，我的上帝！我们的天父！"

他虔诚的宗教仿佛烈火一样熊熊燃烧，他不停地在祈祷，狂热的祷词情不自禁的自他的口中发出。此刻，有个人在他的肩上按了一下。他抬起头，映入眼帘的是韦诺先生，见他在一扇关得紧紧的门前念念有词，这让韦诺感觉很奇怪。而伯爵呢，好像看到了上帝在听到他发自内心的祈祷后来到了他眼前，因此他三步并做两步地赶上前去抱住小老头的脖子。他总算能放声哭出来了，抽抽搭搭，口中反反复复地喊道：

"兄弟……兄弟……"

这喊声一发出，他身心的苦楚就减轻了不少，也获得些慰藉。他的泪水也弄湿了韦诺先生的脸，他边亲着韦诺先生，嘴里还时断时续在说着：

"啊，兄弟！我真的好难过呀！……如今我拥有的只有你了，兄弟……领我离开这儿吧！天呀！怜悯怜悯我吧！"

因此韦诺先生也将他拥抱入怀，也称他为兄弟。然而他带给米法的是一个出乎意料的重击，他对他说了一个不好的消息。自从昨天开始，他四处搜寻他，就是想对他说：萨比娜伯爵夫人一时昏了头，看上了一家大百货公司的经理，和他一起出逃了。这件骇人听闻的丑闻已经传遍了整个巴黎，人们都在众说纷纭。瞧伯爵的宗教感情正达到高潮，韦诺认为这时的机会再好不过，因此就立刻将这伤心的事讲给他听，向他讲明他的家庭已经完全毁了。然而伯爵听到这条消息之后，反映平淡：妻子跟人私奔了，又有什么关系，走着瞧吧。这会儿烦闷又笼罩着他，带着满眼的惧怕，他死死地盯着那扇门，又望着屋子和各个墙角、天花板，口中一直在哀求着：

"将我领走吧……我无法再容忍了，将我领走吧。"

伯爵如同一个孩子一样被韦诺先生领走了。自此之后，米法总算又全部归属于他了，米法再一次完全地沉浸在宗教的情感中，恪守着教义。他的生活已经乱成一团了。杜伊勒利宫对他的所作所为很是不满，无奈，他只得放弃侍从长官的官位。如今他的女儿爱斯泰勒又在起诉他，声称她的一个姑妈曾留给她六万法郎的遗产，当她成家之时就可以拥有，这会儿要求他支付。伯爵早就入不敷出了，只不过是用他那仅存的残留财产支撑着，接着伯爵夫人又把娜娜看不上的那点财产吃得一干二净。娜娜的荒唐淫荡的行为给萨比娜做了个坏榜样，萨比娜做事只图自己痛快，不顾别人的感受和实际情况，她是家中腐烂的根源，整个家都由于她的胡作非为而瓦解了。就在萨比娜在外面做了不少令人唾弃的恶行，重新回家后，他也遵循着基督教的教义百般容忍，再次和她共同生活。她在他的身边，时刻提醒着他这是羞辱的实例。然而，对于这些，他渐渐地不在意了，到了最终，对这些事情

417

他的感觉已经麻木，也不再会有心痛的滋味。老天在娜娜的手中将他拯救了出来，目的就是要将他再一次皈依宗教。因此他在娜娜身上有过的肉欲快活，这时都转化为虔诚的信仰。曾有过的自言自语，曾经的忏悔，曾经的悲观失望，曾经看不起自己，再一次显现出来。一个被上天惩罚的人，一个碎身于泥土里的人，常常会有这样的不自信。在教堂最深处，尽管教堂的石板将他的膝盖冰得凉凉的，他却再一次获得了曾有过的快活，肌肉跟以前相同的颤动，头脑中和以前一样晕乎乎，他生命中那些说不清道不明的要求，也跟以前一样得到了充分的慰藉。

在伯爵和娜娜彻底断绝的那天夜里，米尼翁也到过维里埃大街。他现在和福什里和平共处，已经成了日常生活中的一部分，并且他逐渐意识到自己的妻子有个情人的益处真是数不清呀。如今他能够将家中日常的琐事全都放心地让新闻记者去安排，叫他处理家务，还可以拿他写稿赚来的钱支付家用。福什里也做出一副大度通融的样子，不想做不必要的嫉妒，当罗丝可能在外面寻觅新欢之时，他也会和米尼翁一起共想对策，所以两个男人的距离逐渐拉近，对于他们各自的地位，这样的组合都感觉非常满意。在同一个家里，他们构筑自己的安乐窝，互相接近却并无冲突，快乐祥和，什么都依照心照不宣的规矩办，所有的事都做得很好，他们俩还抢着为双方共有的快乐尽心尽力。那天夜里米尼翁到娜娜家去，就是福什里的意思，他想试试看有无将娜娜的贴身女仆佐爱弄到这边来的可能。新闻记者对于佐爱不同凡响的智慧很是满意。一个月来，罗丝招来的女仆没一个是经验丰富的，她总是被仆人搞得焦头烂额，这让她很烦躁。佐爱开门后，米尼翁不容分说地将她拉到饭厅，只不过刚刚露了个话头，笑容可掬的佐爱就很委婉地声称不行，如果她要走的话，她想自己做点小买卖；然后，她又以一种有些自豪的口气加了句，天天都有人来和她说这事，每一个太太都将她视为宝物般地抢着要她呢，布朗施太太曾说过，要是她愿意去的话，一定有座金桥来迎接她。实际上佐爱想做的是特里贡那样的生意，对这个方案她早就深谋远虑，经过好一番筹划了，她要将自己的全部钱财都投到这上面，以更好地完成这个宏大的雄心壮志。她头脑里充满的都是些大买卖，她打算将拓宽买卖，租一个公馆，里面要配备各种游乐的设施。就因为这，她曾使出浑身解数想收买萨丹，然而那个小笨蛋却是不停地作践自己，这会在医院里病快快的，眼看着就没命了。

米尼翁固执己见的非要她去，他对她说干买卖风险太大了，然而佐爱并没有告诉他自己要干的是什么买卖，她勉为其难地笑了笑，似乎嘴里嚼着糖果一样，接着说：

"啊！纸醉金迷的买卖不管怎么样都有钱赚的……您了解吗，我替人管理家务时间不短了，如今我也打算让别人到我家为我服务了。"

她的嘴翘着，丑态毕现。她也就要当太太了，她为这些妓女做了十五年洗碗的活，如今她也有钱了，她要她们拜倒在她的脚下。

米尼翁麻烦她进去说一声。佐爱跟他说太太今天的情绪不佳，之后让他等着就走了。米尼翁来过一次，对这儿他不是很了解。客厅里挂着戈贝兰挂毯，餐厅中布满了餐具柜和银餐具，这一切都让他万分震惊。他随心所欲地打开各个屋子的门，对客厅和冬季花园浏览了一番之后，又返回了前厅；这种奢侈豪华的气派，镶金镀银的家具、丝绸和锦缎，一点点地征服了他，让他完全沉迷于其中，心跳不已。当佐爱走下楼来请他上去的时候，还颇为热情地请他欣赏了一下另外的房间，也就是楼上的梳妆室和卧室。一进入卧室，米尼翁的整个身心都沸腾了，他兴高采烈，激动异常，这让人心动的娜娜真是出乎他的意料，他可是一个什么大场面都经历过的人呀！尽管这个房子已在瓦解的边缘，尽管挥金如土，尽管走马灯似的更换仆人每一个都连偷带拿，然而堆积起来的金钱却可以将所有的空洞填平、裂纹抹平。而对着这些雄奇、优秀的精美艺术品，米尼翁不禁联想到一些波澜壮阔的大工程。有人在马赛的附近带着他看过一个引水渠，水渠的石拱横跨在一个深渊之上，工程庞大，投入了几百万法郎，外加十年间的辛勤劳作。在瑟堡，他看过一个正在动工兴建的港口，整个工地一眼看不到边，成百上千的工人在阳光下挥汗如雨，机器将整块整块的石头搬运到海中，人们打算在那儿围起一道墙，不时有干活的工人被石块压得鲜血淋漓，甚至是失去了生命。然而在他的眼中，这些都算不了什么，娜娜比这些东西更让他钦佩。在娜娜创造的奇迹面前，一种油然而生的敬意涌上他的心头。他想起了有一次出席一个晚宴，那是由一个炼糖厂的厂主筹办的，晚宴就设在厂主的府上，当时他就产生过这种敬意。那座新房子说它是一座金碧辉煌的宫殿一点也不为过，然而最让人惊奇的是，建造这个宫殿所有的东西只有一种：糖。可是对娜娜而言，她靠的却是另外一种小东西，一个根本不值得一提、人人不以为然的小东西，也就是她娇娇弱弱的胴体上的一部分罢了；这个上不了台面却又魅力四射的小东西，让人挡都挡不住，它的威力巨大，直搞得世界大乱。就是有了它，娜娜独自一人，用不着工人以及工程师设计的机器，就撼动了整个巴黎，积累起了享不尽的万贯家财。可是在这些财富的下面，铺垫着数不清的尸骨。

"嘿！他妈的！这个东西真是威力巨大！"在经过了沉思半晌之后，米尼翁随口说出了这句话，心里还有着不胜羡慕的情绪。

娜娜一点点地沉浸到心情过度悲伤的情况之中。刚开始，侯爵被伯爵不期然碰见这件事让她的神经大受刺激，不时会莫名其妙的纵声大笑。之后又记起侯爵那个老家伙让她给折腾得只剩半条命，坐着雇来的马车灰溜溜地离开了。又想起了那个被她气得发了疯的小傻蛋，今后不能再见到他，她的内心就好像有些悲伤难过。然后，她又得知已有十五天不见影子的萨丹此刻正躺在医院的病房里，更是坐立不安，在拉利布瓦兹埃尔医院奄奄一息的萨丹此次生病，都是罗贝尔夫人一手造成的。她下指示备车，她要再去见这小娼妇一面，然而佐爱却从容不迫地对她说她要离开，不在这儿干了。娜娜一听到这话，立刻觉得失去了重心，悲痛欲绝，就好像家里死去了一个至亲的人似的。天呀！就留下她一个人，这可如何是好呀！无奈，她只得哀求佐爱不要离开。看到夫人求告无门的样子，佐爱心里暗暗高兴，她走上前去亲了亲夫人，她对夫人说她没和夫人斗气，然而她一定要走，她打算做些小生意，一提到生意就无法再顾及感情了。那一天，可真是祸不单行呀！麻烦接连不断地到来，直搞得娜娜心绪大乱，无论如何也不想出去了。她像霜打了的茄子似的，蔫头蔫脑地步履沉重地来来回回在小客厅中走着。这时，拉博德特特地来通知她，有一个绝妙的机会，能让她得到最精美最华丽的花边。可是说话的时候，一不小心说出了乔治死去的消息。娜娜一听，身子就像是坠入了冰窖。

"乔治死了！"她失声大叫着。

她的眼光下意识地搜寻着地毯，想找到那块褪了色的血迹，然而血迹不见了，川流不息的脚步让它再也看不清了。这时，拉博德特又将事情的情形事无巨细地描述了一番：乔治的死因到目前为止尚未有定论。有人认为是伤口裂开，病痛复发，也有人声称是自尽而死的，在丰代特的一个水池里自溺而死。

"死了！死了！"

从大清早起，娜娜的心里就堵得难受，这会儿终于毫无顾忌的大哭起来，哭过之后，心情倒恢复了不少。一种说不尽的哀伤，像石头一样重重地压在她的心头。就乔治的事，拉博德特本打算劝说她，但是她手动了动，截住了他的话头，磕磕绊绊地说：

"不光是乔治，所有的都让我不好受，所有的……我实在是太不走运了……哦，我想通了！他们肯定又要诬蔑我是个害人精了……丰代特那里满面愁容的母亲，今天清早跪在我卧室门前哀叹的男人，以及那些和我一块挥金如土、弄到今天家财荡尽的其他男人，他们全都会如此说的……要是如此的话，那就让他们在暗地里骂吧，就说她不是个东西好了！哼！我无所谓，他们说的话我全都知道，就跟我亲耳听到的那样清楚。这个娼妇和任何一个男人都上床，她将这些男人的钱挥霍个精光，抢完了一个，又掠夺下一个，还将一些人逼上绝路，让好多人难过……"

421

泪水哽住了她的喉咙，只得将话暂停！她极度悲伤地卧倒在一张长沙发上，将头深深地藏在一个靠垫里。她觉得身边的痛苦，以及她带来的痛苦，此刻正随着悲哀的热泪，滚滚而出。她如同一个小女孩似的喃喃自语着，声音不断地变小。

"哦！我太不幸了，太不幸了！……我无法忍受了，心里堵得难受……别人不能体谅我，眼睁睁瞧着别人合起来打击你，因为他们人多势众，这真是让人不堪重负……但是，如果你并没有什么能让人攻击之处，如果你是无愧于心……天呀！实在是难以忍受呀！难以忍受呀……"

悲愤到了极点，她奋起抗击了。她站起身，擦干泪水，神情激动地来回走着。

"不，我无所谓，随他们怎么说，不管怎样那些都不是我的过错！莫非我存心不良吗？我贡献了我的每一样东西，即使是一只苍蝇我也不忍心弄死……都怪他们自己……的确。都怪他们自己！……我总是千方百计地让他们快活。他们一直围着我。等到他们的钱都用完了，变成叫花子了，于是就故意弄出一副悲观失望的样子……"

说完这些，娜娜在拉博德特跟前站住，用手按按他的肩膀：

"喂，这些事你可都知道得清清楚楚，你平心而论……难道说是我强迫他们做这些事的吗？不就是他们一群群地到我这儿来找乐子，比哪一个的花样最无耻最多的吗？一想起他们，我就厌烦透顶！我竭尽全力地控制我自己，不被他们带坏，我实在是很担心……听仔细，我跟你说一件事，他们每个人都想和我结婚。瞧瞧，绝妙的主意！真的，亲爱的，要是我肯的话，我做二十次伯爵夫人或是男爵夫人都不成问题了。但是我一概没答应，主要由于我是一个善解人意的女人……唉！由于我心肠好，让他们少做了那么多犯法的事和不可见人的举动呀！……不然的话，他们甚至会去拦路掠夺，暗算父母。要是我肯要求，他们会义无反顾地去做。然而我什么都没说，……可现在你看看我的报酬是什么……就说达盖内吧，这小子要不是我，怎么可能娶到伯爵的女儿，我帮他定下这门亲事，那时他穷得叮当响，是我一文不收地让他白住了好几个星期。他能有今天的地位，全都是我的功劳。可是，昨天我在街上见到他的时候，他居然将头扭到一边，装作不认识我的样子。哼！滚蛋吧，你！小杂碎！你比我脏多了，敢嫌我！"

这时，娜娜又在屋里来来回回地走着，猛地打出一拳，使劲地打在一张单腿的小圆桌上。

"他妈的！实在太没道理了！这个社会有问题。事情明摆着是男人们有这样的需要，可是非却全由女人来顶……行了！眼下我对你实话实说：我和那些男人做那种事的时候，从来就没有快乐可言。他们只能是让我从心底里讨厌！……如此这样，我倒想请教一下你，这种事情该由我背黑锅吗？……唉！不骗你，他们确确实实把我烦得要命！亲爱的，要不是他们，如今的我也不是这副德行，我可能早就皈依宗教，侍奉上帝了，我向来都是个虔诚的教徒……一句话，要是他们赔光了钱又搭上了命，那也是自作自受！怨不得别人！至于我，就更没过错了！"

"那是自然。"拉博德特满口应承着。

佐爱领米尼翁来到屋子里，娜娜笑容可掬地欢迎他；她的泪水已经流过了，如今什么都过去了。然而米尼翁内心的钦佩之情还余波未平，张嘴就对娜娜屋子的精美摆设、布置赞不绝口。然而娜娜却对他说，对于这个公馆中的东西她早就看腻了，还说她如今还有别的想法，也许过不了几天，这所有的都将会被卖个精光。然后，米尼翁为自己的此次造访找了个理由，声称是帮博斯克那个老家伙举行一次慈善演出，由于他全身瘫痪了，整个人都躺在扶椅中无法活动。对此娜娜深表同情怜悯，预定了两张包厢票。此刻，佐爱来通知说马车套好了，正等着夫人呢，于是娜娜吩咐将帽子拿给她，接着边系好帽子边将萨丹生病的事说给他们听，最后还加了几句：

"我得去医院……从未有人比她对我更好了。啊！怪不得人们都说男人没一个好东西，这句话绝对正确！……天晓得？或许她就要死了，那也没什么关系，我无论如何都得去见见她。我好想亲亲她。"

拉博德特和米尼翁脸上都露出了笑容。娜娜伤心的事已经过去了，也笑了笑。这两个人还不错，和别的男人不一样，他们也能体谅她的心情。娜娜将手套的扣子弄好，这两个男人静静地站在那儿，专注地看着娜娜赏心悦目的身影。她孤身一人挺立在公馆中累积起来的财宝堆中，数不清的男人一个个地都臣服在她的脚下。就如同古时候的妖精一样，居住的地方白骨遍地开花，她脚下踩着的是人的头骨。发生在她身边的事全都是祸事：旺德夫尔投身火海；富卡尔蒙孤苦伶仃地飘零在地中海上；斯泰内身无分文了，现在只能是安安分分地苟延残喘！拉·法卢瓦兹的虚荣心得到了充分地享受；米法一家分崩离析；乔治的尸骨未寒，昨天刚刚出狱的菲利普正坐在旁边守护。娜娜到处播撒破坏和死亡的任务干得很出色。这只从贫民窟的破烂堆中起家的苍蝇，浑身沾满了瓦解腐烂社会的酵母，飞到那些男人身上，将他们一个接一个地消灭掉了。做得非常好，非常公平，她为她出身的阶级报了仇，也为叫花子和被压迫的人雪了恨。她以女人特有的武器在耀眼的光芒中不断升华，照耀着那些被击败的男人，就好像刚刚升起的太阳映射着一片经过刀光剑影的战场。可是她还是跟一个没有头脑的优秀牲畜似的，一点也不清楚自己肩负的责任，她一直是一个心地善良的妓女。她身材丰满，还是那么健壮，那么活泼。在娜娜看来，这些都没什么大不了的，她认为自己的公馆看着那么别扭，太小了，好多家具都无处可放，整天挡路碍事，屋里所有的东西都没什么大用了。她不得不思考要东山再起。实际上她真的在谋划着更光明的前景，因此她装饰得漂漂亮亮去最后一次亲吻萨丹。她看上去整洁怡人，肥壮健康，光彩照人，好像她根本就没干过皮肉生意似的。

第十四章

娜娜一下子没了踪影；又是一次不告而别，也许是隐身于海外逍遥自在呢。在离开之前，她干了件让人兴奋不已的事，也就是将她的公馆拱手出售。她的所有，包括：房子、家具、首饰，就连化妆品和睡衣裤也全都卖了个干干净净。人们说，娜娜的这次拍卖的总额大约有六十万法郎。在快乐剧院上演《仙女梅侣茜娜》这出梦幻剧时，是巴黎的人们最后一次看到她的身影。这出戏是两手空空的博尔德纳夫又一次破天荒的尝试。这回，娜娜和普律利埃尔、方堂共同出演，在剧中她演的是一个不起眼的一个哑角，然而，她的戏却是整个剧中最光彩夺目的，她演的那个法力无边而不出声的仙女，总共在台上显身三次。这次演出大获成功，博尔德纳夫向来对大肆鼓吹情有独钟，此次他在巴黎张贴了无数的巨幅海报，这引起了巴黎人浓厚的好奇心，人们争先恐后地想瞧瞧这出戏。然而在一个阳光明媚的清晨，他发现娜娜不见了，有人说娜娜早就准备好了，在头天夜里悄悄地走了，可能是去开罗了。好像是因为她和经理嚷嚷了几句，经理说的一句话她觉得受不了，就一抬屁股走了。这个女人的钱太多了，又总是自以为是。更何况，去开罗也正是她所梦想的，她老早就盼望着能体验一下土耳其人的生活。

几个月的时间转眼即逝。娜娜渐渐地被人们淡忘了。当她的名字再一次从这些先生和太太的口中说出来的同时，伴随而来的是一些有关她的最怪诞的最不可思议的传奇。然而这些消息往往都是彼此矛盾，实在令人难以置信。有人声称，娜娜让总督为之倾倒，被藏在深宫后院中，有两百名奴隶供她驱使，她常常以让奴隶们掉脑袋作为消遣。也有人说完全没这回事，她和一个身强体壮的男人胡搞在一块，自己折磨自己，在开罗过着肆无忌惮的狂放日子，她坠进肮脏不堪的迷恋之中，结局惨得很，连件遮体的衣服都没了。十五天之后，又有了令人震惊的消息：有人信誓旦旦地声称在俄罗斯亲眼见过娜娜。这样一种说法渐渐得到公认。她成了一个俄国亲王的情妇，浑身戴满了亮晶晶的钻石。没多长时间，每一个女人就从这传言中将那些钻石的样子说得惟妙惟肖，仿佛她们都亲眼见过似的。然而没人能知道这消息确切的来源是哪儿。人们传说她有好多的珠宝：像戒指呀、耳环呀、有手镯呀、还有一条有两个手指那么宽的项链，一顶皇后才有的王冠，光是王冠中间的那颗熠熠发光的钻石就有大手指一样粗。她似乎悄悄地消失在遥不可及的国度里，可还是那样一个镶满宝石、浑身闪光的偶像，周身闪耀着让人捉摸不透的光环。如今只要一说到娜娜的名字，人们都不由自主地生出尊重之情，而且还带有一种说不清的崇敬，在蛮荒之地，她可是腰缠万贯呀。

见卡罗利娜·埃凯正在旁边的商店里买东西。露西赶紧喊住了她，急急忙忙对她说：

"吃了晚餐了吧？你晚上有时间吗？……那么，亲爱的，和我一起走吧……娜娜回来了。"

卡罗利娜二话没说就上了马车。露西继续说着：

"你听说了吗？亲爱的，或许就在我们聊天的这功夫，她可能就死掉了。"

"死掉了？这怎么会这样？"卡罗利娜吓傻了，大喊着，"她在什么地方？什么病？"

"在豪华大饭店……是天花病……嘿！这得从头细说啦！"

露西下令让她的车夫快点走。因此马车就顺着皇家大道在林荫路上疾驰飞奔，露西时断时续、接连不停地从头到尾说了一遍娜娜的经历。

"你真的是难以猜想……娜娜从俄罗斯回来了，我也搞不清楚原因，可能是和她的亲王吵嘴了吧……行李被她扔在火车站，自己径自到她姑妈家去了，你没忘了那个老太婆吧……她一到那儿就趴到孩子身上，她的孩子正在出天花，次日就没命了。她和姑妈大闹了一番，可能是她给姑妈邮了好多钱，然而姑妈没见到半文……孩子似乎是由于没钱看病而死的；一句话，这孩子没人关心，又没有人细心照顾，自然小命难保了……接着，娜娜就离开了。她住进了一家饭店，正打算去拿行李的时候，碰到米尼翁……娜娜觉得身体难受得很，浑身直打寒战，胃里直翻腾，于是米尼翁送她回了饭店，并应承替她去火车站取行李……如何？怪事吧？莫非是早就经过安排的吧？然而更令人惊奇的事还是后面呢：罗丝一听说娜娜病倒了，考虑到她孤零零的一个人待在有家具的房间里，特别生气，马上痛哭流涕地赶到那儿护理她……你还能想起她们俩曾经是多么的不共戴天吧，的的确确是一对冤家！亲爱的，你能想到，罗丝立刻让人将娜娜搬到了豪华大饭店，她坚持无论如何也得让娜娜在一个体面的地方死。娜娜已经在那儿躺了三个晚上了，现在就是静候死神的到来了……这些全是拉博德特跟我说的。我打算去瞧瞧……"

"是呀，是呀。"异常激动的卡罗利娜插了一句。"我们马上到楼上探望她。"

她们抵达了目的地。林荫大道上不少车辆和行人拥挤着，车夫只好让马停下，今天白天，立法议会投票决定同普鲁士打仗，人们从各地聚到这儿，仿佛流水一样顺着人行道，来到大街上。玛德兰教堂那边，西下的太阳被一块鲜红的云层遮住了，红云折射的光线把高处的窗户映得通红。天已经黑了，这正是沉寂和悲伤的时刻，远处的马路慢慢消失在夜色中，不过煤气灯还没有点燃，往前走的人流中发出嘈杂声，渐渐大了起来，人们没有血色的面孔上眼睛在闪亮，一股担心和惶恐的劲风，吹动了所有人的头。

"快看！米尼翁！"露西说，"他能向我们透露一些消息。"

米尼翁在豪华大旅馆的门前站着，忐忑不安，望着马路上的人流。露西一向他打听，他就焦躁地嚷道：

"我什么也不清楚！已经过了两天了，我都无法将罗丝弄下来……如此将自己的生命置之度外，无论如何都是不明智的！假如她也生了一脸麻点完蛋了，那才活该呢！我们就倒了大霉了。"

他一念及罗丝将不再如以前那样美丽，心里就火冒三丈。他已经毫不犹豫地甩掉了娜娜，不过他不清楚女人怎么会如此痴呆地从一而终。此刻福什里穿过大街过来了，他也是急切地来询问情况的。现在他已和米尼翁非常亲密了。只见他们俩，彼此热情地推推搡搡。

"还是老样子，老弟，"米尼翁说，"你应该到上边去一下，你逼着她和你一起下来。"

"咳！你可真不错，老兄！"福什里说，"你怎么不亲自去呢？"

露西向他们问娜娜在哪个屋子住，他们就请她顺便让罗丝下来，如果不下来他们可要发火了。不过露西和卡罗利娜并没有马上走，她们发现了方堂，只见他双手放在口袋里，正在大街上闲逛，人们面孔上的异样神情让他感到非常有趣。他得知娜娜在楼上病得卧床不起的时候，马上扮出怜惜的神情说：

"不幸的姑娘！……我要到楼上和她握握手……她怎么了？"

"得了天花。"米尼翁说。

方堂本已向院子走了一步，得知是天花就退了回来，他抖了一下，仅小声说了一句：

"哎哟！我的上帝！"

天花可太厉害了。方堂在五岁的时候就几乎患了天花。米尼翁说他有一个侄女也是得天花送了命的。至于福什里，他对天花更有发言权了，他也患过天花，鼻梁上端还残存着三个麻点呢，他展示给他们瞧。米尼翁说患过天花的人永远也不会得天花了，因此又怂恿他上楼；福什里立刻对这种观点进行了猛烈反驳，列出了不少事实，大骂大夫毫无根据。此刻露西和卡罗利娜看到人渐渐多了起来，非常奇怪，就拦住了他们的话头：

"瞧哇！瞧哇！人渐渐多了。"

天彻底黑了下来，远处的路灯一盏盏都点着了。此刻窗口上观望的人能够瞧得明明白白，街边的树下，人流时时刻刻都在增加，从玛德兰教堂到巴斯底那边已经聚集成一条宽阔的洪流。马车只能缓缓往前挪动。这拥挤不堪的人群现在还没有传出叫喊声，不过已经发出嗡嗡的嘈杂声，所有的人都是迫不及待地打算参加群众行列而徒步走到这儿来的，他们都笼罩在相同的疯狂中。猛地一阵混乱，人群推搡着朝后涌去，在一群群有些间隔的人堆里，出现了一群扣着鸭舌帽，穿着白工装的人，口中有规律地高呼着整齐得仿佛铁锤打在铁砧上的口号：

"挺进——柏林！挺进——柏林！挺进——柏林！"

人们的视线集中在他们身上，目光中充满了失望和难以相信，可是还是得到了些勇气和兴奋，就如同有一支军乐队在行进一样。

"来吧，来吧，去战场上为国捐躯吧！"忽然米尼翁发出一连串的感慨，嘀咕着。

觉得这场面非常了不起的唯有方堂。他宣布他将去参军入伍。敌人已大兵压境了，每一个公民都有责任和义务挺身而出捍卫国家。他说这番话时表现出的样子，似乎是拿破仑在奥斯特利茨发表演说①一样。

"喂，您怎么回事，和不和我们一块上楼？"露西问方堂。

"不，我不上去，"他答道，"去沾满身的病吗？"

有一个人坐在豪华大饭店门前的长椅子上，以手绢遮住了自己的面孔。福什里进来之时就偷偷地对米尼翁挤眉弄眼，示意他留心一下这个人。如今，他还是坐在那儿一动不动；确信无疑，他一直是静静地坐在那儿。新闻记者又将露西和卡罗利娜喊过来，指点着要她们注意那个人，恰好在这时，那个人仰起头，她们忍不住喊出了声，那个人她们都很熟悉，正是米法伯爵，他恰好仰起脑袋朝楼上的一扇窗子瞧了瞧。

米尼翁说："你们要清楚自大清早开始，他就一直守候在这儿。早上六点钟的时候，我已经瞧见他坐在这儿了，到了这会，他还在这儿，根本就没动过……在拉博德特将这个消息跟他说了之后，他立刻就动身来到这儿，以手绢遮住面孔……只要过三十分钟，他就会迈着沉重的步子磨磨蹭蹭地来到我们这里，问一声楼上的病人是否有好转

① 一八〇五年拿破仑在奥斯特利茨将奥俄联军打得落花流水，成为拿破仑最有影响的战役之一。

的迹象，之后再一次走到那儿坐等着……自然，那个房子里太不干净，他也是个人，无论他如何爱那个人爱得死去活来，他也不希望自己染病致死吧。"

伯爵木然地抬眼注视着在他身边所进行的任何事情，对他而言，这些都不存在，根本连一点意识都没有。对即将开战这件事，他肯定是一无所知，在他周围无数人们的高声呐喊他也充耳不闻，一点儿觉察都没有。

"喂！他过来了，你们注意点吧。"福什里说。

伯爵真的起身，从长椅子那儿走开，迈进了饭店高高的大门。然而，看门的人都看熟了他这张脸，还没等他开口，就粗声粗气地喊道：

"先生，她死了，刚死了一会儿。"

娜娜离开了！这对每个人都是一个不幸。米法沉默不语，来到长凳上坐下来，依旧用手帕蒙住面孔。其他的人都尖声大喊起来。不过他们的话又被淹没了，又有新的一群人路过，高喊着：

"挺进——柏林！挺进——柏林！挺进——柏林！"

娜娜离开了！这简直不可思议，她是何等美丽的一位姑娘！米尼翁长出了一口气，心里不再沉闷了：罗丝终于能下楼了吧。人们都觉得有一丝凉意。方堂在思考着一个悲剧的人物，扮出一副伤心不已的样子，垂着两只嘴角，眼睛往上看，露出了白眼；而福什里呢，尽管他这个无足轻重的新闻记者非常喜欢开玩笑，对所有的事都不庄重，此刻也动了真感情，惶恐不安地咬着他的雪茄。不过两个女人还在尖声大喊。露西最后一次和她碰面是在快乐剧院；布朗施也是最后一次在《仙女梅侣锡娜》剧里碰到她。啊！亲爱的，当初她在一个水晶山洞里亮相，太伟大了！这里的几位先生对当初的她也记忆犹新。方堂饰演雄鸡王子。他们的回忆被激活以后，就漫无边际地说起详细情况来了。的确，她那红润的面孔在水晶山洞里显得完美无缺！她沉默不语，剧作者们连一句台词都没给她准备，写了反而显得画蛇添足；没

430

有，什么都不说，如此效果倒更棒了，如果她一亮相，就可以让观众魂不守舍。你无法再见到和她一样的身体了，以及她的肩膀、屁股和腰身，就更别提了。她这个人居然不复存在了，这真令人难以置信！你们要清楚，她当初上身仅穿了一件紧身衣，下身仅系着一条金腰带，遮挡着整个身子，差不多全露出来了。她的身边都是用透明的山洞，仿佛水晶宫似的；钻石的瀑布，由上边飞泻而下，无数光芒四射的珍珠点缀在拱顶的钟乳石中间；附近全是透明的，一束宽宽的电光投射在清泉上，她在中间，赤裸着她的白皮肤，以及她满脑袋火红的头发，仿佛太阳一样光彩照人。巴黎将再也瞧不到她这副风采了，在水晶玻璃中间熠熠生辉，仿佛在空中的仁慈的上帝似的，让她如此离开人世，简直太没有道理了！目前，她在楼上的神态绝对非常美丽动人！

"同时我们丧失了难以估量的快乐！"米尼翁带着哀伤的口吻说，他这个人是不希望发现有价值而又令人赏心悦目的东西消失的。

他试探了一下露西和卡罗利娜，瞧瞧她们究竟目前还打不打算去楼上。当然，她们想去楼上，她们目前的好奇心更加难以抑制了。刚好在此刻，布朗施也赶到了，她上气不接下气，痛斥人们阻塞了人行道。她刚得知娜娜离开人世的消息，也大惊失色。她们一起朝楼梯走去，裙子哗啦哗啦地发出很大的动静，米尼翁跟随在她们身后，高叫道：

"跟罗丝说我在等她……让她立刻到这儿来，清楚了吗？"

"我们不清楚最厉害的传染时间究竟是在生病初期，还是在末期，"方堂向福什里进行说明，"我有一个实习医生朋友，他跟我讲人咽气后的这一阵子是最最厉害的……此刻细菌都向外散发……啊！如此意想不到的结局，我感到非常遗憾！要是我可以再和她握握手，那该是何等美满。"

"目前如此讲，又有什么意思？"福什里说。

"对呀，有什么意思？"另两个人也附和着。人数仍然在不停地增

431

加，商店里射出的光线，和煤气街灯的闪烁亮光，非常清晰地映射着两条人流，数不清的帽子在人们脑袋上移动。到了此刻，人们的热情渐渐昂扬起来，不少人都簇拥着那群身着工装的人，人们一直涌入大街中央；千万人喊着不屈而又简练的口号：

"挺进柏林！挺进柏林！挺进柏林！"

五楼的那个屋子一天十二个法郎，罗丝打算找一个朴素而像样的屋子，这是由于人去世后是用不着讲排场的。屋内有路易十三式样的大花装饰布，家具是非常普通的桃花心木家具，地板上有一张周围装饰着黑叶丛的红地毯。屋内非常寂静，此刻过道中有人谈话，低语声击破了这种寂静。

"我告诉你我们走得不对。服务员说的是往右拐……这里简直是一个军营！"

"别急，需要瞧瞧号码……四〇一房，四〇一……"

"在这一侧……四〇五，四〇三……我们绝对没错……啊，终于发现了，四〇一！是这儿，嘘！嘘！安静。"

人们都住了口，沉默着。有人清了下嗓子，因而大家都将自己的心神稳定下来。接着，一点点打开的房门中露出了露西的身影，卡罗利娜和布朗施也随之而至。然而，一进到屋里，她们都止住了脚步，在她们之先，屋里已经有五个女人了。房间里仅有一张红丝绒面伏尔泰椅①，嘉嘉正躺在那上面。壁炉旁边西蒙娜和克莱莉丝正站在那儿和坐在椅子上的莱娅·德·霍恩说着话；而罗丝·米尼翁则在门左侧、靠床前的一只小木箱的边上坐着，双眼凝神注视着那被床帷若隐若现地遮掩的尸身。每个女人全都装备整齐，帽子、手套一样不落，就如同到别人的家中参加晚会似的。然而罗丝却是个例外，什么都没有，连续三天三夜不休息地护理，现在的她已经面容惨白，浑身虚弱无力；娜娜猝然去世深深打击了她，她骇得不知所措，内心也被哀伤

① 伏尔泰椅：一种高背的扶手椅。

432

填满。一个带着罩子的灯放在五斗柜上，它发出了一道颇为明亮的光芒，将嘉嘉置身于它的笼罩之下。

"哎！真是太不走运了！"露西握着罗丝的手，嘴里轻声地说着，"我们本打算来跟她说上几句离别的话呢。"

她将身子换了个方向，打算瞧一眼娜娜，然而，灯的位置距这儿挺远，光线根本顾及不到这儿，而她又胆小，没勇气去动动灯。放眼望去，床上只是灰蒙蒙的一堆，唯有那红色的鬈发隐约能辨认得出，另外的那一块灰白色的东西，可能就是脸了。露西接着又说：

"快乐剧院的那次之后，我再也没看到过她，那时的她就坐在布景的山洞中……"

直到这会儿，始终处于迷失状态的罗丝才缓过神来，她淡淡地笑了笑，连着说了两次：

"哎！她面目全非了，她面目全非了……"

然后，她又陷入了深深的迷惘之中，如雕像般地待在那儿，一声不响。三个女人静静地站了一会儿，还是想走过去瞧瞧娜娜，于是她们向壁炉边的几个女人靠近过来。西蒙娜和克莱莉丝虽压低声音可却兴致盎然地议论着死去的娜娜的那些钻石。那些被人所传来传去的钻石确实存在吗？任何人都未亲眼见过，也许是谣传吧。然而是莱妞·德·霍恩有个熟悉的人，那人曾亲眼瞧见过这些钻石。啊！那些钻石真是硕大无比啊！况且，不仅仅是这些东西，还有好多其他的价值不菲的财物：像精致的绣花布料，价格昂贵的小工艺品，全套的纯金餐具，外加一些珍贵的家具等等，这些都是娜娜从俄罗斯席卷回来的。是真的，我的朋友，娜娜一个人就带了五十二件行李回来，而且箱子都大得出奇，三个车厢才勉强够用。如今这些行李还都滞留在火车站等着去取呢。哎！真倒霉，东西都没工夫整理人就撒手西去了，还有哇，她这次回来可是腰缠万贯呢，据猜测可能有一百万法郎之多。露西打听着，那么这么多财产哪一个有权拥有呢。还能有谁，自然是她的远房亲人了，她姑妈肯定少不了。老太婆不经意间就有了数目庞大的财产，恐怕她自己还蒙在鼓里呢！娜娜固执己见，说什么也不准人去告诉她的老姑妈，因为孩子的病死，娜娜一直对她心存不满。聊到这儿的时候，每一个女人都连声说那个孩子真是让人心疼，上次在赛马场上她们还瞧见过他，病快快的一个小人儿，仿佛是老头似的，脸上一点笑模样都没有，可见，这孩子是真的不喜欢到这个世界上来。

"到了另一个世界他可能会高兴些。"布朗施说。

"嘿！娜娜也是相同呀，"卡罗利娜插了一句，"在这世上苟活也没多大意思。"

房间弥漫着庄严肃穆的气氛，一种兔死狐悲的情绪笼罩在她们的心上。悲观的思想在侵袭她们的心头。她们有些恐惧了，在这儿长时间的谈天说地真是不明智，然而再瞧一眼死者的渴望又迫使她们留下等待。屋子里温度很高，天花板上的玻璃罩散射着灯光，似一轮圆月挂在那儿，光线照不到的地方又湿又暗。有一个满是石炭酸液的深盘子放在床下面，不时飘散出一股若有若无的味儿。不安分的风时不时地将窗帘轻轻拂起，一阵阵沉闷的轰轰声从紧挨着大街的窗口那儿进入屋内。

"她去世的时候非常难受吗？"露西问，她的眼神始终盯着一个雕着美慧三女神图形的挂钟，那个女神身上一丝不挂，脸上的笑容仿佛是歌剧中的舞女常有的那样。

被她一问，嘉嘉才似乎从她的思绪中清醒过来：

"那还用说，实在是惨不忍睹！……她咽下最后一口气的时候，我守在身边，实话告诉你，她死的时候模样难看极……你看，跟你说吧，她的样子一点也不好看……你瞧，她的身子就像这样猛地颤动着……"

但是她的话无法再接着聊下去，屋外阵阵口号声又飘进了屋里：

"冲向柏林！冲向柏林！冲向柏林！"

露西觉得屋子空气很闷，憋得难受，于是就将窗子打开，靠在了窗台边上。星光闪耀的夜空中迎面吹来了一丝带着凉意的轻风，感觉好多了。窗外映入眼帘的是万家灯火，商店的金字牌匾闪耀在煤气街灯的灯光下。楼下的来来往往的人流中混夹着好多马车，如同汹涌的波涛一样从人行道上奔腾前行，场面极其壮观。手提灯和街灯的光芒点缀在一大片密密麻麻的阴影中。然而眼下高呼着口号迎面而至的是一大堆手持火把的人，玛德兰教堂那儿一片红彤彤的光在闪烁，仿佛是一条火龙将乱糟糟的人群从中截断，零零落落地分散在人们的脑袋上，好像那儿着了火似的。一时间，露西沉迷于其中、浑然忘我了，她高声喊着让布朗施和卡罗利娜到这儿来，叫道：

"快过来呀……窗口这儿能瞧得一清二楚。"

她们三个人全都趴在窗台上，兴致高昂地望着屋外的人群。街边的一些树将她们的目光隔离开来，那些火把不时地藏身于树林之中。是一个凸起的阳台正好挡住了大门，使得她们瞧瞧在饭店门口站着的那几个先生的打算落了空。唯有米法伯爵一直在她们的视线之内，他以手绢遮掩着面孔，看上去就仿佛是一个被人抛弃的黑布包一样。这时一辆马车停在门口，马车中走出的是玛丽亚·布隆，露西看出了是她，这又是一个急急忙忙赶来的女人。然而她不是独自一人，一个胖墩墩的男人紧跟在她身后。

"噢，是斯泰内这个劫匪。"卡罗利娜说，"为什么！怎么他还被打发回科隆呢！……待会他进屋，我可得仔细地瞧瞧他是什么表情。"

于是她们全都将身子转过来恭候。然而，过了十分钟，唯有玛丽亚·布隆独自一人走了进来，她接连上错了两回楼梯。露西十分诧异地向她打听，她答道：

"他呀！哼！亲爱的，你想他可能到楼上来吗？……他愿意跟我到门口，已是天大的面子了……门口有十几个男人，都在那儿抽着烟。"

这话不假，和娜娜有过交情的那些男人全来了。他们走出来是闲来无事地散散步，瞧一下大街上发生了什么事的，碰面后彼此聊了起来；这个让人怜惜的姑娘的死让他们觉得非常意外，惊奇不已，可不久他们又若无其事地议论起有关政治和战术方面的话题来。博尔德纳夫、达盖内、拉博德特、普律利埃尔，以及其他的男人，每一个人都加入其中，队伍壮大了。男人们都很专注地聆听着方堂对于他五天拿

435

下柏林的战略方案的说明。

此刻，在病床前的玛丽亚·布隆不由得泛起一阵阵发自心底的伤心，也跟别的女人那样小声地说：

"让人怜惜的人儿！……我见她的最后那次是在快乐剧院，当时她在的山洞的布景中……"

"啊！她面目全非了，她面目全非了。"面色忧伤、失魂落魄的罗丝·米尼翁带着伤感的笑容将那句话又重复了一遍。

塔唐·妮妮和路易丝·维奥莱纳这两个女人也来了。她们足足折腾了二十分钟，整个豪华饭店被她们翻了个底朝天，一个个茶房将她俩指挥来指挥去，翻来覆去地整整找遍了三十层楼，不时还遇见那些因为害怕战争和街上乱七八糟的局面，而惊慌失措地打算逃离巴黎的人们。所以，她们一到房中，马上就靠在椅子上气喘吁吁，她们实在是累极了，都没力气也没功夫去打听死者的情况了。刚好在此刻，隔壁的屋子中有一阵阵的嚷嚷声传了过来，有人在挪动箱子，家具被碰得直响，中间不时地还有嘟嘟嚷嚷的外国人说话声，据说那是一对年纪不大的奥国夫妻。嘉嘉说，在娜娜刚刚咽气之时，这对年轻的邻居正在玩闹追逐着，因为两个房间只有一个被封闭的门相隔，因而当他们中间的一个人被另一个抓到的时候，他们欢乐的笑声和亲吻的声音能听得清清楚楚。

"行了，到离开的时候，"克莱莉丝说，"我无法让她起死回生……你不离开吗，西蒙娜？"

然而她们几个没人动一下，眼光都朝着那张床望去。然而，每个人也都在为离开做些准备，她们轻柔地将自己的裙子抚平。露西独自一人再一次靠在窗口，深深的哀伤涨满了她的胸口，似乎楼下人们愤怒的情绪也升上来而控制了她，让她的心中也伤痛不已。火把络绎不绝地从眼前晃过，宛如天上数不清的星星；放眼望去，一群群的人像波涛一样一浪接一浪，起起落落，蔓延在漆黑的夜色中，似乎是一大群牲畜被赶着去宰杀。这些汹涌翻滚的波涛推动着没有秩序的人们不断行进着，让人瞧上去真是头昏脑涨，他们带来的是令人恐惧的气氛，一种对于即将到来的大屠杀的同情。兴奋的激情使人们的头脑情绪高涨，他们歇斯底里地大叫着，在喝醉的激动刺激下，朝着遥远的、黑黑的地平线后面，不知为何处的地方蜂拥而去。

"冲向柏林！冲向柏林！冲向柏林！"

露西回过身来，以背倚着窗口，面无血色：

"天呀！我们以后的日子会是什么样呢？"

屋里的女人们不约而同地晃了晃头。她们的心情都沉重起来，对局势把握不住的感觉让她们特别恐惧。

"我嘛，"卡罗利娜·埃凯以镇静自若的口气说，"再过两天我就离开这儿，去伦敦……我妈妈老早就过去了，在那儿她帮我弄好了一套房子……毫无疑问，我绝不可能待在巴黎等着让人杀死。"她妈妈做事向来谨小慎微，她的财产好久前就被她转移到外国去了。战争最后是个什么样子，没有人能预料得到。然而玛丽亚·布隆却怒火中烧，她对祖国非常忠诚，声称自己会要求去参军。

"战争尚未开始你就打算溜掉，一点胆量都没有……至于我嘛，如果他们准许我参军，我肯定会穿上男人的衣服和他们共同战斗，把那些普鲁士猪赶回去！……就算我们因此送命，那又如何？难道说我们的命真那样要紧？"

布朗施·德·西弗里一听这话，不禁大为不满。

"别责怪普鲁士人！……他们也是人，和其他的人完全相同，同时他们与你们法国男人不一样，整天围着女人转来转去……和我同居的那个普鲁士小伙子，不久前才被他们赶了出来，他是一个富有而体贴的年轻人，不会侵犯谁。这种行为太惭愧了，把我推入万劫不复的深渊了……你听着，别再惹火我了，我一发火就会前往德国找他！"

她们正在吵得不可开交时，嘉嘉用忧郁的语气说：

"彻底毁了，我的命太不济了……我在儒维西购置的那所小房子，才交完钱不足一周，谁也无法想象，我为它用尽了全部积蓄，搞得莉莉也被迫助我一臂之力……目前呢，打仗了，普鲁士人攻到这儿就会把所有东西烧个一干二净……我这么大岁数，无论如何也不可能重新再来了！"

"行了！"克莱莉丝说，"我觉得没什么大不了的！我肯定会发现我想得到的东西。"

"那是，"西蒙娜补充道，"开战肯定非常有意思……或许，相反我们的命运会很不赖呢。"

她轻轻地笑了笑，流露出了她心中的念头。塔唐·妮妮和路易丝·维奥莱纳都赞成她的观点，塔唐·妮妮还说她以前和一些军人高高兴兴地寻欢作乐过。哦！他们都是些不错的年轻人，甘心为女人献出生命。她们谈论的声音太大了，一直在床边箱子上坐着的罗丝·米尼翁，小声地地"嘘"了一下，让她们别出声。她们猛地都呆若木鸡了，斜着眼瞥了一下断了气的娜娜，好像这个让她们不要说话的嘘声，是由床帷的黑影中传出来的一样，屋内立刻彻底安静下来了，这飘渺的寂静让她们觉察到在她们周围仍躺着一个已经硬了的死人；此刻，又传来了人们的高呼声：

"挺进柏林！挺进柏林！挺进柏林！"

不过很快她们又把死者抛到脑后了，莱娅·德·霍恩家里过去有一个政治聚会，以前路易·菲利普时代的要员们常常赶到这里讲些机智的刻薄话来嘲笑现政府，因此她目前动动肩膀，悄悄地继续说：

"这个战争是何等严重的错误！简直是肆意杀戮的悲剧！"

露西听见了立刻替帝国政府解释。她以前和皇室的一个亲王上过床，因此替皇室解释，就有点仿佛替自己的家庭解释。

"不要如此指责，亲爱的，我们再也无法让人肆意欺凌了，这次战争涉及法国的声誉……但是，你们要明白，我如此讲并不是由于亲王。他非常小气！你们考虑一下，一到上床休息时，他都将钱放进靴子里；我们赌牌的时候，由于我有一次闹着玩，把赌注都拿走了，后来他就一直是用豆子来代替钱下赌注了……但是虽然如此，我可不会因此而不坚持原则，我觉得这一次国王做得非常正确。"

莱娅带着不屑一顾的表情晃晃脑袋，仿佛是在转达一些大人物的讲话一样，声音洪亮地说：

"这是帝国将要崩溃了。杜伊勒利宫里的人都精神不正常了。莫非你们感觉不到，法兰西早就应该把他们驱除出去了……"

现场每个女人都怒不可遏地打断她的话。她出了什么事啦？这个精神失常的女人，怎能攻击国王？莫非我们的生活还不幸福吗？莫非国家的形势不容乐观吗？假如国王不在了，巴黎就无法像眼下这样尽情享受。

嘉嘉听见了莱娅的话，仿佛由梦中惊醒似的，非常恼怒：

"你们都别说话了！真是胡说八道，都不明白自己讲了些什么！……我呀，我是由路易·菲利普时代过来的人，亲爱的，那时整个国家到处都是讨饭的人和两手空空的人。接着到了四八年①。咳！这个共和国实在让人不喜欢，真是糟糕透了！过了二月②，我困难得没有饭吃，丝毫不差，这是我嘉嘉的亲身经历！……假如你们本人经历过这种艰难，你们就会拜倒在国王的面前，这是由于他给了我们第二次生命，没错，给了我们第二次生命……"

人们只好说服她冷静下来。她一时又在宗教信仰的巨大力量推动下，继续说道：

"我的上帝啊，让国王凯旋而归吧。让帝国永远生存下去吧！"

每个女人都跟着讲了一遍这个祈祷。布朗施还交代她替国王献过蜡烛。卡罗利娜为偶然的冲动所驱使，在这两个月期间曾经在国王路过的地方徘徊，不过遗憾的是没有让国王发现。剩下的女人都用偏激的话语来斥责共和党人，声称最好是让他们都在前线阵亡，以便拿破仑三世在击溃了敌人以后，可以平平安安地掌管全国，每个人都可以安居乐业。

"这个无耻的俾斯麦，也是一个不要脸的东西！"玛丽亚·布隆气

---

① 四八年：指一八四八年二月，巴黎人民起来推翻路易·菲利普的统治，建立共和，这就是第二共和国。

② 二月：指一八四八年二月革命。

愤地发表她的看法说。

"我以前还见过他呢！"西蒙娜喊道，"假如我以前能清楚，我肯定会在他的怀中放入毒药。"

然而，对于那个普鲁士小伙子被赶出法国的事，布朗施的心里始终无法淡忘，她竟然勇气十足地替俾斯麦说话。或许他也算不上是太坏。他是在其位，谋其政，那样做只是出于他的职位需要。末了她又补充了一句：

"他对女人是无比热爱的，这你们必须清楚。"

"那与我们何干！我们可不打算和他一起上床！"克莱莉丝说。

"他那样的男人数不胜数，"路易丝·维奥莱纳一本正经的发表自己的看法，"我宁愿不和他们来往，也不想和他那样的恶魔有什么关系。"

议论接着进行。俾斯麦被她们几个骂得体无完肤，这样还不解恨，每个人又使劲地对他拳打脚踢，因为她们是对拿破仑三世无比崇拜的人。塔唐·妮妮怒气冲冲地反复说：

"俾斯麦！只要一听到他的名字我就怒发冲冠……啊！我恨他！……以前我根本就不知道他是谁，这个讨厌的俾斯麦！一个人不可能认识世界上的每一个人。"

"这不是什么大问题，"莱姬·德·霍恩下定语说，"这个俾斯麦跟我们肯定会有一场恶战，他可能会毫不留情地收拾我们的……"

她的话无法继续。剩下的那些女人全都调转方向对她实施进攻。说什么？嗯？跟我们肯定会有一场恶战！到时挨我们会拿枪托收拾那个俾斯麦的。这个坏心眼的女人，怎么总说法国坏话，何时是个头呢！

"嘘！"罗丝·米尼翁又再一次示意她们小声点，这么大声的吵闹让她心里烦透了。

这时，她们才又想起屋子里还有一具僵硬冰冷的死尸，因此就不约而同地噤了声。死尸重新呈现在她们的视线里，使得她们又不由自主地担心会被传染上病。屋外的大街上，一阵声嘶力竭的口号声传到了她们的耳中：

"冲向柏林！冲向柏林！冲向柏林！"

就在她们打定主意想离开的时候，听到门外的走廊里有人在叫：

"罗丝！罗丝！"

嘉嘉非常奇怪，于是打开了门，到外面去了会儿。接着返回来，说：

"亲爱的，是福什里，他就在走廊那儿……他不肯向前多迈一点，由于你始终待在尸体的旁边，他正满肚子的火呢。"

新闻记者在米尼翁的好说歹说下总算到楼上来了。一直靠在窗边上的露西将头伸出窗外张望着，只瞧见楼下的那几个先生也仰头朝窗子这打量着，还不停地对她挥手示意。米尼翁气愤异常，握成了拳头的手拼命地摇晃。斯泰内、方堂、博尔德纳夫和其他的男人，也都将胳膊伸得长长的，乱挥一气，焦急不安和怪罪的神情表现在他们的面容上。那个达盖内，由于怕自己的好声誉毁于一旦，巴不得离得远远的，双手在身后背着，躲在旁边抽雪茄烟。

"这情况确实是属实，亲爱的，"从窗口那儿走开的露西说，"我应承了他们要把你带下楼的……这会儿，他们都在下面盼我们下来，喊我们呢。"

罗丝无限悲痛地从她坐的那只木箱子上起身。她小声嘀咕着：

"我下去，我下去……这还用说，如今我也帮不上什么忙了……请一位修女到这儿吧……"

她身子转了过来，可却没见她的帽子和披肩的踪影。她像木偶似的在梳妆台脸盆里倒了满满一盆水，边洗脸洗手，边说：

"我自己也说不清这是为什么，就我而言，她的去世实在是一个不小的冲击……我们两个人原来总是互相明争暗斗。如今，你们看看，我这样的人也居然沉醉于其中……啊！一些听起来颇为荒谬的思想充斥着我的脑袋，就连我自己死的心都有了，我感觉世界末日已经到来了……的确，我得呼吸点清爽空气。"

房间里已经有了点死尸腐臭的味。在屋子里待了那么长时间，谁都没留心，这会儿全都着急慌乱了。

"走吧，走吧，我亲爱的，"嘉嘉不间断地说，"这屋子空气不好，打扫得也不干净。"

她又瞧了下，就急急忙忙地离开了，在露西、布朗施和卡罗利娜尚未出房门之时，罗丝向这个房间认认真真地打量了一遍，她打算将房间整理得干净些。她动手将一个窗帘放下，忽然又考虑到在这屋子里还是别点灯了，点根蜡烛吧，于是她去将壁炉上的铜烛台拿过来，搁在尸体那边的床头柜上。亮光一闪，将死者的脸也一下子暴露在光线下。那模样实在是吓死人了，几个女人立刻叫着跑了出去。

最后走的是罗丝，她喃喃自语："啊！她面目全非了，她面目全非了。"

她也离开了，并随手关好了门。现在，就只有娜娜独自一人待在屋里了。她仰头躺在那儿，耀眼的烛光在她的旁边跳跃着。这会儿，她不过是一个死尸而已，是一堆血肉，一堆被放在枕头上的腐肉。天花病毒的脓包占据了整张面孔，密密麻麻地紧紧相连，这些脓包里的脓水早都流干了，塌下去了。这块让人不愿再多看一眼的腐肉，就如同是长了霉点的地皮一样，到处模模糊糊，五官都分不清了。左眼全都被脓包侵蚀了，右眼却还张开了一点，像一个烂透了的黑洞似的。鼻子中的脓水在向外淌着。一边脸上落下了块血痂，恰好掉到了口中，在它的作用下，嘴巴斜斜的，使得整张脸似乎在不怀好意地笑着。在这个吓人又可笑的死人面具上，唯有那一头亮丽的头发，好像还在享受着阳光的照射，发出动人的光泽，如同金色的波浪一样随意散着。爱神烂掉了。看上去，那些从阴沟里和人们不屑一顾的路边腐尸上生发出来的有毒物质，就是以此而使很多人身受其害的毒素，如今已经侵蚀到了她的脸上，使她瓦解腐烂了。

房间里空无一人。从大街上刮来一阵势头很猛的风，直吹得窗帘随风鼓起。

"冲向柏林！冲向柏林！冲向柏林！"